Estimado lector:

Las dos novelas anteriores de Ana Lena Rivera, *Lo que callan los muertos* y *Un asesino en tu sombra,* tuvieron muy buena acogida, por lo que estamos muy contentos de poder presentarte *Los muertos no saben nadar.*

En esta tercera entrega volvemos a encontrarnos con la investigadora de fraudes Gracia San Sebastián, que ahora trabaja para la policía. La novela arranca en Gijón, en la playa de San Lorenzo, cuando a mediados del mes de diciembre un niño encuentra el brazo amputado de un hombre.

A partir de ese hallazgo, todo es vertiginoso: la extremidad amputada pertenece al director financiero de una empresa de inversiones que en esos momentos está siendo investigada por Gracia San Sebastián. La entidad, sospechosa de ser la tapadera de estafas a gran escala, es originaria de Rumanía y posee ramificaciones por toda Europa, sobre todo en los países del este con un sector inmobiliario emergente, como Moldavia o Bulgaria. Además, tiene conexión directa con un asesor fiscal de Gijón y su familia, que llevan un tren de vida muy por encima de sus posibilidades y tienen más de un secreto que ocultar.

Te reencontrarás con la protagonista, Gracia, que está intentando dejar atrás el pasado para empezar una nueva relación de pareja. Mientras, su exmarido continúa velando por sus propios intereses, y su madre, Adela, sigue haciendo de las suyas.

Una mafia rumana que opera con absoluta falta de escrúpulos, la ciudad de Oviedo en plena preparación de las fiestas navideñas y el comisario Miralles con su desesperada lucha contra el sobrepeso, son los ingredientes de una novela que no defraudará a ningún lector.

¿A qué esperas para empezar a leerla?

Estoy segura de que te encantará.

La editora

LOS MUERTOS *NO* SABEN NADAR

Si tienes un club de lectura o quieres organizar uno, en nuestra web encontrarás guías de lectura de algunos de nuestros libros. **www.maeva.es/guias-lectura**

Este libro se ha elaborado con papel procedente de bosques gestionados de forma sostenible, reciclado y de fuentes controladas, avalado por el sello de PEFC, la asociación más importante del mundo para la sostenibilidad forestal.

MAEVA apuesta para frenar la crisis climática y desea contribuir al esfuerzo colectivo y permanente de proteger y preservar el medio ambiente y nuestros bosques con el compromiso de producir nuestros libros con materiales sostenibles.

ANA LENA
RIVERA

LOS MUERTOS *NO* SABEN NADAR

Benito Castro, 6
28028 MADRID
www.maeva.es

1.ª edición: marzo de 2021
2.ª edición: mayo de 2021

ISBN: 978-84-18184-24-6
Depósito legal: M-144-2021

Diseño e imagen de cubierta: Mauricio Restrepo sobre imágenes de Shutterstock y © Arcangel / Ayal Ardon
Fotografía de la autora: © Aurelio Martínez
Preimpresión: Gráficas 4, S.A.
Impresión y encuadernación: CPI Black Print
Impreso en España / Printed in Spain

A los que viven la vida en presente porque
no saben si habrá un mañana

ESCENARIOS DE LA NOVELA

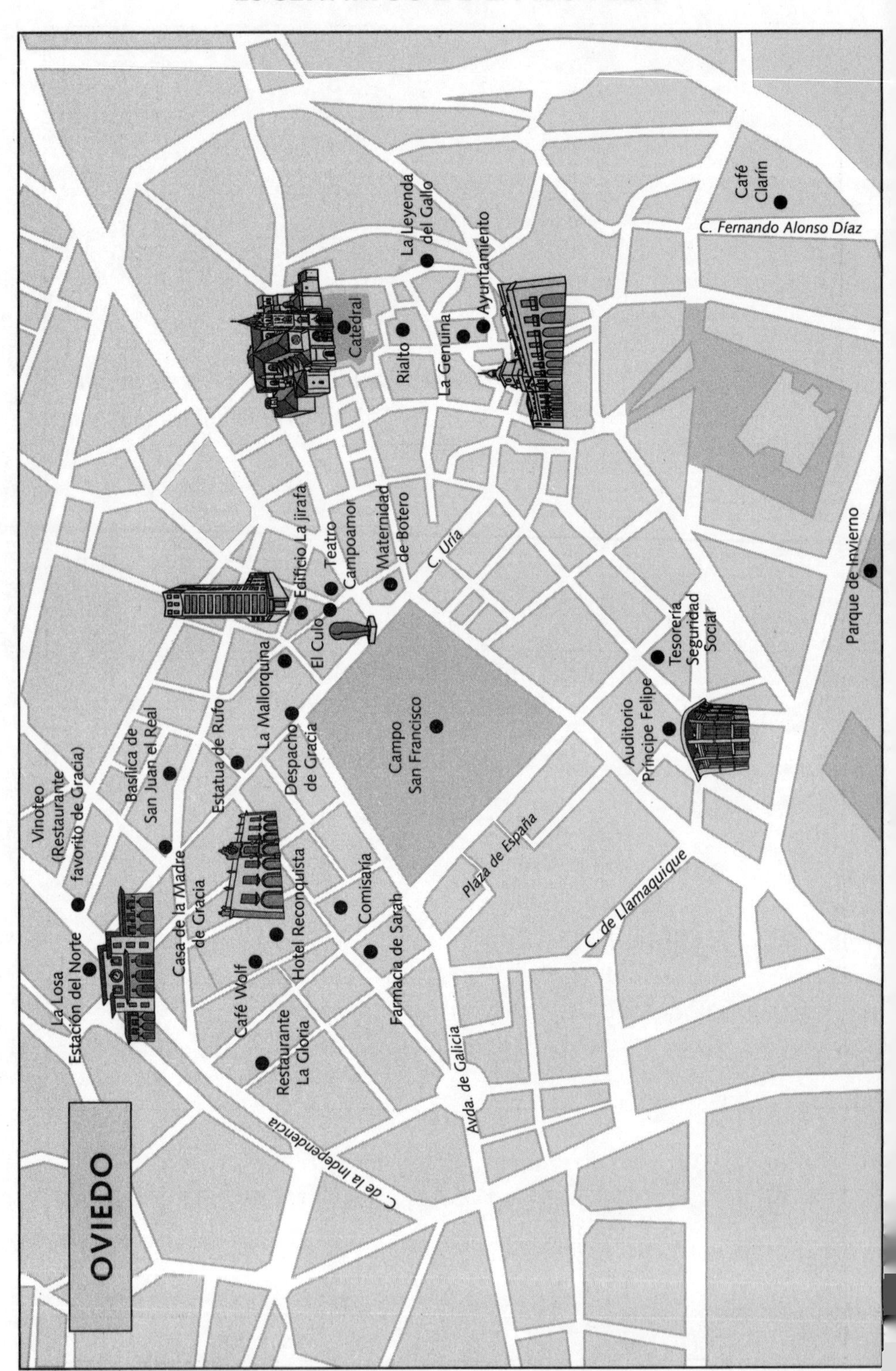

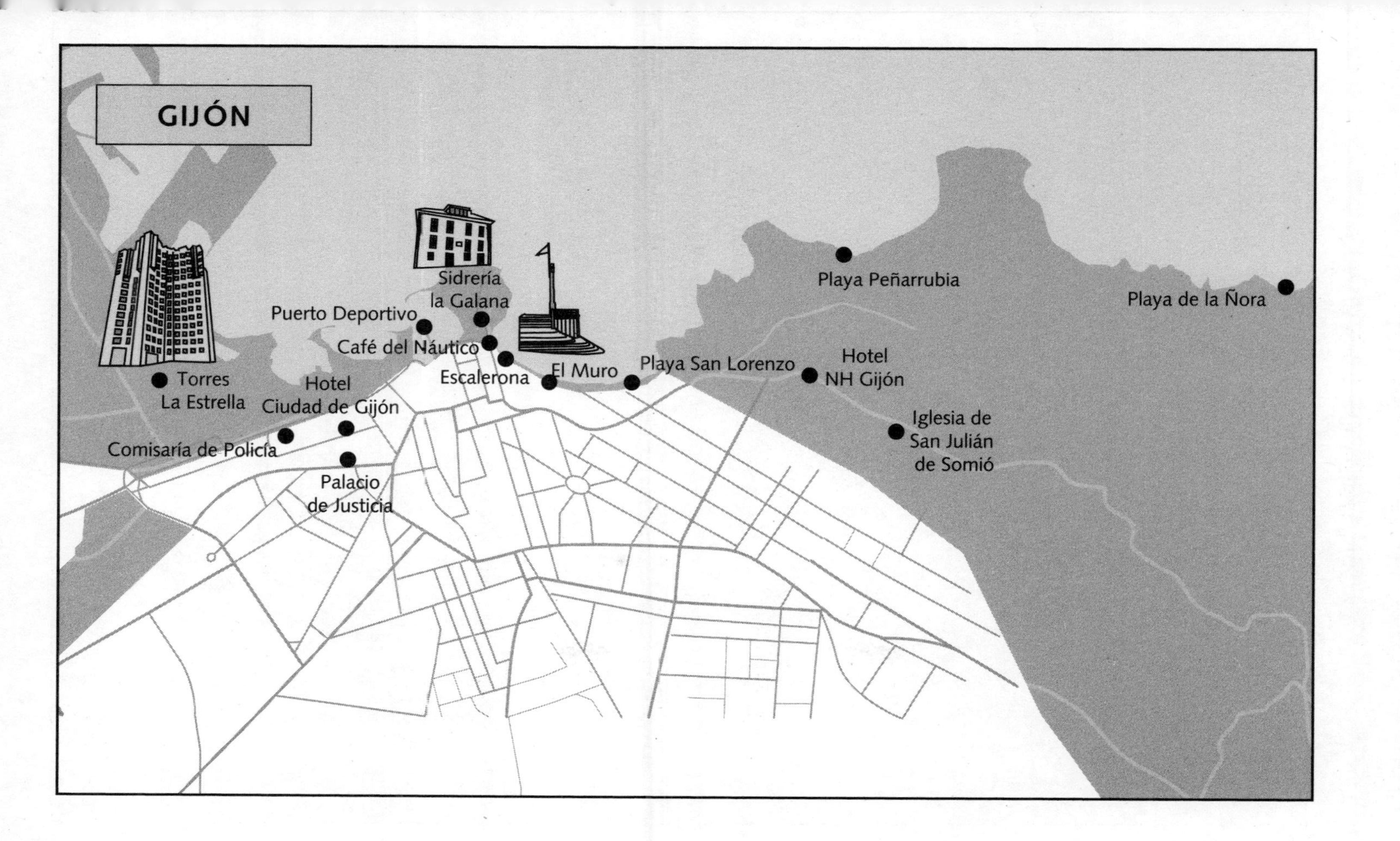
GIJÓN
Torres La Estrella
Comisaría de Policía
Hotel Ciudad de Gijón
Palacio de Justicia
Puerto Deportivo
Café del Náutico
Sidrería la Galana
Escalerona
El Muro
Playa San Lorenzo
Hotel NH Gijón
Iglesia de San Julián de Somió
Playa Peñarrubia
Playa de la Ñora

Sábado, 7 de diciembre de 2019. 10:00.
Playa de San Lorenzo. Gijón

—¡MIRA, PAPÁ! MIRA lo que he encontrado.

—¿Qué es eso, Isma? —preguntó el hombre extrañado al ver a su hijo acercarse con lo que parecía la mano de un maniquí viejo y sucio.

El horror que sintió cuando el pequeño le entregó su recién encontrado tesoro le persiguió durante varios días. Los momentos siguientes se fijaron de manera caótica en su memoria: cómo arrojó el brazo putrefacto de una patada lejos de su hijo, los ojos llorosos de este ante la reacción de su padre, la confusa llamada a emergencias, la carrera desenfrenada y torpe por la arena con el niño en brazos, la cara de los agentes cuando les explicó que había dejado un brazo humano en la playa, el traslado a comisaría para tomarles declaración después de examinar el brazo y de permitirles recoger su pelota abandonada.

A Ismael, en cambio, la visita a la comisaría con todos aquellos policías alrededor le compensó con creces la pérdida de su hallazgo. Los agentes se interesaban en su historia, tuvo que repetirla varias veces, hasta le dieron gominolas y un batido de chocolate. Su padre le permitió tomárselo todo y le prometió llevarle esa tarde a darle la carta a Papá Noel. Fue uno de los días más geniales de su vida.

—Entonces —quiso confirmar el agente de policía con el pequeño Ismael—, ¿no encontraste el brazo en la orilla?

—No, estaba escondido en mi agujero del muro. Siempre dejo allí las conchas que cojo.

—¿Cuándo fue la última vez que dejaste conchas en tu agujero del muro?

—El último domingo que estuve con papá. Si hace bueno bajamos a jugar al fútbol a la playa.

—¿Y eso cuándo fue exactamente? —preguntó el policía mirando al adulto.

—Hace dos semanas —respondió Julio, el padre de Ismael—. Mi mujer y yo estamos divorciados, paso con Isma un fin de semana de cada dos. Si no llueve y hay marea baja nos gusta jugar al fútbol en la arena. Ismael tiene la ilusión de que le fiche el Real Madrid, ¿sabe usted? Está en la escuela de fútbol del Sporting.

—¿Dónde estaba usted cuando su hijo encontró el brazo?

—Le estaba esperando en la zona húmeda. Si la arena está seca no se puede jugar bien. Isma fue a revisar el agujero del muro. Le gusta recoger conchas y meterlas dentro. Siempre que bajamos, comprueba si todavía están allí. A veces las encuentra y otras no.

Después de hacerles algunas preguntas de rutina y tomarles los datos los dejaron ir, no sin antes dar las gracias a Ismael y nombrarle miembro honorífico de la policía de Gijón en una ceremonia improvisada que hizo las delicias del niño.

«Espero que esto no me cueste un disgusto con mi ex», pensó Julio cuando iban para casa. Todavía sentía el estómago un poco revuelto.

1

Sábado, 7 de diciembre de 2019. 21:00

Mario Menéndez Tapia, jefe de policía del Principado, encendió un puro sentado en el sillón orejero de su salón y miró a los turistas que caminaban por la calle, en pleno casco histórico de Oviedo, en busca de un restaurante para cenar. Menéndez fumaba de tanto en tanto, resto de un hábito que intentó asumir como propio cuando los hombres muy hombres fumaban, y más si eran tipos duros como los policías. De aquella no llegó a conseguir que el tabaco le enganchara del todo. En cambio, cuando llegó el momento en el que las fotos de pulmones podridos por la nicotina sustituyeron a las del vaquero de Marlboro, el hábito no arraigado se negó a abandonarle. El cerebro humano, como la vida, era caprichoso. Mario era un hombre de principios, satisfecho con su trabajo, a pesar de los treinta años que llevaba dedicado al Cuerpo de Policía, y firme creyente de que la labor policial era vital para la sociedad. Policías, médicos y profesores eran, en su opinión, los pilares básicos de la humanidad, los que conseguían que la sociedad siguiera funcionando y que el mundo fuera cada día mejor. Con semejante visión de la vida y de su profesión, recuperaba en los integrantes del cuerpo la ilusión infantil que los había llevado a ser policías. Sin familia directa, y sin más aficiones que cantar en el Coro Vetusta, con el que incluso había grabado un disco, dedicaba muchas horas al trabajo y exigía lo mismo a sus equipos.

Los primeros análisis del brazo encontrado en la playa de San Lorenzo revelaban que pertenecía a un varón de mediana edad, y las huellas dactilares correspondían a una persona registrada en la base de datos de la policía: un hombre que había sido detenido por intento de soborno a un funcionario público hacía varios años y por un delito de falsificación de tarjetas de crédito cuando aún estaba en la universidad licenciándose en Ciencias Empresariales. En la actualidad, estaba siendo investigado por una posible estafa piramidal desde la comisaría central de Oviedo. Acababa de hablar con el comisario de Gijón al que correspondía la investigación del brazo hallado en la playa y, preocupado por la situación de la comisaría, con varios inspectores de baja y un repunte del contrabando que entraba por el puerto del Musel, dio una profunda calada a su puro y llamó a Rafael Miralles.

—Rafa, quiero que te encargues de supervisar personalmente el caso del brazo de Santamaría —dijo Mario al comisario de Oviedo en cuanto este respondió al teléfono.

—¿Y Granda? ¿Has hablado con él? —preguntó Miralles refiriéndose al comisario más veterano de Gijón mientras se levantaba de la mesa del comedor, donde se encontraba cenando con su mujer y sus hijas.

—Aún no, pero voy a arreglarlo. Por supuesto, tendrás que trabajar en estrecha colaboración con él y formar un equipo mixto, pero el brazo es tuyo.

—Eso ha sonado raro, Mario —respondió Miralles.

—Pon manos a la obra —ordenó su jefe ignorando la chanza del comisario—. Yo me encargo de que te dejen trabajar; la Judicial de Gijón te lo traspasará de mil amores. Están colapsados y no pueden asumir la desagradable tarea de buscar en el mar un cuerpo que, si tenemos suerte, estará entero sin brazo y, si la tenemos mala, totalmente desmembrado. Lo que más les preocupa es que empiecen a aparecer partes de Alfredo Santamaría por las playas de la región. Menos mal que no estamos en verano. Confiemos en resolverlo pronto y que cuando llegue el buen tiempo se haya olvidado; ningún turista quiere bañarse en un mar donde aparecen restos humanos. Deberás mantenerlos informados, a ellos y a mí. En todo momento.

—¿Y el juez de Gijón al que corresponde el caso?

—Todavía tengo que hablar con ella. Es una vieja conocida, no pondrá problemas.

—¿Tendremos presupuesto?

—Tendremos presupuesto limitado, como siempre, pero dime qué necesitas y yo me encargaré de conseguirlo. ¿A quién le vas a asignar el caso? Tiene que ser alguien discreto y minucioso.

—Ese es Sarabia —propuso el comisario refiriéndose a Fernando Sarabia, uno de los inspectores jefe más jóvenes y brillantes.

—¿No está con el caso de las agresiones a los mendigos?

—Acaban de empezar y parece violencia pandillera. Es más adecuado para Ramón Cabán, habla con esos niñatos de tú a tú, no sé cuál es más bestia.

—Tu criterio manda, Miralles, asigna a Sarabia. Yo voy a hacer política y a conseguir la pasta. Una cosa más —dijo el jefe de policía cuando el comisario estaba a punto de colgar—. Esa investigadora que hemos contratado…

—¿Sí?

—¿Es buena de verdad?

—¿Lo dudas por algo?

—He tenido que dar muchas explicaciones para dedicar fondos a un experto externo y ahora el caso se complica, ya no es solo una estafa. Hay un muerto y no creo que sea una coincidencia. Después de venderla como si fuera la Sherlock Holmes de las finanzas, si algo sale mal, olvídate de conseguir más partidas especiales en años.

—Soy consciente. Confía en mí.

El comisario colgó el teléfono deseando no equivocarse.

El invierno acentuaba el encanto de las calles de París, decoradas para recibir la Navidad. El frío y la humedad invitaban a entrar en los cafés, a disfrutar de la excelente cocina autóctona y a pasear abrazados para compartir el calor que emitía nuestro cuerpo.

Rodrigo me había invitado a pasar unos días con él. Tenía un congreso europeo de unificación de normativa sociolaboral. Sonaba muy aburrido, pero no le requería total dedicación. La última vez que estuve en París había sido con Jorge, el que todavía era mi marido. Llevábamos unos meses separados, pero el divorcio todavía no estaba formalizado. Yo no tenía interés en pedírselo ni él parecía tener prisa en solicitarlo. Jorge se había mudado a nuestra antigua casa de Brooklyn Heights, en Nueva York y, a juzgar por las redes sociales, no vivía solo. Desde entonces, únicamente nos habíamos cruzado unos cuantos whatsapp relativos a la venta de nuestra casa de Oviedo. Estábamos rehaciendo nuestra vida por separado.

Esa noche, Rodrigo había escogido el lugar de la cena: Maxim´s. Rodrigo era clásico hasta para elegir restaurante y el sitio no me decepcionó. La tarrina de pato con *foie* y trufa negra me hizo sentir un placer que rozaba lo sensual, la pularda estaba exquisita y de postre, muy francés, un plato de quesos me transportó a la campiña, que en mi imaginación olía al aroma dulzón de las vacas, de la leche cuajada y de la hierba húmeda de los pastos.

—¿Sabes, Gracia? —dijo Rodrigo—. No quiero estropear la cena, ni siquiera espero una explicación, pero me gustaría que reflexionaras sobre lo que voy a decirte.

—Vaya, con semejante introducción es difícil esperar algo bueno.

—No es malo. No creo que sea malo.

—Pues dímelo.

—Cuando me llegó la convocatoria del congreso en París, lo primero que pensé fue que vinieras conmigo y traerte aquí, a Maxim´s —explicó Rodrigo.

—Y aquí estamos. Es un sitio precioso —le animé a continuar después de unos segundos de silencio.

—Este es el lugar donde hubiera querido pedirte que te casaras conmigo.

Me quedé boquiabierta. La realidad es que teníamos una relación que me hacía sentir bien, pero según la ley todavía tenía un marido y Rodrigo y yo ni siquiera vivíamos juntos, aunque ya nos lo estábamos planteando.

—Pero no puedo hacerlo porque aún estás casada —continuó— y no has dado ningún paso para dejar de estarlo.

—¿Quieres que hablemos de eso ahora?

No podía creer que fuéramos a estropear la cena con un tema tan delicado, en el que ni yo iba a ser sincera ni él comprensivo.

—Solo quería que supieras qué es lo que me gustaría hacer y que pienses en ello.

—Te prometo que lo haré.

—Rafa te está llamando —dijo Rodrigo señalando mi teléfono con gesto de desagrado.

Mi móvil, en modo vibración, encima de la mesa, anunciaba en la pantalla una llamada de Rafa Miralles, el comisario, mi nuevo cliente y marido de Geni, compañera de colegio desde que teníamos cuatro años.

—Seguro que puede esperar —dije ofreciéndome a no responder al teléfono.

—Contesta si quieres. Si es Rafa, será importante.

No supe distinguir si era una ironía o una deferencia por parte de Rodrigo. Por si acaso, decidí no arriesgar. Él no estaba de acuerdo en que aceptara casos derivados por la policía, a pesar de que solo me hicieran encargos de investigaciones de fraudes financieros. Rodrigo estaba convencido de que si venían de la poli eran peligrosos y podía verme involucrada en crímenes mucho más violentos, como ya había ocurrido en una ocasión.

—Muchas gracias, pero los estafadores pueden esperar.

La pantalla por fin se apagó y empecé un discurso que no sabía bien cómo terminar. Los últimos meses con Rodrigo habían sido los únicos en los que había podido sentir algo de paz después de la muerte de mi hijo Martin, hacía más de dos años. No quería estropearlo.

—Rodrigo, quiero decirte que el tiempo que llevo contigo...

No había terminado la frase cuando un whatsapp de Rafa iluminó de nuevo la pantalla.

«Llámame cuando puedas. El brazo del tipo que estás investigando ha aparecido en la playa de Gijón. La forense calcula que lleva muerto alrededor de un día.»

Antes de asimilar lo que acababa de leer miré a Rodrigo, que tenía los ojos fijos en mi móvil.

—Lo dicho, Rafa puede esperar —aseguré con menos serenidad de la que intenté trasmitir con mi tono de voz mientras guardaba el teléfono en el bolso, como si el mensaje hubiera sido uno de tantos que recibía a diario.

—Menos mal que solo ibas a perseguir estafadores, nada de crímenes violentos —ironizó con una sonrisa tensa en la cara.

—¡Que les den! Esta noche es para nosotros.

—¿Vas a ignorar un mensaje... —Rodrigo buscó una palabra que no encontró— ... así? ¿Hacemos como que no pasa nada?

—Sí —afirmé en un vano intento de convencerme de que podría olvidarme del brazo de Alfredo Santamaría.

—¿Y después?

—Después, ¿qué?

—¿Después de esta noche?

—Habrá muchas noches más —respondí con la mejor sonrisa de mi repertorio. Y para confirmarlo añadí—, tantas como tú desees, porque te quiero y me encanta estar aquí contigo.

Rodrigo se relajó, pidió champán y la cena volvió a ser perfecta, aunque no pude dejar de pensar en su propuesta ni en el whatsapp de Rafa.

Rodrigo era, además de mi pareja, mi principal cliente. Representaba a la Seguridad Social. Trabajar como asesora externa para la policía era solo una prueba. Acababan de encargarme mi primer caso con ellos y empezaba regular a juzgar por el mensaje del comisario.

A LAS ONCE de la noche, el comisario Rafael Miralles se encontraba en el despacho de su casa, leyendo la documentación que había recibido de la Judicial de Gijón.

Como ya sabían, las huellas dactilares correspondían a Alfredo Santamaría, hombre de negocios, subastero, agente financiero, significara eso lo que significara, y sospechoso de perpetrar y beneficiarse de una potencial estafa en el sector inmobiliario. El comisario Miralles había solicitado la colaboración de Gracia San Sebastián, una investigadora privada experta en fraudes financieros, proveniente del FiDi de Nueva York, y, después de superar la burocracia y algunas reticencias de diferentes secciones del Cuerpo Nacional de Policía, por fin estaban probando un nuevo modelo de colaboración externa para lidiar con delitos económicos. Cuando les derivaron el caso de la estafa piramidal desde la central de Madrid no dudó en hacerle el encargo a ella. Lo que no esperaba el comisario era que, nada más empezar, apareciera un cadáver. La policía no colaboraba con agentes externos en casos de asesinato y su experiencia le decía que era poco probable que el propietario del brazo lo hubiera perdido de forma accidental. Al menos, estando vivo.

Gracia no respondió al teléfono. Recordó que le había avisado de que el fin de semana no estaría disponible porque se iba a París. Miralles sabía que los últimos años no habían sido buenos para ella, era muy difícil remontar la muerte de un hijo. Él no podía imaginar que le faltase alguna de sus niñas. El marido de Gracia era un tipo excepcional, al que consideraba un amigo, pero el matrimonio no había sobrevivido a la tragedia. Lo habían intentado. Volvieron a España y dejaron sus respectivos trabajos con la intención de empezar de cero, pero la pena no quedó atrás y la desgracia acabó con su relación. Jorge había vuelto a Nueva York y Gracia estaba con un tipo menos encantador que su marido, Rodrigo, un letrado de la Seguridad Social arrogante y con una juventud complicada que lo llevó a pasar seis meses internado en un centro de adicciones después de atropellar y matar a un ciclista mientras conducía bajo los efectos de una mezcla explosiva de MDMA y cocaína. No se dio a la fuga. A finales de los noventa la policía no usaba test de drogas, solo disponían de alcoholímetros, pero la dilatación de las pupilas fue tan evidente para los agentes que solicitaron la prueba médica. No se negó a hacerla. Tampoco negó haber consumido. Eso y el compromiso propio y de su padre a hacer una larga terapia de rehabilitación convencieron al juez y al fiscal de que no era necesario meterlo en la cárcel.

A Geni le caía bien Rodrigo, aunque su mujer encontraba siempre algo bueno en todo el mundo. Era curioso que ella no le cayera bien a la gente.

Estaba ensimismado en sus pensamientos cuando sonó el teléfono. Era Gracia.

—¿Dónde te has metido? Te he llamado varias veces.

—Ya lo sé, tengo dos minutos, estoy en el baño de un restaurante de París. ¿Qué es eso del brazo de Santamaría?

Miralles le hizo un resumen escueto del hallazgo.

—¿Qué necesitas de mí?

—Quiero revisar contigo los avances que hayas hecho en el análisis de la documentación y el rastreo del dinero. ¿Cuándo vuelves?

—El lunes a media mañana estaré allí. ¿Cómo llegó el brazo al muro del paseo marítimo?

—No lo sabemos y hasta dentro de dos días no tendremos el informe de la autopsia.

—Si necesitas que vuelva mañana en el primer vuelo disponible… —ofreció Gracia.

Miralles estuvo a punto de responderle que sí, pero se contuvo. No era imprescindible estropearle el fin de semana.

—No hace falta, nos vemos el lunes en mi despacho. Avísame cuando aterrices.

—¿Has hablado con Rafa? —preguntó Rodrigo en cuanto me senté a la mesa después de mi visita al baño del restaurante.

—Sí —confesé—. ¿Por qué me lo preguntas?

—Porque llevas con su mensaje en la cabeza desde que lo has leído.

—Quizá estuviera pensando en tu propuesta.

—No era una propuesta. Podía haberlo sido, pero no lo es. El caso es que no estabas pensando en nuestra conversación, sino en el brazo que ha aparecido en la playa.

—Reconocerás que es un suceso extraño.

—Lo único que reconozco es que estoy con una mujer a la que le interesa más husmear en asuntos truculentos que yo.

—Rodrigo, esto no es una competición. Es un hecho inesperado que me ha despertado la curiosidad y que afecta de lleno a mi trabajo. Eso no disminuye ni un poquito mi interés por ti.

Le decía la verdad, pero me hizo dudar y me pregunté si me habría perturbado tanto el mensaje de Rafa si en vez de con Rodrigo hubiera estado con Jorge en París en la época en la que nuestro matrimonio iba viento en popa. Preferí pensar que sí.

De vuelta en el hotel, la noche con Rodrigo volvió a ser tan romántica como prometía, pero en cuanto se quedó dormido, abrí mi portátil y empecé a repasar los datos de la estafa perpetrada por Alfredo Santamaría. El sueño me venció a las seis de la mañana, después de llegar a la conclusión de que más me valía cuidar a Rodrigo. No era un buen momento para perder nada más.

14 de febrero de 2019. San Valentín

Después de un día soleado, el tiempo se cansó de respetar a las parejas de enamorados y la noche de San Valentín se tornó desapacible en Gijón. La niebla estaba tan baja que humedecía el asfalto e impedía la visión. Jacobo Hernández Cubillos mantenía su Honda CB a baja velocidad, pegada al arcén derecho de la carretera que subía hacia los chalets que ocupaban la parte alta del barrio de Somió. Había invitado a cenar a su novia en el barrio de Cimadevilla, cena romántica para dos y copa rápida en un bar de moda para dejarla en casa antes de las doce. Después continuaría un par de kilómetros más hasta la casa en la que vivía con su madre y la familia para la que trabajaba. Notó que Arantza soltaba el brazo con el que le ceñía la cintura, el mismo cuya mano aferraba la cajita en forma de corazón con el colgante de plata que le había regalado después del postre. Fue precisamente con el estuche de la joyería con lo que Arantza le dio unos golpecitos en el hombro. La oyó a través del casco y por encima del ruido del motor de su Honda, que se quejaba de una lentitud para la que no estaba diseñada.

—Jacobo, déjame aquí —le pidió Arantza cuando estaban a una distancia prudencial de su casa—. Ya sabes que no quiero que mis padres me vean contigo.

Jacobo no hizo caso de las instrucciones de su novia. Estaban a trescientos metros de la entrada y no quería dejarla allí sola, de noche y con aquella niebla. Ya hacía un par de kilómetros que la amplia acera que bordeaba la AS-247, más conocida como la carretera de Piles al Infanzón, había desaparecido. No había avanzado ni cincuenta metros cuando Arantza le dio un pellizco en la cintura. Le retorció con fuerza la piel y le gritó:

—Jacobo, frena de una vez.

Él paró la moto en el arcén y se levantó la visera del Shoei último modelo que la jefa de su madre le había regalado por su cumpleaños. Ella se quitó el suyo y se sacudió la melena.

—Joder, Arantza, ¡qué daño! Estoy hasta los huevos de esconderme de tus padres. No pienso dejarte aquí en medio con esta niebla. No se ve una mierda, es imposible que nos vean llegar desde la ventana.

—Jacobo, me bajo.

—Al menos deja que te siga con la moto para asegurarme de que llegas bien a casa.

—¡Que no! Por favor, vete. Tú no conoces a mi padre. Como se entere de que salgo con el sobrino de la asistenta que, además, ya ha terminado la universidad, me encierra hasta que cumpla los treinta. Y a ti te denuncia. Dice que no ha trabajado toda la vida como un mulo para ver cómo destrozamos nuestras vidas tomando decisiones equivocadas. Es un capullo integral.

—Pues algún día tendrá que enterarse porque yo voy en serio y no entiendo qué tiene de malo ser el sobrino de la asistenta que os ha criado a vosotras. ¿Mi tía es buena para cuidar de sus hijas, pero no es buena para ser la tía de su yerno? Además, en cuanto termine las prácticas del máster voy a tener un buen trabajo. Ya sabes lo que me han dicho los de recursos humanos: si sigo así me van a hacer una oferta para quedarme en Arcelor. Y yo voy a darlo todo. Verás como entonces tu padre se mete por el culo todo lo que piense de mí.

—Cuando cumpla los dieciocho, te prometo que se lo cuento. Ten paciencia, solo quedan dos meses. Y si entonces no lo acepta, me iré de casa y viviremos juntos en cuanto tú empieces a trabajar. Pero ahora, por favor, vete.

A regañadientes, Jacobo arrancó la moto y dejó allí a su jovencísima novia a cambio de la promesa de que le escribiría un whatsapp nada más llegar a casa. Como todas las noches que habían salido juntos. Vio como empezaba a caminar por el borde de la carretera y esa fue la última imagen que tuvo de ella. La misma que recordaba cada noche. Cada despertar. Si no la hubiera dejado allí, Arantza seguiría viva.

2

Domingo, 8 de diciembre de 2019

Mario Menéndez Tapia tenía problemas para conciliar el sueño aquella madrugada. Y no era la primera vez que le ocurría en las últimas semanas. Daba vueltas en su cama de uno treinta y cinco de anchura, la misma que le habían comprado sus padres cuando entró en el Cuerpo de policía. «Hijo, necesitas una habitación de hombre, no de niño, hasta que te cases y te vayas de casa», le había dicho su madre treinta y cuatro años atrás. Ella quería nietos y él no se los dio. No fue una decisión premeditada, pero la paternidad tampoco estuvo nunca entre sus prioridades. Hijo único, la familia se extinguía con él. Ya no le quedaba ningún familiar vivo.

Se dio la vuelta de nuevo y la sábana se salió de los pies de la cama. No podía dormir así, la cama tenía que estar bien hecha. Como les suele suceder a las personas que llevan mucho tiempo viviendo solas y sin nadie que rompa sus rutinas, el jefe de policía era un hombre metódico al que exasperaban los cambios en los detalles cotidianos. Harto del insomnio, se levantó y se dirigió a la cocina. Cuando era joven, quería viajar, salir de casa de sus padres, recorrer el mundo, vivir en Madrid, en Barcelona y en París. En cambio, con el paso de los años, volvió a su ciudad natal y ya no deseaba estar en ningún otro lugar. Vivía donde quería, en la misma casa en la que se había criado, en la zona antigua, en el Oviedo de siempre; ese Oviedo del que era el máximo protector. Ser el responsable de la seguridad de su ciudad y del Principado entero le llenaba de orgullo y poder. Por eso le frustraba más el insomnio que lo llevaba asediando varias noches: si la vida transcurría cómo él había elegido, ¿por qué diablos no podía dormir?, se preguntó con rabia mientras metía una taza de leche en el microondas y sacaba el bote de Nesquik. Ni siquiera eso había cambiado.

Menéndez se sentó en su sillón favorito del salón, sacó los cascos inalámbricos del cargador y seleccionó en la pantalla del equipo de sonido el Concierto de Aranjuez. El sillón de terciopelo verde lo acogió como si del vientre materno se tratara y allí, con la bebida caliente en el estómago y el maestro Rodrigo sonando en sus oídos, se quedó dormido.

La Marcha Radetzky le sobresaltó a las 7:20 de la mañana. De un domingo. Era la melodía reservada en su móvil para los comisarios del Principado. Algo grave había ocurrido. Cuando localizó el teléfono, ya había dejado de sonar. Llamada perdida del comisario Miralles.

—Dime, Rafa —le pidió al comisario cuando este respondió a su llamada.

—Ha aparecido otro trozo humano, posiblemente de nuestro amigo Santamaría.

—¿Qué trozo? ¿Dónde?

—La parte superior de una pierna, cortada a la altura de la rodilla. En la playa de Peñarrubia.

—¿La playa nudista?

—Esa misma. Lo encontraron unos senderistas hace veinte minutos.

—¿Senderistas a estas horas? ¿En diciembre? —preguntó todavía sobresaltado por el brusco despertar.

—Pertenecen a un club, hacen salidas durante todo el año. Quedaron en la playa a las siete, iban a ir andando hasta Villaviciosa aprovechando las horas de luz, comían allí y los recogían en un minibús para volver. No te puedo dar muchos detalles porque los agentes todavía les están tomando declaración. Sarabia está en camino. Están allí el subinspector Arce y el agente Macías, de la comisaría de Gijón. Han avisado a la forense. En cuanto se enteren los medios, se va a armar una buena.

—Voy preparando el discurso. Tú mantente en segunda fila, que todavía no hemos comunicado oficialmente que el caso es tuyo. Llámame en cuanto sepas algo más —ordenó Mario.

La aparición de los restos humanos suscitó en el jefe de policía un interés casi morboso que rechazó por inapropiado. Igual también tenía que meterse a senderista para evitar pensar gilipolleces, se dijo a sí mismo. Hacía tiempo que no sentía la pasión que empezaba a embargarlo en ese momento, la misma que le invadía de joven cada vez que le asignaban un nuevo caso. Su trabajo actual era sobre todo político y echaba de menos la acción. Hacía años que había dejado incluso la liguilla de fútbol del Cuerpo. El mismo día que ascendió a jefe de policía. Siempre había estado en forma y, aunque ya no se imaginaba a sí mismo corriendo detrás de un ratero, nada le impedía implicarse un poco en el caso que parecía ser el más truculento que había habido en Asturias en la última década. El olor de la sangre le había activado los sentidos como si de un pitbull se tratase.

En mi segunda mañana en París, desayuné sola y tarde en una *boulangerie* cercana al hotel. El cálido olor a mantequilla de los *croissants* me había guiado hasta allí. Me hubiera gustado salir a correr por las elegantes calles parisinas para evitar que la suculenta comida francesa se aposentara en mis caderas, ya generosas por naturaleza, pero no había llevado zapatillas ni ropa adecuada y el cuerpo me pedía cafeína después de solo cuatro horas de sueño. Ni siquiera me había molestado en secarme el pelo tras la ducha y la humedad de la melena en la espalda amenazaba con destemplarme. Un par de cafés y un *croissant* serían suficientes para entrar en calor.

Iba por la segunda taza cuando sonó el móvil. Era mi madre.

—¿Te trata bien ese chico, entonces? En París, tú sola con él… —dijo mi madre y yo respiré hondo.

—Mamá, viví muchos años en Nueva York. Creo que sé cuidarme.

—Pero en Nueva York estabas con Jorge.

Y después de una década trabajando en el distrito financiero de la principal metrópoli del mundo, lidiando con la comisión financiera responsable de la economía mundial, esa era la conclusión de mi madre. Reprimí el impulso de contestarle. No iba a arreglar nada y ella seguiría sin entenderlo.

—¿Te has enterado de que están apareciendo restos humanos en las playas de Gijón? —preguntó cambiando de tema—. Es horrible. Ya verás este año el turismo.

—Me alegra que te preocupe tanto la economía, mamá. No sé qué opinará el muerto —dije un poco más cáustica de la cuenta.

—Ay, nena, no me malinterpretes. Quiero decir que lo del cadáver es horrible, pero ya está muerto; en cambio si los turistas se asustan y no vienen este verano... Salvo que haya más de un muerto claro, ¡ay! No sé qué estoy diciendo, no me líes que yo sé que me entendiste a la primera. Siempre me haces lo mismo.

—Es que me lo pones muy fácil, mamá, no te enfades —respondí reprimiendo la risa.

No le dije que había pasado la noche en vela a costa del muerto, no quise preocuparla.

Durante el verano, un abogado amigo de Rafa Miralles experto en bolsa, alertado por las altas rentabilidades que estaban obteniendo sus padres con unas nuevas inversiones inmobiliarias por internet, decidió llamar a su amigo, el comisario, por si pudiera haber alguna ilegalidad detrás. El jefe de policía del Principado, su jefe, consultó con la Dirección General de la Policía en Madrid y así se enteraron de que habían recibido notificaciones de varias jefaturas superiores: existían sospechas de que la empresa pudiera ser la tapadera de lo que los estadounidenses llamaban un esquema Ponzi, pero no había nada firme que permitiera la apertura de una investigación, solo se había activado la alerta. La estafa Ponzi consistía en que una compañía gestora de fondos de inversión de cualquier tipo que prometía una rentabilidad más alta que la media del mercado recogía dinero de los inversores y con ese mismo dinero les pagaba los prometidos intereses. Eso atraía nuevos clientes que les encargaban la gestión de su dinero. Con la aportación de cada nuevo inversor pagaban a los anteriores y así podían funcionar durante años, con los clientes fidelizados por los buenos resultados, hasta que se descubría el engaño o dejaban de entrar inversores, con lo que el dinero se acababa y la estafa colapsaba. Cuando los inversores solicitaban retirar el capital de base, no había dinero para devolver. Antes de eso, el estafador solía huir con el capital que quedara. Era una de las estafas más típicas y antiguas del sector financiero. Antes de imaginar que el brazo de uno de los administradores de InverOriental, la compañía en la que habían invertido los padres de su amigo, iba a aparecer amputado en la playa de Gijón, Rafa Miralles me había encargado hacer unas cuantas comprobaciones sobre la solvencia del negocio. Se trataba de una supuesta promotora inmobiliaria que compraba inmuebles en países emergentes de Europa oriental y África, las nuevas economías con previsiones de crecimiento mucho más altas que las de los países de Europa occidental. Según su publicidad, la empresa realizaba la compra, el acondicionamiento y la venta o el alquiler. A partir de veinte mil euros, cualquiera podía convertirse en inversor y empezar a cobrar unos beneficios del diez por ciento desde el primer mes. En su página web mostraban fotografías de los inmuebles, el precio de cada uno, los días alquilados al año y las ganancias obtenidas. También se anunciaban las futuras inversiones y las propiedades que estaban reformando en ese momento. Según la web, tenían lista de espera para comprar y para arrendar. La compañía no había solicitado la validación de la Comisión Nacional del Mercado de Valores, ya que no era un requisito necesario para operar; de hecho, la mayor parte de las empresas del sector de la multinversión inmobiliaria no habían pasado el filtro del órgano máximo de control de las inversiones financieras, y no por ello constituían una estafa. Una inversión de alto riesgo, sí; una estafa, no.

Lo primero que me llamó la atención al consultar la web fue que no apareciera la dirección exacta de los inmuebles, solo un pequeño mapa sin el nombre de las calles donde un icono en forma de casita señalaba la ubicación aproximada. Buscando en Google Maps las imágenes de las zonas donde se situaban los inmuebles no fui capaz de encontrar ninguno de ellos. Había revisado casi cincuenta localizaciones entre todos los países donde supuestamente se realizaban las inversiones: Albania, Moldavia, Angola, Montenegro, Bulgaria y, la mayoría, en Rumanía. El resultado era siempre el mismo, o la zona no estaba cartografiada fotográficamente o no llegaba a identificar el inmueble concreto que aparecía en la página web de InverOriental.

Todavía no le había enviado ninguna información a Rafa, quería recabar más datos haciéndome pasar por un inversor interesado, pero los últimos acontecimientos requerían que le comunicara el resultado de mis pesquisas.

La compañía existía en el Registro Mercantil como Sociedad Anónima, con dos administradores, uno de nacionalidad rumana, Levka Puscasu, y otro español, Alfredo Santamaría, que en la web figuraban respectivamente como director general y director financiero de la empresa. La sede de la sociedad se encontraba en Barcelona desde el año 2014, su fecha de constitución y, a raíz de la fallida declaración de independencia de Cataluña, a finales de 2017, se había trasladado, como tantas otras empresas, a otro lugar de España. La ciudad elegida por InverOriental había sido Gijón, la misma donde, hacía veinticuatro horas, se había hallado el brazo de Alfredo Santamaría.

El lunes Rodrigo y yo volveríamos a casa en el primer vuelo de la mañana. Lo mejor que podía hacer era enviar la documentación a Rafa y dedicar el domingo únicamente a pensar en nuestra escapada romántica a París. El trabajo, las estafas y los cadáveres desmembrados no tenían cabida allí.

Las predicciones del tiempo auguraban un domingo nublado en la cornisa cantábrica. A las doce de la mañana empezó a lloviznar. La policía científica no había terminado de peinar la playa donde se había encontrado el trozo de pierna humana. A pesar de que acordonaron la zona y retuvieron a los senderistas para evitar que pudieran avisar a conocidos y desconocidos, la medida no sirvió para contener la difusión de la noticia en las redes sociales. Los caminantes que encontraron los restos humanos pertenecían a un grupo de montaña numeroso; la mayoría llegaron después del hallazgo y no había excusa válida para retenerlos. Todo Gijón y media España, prensa incluida, sabía por Twitter e Instagram a esas alturas de la mañana que había aparecido una pierna humana en la playa de Peñarrubia. Una foto sacada desde un ángulo casi profesional permitía ver los tendones cortados del miembro, el hueso astillado y la piel blanca y amoratada hecha jirones del muñón. Ya había conseguido miles de *likes* y *retuits*.

Una noticia así era un bombazo en una ciudad donde los sucesos más graves eran los robos de carteras a turistas, alguna pelea en las noches del fin de semana y los muertos en accidentes de tráfico por exceso de alcohol.

El comisario Miralles cerró Twitter y la prensa digital. Si leía algo más sobre la posibilidad de un asesino en serie que desmembraba cuerpos para arrojarlos al mar, le sería mucho más difícil controlar la ira que le invadía contra los alarmistas sociales. Estaba de muy mal humor. Era domingo y hacía dos semanas había prometido a sus hijas que las llevaría a Cortilandia.

La juez acababa de decretar el secreto de sumario; no podían comunicar nada a la prensa sobre el caso y eso no haría más que despertar la imaginación de los medios y de los curiosos. Se avecinaban unos días difíciles.

Rafa envió un whatsapp a su mujer.

«No voy a ir a comer. El caso se ha complicado. Discúlpame con tus padres y diles a las niñas que las llevo a Cortilandia otro día. Te quiero.»

«¿Es por la pierna de Peñarrubia? Todo el mundo habla de ello. ¿Has visto la foto en Instagram? Es asquerosa.»

Su mujer le respondió antes de que pudiera guardar el móvil. «Te quiero, luego hablamos.»

Llevaban ya nueve años casados y Geni sabía que su marido no podía hablar de los casos, pero eso no era suficiente para que ella dejara de intentarlo. No en vano, sus amigas y las que no lo eran tanto la llamaban la Chismes.

Antes de poder guardar su móvil personal, recibió la llamada del alcalde de Oviedo en el teléfono oficial.

—Hola, Rafa. Vaya lío se ha montado.

—En fin de semana, que la gente no tiene nada mejor que hacer. ¿Te está llamando la prensa? Pensé que sería el alcalde de Gijón el que tendría un mal día hoy.

—La prensa aún no, solo los conocidos —respondió el alcalde—. De momento, lo tengo bajo control, pero si el mar sigue escupiendo a las playas miembros humanos, no dudes que la prensa se nos echará encima. Sobre todo cuando se enteren de que la policía de Oviedo se va a hacer cargo del caso. La foto que han colgado en Instagram despierta el morbo de cualquiera. ¿Crees que aparecerán más miembros humanos en otras playas?

—Es posible —respondió el comisario deseando colgar—. La científica va a analizar las corrientes de estos últimos días para ubicar el lugar desde el que se arrojó el cuerpo al mar, si es que ha sido desde un solo sitio, y si es así, dónde es más probable que aparezcan más pedazos. Sin saber si el cuerpo cayó al mar entero o desmembrado y sin tener una idea aproximada de la zona, es difícil que consigan una información fiable. El Cantábrico es caprichoso, las corrientes cambian en minutos.

—¿Puede ser un psicópata?

—Puede ser cualquier cosa. —El comisario no mentía—. No es nuestra principal vía de investigación, pero en este momento sé tan poco como tú.

—¿Es toda la información que tienen en el consistorio de Gijón?

—Tienen toda la que hay —insistió Rafa.

—Pues les auguro un domingo complicado. ¿Me mantendrás informado de las novedades?

—Cuenta con ello.

Mientras hablaba con el alcalde había recibido una llamada de Sarabia, que continuaba con el equipo en la playa de Peñarrubia. Marcó su número.

—Hola de nuevo, comisario —escuchó decir al inspector acompañado del estridente graznido de las gaviotas.

—¿Fernando? ¿Novedades?

—Quería avisarte de que ya me voy de aquí.

—¿Muchos curiosos?

—Bastantes. Por suerte, el acceso a la playa es complicado y más con esta humedad, así que está siendo fácil mantenerlos alejados. Incluso así, uno de ellos ha conseguido subir una foto a Instagram. Ya he llamado a la juez para que ordene la retirada, pero para entonces la habrá visto toda España. Ya tiene ciento veinte mil *likes*. La científica está terminando y el equipo forense se ha llevado la pierna al Instituto de Medicina Legal —explicó Sarabia.

—¿Cuándo sabremos si pertenece a Alfredo Santamaría?

—Necesitan hacer pruebas de ADN y compararlo con el brazo. Tardarán al menos una semana.

—Voy a hacer unas llamadas —comentó Rafa, más para sí mismo que para el inspector—. Seguro que en los primeros análisis pueden saber con cierta seguridad si los dos miembros amputados pertenecen a la misma persona.

«Es urgente localizar al socio del muerto, Levka Puscasu», pensó el comisario. Gracia había recabado los datos de ambos y le había enviado un resumen con los más importantes a las seis de la mañana. Se preguntó qué haría trabajando a esas horas durante su escapada romántica en París. Conociendo su aversión por las noticias de actualidad seguro que era la única que no había visto la famosa foto de Instagram. Iba a ser el *post* más visto en redes sociales en pocas horas. La llamó, pero saltó el buzón de voz.

Rodrigo había quedado con un colega sueco el domingo por la mañana para compartir buenas prácticas sobre consistencia legal, concepto que me explicó a fondo y entendí a medias. Me recogió a la una en el hotel. Esta vez puse el móvil en silencio y lo relegué al fondo de mi bolso.

Me tocaba elegir restaurante y me decanté por otro clásico, el Café de la Paix, cerca de la ópera, donde pensaba pedir unas ostras, en plena temporada, y después *gratinée à l'oignon y tartare de boeuf*. Si éramos capaces de comer algo más, remataríamos con un *vacherin*. Era un sitio muy turístico, pero la calidad de la comida era buena y la carta contenía un gran surtido de platos típicos de la cocina parisina. El *kir royal* de aperitivo no podía faltar. Dejaríamos la cocina francesa clásica con los *escargots de Bourgogne y el coq au vin* para la cena en un restaurante que no conocía. Nos lo había recomendado mi amiga Sarah.

A Rodrigo le gustaba la buena comida y yo me había propuesto hacerle adicto a la deliciosa gastronomía francesa en un fin de semana.

Pensé en la cantidad de sesiones de *running* y gimnasio que me iba a tocar hacer la siguiente semana para luchar contra una báscula que siempre me daba cuatro o cinco kilos más de los que habría deseado. Pero eso sería a la vuelta.

Después de comer, con el estómago repleto y el móvil en silencio, paseamos por la rue Saint-Honoré, exposición permanente de las últimas colecciones de los grandes diseñadores que me habrían tentado en otro tiempo, antes de cambiar mi antiguo vestidor repleto de marcas por un modesto armario con ropa de Zara. En ese momento, los escaparates engalanados para las compras navideñas solo proporcionaban un agradable decorado a nuestro paseo, arropados por los característicos edificios blancos, todos iguales y todos diferentes. Continuamos caminando mientras la armonía de la arquitectura parisina nos regalaba paz en el corazón y las luces navideñas que empezaban a encenderse al oscurecer nos proporcionaban una ilusión casi infantil. La exclusiva avenida Montaigne nos dejó al borde del Sena con unas preciosas vistas a la torre Eiffel y al mercadillo navideño que concentraba en la zona a turistas y parisinos.

Aunque ambos habíamos estado allí en varias ocasiones por separado, no podíamos dejar de visitar la inmensa escultura metálica en nuestro primer fin de semana juntos en la ciudad. Subir nos pareció excesivo. Había una larga cola para acceder a la torre y el aire húmedo del atardecer invitaba a entrar en un lugar reconfortante. Culpando al frío de nuestras malas intenciones, volvimos al hotel. Eran más de las ocho cuando entré en el baño a arreglarme para la cena y vi las llamadas perdidas de Rafa.

Fui directa al whatsapp en busca de más información y ahí estaba.

«Llámame. Hay novedades urgentes sobre el caso.» Había recibido el mensaje hacía casi cinco horas.

Llamé a Rafa agobiada por el retraso y sintiéndome culpable por faltar a la promesa que le había hecho a Rodrigo de no trabajar durante el resto del fin de semana.

—Lo siento, no he visto tus llamadas hasta ahora.

—Pareces muy ocupada en París —respondió Rafa con un tono de voz que no me gustó.

—Te devuelvo la llamada porque entiendo que si me has llamado en domingo sabiendo que estoy en París es porque es importante —respondí sin ganas de tolerar reproches. Mi avión salía en unas horas y del aeropuerto iría directa a su despacho.

—Hablamos mañana —zanjó Rafa el absurdo rifirrafe.

—¿Qué ha pasado?

—Te lo explico mañana cuando vuelvas a estar operativa.

—No, cuéntamelo ahora, ¿qué necesitas? —insistí.

—Déjalo. Pásate por la comisaría mañana cuando aterrices, como habíamos quedado. Ahora tengo prisa.

La llamada me dejó sensación de desasosiego. ¿Algo iba mal en mi primera colaboración oficial con la policía? O quizá Rafa estaba de mal humor y no tenía nada que ver conmigo. Al día siguiente lo arreglaría.

Fernando Sarabia saboreó el café caliente recién hecho en la Nespresso del despacho del comisario. Eran las ocho de la tarde del domingo y lo habían sacado de la cama a las siete y media de la mañana. Durante el día, el equipo había localizado el alojamiento de Santamaría en Gijón: un hotel de la cadena NH situado en la desembocadura del río Piles. Habían precintado la habitación y estaban esperando los resultados del registro.

—Puede que alguien más fuera detrás de él con peores intenciones que las nuestras y que, para su desgracia, lo encontrara —dijo el comisario.

—Eso explicaría que ahora esté muerto y despedazado, flotando en algún lugar del Cantábrico, pero no que escondieran el brazo en el agujero del muro del paseo marítimo. ¿Un mensaje para alguien? ¿Una prueba de su asesinato? ¿Alguien tenía que ir al muro a buscarlo o confiaban que saliera en la prensa? Porque eso es tentar a la suerte, es más fácil dejar el cadáver entero en la playa.

—No te pierdas en elucubraciones, eso no lo sabremos hasta que avancemos en la investigación. Hay que rastrear los últimos movimientos de Santamaría. ¿Cuándo llegó al hotel?

—El domingo pasado a última hora de la noche —respondió el inspector—. El último movimiento de entrada se registró el viernes a las dos de la tarde en la tarjeta de apertura de su habitación. No saben cuándo salió, no hay registro de salidas de las habitaciones, pero saben que no volvió a entrar.

—¿Nadie lo vio?

—Estamos localizando al personal del hotel que trabajó ese día.

—¿Estuvo solo?

—Se registró solo. Buscamos cargos en sus tarjetas de crédito y cualquier cosa que nos permita hacer un esquema de sus movimientos en los últimos días.

—Perfecto, Sarabia. Vete a casa y mañana continuamos.

Llamó al móvil de Camila Villa, la forense que estaba de guardia. Su relación era cordial a pesar de que solo se conocían desde hacía tres años, cuando ella ocupó la plaza, recién aprobada la oposición.

—Vaya, Rafa, no me digas que te han encargado el caso del «hombre descuartizado».

—Veo que estás atenta a las redes sociales.

—O sea, que te ha tocado. ¿Qué ocurre? ¿Por qué no se queda el caso en Gijón?

—No puedo comentarte nada. La juez ha decretado secreto de sumario.

—A mí también me afecta el secreto sumarial, y no creo que llames para preguntar qué planes tengo para Navidad —respondió la forense.

—Tienes razón. Es un sujeto al que estábamos investigando. Al menos, el brazo era suyo. ¿Sabemos algo más?

—Me faltan los resultados de todos los análisis.

—Extraoficial, Camila, ya me conoces.

—Extraoficial puedo decirte que, si la pierna que apareció esta mañana no pertenece al propietario del brazo que me trajisteis ayer, es de su hermano gemelo. Misma tonalidad, edad, color y cantidad de vello. Estoy pendiente de los resultados del grupo sanguíneo. Yo diría que han sido cercenados ambos por la hélice de un barco; es un corte limpio y en diagonal. Una hélice pequeña, de un barco de recreo. Lo extraño es que hay cortes que no corresponden con los que dejaría una hélice. No logro identificar qué ha podido producirlos.

—Entonces, ¿no fue un accidente?

—No lo sé. La hélice de un barco en movimiento es como una batidora grande. El resto de cortes parecen hechos con unas cuchillas pequeñas, calculo que de unos diez centímetros.

—¿Sabemos de qué murió?

—No, necesito pruebas complicadas, caras y lentas. Sin órganos vitales es muy difícil identificar la causa de la muerte.

—¡Vaya mierda! —exclamó el comisario—. Déjame adivinar: problemas por el coste de las pruebas.

—Los suficientes para dilatarlas unos cuantos días, quizá semanas. Lo mejor sería que encontraras el resto del cadáver.

—¿Cuánto lleva muerto?

—No puedo asegurarlo, entre uno y tres días, cuatro como mucho.

—Muchas gracias, sé lo mucho que os cuesta a los forenses dar datos no corroborados, te debo una.

—¿Una? Una más, querrás decir.

—Una más, Camila, una más. Como decía mi abuela a las chicas solteras: «Que Dios te lo pague con un buen novio» —bromeó el comisario.

—Dios no creo, pero ya que sacas el tema, ¿no tendrás algún amigo simpático y disponible?

—¿Lo dices en serio? —preguntó el comisario Miralles un poco incómodo.

—Y tan en serio. El mercado local de hombres es muy limitado. Si no están casados, están escarmentados o traumatizados y en plena batalla con su ex. Me siento muy sola aquí, estoy pensando pedir el traslado.

—Déjame que hable con mi mujer. A ella seguro que se le ocurre alguien. ¿De verdad que hablas en serio? —Quiso confirmar el comisario, poco convencido de que la forense no le estuviera gastando una broma.

—Mira, estoy tan desencantada que lo siguiente es apuntarme a Meetic. O a Tinder y así al menos me doy un revolcón. Ya ves cómo está el tema. Te dejo, que me llama la juez de instrucción. ¡Qué poca paciencia tenéis todos!

—Hablamos —dijo Miralles antes de colgar—. De las dos cosas —añadió aún asombrado por la petición de la forense.

Después, llamó a Geni.

—Hola, cariño —respondió ella y, como siempre, lo hizo casi antes de que sonara la llamada. Vivía con el móvil en la mano y Facebook y WhatsApp abiertos de forma permanente.

—Hola, cielo. Siento haberme perdido el día con vosotras. ¿Seguís en casa de tus padres?

—Hace un rato que nos despedimos. Hemos comido con ellos y después dimos un paseo los cinco para ver las luces de Navidad y entregar la carta a Papá Noel, que ya está recibiendo a los niños en el Calatrava, ¡es que faltan menos de tres semanas para Nochebuena! Y acabamos de llegar a casa. Ahora iba a sacar a pasear a *Dragón*, que lleva todo el día solo y está impaciente.

—Entonces, ¿qué hora es? —preguntó Rafa mientras buscaba su reloj entre los papeles que tenía encima de la mesa.

—Pasadas las ocho. ¿Cuándo volverás?

—Ahora mismo. Recojo y voy para casa. No creo que lo que pueda hacer aquí a estas horas vaya a ser fundamental para la investigación. Se me ha pasado el día entre noticias absurdas y llamadas de políticos. Hablando de llamadas, ¿conocemos a alguien que pudiera encajar con Camila Villa, la forense?

—Casi no la conozco. Creo que solo la he visto dos veces de pasada, ¿por qué me lo preguntas?

—Porque me ha dicho no sé qué del mercado de hombres pasados los treinta, de apuntarse a Meetic y darse un revolcón con Tinder, y luego me ha preguntado si no tendría algún amigo para presentarle.

—En eso tiene razón, todas las amigas solteras que tengo dicen lo mismo y, además, Camila no es muy guapa. Y es forense, eso no ayuda. A mucha gente le dará repelús que pase el día entre muertos.

—Es atractiva.

—Pelo corto, huesuda y sin tetas. Las conozco más monas que no encuentran a nadie —sentenció Geni.

—Gracia ha encontrado a Rodrigo muy pronto —reflexionó el comisario en voz alta.

—No compares, cielo. Gracia es otro tipo de mujer, es muy femenina, tiene un pelo precioso y no se dedica a diseccionar cadáveres.

—Lo que te pasa es que no eres capaz de ver los defectos en la gente a la que quieres, pero a los desconocidos les encuentras el mínimo fallo —respondió el comisario un poco seco.

—Eso debería alegrarte, ¿no crees?

—Entonces le digo a Camila que no conocemos a nadie —concluyó él volviendo al tema principal antes de que la conversación tomara unos derroteros que no le convenían en absoluto.

—De eso ni hablar. Déjamelo a mí, que seguro que se me ocurre alguien. En casa me cuentas cómo es, qué le gusta, si es divertida y ese tipo de cosas.

Rafael Miralles colgó sonriendo ante la reacción de su mujer. La conocía bien: hacer de Celestina era un plan demasiado goloso como para rechazarlo. Cogió el abrigo y salió de su despacho rumbo al aparcamiento. Llamaría a Mario desde el coche para contarle los nuevos datos. Antes de llegar al parking sonó el teléfono. Era Gracia. Hacía más de cinco horas que le había dejado un mensaje diciéndole que necesitaba hablar con ella. Ahora ya no le parecía tan necesario que le explicara sus investigaciones con urgencia. Ella debía de estar pasándolo bien en París con el tal Rodrigo Villarreal a juzgar por el tiempo que había tardado en devolverle la llamada y él estaba deseando llegar a casa. Los resultados de la autopsia tardarían unos días, así que los datos financieros que dependían de ella podían esperar veinticuatro horas. Respondió a su llamada por cortesía y terminó la conversación lo más rápido que pudo antes de arrancar el coche y poner rumbo a casa.

14 de febrero de 2019

Alfredo Santamaría bajó al parking del hotel y arrancó su BMW serie 7. Necesitaba ver a Andrés del Amo y necesitaba verlo ya. Le daba igual que fuera San Valentín o San Pito Pato.

La llamada que acababa de recibir de su socio en los papeles y su jefe en la realidad le había dejado claro que no iban a tolerarles ni un solo error, y a Andrés habían estado a punto de pillarlo en el aeropuerto de Ginebra con un maletín de dinero negro. Y el muy cabrón se lo había ocultado. En realidad, el dinero era de Del Amo, no de los clientes de InverOriental, pero igualmente, ellos debían mantenerse al margen de cualquier sospecha policial.

—¿Es que estamos en los ochenta? ¿Es que la humanidad ha viajado en el tiempo y yo soy el único cabrón que no se ha enterado? —reclamó Puscasu a Santamaría—. Como tú y ese asesorcillo tuyo hay muchos, así que átalo en corto y no me jodas, ¿queda claro?

A Santamaría le quedó clarísimo. Trasladar dinero de esa forma a la caja fuerte del banco suizo había sido una auténtica chapuza y no se podía volver a repetir. Los tiempos habían cambiado y los maletines cargados de efectivo no eran un medio fiable para sacar el dinero del país. El servicio fiscal de la Guardia Civil tenía controlados los aeropuertos y su sistema de vigilancia era cada día más eficiente. Si los pillaban con dinero negro y llegaban hasta InverOriental estaban perdidos. Lo mejor de su negocio es que era discreto, no llamaba la atención de nadie; un negocio inmobiliario como tantos otros que habían proliferado tras la crisis.

A Andrés del Amo le gustaban las prostitutas, la relación con su mujer hacía años que no le satisfacía más allá de la comodidad y la estabilidad que le proporcionaba, pero últimamente estaba fuera de sí desde que había topado con una nueva agencia de *escorts* rusas, como él las llamaba, o putas caras, como se habían llamado siempre. No dejaba de hablar de aquellas bellezas eslavas, con sus piernas interminables, sus tetas de quirófano, tersas y bien puestas, y de cómo la chupaban mientras le hacían virguerías con los dedos en el culo. A veces las contrataba de una en una, a veces de dos en dos, e incluso una noche había estado con tres a la vez. «Demasiadas para mí», le había confesado a Santamaría después de pavonearse un rato. Del Amo era un tipo inteligente, siempre había sido más listo que Santamaría y ya en la universidad despuntaba. Bajito y feo, no tenía éxito con las chicas, pero era el favorito de los profesores. Santamaría pensó que Del Amo nunca habría hecho semejante chapuza de no ser por aquellas fulanas rusas que acaparaban toda su atención.

Santamaría puso rumbo a la casa de Del Amo en el barrio de Somió, en la colina que ponía fin a la ciudad de Gijón por la zona oriental. El coche iba a más del doble de la velocidad permitida y a mucha más de la recomendada con aquella niebla que obligaba al conductor a adivinar en algunos tramos el trazado de la raya blanca que marcaba los límites de los carriles. Los cuatro *gin-tonics* que había tomado en el bar del hotel le alteraban la sangre y la mente, que daba vueltas sobre los mismos pensamientos a una velocidad de vértigo. Si Andrés no volvía a ser el de siempre, les costaría a ambos la libertad, si no algo peor. Los dueños del dinero que manejaban no tenían la mínima tolerancia con los fallos de los que trabajaban para ellos. Y Andrés había sido un irresponsable.

Comenzó el ascenso por el último tramo de carretera en dirección a la casa de Del Amo. Su potente BMW no notaba la cuesta. Santamaría aceleró para disfrutar del sonido del motor mientras repasaba el discurso que le soltaría a Andrés. Giró en una curva y no vio al peatón que caminaba por el lateral de la carretera hasta que el cuerpo golpeó el capó del coche con un tremendo estruendo, apagando la luz del interior por un instante tan corto que le habría parecido irreal de no ser por la mancha de sangre que empezaba a chorrear por el cristal del parabrisas. El coche de Santamaría frenó a escasos metros del cuerpo de Arantza Brione, tendido sin vida en la carretera, con los huesos rotos y la cabeza abierta desparramando parte de su contenido por la preciosa melena castaña que tanto le gustaba a su novio.

3

Lunes, 9 de diciembre de 2019

El lunes por la mañana aterricé en Ranón y fui directa al despacho para quitarme los vaqueros y la camiseta que había usado durante el vuelo y ponerme algo más apropiado para reunirme con el comisario. Unos minutos después, bajo un cielo despejado donde el sol campaba a sus anchas, me dirigí hacia la comisaría por la vía principal de la ciudad donde los ovetenses aprovechaban la hora de comer para hacer las primeras compras navideñas. El Corte Inglés había instalado ya la iluminación en la fachada, los escaparates lucían decorados como correspondía a fechas tan señaladas y las azafatas uniformadas perfumaban con las nuevas creaciones de las grandes marcas a los clientes que entraban por la puerta principal. Hasta el recio hotel de la Reconquista mostraba su elegancia con un distinguido abeto navideño que recibía a los huéspedes.

—No sé si entiendo lo que me estás contando —dijo Rafa mientras metía una cápsula en la Nespresso de su despacho—. Se me han acabado los Linizios, solo me quedan Ristrettos.

—Está perfecto. Necesito cafeína. ¿Qué es eso que no entiendes?

—¿Los inmuebles no existen?

—No lo sé. Puede que existan y que no tengan mucho interés en que se identifiquen. Por eso no te había pasado la información antes. Quiero continuar investigando y darte una respuesta segura.

—¿Cómo vas a hacerlo?

—Con una agencia de detectives local.

—¿Fiables?

—Eso espero —respondí mientras apartaba un mechón de pelo de mi melena que amenazaba con acabar en la taza de café—. Me ha costado elegirlos porque en Rumanía los detectives no se legalizaron hasta el año 2003, no hay cultura de contratar investigadores privados y hay muy pocas agencias que funcionen. La que he seleccionado es la más grande, Total Trust Investigations. A pesar del nombre, son rumanos. Su especialidad es proporcionar información comercial. Allí no son públicos ni los bienes de las empresas ni su situación bancaria, y tampoco comunican a Hacienda la información sobre clientes y proveedores. Política de transparencia económica cero: el perfecto semillero de operaciones financieras dudosas.

—¿Y ellos van a investigar en todos los países donde esta gente oferta inmuebles?

—No, claro que no. Salvo que estés dispuesto a pagar la factura.

—Yo sí, pero la segunda palabra que pronunció mi jefe sobre el caso fue austeridad —me respondió Rafa mientras bromeaba haciendo un gesto compungido.

—Elegí Rumanía porque es donde más inmuebles anuncian en su web y porque está bien cartografiado en Google Maps, así que he podido hacer más comprobaciones. También porque el socio de Santamaría vive en Bucarest. Si encontramos el fraude allí, será más fácil relacionarlo con él.

—Entendido. Me has pasado mucha documentación de Alfredo Santamaría y no la he leído. Hazme un resumen rápido con los datos más importantes. —Y señalándome con el dedo añadió—: estás metiendo el pelo en la taza.

—¡Mierda! —dije mientras buscaba en el bolso algo con lo que secar el mechón mojado de café—. Alfredo Santamaría Sanmartín —proseguí—. Cuarenta y siete años. Licenciado en Ciencias Empresariales. Nació en Toledo. Familia influyente en la zona. Muchas hectáreas de tierras, viñedos y una bodega propia, pequeña, pero con la producción vendida por adelantado cada año. Se crio en un cigarral, una casona tradicional de la zona. Su padre, José Carlos Santamaría, era ingeniero agrónomo. Trabajaba para el Ministerio de Obras Públicas y, además, tenía su propio despacho para clientes privados. Aún vive. Está en una residencia. Alfredo es el pequeño de tres hermanos. El mayor, ingeniero como su padre, gestiona las bodegas y el patrimonio familiar. El mediano es un escultor de bastante renombre en el mundillo artístico. Ha montado su estudio en el cigarral donde se criaron, tiene una escultura expuesta de forma permanente en el MoMA de Nueva York y lleva más de dos años con una exposición itinerante por los museos más prestigiosos del mundo.

—¿Cómo es que ha salido tan mal el tercero?

—No sabría decirte. Estudiante del montón, nada destacable hasta que le trincasteis por el delito de falsificación de tarjetas cuando estaba en la universidad. Su madre murió al mes siguiente de que lo detuvieran. Un infarto. Parece que el padre y los hermanos lo culparon a él de la muerte de la madre y le dieron la espalda.

—¿Cómo te has enterado de todo eso?

—Por el registro civil, por el registro mercantil, por un amigo inspector de Hacienda que me debe un favor y por un cura que estuvo en el seminario con un buen amigo de mi familia y lleva cuarenta años en Toledo —expliqué mientras escurría el café de mi pelo en un pañuelo de papel que había encontrado en el desorden de mi bolso—. No te preocupes, que he sido… ¿cómo has dicho antes? Austera en los gastos. Todo me ha salido gratis. En la documentación que te he enviado tienes su vida laboral con la lista de todas las empresas en las que ha estado dado de alta, como trabajador o como administrador. Te he traído una copia impresa. Como puedes ver, ha tenido una carrera profesional muy movida. ¿Sabes lo que tienen en común las tres empresas en las que ha estado en los últimos años?

—Sorpréndeme.

Rafa se levantó a prepararse otro café después de que yo rechazara una nueva taza.

—Todas se han declarado en quiebra. Tendríamos que contrastar la lista de inversores. ¿Sería posible pedir una orden judicial?

—Podemos pedirla, pero no nos la van a dar. No tenemos suficientes pruebas.

—Sería importante conocer los nombres y las cantidades invertidas por todos ellos. Podemos descartar los importes menores. En InverOriental piden una inversión mínima de veinte mil euros.

—Lo de las inversiones menores es relativo. La misma cantidad no significa lo mismo para una persona que para otra —apuntó Rafa.

—Cierto, pero por algún sitio hay que empezar.

—¿Nadie gana dinero?

—Si es una estafa piramidal, los primeros que invierten siempre ganan. Al menos hasta que la empresa se declara en quiebra. Los últimos ya no. De todas formas, Santamaría no ha cerrado ninguna empresa de golpe llevándose todo el capital; ha devuelto las inversiones de manera parcial, según consta en los balances.

—Ya entiendo, así es más fácil echarle la culpa de la quiebra a la situación económica del momento y no parece una estafa, ¿es eso? —dedujo Rafa.

—Eso es. La forma más fácil de librarse de un delito es que parezca que no lo es.

—¿Y su socio? ¿Levka Puscasu?

—Estoy trabajando en ello. No es ciudadano español. Tiene NIE porque lo solicitó para constituirse como administrador de InverOriental. Así que también tiene domicilio. En Barcelona. Si ha realizado operaciones financieras en España con anterioridad, lo haría a través de otra persona, física o jurídica. Si Puscasu forma parte del pasado de Santamaría, en España no hay registro de ello. Conseguir datos en Rumanía es mucho más complejo que aquí. Hasta que no lleguen los primeros informes de la agencia de detectives, no tendré nada concreto. Pero hay una cosa que yo no puedo conseguir y tú sí.

—¿Solo una? Eso no dice mucho de la policía española —dijo Rafa enarcando las cejas.

—En este momento solo me interesa una. Mejor dicho, dos: ¿es posible obtener un listado de todos los vuelos realizados por estos dos pájaros durante los últimos dos años? Quiero contrastarlo con el listado de inmuebles que aparecen en su web.

—Si tienen entrada o salida en aeropuertos españoles, lo conseguiremos en un par de días. ¿Cuál es la otra cosa que me quieres pedir?

—El registro de llamadas de móvil de Alfredo Santamaría y de Levka Puscasu.

—Eso no va a ser posible. Santamaría no ha contratado una línea ni fija ni móvil desde hace diez años. Al menos, no a su nombre. Es lo primero que comprobamos. Puscasu no tiene móvil español, localizar una línea rumana va a ser muy difícil.

—O sea, que no. ¿Habéis avisado a la familia de Santamaría?

—En cuanto los forenses terminen su trabajo, contactarán con ellos desde la comisaría de Toledo. Sabemos que el brazo es suyo por la huella dactilar de la mano, pero no es suficiente para darlo por muerto. Una cosa más: ¿por qué trasladar el domicilio social de la empresa de Barcelona a Gijón por los conflictos independentistas? Si su empresa no es un negocio real sino una estafa, ¿en qué les iba a afectar?

—Yo también lo he pensado y solo se me ocurre que lo hayan hecho por respetabilidad. Si eres un estafador, es una oportunidad perfecta para generar la imagen de empresa seria y responsable. Las grandes compañías trasladan la sede a otras ciudades y ellos también. Después, envían un comunicado a los inversores y potencian su imagen de solvencia.

—Podría ser… —dijo Rafa poco convencido.

—¿COMISARIO? TENGO NOVEDADES —dijo el inspector Sarabia en cuanto Miralles respondió al teléfono—. Santamaría utilizó una aplicación de mapas para moverse por la ciudad. Tenemos el registro de todos los lugares que buscó.

—¿Habéis encontrado su móvil? ¿No lo llevaba encima?

—Estaba en un cajón de la mesilla de su habitación del hotel. Es posible que tuviera más de uno porque el que hemos encontrado no está protegido y no hay llamadas recibidas ni emitidas. Tampoco tiene cuentas de correo configuradas y es de prepago; fue adquirido aquí junto con la tarjeta hace solo dos días: un modelo barato de la marca Huawei.

—¿Cómo sabes que lo acababa de comprar?

—Porque tenía el *ticket* de compra encima de la mesa de la habitación.

—Hay que enviar el teléfono a los informáticos de la científica.

—Lo sé, comisario, pero es un móvil sin contraseña. No podíamos dejarlo pasar y que se retrasara la información una semana —se excusó el inspector.

—No lo he cuestionado. Cuéntame qué tenemos.

—Santamaría fue al Café Dindurra. Hemos preguntado en el local y parece que estuvo allí varios días seguidos a las siete de la tarde. Es un local grande, antiguo y con mucha solera que se encuentra en el centro de Gijón. Son famosos por el servicio: el personal no pierde ojo de lo que pasa en el local, saben lo que toma cada cliente habitual, dónde les gusta sentarse, y están atentos a cualquier detalle que se salga de lo usual. Uno de los camareros trabajó todos los días de la semana pasada en turno de tarde y siempre tienen asignadas las mismas mesas: Santamaría se sentó cada día en la número doce. Se acuerda porque el tercer día pareció frustrarse al encontrar ocupada «su» mesa y se sentó en la de al lado. En cuanto quedó libre, se cambió. Todos los días tomó un whisky de malta con hielo. —Sarabia hizo una pausa y cuando el comisario estaba a punto de preguntar si había algo más, continuó—. El último día tuvo compañía. Una mujer con un chico joven.

—¿Qué edad tenía la mujer?

—Cuarenta y bastantes, morena, media melena, delgada, estatura media, vaqueros y chaqueta azul. El chaval alrededor de veinte. Se acuerda bien porque Santamaría le dio al camarero un billete de cincuenta euros para pagar una cuenta de treinta y no esperó a que le llevara la vuelta.

—¿Alguna idea de quiénes eran?

—Aún no.

—Es prioritario localizarlos. ¿Algo más?

—Otras dos direcciones en la aplicación de mapas. Una es un edificio de viviendas cercano al Musel, el puerto comercial.

—¿Muchos vecinos?

—Casi cien. Es una torre de pisos de los años setenta, de protección oficial. La mayoría de los que viven allí son gente que trabajaba en astilleros o en el puerto: estibadores, mecánicos, vigilantes, conductores…

—Coge dos agentes más y que pregunten piso por piso hasta que alguien identifique a Santamaría o perciban algo sospechoso —ordenó el comisario.

—Vamos a generar alarma, Rafa —replicó Sarabia, obviando las formalidades.

—Ya lo sé, pero tenemos un cadáver sin pierna y sin brazo flotando en algún lugar del mar. No podemos esperar. ¿La otra dirección?

—Un edificio de oficinas.

—¿La sede de InverOriental? —apuntó el comisario.

—No. El domicilio social lo tienen contratado con una de esas empresas que proporcionan domicilios fiscales que no son reales. No hay oficina ni nada. Es una dirección que solo sirve para la correspondencia.

—Eso no suena bien. ¿Hemos hablado con ellos?

—Sí, pero no saben nada. Treinta euros al mes por una dirección de referencia para Hacienda. InverOriental paga puntualmente y nunca han tenido ninguna incidencia.

—¿Eso es legal?

—No lo sé, jefe, supongo que sí. Lo hacen a la vista de todos y hasta nos han dado un folleto donde explican sus ofertas.

El comisario anotó en un *post-it* amarillo: «preguntar Gracia servicio domiciliación empresas» mientras continuaba interrogando al inspector.

—¿Y las oficinas a las que fue Santamaría?

—Es un edificio de oficinas nuevo en la playa de Poniente, detrás del Acuario. Hay diecisiete empresas en él y tienen seguridad en la puerta veinticuatro horas. Santamaría tuvo que registrarse en el control de seguridad para acceder. Fue a visitar a Andrés del Amo, asesor fiscal. Del Amo no ha vuelto por su despacho desde entonces, parece que está en un viaje de trabajo. Hemos dejado una nota en su oficina para que se ponga en contacto con nosotros.

—¿Cuándo fue a verlo Santamaría?

—El miércoles por la mañana, dos días antes de encontrarse con la mujer y el joven en el café Dindurra. En el registro consta que llegó a las doce y diez.

—¿Qué sabemos de ese asesor fiscal?

—Todavía nada. Arce está en camino para interrogar al vigilante y después irá a la casa de Andrés del Amo. Envío a los agentes a peinar el edificio de viviendas que visitó Santamaría.

—Hay que encontrar a la mujer y al chico que estuvieron con él en el Dindurra —insistió Miralles.

—No parece que tengan mucho interés en esconderse si quedaron en el café más grande y concurrido de Gijón —apuntó Sarabia—. Veraneé muchos años allí y es un sitio para dejarse ver, no para pasar desapercibido. Ya sabes, gente bien. Se citaron a la vista de todo el mundo.

Cuando colgó el teléfono, el comisario se puso en pie y empezó a dar vueltas por su despacho. El caso se complicaba por momentos y todavía no habían encontrado el cadáver.

Cerca de las dos de la tarde me calcé, cogí el bolso, el abrigo y el paraguas y salí a la calle con intención de ir a comer con mi madre y con mi hermana Bárbara. El sol de la mañana había dado paso a un orbayo que no disuadía a la gente de aprovechar el descanso laboral de mediodía para ir a sus casas a comer o ir de tiendas. Sin pararme a observar los escaparates, pasé al lado de la estatua de Rufo, el perro más famoso de la ciudad. Dejé a un lado la imponente iglesia de San Juan y me refugié en el portal. Tania, la persona que trabajaba en casa de mi madre, abrió la puerta y cogió mi paraguas mojado.

—Tu madre está en la cocina —anunció—. ¿La habías avisado de que venías?

—No, lo he decidido hace escasos cinco minutos.

—Pues va a ser verdad eso que dice de que tiene telepatía, porque ha preparado tortilla de patatas con merluza, pastel de espinacas y costillas a la sidra.

—¡Qué rico, Tania! A lo mejor la que tiene telepatía soy yo y por eso me he decidido a venir —bromeé—. ¿A qué viene tanto despliegue? ¿Viene alguien más?

—Está probando recetas nuevas para Navidad. Dice que está harta de cocinar siempre lo mismo y que este año no va a poner ningún plato tradicional. Lleva así una semana. Bárbara y yo somos las catadoras.

Bárbara, mi hermana, iba casi todos los días a comer a casa de mi madre desde hacía seis años. Por las mañanas trabajaba en casa, los viernes en su blog sobre el impacto de salud mental en las afecciones cardíacas y el resto de días preparando la documentación de los ensayos en los que participaba; por las tardes iba al laboratorio del hospital y, además, pasaba consulta una vez por semana. Llevaba varios años realizando ensayos clínicos sobre implantes cardiológicos para un laboratorio británico. Había sido una empollona en la infancia y era una adicta al trabajo incluso ahora que tenía un bebé. Éramos tan distintas que a la gente le costaba identificarnos como hermanas: ella rubia, pequeña, atlética y muy delgada, con los ojos azules y la piel muy blanca; yo, morena, unos centímetros más alta, con las curvas marcadas y un peso que solo lograba mantener a raya gracias a la voluntad de salir a correr e ir al gimnasio varias veces por semana. Yo me pintaba y me planchaba el pelo hasta para sacar a pasear al perro; ella, en cambio, aparecía recién salida de la ducha incluso cuando quedaba a tomar una copa conmigo. Algunas veces pensaba que, si no hubiéramos sido hermanas, no nos habríamos soportado. Bárbara no opinaba, sentenciaba, y su compasión por la debilidad humana era inexistente. Aun así, yo la adoraba y confiaba en que ella a mí también.

—Gracia, nena, ¡qué sorpresa! —dijo mi madre cuando me asomé por la puerta de la cocina—. Me pillas a punto de cuajar una tortilla de las que le gustan a Bárbara. Si me hubieras avisado, habría preparado otra cosa, que a ti las costillas no te gustan demasiado.

—Por eso precisamente no te he avisado, mamá. Me encanta el menú, no te preocupes. Así que estás buscando nuevas recetas para Navidad...

—Sí, hija. Escuché el otro día en el programa de Arguiñano que para que el cerebro no se atrofie con la edad hay que hacer cosas nuevas, así que estoy probando recetas que encuentro por internet. Hablando de cosas nuevas, ¿cuándo vas a traer a casa al abogado ese con el que sales?

—Cuando sea oficial.

—Nena, que acabáis de iros el fin de semana a París —insistió mi madre—. Y ya te ha visto con él medio Oviedo. La única que no lo conozco soy yo, que no sé qué decir cuando las vecinas me preguntan.

—Cuánto tarda Bárbara —dije en un intento de cambiar de tema.

—Ya estoy aquí —anunció mi hermana asomando la cabeza por la puerta mientras dejaba su paraguas plegable chorreando en la encimera.

—Bárbara, hija, no dejes el paraguas ahí, que se mancha. Me estaba contando tu hermana que nos va a traer al chico ese,

Rodrigo se llama, ¿verdad? Porque ya es hora de que lo conozcamos, ¿no crees?

—Bárbara, no le hagas ni caso —repliqué—. ¿Dónde están Marcos y *Gecko*?

Marcos era mi sobrino, que aún no había cumplido un añito, y *Gecko* el enorme pastor de los pirineos de mi hermana, que vivía en una eterna fase de cachorro juguetón.

—Se han quedado en casa con la nueva niñera. Luego mamá va a pasar la tarde con ellos. ¿Huele a costillas? —preguntó mi hermana cambiando de tema.

—¿Por qué no venís todos a comer el domingo? —volvió mi madre a la carga.

—¿Quiénes somos todos? —preguntó Bárbara cauta.

—Tu hermana y su novio nuevo, y Teo y tú.

—¿Teo, mamá?

—Claro, hija, ¿por qué no va a venir? Ya sé que dices que no sois novios, pero es una persona importante para ti; es el pediatra de Marcos y ha perdido a su única hermana. Estas Navidades van a ser muy tristes para él, seguro que le viene bien despejarse un poco.

La hermana de Teo había muerto en verano y Bárbara había estado a su lado en todo el proceso. Nadie la creía cuando decía que no había nada entre los dos, pero ella seguía insistiendo, tanto que yo empezaba a dudar de que realmente no hubiera más que una estrecha amistad. Incluso Geni, que solía estar muy bien informada, pensaba que Teo era el padre de mi sobrino. Estaba en un error. Solo mi hermana y yo sabíamos quién era el padre de Marcos.

Para mi sorpresa, Bárbara aceptó la propuesta de mi madre.

—Contad conmigo también —accedí.

—¿Y con Rodrigo, hija?

—No, mamá, con Rodrigo, no. Él no quiere presentarme a su familia hasta que no tramite el divorcio de Jorge, así que no tiene sentido que le presente yo a la mía.

—Dile que venga —me instó Bárbara—. ¿Qué más da? Ya es hora. Seguro que él en el fondo lo está deseando, pero va de tío duro.

Le dirigí una mirada asesina a mi hermana antes de escuchar cómo mi madre continuaba con las invitaciones.

—Y si quiere venir Sarah con los niños, será bienvenida. Hace mucho que no la vemos. Dentro de poco será Navidad y ya sabes lo triste que me pongo desde que murió tu padre. Anda, dame esa alegría.

—No voy a juntar a Sarah con Rodrigo —corté tajante.

—¿No se llevan bien? —preguntó mi madre—. ¡Uy! Pues eso hay que arreglarlo porque puede ser un problema. Razón de más para que los juntemos y suavicemos las cosas.

—No es eso, es que ellos dos se acostaron antes de que Rodrigo y yo empezáramos a salir —le expliqué convencida de que eso la haría desistir, aunque no fuera más que por el pudor que sentía ante esos temas.

Me equivoqué.

—Bueno, mira tú por dónde sales ahora. Tan moderna para unas cosas y tan atrasada para otras. ¡Eso para las mujeres de vuestra generación no tiene ninguna importancia! Seguro que a Sarah le parece bien.

—Pero a Rodrigo igual no le apetece que esté ella aquí el día que le presento a mi familia porque, aunque se llevan bien, los dos son como gallos de corral y Sarah ha cogido gusto a chincharle cada vez que se presenta la ocasión —protesté.

—Pues que se aguante —respondió mi madre en un tono que no admitía réplica—. Entonces, venís todos a comer este domingo, ¿verdad?

Suspiré resignada. La tortilla de merluza estaba exquisita.

Levka Puscasu decidía desde su despacho en Bucarest los próximos pasos a dar con InverOriental mientras esperaba noticias de Alfredo Santamaría. Cada mañana de lunes, Puscasu recibía el informe semanal de boca de Santamaría y juntos acordaban los siguientes movimientos. De vez en cuando, Puscasu viajaba a Barcelona con el objetivo de que a los españoles no se les olvidara para quién trabajaban. Le gustaba la ciudad y allí podía quedar con otro tipo de clientes sin levantar sospechas.

En unas semanas InverOriental entraría en la fase crítica de liquidación de activos; después declararían la quiebra y desaparecerían durante una temporada. Quince años y cuatro empresas en el mismo país era más que suficiente; tocaba cambiar de destino. Santamaría debía abandonar el barco. Empezaban a asociarlo con muchas empresas fallidas en España y era cuestión de tiempo que lo pillara la policía. Conocía el negocio como nadie, pero cada vez era menos fiable. El último año había sido un despropósito. Del Amo, el hombre de confianza de Santamaría, se había dedicado a pasar maletines llenos de dinero negro por la frontera suiza, él mismo había tenido que intervenir para que no lo pillaran. Santamaría atropelló a una joven en una imprudencia que les pudo costar el negocio y, de no haberse resuelto a tiempo, a Santamaría le habría supuesto la vida o la libertad, según quién lo hubiera pillado antes, Costica o la policía española.

Hacía años que la sangre no rozaba las manos de Puscasu. Se había convertido en un hombre de negocios, de los de trajes de marca y relojes de colección. Con su villa en el Distrito Dorobanti de Bucarest, próxima al lago Floreasca, Levka Puscasu había triunfado. Nacido en el barrio gitano de Ferentari, no lo había tenido fácil. No como Alfredo, que era un niño de papá, como decían en España. Un niño cobarde y malcriado que hacía trastadas para que su padre le prestara atención, aunque esa atención llegara en forma de guantazo, pero que se cagaba vivo si tenía que actuar como el animal que debía ser un hombre. Santamaría no había usado un arma de fuego más que para cazar conejos y un cuchillo para desollarlos, pero eso era muy distinto a matar a un ser humano.

La última vez que se encontraron en Barcelona, Santamaría le habló de un hijo cuya existencia desconocía hasta unos meses antes. A Puscasu le importaban un bledo los asuntos de Santamaría, pero al tema del hijo sí le prestó atención. Las debilidades de los demás siempre eran objeto de su atención: podían convertirse en armas contra ellos en caso de necesitarlas.

Levka todavía no había decidido qué hacer con Santamaría cuando liquidaran InverOriental. Por dinero no iba a hablar: Santamaría había atesorado sus abundantes ganancias en un banco de Ginebra. Debido a las nuevas leyes antiblanqueo, los bancos suizos estaban obligados a proporcionar información de las cuentas bancarias, pero el contenido de las cajas de seguridad seguía siendo confidencial.

Cuando InverOriental se liquidara, otro testaferro sustituiría a Santamaría en las actividades de blanqueo de dinero en Europa. El sucesor ya estaba previsto dentro de la propia organización: Mihail Kumov, el mismo que solucionó el asunto del coche de Santamaría cuando tuvieron que intervenir antes de que la policía española descubriera a Alfredo y destapara el negocio de InverOriental. Mihail Kumov era uno de los hombres de confianza de Costica y ya había recibido el encargo de encontrar el mejor lugar para crear la nueva empresa que sustituiría a InverOriental. Los primeros informes realizados por Kumov señalaban a Croacia como el país adecuado.

Puscasu sintió una punzada de inquietud, el instinto lo avisaba de que algo no iba bien. No recibía noticias dc Santamaría desde el miércoles. Por su seguridad, repasó la información recabada sobre el presunto hijo de su socio.

SENTADA EN MI despacho reconvertido en casa desde que Jorge regresó a Nueva York, daba vueltas a las cuentas de InverOriental, recién obtenidas del Registro Mercantil *online*. En el balance figuraban inmuebles por valor de mil quinientos quince millones de euros repartidos en distintos países del mundo. Esos inmuebles tenían una rentabilidad, vía arrendamientos, de más de trescientos millones anuales. Alrededor de un veinte por ciento. Era una barbaridad. Levanté la vista y relajé la mirada, observando las copas de los árboles centenarios que tenía enfrente, en la principal vía de la ciudad. Era una tarde agradable, había dejado de orbayar, todavía no se había puesto el sol y, a pesar de ser diciembre, la temperatura continuaba siendo otoñal. La gente caminaba por el paseo peatonal que flanqueaba el parque; unos iban cargados con bolsas, otros daban vueltas por el simple placer de pasear, y muchos de ellos volvían a sus casas después de un día de trabajo o de recoger a los niños del colegio. Todos ciudadanos normales, con sus trabajos, sus familias y sus ilusiones. Cualquiera de ellos podría ser un pequeño inversor en InverOriental, contento con su rentabilidad. ¿Se trataba entonces de futuros estafados o de inversores afortunados por haber encontrado unos gestores inmobiliarios con gran visión del mercado?

Me llamaban la atención dos cosas: a pesar de parecer un negocio redondo, con una rentabilidad del diez por ciento de lo invertido una vez deducidos los gastos, la sociedad estaba descapitalizada. También me preguntaba cómo conseguían gestionar más de trescientos inmuebles sin personal en plantilla. Algo no cuadraba en InverOriental. Necesitaba mucho más que unas cuentas oficiales para averiguar qué clase de negocio tenían montado.

—Creo que tenemos el cadáver —anunció Sarabia después de abrir la puerta del despacho del comisario Miralles sin llamar.

—Pasa, Sarabia —invitó el comisario—. ¿Dónde ha aparecido?

—En un barco del puerto deportivo de Gijón.

—¿En un barco? —repitió Miralles—. ¿Cómo que en un barco? ¿Dentro?

—Una mujer ha llamado a emergencias hace un par de horas. Ha ido al barco de sus jefes a recoger unas cosas y al subir a cubierta le llamó la atención el mal olor que salía del interior. Pensó que una gaviota se habría colado para morir; los pájaros suelen hacerlo si el barco no queda bien cerrado. Cuando abrió la puerta del camarote encontró a un hombre muerto, sin pierna y sin brazo. La mujer está alterada y su declaración es algo confusa. El subinspector Arce ya está allí y el agente Macías va de camino.

—¿Has dicho «sus jefes»? —preguntó el comisario.

—Trabaja en casa de una familia como empleada del hogar. Fue a buscar unas parrillas, o algo así han entendido los agentes, para usarlas en la cena de Nochebuena. Cuando llegó al barco, se encontró el espectáculo.

—¿Para qué familia trabaja?

—Aún no lo sé. No tengo más información. Voy para allá, quería que lo supieras antes que nadie.

—Llámame en cuanto sepas de quién es el barco.

Sarabia salió del despacho dejando al comisario con la sensación de que la historia era absurda. Si, como le había dicho la forense, Alfredo Santamaría había muerto en el agua, ¿por qué ahora aparecía dentro de un barco? Llamó a Mario para darle la información.

—Que nadie hable con la prensa hasta que no identifiquen el cadáver —ordenó Mario. Miralles lo oyó inspirar profundo. Si estaba fumando un puro, era mala señal. Su jefe estaba estresado—. No le des ninguna información al alcalde. Para nosotros, el muerto no será Alfredo Santamaría hasta que el forense lo certifique.

—Como siempre, pero entre nosotros, sin un brazo y una pierna, es difícil que sea otro —objetó el comisario.

—No quiero que digamos nada hasta que no tengamos claro qué decir —zanjó el jefe de policía—. Presiona al forense y que te dé información preliminar lo antes posible. ¿Quién es?

—Camila Villa. Nos dirá todo lo que pueda.

—¿Vas a venir mañana por la noche a mi concierto con el Coro Vetusta? —preguntó Mario de sopetón.

—Voy a ir con mi mujer.

—No vengáis. Voy a avisar a los compañeros del coro para que no cuenten conmigo, actuará mi sustituto. Solo falta que, en medio de este jaleo, aparezca el jefe de policía cantando el «Hijo de la Luna» de Mecano en el teatro Filarmónica para que la prensa saque memes. No creo que tarde en correrse la voz.

—Te aviso en cuanto sepa algo más —se despidió el comisario.

Miralles necesitaba un café. Doble.

14 de febrero de 2019

Después de un instante de vacilación, Alfredo Santamaría dio marcha atrás unos metros, aplastando con la rueda una cajita de terciopelo rojo en forma de corazón y haciendo añicos el colgante de plata que guardaba en su interior. Abrió la puerta del coche el tiempo justo para ver el cuerpo de la joven a la que acababa de atropellar tendido en la carretera, en una extraña posición fetal, como si estuviera plácidamente dormida. Solo rompía la ilusión el charco granate, casi negro, salpicado de restos de masa encefálica, alrededor de la cabeza. Ignorando el escalofrío que le recorrió la columna vertebral, cerró el coche y aceleró rumbo a casa de Del Amo. Ni siquiera comprobó si la chica seguía viva.

Seis minutos después, llamó al móvil de su socio y amigo al aparcar el coche a unos metros de la puerta de su casa. El hijo del ama de llaves entraba en ese momento con su moto en el garaje. Apagó las luces y pidió a un dios en el que no creía que nadie lo pudiera relacionar con lo que acababa de suceder. Deseó, a sabiendas de que su deseo no se cumpliría, que solo fuera un mal sueño, un producto de su imaginación maquiavélica, como los pensamientos obsesivos y agoreros que sufría tantas mañanas en las que el alcohol de la noche anterior le provocaba grandes estragos. Hacía media hora que Alfredo Santamaría y Andrés del Amo habían hablado. Del Amo no estaba en casa, terminaba de cenar con su mujer en un restaurante del centro como mandaban los convencionalismos sociales en una noche tan señalada, pero se había comprometido a ir para allá. Santamaría le brindaba la excusa perfecta para no acostarse esa noche con su mujer. Había pasado la tarde con una de las diosas de pega rusas y lo último que le apetecía era cumplir con una mujer desganada que solo se dejaba tocar en los días predeterminados y cuyo único deseo hacia su marido era que terminara cuanto antes. Eran las doce de la noche. Santamaría se quedó en el coche, sentado, escuchando el latido de su corazón, repasando cada detalle del accidente y sopesando la probabilidad de que alguien lo pudiera relacionar con el atropello. ¿Qué demonios hacía una joven caminando por la carretera de noche y en mitad de la niebla?, se preguntaba una y otra vez.

Respiró hondo para calmar el pánico que intentaba apoderarse de él, aunque lo que realmente necesitaba era un trago. Los clientes de InverOriental estaban vinculados con la mafia. Aunque él desconocía por completo su identidad y la naturaleza de los negocios de los que procedía el dinero que blanqueaba, siempre había sabido que eran gente peligrosa. ¿Quién si no podía mover semejantes cantidades de dinero impunemente? Hasta ese momento, Santamaría solo había visto la cara amable de la organización, la que representaba Puscasu, cuando los que trabajaban para él cumplían los objetivos marcados, pero ¿qué ocurriría si su imprudencia los ponía en peligro? No creía que Puscasu fuera un tipo comprensivo, y la gente para la que trabajaba lo sería aún menos.

4

Miércoles, 11 de diciembre de 2019

«Descubren un cadáver en el barco de unos conocidos empresarios gijoneses» rezaba el titular del periódico *La Nueva España* en su página web, abierta en el ordenador de Levka Puscasu.

Google Alerts le envió el aviso de varias noticias referentes a sus palabras clave, Alfredo Santamaría, a primera hora de la mañana.

> El cadáver hallado en un barco del puerto deportivo de Gijón sin un brazo y una pierna podría pertenecer a Alfredo Santamaría Sanmartín, empresario, natural de Toledo, residente en Barcelona y director financiero de una empresa de inversiones inmobiliarias con sede en Gijón. Aún se desconocen las causas de la muerte, aunque se baraja la posibilidad de que se trate de un accidente.

La lectura de la noticia en los diferentes diarios locales lo dejó perplejo. Según el periódico, primero se había encontrado un brazo en un agujero del muro de la playa de San Lorenzo en Gijón; al día siguiente, media pierna había aparecido en otra playa y, por último, el resto del cuerpo en un barco. En otro periódico local, *El Comercio*, un periodista había escrito un largo artículo sobre el caso desmontando la hipótesis de una muerte accidental lanzada por la policía, a la que acusaba de mentir a los ciudadanos. «¿Cómo explicaban las fuerzas del orden que el brazo se hubiera incrustado en el muro del paseo marítimo si realmente se trataba de una muerte accidental? ¿Cómo había llegado el cadáver al barco? ¿Por qué nadie había notificado la desaparición de Santamaría?», cuestionaba el periodista. A pesar de que la juez a cargo del caso decretó el secreto de sumario desde la aparición de la pierna, eran muchos los testigos del hallazgo de las distintas partes del cadáver, y la prensa conocía los detalles.

Después de reponerse de la sorpresa, Puscasu comprendió que debía cerrar cuanto antes la recepción de nuevas participaciones en InverOriental, cancelar las compras de nuevos inmuebles y empezar a liquidar los activos. La muerte de Alfredo ponía a la empresa bajo los focos de la policía española.

Levka no tenía respuesta para todas las preguntas que se le venían a la cabeza. El único que podía tener interés en cargarse a Santamaría era él mismo. Incluso si Costica se hubiera enterado de algo que él desconocía, le habría ordenado que arreglara el problema.

Cogió su maleta de cabina, siempre preparada para una huida rápida, y un pasaporte falso, y salió cerrando la puerta de su pequeño palacete en el centro de Bucarest. Tomó un taxi hasta el aeropuerto y, una vez allí, alquiló un coche y se dirigió a Burgas, en la costa de Bulgaria. Mientras no supiera exactamente qué estaba ocurriendo, era preciso extremar las precauciones. ¿Dónde habría metido Alfredo la documentación de los inmuebles de las próximas transacciones?, se preguntó.

LLEVABA TODA LA mañana inmersa en documentos mercantiles cuando Rafa me llamó.

Colgué desconcertada. No es que yo supiera mucho del *modus operandi* de las mafias de blanqueo de dinero, pero me costaba pensar que torturaran y asesinaran a sus enemigos para luego vestirlos con un traje de marca y acostarlos cómodamente en una cama, pero así era como habían encontrado a Santamaría según acababa de explicarme el propio Rafa.

La policía no tenía ninguna explicación razonable para lo sucedido con el cuerpo de mi defraudador y, aunque sabía que no era mi trabajo encontrarla, no conseguía centrarme en otra cosa.

Llamé a mi madre, no tenía nada que perder. Era la única persona que conocía capaz de encontrar sentido a acontecimientos absurdos.

—Hola, nena —me dijo al responder—. Iba a preparar cachopos para el domingo, que le gustan a todo el mundo, pero he pensado que como siempre se los hacía a Jorge, no sé, igual es raro que ahora los prepare para el chico nuevo. Mejor preparo otra cosa, ¿a ti qué te parece?

—Hola, mamá. Los cachopos están bien. Le encantarán. ¿Te importaría no llamar a Rodrigo el «chico nuevo»? No es ningún chico, ya te he dicho que tiene casi diez años más que yo, y lo de nuevo no suena bien.

—Bueno, pues cachopos. ¿Cómo lo llamo entonces?

—Rodrigo, solo Rodrigo. En fin, que yo quería hablar contigo de otra cosa. Si te parece, te hago una pregunta y tú me respondes lo primero que te venga a la cabeza.

—Claro, hija, lo que quieras. ¿Sabes qué te digo? Que mejor no preparo cachopos, se me hace raro; ya pensaré otra cosa. Igual hago una de las recetas que me gustaría probar para Navidad. Ya estoy harta de cocinar siempre lo mismo. Preparó unas carrilleras el otro día Arguiñano que tenían muy buena pinta.

Respiré hondo y continué con el motivo de mi llamada.

—¿Por qué alguien querría vestir a un muerto con un traje caro y elegante, y tumbarlo sobre una cama bien colocado?

—Pues para velarlo, ¿por qué iba a ser? Como se hizo toda la vida antes de que existieran los tanatorios —dijo mi madre de inmediato—. Nena, ¿esta pregunta no tendrá que ver con los trozos humanos que han aparecido en la playa de Gijón? No estarás metida en eso, ¿verdad?

—Pues sí. La buena noticia es que ya no aparecerán más trozos. Bueno, quizá el pedazo de pierna que falta, el resto está entero, vestido con traje y corbata y acostado en una cama.

—O sea, que ¿lo vistieron después de cortarle la pierna y el brazo y tirarlo al mar?

—Eso parece.

—Pobre hombre, igual cayó accidentalmente al agua. Si lo hubieran asesinado, no lo habrían vestido —dedujo mi madre.

—Entonces lo natural es llamar a la policía, no abandonar el cadáver en un barco. ¿Y por qué iban a meter el brazo en un agujero del muro de la playa de San Lorenzo? ¿Alguna idea más?

Confiaba en la lógica aplastante de mi madre, que tantas veces me había ayudado a entender el comportamiento humano.

—No, hija, no. A los muertos solo los viste con su mejor traje la familia o la gente que los quiere para enterrarlos. Y lo de esconder el brazo, no tengo ni idea. Parece una broma macabra. Carrilleras, decidido.

—Al menos, ¿habrá casadielles?

La llamada a mi madre no había dado resultado, tampoco lo esperaba, pero tenía que probar. Ya podía decirle a Rodrigo que se olvidara de probar los famosos cachopos de mi madre. De momento. Hasta que dejara de ser el «chico nuevo»... a sus cuarenta y seis años.

La pantalla del teléfono de Camila Villa parpadeaba alertando de una llamada del comisario Miralles. No le apetecía responder. Se sentía avergonzada por haberle confesado sus dificultades para encontrar pareja. Desde el instante en que salió de su boca, le sonó patético. Quizá Miralles no volviera a sacar la conversación. Sería menos violento. Al final, se quitó los guantes de cirugía y, nada más tirarlos al contenedor correspondiente, deslizó el botón de responder en la pantalla del iPhone.

—¿Comisario? —dijo a modo de saludo.

—Hola, Camila. Ya imaginarás para qué te llamo.

—¿Para desearme un feliz día?

—Eso siempre —respondió el comisario—. Y también para preguntarte por ese cadáver que tenemos a medias.

—El sujeto se ahogó y se desangró. Lo más probable es que una hélice le seccionara la arteria femoral. No sabría decirte qué ocurrió primero, pero te puedo asegurar que cuando cayó al agua estaba vivo.

—¿Se ahogó? No me irás a decir que fue una muerte accidental.

—Tiene cortes por todo el lado derecho del cuerpo. Algunos parecen producidos por la hélice, no todos. La parte izquierda y la cabeza están más limpias, pero también dañadas. Son cortes idénticos a los que muestran el brazo y la pierna. No sé con qué instrumento están hechos. No podré incluirlo en el informe, pero es posible que lo torturaran con algún instrumento punzante de unos diez centímetros de filo y luego lo lanzaran al mar y se ahogara, antes o después de que la hélice lo desgarrara o ambas cosas en el mismo instante.

—¿Y después dejaron el resto del cuerpo vestido en un barco? Esta historia no tiene ni pies ni cabeza —comentó el comisario.

—Yo solo puedo decirte lo que veo. Estaba vivo cuando cayó o lo tiraron. Lo que es seguro es que sus pulmones están llenos de agua. Este tipo se ahogó en el mar.

—¿Los cortes pueden ser obra de algún animal?

—Están hechos con algo afilado, yo diría que metálico.

—¿Puedes saber qué llevaba puesto cuando murió? —preguntó Miralles.

—Por las fibras adheridas al brazo y a la pierna cortados apostaría que llevaba un pantalón vaquero y algo en la parte de arriba de color azul. Pendiente de confirmar.

—¿Ya sabemos la hora de la muerte?

—Aún no puedo decirlo con exactitud porque no sé el tiempo que estuvo en el agua, pero calculo que entre el miércoles y el viernes de la semana pasada por la noche. No puedo afinar más.

—El último registro de la llave de su habitación es del viernes a mediodía. Encaja con tus conclusiones. Cuando tengas más datos, avísame, por favor. Quería preguntarte —dijo el comisario con una ligera vacilación—, ¿te apetece venir a cenar hoy a casa?

—No sé qué decir.

—Di que sí porque mi mujer ha invitado a unos amigos. Ya sabes… —explicó Rafa un poco incómodo.

—¿Hay algún soltero guapo?

—Viudo.

—¡Qué vergüenza! No pensé que te lo hubieras tomado en serio.

—Tú no conoces a mi mujer. Es la eficiencia personalizada. Ríete de los de Meetic.

—¿No resultará un poco violento? —preguntó la forense antes de decidirse a aceptar.

—Será una cena distendida. Viene más gente.

—¿Qué celebráis?

—Nada —respondió el comisario riendo—. Geni no necesita ningún pretexto para organizar una cena.

Cuando Sarabia entró en el despacho, Miralles estaba tan ensimismado en sus pensamientos que el cadáver de Santamaría había pasado a un segundo plano.

—Adivina dónde vive la mujer que encontró el cuerpo de Alfredo Santamaría —dijo el inspector.

—Ilumíname.

—En la torre de enfrente del puerto industrial, el Musel, la dirección registrada por la aplicación de mapas del móvil de Santamaría en los días previos a su muerte.

—Esto sí es un avance, parece que empieza a atarse algún cabo, ¿cómo se llama la mujer?

—Hortensia Cubillos. Te comenté que trabaja en la casa de los propietarios del barco donde ella encontró el cadáver.

—Ya tenemos algo. Como decía mi primer comisario, «primera casualidad, primera pista». ¿Qué han declarado los propietarios de la embarcación? ¿Quiénes son?

—Mateo Brione y Fabiola Ferro. Son unos empresarios de aquí. Tienen una cadena de tiendas de alimentación de productos con denominación de origen.

—Los nombres me resultan familiares.

—Hace unos meses una de sus hijas murió en un atropello con fuga en Gijón. La noche de San Valentín. No llegaron a encontrar el coche ni a identificar al conductor; el caso sigue abierto, pero no han aparecido nuevas pistas.

—O sea, que ya nadie continúa indagando. ¿Los Brione tienen alguna relación con Santamaría?

—Ninguna, comisario. Niegan conocerlo. El matrimonio estuvo el fin de semana en Italia en la feria de la trufa blanca. La... —Sarabia miró sus notas— ... Fiera del Tartufo Bianco d'Alba. Hemos confirmado en el hotel donde se alojaron y nos han dado referencias de varios distribuidores que asegurarán que estuvieron con ellos.

—¿Su familia?

—Tienen otras dos hijas: una está en la universidad, la otra estudia primero de bachillerato en un colegio privado cerca de Oviedo.

—Investiga si Santamaría pudo tener algo que ver con la muerte de la hija —ordenó Miralles—. Y, por supuesto, a la mujer que encontró el cadáver. Presionadla. ¿Santamaría va a su edificio y unos días después ella lo encuentra muerto en el barco de su jefe? Eso requiere una buena explicación. ¿Hay algo más?

—Nada más sobre el cadáver. Lo que tengo son los datos de Andrés del Amo, el asesor fiscal al que Santamaría fue a visitar antes de morir —informó Sarabia a su jefe—. Cuarenta y siete años. Tiene una gestoría bastante próspera con seis abogados, dos administrativos y una secretaria. Está casado con Marta Figueroa desde hace veintitrés años y tienen dos hijos, Andrés, de dieciséis, y Luna, de veintidós. La hija no se encuentra aquí, está estudiando un máster de Asesoría Fiscal en Madrid.

—Del Amo tiene la misma edad que Santamaría. Mira a ver si esos dos tienen algo más en común.

—Estamos buscando a Del Amo.

—¿No lo habéis localizado aún?

—No ha vuelto a la oficina desde que Santamaría lo visitó en su despacho. Por cierto, uno de los conserjes de las oficinas de

Del Amo recuerda haber visto a Santamaría otras veces. De manera intermitente.

—¿Y la mujer y los hijos de Del Amo?

—Hemos hablado con su mujer, Marta Figueroa, hace una hora. Dice que su marido viaja mucho por negocios, que se fue la semana pasada a Suiza y que ahora está volando hacia Moldavia para cerrar unos acuerdos. Volverá la semana que viene. Arce le ha dejado su número para que se ponga en contacto con él en cuanto aterrice.

—Investiga si hay alguna relación entre Del Amo y el dueño del barco. Quizá Andrés del Amo sea el asesor fiscal de Mateo Brione —dijo el comisario Miralles antes de colgar.

Levka Puscasu aparcó el coche de alquiler enfrente del parque Mopcka, en Burgas. La pequeña ciudad búlgara le traía recuerdos de su infancia y su adolescencia. En ese parque había jugado al fútbol cuando todavía creía que podía convertirse en el nuevo Gheorghe Hagi, el futbolista que en aquella época volvía locos a los chavales. Allí había recibido su primer beso con solo doce años de los labios de Marika, de quince. También allí rompió su primera nariz solo un año después. En la calle paralela al parque se encontraba su destino: la ferretería donde creció. Una anciana con el pelo teñido de rubio y de corta estatura estaba apoyada en la caja registradora, que parecía relegada por el portátil que tenía al lado. Dos hombres jóvenes y de impresionante tamaño se apostaban tras la barra. Otro más pequeño, calvo y con un tatuaje en el cuello, atendía a un cliente.

Cuando Levka entró, el calvo miró a la mujer y esta le hizo con el pulgar una seña de «todo en orden». Lo invitó a pasar con un gesto mientras subía la parte plegable del mostrador y después abrió la puerta de la escalera de bajada al almacén.

Una vez abajo y sin decir ni una palabra, la mujer le dio un fuerte abrazo. Ninguno habló hasta que estuvieron sentados ante una mesa de madera antigua con dos vasitos de *tuică* y un plato de galletas de chocolate caseras.

—Y esos tipos, ¿qué hacen aquí? —preguntó Levka a su tía.

—Cosas de tu primo. Está más precavido de lo habitual últimamente. Y a ti, ¿qué te pasa? ¿Tan grave es la situación que vienes sin avisar y con esa cara?

—Mi hombre en España está muerto.

—¿Muerto?

—Espero que no te estés haciendo la tonta conmigo, tía Donka, que yo siempre te he considerado una madre. El cadáver del español ha aparecido descuartizado y su brazo en un agujero en el paseo marítimo.

—Vaya, Levka —le recriminó su tía Donka como si de un niño pequeño se tratara—, espero que no te estés cagando en los pantalones, porque no te he educado para eso. No sé qué ha ocurrido, pero estoy segura de que tu primo no ha ordenado que lo maten, si es eso lo que te preocupa. Te recomiendo que averigües cuanto antes quién lo ha hecho, te encargues de él y luego asegures la operación para que vuestros clientes no pierdan dinero, o entonces sí que vamos a tener todos un problema grave.

—La policía española está investigando su muerte, han decretado secreto de sumario. La empresa será intervenida. Si se les ocurre investigar InverOriental a fondo, verán que todo es humo.

—Mientras sea humo, no encontrarán nada. Encárgate, Levka.

—¿Me garantizas que no ha sido Costica el quc ha ordenado matar a Santamaría? —pidió Levka.

—Te garantizo que Costica nunca haría nada contra ti porque sabe que no se lo perdonaría jamás. ¿Hay alguna razón para que no deba confiar en que tú lo solucionarás?

—Gracias, tía Donka. Nos vemos en Nochebuena.

Levka bebió su licor de un trago y, antes de irse, le preguntó:

—¿Por qué no vienes a Bucarest? Este antro cada día está más cochambroso. No tienes que vivir custodiada por esos tipos. Ven a vivir conmigo, como una señora, como te mereces.

—Te lo he dicho mil veces, Levka. Este es mi hogar y no quiero volver a Rumanía.

—No tienes que volver al pasado. Nunca he vuelto a pisar Ferentari. El Bucarest en el que yo vivo es muy diferente al que tú conociste.

—No insistas, Levka. Aquí me acogieron cuando tuvimos que huir de nuestra tierra y aquí os crie a vosotros dos. Esta es mi casa —respondió la mujer como si eso lo explicara todo.

Levka regresó a su coche y reservó un billete de avión a España desde el móvil, a nombre de su alias preferido, Gregory Ferdinand.

A LAS OCHO y media de la noche, pertrechados con turrones de Diego Verdú y unas galletas decoradas con princesas de *fondant*, Rodrigo aparcó el coche en la entrada de la casa de Rafa, un antiguo y encantador chalet a las afueras de la ciudad. Como siempre, las verjas de hierro forjado de más de dos metros de altura estaban abiertas y no había vigilancia en la puerta. Supuse que las cámaras escondidas entre las hojas de los árboles, en lo alto del muro de piedra, les proporcionaban la protección que necesitaban. En mi imaginación, un comisario debía de tener muchos enemigos. Nada más salir del coche y subir los tres escalones que nos separaban de la puerta de estilo inglés, oímos a *Dragón* ladrar dentro de la casa. *Dragón* era un perro de aguas negro con vocación de peluche viviente. Su misión en la vida era lamer, jugar y regalar alegría a familiares y amigos. Geni nos abrió la puerta con una gran sonrisa iluminándole la cara redonda, una capa de maquillaje que triplicaba el máximo aconsejable, las mechas rubias recién retocadas y los michelines embutidos en ropa con la marca bien visible. Cuando volví de Nueva York su llamativo estilo me irritaba; sin embargo, ahora me procuraba sensación de estabilidad. Ella era así, constante e imperturbable.

Un olor a guiso casero invadió mi nariz.

—¡Que rico huele! —se adelantó Rodrigo.

—El mérito es de Rafa —explicó Geni—, el cocinero de las celebraciones es él. Hoy toca cena mexicana. Es la primera vez que cocina desde que le quitaron el balón. Esta noche se salta la dieta, el endocrino le ha dado permiso. A partir de ahora, una vez al mes, cena libre.

Rafa, al que conocí con ciento treinta kilos, había perdido casi cuarenta gracias a un balón intragástrico que le había ocupado parte del estómago durante seis meses, una dieta equilibrada y una rutina deportiva. Estaba en la cocina ataviado con un delantal que rezaba «para el mejor papá del mundo» y le explicaba a Noe el secreto del estofado de cordero con chiles. A pesar de lo exótico del plato, olía a Navidad y aún faltaban dos semanas.

—Tengo una sorpresa —avisó Geni mientras saludábamos a Rafa—. Viene un invitado muy especial. Tú calla, Rodrigo, guárdame el secreto —le ordenó sonriente antes de que él pudiera abrir la boca—. Tenéis que poner algo de vuestra parte, chicos.

—¿De qué habla Geni? —pregunté sin entender.

—Antes de que digas nada, debo advertirte que es todo culpa mía —confesó Rafa, dejándome aún más perpleja.

—Viene a cenar una mujer estupenda que, como tantas otras personas inteligentes y simpáticas, no encuentran un compañero que merezca la pena —desveló Geni.

—¿Y a quién le quieres presentar, a Rodrigo o a Rafa? —bromeé.

—A Fidel —soltó Geni como una bomba.

—¿Tú estás bien de la cabeza? —pregunté.

—Es que a él le parece bien —aclaró Rodrigo.

—¡Ah! Entonces no hay más que decir. ¿Cómo se os ha ocurrido?

Fidel era el cuñado de Teo y un buen amigo de Rodrigo, a pesar de una diferencia de edad entre ellos de casi quince años. Se conocieron entrenando krav magá. Fidel era artificiero de la Guardia Civil, viudo de Imelda, hermana de Teo, el novio (o no) de mi hermana Bárbara. La mujer de Fidel, Imelda, había muerto asesinada en unas horribles circunstancias. Cuando conocí a Fidel me pareció un cliché, con sus tatuajes, su pinta de chico malo y sus hábitos desordenados, pero después de tratar con él en las peores circunstancias, coincidía con Geni y Rodrigo en que era un buen tío y un luchador.

La afortunada era Camila Villa, una forense del Instituto de Medicina Legal a la que Rafa debía más de un favor. Camila era una chica algo andrógina que se reveló simpática en cuanto dio el segundo trago al botellín de Coronita. La cena fue excelente, Rafa cocinaba como un profesional. El ceviche de corvina y la sopa de lima solo fueron superados por los tacos de cochinita pibil. Me retiré cuando sirvió el chocoflán. No quería ni acercarme al dulce.

Me levanté para ayudar a recoger la mesa, huyendo de la tentación. Rafa había hecho lo mismo.

—¡Qué duro! Cocinarlo y luego tener que escapar para no comértelo —dije cuando nos encontramos en nuestro refugio improvisado.

—¿Me guardas el secreto? El chocoflán lo encargué. Hay una tienda donde cocinan comida mexicana y lo hacen muy bien.

—Serás tramposo…

—Mentira piadosa. ¿Tú también huyes?

—Sí, desde que tuve a Martin el dulce se me instala en la cadera y luego no hay manera de sacarlo de ahí. Tengo novedades. Si me invitas a una copa, te las cuento.

—¿El ron no va a la cadera? —bromeó Rafa.

Con una cubitera de hielo y dos vasos nos escapamos al despacho mientras el resto de los invitados daban cuenta del apetecible postre. Estaba deseando contarle mis novedades sobre el caso.

—InverOriental no está en ningún sitio —empecé—. No hay oficinas, no tiene empleados y no hay más domicilio que el ficticio que acaban de contratar en Gijón. En Barcelona utilizaban el mismo sistema. En ambos casos, además del domicilio, tienen un servicio contratado que les reenvía la correspondencia a un apartado de Correos.

—¿Dónde está ese apartado de Correos?

—En Gijón —respondí.

—Y antes, cuando tenían el domicilio en Barcelona, ¿dónde estaba?

—Era el mismo apartado de correos.

—¿Qué sentido tiene eso? ¿Por qué aquí? ¿A nombre de quién está?

—Te toca averiguarlo a ti. A mí no me lo van a decir.

—¿Y el teléfono de atención al inversor? —preguntó Rafa.

—Es un centro de atención telefónica subcontratado.

—¿La web?

—Externalizada a una empresa de desarrollo de *software*.

—¿Y la contabilidad?

—No aparece ninguna gestoría entre los proveedores en las cuentas anuales de la empresa.

—Alguien la tiene que llevar y puedo imaginar quién —dijo Rafa sin que yo supiera a qué se refería.

—Pues dímelo, porque me he quedado sin pistas.

—Andrés del Amo.

—¿Ese quién es? —pregunté.

—Un tipo al que Santamaría fue a ver antes de morir. No aparece por la oficina desde el día en el que lo visitó Santamaría y, aunque la familia afirma que está de viaje de negocios, aún no hemos conseguido contactar con él.

—¿No podéis hacer nada? ¿Una orden de busca y captura? ¿Control de entradas y salidas del aeropuerto? ¿Localización del móvil?

—¿Cómo no se me habrá ocurrido? Ahora mismo llamo a la juez de instrucción y le solicito una orden para cerrar carreteras y aeropuertos. Y después al ejército para que desplieguen la vigilancia aérea. ¿Alguna otra cosa más? No te cortes pidiendo.

—Vale, me queda claro. Ya me reiré yo cuando te explique los chanchullos en los que Santamaría andaba metido y te cueste entenderlos.

—Estamos en paz, no te mosquees —concilió Rafa.

La puerta se abrió y Geni asomó la cabeza.

—¿Estáis trabajando? —preguntó—. Eso está muy mal. No desconectáis nunca. Venga, divertíos un poco. La cena está siendo un éxito rotundo —nos comunicó al tiempo que guiñaba el ojo, por lo que supuse que Fidel y la forense estaban conectando—. ¡Rodrigo! —gritó Geni, volviendo la cabeza hacia el pasillo—. He encontrado a tu chica y a mi chico. Son unas ratas de biblioteca. Ahora mismo los saco de aquí.

La velada se prolongó hasta tarde y todos parecían pasarlo bien. Rodrigo y yo fuimos los primeros en despedirnos con la promesa de repetir, de salir a correr con Rafa y de tomar algo con Fidel.

Ya en el coche, Rodrigo se puso serio.

—Estabas hablando con Rafa del cadáver ese que va apareciendo por trozos en la playa, ¿verdad? Sigues con el caso.

—Pues claro que sigo con el caso, pero yo no tengo nada que ver con el cadáver. Investigo la empresa que gestionaba el muerto. Cuando estaba vivo, quiero decir.

—¿No habíamos quedado en que solo tramas financieras?

Su voz sonó tensa. No pintaba bien.

—No esperaba que apareciera un cadáver —confesé.

—Un cadáver descuartizado.

—Quizá haya sido un accidente, aún no se sabe —intenté justificarme, aunque no tenía por qué.

—No me jodas, Gracia. No habíamos acordado esto. ¿Vas a dejarlo?

—Claro que no. Yo no he quedado en nada. De este tema solo has hablado tú. Este es mi trabajo.

—Tú ya tienes trabajo. Mucho más rentable que lo que te paga la policía. Tengo una lista enorme de expedientes para pasarte. Fraudes no relacionados con personas desmembradas, solo caraduras que sacan de las arcas del Estado más de lo que les corresponde.

—No quiero hablar de esto ahora —pedí al notar que se me aceleraban las pulsaciones.

—Bájate del coche —dijo.

—Pero bueno, ¿tú de qué vas?

—Que te bajes, ya hemos llegado y aquí no se puede parar. No quiero quedarme a dormir, prefiero irme a casa —respondió con la vista al frente, sin mirarme.

Me di cuenta de que estábamos delante del portal de mi casa-despacho.

Me giré para coger el bolso y el abrigo que había dejado en el asiento de atrás y, sin poder controlarlo, empecé a llorar con una angustia que no lograba dominar y que, desde luego, no era proporcional al enfado de Rodrigo. No volví la cara hacia él, no quería darle explicaciones, pero era imposible que no se diera cuenta.

—Gracia, ¿qué te pasa? —preguntó Rodrigo cogiéndome por la espalda—. No es para tanto, tengo derecho a cabrearme.

Abrí la puerta del coche. Necesitaba aire, me estaba ahogando.

—No salgas, espera, vamos a dejar el coche en el parking y subo contigo. Cálmate —pidió Rodrigo, intentando pararme.

Me zafé de él, salí del coche y ya en la puerta del portal tardé en encontrar las llaves dentro del bolso. Lo último que necesitaba en aquel momento era que Rodrigo se pusiera en modo comprensivo, pero él me siguió, dejando el coche en plena calle principal, en la que no había carril de aparcamiento. Abrí la puerta, ignorándole, pero él subió las escaleras detrás de mí y cuando conseguí recuperar el control, él seguía allí, abrazándome con una cara de preocupación que no dejaba lugar a la duda. Debí dormirme enseguida. Era la segunda vez que me ocurría algo así. La vez anterior, hacía dos meses, el día en el que Martin, mi hijo, habría cumplido seis años si hubiera estado vivo.

LEVKA PUSCASU ATERRIZÓ en el aeropuerto de Ranón y se dirigió al hotel de Gijón donde se había hospedado Alfredo Santamaría. Se registró alrededor de las diez de la noche con el nombre de Gregory Ferdinand. Era la identidad falsa más conveniente para lo que pretendía a hacer allí: dejaba dudas sobre su origen y le permitía hablar con un ligero acento extranjero de origen ilocalizable. Además de su rumano nativo, dominaba el búlgaro, el español, el inglés, el italiano y el turco.

Desconocía en qué habitación se había alojado Alfredo, pero confiaba en su capacidad para sonsacar a la gente. Solo tendría que encontrar una camarera de piso dispuesta a hablar y deseosa de sentirse importante ante un maduro hombre de negocios extranjero. No era un tipo alto ni llamaba la atención por guapo, pero las horas de ejercicio, una sonrisa entrenada ayudada por varios tratamientos dentales, y mucha seguridad en sí mismo, lo convertían en un hombre atractivo.

Al día siguiente conseguiría un nuevo móvil de prepago. Español. No confiaba en los que tenía. Por la mañana se ocuparía de ello. Primero tenía otra tarea más importante que hacer.

14 de febrero de 2019

El día de los enamorados, pasadas las doce de la noche, Andrés del Amo y su mujer, Marta Figueroa, llegaron a su casa en la zona alta de Gijón después de una cena de San Valentín en la que hablaron mucho de la vida de sus conocidos y muy poco de la suya. Andrés debía ver a su socio esa madrugada, y las protestas de Marta porque su marido no se fuera a la cama con ella con una copa del champán que había puesto a enfriar esa tarde en la nevera fueron fingidas y escasas, suficientes para cumplir con el paripé que llevaba representando desde que se casaron.

Cuando llegaron a la puerta de la casa, Del Amo buscó con la mirada el coche de Santamaría y lo encontró aparcado unos metros más allá, delante del muro de los vecinos, bajo un enorme sauce que tapaba el techo y parte del parabrisas. Al que no vio fue a su socio, que se ocultaba agazapado en el asiento de su BMW. Abrió la puerta automática del garaje con el mando. Todos los demás ya estaban en casa, incluso la moto de Jacobo estaba en su lugar. Del Amo se dirigió a su despacho después de darle un beso a su mujer que no llegó siquiera a rozarle los labios y le envió un whatsapp a Santamaría:

«¿Dónde estás?»

«Abre el garaje y haz sitio para mi coche», recibió inmediatamente por respuesta.

Santamaría entró con su BMW en la zona de estacionamiento separada de la casa, construida casi un siglo después de que el bisabuelo de Del Amo edificara la imponente mansión de indianos recién llegado de hacer las Américas, y lo aparcó en una de las plazas destinadas al día que Luna y Alberto, sus hijos, tuvieran su propio coche. La sangre de Arantza Brione se había coagulado en el parabrisas.

—Hay que deshacerse del coche, Alfredo —dijo Del Amo nada más conocer lo ocurrido—, y nosotros no tenemos contactos para hacerlo. Llama al rumano, ellos sabrán qué hacer. Y tómate unos caramelos de menta, hueles a alcohol, y eso que yo vengo de cenar y hemos pedido vino.

—¿Tú te das cuenta de quiénes son esos tipos, Andrés?

—Es la única opción. Nosotros no nos podemos deshacer del coche de forma segura. Y eso si, como dices, no te ha visto nadie, porque como haya testigos estás perdido. Si avisas ahora a Puscasu es posible que te ayuden, pero si la policía te pilla por esto y arruinamos su operación, tú estarás muerto y quién sabe qué me harán a mí. No sabemos quiénes son los clientes reales para los que trabajamos, pero no es difícil de imaginar. Tienes que hablar con él.

—También es posible que, en vez de ayudarme, me maten.

—Tendrás que correr el riesgo. No creo que les interese llamar la atención sobre InverOriental ahora mismo. Si no los llamas tú, lo haré yo.

5

Jueves, 12 de diciembre de 2019

A LAS SIETE de la mañana sonó la alarma del despertador. Se me había olvidado cambiarla la noche anterior. Busqué el móvil en la mesilla. Me dolía la cabeza como si tuviera resaca, aunque no era así. Rodrigo se incorporó y me rodeó con el brazo mientras me acercaba al demonio con cuerpo de serpiente que afeaba su pecho trabajado de gimnasio, y a continuación me abrazó. Mi melena se quedó atrapada bajo su hombro.

—¿Cómo te encuentras? —me preguntó.

—Me estás tirando del pelo.

Rodrigo se movió liberando un mechón enmarañado que revelaba una noche de sueño inquieto.

—Siento el espectáculo de ayer —dije.

—Si querías que me quedara, solo tenías que decirlo —bromeó Rodrigo con una sonrisa forzada.

—Ya sabes, me gusta hacer las cosas a lo grande.

—Lo que te pasó ayer no es normal.

—No es nada importante. Solo fue tensión acumulada.

—Entiendo que estés alterada. Es normal que te afecte que el hombre al que investigabas haya aparecido descuartizado.

—Rodrigo, por favor, no empieces, que no tiene nada que ver con eso, deja el tema. ¿Dónde está tu coche? —recordé de repente.

—En la Escandalera, en el parking. Cuando te dormiste bajé corriendo a quitarlo de la acera y una pareja de agentes muy amables me permitieron llevármelo tras firmar una multa de doscientos euros.

—Lo siento muchísimo. Prometo devolvértelos y compensarte.

—No me los devuelvas. No fuiste tú quien me pidió que dejara el coche tirado y subiera contigo. Pero acepto que me compenses más tarde —me dijo con una sonrisa traviesa—, que ahora tengo que ir a trabajar. De momento, invítame a un café bien cargado y prométeme que hablaremos de esto más tarde, con tiempo.

Me levanté a hacer café sin responder a su petición, no quería hablar de lo ocurrido la noche anterior. Me incomodaba que Rodrigo lo hubiera presenciado; tenía miedo de mostrarle mis tristezas y que no las tratara con la delicadeza que todavía necesitaban, aunque aquella noche me acabara de demostrar que no era de los que salían corriendo ante las dificultades.

Gracia San Sebastián hacía números intentando desbrozar la información que tenía sobre InverOriental sin imaginar que el hombre que figuraba como director general, Levka Puscasu, se encontraba a menos de treinta kilómetros de ella bajo el falso nombre de Gregory Ferdinand a la caza de la persona que había acabado con la vida de su socio.

Levka observó los nudillos de la mano derecha, ligeramente hinchados. La noche anterior había arremetido contra el hijo de Marta Figueroa después de que ella hubiera asegurado insistentemente que su marido estaba en Moldavia. Puscasu sabía que no era así. Era Santamaría el que iba a viajar a Moldavia primero y a Bulgaria después, no Andrés. Del Amo no ejecutaba las compraventas. Marta gritó y suplicó cuando el puño impactó contra la cara del chaval y la sangre brotó del labio y la ceja. Puscasu amenazó con matarlos si no aparecía Del Amo, pero ella no había soltado prenda. Al final, Levka se había largado sin ninguna información útil. No podía estar seguro de que supieran algo y, aunque podía haber obtenido esa seguridad a la fuerza, no era el momento. La cara del chico se curaría en un par de semanas. Había tenido cuidado de no romperle ningún hueso. No era su intención hacerle daño, solo presionar a Figueroa. Ahora Levka tenía todavía más interrogantes que antes de aterrizar en Gijón: ¿Dónde diablos se había metido Del Amo? ¿Habría matado él a Alfredo? ¿Por qué? ¿Habría metido Del Amo la mano en la caja de InverOriental y Santamaría lo había descubierto? Todas las opciones resultaban inverosímiles: Andrés del Amo no era más que un abogado al que no le importaba saltarse las leyes fiscales por un buen precio, pero era un pusilánime, no era de los que se manchaban las manos de sangre.

Mientras sus pensamientos se movían entre la duda y los recuerdos de la noche anterior, colgó en la manilla exterior de la puerta el cartel de «Por favor, arreglen la habitación», depositó una gota de Egoiste de Chanel tras cada oreja después de hidratarse la piel del cuerpo con aceite de masaje y, por último, se vistió con el albornoz blanco y esponjoso que ofrecía el hotel a los ocupantes de las *junior suites.* Después, se sentó a esperar dentro del baño.

Cuando oyó que abrían la puerta de la habitación, evitó hacer ningún ruido, esperó a que la camarera estuviera haciendo la cama y entonces salió del único compartimento privado de la estancia, reservado para la taza del retrete. En cuanto la vio supo que era perfecta para sus propósitos.

—Perdone —dijo la camarera cuando lo vio aparecer—. Cuánto lo siento. El cartel de la puerta…

—¿Lo he puesto mal? —preguntó Levka fingiendo estar azorado—. El que lo siente soy yo. Soy el responsable. La he asustado.

—No se preocupe, vuelvo luego.

—No, no, por favor, termine usted. Ha sido culpa mía. Estoy un poco nervioso. Esta noche no he dormido bien. Fíjese que me ha dado por pensar que, como soy extranjero y no hablo bien el idioma —dijo Levka forzando el acento—, tal vez me habrían dado la habitación del hombre que encontraron descuartizado y no he pegado ojo. ¡Qué tontería!

—No se preocupe usted, era una habitación de las normales, no una *suite* como esta.

—¿Ya la han asignado? ¿Los clientes no están preocupados?

—No estoy segura, ayer seguía libre, aunque la policía la registró en una mañana, se llevaron las cosas de ese pobre hombre y no la dejaron precintada ni nada.

—Está usted segura de que era otra habitación, ¿verdad? Covadonga, por favor —le rogó Levka leyendo el identificador prendido en el bolsillo de su uniforme—, dígame que no lo dice solo por tranquilizarme. Es que soy muy aprensivo.

—No se preocupe, de verdad, era en la planta tercera, una de las normales, la 319. Ni siquiera está usted cerca. En diciembre no hay mucha ocupación.

—¡No sabe qué alivio más grande! Es una tontería, pero en mi tierra creemos que los espíritus de los fallecidos por muerte violenta vagan por sus últimas moradas.

—¿De dónde es usted?

—Irlandés. Me llamo Gregory, encantado.

—Habla muy bien español. Hago el baño y ya me voy.

Levka aprovechó para hacerse con la tarjeta maestra que abría todas las habitaciones del hotel que la mujer había depositado en el carrito de la limpieza. Se preguntó si estaría ocupada ya la 319 mientras se vestía apresurado en la sala de la *suite*. Tenía poco tiempo antes de que la mujer pasara a la siguiente habitación, descubriera su pérdida y desactivaran su tarjeta.

Con una excusa preparada y mucha confianza en su capacidad de improvisar si al abrir la habitación se encontraba con algún ocupante dentro, bajó las dos plantas que lo separaban de su objetivo. Saludó a un matrimonio anciano con el que se cruzó en el pasillo de la tercera planta y, con total naturalidad, abrió la puerta de la habitación 319. La vio nada más entrar, agachada en el armario, mirándolo con cara de terror. Se abalanzó sobre ella y la agarró por el cuello, justo antes de oír un ruido tras de sí. Era tarde. Antes de que pudiera controlar la amenaza, todo se volvió negro. Solo le dio tiempo a percibir la humedad que salía de su propia cabeza y le empapaba el jersey de cachemir azul.

Cuando vi el nombre de Jorge, mi ex, en la pantalla del móvil, me pilló tan desprevenida que no respondí. Era su móvil español, no el de Estados Unidos. ¿Por qué me llamaba desde Nueva York con el móvil español? No hablábamos desde el día que se fue, hacía ya varios meses. Me levanté a prepararme un café y me costó un par de intentos meter la cápsula naranja en la cafetera en la posición correcta. ¿Qué quería Jorge, después de tantos meses sin más contacto que un cruce de mensajes poco personales y algunas cuestiones legales sobre los bienes que teníamos en común? Aún era pronto para felicitar la Navidad y para eso bastaba un whatsapp. Quizá solo quería hablar de la venta de nuestra casa, aunque ya me había enviado un poder notarial para actuar en su nombre y las condiciones estaban claras. Cuando terminé el café, le devolví la llamada.

—Hola, Jorge, ¿qué ocurre? —dije sin más introducción.

El silencio del otro lado de la línea me indujo a pensar que me había equivocado de número.

—¿Podemos vernos? —le oí decir al fin.

—¿Dónde estás?

—Acabo de aterrizar en Ranón. Estaré allí en una hora. ¿Podemos comer juntos? Vengo de China y necesito una comida en condiciones.

—Claro —respondí antes de pensarlo mejor.

—Elige sitio y te llamo en cuanto llegue.

Me senté y respiré hondo. Después de casi medio año con cinco mil kilómetros de océano de por medio, Jorge aparecía con intención de quedar a comer como viejos amigos.

—¿Cómo que una muerte accidental, Rafa? —le preguntó el alcalde al comisario Miralles—. Esto es una estratagema vuestra para zafaros de la presión mediática.

—De momento solo sabemos que el tipo se cayó al agua, se ahogó y se enganchó con la hélice del barco.

—¿Y el resto del cadáver aparece luego dentro de un velero amarrado en el puerto? ¿Me estás tomando el pelo?

—Ya sabes que hay secreto de sumario y hemos dejado de emitir comunicados sobre el caso —explicó Miralles, como si el alcalde no supiera perfectamente cuál era el procedimiento—. Te prometo que si ocurre cualquier cosa que pueda salpicarte, te llamaré el primero. Hasta ahora te he librado de las preguntas incómodas de los periodistas.

—Qué haya suerte y esto no nos explote en la cara. Dale recuerdos a Mario.

El comisario colgó el teléfono, harto de la vertiente política de su trabajo. Parecía que lo importante no era descubrir por qué había un hombre muerto o si había un asesino en serie descuartizando personas sin otro orden que el de su caos mental, sino tener una respuesta que resultara convincente ante la prensa.

Miralles llamó a Mario Menéndez. Supuso que su jefe estaría de mal humor por no haber podido actuar con el Coro Vetusta. La policía había filtrado a la prensa que podía tratarse de una muerte accidental, pero las redes sociales y los medios seguían especulando con la información filtrada por los testigos del levantamiento del cadáver de Santamaría en el puerto. Se había hecho público que el barco pertenecía a los padres de la adolescente muerta en un atropello con fuga no resuelto ocurrido unos meses atrás, y las más disparatadas hipótesis se planteaban como probables. La policía asturiana no estaba en su mejor momento de popularidad.

Mario no estaba en su despacho. Le envió un whatsapp.

«¿Estás en la comisaría?»

«Estoy en mi casa. ¿Qué necesitas?» Sin dar respuesta, Miralles cogió su abrigo y salió de la comisaría. Desde que conocía a

Menéndez, primero como inspector jefe, después como comisario y en los últimos tiempos como jefe de policía, no se había quedado en su casa más que el día de la muerte de su madre. Tardaría diez minutos en llegar a su casa, ubicada en la zona antigua de la ciudad. Llevaba toda la semana lloviendo, pero a Rafael Miralles no le gustaba llevar paraguas. Decían que el agua de lluvia era buena para el pelo y, aunque no hubiera ninguna relación, desde que empezó el largo calvario de perder los cincuenta kilos que le sobraban, también había perdido parte de la mata de rizos que hasta entonces solo podía controlar con productos capilares. Iba a pasar de ser un gordo con un pelo estupendo a ser un calvo fofisano. Cosas de la vida, que nunca deja de cambiar.

Echó a andar cuesta bajo hacia la zona antigua con las manos en los bolsillos de la gabardina y el cuello levantado, cruzó la zona más comercial del centro, llena de tiendas de las que ya se pueden encontrar en cualquier ciudad, cambió de acera al pasar por delante de la que siempre había sido su confitería favorita, Rialto, sin echar un vistazo al escaparate para evitar recordar las deliciosas moscovitas de chocolate y almendra de las que antes podía comer una caja entera viendo una película, y que ahora se había prohibido a sí mismo por miedo a volver a probarlas y no poder parar. Cruzó la plaza de la catedral y se adentró en el casco histórico. Las losas rosadas que cubrían las calles peatonales brillaban bajo el agua y las goteras caían de los balcones y salientes de piedra de las casas de la zona, casi todas de más de un siglo de antigüedad. Por fin, con la gabardina empapada y la cara mojada como si acabara de correr diez kilómetros, se paró delante del portal de la casa de Mario.

El edificio, construido a principios del siglo XX, no tenía ascensor ni hueco donde instalarlo. Cuando llegó a la tercera planta llamó a la única puerta del descansillo.

—¿Qué coño haces aquí, Miralles? —dijo su jefe por saludo.

—Me apetecía pasear y necesito comentar el caso contigo.

—¿Ahora paseas bajo la lluvia? No me toques las narices. ¿Qué es tan urgente que no puede esperar ni puedes contarme por teléfono?

«Comprobar que todo va bien», pensó Miralles, pero eso no podía decírselo a su jefe. Mario no se había afeitado esa mañana ni había recogido el desayuno. Pudo ver la taza y el plato en la mesa de la cocina cuando lo siguió hasta el salón, que olía a humo de puro y a rancio.

El comisario lo puso al día de los resultados de la autopsia y le leyó parte del informe que llevaba en su móvil, aunque lo importante eran las conclusiones: muerte por ahogamiento y pérdida de sangre producida por el desgarro de la arteria femoral con cortes compatibles con la hélice de un barco. Signos evidentes de violencia: múltiples cortes producidos por un instrumento cortopunzante no identificado, con hoja de entre diez y doce centímetros de longitud. Después le explicó el descubrimiento de San Sebastián: la sociedad era una tapadera a través de la cual movían muchos millones de euros, aunque aún no sabían cuál era el mecanismo del fraude.

—¿Compran inmuebles y luego los venden por debajo de su valor? Eso suena a blanqueo de dinero —dijo el jefe de policía.

—Más que blanquear, pierden dinero.

—Pues si ellos pierden, alguien lo está ganando.

—A esa misma conclusión ha llegado la investigadora. Ahora está tratando de averiguar cómo y quién.

—Esto es una auténtica mierda —exclamó Mario Menéndez pillando por sorpresa al comisario.

Miralles se mantuvo en silencio para darle la oportunidad a su jefe de seguir hablando.

—Nos dejamos la vida, las noches y los fines de semana persiguiendo hijos de puta y, según encarcelamos a uno, aparece otro y otro y después otro más. Se multiplican. Ahora, con las nuevas tecnologías, van muy por delante de nosotros. Ellos tienen dinero para darnos esquinazo, nosotros cada vez tenemos menos para perseguirlos. No me refiero a los rateros de poca monta, pobres desgraciados, me refiero a los gordos, a los que llevan a sus hijos a cenar langosta en yates de lujo y los envían a estudiar a colegios privados mientras nuestros agentes hacen virguerías para llevar a los suyos a comer una hamburguesa los domingos y no pueden siquiera pagarles un profesor de apoyo cuando van mal en matemáticas. Y yo me pregunto, ¿para qué cojones hacemos esto? ¿Por qué no nos dedicamos a otra cosa? A algo bonito como ser guía turístico o crítico gastronómico o qué se yo. A alguna ocupación donde se vea la cara buena del mundo, porque yo tengo la sensación de estar viéndole el culo peludo a todas horas, y ya sabes que cuando uno pasa mucho tiempo en el culo de alguien termina oliendo a mierda.

—No sé qué decirte, Mario.

—No digas nada y que averigüen si el dueño del barco donde ha aparecido el cadáver de Santamaría puede estar implicado en esto. Si no lo está, cuanto antes lo dejemos en paz, mejor. Hace pocos meses que perdieron a su hija y no solo no hemos pillado al que la atropelló y se dio a la fuga, sino que ni siquiera tenemos una pista. No creo que estén muy contentos con la labor policial.

—Vamos a investigar si Santamaría pudo tener algo que ver con la muerte de la hija.

—¿Qué piensas? ¿Que fue Santamaría, ellos lo descubrieron y, en vez de avisar a la policía, lo tiraron al mar y luego lo sacaron y dejaron el cadáver en su propio barco? Eso está cogido por los pelos. Investigad si pueden tener alguna vinculación con los tejemanejes empresariales de Santamaría. Es más probable que su muerte tenga que ver con sus actividades. Santamaría pasó la vida metido en estafas de poca monta, pero ahora debió tocar algo gordo y le vino grande. Espero que la investigadora esa que hemos contratado valga lo que le pagamos y nos traiga resultados rápido.

Miralles salió de la casa de Mario Menéndez decidido a no indagar más en el cabreo que parecía arrastrar el jefe de policía con el mundo y seguir la línea de investigación que habían acordado, aunque no pensaba abandonar el tema de la hija de los Brione. La venganza siempre era un buen móvil para un crimen violento.

Atravesé el parque sin paraguas, protegida de la lluvia por la capucha del plumas, buscando el cobijo de los enormes árboles centenarios para dirigirme a La Gloria, el restaurante donde había quedado con Jorge. Rodeé el lugar donde años atrás estaba la jaula de los osos que tanto nos divertían en la niñez y recordé a la osa *Petra*, que pasó la vida entre barrotes en aquel parque rodeada de niños cada tarde que no llovía. ¿Habría sido feliz alguna vez? Allí encerrada, sola, exhibida y enjaulada como en un Gran Hermano forzoso. Muchos días pasaba por allí, pero no me había acordado de ella hasta ese momento. Misterios del subconsciente.

La Gloria era un restaurante moderno, con un ambiente recogido que invitaba a una conversación íntima. Llegué antes que Jorge. A esas alturas, ya no estaba para hacerme la interesante llegando tarde. Él apareció diez minutos después con su maleta de cabina y la mochila del ordenador a la espalda.

Mi marido era guapo y estaba aún más atractivo que la última vez que lo había visto: más delgado, con los rizos castaños revueltos, algo más largos de lo habitual, y un poco demacrado, lo que achaqué al oscuro invierno neoyorkino. Llevaba barba de dos días, no supe si voluntaria o producto del largo trayecto desde China. El roce de la barba me irritaba la piel, por eso no la dejaba crecer cuando estábamos juntos. Sin embargo, le quedaba muy bien. La camisa blanca lo hacía parecer aún más pálido y los vaqueros se le ajustaban, delatando horas de entrenamiento en los últimos meses. Debía de haberse cambiado de ropa en el aeropuerto a juzgar por el buen estado de su camisa. Jorge acompañó los dos besos de rigor con un abrazo que duró algún segundo más de lo que duraban los abrazos de cortesía. Pedimos sin pensar demasiado, nos conocíamos bien. Zamburiñas, ensaladilla y tortilla de bacalao. Todo para compartir, regado con agua mineral para mí y una cerveza para él. Tenían que ser malas noticias si Jorge se había molestado en volar hasta Oviedo para contármelas en persona. Al menos, debían de serlo para mí.

—¿Por qué has venido? —le pregunté apenas el camarero nos tomó nota.

—Porque necesito hablar contigo.

—Adelante.

—Es un tema burocrático que tengo que dejar solucionado antes de irme, pero no hace falta que sea ahora. Vamos a comer y mañana ya lo hacemos. Estoy agotado y necesito ingerir algo que no sea un sándwich plastificado.

Esperaba que Jorge no hubiera vuelto para decirme que estaba esperando un hijo de la rubia que colgaba fotos de los dos en Facebook e Instagram, hechas en la casa que había sido nuestro hogar con Martin, casa que aún era medio mía en la pequeña parte que no era del banco, porque con un simple whatsapp me habría evitado el mal trago de oírselo decir. O tal vez era cierto que solo estaba cansado.

—¿Sabes? He estado pensando mucho en mi vida estos últimos meses —dijo después de unas frases banales—. He pensado en Martin y en todo lo que nos ha ocurrido desde su muerte.

Esperaba que la introducción fuera breve. Me arrepentí de haber quedado a comer. Un café habría bastado para una conversación incómoda. Corto y rápido.

Jorge bebió un trago de cerveza y me miró en silencio.

—¿Debo entender que quieres compartir tus reflexiones conmigo? —comenté invitándolo a seguir.

—En realidad, prefiero no hacerlo. No necesito compartir mis pensamientos con nadie.

Mi perplejidad iba en aumento. Jorge solía ser un tipo con las ideas claras y su forma de expresarlas era concisa y calmada.

—Ya —respondí y guardé silencio mientras el camarero servía las zamburiñas en la mesa. Yo no tenía intención de ponerle fácil una conversación que, fuera por donde fuera, suponía que no iba a ser agradable para mí.

—¿Te sirvo o nos servimos cada uno? —preguntó.

—Como tú prefieras —respondí, pero él no se movió.

El silencio entre los dos hacía la situación todavía más violenta. Empecé a sentir que me costaba respirar un poco más de lo normal. Después de lo que había pasado con Rodrigo la noche anterior, me preocupó que pudiera repetirse la escena.

—A ver, Jorge, ¿qué hacemos aquí mirando las zamburiñas como si fueran a teletransportarse solas a los platos? ¿Qué te cuesta tanto contarme? ¿Te casas? ¿Vas a tener un hijo? Sea cual sea la noticia, enhorabuena. Me alegro por ti y deseo de verdad que seas feliz, pero era suficiente con haberme llamado, no hacía falta que vinieras hasta aquí. Dame lo que necesites que firme o que tramite y lo haré. Yo también quiero solucionar el divorcio cuanto antes, solo estaba esperando a que vendieras la casa de Nueva York.

No necesitaba intentar quedar por encima de él, hacía tiempo que había descubierto que el orgullo era un mal compañero.

—No me caso y mucho menos voy a tener un hijo, no hay nadie serio en mi vida. Solo estoy un poco lento. Es por el cansancio, no he dormido nada en el viaje. ¿Cómo se te ha ocurrido pensar algo así?

—Pues porque «nadie serio» no deja de colgar fotos contigo en Facebook y en Instagram. En nuestra casa. Desde el día que te fuiste con ella a Nueva York.

Jorge me miró en silencio y así nos quedamos unos segundos. Estaba claro que no quería hablar de eso y, si lo pensaba bien, lo último que yo quería era saber más detalles.

—Nueva York no ha sido tan bueno como yo esperaba —soltó poco a poco, pronunciando cada sílaba, sin una sola mención a la rubia, como si no quisiera decir nada que pudiera malinterpretarse—. Pensé que podría retomar mi vida como era antes de que Martin muriese, pero lo cierto es que no es así. No quiero vivir en Nueva York y, mucho menos, en nuestra casa. Volver allí ha sido una pésima decisión.

En ese momento me asaltó la idea de que Rodrigo pudiera haber quedado a comer con alguien en el mismo restaurante. Si aparecía por allí y me encontraba comiendo con Jorge sin ni siquiera saber que mi ex estaba en España, la situación podía volverse aún más embarazosa. Volví la cabeza y escruté a la gente que estaba sentada en el resto de las mesas, pero no había nadie conocido.

—¿Qué buscas? ¿Quieres llamar a la camarera? —me preguntó Jorge desconcertado.

Respiré hondo y controlé mis pensamientos.

—No —respondí recuperando la calma y pinchando una zamburiña—. Explícame de una vez qué diablos haces aquí.

—Para contarte que me voy a China, a Shenzhen. He firmado un proyecto muy importante con el China Merchants Bank. Viajaré en enero y me quedaré allí una temporada larga.

—Ah —dije aliviada. La noticia era muy distinta a la que había esperado—. Pues suena muy bien. Enhorabuena por tu contrato.

—Necesito que me firmes unos papeles para ellos. Si te parece bien, podemos quedar mañana para que te cuente los detalles. Y si no tienes inconveniente, me gustaría quedarme un par de días en la casa, aún será nuestra por un mes.

—Por supuesto, quédate, me he llevado algunos muebles al despacho, pero casi todo está todavía allí. Haré la mudanza después de Navidad —dije.

—Estaré bien.

Al instante me saltaron las alarmas.

—¿Has venido solo o vas a estar con alguien más en la casa? —pregunté.

—Solo, por supuesto. Ya te he dicho que no hay nadie serio en mi vida.

«Nadie serio sigue siendo alguien», pensé, pero me mordí la lengua.

—Ya que has venido me gustaría que aprovecháramos para firmar el divorcio —pedí.

—Claro —accedió Jorge—, ya lo hemos hablado todo, pídele a un abogado que lo redacte y lo firmamos. O se lo pido yo a mi hermana para que lo hagan en su despacho, lo que tú prefieras.

La comida fue corta, hablamos de la situación actual de los mercados financieros y del cambio del poder económico de Occidente a Oriente, no pedimos ni postre ni café y cuando salimos del restaurante nos recibió la lluvia fina y persistente que insistía en acompañar cada día del mes de diciembre. Nos despedimos en la puerta con dos besos de cortesía y empecé a caminar de vuelta al despacho, aturdida, tratando de aclarar el batiburrillo de emociones que se habían disparado en mí al volver a ver a Jorge. Paré y me di la vuelta a tiempo para ver cómo se alejaba hacia la que todavía sería nuestra casa hasta después de las Navidades, asegurándome de que no había sido una alucinación. No lo era, ahí estaba, tan alto y guapo como el primer día. Y se iba a China. Primero a Nueva York y ahora a China. Cada vez más lejos. Y eso no era malo para mí. Por fin íbamos a firmar el divorcio. A Rodrigo le reconcomía salir con la mujer de otro. Y tenía razón.

LEVKA ABRIÓ LOS ojos cuando ya oscurecía. Poco a poco, fue reconociendo la moqueta, húmeda de su propia sangre, y la cama impersonal, lista para el siguiente visitante. Se sentía mareado. Se palpó la parte baja de la cabeza con cuidado, en la zona donde había recibido el golpe. A pesar de la sangre, la herida era superficial. El cráneo estaba intacto. Sabía por experiencia que las brechas en la cabeza sangraban mucho. Vio la Nespresso, cortesía del hotel, tirada a su lado. No podía creer que aquellos pardillos le hubieran atizado con una cafetera. ¿Qué coño hacían ellos en la habitación de Santamaría? Cada vez era más urgente encontrar a Del Amo.

Se levantó despacio, con cuidado de no volver a desmayarse. Valoró la opción de acudir a un médico después de haber estado unas horas inconsciente, pero no tenía tiempo que perder.

Cuando se levantó, sintió ganas de vomitar. Al menos, la brecha había dejado de sangrar. Se miró en el espejo del armario: tenía una pinta infame y le dolía la cabeza, pero no le preocupó demasiado, él soportaba bien el dolor.

Recogió la cafetera, la limpió a fondo y la puso en su sitio. No podía hacer nada con la sangre de la moqueta, pero no iba a ponerle fácil el trabajo a la policía. Comenzó a registrar la habitación. Quería terminar con lo que había ido a hacer allí. La caja fuerte estaba vacía, aunque Alfredo no era tan tonto como para esconder algo importante en el primer lugar que revisaría cualquiera que estuviera buscándolo. Si había algo que encontrar, estaría en un rincón que la policía no hubiera registrado. Repasó el interior del armario en busca de alguna tabla suelta, comprobó el cabecero de la cama y el espejo y, cuando ya iba a irse con las manos vacías, reparó en la rejilla del aire acondicionado. «¿Cómo no he empezado por ahí?», pensó Levka. El golpe en la cabeza debía haberlo aturdido. Se subió a la única butaca de la habitación y desmontó la rejilla. Metió el brazo en el conducto y palpó lo que parecía una bolsa de tela. Tiró de ella y resultó ser una mochila de deporte gris con el logo de Adidas, que arrastró algunas borras de polvo al sacarla. La sacudió con la mano, abrió la cremallera y encontró dentro la documentación de Alfredo, dos millones de euros y los títulos de propiedad de los inmuebles que InverOriental iba a liquidar el mes siguiente. Le extrañó que faltaran los del mes en curso porque aún no se habían realizado las operaciones y el malogrado Santamaría ya no viajaría a los países donde debían producirse las ventas. Siguió buscando, pero no encontró nada más. Cuando se convenció de que no quedaba ningún escondite posible en la habitación, entró en el baño, metió la cabeza debajo del grifo para limpiarse la sangre que se le había pegado al pelo e intentó disimular los restos de la agresión con el peine de cortesía. Se quitó el jersey, le dio la vuelta para tapar con la parte seca la mancha de la camisa, lo puso sobre los hombros y salió al pasillo con cuidado de no ser visto. Se dirigió a su habitación, situada unos pisos más arriba.

El único rastro de su paso por la habitación de Santamaría era una mancha oscura en la moqueta y algunas pelusas de polvo esparcidas por el suelo.

Después de despedirme de Jorge no subí al despacho. Di la vuelta y me encaminé hacia la casa de Rodrigo, en la parte alta de la ciudad. Mi refugio miraba al parque de siempre, el del centro, pequeño y mágico como una ilustración de un cuento infantil. Su casa, en cambio, tenía vistas al Parque de Invierno, moderno, inmenso, que cobijaba instalaciones deportivas, rutas senderistas y demás elementos prácticos.

Rodrigo aún no había llegado; solía pasar por casa después del trabajo antes de ir a su sesión diaria de entrenamiento, unos días de krav magá, otros de gimnasio. Tenía llaves de su casa desde hacía poco más de un mes y, aunque nunca las había utilizado, me pareció una buena ocasión para estrenarlas. Lo esperé medio tumbada en la *chaise longue* del sofá del salón mientras buscaba en su tablet información sobre nuevos modelos de negocios inmobiliarios.

Cuando entró, me saludó con una mezcla de sorpresa y alegría, se sentó a mi lado y me besó.

—¿Estás bien?

Supuse que seguía preocupado por mí después de la escena del día anterior.

—Esta mañana ha venido Jorge. Va a pasar un par de días aquí, en nuestra antigua casa —solté sin más preámbulos.

La expresión de Rodrigo cambió, sus músculos se tensaron y se puso en pie. La noticia le había sentado peor incluso de lo que yo había previsto.

—¿Por eso estabas así anoche?

—Ayer por la noche no tenía ni la menor idea de dónde estaba Jorge.

—Y yo, como un gilipollas, preocupado por ti —levantó la voz sin escucharme.

—Ayer no sabía nada de Jorge —repetí—, me ha llamado hoy a las once de la mañana.

—Vete a la mierda —dijo dándose la vuelta y dejándome sola en el salón.

Estaba furioso y poco dispuesto a escuchar. Mi intención era ser sincera con él y, aunque anticipaba que la noticia no le iba a sentar bien, esperaba una reacción más neutra. Me levanté y me dirigí a la puerta dispuesta a irme, pero antes de llegar siquiera a abrirla, recapacité, di la vuelta y lo seguí a la habitación.

—¿Sigues aquí? —me preguntó en un tono bastante áspero.

—Y no voy a irme —dije en un arrebato de cordura—. No hay motivo alguno para que te enfades y pienso quedarme aquí hasta que lo entiendas. Eres un tío listo, así que confío en que no nos costará mucho.

—No me lo expliques, no quiero entenderlo —respondió Rodrigo.

—Bueno, pues no lo entiendas si no quieres, pero yo voy a intentar explicártelo de todas formas. Me importas mucho y no voy a dejarte fuera de nada de lo que me ocurra; ya asumo que habrá algunas cosas que te gusten más y otras, menos, pero es lo que tiene estar en pareja.

No fue una frase preparada para bajar el enfado, pero su expresión se relajó. Lo cierto era que Rodrigo me importaba y, sobre todo, no me hacía sufrir. Al contrario.

—El fin de semana estábamos hablando de matrimonio —continué—. Dónde decida pasar Jorge unos días no puede afectarnos.

—En realidad el único que habló de matrimonio fui yo. —Rodrigo no parecía tener intención de ponérmelo fácil.

—Y si yo sigo aquí, será que no me disgusta el plan.

—Bueno, no sé, ayer tuviste un ataque de ansiedad… —dijo con media sonrisa.

—Y si elevo la apuesta con hijos, ¿qué te parece?

Su sonrisa lo dijo todo. Me acerqué a él y lo abracé.

—Entonces —preguntó cuando me separé de su pecho—, ¿a qué ha venido tu ex?

—A contarme que se va a vivir a China por tiempo indefinido. Al parecer Nueva York no ha sido tan bueno como él había pensado.

—No te habrá pedido que te vayas con él, ¿verdad?

Aunque hizo la pregunta en un tono desenfadado intentando aparentar que bromeaba, sentí la dureza de su mirada.

—No, pero ¿qué más te da? Aunque él lo hiciera, yo no aceptaría y eso es lo importante. Lo único que sé es que se va a Shenzhen, el Silicon Valley chino. Ha firmado un contrato con un gigante financiero para auditar su estrategia de ciberseguridad y reforzar posibles agujeros. Un gran proyecto.

—Y quiere firmar el divorcio —dedujo Rodrigo.

—En realidad, él necesita que firme un documento para adjuntar al contrato con el banco chino, supongo que mi renuncia a cualquier derecho sobre su empresa. El divorcio quiero firmarlo yo aprovechando que está aquí. Ya es hora de que lo hagamos. Llevas pidiéndomelo desde que empezamos y tienes razón.

—Excelente noticia —dijo, aunque no me pareció muy entusiasmado.

ALREDEDOR DE LAS diez de la noche, Levka se tumbó en la cama de su habitación del hotel. Dos ibuprofenos habían solucionado el dolor de cabeza. Tendría que esperar al día siguiente para seguir con la búsqueda; primero, necesitaba descansar. Lo que no esperaba era recibir una llamada del propio Del Amo.

El asesor fiscal había llegado a Moldavia el día antes de que identificaran el cadáver de Santamaría en Gijón. Alfredo había adelantado la firma de las compras de los inmuebles previstas para dos semanas después y le había encargado que realizara las gestiones en su nombre. Pasó unos días en Zúrich, en uno de sus viajes recurrentes a la caja fuerte del banco donde almacenaba la fortuna personal, fruto de su colaboración con InverOriental. Allí se reunió con varios de los clientes para cerrar las operaciones inmobiliarias del siguiente trimestre. Se había enterado por Marta, su mujer, del revuelo que se había organizado con el hallazgo de un brazo y una pierna en las playas de la comarca. Lo último que imaginó es que fueran las de su colega, Alfredo Santamaría.

Hacía unos minutos, Marta Figueroa, su mujer, lo había llamado al móvil para contarle que el día anterior un hombre había entrado en su casa y los había amenazado con una pistola.

—¿Estás bien? ¿Los niños están bien? —preguntó Andrés alarmado.

—Estamos todos bien —respondió Marta, obviando los golpes recibidos por Jacobo.

—Dios mío, Marta. ¿Qué quería?

—Quería información sobre la muerte de Alfredo Santamaría, ¡como si nosotros supiéramos algo!

—¿Cómo que de la muerte de Alfredo? ¿Alfredo ha muerto? ¿Cuándo? ¿Qué ha pasado? ¿Cómo se llamaba el hombre que fue a casa?

Se le atragantaban las preguntas.

—Perdona, cariño —dijo Marta—, se me olvidó contártelo. La pierna y el brazo que aparecieron en las playas eran suyos. El hombre que preguntaba por él era un rumano, Puscasu dijo, o algo así. Y la policía me ha dejado un teléfono de contacto, te están intentando localizar.

—¡Madre mía, Marta! ¿Te olvidaste de contarme que mi amigo Alfredo, mi socio, al que conocemos desde hace más de veinte años, ha aparecido muerto y desmembrado? ¿Cómo has podido hacer algo así? ¿Tú sabes en qué lío estoy metido ahora?

—Perdona, es que estoy muy distraída estos días. Pensaba contártelo cuando estuvieras aquí.

—¿Distraída? ¡Tú estás loca! No sabes lo que has hecho.

Acto seguido, muerto de miedo, Del Amo llamó a Puscasu.

—¿Dónde cojones te has metido? ¿Dónde demonios te escondes, cabrón, asesino de mierda? —respondió Puscasu a su llamada.

—Tranquilízate, Levka. Yo no he hecho nada y mucho menos he matado a Santamaría. Estoy en Moldavia cerrando la venta de inmuebles.

—Eso es mentira, maldito hijo de puta. Ese era el trabajo de Alfredo, no el tuyo —atacó Puscasu de nuevo.

—Alfredo me pidió que viniera en su nombre porque habían adelantado las firmas. Antes estuve en Zúrich. Tenía que hacer un transporte y cerrar los detalles de las operaciones del próximo trimestre. Ya está todo arreglado, mañana vuelvo a España.

—No te creo, cabrón. Lo has matado y te has dado el piro. ¿Qué descubrió? ¿Has estado robando, chorizo de mierda?

—Levka, razona, por favor, ¿por qué iba yo a matar a Alfredo? Era mi amigo, mi socio, y a mí me va muy bien trabajando con vosotros. Además, si lo hubiera matado yo, ¿por qué iba a llamarte ahora? Me acabo de enterar de que está muerto, Levka, te lo juro. No sabía nada. Nunca abandonaría a mi familia.

Levka calló unos segundos. Dudaba.

—¿La noticia salió ayer en los periódicos y tú no te has enterado? ¿Eso es lo que quieres que crea?

—Ya te he dicho que estaba camino de Chisinau desde Zúrich.

—Entonces, ¿quién ha sido? —preguntó por fin.

—No lo sé. No tengo ni idea. Todo estaba saliendo bien. Estábamos cumpliendo el plan a rajatabla. Sin fallos. Sin demoras.

—Espero que no me mientas, porque te estás jugando la vida.

—Lo sé. Por eso estoy dispuesto a demostrar que estoy limpio y de tu lado.

—¿Dónde está la documentación de las ventas que iba a realizar Santamaría la próxima semana?

—La tengo yo, junto con un poder para ejecutarlas en su nombre. ¿Cómo si no iba a cerrar las transacciones?

Puscasu guardó silencio. Necesitaba pensar y no se encontraba en su momento más lúcido.

—Coge el primer vuelo a Bucarest —ordenó Puscasu por fin—. Alójate en el Marriott y no te muevas de allí hasta que yo llegue.

Nada más colgar el teléfono, Puscasu envió un mensaje a su tía Donka, su canal de comunicación seguro con Costica. «Mañana llega la familia de España. Se alojarán donde siempre. Yo no podré ir a recibirlos. Atiéndelos como se merecen. Tienen muchas novedades que contarnos.» Ella entendería el significado y, como siempre, se lo haría saber a Costica, que enviaría a sus hombres a recoger a Del Amo y lo llevaría a un lugar seguro.

Levka se dio una ducha, se puso el pijama, activó el avisador casero que había instalado en la puerta por si alguien intentaba abrirla mientras dormía, colocó su pistola debajo de la almohada y se durmió.

A las ocho de la mañana todavía seguía en la misma postura, pero su cuerpo ya estaba totalmente frío. El coágulo del cerebro le había provocado una hemorragia fatal que convirtió su sueño en definitivo alrededor de la una de la madrugada.

14 de febrero de 2019

A LA UNA de la madrugada de la noche de San Valentín, Levka Puscasu acababa de despedir a una de las tres chicas de compañía habituales a las que pagaba por sus servicios, discretos y profesionales, tal como a él le gustaban las relaciones con las mujeres. Iba a meterse en la ducha antes de dormir para quitarse el olor a sexo y perfume caro cuando sonó el teléfono móvil que utilizaba para las cuestiones relacionadas con InverOriental. Su sentido felino del peligro lo puso en guardia. Era Santamaría quién llamaba.

Diez minutos después, Levka terminó la conversación con el testaferro español y llamó a Mihail, el más inteligente de los hombres de confianza de su primo Costica, para darle una instrucción tan general como concreta: «La policía española no puede detener a Santamaría. Ocúpate de ocultar cualquier prueba que lo incrimine. Si no llegas a tiempo, hazlo desaparecer. A él y a todo lo que nos relacione con InverOriental».

Cuando el agua caliente le empezó a resbalar por la nuca, Puscasu notó la tensión en el cuello. Giró el mando de golpe y el agua helada cayó sin piedad sobre su espalda mientras maldecía a Alfredo Santamaría.

6

Viernes, 13 de diciembre de 2019

RODRIGO VILLARREAL QUITÓ la alarma de su móvil a las 6:25 de la mañana, media hora antes de que sonara. Llevaba un par de horas en vela y no quería despertar a Gracia, que dormía plácidamente a su lado. La repentina aparición del ex lo había alterado como le solía ocurrir con las amenazas indefinidas. Se sentía como un boxeador que pelea a ciegas sin saber de dónde va a llegar el golpe. Se levantó sin hacer ruido, cerró la puerta de la habitación y, después de un café cargado, se fue a entrenar. El saco siempre lo ayudaba a aclarar las ideas y aquel día no le falló. A las nueve de la mañana, sentado tras la mesa de su despacho y después de sopesar sus opciones, tomó la decisión de actuar por su cuenta. No necesitó buscar información sobre Jorge Quirán en internet, hacía tiempo que lo había hecho. Desde que empezó a salir con Gracia le disgustó la existencia de un ex que todavía no lo era legalmente. El divorcio se dilataba, Gracia acababa de firmar la venta de la casa que tenían en común en Oviedo, iban a repartir el dinero en cuanto formalizaran la escritura y, en apariencia, eran los excónyuges mejor avenidos del mundo. Solo faltaba que vendieran la casa de Nueva York, liquidaran la hipoteca y repartieran lo que quedara después. Esos eran, según Gracia, los bienes comunes del matrimonio. Cuando a las pocas semanas de empezar a salir Rodrigo le preguntó a Gracia por la empresa de Jorge, ella pareció molestarse.

—La empresa de Jorge es suya, yo no tengo nada que ver —respondió poniéndose a la defensiva.

—Pero la constituyó cuando ya estabais casados —había replicado Rodrigo.

—Sí, pero la empresa la fundó Jorge en Estados Unidos. De todas formas, aunque su empresa fuera española, me daría igual. Es suya: él tiene su trabajo y yo el mío.

Rodrigo calló. En aquel momento no tenía la certeza de si la ley se aplicaba según ella afirmaba. Días más tarde, después de consultarlo con unos compañeros de carrera expertos en el tema, supo que Gracia se equivocaba. Según la ley, la empresa de Jorge Quirán les pertenecía a los dos, cincuenta por ciento a cada uno. No sacó el tema de nuevo: una cosa era lo que dijera la ley y otra lo que ella decidiera; y le pareciera a él lo que le pareciera, era asunto de ella y le había quedado claro que no era un tema sobre el que Gracia quisiera discutir.

Ahora Jorge estaba en Oviedo después de firmar un contrato con una de las mayores entidades financieras del mundo y si había regresado era porque tenía un buen motivo para hacerlo: o asegurarse el control sobre su empresa o llevarse a su mujer. Si era lo segundo, no iba a ponérselo fácil, pero para eso debía saber qué pintaba aquel tipo en Oviedo y Rodrigo estaba decidido a averiguarlo. Descolgó el auricular del teléfono de su despacho y marcó un número móvil.

—¿Jorge Quirán? —preguntó cuando este respondió al tercer tono—. Soy Rodrigo Villarreal.

—¿Nos conocemos?

—Soy el novio de Gracia.

Su interlocutor tardó unos segundos en responder.

—¿El novio? Si eres algo, serás su amante, porque Gracia está casada. Conmigo.

Rodrigo no esperaba una conversación cómoda, pero tampoco semejante hostilidad. Al menos, no nada más empezar. Respiró hondo y controló el deseo de responder con la ira que sentía crecer en el estómago. Perder los nervios era el primer paso para perder cualquier pelea, daba igual que fuera en el ring, en los juzgados o en la vida.

—Y su abogado —aclaró con voz pausada. Saber qué le resultaba más amenazante, un novio o un abogado, era una buena pista de sus intenciones.

—¿Y eso es importante, porque...?

—Porque vais a firmar el acuerdo de divorcio esta misma mañana. A las once si no estoy mal informado —dijo Rodrigo. Era la única explicación creíble que podía dar a su llamada.

—La cita no es para firmar el acuerdo de divorcio —respondió Jorge Quirán alerta.

—Y para que Gracia te ceda los derechos sobre la empresa que tenéis en común antes de cerrar el contrato con el banco chino —añadió Rodrigo intentando aparentar normalidad.

—Sobre mi empresa —respondió Jorge tajante, ya con todas las alarmas activadas.

—Sobre la empresa común.

—¿Qué quieres?

—¿Qué voy a querer? Concretar las condiciones —respondió Rodrigo en un intento de asegurarse de que el viaje de Jorge tenía que ver con el control de la empresa y no con Gracia.

—Yo no negocio con abogaduchos de tres al cuarto que se tiran a mujeres casadas —escuchó Rodrigo al otro lado del teléfono—. ¿Sabe Gracia que me has llamado?

—Por eso sé que tú estás aquí, que habéis quedado a las once, y por eso también tengo tu número de móvil —arriesgó Rodrigo. Lo cierto es que no había sido difícil conseguir el número. Era el que utilizaba para el trabajo cuando estaba en España.

—Lo que Gracia tenga que decirme ya me lo dirá ella. Tengo cosas más importantes que hacer que seguir manteniendo esta charla absurda.

Jorge colgó y Rodrigo se quedó perplejo. No eran esos los derroteros por los que esperaba que transcurriera la conversación, ni tampoco la reacción común de una persona en proceso de divorcio cuando lo llama el abogado de su exmujer. «Concretar las condiciones» era lo único que había llegado a decir Rodrigo. Si una frase tan poco amenazadora había alterado al ex era porque, o su objetivo no era divorciarse, o porque lo que estaba en juego era importante.

Si antes de hacer la llamada Rodrigo tenía dudas sobre las intenciones de Jorge, después tenía muchas más y un marrón en ciernes, porque cuando Gracia se enterara, se iba a cabrear. Muchísimo. Y eso iba a suceder en solo dos horas. Cogió el teléfono para llamarla antes de su cita con Jorge y disculparse, al menos que lo escuchara de su boca, pero antes de que sonara el primer tono, se arrepintió. Iba a quedar como un pardillo. Necesitaba una buena explicación, no quería confesarle que se sentía amenazado por la presencia de su ex y que había hecho aquella llamada casi infantil para averiguar si Jorge quería algo con ella. Se sirvió un vaso de agua y lo bebió a pequeños sorbos.

Jorge Quirán resopló en la cocina de la casa que en pocas semanas dejaría de ser suya y de su futura exmujer y metió una cápsula de Ristretto en la cafetera. Todavía seguían en el armario. La casa estaba medio vacía, pero Gracia no había tocado sus cosas. A Jorge le preocupó lo que acababa de ocurrir. Cuando el día anterior le había dicho a Gracia que buscara un abogado para redactar los papeles no se refería a que abrieran de nuevo la negociación, solo a que redactara lo que ambos habían acordado, pero también tenía claro que Gracia había hablado con el tío que acababa de llamarle; si no, era imposible que el tipejo supiera lo del proyecto con el China Merchants Bank.

Jorge Quirán dudó. El contrato con el gran banco chino podía hacerle ganar millones de dólares, pero también perderlo todo: las cláusulas de penalización que había exigido el banco en caso de que él incumpliera el contrato por cualquier causa lo arruinarían de por vida. El éxito del acuerdo era tan importante para Jorge que había decidido viajar en persona para arreglar la documentación que necesitaba, a pesar de que estaba casi seguro de que su ex no pondría problemas. Durante la comida del día anterior, Jorge notó a Gracia resentida: dejó claro que sabía que él había empezado su relación con Sloane cuando todavía estaban juntos. En ese momento no le dio importancia, pero después de la conversación telefónica con Rodrigo Villarreal, veía las cosas con otra perspectiva.

Jorge salió con el café a la terraza y contempló las vistas que les impulsaron a comprarla. No era el mejor día, el suelo de La Losa, la gran avenida que llegaba hasta el edificio, lucía húmedo por el reciente orbayo, y la parte más alta del monte Naranco se escondía detrás de un cielo tan nublado que no dejaba ver ni un solo pedazo de azul.

Después de meditar un rato con la cabeza despejada por la brisa húmeda, decidió actuar con cautela. ¿Novio? ¿Aquel tipo había dicho novio? Como si tuvieran quince años. ¿Qué diablos hacía Gracia saliendo con semejante gilipollas? Maldijo sin darse cuenta de que lo hacía en voz alta. Si Gracia estaba enfadada con él, las cosas podían torcerse y la llamada de Rodrigo Villarreal habría supuesto el inicio de las dificultades. Solo entonces se arrepintió de haber respondido a aquel abogado en caliente en vez de escuchar lo que le tuviera que decir, pero ya era tarde para cambiarlo. Una corriente de aire frío lo obligó a cobijarse dentro. Buscó la caja de galletas danesas que solía guardar de reserva para cuando las cosas se le complicaban y, aunque estaban caducadas, no le importó. Armado con azúcar y cafeína se acomodó en el sofá. Tenía menos de dos horas para pensar qué iba a decirle a Gracia.

Sentado en su despacho, el comisario Miralles repasaba el informe de Sarabia sobre el caso InverOriental. La información de la autoridad portuaria de Gijón confirmaba la declaración de los Brione: su barco llevaba atracado en el puerto deportivo más de dos meses, tal como la familia había declarado. La posibilidad de que a Santamaría lo hubiesen torturado y tirado al agua en el puerto con el motor en marcha y allí mismo se hubiera enganchado con la hélice se desvanecía por el diseño que protegía el puerto deportivo de Gijón de las fuertes mareas del Cantábrico, y sin corrientes los miembros nunca habrían llegado a la playa.

El barco debería haber estado en movimiento para que la hélice girase con la fuerza suficiente para desmembrar un cuerpo. Era imposible que el barco de los Brione hubiera cercenado el cuerpo de Santamaría. La familia estaba fuera de la ciudad el día que murió Santamaría y, aunque les hubieran robado el barco esa noche, sacarlo del puerto sin que nadie se percatara era muy complicado, según habían confirmado las autoridades portuarias.

Los últimos avances del caso también habían revelado que el propietario del apartado donde recibía la correspondencia InverOriental era Andrés del Amo.

Mientras tanto, Sarabia se encontraba en el puerto deportivo de Gijón buscando cámaras de vigilancia o controles de acceso a pie.

El comisario pensó en informar al jefe de policía, pero se arrepintió. Después de la visita del día anterior, Miralles prefirió esperar a tener buenas noticias. Esperaba que el caso quedara resuelto para las Navidades y poder pasar unas fiestas tranquilas.

Durante el fin de semana, él y Geni montarían el árbol de Navidad y el Belén con las niñas. Geni, exagerada para todo, dejaría la casa como si estuviera recién salida de un anuncio navideño. No faltarían los renos luminosos en el jardín acompañando a Papá Noel con su trineo, ni el abeto lleno de neones de colores, ni las guirnaldas brillantes decorando la fachada de la casa y la verja de la calle. Sabía que a los vecinos les parecía una horterada, pero al comisario le encantaba: Geni disfrutaba montando toda aquella parafernalia y para las niñas el momento de encender las luces de aquel despliegue era todo un acontecimiento.

Le apetecía salir a la calle, coger el coche e ir a interrogar a los implicados, pero hacía tiempo que el cargo se lo impedía y Sarabia estaba haciendo un gran trabajo.

Entró un correo. Era de graciasansebastian@graciasansebastian.com y contenía la información que había recibido de InverOriental tras mostrarse interesada en invertir veinte mil euros en la compañía. Consistía en un folleto virtual sobre las economías en crecimiento estable en Europa del Este, un análisis de la rentabilidad de las inversiones realizadas en los últimos tres años y fotos de inmuebles señoriales en los diferentes países donde la compañía invertía.

El folleto iba acompañado de un escueto texto:

> Estimada Sra. San Sebastián:
>
> Agradecemos el interés mostrado en nuestras inversiones inmobiliarias. En este momento, tenemos cerrado el cupo de inversores. En cuanto volvamos a abrir el acceso a nuevas entradas de capital nos pondremos en contacto con usted a través de los datos que nos ha facilitado. Reciba un cordial saludo,
>
> Levka Puscasu.
>
> Director General.
>
> InverOriental.

Después venían las cláusulas estándares de protección de datos y el teléfono de contacto del *call center* que recibía las llamadas de los inversores.

El comentario de Gracia era claro: «Rafa, están cerrando el chiringuito».

Miralles se levantó de la silla y salió del despacho. Necesitaba un café de verdad, de los de toda la vida.

A LAS ONCE de la mañana, Jorge se presentó en mi despacho sin paraguas, con el pelo y la cazadora mojados, una caja de moscovitas de chocolate negro, una botella de Veuve Clicquot y una encantadora sonrisa.

—¡Vaya! —exclamé—. ¿No es un poco temprano para beber?

—Bébetela cuando quieras, no esperaba que lo hicieras conmigo —respondió Jorge mientras entraba y dejaba ambas cosas en la minúscula cocina del despacho.

—Pues muchas gracias.

—Ya me han contado que tienes a alguien especial con quien compartirla. Me alegro mucho.

Si las palabras de Jorge me sorprendieron, lo que más me chocó fue su tono. Parecía un amigo cotilla en vez de mi exmarido o el que iba a serlo en breve.

—Estás bien informado.

—¿Abogado?

—Ajá.

—Enhorabuena —respondió guiñándome el ojo y duplicando la sonrisa.

—Vale. Yo también te quería decir que, aunque ayer pudo parecer que no me alegraba, quiero felicitarte a ti también por tu relación. Muy guapa, por cierto. Y con estilo.

—Ya te dije ayer que no era nada serio.

—Pero ya lleváis tiempo. ¿Cuándo te vimos Sarah y yo con ella en el Vinoteo antes de que volvieras a Nueva York? No recuerdo la fecha exacta; hace más de medio año, porque sí que me acuerdo de que tú y yo estábamos juntos todavía.

Jorge mantuvo la sonrisa, pero yo conocía bien sus gestos y mi pulla no le había gustado nada. En realidad, yo no quería juzgarlo ni remover el pasado, pero me había molestado verlos juntos en la casa en la que pasamos nuestros años más felices. En mi casa. La casa donde nació Martin. Y donde murió.

—¿Nos sentamos y me cuentas a qué has venido? —pregunté cambiando de tema, dando por terminada mi pequeña venganza.

—Claro, ¿me invitas a un café?

Me dirigí a la cocina y él me siguió.

—Entonces, ese hombre con el que sales, ¿es tu abogado? —preguntó mientras preparábamos el café.

—¿Por qué piensas que necesito un abogado? —respondí.

—Hipotéticamente.

—Hipotéticamente sigo sin necesitar un abogado. ¿A qué viene esa pregunta?

—Ayer no me quedó claro si tú buscarías el abogado para redactar el acuerdo de divorcio o si se lo debía pedir a mi hermana.

—Pídeselo a tu hermana. Yo no conozco a ningún abogado de familia.

Jorge frunció el ceño y me miró fijamente, pero no dijo ni pío.

—Venga, cuéntame, ¿qué necesitas que firme? —pregunté por fin.

—Antes, ¿te importaría explicarme el funcionamiento interno de un banco de inversión? Al detalle.

—¿Quieres que te cuente los entresijos de la banca de inversión?

—Me harías un gran favor —respondió.

—Pero eso puede llevarnos horas —protesté.

—Si tienes tiempo podemos empezar ahora y si necesito más información no me importa quedarme algún día más.

—Pero si llevas años trabajando con bancos como ese...

—Pero no conozco sus procesos internos en profundidad. Cuando llegue a las primeras reuniones con los chinos, tengo que saber tanto como ellos de su negocio, no solo de su seguridad. Si en cualquier cultura entender las operaciones de tu cliente es importante, en China es una cuestión de honor y, ¿quién mejor que tú para contármelo? Los conoces desde dentro, pasaste diez años haciendo que sus trapos sucios parecieran inmaculados ante la Comisión Financiera.

—Y no estoy muy orgullosa de ello. ¿Por eso has venido hasta aquí? —pregunté todavía extrañada—. Entendí que era por la documentación de tu empresa.

—Eso es una mera formalidad que, como tú bien dijiste ayer, podíamos haber solucionado por *email*. Lo que realmente me interesa es aprender todo lo que me puedas contar. Aunque nos lleve días.

Hora y media más tarde terminé con la sesión informativa acelerada sobre los intríngulis de los bancos de inversión, un aluvión de información que, de no habérmelo pedido él mismo, hubiera jurado que no le interesaba demasiado. Supuse que las finanzas le seguían aburriendo. Quedamos en que revisaría sus notas y me llamaría para aclarar dudas antes de que se escabullera de mi despacho con la excusa de que había dejado de llover. Solo entonces me di cuenta de que no había dejado los papeles que quería que firmara.

—Con lo que me he quejado de la zona azul y ahora resulta que, donde no la hay, no tengo forma de aparcar —protestó el agente Macías al subinspector Arce mientras buscaba aparcamiento en los alrededores de El Musel, el puerto mercantil de Gijón, donde los estibadores descargaban enormes contenedores de los buques mercantes y los volvían a llenar con la nueva carga.

Macías y Arce iban de paisano en un coche sin identificación. Estaban en un barrio obrero, levantado en sus inicios para alojar a los trabajadores del puerto y a los astilleros. Estibadores, gruistas, operarios de transporte y obreros dedicados a la construcción de barcos habían ocupado las casas, en su mayoría de protección oficial. Nada más salir del coche, los recibió un potente olor a sal mezclado con gasolina. Era un día húmedo y al lado del mar la sensación se multiplicaba.

Habían quedado con Hortensia Cubillos, la mujer que encontró el cadáver de Santamaría en el barco de la familia Brione. Hortensia vivía en el edificio que Santamaría había visitado dos días antes de morir; una gran torre construida al final del desarrollismo franquista que recordaba a una colmena, alta, de color tierra, no muy distinta a donde se había criado Macías, en un barrio de la zona sur de Madrid. La única diferencia era que, desde su casa, no se veía el mar.

Hortensia le recordó al agente a su madre y desde el principio conectaron. El subinspector Arce había planeado dirigir el interrogatorio, su especialidad, pero nada más ver la química surgida entre Macías y la mujer que había encontrado el cadáver, se mantuvo en un segundo plano y cedió el protagonismo al joven agente, que apuntaba muy buenas maneras.

—Entonces, señora Cubillos, ¿usted no había visto nunca al muerto? —preguntó Rubén Macías, que buscaba la postura adecuada en el sofá tapizado de flores donde Hortensia les había hecho sentarse, antes de buscar acomodo ella misma en uno de los sillones a juego.

—Llámeme Hortensia, por favor. No lo había visto jamás. Parecía todo un caballero y eso a pesar de estar muerto, quiero decir que tenía buen porte y buen traje, las manos finas, bueno, las manos no, la mano que tenía, ¡ay, qué mal me estoy expresando! ¿Entienden lo que quiero decir?

—Claro que sí, Hortensia, lo ha explicado usted muy bien, no se preocupe —la tranquilizó el policía—. ¿Está segura de que no lo había visto nunca? Quizá hiciera negocios con sus jefes.

—Les aseguro que no era un amigo de la familia. Llevo quince años trabajando en la casa y ese hombre nunca estuvo allí.

—Quince años —exclamó Macías—, ¡qué barbaridad! Será usted una más de la familia.

—Así me considero. He criado a las niñas, a las tres, y las quiero como si fueran mías. Arantza, la mediana, murió hace unos meses, la noche del catorce de febrero, el día de San Valentín —dijo Hortensia, conteniendo las lágrimas y apretando los puños—. Un malnacido la atropelló al ladito de casa y se dio a la fuga. Y todavía no han dado con él.

—Mateo Brione y Fabiola Ferro son los propietarios de una cadena de tiendas de alimentación. —Macías consultó sus notas, eludiendo el reproche de Hortensia a la labor policial—. Según tengo entendido, ambos trabajan en la empresa familiar. ¿Volvieron a trabajar los dos después de la muerte de Arantza?

—¿Qué iban a hacer si no? Cada uno tiene su responsabilidad en la empresa: él se encarga de la parte financiera, o sea, de los dineros, de los empleados y de algo que llama estrategia de negocio. Ella se dedica al marketing, a organizar los actos de promoción de la empresa, a negociar con los suministradores y a buscar nuevos artículos. Trabajan el producto local fresco de alta calidad, denominaciones de origen y *delicatessen* de gran fama internacional. Todo muy caro. Los dos son muy trabajadores e implacables con los empleados y los proveedores, ¡pobre del que les lleve un género que no está a la altura de sus expectativas o del que trate con descuido a un cliente! A veces tenían unas enganchadas con el señor de la Xata Roxa…

—¿La qué? —preguntó Macías.

—Una raza de vaca local muy cotizada —explicó Arce—. Significa ternera pelirroja porque tiene la piel anaranjada.

—Esa carne tengo que probarla. Soy de Madrid y llevo solo unos meses en Gijón.

—Yo también soy de fuera, de Toledo, pero me vine aquí hace años. Perdone, se me ha ido el santo al cielo, ¿qué me había preguntado?

Macías repitió la pregunta.

—Volvieron a trabajar casi de inmediato. Siempre han estado muy ocupados con la empresa. Incluso me atrevo a decir que después de la muerte de Arantza, todavía más. Solo viven para trabajar. No se han permitido siquiera llorar a su hija. Después del funeral, volvieron a la vida normal, pero la procesión va por dentro. Fabiola no come nada y se ha quedado consumida, y él ha vuelto a fumar y siempre está de mal humor.

—Cuénteme por qué tuvo que ir hasta el barco.

—Fui al barco porque el señor Brione se volvió loco. Dijo que las Navidades no iban a dejar de celebrarse en su casa y, como su mujer y sus hijas no querían celebrar nada sin Arantza, él se empecinó todavía más y ordenó para cenar en Nochebuena bogavante a la plancha. Se puso tan furioso cuando le llevaron la contraria que terminaron aceptando. Fabiola y las niñas hacen como que no se dan cuenta, pero yo creo que el señor está perdiendo la chaveta. Ha sido un año muy malo, muy, pero que muy malo: primero lo de Arantza y después las agresiones sufridas por los trabajadores despedidos y los sindicatos. Parece que no levantamos cabeza —dijo Hortensia cubriéndose la cara con las manos.

—¿Qué es eso de los sindicatos? —preguntaron Arce y Macías casi a la vez.

—Los señores despidieron a varios empleados este verano porque querían reducir costes o hacerlos variables o no sé qué. No entiendo mucho de números. Estuvieron negociando con el sindicato, pero no llegaron a un acuerdo y, al final, echaron a la calle a parte de la plantilla. Más incluso de los que habían previsto en un inicio. A mí no me pareció bien porque llevaban mucho tiempo trabajando para ellos, pero no me pidieron opinión, claro está. Después de eso empezaron los ataques a las tiendas e incluso nos tiraron huevos podridos en el jardín. Pusieron perdidas las ventanas. No tuvieron piedad, aunque todos saben de sobra la tragedia por la que está pasando la familia.

—¿Y está segura de que el muerto no tenía nada que ver con eso?

—Yo solo estoy segura de que al muerto no lo había visto en mi vida.

—Siga contándonos cómo encontró el cadáver, Hortensia, por favor —pidió Macías.

—Como les decía, el señor Mateo se obcecó en que las Navidades se celebraban, que todos debíamos seguir adelante y que Arantza lo habría querido así. La casa tiene una zona para las barbacoas de verano con unas parrillas grandes, pero ahora no se puede usar porque en el invierno se llena de hojas y hace mucho frío. El verano pasado la señora compró unas parrillas eléctricas para el barco, ya sabe usted, para hacer pescadito, carne y verduras. Todo a la plancha, muy sano. Se me ocurrió ir a por ellas para hacer los bogavantes en la cocina. Fabiola tenía que ir al centro, así que bajé en autobús hasta el puerto deportivo y ella quedó en pasar a recogerme media hora más tarde, cuando terminara su gestión. Al entrar en el barco me olió muy mal. Lo primero que pensé fue que se había colado un gato o una gaviota y se había muerto en uno de los camarotes, así que entré para limpiarlo. Pero no era un gato, ¡ay, Señor! ¡Vaya que no era un gato! —sollozó Hortensia—. ¡Qué susto! Agente, ¡qué susto! No es que yo no haya visto muertos, al contrario: mi padre era el sacristán de mi pueblo, así que ya imaginarán que he visto muchos, pero es que este no me lo esperaba. Por la postura parecía que lo habían embalsamado, pero la cara estaba llena de heridas, el olor era insoportable y había un montón de moscas que volaban alrededor.

—¿Y qué hizo usted?

—Me tapé la boca con un pañuelo y al acercarme vi que le faltaban una pierna y un brazo, porque la manga y la pernera izquierdas estaban vacías. Entonces me di cuenta de que debía de ser el cadáver descuartizado que había salido en el periódico, me asusté aún más y salí corriendo a avisar a la señora Fabiola. No me respondió, así que llamé a la policía. No sé si hice bien. Luego le escribí un whatsapp.

—Lo hizo usted muy bien, Hortensia, pero que muy bien —la animó Macías.

—¿Quién llegó antes, la policía o la señora Ferro? —preguntó Arce.

—La señora Ferro —afirmó Hortensia.

—¿Volvieron a subir al barco?

—Sí, señor. Volvimos a subir. Yo no quería, pero ella insistió. A la señora Fabiola casi le da un infarto cuando lo vio allí, tumbado en su cama. Ahora pienso que no se acababa de creer lo que le había contado, porque cuando lo vio se quedó tan impresionada que salimos corriendo y casi nos caemos al agua.

—¿La señora Ferro lo conocía? —preguntó Arce de nuevo.

—¿Al muerto? ¡Qué lo va a conocer!

—¿Cuánto tiempo estuvieron en el barco desde que subieron las dos?

—No sabría decirle, unos segundos. Fabiola lo vio y gritó: «Pero ¿quién ha puesto un muerto en mi barco? Esto han sido los del sindicato ¡seguro! Van a ir a la cárcel. ¡Serán hijos de puta!». Después me cogió de la mano y salimos pitando. Esa noche no sé cuántos tranquimazines debió tomar, porque no se despertó hasta las nueve de la mañana. Incluso me asusté cuando llegué a la mañana siguiente y ella todavía dormía. Nunca se levanta más tarde de las siete de la mañana, ni siquiera en fin de semana, y temí que hubiera hecho alguna tontería.

—¿Vive usted aquí sola? ¿No tiene familia? —preguntó Macías cambiando de tema.

—Tengo a mi hermana Marisa y a su hijo. Vienen mucho a verme, sobre todo los fines de semana, pero no duermen aquí, prefieren quedarse en la casa donde ella trabaja. Está muy bien colocada.

—¿A qué se dedican su hermana y su sobrino?

—Mi hermana es ama de llaves en casa de una familia. Mi sobrino estudió Ingeniería Industrial y está haciendo las prácticas en Aceralia o Arcelor o como se llame ahora. Es un chico muy formal y muy estudioso —afirmó orgullosa.

—¿Su hermana está casada?

—Es viuda, mi cuñado murió cuando Jacobo, mi sobrino, era pequeño. Vivían muy bien, él estaba metido en el negocio de la construcción y ganaba dinero, pero al quedar viuda, mi hermana se tuvo que buscar la vida.

—¿Sabía usted que el muerto estuvo aquí unos días antes de morir?

—¿Aquí dónde?

—En este mismo edificio —aclaró el subinspector.

—No tenía ni idea.

—¿No es posible que viniera a verla a usted y que lo atendiera su hermana o su sobrino?

—No, claro que no, ellos no viven aquí. ¿Por qué iba a venir a verme a mí ese señor?

—No sabemos, Hortensia, entienda que tenemos que preguntarlo todo —la tranquilizó Macías.

—Yo les juro que no lo conocía —insistió Hortensia Cubillos—. Este edificio es muy grande.

—¿Podía tener alguna relación ese hombre con la muerte de Arantza Brione?

—No sabría decir, ya les he dicho que la policía no tiene ninguna pista. Ninguna —dijo Hortensia mirándolos con gesto acusador.

—¿Nos podría facilitar los datos de contacto de su hermana y de su sobrino? —cortó Arce.

Los policías se despidieron de la mujer con la sensación de que algo no encajaba. No habrían dudado de lo que les contaba la mujer si no fuera porque lo primero que aprendía un policía era a sospechar de las casualidades, más aún cuando se producían alrededor de un crimen. Santamaría había estado en su edificio dos días antes de morir y después ella encontraba su cadáver en extrañas circunstancias. En una ciudad de menos de trescientos mil habitantes no podía ser una simple coincidencia.

Cuando salieron a la calle, empezaba a orbayar otra vez.

—Supongo que habéis descartado que la muerte de Santamaría se trate de un accidente, por mucho que le hayáis contado esa patraña a la prensa —dijo Gracia San Sebastián.

—Es importante tranquilizar los ánimos —respondió el comisario.

Se encontraban en la comisaría, en el despacho de Miralles, donde esperaban que dieran las cinco para dirigirse a la sala donde habían quedado con Mario Menéndez y Fernando Sarabia.

El comisario había querido reunir a Gracia con el jefe de policía y el inspector a cargo del caso para que ella pudiera transmitirles de primera mano el estado de la investigación de InverOriental, a pesar de que todavía no tuvieran conclusiones definitivas. Mario dudaba de la labor que estaba realizando la investigadora y esperaba que la reunión ayudara a despejar las dudas.

—Sería esclarecedor encontrar a Puscasu, Rafa.

—No hay ningún movimiento de entrada o salida en el país. Estamos esperando su ficha policial, pero la policía rumana no considera que nuestro caso sea una prioridad. Vayamos a la sala, no quiero llegar tarde.

Cuando llegaron, el jefe de policía ya estaba allí. Mario Menéndez se levantó con una cortesía casi forzada. Cada vez lo incomodaba más la idea de tener una externa metiendo las narices en su caso.

—Encantado, señorita —le dijo a Gracia quien, aunque un poco incómoda por lo poco apropiado del apelativo, apretó con firmeza la mano que le ofreció el jefe de policía.

Terminadas las presentaciones, Mario Menéndez dio comienzo a la reunión.

—El objetivo de la reunión es entender en qué punto nos hallamos en el análisis del entramado financiero en el que estaba implicada nuestra víctima. Como ya sabe usted —dijo dirigiéndose a la investigadora directamente—, el objeto de su investigación se limita al fraude financiero que puede o no estar relacionado con la muerte de Alfredo Santamaría, pero lo cierto es que el fallecimiento del sujeto en estas circunstancias complica su colaboración en el caso porque se incrementan las posibilidades de que involuntariamente traspasemos algún límite, así que, para evitarlo, es imprescindiblc dcscifrar cuanto antes los entresijos de las actividades de Santamaría y poder dar por concluida su labor.

Gracia se levantó, cogió un rotulador negro y otro rojo para escribir las notas complejas en la pizarra blanca de la sala y comenzó a explicar a los policías la información que había obtenido hasta el momento.

—Entonces, ¿los inmuebles existen o no? —preguntó Rafa cuando Gracia terminó su explicación preliminar.

—Existen. Podemos descartar la hipótesis de que esto sea una estafa piramidal porque las inversiones se realizan. Las direcciones y los inmuebles son reales, pero no siempre lo que hay allí es lo que se dice que hay. Es decir, compran inmuebles que deberían de ser como ellos describen. El problema es que a veces ni se parecen a lo que dicen que compran. De ahí que se cuiden de no poner fácil su localización en internet. Luego los venden por su precio real, y entre la compra y la venta los alquilan a precios muy por encima de mercado, obteniendo una cuenta de resultados saneada mientras las pérdidas por depreciación de activos se acumulan en el balance.

—O sea, que falsean el precio de compra, y la diferencia entre el precio de compra real y el que figura en las cuentas se la están embolsando ellos, ¿correcto? Lo camuflan como un pago y así descapitalizan la empresa a su favor —dedujo Sarabia.

—Eso no explica los desorbitados ingresos que generan los arrendamientos. El sistema es más complejo. Cuando reciba la información que he solicitado, podré precisar al detalle el modelo de estafa que han ideado.

—¿Más complejo? —dudó Mario Menéndez—. Santamaría es un estafador de poca monta. Esto ya me parece bastante complicado comparado con sus anteriores andaduras.

—Es imposible que esté solo en esto. El volumen de inmuebles es muy alto, y las cifras que se mueven, elevadísimas. Si conseguimos la lista de vendedores y compradores, estoy segura de que vamos a encontrar mucho más de lo que se ve —insistió Gracia.

—Mire, San Sebastián —intervino de nuevo el jefe de policía—, yo ya sé que usted viene de Nueva York y entiendo que lo suyo son las tramas financieras complejas, pero un tipo como Santamaría es un simple estafador. Toda su vida se mueve entre lo legal y lo ilegal. Nunca lo hemos pillado y eso le ha dado confianza.

—Quizá esta vez trabaje para alguien que está por encima de él e incluso de su socio. Son demasiados inmuebles para que puedan financiarse con pequeños inversores. Si queremos averiguar lo que ocurre necesitamos investigar a los propietarios de los inmuebles, ellos son los que reciben el dinero. Y a los arrendatarios —insistió ella.

—El fraude está en la compra —apuntó Sarabia, también deseoso de dar por terminada cuanto antes la labor de la investigadora externa—. Los vendedores habrán recibido un precio razonable y una comisión extra por alterar el valor en el título de compraventa para que Santamaría y su socio puedan desplumar a los incautos inversores, pero no van a estar dispuestos a contártelo.

—¿Falsificación de títulos de compraventa? —dudó ella—. No lo veo, están pagando altas rentabilidades. Y para el vendedor supondría abonar un dineral en impuestos si escritura por encima del valor real de venta.

—Claro, al vendedor lo compensarán por esos impuestos más lo que le paguen por aceptar falsear los datos de la venta. A los inversores les están entregando altas rentabilidades con el dinero de las inversiones porque se trata de una estafa piramidal. Hasta que se les acabe —insistió el jefe de policía.

—Yo creo que tenemos suficientes datos para intervenir InverOriental —propuso el inspector Sarabia.

—Eso sería un gran error —afirmó Gracia—. No posee la estructura de una estafa piramidal y si, como sospecho, hay pájaros grandes detrás de todo esto, lo único que conseguiréis es que vuelen antes de que podáis pillarlos.

—Si San Sebastián tiene razón —concedió Sarabia— y hay estafadores de mayor calado, entonces Santamaría sería un testaferro. Si ha muerto, es que ya están a punto de liquidar el negocio.

—Si Santamaría es un testaferro, como parece ser, y es quien conoce el mecanismo del fraude al detalle, ¿por qué matarlo si lo hace bien y es de confianza? Salvo que los haya traicionado —señaló Gracia.

—Porque si el modelo es el que dice Mario —intervino Miralles al ver la cara de pocos amigos de su jefe—, y no es tan complejo como tú crees, es más seguro cargárselos. Pero también tienes tú razón en que no debemos intervenir hasta que no estemos seguros.

—Si el negocio estaba saliendo bien —insistió Gracia—, no tiene sentido matarlos antes de liquidar la sociedad. Ni después.

Cada vez que empieces de nuevo, corres el mismo riesgo de error.

—Hablamos de estafadores, no de los bancos de inversión a los que usted está acostumbrada. No creo que se rijan por el mismo modelo de gestión del talento —ironizó el jefe de policía—. Pero por si acaso, vamos a esperar. ¿Cuánto necesita para preparar el informe final?

—En estas fechas, dos semanas.

—Que sea una. Zanjemos esto cuanto antes.

Gracia se calló, segura de tener razón y con la sensación de que al jefe de policía le importaba más apartarla del caso que entender la trama financiera.

CUANDO SALÍ DE la comisaría, faltaban solo treinta minutos para la hora en la que había quedado con Sarah. La noche era húmeda y desapacible, el viento soplaba y no apetecía caminar por la calle, así que, cerrándome con las manos el cuello del abrigo para resguardar la garganta del aire frío, aceleré el paso para que me diera tiempo a cambiarme de ropa y no llegar tarde a la cita con Sarah.

A las siete de la tarde, ataviada con un vestido corto y unas botas altas debajo de un abrigo con capucha que a duras penas me protegía el pelo del relente, entré en Casa Anselmo, mi bar favorito de la ciudad, cercano a la farmacia de Sarah, donde África, la cocinera y copropietaria del local, siempre conseguía ponerme de buen humor al verla salir de la cocina moviendo sus orondas caderas a ritmo de «La Barbacoa» de Georgie Dan, de la banda sonora de un antiguo programa de cocina llamado *Con las manos en la masa* o de la canción más famosa de un conocido grupo de los ochenta, «Sabor de amor». Casa Anselmo estaba situado en la antigua carretera hacia Galicia, hoy convertida en una elegante y céntrica avenida que comenzaba en la parte alta del parque, llena de restaurantes y bares modernizados. Era un local tan feo como exitoso. Lo primero se debía a que había sido un pub frecuentado por empresarios cincuentones en los años noventa y Anselmo y África no tenían dinero para cambiar el suelo rosa y negro ni los dorados y los bruñidos de la barra. Lo segundo era gracias al buen hacer de los dos hermanos que habían puesto su empeño y su ilusión en sacar el negocio adelante. Ese día, con el espumillón verde y rojo a juego con las bolas navideñas que colgaban de él adornando la barra y las paredes, la estética era aún más cuestionable, pero estaba más lleno que nunca.

Sarah todavía no había llegado así que, luchando por un pequeño hueco en la barra, pedí una caña dispuesta a ahogar en ella el mal humor que me había provocado la reunión con el jefe de policía. Mi amiga llegó a la vez que la cerveza y su entrada provocó un par de miradas disimuladas del grupo de parroquianos masculinos apostados junto a la puerta, al inicio de la barra. Con su metro setenta y cinco de estatura, sus curvas de muñeca Barbie y una oscura melena rizada que le cubría más de la mitad de la espalda, le resultaba inevitable llamar la atención.

—Qué día más feo —dijo frotándose las manos y dejando el bolso en el colgador de la barra—. Esto está petado. Y han puesto villancicos flamencos, ¡qué jaleo!

Media hora después ya había dejado de pensar en el caso y en el jefe de policía, y el mal humor se había desvanecido. Al menos por un rato. Incluso me había acostumbrado al soniquete repetitivo de los clásicos navideños en versión andaluza.

—No te lo tomes a mal —le pregunté a mi mejor amiga desde la infancia al oído—, ¿te lo has tirado?

Estábamos apoyadas en la barra con dos cañas y una tapa de ensaladilla de rape, especialidad de la casa, y yo me refería al psiquiatra del que acababa de darme los datos y una cita para el día siguiente. Con Sarah había que asegurarse.

—No, a él no —me respondió Sarah con total naturalidad.

—¿Qué significa que a él no? ¿A quién sí?

—No sé si te conviene saberlo si vas a ir a la consulta.

La miré amenazante obligándola a continuar. Volvió a acercarse a mi oído para que yo la oyera sin tener que gritar.

—A su hermano —confesó.

—¿Algún deseo de venganza que pueda pagar yo?

—Ninguno, de momento va todo sobre ruedas.

Hacía mucho que Sarah no me hablaba de ninguna de sus conquistas, muchas y bien escogidas. Siempre decía que sus ligues no eran tan importantes como para perder el tiempo hablando de ellos y, como cada vez duraban menos, yo no insistía. Sarah dedicaba su vida a la farmacia y a los mellizos, mis ahijados, fruto de una inseminación en solitario combinada con la alergia al compromiso de su madre.

—¡Eso sí que es una novedad! ¿El afortunado tiene nombre y profesión?

—Se llama Nacho, es músico y no me apetece hablar de él. Su hermano —continuó hablando a diez centímetros de mi oreja—, tu futuro psiquiatra, era el típico empollón en la universidad, ya sabes, matrículas de honor, premio fin de carrera y esas cosas. Se llevaría bien con tu hermana. Lo llaman de todas las revistas del mundo especializadas en loqueros.

—¿Tan mal me has visto como para querer que me atienda ese tío? Solo han sido dos ataques de ansiedad, tampoco es para tanto. Yo no creo que necesite un psiquiatra, lo que necesito es que pasen las Navidades —dije, respetando el deseo de Sarah de no hablar del tal Nacho.

—Seguro que no lo necesitas, pero por ir a verlo tampoco te va a pasar nada. Y ese tío tiene una lista de espera de meses, así que no te quejes. Aprovecha la oportunidad de que he podido conseguirte la cita, cuéntale lo que ha pasado, y si crees que puede ayudarte, bien y si no, no vuelvas. Solo es por asegurarnos de que todo está en orden.

Sarah sabía bien qué decir para convencerme, y terminé accediendo a realizar una visita a aquella eminencia de psiquiatra cuyo hermano parecía llevar tiempo viendo a mi amiga alérgica a cualquier relación de más de un par de semanas. Eso me dio una idea.

—¿Qué harás en Navidad? —pregunté—. ¿Irás a Alemania a ver a tus padres o vienen ellos?

—Mis padres se van a Argentina. Mi tía está muy enferma, el cáncer no remite, y mi madre quiere ir a verla. Vuelan pasado mañana y a la vuelta pasarán por aquí para celebrar Nochevieja y Reyes con los niños.

Los padres de Sarah eran investigadores médicos, judíos argentinos de origen alemán que habían vuelto a sus orígenes en busca de un país con fondos suficientes que dedicar a la investigación.

—¿Estarás aquí, entonces? —pregunté esperanzada. Con Sarah cerca, quizá la Navidad fuera soportable.

—¿Tú qué vas a hacer? ¿Meterte debajo del edredón y esperar a que terminen las fiestas?

—Había pensado huir a las islas. ¿Por qué no nos vamos las dos con los niños a Canarias? —propuse sin pensar que mi amiga aceptaría.

Sarah dio un sorbo a su cerveza al tiempo que ganaba más sitio en la barra al irse la pandilla de tíos que teníamos al lado. El volumen de ruido a nuestro alrededor también se atenuó con su marcha.

—Suena bien —dijo al fin—. ¿Y Rodrigo?

—Rodrigo se va a Ciudad Real con su padre y Jorge está aquí —solté de golpe.

—¡No jodas!

Puse al día a Sarah de mi comida con Jorge y de su visita esa misma mañana.

—Estoy un poco confusa porque tuve la sensación de que en realidad no le interesaba lo que yo le estaba contando sobre los bancos de inversión.

—Algo le interesará si ha firmado el proyecto de su vida con uno de ellos. Otra cosa es que le resulte aburrido. Eso es más que comprensible. Aunque a ti te lo parezca, no es un tema apasionante.

No para el resto de los mortales. Pero si yo necesitara saber algo sobre bancos de inversión también acudiría a ti, que has pasado diez años dando forma legal a esos productos financieros que casi hunden la economía mundial. Con éxito, además. Está claro que sabes cómo funcionan.

—Tú eres mi amiga y vives a cinco minutos andando de mí, no mi exmarido, que se largó con otra y vive a cinco mil kilómetros.

—Jorge se pasa la vida viajando, parar en Oviedo cuando va de China a Nueva York no supone mucho para él. ¿Qué te preocupa en realidad?

—Que cuando terminé la explicación sin que él preguntara una sola duda, se largó y no avanzamos nada ni en el divorcio ni en la disolución de la empresa. —Y tras una pausa confesé—: eso y que, cada vez que lo veo, no puedo dejar de pensar en lo atractivo que es.

Sarah enarcó las cejas en un gesto de asombro e interrogación que me empujó a aclarar lo que acababa de decir.

—No me entiendas mal, no quiero nada con él, estoy fenomenal con Rodrigo y tenemos un proyecto de vida juntos que me ilusiona, es solo que ver a Jorge me desestabiliza, me trae recuerdos y remueve sensaciones que duelen.

—Ya —dijo Sarah poco convencida—. Y entonces, ¿Jorge te ha dicho que la tal Sloane no es nada serio y que se arrepiente de haberse ido a Nueva York?

—Que no fue como esperaba.

—¿Y te ha llevado champán francés? ¿Has valorado la posibilidad de que quiera volver y esté intentando averiguar cómo es de serio lo que hay entre Rodrigo y tú?

—No actúa como si quisiera conquistarme y el champán francés a las once de la noche sugiere una cita, a las once de la mañana parece más bien una disculpa. O un detalle por las molestias. Me lo voy a beber con Rodrigo, no con Jorge.

—¿Sabes qué te digo? Invita a Jorge a la comida en casa de tu madre —sugirió Sarah mientras pagaba nuestras consumiciones.

—¿Qué dices? ¡Ni hablar! ¿Por qué?

—Todavía no has invitado a Rodrigo, tus razones tendrás para seguir retrasando el momento, pero te conozco bien y sé que al final vas a buscar una excusa para que no vaya.

—Es que a mí también me gustaría presentarle a mi madre cuando podamos hablarle de planes de futuro concretos, con fechas. Ahora no los tenemos porque Rodrigo no quiere dar ningún paso más hasta que no esté divorciada.

—Bien, eso lo entiendo. Pues invita a Jorge.

—A Jorge ya lo conocen. Demasiado bien, diría yo.

—Por eso mismo —insistió Sarah—. Ya le hará tu madre todas las preguntas que tú no vas a hacerle. Si tiene alguna intención más allá de recibir un curso acelerado sobre bancos de inversión y firmar el divorcio, tu madre se la sonsacará. ¿Nos vamos? Si vuelvo a escuchar «Los peces en el río» en versión flamenca voy a pasar dos días con el estribillo en la cabeza.

No sé por qué la idea de Sarah no me pareció tan mala en aquel momento.

«¿Te apetece venir el domingo a comer a casa de mi madre?» le pregunté a Jorge en un mensaje.

En el fondo era una excusa para librarme de presentar a Rodrigo a la familia. No solo por lo que le había contado a Sarah, también temía que mi madre y él no se llevaran bien y no quería que eso diera lugar a comparaciones que no deseaba escuchar. Y menos con Jorge deambulando por Oviedo.

«¿Te recojo a las dos en el despacho?» decía la respuesta de Jorge.

Con el sentimiento de culpa por invitar a mi ex a la comida familiar disfrazado de reafirmación de mi independencia, me despedí de Sarah y salí a buscar un taxi. Había quedado con Rodrigo en su casa para cenar y ver un campeonato de MMA que él había catalogado de histórico. No es que me apeteciera demasiado el plan, pero estaba abierta a darle una oportunidad a un deporte que consistía, ni más ni menos, en dar tortazos a diestro y siniestro. Lucha callejera en la que valía casi todo. Como en la vida real.

Cuando Gracia llamó al timbre de la casa de Rodrigo, él ya había preparado toda la artillería pesada para disculparse por la llamada a Jorge. Sin una explicación convincente, su mejor estrategia era pedir perdón y pasar directo a la reconciliación.

Rodrigo bajó la iluminación del salón y puso la mesa para una ocasión especial, con vajilla oriental, palillos enfundados en tela, cuencos de porcelana para las salsas y distintas variedades de sushi.

Le abrió la puerta vestido solo con unos vaqueros, descalzo, desnudo de cintura para arriba y con una copa de vino en la mano. Esperaba que aquello contribuyera a mitigar el cabreo, pero la cara de Gracia no reflejaba malestar ni enfado, al contrario, aceptó la copa con una sonrisa traviesa. Le resultó improbable que, si Jorge le hubiera hablado de su llamada, no le diera importancia a su intromisión entre ella y su ex.

—Creo que el plan me va a gustar mucho más de lo que había pensado —dijo Gracia al ver el inesperado escenario que Rodrigo había preparado—. ¿Y el combate?

—Ahora, en la cama y con menos ropa —reaccionó Rodrigo, aliviado por no tener que lidiar con una Gracia indignada.

La cogió de la mano y tiró de ella en dirección a la habitación.

—Se va a estropear el sushi si lo dejamos ahí… —protestó ella sin ninguna convicción.

—Seguro que aguanta y si no, ya cenaremos otra cosa.

Gracia lo siguió, deseando que a Rodrigo le mereciera la pena perderse una competición de su deporte favorito y sentirse ella misma un poco menos culpable.

Una hora más tarde, relajados y sonrientes, comprobaron que el sushi seguía en perfectas condiciones.

—¿No hay combate, entonces? —bromeó Gracia antes de meterse un nigiri de pez mantequilla flambeado en la boca.

—¿Qué pasa? ¿No te ha gustado el cambio de planes? Porque para ponerle tantas pegas a mis tatuajes parecías querer borrarlos a mordiscos.

—Intento quitarte el del pecho, es horroroso. Y enorme. Algún día me dirás por qué te grabaste ese demonio gigante.

—Algún día. Entonces, ¿te apetecen más sorpresas como esta? —preguntó Rodrigo evitando el tema.

—Tú verás si quieres correr el riesgo, porque si haces esto muchas veces, pienso venir a cenar todos los días.

—Veo que lo has pillado. ¿Qué te parecería?

—¿Que me parecería qué? ¿Que hagas esto muchas veces? —dijo Gracia y rectificó al ver que Rodrigo hablaba en serio—. ¿Quieres que venga a vivir contigo?

—En cuanto firmes el divorcio —soltó él mientras cogía con los palillos un roll de foie con salsa de anguila.

—Vaya. La propuesta tiene condiciones.

—No son estrictas. A fin de cuentas, vais a firmar ya. Podemos poner fecha cuando vuelva de pasar las Navidades con mi padre. Para entonces, solo quedará ratificar ante el juez. Y eso puede hacerlo por poderes. ¿Lo habéis dejado resuelto esta mañana? —tanteó.

—Jorge no me ha dado la documentación. Al parecer, se le olvidó —confesó Gracia.

Rodrigo cogió su copa y bebió un sorbo.

—O sea, que habéis quedado para firmar y se le ha olvidado llevar lo que teníais que firmar.

—Según él, su objetivo para nuestro encuentro de hoy era que le diera un curso acelerado sobre el funcionamiento interno de los bancos de inversión, y la firma era secundaria.

—¿Y para ti también es secundaria? —preguntó Rodrigo y a Gracia le sonó como un ataque.

—¿Y para ti es tan importante? ¿Tanto como para condicionar que vivamos juntos?

—¿Vas a entrar en una pelea dialéctica con un abogado? A estas alturas no tienes ninguna duda de que quiero formar una familia contigo. ¿Tú quieres lo mismo?

—Sí. Quiero lo mismo. Y, tienes razón, lo del divorcio debo solucionarlo ya. No tiene sentido dilatarlo más. A mí también me sorprendió que Jorge viniera desde China para pedirme una clase particular sobre bancos de inversión.

—Deja que hable yo con tu ex —pidió Rodrigo.

—Ni en broma. ¿Qué pasa, que me ves como una damisela indefensa y tienes que librar las batallas por mí?

—¿Ahora vas a enarbolar la bandera de la discriminación por género? Vamos, ¡no me jodas! Lo siento, pero no cuela. Esto es un divorcio, llevamos meses hablando de que está todo acordado, pero no es así. Las intenciones de tu ex no están claras. Y ahora aparece por aquí y se comporta de una forma desconcertante. Necesitas un abogado.

—Si necesito un abogado, seré yo la que decida acudir a uno y, en ese caso, te aseguro que lo consultaré contigo antes, como profesional. Pero no decidas tú cuándo necesito yo un abogado.

—Pensé que era una decisión con entidad suficiente para que la tomáramos entre los dos.

—Esto es cosa mía. Si llega el momento te consultaré. El acuerdo de divorcio lo va a preparar una de sus hermanas. Es abogado de familia —dijo ella.

Ambos callaron y una tirantez invisible remplazó la camaradería de una hora antes. Aunque ninguno se atrevió a tensar más la cuerda, tampoco cedieron para suavizarla. En silencio y masticando piezas de sushi que no saborearon, Rodrigo, en vista de que Jorge no le había contado a Gracia su llamada, decidió seguir llevando a cabo averiguaciones por su cuenta, y Gracia se arrepintió de haber sido tan borde con Rodrigo, pero no hizo nada para solucionarlo.

Madrugada del 15 de febrero de 2019

ERA MÁS DE la una de la mañana cuando Mihail Kumov recibió la llamada de uno de sus jefes. Al reconocer el sonido asignado a Levka Puscasu, salió del interior del musculado y terso cuerpo de Sergei, se incorporó de la cama y, mientras se desprendía del preservativo que cubría su miembro todavía erecto, respondió haciéndole una seña al joven para que abandonara la habitación.

El encargo de Puscasu era delicado: hacer desaparecer un coche y retirarlo de la circulación. Lo que complicaba la tarea era que nadie pudiera localizar ningún rastro del coche en forma de pieza, y mucho menos sospechar que el coche no seguía circulando de forma normal en manos del dueño que en ese momento lo tuviera legalmente en su poder. Y si lo sospechaban era importante que no pudieran comprobarlo. Reservó dos plazas para la mañana siguiente en un vuelo regular. Mihail era un hombre perfeccionista en extremo y estaba seguro de que la única forma de garantizar el resultado era organizar él mismo la operación y hacerlo sobre el terreno. Mientras tanto solo podía confiar en que aquellos españoles se atuvieran a sus instrucciones. Dejar el coche donde estaba, cubierto por una lona y no hacer nada. Absolutamente nada.

Llamó a Sergei para que volviera a la cama. Tenía tiempo de sobra para montar el resto de la operación y para terminar de satisfacer sus instintos con el atractivo albanés tan deseoso del dinero que lo permitiera alejarse de la inmundicia donde se había criado, y de ascender rápido en la organización que no le importaba dejarse sodomizar por él cada vez que lo requería, simulando quedar satisfecho.

De joven, a Mihail lo acomplejaba su corta estatura y su cuerpo raquítico; usaba alzas en los zapatos y mantenía la espalda tan recta para parecer más alto que más de uno se metió con él amenazándolo con meterle un palo de escoba por el culo y sacárselo por la garganta. Solo Costica, con la mirada acerada y sus malas artes en la pelea, estuvo siempre en su bando. Dispuesto a romperle la nariz o a retorcerle los huevos a cualquiera que se metiera con él, en el barrio o en la escuela. Ahora era él quien conseguía que tipos altos y corpulentos como los que había envidiado se postraran en su cama. Sonrió para sí mismo antes de penetrar de nuevo a Sergei. Se sintió un semidiós saboreando el poder.

7

Sábado, 14 de diciembre de 2019

El sábado me levanté temprano y un poco inquieta. Después de un relajado desayuno con Rodrigo en el que ambos evitamos volver a sacar el tema del divorcio, me fui caminando hacia el centro para acudir a la cita con el psiquiatra que me había concertado Sarah. Un paseo cuesta abajo en una mañana fría y soleada que contrastaba con lo desapacible del día anterior. Así era el clima allí y a nadie le sorprendía: los asturianos estaban acostumbrados a adaptar sus planes a los caprichos del tiempo. En el Parque de Invierno ya había gente corriendo e incluso pude ver a lo lejos un grupo de personas haciendo yoga.

Después de dos horas y una batería de test en las que me preguntó acerca de mis sensaciones en todos los aspectos cotidianos y extraordinarios de la vida, salí de la consulta con la cabeza abotargada, una receta de ansiolíticos que no tenía intención de tomar y un diagnóstico a confirmar de un posible trastorno de estrés postraumático de aparición tardía como consecuencia de la muerte de mi hijo. La buena noticia era que tenía solución: terapia con una psicóloga de su confianza a la que todavía no sabía si iba a acudir. Tenía alergia a los psicólogos desde que intenté asistir a terapia tras la muerte de Martin, y tuve que visitar a ocho especialistas antes de encontrar el adecuado, al que dejé de visitar el día que me fui de Nueva York.

Con la anotación en la agenda del móvil de buscar información sobre el estrés postraumático, llamé a Geni. Me apetecía tomar un café tranquila, charlando, sin hablar de cadáveres, fraudes o ataques de pánico.

—Hola, Gracia. Precisamente hemos estado hablando de ti —respondió Geni al primer tono—. Ayer nos llamó Jorge. ¡Menuda sorpresa! Nos dijo que había estado contigo y que mañana comíais en casa de tu madre.

A Geni la habíamos apodado la Chismes en el colegio y nunca iba a librarse del mote. Incluso cuando no estaba ejerciendo el cotilleo, parecía hacerlo.

—¿Te parece bien que te lo haya contado? —continuó Geni—. Sé lo mucho que te molesta que se metan en tu vida y que cualquier información te parece chismorrear, así que…

—Agradezco que me lo cuentes. Te llamaba precisamente para que nos tomáramos un café un día de estos. Hace mucho que no pasamos un rato juntas.

—¿Quieres que estemos solas o puede estar Rafa? —se apresuró a aceptar Geni.

—Puede estar Rafa, claro, ¿por qué lo dices?

—Ven a vernos después de comer, nos hemos levantado muy temprano para montar el árbol y el belén con las niñas, y estamos agotados. Rafa ha salido a correr con Jorge y yo voy a dejar a las niñas en casa de mis padres. Van a llevarlas a comer una hamburguesa y a ver la nueva peli de Frozen. Ven luego y nos tomamos aquí el café.

Acepté la propuesta de Geni y colgué fascinada: ¿Rafa había salido a correr con Jorge? Hacía meses que Rafa no salía conmigo a correr. Desde sus primeras carreras en verano, después de perder suficiente peso para que el endocrino lo considerara un ejercicio seguro.

Tras pasar la primera parte de la mañana montando la decoración navideña con Geni y las niñas, Rafa Miralles tenía el tiempo justo para recoger a Jorge en su antigua casa. Hacía frío, aunque el cielo estaba despejado. El plan era ir en coche hasta la senda de Fuso de la Reina, cinco kilómetros hasta el hórreo que marcaba el final y después volverían por el mismo camino, entre árboles, rodeados de un paisaje que parecía sacado de un folleto turístico. Si al comisario Miralles le hubieran dicho hacía poco más de un año, cuando salió el primer día a trotar con Gracia en pleno mes de junio, que en Navidades sería capaz de correr diez kilómetros a menos de siete minutos el kilómetro, no lo habría creído. Ya no bajaba de peso tan rápido como en los primeros meses, cuando llevaba el balón gástrico en el estómago. Al menos, ya no sentía náuseas permanentes que se agudizaban al comer. Había sido un gran logro, ya estaba en noventa y ocho kilos, muy lejos de los ciento veintiocho con los que había empezado. El deporte y la dieta funcionaban. Geni había intentado que se sintiera culpable por quedar con Jorge, pero el comisario no cedió ante la presión de su mujer. Jorge y él se llevaban bien y el matrimonio mantenía una relación cordial a pesar de estar separados. Además, Jorge y él no hablaban de esas cosas. Solo de fútbol, Fórmula 1 y trabajo. Ni siquiera de política. Geni complicaba mucho las relaciones humanas. Rafael Miralles tenía amigos, tíos que conocía desde el colegio, su pandilla de siempre, pero desde que era comisario, la mayoría habían dejado de ser naturales con él. Parecía que se sintieran intimidados por su cargo, como si fuera a trincarlos por no pagar el IVA al fontanero. Con Jorge era distinto, lo había conocido siendo comisario y nunca había mostrado ningún recelo a su cargo. Hasta se gastaban bromas cuando hablaban de sus respectivas profesiones. Porque si la gente tenía una imagen distorsionada de los comisarios de policía como consecuencia de la televisión y la moda de las novelas negras, ser *hacker*, como Jorge, era un trabajo que despertaba incluso más fantasías, por muy blanco o ético que fuera. La gente oía *hacker* y ya no escuchaba nada más.

—Quiero hacerte una pregunta —le espetó Jorge cuando iban por el segundo kilómetro, mientras él intentaba distinguir si había pájaros anidados en las casetas repartidas por el ayuntamiento para ese fin entre las hayas, los abedules y los castaños que convertían el paisaje de la senda en una postal—, pero no te quiero incomodar, así que, si no quieres responder, no volveré a sacar el tema.

—¡Joder, Jorge! ¿Ahora? Aunque pese treinta kilos menos sigo estando gordo y me llevas asfixiado.

—Por eso quiero preguntártelo en este momento. No puedes salir corriendo —bromeó su amigo.

—¿Es de algún caso?

—No, claro que no.

—¿De mi técnica de carrera?

—No, tampoco.

—Mierda, entonces es de Gracia —afirmó el comisario.

—Pues sí.

—¿Tú qué quieres, que Geni esté una semana de morros conmigo? Ya no tiene muy claro que sea buena idea que te vea. Si se entera de que te cuento algo sobre Gracia, se va a mosquear.

—¿Geni no quiere que salgamos a correr? —preguntó Jorge perplejo y sin bajar el ritmo.

—Dice que igual a Gracia le parece mal y ya sabes que Geni siente veneración por ella.

—¿Por qué iba a sentarle mal a Gracia que tú y yo salgamos a correr? ¿Es que ha pasado algo que yo no sepa y ahora soy el enemigo?

—Eso lo sabrás tú mejor que yo: Gracia ha visto las fotos que ha colgado en las redes la tía con la que sales en vuestra casa de Nueva York, donde vivías con ella y con Martin. Y le contó a Geni que te vio en el Vinoteo con esa mujer antes de que te fueras.

—Ya lo sé. Me lo echa en cara cada vez que me ve. ¡La mierda de las redes sociales y la manía de Sloane de hacer pública su vida a cada instante! Y yo, que soy un gilipollas por no proteger mejor mis perfiles. Y ¿qué tienes tú que ver en todo eso?

—Ya sabes que a veces en las rupturas se terminan haciendo bandos, aunque uno quiera mantenerse al margen, y mi mujer ha elegido el suyo. ¿Qué quieres saber de Gracia? —accedió Rafa.

—Da igual. Ya casi me has aclarado lo que necesitaba, que Gracia está cabreada conmigo. No quiero causarte un problema con Geni.

—Yo no sé si Gracia está cabreada contigo, solo sé que Geni me ha dicho que está molesta. Si necesitas saber algo, pregúntamelo y luego no le cuentes a nadie que has hablado conmigo, aunque te torturen.

—¿Cómo es el tío que sale con Gracia?

—Es un tipo peculiar. Abogado. Funcionario. Un poco prepotente. El tío tiene una conversación amena, cuenta historias interesantes, pero siempre parece forzado, como si no se relajara nunca. Y practica krav magá. Nos contó que era un niño gordo, que le cascaban en el colegio y ahora es adicto al deporte.

—No te cae bien —dedujo Jorge.

—Digamos que no hay química. Sin más.

Jorge aceleró el ritmo sin darse cuenta.

—¿Van en serio?

—Parece que sí —respondió Rafa con la respiración entrecortada—. Por lo que me ha dicho Geni, él ya piensa en casarse. A mí Gracia no me ha contado nada, solo habla con Geni.

Jorge alargó de nuevo la zancada.

—¿Y ella?

—No los he visto más que un par de veces, pero Geni ya está planificando la boda. Sin que Gracia se entere, claro. Estuvieron cenando en casa esta semana y la he visto muy contenta, es muy conciliadora con él y no le lleva la contraria. Eso sí, luego hacc lo que le da la gana.

—¿Qué quieres decir?

—Que él no quiere que colabore con nosotros, con la policía, me refiero —continuó Rafa jadeante—, quiere que trabaje solo para él y no se corta en decirlo delante de mí. Igual por eso le tengo un poco de manía. Ella no discute el tema con él, al menos delante de nosotros, pero sé que no está llevando ningún caso de la Seguridad Social. Él es el director de Asesoría Jurídica o algo así.

—¿Rodrigo Villarreal es el tío de la Seguridad Social? ¿El que le derivaba los casos? —cayó Jorge—. ¡No jodas que Gracia está con él! Pero si se llevaban fatal. Decía que era un ególatra presuntuoso, soberbio y no sé cuántas cosas más.

—Pues está claro que cambió de opinión. Están juntos desde poco después de que tú te fueras. Y como sigas a esta velocidad, te quedas sin informante porque me va a dar un infarto.

—Perdona, siento haber acelerado —se disculpó Jorge bajando el ritmo a un trote ligero.

—¿Por qué quieres saberlo? —preguntó Rafa mientras trataba de recuperar el resuello.

—Que un maromo se proclame portavoz de mi mujer no me gusta.

Una pegueta empezó a graznar haciendo resonar sus chillidos por el bosque como si quisiera replicar a Jorge y Rafa se detuvo en seco. Jorge hizo lo mismo un metro más allá.

—¿Estás bien? ¿Qué te pasa?

—Eso mismo te pregunto yo a ti. ¿Cómo que «tu mujer»? ¿A qué viene eso ahora? Y no se te ocurra mentirme. ¿Es que quieres volver con ella?

—Lo que quiero es disolver el régimen económico de gananciales. Lo necesito antes de irme a China para no poner en peligro el contrato con el banco, pero dos horas antes de la cita que tenía con Gracia para dejarlo todo acordado y firmado, el tal Rodrigo me llamó y me amenazó.

—¡La leche! —exclamó el comisario—. ¿Con qué te amenazó?

—Con mi empresa. Gracia y yo habíamos acordado que mantendríamos nuestras profesiones al margen y que mi empresa era mía, pero eso solo es válido si lo ponemos por escrito porque legalmente es nuestra. Solo tengo su palabra y si Gracia lo niega, no vale para nada.

—¿Rodrigo te llamó y te dijo que quería la mitad de la empresa?

—No directamente, fue más sutil; solo comentó que quería concretar las condiciones. No dijo más porque le colgué, pero ¿para qué iba a llamarme si no?

—Ya. Podías haberlo escuchado y así no cabría duda de para qué llamaba. ¿Has hablado con ella?

—No quiero sacar el tema hasta que no esté seguro porque no sé si este tipo va por libre o actúa por cuenta de ella. Lo primero que hizo Gracia, casi nada más vernos, fue acusarme de estar con Sloane antes de que rompiéramos del todo y se nota que está dolida, pero me resulta tan extraño que deje que su novio, o lo que sea el tipo ese, hable en su nombre...

—Hombre, en condición de su novio no creo, pero si es su abogado tendría sentido que sea él el que lleve la negociación. Es lo lógico, diría yo. Si es que te llamó para eso, claro.

—Gracia me dijo que no tenía abogado y que le encargara el acuerdo de divorcio a mi hermana. Estoy hecho un lío. No sé si está jugando al despiste.

—Déjate de rollos: cuéntale a Gracia a qué has venido y que ella te explique para qué te llamó ese tío.

—Ya me gustaría, pero es que no puedo arriesgarme —replicó Jorge—. Ya no es que no quiera negociar nada con ese abogaducho de mierda, es que ella me pide que sea yo el que prepare el acuerdo, pero si le presento un documento para que renuncie a cualquier derecho sobre mi empresa, pueden llevarlo al juzgado y me van a crucificar. ¿Te imaginas cómo pueden pintar la historia ante un juez? Dejo a mi mujer por una rubia espectacular después de que perdiéramos a nuestro único hijo, me voy a vivir con ella a la casa en la que vivíamos los tres y que sigue siendo mía y de Gracia y, no contento con eso, después intento dejarla sin un montón de dinero que legalmente es suyo. Porque desde hace una semana mi empresa vale una millonada; levanté el negocio mientras ella trabajaba en el banco y era con su sueldo con el que pagábamos todos los gastos, incluso los de la empresa los primeros meses de funcionamiento —se sinceró Jorge.

—Ya entiendo. Las cosas han cambiado. Al final, sí que va a haber dos bandos.

—No ha cambiado nada para mí. Te prometo, tío, que yo le doy a Gracia lo que me pida, pero por las buenas, porque lo acordemos nosotros, no porque me vea obligado a ceder al chantaje de un desconocido o porque me lo ordene un juez. Y, siempre que hemos hablado de esto, hemos tenido claro que cada uno tiene su trabajo y que ninguno queríamos nada del otro. Por eso no me preocupé de divorciarme antes de firmar con los chinos o incluso cuando nos separamos, porque nunca imaginé que Gracia fuera a cambiar de idea, y me jode que ahora me azuce a ese tipo a traición.

—Entiendo que tengas que tener cuidado porque estamos hablando de tu forma de ganarte la vida, pero quizá estás sacando demasiadas conclusiones de una llamada telefónica en la que ni siquiera le permitiste explicarse. ¿Qué significa exactamente una millonada?

—Un contrato de más de cien millones de euros anuales a un margen de un cuarenta por ciento, haz tú los cálculos. Es un valor teórico claro, basado en el precio que figura en el contrato con el banco, no es que yo tenga ese dinero en la empresa, ni de lejos, pero si todo va bien, mi empresa podría incluso salir a bolsa. Poniéndonos en lo peor y con un juez en contra, podrían obligarme a darle la mitad de la rentabilidad que la empresa consiga durante los próximos cinco años. Y la necesito para reinvertirla y crecer, o este contrato, en vez de hacer a mi empresa una referencia en seguridad cibernética, me arruinará de por vida.

—¡Hostias! —dijo Rafa—. Ahora entiendo.

—¿Continuamos? Vamos a quedarnos fríos aquí a la sombra.

Reanudaron la marcha por la senda a ritmo suave y en silencio, buscando las partes del camino en las que los pocos árboles deshojados que formaban parte del bosque asturiano dejaban pasar el sol.

—Aunque quisiera no puedo compartir la información de los antecedentes penales de Rodrigo Villarreal —dijo Rafa—. No es legal.

—¿Y eso a qué viene? No creo que el tío que sale con Gracia tenga antecedentes penales.

Rafa miró a Jorge y este entendió lo que su amigo quería decir.

—Así que solo voy a contarte lo que Gracia nos ha contado.

—¡Joder! Entonces, ¿es verdad? ¿Tiene antecedentes penales? Manda huevos. ¿Qué clase de abogado del Estado tiene antecedentes penales? ¡Vaya joya de tío! ¿Qué hizo?

—Nadie está libre de cometer un error. El suyo fue que atropelló a un ciclista. Lo mató. Iba puesto hasta arriba.

—¿Se dio a la fuga?

—No. Se quedó con él y llamó a emergencias, pero cuando llegaron, el hombre ya estaba muerto. No pudieron hacer nada. Fue hace más de veinte años.

—¿Estuvo en la cárcel?

—Estuvo seis meses en terapia de rehabilitación. Aunque según él no tenía un problema con las drogas, fue el compromiso que convenció al juez para que la condena no superase los dos años y, como era su primer delito, no tuviera que entrar en prisión. Dice que aquello le cambió la vida, estaba muy perdido y cuando terminó la terapia encauzó su futuro.

—Y se lo ha confesado a Gracia, pero como tú solo puedes contarme lo que sabes como amigo y no como policía, a lo mejor ese tipo le ha contado un cuento chino y sucedió de otra forma...

—¿Qué dices, tío? —dijo Rafa—. No te vuelvas loco. Le ha dicho la verdad.

—O sea, que has buscado información sobre él. Comisario, ¿desde cuándo eres de los que se saltan las normas?

—Te estás haciendo un lío. Cuando nos lo contaron, yo ya lo sabía y no tengo ganas de explicarte a raíz de qué porque no tiene interés.

—Pues entonces no parece muy horrible la historia. Salvo para el ciclista, claro, pero si no se dio a la fuga, se entregó, fue a rehabilitación y después volvió al redil... No sé de qué me sirve esto.

—Justo lo que quiero decirte es eso, que el tipo ha salido adelante, no lo conozco mucho, pero no me da la impresión de que sea un tío fácil ni de que se achante ante los contratiempos, así que no la líes más y habla con Gracia, que sea ella la que te diga lo fácil o lo difícil que quiere ponerte esto.

—No puedes ir a por el enemigo a pecho descubierto, tú eres poli, deberías saberlo. Por eso confío en tu discreción, Rafa.

—Y yo te agradezco que hayas sido sincero conmigo, pero ahora no la cagues porque, a diferencia de mi mujer, yo no he elegido bando: estoy de tu parte, pero también de la de ella. Salvo que uno de los dos me obliguéis a posicionarme.

—Entendido.

Continuaron corriendo en silencio y Rafa pensó que, después de todo, Geni tenía razón. Menudo berenjenal en el que se acababa de meter.

A LAS 15:35 el avión de Andrés del Amo aterrizó en Bucarest procedente de Chisinau, después de un trayecto de poco más de una hora en un avión de la compañía aérea Air Moldova. Fue el primer vuelo que pudo reservar después de la conversación con Puscasu. Andrés había dedicado el trayecto a definir su estrategia. Tenía la sensación de que el rumano no se había creído su historia y era una cuestión de vida o muerte convencerlo. Marta no tenía ni idea del lío en que lo había metido. ¡Como si ella no supiera a qué se dedicaba o de dónde salía el dinero para todos sus carísimos caprichos! No dejaba de preguntarse quién demonios habría matado y descuartizado a Santamaría. Ya le extrañó no saber nada de él, pero últimamente Alfredo estaba muy concentrado, según decía, en sus problemas personales. No le dio más explicaciones.

Con la cabeza puesta en la forma de salir airoso del encuentro con Levka, cogió un taxi hasta el Marriot, se registró, subió a su habitación y llamó a su mujer.

No sabía si la espera hasta que llegara Puscasu iba a durar horas o días. Lo que sí tenía muy claro era que cuando el tío llegara, él debía estar allí. Ojeó la carta del servicio de habitaciones, pero se le había cerrado el estómago con los nervios. La verdad no siempre es la mejor arma de defensa, pero era la única que tenía.

A las 17:42 llamaron a la puerta de la habitación 514. Respiró hondo y abrió. Cuando los hombres de Costica entraron en la habitación, notó como su esfínter se abría sin que pudiera hacer nada por controlarlo, y la mierda se deslizó líquida por la pernera izquierda de su pantalón.

Dedujo que Levka lo había juzgado antes de escucharlo y el zulo donde lo dejaron después de un trayecto eterno en una furgoneta de lavandería, maniatado y con los ojos vendados, no presagiaba nada bueno. Él no sabía nada, no tenía más verdad que contar y su historia era muy poco convincente. Su mujer había conseguido que lo mataran. Se acordó de las chicas de Eva, la agencia que le proporcionaba las *escorts* rusas, con sus tetas perfectas, su culo duro y aquellos labios carnosos, indistinguibles unos de otros, que le lamían zonas a las que jamás había llegado otra mujer. Mucho menos la suya. Le dolió pensar que a Marta no le importaría quedarse viuda. Quizá hasta se alegrara. Solo lo aguantaba por el estilo de vida que llevaba a su lado. Notaba su repugnancia cuando se subía encima de ella y las ganas de que terminase pronto. Ahora él iba a morir y Marta no tendría que soportarlo más.

CON UNA TAZA de Linizio Lungo calentándome las manos —Geni era detallista hasta para comprar el café que me gustaba— y un tentador plato de apetitosos bombones de Peñalba en la mesa, pensé que el esfuerzo que estaba haciendo Rafa para bajar los kilos que se había propuesto era el doble del que hubiera necesitado cualquier otro ser humano: su casa estaba siempre repleta de cosas deliciosas.

Geni puso una película romántica que hizo huir a Rafa despavorido del salón murmurando algo de un tema urgente. Yo también me habría escabullido ante su elección cinematográfica, pero me apetecía estar allí con ella. Cuando volví de Nueva York, ver que Geni empezaba a colarse en mi vida como un gusano en una manzana me resultó una molesta contrariedad. Con el paso del tiempo y tras deshacerme de muchos prejuicios, vi el gran corazón que había detrás de toda aquella ropa de marca, una permanente capa de maquillaje y una irritante afición al cotilleo. Tenía que reconocer que a veces me sacaba de mis casillas, pero siempre estaba ahí para mí. Cuando terminó aquel drama cómico, previsible y empalagoso, Geni lloraba a moco tendido. Rafa interrumpió la reunión de amigas ante la protesta de su mujer y me invitó a pasar al pequeño despacho de la planta baja donde se refugiaba cuando quería trabajar.

—Te hubiera rescatado antes de ese bodrio, pero temí que Geni en vez de dejarte ir me hiciera quedarme a mí —dijo a modo de disculpa.

—Ese bodrio me ha sentado fenomenal. Era justo lo que necesitaba.

—O sea, que has dormido media película —adivinó Rafa con una risotada.

—O quizá un poco más —confesé.

Rafa me quería enseñar el informe sobre la seguridad en el puerto de Gijón. El acceso a la entrada y a los diferentes servicios estaba controlado por tarjetas RFID asociadas a cada amarre, un sistema por el que era imposible saber si el propietario de la tarjeta y el que había accedido con ella eran la misma persona ni cuantos individuos accedían con la misma acreditación.

También me enseñó fotos del barco de Mateo Brione, realizadas durante el registro. El barco era un Benéteau Oceanis 58 del año 2010, comprado en el 2014, de dieciocho metros de eslora y dos sesenta de calado. Tres cabinas, un solo motor Volkswagen y una hélice de tres palas. Debido a mi escaso conocimiento sobre barcos, no me pude hacer una idea hasta que Google nos mostró unas fotos del modelo. Era una embarcación discreta con mucha más capacidad de lo que parecía a simple vista: salón con sofás blancos y madera bruñida, un camarote con una cama matrimonial también blanca, decorado con la misma madera, otros dos camarotes con dos camas y tres baños también en blanco brillante. Tenía hasta un fabricador de hielo. En la cama grande había aparecido Alfredo Santamaría.

—¿Una empresa de tiendas de alimentación da para comprar un velero como este? —preguntó Rafa.

—Depende de la empresa y del barco, supongo. Mira, este posee un valor actual de alrededor de trescientos mil euros según internet. Si quieres, puedo comprobar las finanzas de la empresa en el año de la compra.

—Eso estaría muy bien. ¿Cuánto costará el amarre?

Consultando en la web del puerto y con los datos del velero calculamos unos cuatro mil euros al año. Tener un barco costaba mucho dinero, solo estaba al alcance de unos pocos.

Las fotos del cadáver de Santamaría me impresionaron. Los cortes en la cara, sin rastro de sangre más allá de las heridas abiertas en las que se apreciaban varias moscas brillantes que no habían huido ante la presencia del fotógrafo, los ojos cerrados, la piel de color azul grisáceo y el nudo de la corbata oprimiendo el cuello tan hinchado que parecía a punto de reventar. La pose en la que lo habían colocado después de muerto, con una mano sobre el pecho y la manga y la pernera contrarias vacías, otorgaba a la escena un aire irreal.

—¿Cuánto pesaba Santamaría?

—Setenta y ocho kilos según el informe de la autopsia.

—¿Entero?

—Sí, entero, supongo que lo habrán calculado porque aún falta un trozo de pierna por aparecer. Uno setenta y seis de estatura.

—Debe de ser difícil sacar del agua un cuerpo muerto de casi ochenta kilos.

—Una sola persona, complicado —confirmó Rafa—. Por cierto, Sarabia ha comprobado que en la zona de la playa donde se encontró el brazo la arena suele quedar bajo el agua en las horas de marea alta. En días de tormenta se cubre por completo y las olas golpean el muro con fuerza.

—¡Eso podría explicar cómo llegó allí el brazo! Tiene sentido.

—Pero…

—¡Vaya, hombre! ¿Hay un pero? ¿No hubo tormenta?

—Hay un pero muy grande —respondió Rafa—, más grande que el hecho de que efectivamente esos días no hubo ninguna tormenta. El brazo estaba en un agujero a ras del suelo. Ahí las olas no baten con fuerza. Todo indica que alguien lo metió allí.

—¿Cuándo podremos tener la lista de barcos que entraron y salieron del puerto ese día?

—Espero que llegue mañana. Por ahora lo que tengo es el listado de los vuelos realizados por Santamaría desde aeropuertos españoles en los últimos dos años.

—¿Y? —pregunté esperanzada.

—Ha volado todos los meses, al menos una vez, a distintos países de Europa del Este y a África; a Angola, en concreto.

—¿Y Levka Puscasu?

—Puscasu voló a Barcelona tres veces este año desde Rumanía. Estuvo pocos días en cada ocasión. Solo tenemos la información de entradas y salidas de los aeropuertos españoles, no podemos acceder a los vuelos realizados desde Rumanía a otros destinos sin una orden internacional y es muy complicado conseguirla.

—¿Sabemos algo más de él?

—Tenemos una foto, un NIE, un permiso de residencia, un domicilio en Bucarest, otro en Barcelona, necesario para constituir una empresa aquí, una huella digital y los perfiles que tú nos has pasado de las redes sociales.

—Voy a pedir a la agencia de detectives un informe sobre él —le dije a Rafa—. ¿Algo en su expediente policial en Rumanía o en España?

—Nada. Está limpio. También te digo que no estamos consiguiendo una gran colaboración.

—¿Habéis ido al domicilio de Santamaría en Barcelona?

—Nuestro jefe de policía ha solicitado la colaboración de su homólogo de allí. Sarabia irá a hacer el registro.

—¿Le puedo acompañar?

—No —respondió Rafa contundente—. Esto es una investigación policial, no uno de tus otros casos. Nadie que no sea policía puede investigar un asesinato.

—Por supuesto, Rafa, yo no tenía intención de husmear en nada que tenga que ver con el asesinato. Lo que me preocupa es que si no revisamos *in situ* la documentación empresarial que pueda aparecer durante el registro y tenemos que esperar a que se procesen las pruebas, podemos perder unos días cruciales.

—A mí lo que me parece es que estás buscando una excusa para salir de aquí.

—Es cierto que estos días no me apetece estar aquí, pero no es ese el motivo por el que quiero ir a Barcelona. Si hay documentación en la casa de Santamaría que nos ayude a esclarecer el fraude de InverOriental yo la encontraré, pero es probable que a los agentes que hagan el registro se les pase por alto, porque no saben qué están buscando.

—Es un motivo plausible para dar la autorización —admitió Rafa.

—Entonces, hecho, voy con Sarabia para revisar la documentación financiera —dije antes de que se pudiera arrepentir—. Por cierto, ¿qué tal con Jorge? ¿Qué te ha contado?

La expresión de Rafa me reveló dos cosas: que él sabía algo de Jorge que yo no sabía y que acababa de ponerlo en un aprieto.

—Habla con él —respondió—. Cuanto antes.

—Ya veo. Me voy a ir, he quedado para cenar.

«¿Qué diablos ocurría para que Rafa reaccionara con tanto secretismo?»

—Por cierto, bien jugado lo de Barcelona. Es divertido ver cómo te esfuerzas por convencerme cuando quieres algo —dijo Rafa con una sonrisa burlona antes de que volviera al salón en busca de Geni.

Con una falsa mueca de fastidio me fui antes de que cambiara de opinión.

A LAS CINCO de la tarde del sábado catorce de diciembre, Covadonga, camarera de piso en el NH Gijón, se encontraba repartiendo *amenities* por las habitaciones. Era un detalle del hotel a los huéspedes para las noches del fin de semana: tres bombones creados especialmente para ellos en la confitería San Antonio con el logo del hotel colocados en la cama sobre un pequeño lecho de pétalos secos.

Si una habitación tenía colgado el cartel de no molestar, volvía de nuevo cuando terminaba la ronda por todas las plantas. Si el cartel continuaba, no entraba. Así lo hizo esa tarde cuando pasó por la *junior suite* de la planta quinta donde aún se alojaba aquel irlandés tan elegante y simpático. La señal de que el ocupante requería intimidad colgaba de la manilla de la puerta.

Covadonga bajó al cuarto de limpieza y consultó las fichas: llevaban dos días sin hacer la habitación, desde el jueves, cuando ella trabajó en el turno de mañana y estuvo charlando con el ocupante acerca del cadáver descuartizado.

Sin pensarlo mucho, volvió a subir.

Llamó a la puerta, pero no obtuvo contestación.

Pasó la tarjeta maestra y la abrió con sumo cuidado, para poder cerrarla inmediatamente si el ocupante estaba dentro.

Se sobresaltó cuando empezó a sonar un pitido agudo, como un despertador molesto.

Extrañada, abrió un poco más la puerta y se identificó.

—Servicio de habitaciones, servicio de habitaciones —dijo en voz alta.

Nadie respondió y el pitido no cesaba. Las cortinas estaban a medio correr y la luz de la luna entraba por la ventana. A las siete de la tarde, en diciembre, ya era de noche en la costa cantábrica. Covadonga vio la tarjeta de apertura de la habitación colocada en el cajetín que conectaba la electricidad. Todo indicaba que el ocupante estaba dentro, pero no se oía ningún ruido más allá del irritante sonido que no lograba identificar. Su obligación era cerrar la puerta y salir de allí, pero en la habitación flotaba un olor que su subconsciente reconoció y la empujó a entrar temerosa en la habitación. Encendió un interruptor y la sala se iluminó. Estaba recogida, excepto por una mochila en el suelo, al lado de la mesa de centro, y varias carpetas extendidas sobre ella y sobre el sofá. La cama no podía verse desde el pasillo de la entrada. Avanzó, esperando no meterse en un lío. El hombre había sido muy agradable. Lo encontró acostado en la cama mirando hacia ella, en posición casi fetal. Retrocedió un paso, pensando que estaba durmiendo y que todo había sido una falsa alarma. Cuando estaba a punto de irse, le extrañó que no se despertara a pesar de aquel pitido. Decidió acercarse un poco más. El olor era cada vez más potente. Cuando le rozó la mejilla y sintió el frío de la muerte en el dedo, el grito que salió de su garganta resonó por encima del avisador portátil que Puscasu había instalado en la puerta de su habitación por si alguien la abría mientras él dormía.

El comisario Miralles disfrutaba de una cena tranquila con su mujer en el salón de su casa, después de haber acostado a las niñas, cuando sonó el teléfono. Era el inspector Sarabia.

Había aparecido un cadáver en el mismo hotel donde se alojaba Santamaría, en la cama, con una Arcus 98 bajo la almohada. Según la base de datos del hotel, el muerto se llamaba Gregory Ferdinand, irlandés. En su habitación habían encontrado una mochila con dos millones de euros y varios títulos de propiedad de inmuebles situados en diferentes países de Europa del Este, la mayoría en Rumanía. El cadáver tenía tres pasaportes en su poder. Dos tenían su foto: uno era el que había utilizado para registrarse en el hotel; otro, con la misma foto, la del cadáver, a nombre de Levka Puscasu, posiblemente el auténtico. Otro de Santamaría, también auténtico.

—Comisario —dijo Sarabia—, hay algo más, aunque no sé si ahora es importante. Macías ha averiguado que Santamaría vendió un BMW azul serie 7 unos días después de la muerte de la hija de los Brione. La transferencia se hizo a una empresa especializada en compraventa de coches de lujo. No tenemos todavía la información sobre el comprador. Conocemos con exactitud los detalles del modelo de coche para enviar a la científica y que lo comparen con las lesiones recogidas en el informe de la chica, pero no sé si quieres que sigamos investigando por esa vía ahora que el socio de Santamaría también ha muerto y parece claro que sus muertes están relacionadas con sus actividades en InverOriental.

—¿Cuándo compró el coche Santamaría?

—Lo averiguo y te lo hago saber —respondió Sarabia.

—No abandones esa pista, no quiero cabos sueltos; envía lo que tengas a la científica y mantenme informado. Buen trabajo, Sarabia. Pide una orden de instrucción urgente para registrar el domicilio de Levka Puscasu en Barcelona el lunes y que los forenses confirmen cuanto antes que el muerto es él.

«Urge la información sobre Levka Puscasu de la agencia con la que estás trabajando.»

El whatsapp del comisario le llegó a Gracia San Sebastián mientras compartía con Sarah unos nísperos rellenos de chocolate en el Vinoteo.

Acto seguido, Miralles llamó a su jefe. La Arcus 98 era el arma de apoyo usada por el ejército y la policía búlgaros, y muy común entre las mafias del Este. La rumana, una de las más crueles y sanguinarias del mundo, provocaba en la policía una alerta muy distinta a la de un fraude inmobiliario. Entre sus negocios se encontraba la venta de niños y discapacitados para mendigar, a los que sometían a base de palizas. Eso, en el mejor de los casos. En el peor, los utilizaban para vender sus órganos vitales. Raptaban a niñas y a mujeres jóvenes con falsas promesas de una vida mejor para prostituirlas en condiciones inhumanas. El desprecio de esos delincuentes por la vida era absoluto y la esclavitud era su día a día. El caso se complicaba por momentos. Sabían que operaban en Asturias, los tenían vigilados y habían colaborado en distintas operaciones de detención simultánea en varias comunidades autónomas coordinadas desde la central de Madrid, todas relacionadas con la trata de personas, pero hasta entonces, la mafia no se había dedicado a dejar un rastro de cadáveres en Gijón.

Madrugada del 15 de febrero de 2019

Jacobo Hernández Cubillos llevaba una hora dando vueltas en el cuarto que ocupaba en la casa de los Del Amo, contiguo al de su madre, Marisa Cubillos, ama de llaves de la familia. Había dejado a su novia a trescientos metros de su casa como hacía siempre, pero el habitual mensaje de «En la cama pensando en ti. Te quiero. Emoticono de corazón» que se producía quince minutos después no llegaba. Ya le había escrito varios mensajes y, aunque sabía que ella no quería que la llamara a aquellas horas, la preocupación pudo más que el sentido de la prudencia. El móvil sonó, pero Arantza no respondió. Jacobo notó que el corazón le latía desbocado. Se vistió de nuevo, cogió las llaves de la moto y salió de la habitación. Marisa, que llevaba un rato escuchándolo dar vueltas en el cuarto de al lado, salió a su encuentro.

—Jacobo, hijo, ¿adónde vas a estas horas? ¿Por qué tienes esa cara? —le preguntó.

—Mamá, acuéstate. Ahora mismo vuelvo —respondió él dándole un beso en la mejilla.

Marisa se quedó en el pasillo, inquieta, dejó pasar unos segundos y lo siguió escaleras abajo. Lo vio salir por la puerta principal y dirigirse hacia el garaje. No quería que supiera que lo espiaba. El tiempo había pasado rápido y Marisa no podía estar más orgullosa del hombre en el que se había convertido su hijo: tan serio, tan listo, tan guapo. Jacobo había sido un regalo del cielo o, mejor dicho, de su amiga Marta. No podía dormir cuando él no estaba en casa ni dejar de preocuparse un segundo, pero era lo bastante lista para entender que él no debía saberlo. Lo vio entrar en el garaje por la puerta peatonal y esperó a que saliera con la moto, pero no salió. Marisa escuchó gritos; los de Jacobo, los de Andrés del Amo y los de otro hombre al que no identificó. Corrió hacia el garaje, abrió la puerta y encontró a Jacobo increpando a gritos a Del Amo y a un hombre al que solo conocía de ver en las fotos, señalando un gran BMW azul con el capó abollado y el parabrisas manchado de sangre.

8

Domingo, 15 de diciembre de 2019

El jefe de policía del Principado se despertó a las siete de la mañana. Era la primera vez que dormía toda la noche de un tirón en toda la semana.

La obsesión de la prensa por el cadáver descuartizado había ido dejando paso a las noticias propias de la época navideña. La última versión oficial, mientras no se levantara el secreto de sumario, era la de muerte accidental y eso carecía del morbo necesario para mantenerse en las páginas de los periódicos. Con suerte, los periodistas no hallarían relación con el cadáver encontrado el día anterior en el mismo hotel donde se había alojado Santamaría.

Mario había reconectado con el mecanismo interior que lo impulsaba a perseguir sin piedad ni descanso a los que hacían del mundo un infierno. Se encontraba listo para pelear y, sobre todo, estaba preparado para ganar. Era su objetivo en la vida. Quizá si se hubiera casado y hubiese tenido hijos, su trabajo no significaría tanto para él, pero era tarde para pensar en eso. El caso había extremado su gravedad con la muerte del socio de Santamaría. La Arcus 98 encontrada bajo su almohada hizo que Mario volviera a sentir la adrenalina a la que era adicto desde su primer año en la Academia de Policía. Si el enemigo era la mafia, iban a encontrarse con él y con su gente. La burocracia y la política le machacaban. Mario Menéndez echaba de menos la acción y sabía que las comisarías funcionarían solas, aunque él les dedicara menos tiempo. Todo su equipo estaba compuesto por comisarios expertos y no había otro foco delictivo que requiriera especial atención; ni siquiera las elecciones estaban cerca, por lo que podía involucrarse de lleno en el caso. No sería posible hacerlo a pie de calle, pero sí desde la sombra. El *email* de su antiguo colega, Víctor Mircea, jubilado de la policía rumana hacía siete meses, había llegado en el momento justo. Lo invitaba a pasar unos días con él a su casa de Constanza en la orilla del Mar Negro. Según decía Víctor Mircea en su correo, tras la jubilación se estaba aburriendo mucho. En pleno invierno, la vida en un pueblo turístico parecía ser muy tediosa. Su mujer, Anca, no estaba tan contenta de tenerle todo el día en casa como él había imaginado y la pesca no era tan divertida cuando podías practicarla todos los días. No siempre los sueños son tan bonitos cuando vives en ellos. A Víctor le había entrado la melancolía y quería compartir algún tiempo con su antiguo colega. «No quisiera morir sin que recordemos viejos tiempos, compañero. Si no es por ti, hace muchos años que habría dejado a Anca viuda» decía en su *email* recordando cuando, treinta años atrás, Menéndez le salvó de una bala dirigida a reventarle el cráneo. Mario estaba seguro de que Víctor estaría dispuesto a ayudarle a recabar información sobre el tal Puscasu. Un poco de acción también era lo que necesitaba su colega para salir del tedio de la jubilación. Sin darle más vueltas, abrió de nuevo el ordenador y aceptó su propuesta de ir a pasar unos días con él.

Después fue a su habitación a buscar una maleta. ¿Cuánto hacía que no se tomaba unas vacaciones? No era la primera vez en los últimos años que Mario Menéndez recibía una invitación de su colega en Bucarest, pero ninguna había sido tan oportuna.

A LAS DOS en punto sonó el telefonillo de mi despacho. No había vuelto a saber nada de Jorge desde que me pidió que le explicara el funcionamiento interno de un banco de inversión. Íbamos a comer a casa de mi madre. No quería llegar demasiado pronto, prefería presentarme allí cuando ya estuvieran todos.

—¿Tu madre sabe que voy? —me preguntó Jorge.

—Solo lo sabe Sarah.

—¿Crees que es buena idea?

—¿Que vengas?

—Que me presente por sorpresa.

—Así tendrás la oportunidad de despedirte —corté. No pensaba darle tregua esta vez—. ¿Has traído el acuerdo o solo pasteles?

—Son bartolos para tu madre. El acuerdo ya le he pedido a mi hermana que lo prepare, como quedamos, pero tiene mucho lío en el bufete antes de Navidad y no le ha dado tiempo.

—¿Y lo de tu empresa?

—Ya lo firmamos todo junto. ¿Tanta prisa tienes porque te lo entregue? —preguntó y me sonó mosqueado.

No era mi intención presionar. Aunque me chocó que pudiera tardar tanto en preparar un documento tan sencillo que podría redactarlo cualquier pasante, no dije nada más. Supuse que, tratándose del divorcio de su hermano, mi excuñada querría asegurarse.

Ese mediodía lucía un sol que no calentaba, pero alegraba las calles y había animado a los ovetenses a salir a pasear y a tomar el aperitivo propio de los domingos. Parecía que el tiempo aprobaba mi decisión de llevar a Jorge a la comida organizada para presentar a Rodrigo a mi familia, a pesar de que yo cada vez tenía más dudas sobre lo que estaba haciendo. Cuando llegamos a casa de mi madre, Tania nos abrió la puerta. Aunque los fines de semana libraba, vivía allí toda la semana. Moldava, sin familia, había huido de su país perseguida por un novio que la maltrataba y que la había implicado en sus negocios turbios. Se negaba a pagar un alquiler para utilizarlo una noche a la semana y le daba miedo dormir sola. Trabajar en casa de mi madre le resultaba cómodo. Casi siempre estaban las dos solas y había poco que limpiar. La cocina era el entretenimiento de mi madre, así que las dos estaban deseando que Bárbara les pidiera que cuidaran de Marcos, mi sobrino, que ya empezaba a pelearse con los primeros purés.

—¡Jorge! —exclamó Tania al abrir la puerta—. No sabía que venías.

—Ha sido una sorpresa de última hora —respondió él mientras le daba dos besos.

—¿Adela sabe que vienes? —preguntó Tania, refiriéndose a mi madre.

—No. Sorpresa para todos —aclaré.

Tania me miró con gesto de asombro, pero no dijo nada.

—Gracia —oí gritar a mi madre desde el comedor—, ¡qué tarde llegáis! ¿Has estado trabajando en domingo?

—¿Llegáis? Si no sabe que vengo… —dijo Jorge y yo hice como que no lo había escuchado y fui directa al comedor.

El desconcierto que se generó al ver a Jorge en vez de a Rodrigo solo duró unos segundos, hasta que mis ahijados y *Gecko* se abalanzaron sobre él, haciendo caer al suelo la bandeja de bartolos de Santa Cristina. Eran los pasteles favoritos de mi madre. Los cuatro abrazados parecían un amasijo de pelo y ropas. Todos estaban sentados en la mesa menos mi madre, que se acomodó en la silla en ese momento no sin antes salvar del suelo el paquete de la confitería. Bárbara se quedó boquiabierta y Sarah me sonrió cómplice mientras Teo, el siempre presente amigo de Bárbara, se levantaba para saludar a Jorge. A mi madre no quise ni mirarla a los ojos. Vestida como si fuera a una comida de gala para recibir a Rodrigo, había puesto la mesa del comedor con la vajilla buena y el mantel lleno de calados, que siempre se quejaba de que no había manera de planchar, pero que no fallaba en ningún evento importante de la familia.

Pasada la sorpresa inicial, Bárbara bromeó con Jorge como si no hubieran existido los últimos meses. Por fin, se levantó mi madre y, con su inesperado comentario, le dio a la situación un toque de normalidad.

—Hijo, si llego a saber que venías, habría preparado unos cachopos.

—Gracias, Adela —respondió Jorge abrazándola—. No hacen falta porque todo lo que tú preparas está exquisito. He echado mucho de menos tu comida, pero sobre todo te he echado de menos a ti.

Se miraron como si hubieran sido amantes separados por las circunstancias de la vida. Desde el día que se conocieron, la química entre mi madre y Jorge fue evidente. Disfrutaban el uno en compañía del otro. Nada más alejado de las relaciones suegra-yerno que protagonizaban chistes, comedias y viñetas desde que el hombre tiene recuerdos.

—¿Cómo no me has dicho que venía Jorge? —preguntó mi madre cuando por fin decidieron finalizar su reencuentro.

—¿Y estropear la sorpresa?

—Sorpresa sí ha sido, sí.

—¿Qué celebramos, Adela? —preguntó Jorge—. Has puesto la mesa de las grandes celebraciones.

—Ya ves, hijo, llevaba tiempo sin sacar el mantel de Lagartera y había que lavarlo para que no le salieran manchas amarillas, pero me dio pena echarlo a lavar sin usar y no iba a poner el mantel bueno con una vajilla corriente y... —respondió lanzándome una mirada asesina.

—¿Sabéis? Gracia está trabajando en un caso muy interesante —intervino Sarah en su auxilio.

Le agradecí que intentara cortar las preguntas de Jorge, que parecía haberse tragado la explicación de mi madre solo a medias. Sarah les planteó la misma secuencia de hechos que yo le había expuesto a ella unas noches atrás en Casa Anselmo.

—Ya veréis que este año baja el turismo —dijo mi madre agorera.

—Menos mal que no estamos en verano —contestó Bárbara, digna hija de su madre.

—¿A eso te dedicas ahora? ¿A investigar cadáveres descuartizados? —preguntó Jorge asombrado, aunque creí advertir cierto regocijo.

La conversación se animó muchísimo alrededor del extraño hallazgo del cuerpo de Santamaría. Era un tema mucho más entretenido para una reunión familiar que recordar anécdotas del pasado. Sobre todo porque con Jorge presente no apetecía mucho adentrarse en recuerdos. No quise plantearme qué diría Rafa si supiera que tenía a toda la familia opinando sobre un caso que estaba bajo secreto de sumario; de todas formas, me daba igual, era un tema de conversación mucho menos violento que hablar de Jorge y de mí.

—A mi padre le encantan Zegna y Lotusse, pero solo los lleva en ocasiones especiales. Los sueldos de dos científicos no dan para vestir así a diario ni siquiera en Alemania —dijo Sarah en su primera aportación.

—Es una apreciación original, aunque no entiendo en qué influye eso —dije un poco desconcertada.

—Lo que quiero decir es que alguien lo tuvo que vestir después de muerto y que ese alguien tiene una cierta edad y gustos caros. O le cogió la ropa a alguien que los tiene. ¿De quién era el traje? ¿Del muerto? ¿Del barco donde lo encontraron?

—No se me ha ocurrido preguntarlo —reconocí.

—No me extraña que te guste tu trabajo, es como jugar al Cluedo —apuntó Teo—. Estoy deseando que aparezca el mayordomo.

—Calla, Teo, que es mi turno. A ver, repasemos lo que sabemos —dijo Sarah con pose de Sherlock Holmes—. Tanto si se ahogó antes de encontrarse con la hélice como si fue al revés, puedo entender que los miembros que le cortó se fueran a la deriva mientras alguien rescataba el cuerpo. Pudieron tirarlo desde un barco y que tuviera un accidente con la hélice de otro.

—Estamos en diciembre, no creo que el mar estuviera como la autopista en hora punta —dijo Teo un poco mosqueado por el corte de Sarah.

—No tenía que haber varios barcos en la misma zona —replicó Sarah—. Si el hombre se ahogó y flotó a la deriva, pudo chocar más tarde con otra embarcación.

—Los cadáveres no flotan, se hunden y salen a la superficie después de unos días —dijo Teo tratando de hacer memoria de la única asignatura de medicina forense que estudian los médicos de vivos durante la carrera.

—¿Seguro? —inquirió Bárbara, estudiante mucho más avanzada que Teo—. Creo recordar que flotan dos o tres días, se hunden y cuando se hinchan de gases vuelven a flotar pasados diez o más días.

—Da lo mismo —intervine zanjando la discusión médica—, porque el problema no es si los cuerpos flotan o no, el problema es por qué aparece dentro de un barco que no salió del puerto.

—A ver cómo respondes a eso, Sarah —pinchó Teo de nuevo.

Sarah se quedó en silencio con pose de reflexión, pero no dijo nada más.

—Yo lo que no veo es cómo pudo acabar el brazo en el agujero del muro —apuntó Bárbara—. No se me ocurre ninguna razón lógica para que alguien lo metiera ahí.

—La policía cree que puede ser una especie de mensaje... —empecé a decir.

—Imagina por un momento —me cortó Bárbara— que eres de los malos. Estás o estáis en un barco torturando a un tío al que termináis matando y tirando al agua. Vivo o muerto, eso da igual. Se engancha con la hélice del barco y le corta un brazo y una pierna en dos trozos. Hasta aquí tiene sentido. Después de eso, por una razón que me sorprende, decides rescatar el cadáver y, cuando consigues recuperar el cuerpo, vas a buscar uno de los trozos desmembrados, que lo más lógico es que se haya hundido ya o que se haya alejado lo suficiente para que no puedas ni verlo. ¿Era de día o de noche?

No supe responder.

—Suponiendo que lo consigas —continuó mi hermana—, que es mucho suponer, llevas el barco a puerto, sales con un brazo amputado y te vas a la playa a meterlo en un agujero del muro.

—¿Y si consiguió huir mientras lo torturaban, se ahogó y se enganchó con la hélice del barco? —Volvió Sarah a la carga—. Los asesinos solo consiguieron rescatar el brazo. Quizá otros encontraron el cadáver y no quisieron meterse en líos y lo abandonaron en un barco que no se había movido del puerto.

—¿Por qué iban a hacer eso? —intervino de nuevo Teo todavía mosqueado con Sarah—. Si no quieres meterte en líos, lo dejas en el mar. A no ser que rescataran el cadáver porque llevaba algo encima que ellos querían y le cortaron el brazo para dejar un mensaje a alguien.

—Sería lo más razonable si no fuera porque el brazo lo cortó una hélice —repliqué antes de que la fantasía se desbordara.

—Pues yo no sé lo que pasó, pero a mí lo que me parece es que alguien se ha quitado un muerto de encima —dijo mi madre que todavía no había hecho ninguna aportación al problema.

—¿Qué quieres decir con eso? —pregunté.

—Pues que parece lo mismo que hacía la vecina aquella que tenía Regina cuando vosotras erais pequeñas, que era muy mala persona y además una guarra, perdón por la expresión, hijos, pero es que no hay otra forma de definirla. Era cochina como ella sola.

Miré a mi hermana sin comprender y su gesto me indicó que ella tampoco sabía de qué estaba hablando mi madre. Lo de la vecina guarra de Regina nos había dejado totalmente despistadas.

—Cuando veía que las vecinas de abajo abrían las ventanas para ventilar —continuó mi madre—, iba corriendo a por el recogedor y tiraba el polvo y la porquería por la ventana para que les entrara en casa. Todos los días hacía lo mismo. Daba igual a qué hora las abrieran, siempre estaba espiando detrás de los visillos. Hasta caca de pájaro les tiró alguna vez. Era una mujer rarísima. Decían que el marido la había dejado hacía un montón de años y que se había trastornado, pero igual si ya era así, el marido la dejó por eso. No tuvieron hijos. Tampoco sé de qué vivía ella porque no trabajaba y no creo que el marido después de irse le diera dinero. Bastante que le dejó la casa. No salía nunca. Claro, no se atrevería, porque si se encontraba con las vecinas... Jamás la vimos ni siquiera en el supermercado, se lo subían de la tienda de abajo. ¿No os acordáis? Si hablamos de ella mil veces... No recuerdo ahora cómo se llamaba...

—¿Y por qué les tiraba la porquería a las vecinas? —preguntó Teo todavía muy verde en los razonamientos de mi madre.

—Ay, no sé, Teo, por fastidiar supongo —respondió y se quedó tan pancha como si lo que nos había contado tuviese algún sentido.

Sarah, Jorge, Bárbara y yo escuchamos el discurso de mi madre boquiabiertos. ¿Estaría perdiendo la chaveta? A sus setenta y dos años seguía muy activa y dinámica, pero igual no estaba tan bien como aparentaba. Por fin, Sarah se decidió a preguntar.

—Entonces, Adela, ¿por qué piensas que la vecina de Regina tiene algo que ver con el caso de...?

—¡Áurea! —saltó mi madre—. Se llamaba Áurea. ¡Qué rabia me da no acordarme de las cosas! Me salían Aurita y Aurora, pero sabía que no eran ninguno de los dos nombres. Me hago mayor. Se murió. Áurea, quiero decir. La que se murió. Cuando subió el de la tienda a llevarle el pedido no le abrió la puerta. Le extrañó mucho. Claro, ¿cómo no le iba a extrañar? Si aquella mujer nunca salía de casa. La policía no entró hasta el día siguiente por no sé qué de un protocolo que no entendí. El portero no tenía llave. Con lo desconfiada que era y lo mal que se portaba con las vecinas, no me extraña que no se la diera. Dijeron que le había dado un ictus. Yo creo que, aunque nadie lo dijo, las vecinas se quedaron mucho más tranquilas porque el marido vendió el piso a una pareja muy maja. Tenían dos niños...

—Bueno, señorita Marple —dijo Bárbara cortando el chorreo de información inconexa de mi madre—, ¿la señora esta qué tiene que ver con la aparición en un barco del cadáver del hombre ese que investigaba Gracia?

—¿Cómo que qué tiene que ver? Pues que me parece a mí que es lo mismo que hacía ella —respondió mi madre.

—Pero ¿qué dices, mamá? —saltó Bárbara, perdiendo la paciencia.

—Adela, explícanos —pidió mi exmarido que se había mantenido de observador mientras los demás jugaban a detectives y, en su eterno juego de adulación a su exsuegra, añadió—: seguro que Áurea tiene mucho que ver con el cadáver que tanto le preocupa a Gracia.

—Gracias, hijo. ¡Pues claro que tiene que ver! Es que esta hija mía tiene un carácter… Se parece mucho a su abuela paterna, que era muy buena, pero de armas tomar —dijo refiriéndose a Bárbara, que simulaba botar un balón en burla a Jorge por el peloteo que le acababa de hacer a mi madre—. ¿Qué haces, Bárbara? Deja de hacer el tonto en la mesa. ¿Qué estaba yo contando? ¡Ah, sí! Lo que quiero decir es que cuando haces limpieza, si no puedes tirar el polvo a la basura, lo sacudes a la calle y si entra en casa del vecino, mala suerte, pero nadie lo deja en su casa. Y algunos, incluso, como la vecina de Regina, lo hacen de mala fe.

¿Tendría razón mi madre? A lo mejor convenía comprobar de quién eran los barcos de los amarres contiguos al de Mateo Brione, donde había parecido el cadáver de Santamaría. Si es que la policía no lo había hecho ya.

Escribí a Rafa, que no tardó en responder con un audio de whatsapp.

«Si quieres darme el coñazo con una investigación en la que no puedes participar, te costará por lo menos un café. En día laborable. Ahora supera tu adicción al trabajo, disfruta del fin de semana y déjame en paz.» La grabación terminaba con Geni y las niñas diciendo a coro: «Besitos para Gracia».

Una hora más tarde, cuando los mellizos de Sarah empezaron a cansarse de los dibujos que les habíamos puesto y Marcos se despertó de la siesta, Sarah y Bárbara se levantaron para irse.

Yo no había hecho planes para después de comer. Había quedado con Rodrigo a la hora de la cena en previsión de que Jorge quisiera que habláramos, pero parecía que no era así. Cuando mostré mi intención de irme, me sorprendió con sus planes para la tarde.

—Yo voy a quedarme un poquito más aquí con tu madre, ¿te parece bien, Adela? —dijo Jorge.

—Claro, hijo, me parece una idea excelente —se apresuró a aceptar mi madre.

—Pues, nada, que lo paséis bien aquí juntitos —respondí después de un momento de incredulidad.

Me fui al despacho entre molesta e inquieta. El día se había encapotado como si quisiera prevenirme de que algo no iba a salir bien. El psiquiatra me había recomendado alejarme temporalmente de las situaciones que dispararan mi ansiedad y, desde luego, la visita de Jorge y las Navidades no me estaban ayudando, aunque tampoco es que tuviera mucha intención de hacerle caso a ningún psiquiatra.

Cabreada con Jorge y con el mundo y sin ningún plan para la tarde del domingo, regresé caminando a mi despacho. Dejé atrás la basílica de San Juan y subí hacia la avenida principal por la calle peatonal que desembocaba en El Corte Inglés y giré a la altura de la estatua de *Rufo,* el perro que durante una década había pertenecido a toda la ciudad. Alimentado, cuidado y vacunado por los vecinos y el Ayuntamiento saludaba con alegría a niños, jóvenes, adultos y ancianos como si los ovetenses fueran su gran familia. Una vez, cuando nosotras éramos niñas, lo llevaron a la perrera municipal y, en cuanto se conoció la noticia, se formó tal revuelo entre la gente que salieron a manifestarse por las calles para exigir su puesta en libertad. Así vivió hasta que murió de viejo.

Las tardes de los domingos de invierno las calles de Oviedo solían estar desiertas, menos en diciembre, cuando la gente aprovechaba para comprar regalos, sacar a los niños a ver a los Reyes Magos, a la pista de hielo, a los toboganes deslizantes y al resto de atracciones infantiles que en esas fechas salpicaban la ciudad.

Ya en el despacho, ajena al bullicio que había en la calle, pasé la tarde haciendo números. No tenía ningún plan mejor: Rodrigo, ignorante de la comida familiar en casa de mi madre, había ido a hacer senderismo y pasaría el día fuera. No nos veríamos hasta la hora de cenar.

Estaba deseando ver el inventario de títulos de compraventa encontrados en la habitación donde había aparecido el cadáver. Si las escrituras de los inmuebles eran legítimas, se confirmaría que InverOriental compraba caro, alquilaba con grandes beneficios y vendía barato. La empresa estaba descapitalizada y los inversores obtenían una rentabilidad imposible de conseguir en ninguna otra inversión más allá de los *bitcoins* o de alguna *startup* exitosa, pero estas últimas no eran inversiones al alcance de cualquiera.

A las ocho, Rodrigo me llamó para retrasar la cena hasta después de que terminara no sé qué partido de fútbol del que yo ni me había enterado, así que continué dando vueltas al asunto InverOriental. Mientras reflexionaba sobre el alto importe de los arrendamientos, entró un *email* de Rafa con un archivo adjunto titulado EntradasysalidasPuertoDeportivoGijón040506Dic.xlsx y un asunto que ponía: «¿Qué ves?». Parecía que yo no era la única adicta al trabajo y que a Rafa tampoco le gustaba el fútbol.

Abrí el archivo Excel y me encontré una hoja con muchas columnas: número de matrícula, pantalán, hora de entrada, hora de salida... y en la parte destinada a los datos, media docena de salidas que se producían el 6 de diciembre por la noche, otra el día 5 y ninguna el 4. Eran los días en los que Santamaría podría haber muerto según la ventana de cuarenta y ocho horas que la forense había determinado como posible momento de la muerte.

«Que hay varios barcos que salen del puerto la noche del 6 de diciembre que vuelven a puerto a distintas horas de la madrugada del día 7. Ese día era fiesta y el 7 era sábado, pero teniendo en cuenta que, en estas fechas, de noche y en el mar, debe de hacer un frío que pela, supongo que tuvo que ocurrir algo especial para que algunos se animaran a salir, aunque fueran pocos. ¿Fuegos artificiales por algún tipo de fiesta? ¿Fenómeno atmosférico?», respondí a su *email*.

«Lluvia de estrellas gemínidas, aunque según internet este año no pudieron verse demasiado bien porque no hubo luna nueva.»

«¿Sabemos quiénes son los propietarios de los barcos?»

«Espero recibir la lista mañana. En cuanto la tenga, te la envío y hablamos.»

Cerré los ojos y me transporté a una cena en el interior de un barco: el champán, el balanceo, la cena, la lluvia de estrellas... Parecía un plan muy romántico hasta que aparecían otros factores como el frío o la humedad. Solo faltaban un par de semanas para Navidad. Por buena noche que hiciera, estar en la cubierta de un barco en el mar Cantábrico a esas alturas del año tenía que ser muy desapacible. ¿Había forofos de las lluvias de estrellas? Nunca había visto ninguna. Me interesaban poco las estrellas. Estaban demasiado lejos de mí.

Al día siguiente sabríamos quiénes eran los aficionados a observar el cielo a pesar del frío nocturno. Me di una ducha, me arreglé y fui a la cena con Rodrigo.

RODRIGO VILLARREAL PASÓ la tarde del domingo machacándose en el gimnasio.

—Basta ya. Te vas a destrozar las manos —le advirtió Fidel. Si su amigo no lo hubiera parado, habría seguido hasta reventarse.

Cuando se quitó los guantes tenía los nudillos ensangrentados. No se había vendado las manos y llevaba una hora dando golpes al saco sin parar. Le dolían los brazos y el abdomen y tenía la camiseta empapada en sudor.

—¿Esto es por Gracia? —le preguntó Fidel—. Sabes que le tengo mucho aprecio, pero si te causa este efecto, mándala a la mierda, tío.

—No quiero hablar —había respondido Rodrigo—. No me apetece. Solo te cuento que su marido ha vuelto, que por mucho que ella lo llame exmarido aún no lo es y que sospecho que está quedando con él a mis espaldas. Al menos hoy. Cuando he visto que buscaba excusas para no pasar el día conmigo, me he adelantado y le he dicho que tenía plan, que me iba a hacer senderismo.

—¿Tú has hecho alguna vez senderismo?

—Salvo que cuente recorrer la finca de mi padre, jamás. Ni tengo la menor intención de hacerlo.

—Pues vas a tener que decir que tropezaste y te apoyaste con los nudillos en una roca.

—Ya se me ocurrirá algo mejor. A ver qué me cuenta cuando la vea —respondió Rodrigo—. ¿Unas cañas?

—He quedado con Camila en mi casa. Vente y bajamos al Café Clarín a ver el partido y nos tomamos unas cervezas —propuso Fidel.

—¿Con la forense? Al final, la cita a ciegas no fue mala idea.

—Solo lo pasamos bien juntos.

—¿Viene ella también a ver el partido? No me apetece estar de carabina.

—No, qué va, solo a tomar algo. Entra a las nueve a currar, tiene turno de noche. En el partido, solo tíos. En el Clarín hay pantalla grande y ambientazo.

—¿Cómo llevas lo de que se dedique a abrir muertos?

—Dijo el abogado que se dedica a ahorrar pasta a la Seguridad Social quitando pensiones a diestro y siniestro —respondió Fidel mosqueado.

—Quieto, fiera, no saltes. A ver si va a ser que te gusta más de lo que dices.

Después del partido, Rodrigo se dirigió caminando hacia su casa. El Café Clarín estaba en la esquina de enfrente de la casa de Fidel, en la calle Fernando Alonso, a escasos quince minutos de paseo cuesta arriba hasta el Parque de Invierno. Cuando llegó a la altura de la calle que desembocaba en el ayuntamiento, se encontró con las luces navideñas y los villancicos, que lejos de animarlo, acentuaron su malhumor. Rodrigo iba a pasar las Navidades en Ciudad Real con su padre. No le había pedido a Gracia que fuera con él porque no quería exponer su infancia y su juventud ante ella ni presentársela a su padre hasta que no estuviera divorciada, pero ahora empezaba a dudar de que Gracia quisiera conocer a su familia. Y de que quisiera vivir con él. Explicarle a Fidel su situación con Gracia le había hecho considerar la relación con más objetividad y su cabreo había ido aumentando a medida que se lo contaba a su amigo. Dudaba incluso de su propio instinto. ¿Qué demonios hacía la mujer con la que quería tener hijos casada con otro tío?, se preguntaba camino a casa. ¿Por qué diablos Gracia no quería el dinero que legalmente le correspondía después de que su ex se hubiera largado a Nueva York con otra mujer? ¿Por qué no estaba más disgustada con él? En ese momento, Rodrigo se sintió como uno de esos calzonazos a los que tanto despreciaba.

A LAS DIEZ y media de la noche sonó el telefonillo de la casa de un exasperado Rodrigo Villarreal. Rodrigo no quería discutir, pero tampoco se sentía capaz de charlar como si no pasara nada, y si le planteaba a Gracia sus sospechas de que había pasado el día con su ex sin ninguna constancia de que hubiera sido así, tenía las de perder. Cuando ella entró por la puerta, la cogió por la cintura, la besó y empezó a quitarle la ropa, sin miramientos, de forma más tosca que de costumbre.

—¡Eh!, que yo venía a cenar… ¿Qué pasa? ¿Caminar por el campo te pone? Estoy muerta de hambre —protestó Gracia simulando zafarse.

Lo último que le apetecía a Rodrigo era cenar y mantener una conversación cotidiana. Volvió a la carga.

—Calla —le dijo simulando taparle la boca con la mano—. Hoy me apetece estar al mando. ¿Quieres que juguemos?

Gracia sonrió, dispuesta a acceder a cualquier propuesta de Rodrigo que acallara su sentimiento de culpa por haberlo sustituido por Jorge en la comida organizada para presentarle a su familia. Aceptó el juego que Rodrigo propuso: le ordenó que se desnudara para él, le tapó los ojos con un pañuelo y, después de asegurarse de que no podía ver, la condujo a la habitación, sacó unas esposas de su mesilla de noche y la ató boca abajo a los barrotes de madera que adornaban el cabecero de la cama, mientras ella, metida en su papel, obedecía y se dejaba hacer.

Rodrigo había aprendido muchas técnicas para controlar su ira después de una juventud complicada, pero esa noche le estaba costando más de lo habitual. Respiró hondo intentando coger aire en tres tiempos y soltarlo en nueve. Se quitó la ropa, se subió a la cama, metió sus manos bajo la pelvis de su novia para colocarla en la posición correcta y se metió dentro de ella provocando sus gemidos. Le gustaba sentirla disfrutar con él en la cama, aunque esa noche lo que quería era poseerla, sentirla suya y entonces, inmerso en la fantasía de sumisión, Rodrigo estampó la mano con fuerza en su culo.

—¡Eh! No hagas eso —protestó Gracia revolviéndose.

Rodrigo frenó, le pasó la lengua por la zona en la que había impactado su mano y se entretuvo haciendo círculos sobre su piel hasta que ella se relajó, pero entonces, lejos de hacerle caso, Rodrigo repitió el gesto, que resonó en la habitación.

—¿Estás sordo o qué? Te he dicho que eso no. ¡Me has hecho daño! —gritó enfadada—. ¡Quítame las esposas!

—Vale, no lo hago más, tranquila —dijo Rodrigo apartándole el pelo para besarle la nuca, sin verle la cara y sin darle mayor importancia a la petición de su compañera.

Rodrigo desistió del juego placer-dolor, pero Gracia, cabreada y sin ganas de seguir, intentó liberarse por sí misma y buscó el botón de apertura para liberarse las manos. Fue entonces cuando descubrió que las esposas que la maniataban no eran unas esposas eróticas sino unas de verdad: Rodrigo la había esposado. Sintió que le subía por el pecho un agobio que le aceleró el corazón.

—¡Quítame las putas esposas! —chilló mientras se revolvía. Gracia empezó a patear para quitarse a Rodrigo de encima y alcanzó de refilón sus partes provocándole un calambre de dolor que le llegó hasta el estómago. Rodrigo se apartó e intentó inmovilizarle las piernas en un intento de protegerse, lo que la hizo revolverse aún más y hacerse daño en las muñecas.

—Estate quieta, que ya te las quito. Joder, ¡qué dolor! Me has dado en los huevos.

Gracia se concentró para calmar la sensación de angustia que le producía tener las manos atadas y los ojos vendados. Cuando Rodrigo cogió la llave de la mesilla y las esposas se abrieron, notó que las lágrimas acudían a sus ojos.

—Eres un gilipollas —dijo aliviada cuando se quitó el pañuelo que le cubría los ojos.

—¿Qué demonios te pasa?

—¿Que qué me pasa? ¡Que me has puesto unas esposas de verdad!

—Las únicas que tengo, las compré hace un montón de años en el rastro en Madrid —se justificó Rodrigo con una mueca de dolor y la mano en la entrepierna.

—¿Por qué no me has avisado? Y, además, no quiero azotes. No me gustan.

—A mucha gente le excitan los azotes eróticos.

—A mí no. No encuentro ningún placer en el dolor —dijo ella limpiándose la lágrima que se escapó de su ojo derecho.

Rodrigo se sintió emocional y físicamente agotado y, aunque no creía que debiera disculparse, lo hizo para zanjar el tema.

—Lo siento. No era así como sucedía en mi imaginación —dijo mientras se levantaba a buscar sus gayumbos entre las sábanas.

El domingo prenavideño estaba siendo un día para borrar del calendario. Si la idea de haber llevado a Jorge a comer con mi familia cuando esperaban a un Rodrigo al que nunca invité me parecía cada vez más nefasta, Rodrigo remató el día con un desastroso intento de renovar nuestro repertorio en la cama. Rodrigo era un buen tipo, con mucha testosterona en el cuerpo, impetuoso y tenaz por no llamarlo cabezota. Además, tenía la cuestionable costumbre de la sinceridad, de no callarse lo que pensaba. Ese conjunto no hacía de él una persona de trato fácil, pero era precisamente esa intensidad lo que me encantaba y hacía que nos entendiéramos en la cama como yo no me había entendido antes con nadie: él era provocador y a la vez desinteresado, cualquier cosa que nos apeteciera resultaba natural a su lado. Pero aquella noche no salió bien.

—Perdona si te he hecho daño. Solo intentaba que te apartaras —dije cuando, ya vestidos y bastante más tranquilos, salimos de la habitación.

—Me gustaría entender por qué te has puesto así. ¿Qué has pensado que iba a hacer? ¿Secuestrarte? ¿En mi propia cama? Y, luego ¿qué? ¿Le pido un rescate a tu madre?

—Vamos a hacer una cosa —dije buscando recuperar la paz entre nosotros—: nos olvidamos del fiasco de hoy y yo busco unas esposas eróticas que me gusten y tú tiras esas, ¿te parece?

Su gesto me indicó que le gustaba la idea.

—Pero no es gratis —continué—, tienes que ganártelo: ¿qué vas a prepararme para cenar?

—Nada innovador, no te preocupes —respondió.

La pulla no me hizo gracia, pero lo dejé pasar.

La nevera de Rodrigo siempre estaba llena de comida saludable y alimentos variopintos con extra de proteínas, a excepción de sus omnipresentes jamón y embutidos ibéricos, que él llamaba caseros, aunque en realidad solo eran de su pueblo, de los que a mí, fuera cual fuera su procedencia, me encantaba dar cuenta. Servimos algo para picar y nos sentamos en el salón, con las preciosas vistas del inmenso Parque de Invierno iluminado por la luna y las farolas. Solo entonces me di cuenta de que Rodrigo tenía los nudillos destrozados.

—¿Qué te ha pasado en las manos? —le pregunté al agarrarlas entre las mías.

—He estado entrenando con el saco.

—¿Y el senderismo?

—A última hora de la tarde estuve en el gimnasio con Fidel —dijo sin más explicación.

Estaba claro que Rodrigo no quería hablar de su día. Yo del mío, tampoco.

—¿Has visto a tu ex? —preguntó a bocajarro cuando yo cogía un poco de jamón del plato que habíamos preparado.

—Sí —admití.

Rodrigo calló unos segundos, me pareció que controlaba su respiración.

—¿Habéis avanzado algo? —dijo por fin.

Negué con la cabeza y no le conté que lo había llevado a comer a casa de mi madre.

—Cariño —dijo Rodrigo tan forzado que resultó empalagoso—, ¿a ti no te extraña su comportamiento?

—Me extraña mucho. Ya hace cuatro días que se presentó aquí a firmar unos papeles que no traía preparados y aquí sigue, sin otra ocupación que salir a correr con Rafa. Es incoherente y Jorge no es un tío de incoherencias.

—Bueno —respondió Rodrigo un poco más relajado—, por lo menos parece que ya nos resulta igual de raro a los dos. ¿Me permites que me ocupe yo de averiguar lo que quiere? En calidad de abogado, por supuesto.

—Ya lo hemos hablado, cuando considere que necesito un abogado, te lo diré. Por el momento, esto es cosa mía. Mi ex no va a quedarse aquí para siempre, en algún momento tendrá que mover ficha.

Tenía la sensación de que Rodrigo notaba que mentía, pero no me atreví a confesarle la verdad. Por cobardía. Por no arriesgarme a que se hartara de mis historias y le dejara de compensar un futuro juntos.

Sin darme tiempo a preverlo, Rodrigo hizo un movimiento que me dejó tumbada en el sofá con la cabeza apoyada en el reposabrazos y se puso sobre mí.

—¿Cómo lo has hecho? —pregunté—. ¿Esto es lo que entrenas en krav?

—Digamos que esta es una variación solo disponible para ti —respondió sonriendo, aunque su gesto crispado me indicó que seguía incómodo.

Rodrigo se desabrochó los vaqueros, dispuesto a continuar lo que había empezado sin éxito antes de la cena y sin quitárselos ni dejar que me desnudara del todo, se metió dentro de mí sin molestarse en comprobar si yo estaba lista. Lo estaba. Como siempre con él.

Entró, pero se mantuvo alejado de mí mostrándome el tatuaje de su pecho. Me miró a los ojos y comenzó a moverse con más ritmo y fuerza de lo que solía.

—Voy a terminar. ¿Te parece bien? —preguntó.

—No te has puesto condón.

—Por eso te lo pregunto. Decide rápido —dijo mordiéndose el labio inferior a la vez que cerraba los ojos en un ejercicio de concentración.

—Hazlo —respondí por instinto, sin pasar por el cerebro. Por eso sé que dije la verdad.

Sin tomarse un segundo para recuperar, se retiró, bajó su lengua por mi pecho, se detuvo en el ombligo unos instantes para continuar hacia su destino y se mostró igual de generoso que siempre. Había algo salvaje en Rodrigo que no siempre se dejaba ver, pero que cuando lo hacía me producía una excitación animal. Aunque sabía que en el día a día aquel no era el mejor rasgo de su carácter y por eso él procuraba mantenerlo oculto.

Esa noche no me quedé a dormir a pesar de la intimidad que acabábamos de tener y de la importante decisión que habíamos tomado. Tan rápido. Tan fácil. Al día siguiente a primera hora debía coger un avión para Barcelona.

—Estoy deseando tener un hijo contigo —dijo cuando nos despedimos.

—Pues ya sabes lo que tienes que hacer. Muchas veces.

AL LLEGAR AL despacho, dejé el móvil en la mesa y me dispuse a ir al baño cuando la pantalla vibró. Era un *email* de Total Trust Investigations. Ya me desmaquillaría después. Desbloqueé el ordenador, abrí el archivo adjunto y encontré el informe de Levka Puscasu. El servicio de la agencia me impresionó, era casi la una de la madrugada de la noche del domingo. El expediente iba acompañado por más de treinta archivos con fotografías de varias etapas de la vida de Puscasu. Levka era un empresario con un gran reconocimiento social en Bucarest. Había nacido en Ferentari, un barrio gitano que parecía ser el más pobre y peligroso de la ciudad. Sus padres murieron cuando él era aún pequeño. Fue acogido por su tía Donka, que vivía exiliada en una pequeña ciudad búlgara con su marido y su hijo Costica. Sin estudios universitarios, Levka se había enrolado en el ejército búlgaro y después empezó a trabajar como escolta. En esa etapa de su vida conoció a importantes personalidades del mundo financiero, volvió a Bucarest, montó su propia empresa de seguridad, especializada en proteger a las familias de políticos y empresarios y, poco tiempo después, empezó a diversificar sus inversiones, sobre todo en el negocio inmobiliario. Hecho a sí mismo, era la viva imagen del éxito. Trabajador, emprendedor, soltero y sin hijos, vivía ahora en una de las zonas más exclusivas de Bucarest y asistía a las fiestas que organizaba la clase alta del país.

No tenía relación aparente con su primo, Costica, cuyo nombre se asociaba con las mafias búlgara y rumana, aunque nunca había sido posible imputarle ningún delito.

Supuse que la noticia de la muerte de Puscasu saldría en los periódicos locales y haría ruido durante unos días. Luego se olvidaría. Como se olvida a todos los muertos con el paso del tiempo.

Le envié la información a Rafa y me acosté. Al día siguiente me tocaba madrugar.

Madrugada del 15 de febrero de 2019

La nariz de Alfredo Santamaría crujió al recibir el impacto del puño de Jacobo Hernández Cubillos. El hombre no hizo ademán de parar el golpe, ver a aquel chaval lo paralizó hasta dejarle indefenso a la espera de que el puño chocara contra su cara. Se vio a sí mismo de niño y a su padre levantando el brazo para atizarle un guantazo en alguna de las múltiples ocasiones en las que lo había decepcionado. Santamaría creyó estar viendo el fantasma de su propio padre, aunque sabía que seguía vivo, y sintió que no le entraba suficiente oxígeno en los pulmones. Se apoyó en el coche para coger aire mientras miraba hipnotizado la cara del chico que lo zarandeaba de las solapas. Del Amo se lanzó a la espalda de Jacobo y Marisa gritó tratando de frenar a su hijo, pero él ni la escuchó. Al ver lo vano de su intento, lo dejó forcejeando con su jefe y entró corriendo en la casa, llamando a gritos a Marta Figueroa, que en ese momento se ponía un pijama mientras se alegraba de no tener que hacer el paripé de acostarse con su marido por San Valentín.

Cuando oyó la voz de Marisa, salió de su cuarto y supo que algo grave había sucedido. Lo que no esperaba era la escena que encontró en el garaje: Alfredo, su amor secreto de juventud estaba en el suelo, tosiendo, con la cara y la camisa ensangrentadas, mientras que Andrés, su marido, trataba de cortarle el paso a Jacobo.

—Andrés, suéltame, que voy a llevar a este cabrón a la policía ahora mismo.

Un BMW azul con el techo abollado y el parabrisas manchado por el lado del conductor de algo que parecía sangre completaba la escena.

—¿Qué coño pasa aquí? —gritó, pero ninguno de los tres hombres le hizo caso.

Marta sacudió a Santamaría, que estaba tendido en el suelo hecho un ovillo, maldiciendo mientras intentaba controlar la hemorragia de la nariz.

—¿Qué has hecho, Marta? ¿Qué has hecho? —la increpó Santamaría incorporándose, pero Marisa se le adelantó golpeando a Alfredo Santamaría con una de las muchas botellas de cristal que Del Amo almacenaba en el garaje. El hombre chilló de dolor, pero Marisa consiguió su objetivo y Santamaría cayó al suelo de nuevo, empapado de vino y con la espalda cubierta de cristales rotos, y Jacobo y Del Amo dejaron de gritar y forcejear, atónitos ante el botellazo.

—¿Por qué has hecho eso? —preguntó Andrés del Amo a su ama de llaves.

—Quedaos todos quietos que todavía os vais a cortar y vamos a empeorar las cosas —ordenó Marta, como si de una pelea de niños se tratara, a la vez que con la mirada agradecía a Marisa su intervención.

Jacobo se levantó y Del Amo le bloqueó el paso a la puerta, mientras Santamaría gemía en el suelo ensangrentado con una mano en la nariz y otra en la nuca.

—¡Que os estéis quietos todos! —ordenó Marta de nuevo—. ¿Qué ha pasado aquí?

—Ese hijo de puta —gritó Jacobo señalando a Santamaría, que gemía de dolor en el suelo— ha atropellado a Arantza.

—¿Quién es Arantza? —preguntaron Marisa y Marta casi a la vez.

—Mi novia, joder, mi novia —se desesperó Jacobo mientras se retorcía el pelo.

—¿Tienes novia y no me lo has contado? —preguntó Marisa a su hijo.

—Eso no es importante ahora, Marisa —dijo Del Amo, que ya había recuperado el resuello, aunque no la calma—. Jacobo, eso te lo estás imaginando tú. ¿Por qué crees que Alfredo ha atropellado a tu novia?

—¡Joder, Andrés! ¿Es que no lo ves? Mira el puto coche. ¿No ves que acaba de atropellar a alguien?

—¿Por qué iba a atropellar a tu novia?

—Porque la dejé hace una hora a un kilómetro de aquí y no he vuelto a saber nada de ella. No me ha escrito como hace siempre.

—Se le habrá olvidado. Seguro que se ha dormido. Mi amigo Alfredo ha atropellado a un perro, no a un ser humano.

—¡Una mierda! ¿Qué hacíais aquí entonces?

—Estábamos buscando los papeles del seguro para el abollón del coche —mintió Del Amo.

—No es verdad, sé que no es verdad —insistió Jacobo, que empezaba a dudar.

—Mira, Jacobo, vete a la cama y mañana lo verás todo con más claridad.

—Voy a comprobarlo —dijo Jacobo dirigiéndose a su moto.

—Jacobo —gritó Del Amo—, ni se te ocurra salir de aquí.

—¡Andrés, déjalo estar, por favor! —pidió Marta—. Vamos a calmarnos todos un momento. Jacobo, Andrés tiene razón, no puedes coger la moto tan alterado para ir a ningún sitio. Sube a la habitación, cámbiate, que estás manchado de sangre, y vamos en mi coche al lugar donde dejaste a la tal Arantza para que te quedes tranquilo —dispuso Marta—. Marisa, acompáñalo y cuando esté listo volvéis a bajar y nos vamos los tres.

Jacobo obedeció a Marta y mientras Santamaría se recomponía de los ataques y de la impresión, Andrés le explicó a Marta lo sucedido y ella no tardó en comprender el problema que tenían entre manos. No podían dejar que Jacobo se acercara al lugar del accidente. Al menos, no hasta que entendiera por qué debía mantener la boca cerrada.

—¿Por qué demonios Marisa ha agredido a Alfredo? —preguntó Del Amo a su mujer, que salió del garaje sin responder.

9

Lunes, 16 de diciembre de 2019

Desde que le habían retirado el balón gástrico y llevaba una vida activa, lo primero que acostumbraba a hacer el comisario Miralles por las mañanas era darse una ducha y sacar a pasear a *Dragón*. Si bien le gustaba hacerlo, en mañanas como aquella le costaba más apreciar las bondades de su decisión. El aguanieve que llevaba cayendo desde la madrugada no era la mejor invitación para salir a la calle, a pesar de que en ese momento parecía haberse tomado un descanso. En las afueras de Oviedo la temperatura era de dos grados a las seis y media de la mañana. La esperanza de que su bonachón perro de aguas no quisiera alargar su paseo más allá de lo necesario le dio el empujón necesario para afrontar la primera obligación de la mañana: se puso el plumas, el gorro y la braga polar sobre la camisa y la corbata y salió a la calle con *Dragón* dando saltos a su alrededor. En cuanto llegaron a una zona abierta, a cinco minutos de la casa, soltó al perro y leyó los mensajes del móvil.

Un whatsapp de Camila Villa despertó el interés del comisario. «Rafa, llámame cuando leas el mensaje, termino mi turno a las 09:00.»

También le llamó la atención un *email* de Gracia San Sebastián, con un informe personal de Levka Puscasu que contenía varias fotos actuales y de su infancia.

Solo habían pasado diez minutos cuando llamó a *Dragón*, que pareció aliviado de no tener que continuar a la intemperie. Volvía a llover hielo, que se deshacía nada más tocar la hierba.

—Vamos a casa, que hace un día de perros, con perdón, y tengo que irme —le dijo al animal, como si este pudiera entenderlo. Que a veces lo pareciera no lo hacía necesariamente cierto.

Sin haber desayunado, cogió el coche y se dirigió al Instituto de Medicina Legal. Con un café de la cafetera de monedas, que prometía más satisfacción de la que iba a darle, y una bolsa de manzana ya cortada que la máquina dispensadora ofrecía como alternativa saludable a chocolatinas y galletas, enseñó su identificación y se dirigió al encuentro con la forense.

—¿Cómo es que tomas café de la máquina? Es horrible. Vamos, te invito a un café de verdad en la cafetería —le dijo la doctora Villa.

—Antes me gustaría ver el cadáver.

—No hay mucho que ver —explicó Camila de camino al depósito—. Ha muerto por un coágulo en el cerebro.

—¿Muerte natural? ¿Un tío aparece muerto con una Arcus 98 bajo la almohada y un avisador casero en la puerta en el mismo hotel donde se alojaba Santamaría y resulta que se ha muerto de una trombosis como mi abuela? ¡No fastidies!

—Sí y no. Ha muerto de un ictus, pero yo no diría que es muerte natural. Tiene un golpe en la parte de atrás de la cabeza, causado por un objeto pesado de superficie roma. También tiene unas pequeñas marcas en los nudillos, como de haber dado un puñetazo a algo o a alguien.

—¿Alguien entró en la habitación, se liaron a puñetazos y el otro consiguió darle un golpe en la cabeza por detrás? ¿Y luego lo acostó en la cama?

—No lo creo, Rafa. Más bien diría que el porrazo se lo dieron algunas horas antes de morir.

—Entonces debió ser en la habitación de Santamaría —dedujo el comisario—. Parece que ya sabemos de quién era la sangre que encontramos en la moqueta. Vamos dentro. Quiero verle la cara —dijo señalando la puerta del depósito donde la forense había detenido la marcha.

Un hombre vestido con pantalón y casaca verde los acompañó al nicho metálico en el que se encontraba el cadáver. Hacía años que las familias identificaban a sus muertos en una pantalla de televisión, pero los médicos y los policías tenían el privilegio de pasar al depósito y respirar las partículas invisibles del desagradable olor a desinfectante que invadía el espacio. Miralles se vio reflejado en el acero impoluto y sintió un estremecimiento, como si ver su cara en la puerta brillante lo acercara un poco más a estar dentro. Hacía frío en la sala, tenía las fosas nasales irritadas por el potente bactericida y solo la impaciencia por comprobar la identidad del muerto superaba las ganas de salir de allí hacia el café caliente prometido.

Abrió las fotos que Gracia le había enviado y no le hizo falta más que echar un vistazo al cadáver para saber que Levka Puscasu había llegado a Gijón con un pasaporte falso a nombre de Gregory Ferdinand y que ese había sido su último viaje. Las fotografías enviadas por Total Trust Investigations coincidían con las del cuerpo que habían encontrado en la *suite* del hotel donde se había alojado Santamaría.

—Necesito que confirmemos si la sangre que apareció en la habitación de Santamaría pertenece a Puscasu. Tenéis las muestras y el cadáver.

—Dejaré instrucciones. Yo salgo hoy a mediodía para Fuerteventura. Por eso quería contarte antes lo que había visto en la autopsia.

—¿Vacaciones? —preguntó el comisario.

—¿No lo sabías?

—¿Por qué iba a saberlo?

—Porque me voy con Fidel.

—Invítame a ese café. Lo necesito ya. La noticia lo merece —le dijo a Camila con una sonrisa cómplice.

La cafetería del anatómico forense estaba decorada con espumillón barato y bolas de colores de las que pueden adquirirse en cualquier chino, como si unos metros más allá no hubiera cuerpos humanos esperando a ser abiertos, eviscerados y analizados.

El café llegó en compañía de una tostada de pan integral, tomate rallado y aceite de oliva. El comisario tiró la bolsa de gajos de manzana a la papelera. No era día de manzanas.

—Esta delicia, que antes hubiera considerado una birria de desayuno, ahora solo la tomo en ocasiones especiales —bromeó con la forense mientras pedía una segunda taza de café. Solo. Expreso. La primera no le había durado ni unos segundos—. A ver, cuéntame eso de que te vas con Fidel.

—Sé que te sonará muy precipitado, soy consciente de que acabamos de conocernos, pero Fidel libra esta semana cinco días y le apetecía salir de aquí, a mí me sobraban vacaciones y no tenía planes, así que ¿por qué no? Si sale bien, genial, y si no, pues mejor saberlo cuanto antes. Aún está muy reciente la muerte de su mujer y él no ha salido con nadie desde entonces, pero no sé cuándo uno está preparado para pasar página. Tampoco es que sea nada serio, ni que estemos pensando a largo plazo, solo vamos a disfrutar de unos días juntos.

—En las relaciones no hay reglas válidas para todo el mundo. Te deseo que pases unos días muy agradables.

—Gracias, Rafa —dijo Camila con una sonrisa—. En fin, ya veremos. Igual al segundo día ya no nos aguantamos. Ahora volvamos al muerto. ¿Qué más necesitas saber antes de que apague el móvil y me relaje durante cinco largos días?

—Si a este hombre le dieron un golpe que le causó una hemorragia externa y un trombo interno, ¿por qué no acudió al hospital en vez de acostarse a dormir? Tendría algún síntoma, digo yo.

—Seguramente no tuvo ningún aviso previo al coágulo y es posible que no se acostara después del golpe. O, al menos, no de momento —apuntó Camila—. El impacto lo dejaría inconsciente a juzgar por las fotos de la mancha de sangre que me has enseñado. Cuando se despertó, tuvo que notar dolor en la zona de la brecha, que se calmaría con el Ibuprofeno que encontré en su sangre y, siendo un tío que viaja con pasaporte falso, no consideraría oportuno ir al médico. Se iría a la cama cuando llegó el momento y después, el coágulo alcanzó el cerebro. Podría haber sido esa noche o al día siguiente. O nunca. Podría haberse deshecho o haberle obstruido una vena en la pierna sin mayor riesgo para su vida. O, como te decía, no haberse producido.

—Nada le impedía haber ido al médico, tenía un pasaporte a nombre de Gregory Ferdinand al que nadie buscaba. Además, si quería ocultarse, ¿por qué fue al mismo hotel que Santamaría? —especuló el comisario en voz alta.

—Eso no lo sé. Yo soy médico de muertos, que no suelen estar para reflexiones —respondió la forense.

El comisario Miralles llegó a la comisaría con la cantidad perfecta de cafeína en sangre y el estómago reconfortado por la tostada. Geni tenía buen ojo, Camila y Fidel se iban de viaje a Fuerteventura. ¿Quién lo iba a decir? Y a Geni le parecía que Rodrigo y Gracia formaban una gran pareja.

A LAS SIETE y media de la mañana el sonido del despertador arrancó a Rodrigo Villarreal de un sueño profundo, de esos que te atrapan al alba después de una noche dando vueltas en la cama. Desconcertado por el brusco despertar, buscó a Gracia en la cama y entonces recordó que no se había quedado a dormir. Apagó la alarma del teléfono y antes de que pudiera volver a dejarlo en la mesilla, entró un whatsapp.

«Embarcando para Barcelona. ¿Vienes a dormir esta noche? He quedado con Sarah para cenar, pero me apetece verte.»

Rodrigo sonrió y planeó la forma de compensar el pequeño desastre de la noche anterior. Desde niño, luchaba contra una impulsividad que de haber nacido unas décadas después habrían achacado a algún trastorno de déficit de atención o de otro tipo, tan numerosos hoy en día como desconocidos en su infancia. El suicidio de su madre cuando él tenía solo nueve años y el acoso sufrido en el colegio después de la tragedia no hicieron más que empeorar los síntomas hasta convertirlo a él mismo en su propio infierno. Y en el infierno de la familia del ciclista al que mató. Los seis meses qué pasó encerrado en un centro de rehabilitación con terapia diaria después de la etapa más autodestructiva de su juventud le dieron un profundo conocimiento de sí mismo, una gran admiración por los abogados que evitaron que acabara en la cárcel y un propósito de vida. Ahora, más de veinte años después, notaba las señales casi antes de producirse: la llegada de Jorge Quirán lo estaba revolviendo por dentro y sabía bien que, en ese estado, las probabilidades de tomar malas decisiones se multiplicaban. Solo el krav magá lo ayudaba a mantenerse equilibrado.

Se metió en la ducha y mientras el agua templada se deslizaba por el enorme tatuaje que cubría su torso como recordatorio de que debía mantener sus demonios bajo control, contempló su cuerpo. Por mucho que entrenara ya no tenía el mismo aspecto que diez años atrás; su ombligo empezaba a recordarle el agujero de un incipiente dónut a pesar de las interminables series de abdominales que hacía tres veces por semana y en el escaso vello de su pecho empezaban a colarse algunas canas. Estaba mucho mejor que otros tíos de su edad, pero los años habían pasado y dejado su huella. Sentía que había llegado el momento de formar una familia. Ya había hecho en la vida todo lo que quería y otras muchas cosas que no habría querido hacer. Y Gracia le gustaba mucho. Como nunca antes le había gustado ninguna mujer. Con sus cuarenta y siete años a la vuelta de la esquina, Rodrigo deseaba tener un hijo y, como siempre que quería algo, lo quería ya. La paciencia tampoco se encontraba entre sus virtudes por mucho que llevara años intentando ejercitarla. Tampoco creía que Gracia pudiera esperar mucho más a pesar de llevar en el mundo casi una década menos que él.

Salió de la ducha, se puso el albornoz, cogió su móvil de la repisa del lavabo y llamó a Sarah.

Cuando colgó se preparó para la siguiente llamada. Si Gracia le ocultaba lo que había hecho el día anterior podía ser por dos razones, y las dos tenían que ver con Jorge Quirán. Y si, a esas alturas, Jorge no le había contado a Gracia que él lo había llamado era porque tenía mucho que esconder, y eso significaba que contaba con margen de sobra para presionarlo.

CON CUATRO HORAS de sueño y una pequeña maleta de cabina, me bajé del primer avión de la mañana en El Prat en compañía del inspector Sarabia que, vestido con unos vaqueros y un plumas, aparentaba ser aún más joven de los treinta y dos que afirmaba su carnet de identidad. Barcelona nos recibía con un día frío pero soleado, muy distinto a la noche helada que habíamos dejado en Oviedo.

—¿Quieres coger un taxi? En estas fechas el tráfico está imposible y mis dietas no incluyen taxis, San Sebastián —dijo Sarabia cuando vio que me dirigía a la parada.

—No me llames San Sebastián. Y por la factura del taxi no te preocupes, que mis dietas sí que lo cubren —respondí, decidida a incluir el gasto en mi factura final.

Sarabia masculló algo sobre la inconsistencia de que la Policía pagara taxis al personal externo y no a los propios y yo deduje que Mario Menéndez no era el único que no estaba contento de tenerme en el caso.

En una de las zonas más cotizadas de la capital catalana encontramos el edificio donde Puscasu tenía su residencia española, a un par de manzanas de la Diagonal y del centro comercial L'Illa. Llamamos al telefonillo y, cuando subimos, dos agentes nos esperaban en la puerta del ascensor. Sarabia se identificó y les entregó un documento, supuse que referido a mi presencia allí, porque se apartaron para dejarnos pasar después de asegurarse de que nos poníamos las calzas de plástico y los guantes que nos entregaron.

La orden de registro dictada por el juez de instrucción tras el hallazgo del cadáver de Puscasu podía facilitar mi investigación sobre InverOriental. Ahora teníamos acceso libre al domicilio de los dos directivos fallecidos. Al menos, lo tenía Sarabia. Yo solo a los documentos financieros, con su permiso y en su presencia.

—¿Cómo debo de proceder? ¿Cómo sé lo que puedo hacer y lo que no? —pregunté. Quería saber a qué atenerme para no poner al inspector en una situación incómoda.

—Si no te separas de mí y no tocas nada, puedes observarlo todo. Si quieres coger algo, me lo pides a mí.

El piso de Puscasu, en la séptima planta del edificio, podía haber sido objeto de un reportaje en una revista de decoración de las que muestran casas modernas y minimalistas. Se entraba directamente a un gran salón con dos enormes sofás de cuero blanco y mesas de metacrilato. El diván de Le Corbusier en piel de vaca delante de la cristalera que daba a la amplia terraza y el sillón con reposapiés de madera y piel negra de Herman Miller creando un rincón de lectura completaban el mobiliario del salón, que terminaba en una gran barra con taburetes que hacía las veces de mesa, detrás de la cual se mostraba impoluta la cocina abierta, al más puro estilo de un *loft* neoyorquino. Me recordó mi época allí, donde las marcas que te podías permitir definían el éxito que alcanzabas. Había gente que pedía préstamos para hacerse con ese tipo de piezas. Jorge y yo habíamos tenido el mismo sillón, original, en una esquina de nuestro salón, primero de nuestro apartamento en el Upper East End y, desde el nacimiento de Martin, en nuestra casa de Prospect Heights. Hubo un tiempo en que, para nosotros, esas cosas eran importantes. Después de la muerte de Martin, solo me parecían tonterías. En la pared colgaba un enorme cuadro de algún pintor moderno que no reconocí, pero por lo que veía en el resto del apartamento, supuse que sería caro. Calculé unos doscientos metros de casa, por los que la *app* de Idealista me devolvía un precio de más de un millón de euros en compra y a partir de cuatro mil al mes de alquiler. Tratándose de una vivienda habitual era un privilegio al alcance de unos pocos; de una residencia secundaria, como era el caso de Puscasu, un indicador de los ingentes ingresos de su poseedor. El fraude financiero siempre había sido una ocupación rentable. Siempre que no terminaras muerto o en la cárcel.

El resto del apartamento era igual de impersonal. Las piezas de diseño se repetían en las habitaciones, la cocina tenía aspecto de no haberse utilizado nunca y ni siquiera en el despacho había algún objeto que reflejara la personalidad de su ocupante. En el vestidor, varios trajes de marca, camisas y zapatos, pero ni los trajes eran de Zegna, ni los zapatos de Lotusse, las marcas con las que habían vestido el cadáver de Santamaría. Observé que Sarabia comprobaba lo mismo que yo y cruzamos una mirada cómplice. También había pantalones vaqueros, jerséis, polos y mocasines. Todos de marcas de alta gama. Parecía tener predilección por Armani, tanto para la ropa como para los complementos. Los armarios y cajones estaban medio vacíos. Parecía un piso piloto de una lujosa promoción.

Encontramos varias botellas de destilados de alta graduación en un mueble del salón y, en la despensa, muchas latas de aceitunas y otros encurtidos con todo tipo de aliños, además de especias y condimentos. La nevera solo almacenaba aguas de precios desorbitados, cervezas artesanales y Coca-Cola Zero.

No había archivos, ordenador ni caja fuerte.

—No hay mucho donde buscar —le comenté a Sarabia.

—Doy una vuelta más y dejo el inventario a los agentes de aquí. Vamos a interrogar al conserje.

El portero reconoció la foto de Puscasu. De la conversación con él y con su esposa, que cada semana limpiaba la casa, se utilizara o no, obtuvimos varios datos: que había comprado el apartamento hacía dos años y que pasaba poco tiempo en Barcelona. Iba tres o cuatro veces al año. Sus estancias nunca pasaban de unos pocos días y solía pasar las noches acompañado de alguna mujer. Nunca la misma. Siempre jóvenes y guapas, vestidas de forma llamativa, pero con estilo.

—¿De alguna agencia, tal vez? —pregunté con toda la discreción que pude para evitar que se sintieran incómodos.

—Eran señoritas que llegaban solas a su piso y se iban solas... —el conserje titubeó.

—¿Chicas elegantes? ¿Sin aspecto de...? —animé.

—Eso es —asintió él.

Supuse que Puscasu tenía gustos caros también con las mujeres.

—¿Algún hombre?

—Un hombre español lo visitaba siempre que él estaba aquí. Nunca vimos entrar a nadie más.

Después de que reconocieran en la foto de Santamaría la habitual visita masculina de Puscasu, no teníamos nada más que hacer allí. Los agentes enviarían al día siguiente el informe del registro minucioso del inmueble. Nos dirigimos caminando al domicilio de Alfredo Santamaría, a solo veinte minutos de distancia. Dejamos a un lado los Jardines del Camp de Sarriá, situados en el lugar que acogió durante décadas el antiguo campo del Espanyol, subimos por la calle de Calatrava y giramos nada más dejar atrás el cementerio de Sarriá, recuerdo permanente de que el acaudalado barrio construido a finales del siglo XX había empezado el siglo como un humilde pueblo vinícola de las afueras de la Ciudad Condal en el que veraneaban barceloneses pudientes.

La casa de Santamaría era muy distinta a la de Puscasu. Estaba situada en el paseo de la Bonanova, en un edificio menos aparente pero antiguo y señorial. Era un piso amplio, de techos altos y dos entradas independientes: una, al despacho, y la otra, a la zona de vivienda. La casa estaba decorada con muebles clásicos, de madera, más destacables por la calidad de los materiales que por el diseño de las piezas. El despacho se componía de una mesa, un gran sillón de cuero con dos cómodos asientos para las visitas y una mesa de reuniones redonda con cuatro sillas amplias sobre una alfombra persa y bajo una gran lámpara de cristal. Aunque lleno de papeles y libros, estaba ordenado. Me llamó la atención el portátil de última generación conectado a un enorme monitor de alta definición.

—¿Puedo intentar acceder al portátil? —pregunté a Sarabia.

—No, eso es cosa de la científica. Nos pasarán el informe del contenido cuando terminen con él.

—Es una pena tener que esperar, espero que no se les pase nada.

—No estoy al mando del registro, solo venimos a observar —respondió Sarabia con resignación.

Continuamos con el resto de la casa, indagando sin profundizar en la vida privada del difunto Alfredo Santamaría. Su vestidor estaba lleno de ropa de todos los estilos, incluidos pijamas, zapatillas y ropa para hacer deporte. Los trajes favoritos de Santamaría eran de Burberry, aunque tenía de diferentes marcas, igual que las camisas. Solo en la ropa interior le era fiel a Calvin Klein. Ni rastro de Zegna, aunque sí había unos zapatos Lotusse, y también otros de distintas marcas.

Una de las habitaciones estaba habilitada como gimnasio, con una cinta de correr, una elíptica y una máquina de pesas multifunción, que mostraba un uso frecuente. En el baño de la habitación, una cesta con ropa sucia; en la nevera, un brik de leche empezado que nos recibió con un olor agrio nada más abrir el frigorífico; mermelada, mantequilla, algo que reconocí como fresas a pesar de estar recubiertas por una pelusa verde, cervezas, refrescos y una botella de vino abierta. Me extrañó que nadie hubiera ido a limpiar. Santamaría no me parecía el tipo de persona que hiciera él mismo las tareas domésticas.

Una foto en color, de baja calidad, en la que se veía a una señora sonriente enfrente de lo que identifiqué gracias a Google como el Alcázar de Toledo, apoyada en un Citroën DS, más conocido como Tiburón, muy popular en los años setenta, ocupaba un marco de plata encima de la mesa del comedor. ¿Quizá su madre? Volví al despacho a analizar los papeles uno por uno, mientras Sarabia buscaba la caja fuerte.

—¿San Sebastián, puedes venir? —oí decir a Sarabia.

—Sarabia, no me llames San Sebastián, que yo no soy policía. Llámame Gracia —le pedí por enésima vez en el día cuando llegué a la estancia donde se encontraba.

—Es la costumbre. Llámame Fernando entonces tú a mí, a ver si así me acuerdo. Mira esto —dijo señalando con el dedo envuelto en un guante de látex la caja fuerte abierta, encastrada en la pared—, pero no lo toques.

—Parece un pasaporte, mucho dinero en billetes de cincuenta, una probeta con hilos y un papel con el sello de una clínica, ¿puedo meter la cabeza?

—Sí. Por favor, no toques nada hasta que no sepamos qué es lo que hay en la probeta.

—Si llevo guantes —protesté.

—Me da igual. No toques.

—Parecen pelos, deja que me acerque más —dije introduciendo la cabeza en una caja fuerte de escasos cuarenta centímetros cuadrados—. Son pelos. Castaños.

—¿Estás segura?

—Sí, tienen raíz, folículo o como se llame la bolita esa blanca con la que salen los pelos de la piel al arrancarlos. Sácalos tú, si prefieres, y los miramos a la luz.

Sarabia cogió la probeta como si estuviera repleta de uranio radioactivo.

—Sí que parecen pelos, ¡qué asco!

—Asco es mucho decir, pero reconozco que raro sí que es. ¿Podrías sacar ese papel sellado que se ve ahí?

Sarabia metió la probeta en una bolsa de plástico al más puro estilo CSI y volvió a la caja fuerte para coger el papel y entregármelo.

—¿Lo puedo tocar yo también? —pregunté.

—Sí, claro, solo es un papel —respondió para mi perplejidad.

—¿Y las huellas?

—¿Qué huellas? Esto no es el escenario de ningún crimen.

Nunca había presenciado un registro en el que yo no estuviera sentada en el sofá comiendo palomitas, así que no tenía experiencia en el tema.

—¿Qué dice? —preguntó mientras hacía fotos al dinero y lo metía en bolsas transparentes.

—Es un documento de una clínica: una prueba de paternidad positiva. Ya sabemos para qué quería los pelos.

—Tú que eres la financiera, ¿cuánto calculas que será esto? —preguntó refiriéndose al dinero y haciendo caso omiso de lo que le contaba.

—¿Cuántos tacos hay?

—Diez, pero son muy tochos. En billetes de cincuenta.

—Un millón, supongo, dos mil billetes por fajo. ¿Has oído lo de la prueba de paternidad?

—¿Este tipo tiene un millón en efectivo en su caja fuerte y su socio otros dos en la habitación de su hotel? En este país ser un estafador es muy rentable.

—Yo he tenido el mismo pensamiento cuando he visto la pedazo de casa que tiene Puscasu aquí para venir solo unos días al año, pero no veo tan claro que sea rentable terminar muerto, uno hecho trocitos y otro con un porrazo en la cabeza. Fernando, mira la prueba, por favor —insistí por tercera vez.

—¿Qué tiene de interesante?

—Que es positiva. Alfredo Santamaría era el padre de alguien.

—No hace falta que prolongues la tensión, ¿de quién?

—No lo sé, no lo pone —respondí.

—No entiendo por qué te parece tan importante entonces —dijo Sarabia levantando la vista por fin de la última bolsa donde estaba introduciendo los fajos de billetes.

—Porque si la guarda en la caja fuerte es que para él era importante. Cuanto mejor conozcamos al muerto, más fácil será encontrar algo útil, digo yo. Queda mucho para que salga nuestro vuelo, aquí no hay papeles de InverOriental y no me dejas acceder al ordenador así que, ¿por qué no te acompaño a visitar la clínica antes de irnos? —sugerí, rezando para que Sarabia consintiera que fuéramos juntos. Las órdenes eran que yo solo podía acceder a información de InverOriental—. Es una dirección de aquí, de Barcelona.

—No están obligados a darme información sin una orden. Voy a ver qué puede hacer el comisario.

Después de recibir la negativa de Rafa a nuestra petición de una orden urgente, conseguí convencer a Sarabia para que nos acercáramos de todas formas al centro donde se había realizado la prueba de paternidad. No esperaba nada concreto, pero sentía curiosidad y no teníamos nada más que hacer. Google Maps nos informó de que solo estábamos a unos minutos caminando. Bajamos siguiendo las indicaciones de la aplicación, que nos condujo rodeando el impresionante edificio modernista que alojaba el colegio de las teresianas hacia la ronda del General Mitre, muy concurrida un día de diciembre a mediodía, y giramos en la avenida de Sarriá, donde continuaban los sólidos y espaciados edificios construidos en los años ochenta y noventa, que dejaban entrever las amplias viviendas que cobijaban. Cuando llegamos a nuestro destino, encontramos unas puertas dobles de cristal con un logo azul que daban paso a una sala aséptica ocupada por unos sillones blancos y una mesa de cristal en la que descansaban folletos médicos y alguna revista de cotilleos. A la derecha de la puerta, un mostrador blanco desde el que una mujer joven, con melena rubia, lisa y cuidada, y unas uñas tan largas que se me hacía imposible que pudiera teclear con ellas en el ordenador que tenía delante, nos sonrió. Estaba sola, no había nadie esperando. Desde el primer momento, la recepcionista mostró sentir más química con Sarabia que conmigo, a pesar de que lo primero que hizo él fue identificarse como inspector de la Policía Nacional. Yo me mantuve en un segundo plano.

—No podemos proporcionar información de los pacientes, pero tratándose de la policía entiendo que eso no es aplicable, ¿verdad? —le preguntó la chica de recepción a Sarabia ante mi mirada incrédula.

—La policía siempre pregunta por una razón importante —respondió Sarabia sin mojarse.

La recepcionista empezó a teclear en el ordenador mientras Sarabia cruzaba los brazos sobre el mostrador e inclinaba la cabeza hacia ella. No había reparado en el inspector más allá de su función policial, pero lo cierto es que tenía su atractivo, aunque no fuera mi tipo. Me asaltó entonces el pensamiento de que Sarabia tenía quince años menos que Rodrigo.

—No identificaron la muestra de ADN —le explicó al inspector la rubia del mostrador—. No sabemos de quién era.

—¿Eso puede hacerse? —preguntó Sarabia.

—No es lo habitual, pero tampoco es la primera vez. Lo siento mucho. Me habría encantado ayudarte.

Continué callada e intentando hacerme invisible. No quería romper la química surgida entre Fernando Sarabia y la recepcionista.

—Te lo agradezco mucho, no me puedo creer que vayamos a irnos con las manos vacías —se lamentó Sarabia circunspecto—. ¿No sabemos nada? ¿Hombre, mujer? O, al menos, qué tipo de muestra trajeron.

—Eso sí que podemos verlo —respondió la chica visiblemente complacida de poder ayudar—. Es un varón, el resultado dio positivo y la muestra que se utilizó fue saliva, aunque también teníamos folículos pilosos.

—¿El pelo era corto o largo? —preguntó Sarabia.

—Esa es pregunta para nota, inspector. Espera, que leo el informe completo —accedió la recepcionista saltándose ya todos los protocolos de protección de datos, y continuó al cabo de unos segundos—. Diez centímetros de longitud, la saliva procedía de un cepillo de dientes, y el grupo sanguíneo es AB+, el del progenitor es B+ y el de la madre A+. No hay más información. ¿Puedo hacer algo más por ti? —le ofreció a Sarabia acercando su cara hacia él. Sarabia no se retiró.

No quería intervenir, pero tampoco podía dejar pasar la oportunidad.

—¿Por un casual no aparecerá el nombre de la madre? —pregunté en voz baja.

La recepcionista ni me miró, pero Sarabia se encargó del tema. Le repitió la pregunta con un tono más propio de una barra de bar que de una clínica y, para rematar mi estupefacción, la chica nos facilitó el nombre y el DNI de la madre. Yo no reconocí el nombre, pero me di cuenta de que Sarabia arqueaba las cejas en un gesto de sorpresa.

Después de que Sarabia y Meritxell, como supimos que se llamaba la chica que nos atendió, intercambiasen sus teléfonos personales, nos fuimos de allí. Habíamos conseguido toda la información sin necesidad de una orden, aunque la solicitud debía seguir en marcha para que las pruebas fueran admisibles en juicio en caso de necesitarlas.

—TIENES HASTA EL día de Reyes para entregarnos una propuesta de acuerdo razonable. Si no lo haces, el día siete presentaré una demanda judicial para la liquidación de vuestro régimen de gananciales y, en ese caso, solicitaré el cincuenta por ciento —espetó Rodrigo en el preciso momento en el que su interlocutor descolgó el teléfono.

A Jorge Quirán no le hicieron falta presentaciones. Supo inmediatamente de quién se trataba. Si bien su reacción instintiva fue enviar a Rodrigo Villarreal a tomar viento fresco, no iba a cometer el mismo error dos veces. El patrón estaba claro: a cada cita que tenía con Gracia, le seguía una llamada del abogado con el que se acostaba. Eso no era una casualidad: Gracia estaba jugando con él. Y ahora le tocaba a él seguir el juego.

—Estás mal informado. Gracia y yo ya tenemos un acuerdo verbal —respondió manteniendo la calma, como si no le hubiera afectado el ataque de su contrincante.

—Ponlo por escrito, que es lo único que tiene validez. Si es lo acordado con ella, estará bien: yo solo reviso que la redacción del acuerdo sea conforme a la ley, mi cliente define el contenido.

—Por supuesto, pero también puedes hacerlo tú si tienes tanta prisa. Gracia no me ha trasmitido ninguna urgencia y yo no la tengo.

—Mi cometido se limita a preparar una demanda de divorcio reclamando la mitad de tu empresa o cerrar un acuerdo previo en esas condiciones. Salvo que acuerdes algo distinto con mi cliente y ella quiera firmarlo. En ese caso me limitaré, como ya te he dicho, a revisar la legalidad del acuerdo —dijo, repitiendo el órdago antes de colgar.

Rodrigo había decidido actuar por su cuenta. Si Gracia le mentía a él sobre lo que sucedía con Jorge y, desde el día anterior, estaba seguro de que así era, se sentía libre de hacer él también lo que considerase oportuno sin darle explicaciones a ella, y eso no incluía quedarse de brazos cruzados. Rodrigo quería que aquel tipo se largara a China cuanto antes. Lejos de Gracia. En cualquier otra fecha, le habría dado cuarenta y ocho horas de plazo, pero en plenas Navidades no habría podido cumplir su amenaza, quedaría como un imbécil y eso era peor aún que no haber intervenido. No entendía por qué no le daba a Gracia lo que tenía que firmar y se largaba de una vez, pero confiaba en que amenazarlo con la mitad de la empresa fuera una buena motivación para acelerar el proceso de divorcio y desaparecer de una vez por todas. Por otro lado, si presionaba más de la cuenta, corría el riesgo de que Jorge decidiera sincerarse con Gracia y entonces sería él quién tendría el problema. Aunque Rodrigo dudaba que, si no lo había hecho el primer día, eso fuera a ocurrir. Y eso era una prueba más de que las intenciones de Jorge Quirán eran más turbias de lo que aparentaban.

Jorge colgó decepcionado y disgustado con Gracia. No era propio de ella actuar así, con intermediarios, por la espalda y al despiste. Desde luego, no era la forma en la que hubiera deseado que acabaran las cosas entre ellos.

Una idea afloró en su cabeza: la venganza nunca es fruto de la indiferencia ni de la felicidad, y si Gracia estaba tan enfadada como para jugar con él de una manera tan mezquina e infantil, era porque todavía no había pasado página. Y Jorge era capaz de jugar más sucio que cualquiera.

El pequeño teléfono de prepago sonó en el bolsillo del delantal que Donka acostumbraba a llevar puesto en la ferretería. Era el medio a través del que se comunicaba con su hijo Costica para asuntos urgentes o «delicados». Llevaba unos días en los que un mal presentimiento la rondaba.

—Mamá, Levka ha muerto —dijo su hijo sin ninguna introducción a la nefasta noticia.

—¿Cómo que ha muerto? Por todos los santos, ¿qué has hecho? ¿Has matado a Levka? —increpó Donka a su único hijo.

—¿Por qué piensas que lo he matado?

—No mientas, no mientas a tu madre —gritó Donka.

—¿Eso piensas de mí, madre? Levka era como un hermano y te juro que esto no va a quedar así. Voy a averiguar quién lo hizo y te traeré su cabeza.

Costica decía la verdad y Donka lo supo enseguida. Su hijo era transparente para ella.

—Hazlo. Dale a tu madre el consuelo de la venganza —sentenció Donka sabedora de que Costica haría justicia. A cualquier precio.

La mujer colgó sin despedirse antes de que su hijo escuchara su dolor y, allí, sola, en el sótano de la ferretería, empezó a llorar y lloró como si después del llanto solo existiera la muerte.

Cuando su hermana Anelka y su marido murieron, Levka solo tenía seis años y se convirtió en la alegría de su vida. Entonces Costica ya tenía dieciséis y Donka estaba convencida de que acabaría muerto en un callejón o en la cárcel. En cambio, su sobrino había llegado lejos, era un empresario, un hombre de provecho reconocido por la sociedad. Lo había conseguido solo a medias, porque Levka no era nada sin Costica. Aun así, estaba muy orgullosa de él. Y ahora alguien se había cruzado en su camino y ella quería venganza.

A LAS OCHO de la tarde aterricé en la única terminal del aeropuerto de Ranón. Hacía mucho frío, pero el aguanieve de la mañana había dejado paso a un cielo despejado. Estaba deseando llegar al despacho para cambiarme de ropa, ir a cenar con Sarah al Vinoteo y después pasar buena parte de la noche cuadrando listados y pintando flujos de capital que me ayudaran a desentrañar el misterio del precio de los arrendamientos que cobraba InverOriental. Rodrigo no había respondido al mensaje que le había enviado antes de embarcar rumbo a Barcelona, así que no contaba con verlo. Llevaba unos días que lo notaba tenso. Y yo también lo estaba. Esperaba que todo volviera a la normalidad con él en cuanto Jorge se fuera y el caso de Santamaría se resolviera. Y esperaba que todo eso sucediera antes de Nochebuena.

Durante el vuelo había valorado muchas posibles explicaciones a los elevados alquileres. ¿Pisos francos, tal vez? ¿Se alquilarían para actividades delictivas? ¿Prostitución? Iba tan concentrada que pasé a lado de Rodrigo sin verlo.

—Gracia —escuché detrás de mí cuando me acercaba a la fila de taxis.

Di la vuelta al reconocer su voz.

—Hola, preciosa —me dijo meloso mientras me cogía por la cintura y me atraía hacia él para darme un beso.

—¡Qué sorpresa!

Al parecer, las razones de Rodrigo para no responder a mi mensaje eran muy distintas a las que yo había imaginado. Y me alegré mucho.

—Me encanta que hayas venido a buscarme —dije—, pero te voy a tener que dejar un par de horas cuando lleguemos: quiero enviarle un informe a Rafa y he quedado para cenar con Sarah, te lo dije en el whatsapp…

—Sarah ya sabe que no vas a ir, la he avisado esta mañana, es cómplice de la sorpresa —cortó Rodrigo—, y, para nuestra desgracia, mañana el mundo seguirá lleno de criminales. Que tú tardes unas horas más en retomar su persecución, no supondrá ninguna diferencia en el caos del universo.

—Con esa filosofía se te quitan las ganas de hacer nada —repliqué con una sonrisa. Me sentía aliviada y feliz de verlo allí.

—Al contrario, te entran ganas de disfrutar del momento, así que espero que te guste el plan porque hasta mañana quiero tenerte solo para mí.

—¿Adónde vamos? Tengo que pasar por casa a cambiarme, llevo todo el día con la misma ropa —protesté, pero él se limitó a reír murmurando algo de que no iba a necesitar ninguna ropa y no quise decepcionarlo.

Solo treinta minutos después llegábamos a Cudillero, una de las villas marineras más bonitas de la costa cantábrica. Rodrigo había alquilado un apartamento de Airbnb en lo alto del pueblo, en el tercer piso de una casita de tres plantas de color azul, con una gran galería con vistas al mar. Hacía rato que se había puesto el sol y el mar se perdía en un horizonte negro levemente iluminado por el reflejo de alguna estrella. Rodrigo encendió el fuego como un auténtico experto. Supuse que habría crecido con chimenea en casa, en su pueblo de la provincia de Ciudad Real, donde los inviernos prometían ser duros.

Mientras el apartamento se caldeaba, salimos a dar un paseo por las calles empinadas que bajaban hacia el mar, admirando las casas de colores que a la potente luz de las farolas no perdían ni un ápice del encanto que tenían a plena luz del día, al contrario, parecían la recreación del escenario de un bonito cuento navideño. Bajamos hasta el puerto atraídos por el olor de la sal. Hacía frío y las terrazas que solían estar llenas de gente en verano estaban recogidas a pesar de las fiestas. Aunque la decoración navideña iluminaba la plaza y los bares, el pueblo estaba casi vacío, las barcas de los pescadores descansaban seguras en sus amarres y solo se veían algunos parroquianos en el interior de las sidrerías.

Nos paramos en la barandilla del puerto de espaldas al mar para observar el pueblo que, desde abajo, parecía estar construido en paralelo a una pared vertical, unas casas sobre las otras, sin calles que las separaran. No perdimos la ilusión óptica hasta que echamos a andar y empezamos a subir de nuevo, huyendo de la humedad, que traspasaba mi chaquetón de paño otoñal elegido para pasar el día en Barcelona y no la noche en Cudillero, y empezaba a hacerme tiritar.

Cuando entramos de nuevo en la casa, nos recibió el olor a la leña de la chimenea. Una ventana ligeramente abierta hizo corriente con la puerta y movió las llamas haciendo crepitar la madera. Me acerqué a cerrarla y, desde la galería que ocupaba toda la pared del salón, me dio la impresión de que avanzaba por el aire hacia el agua. El olor del fuego que se mezclaba con el del salitre que entraba por la ventana contribuía a potenciar la sensación. El lugar era perfecto y el champán y el marisco de la nevera, servido por una de las sidrerías del pueblo, junto con el buen humor de Rodrigo prometían una velada maravillosa.

La pantalla del móvil se iluminó con un whatsapp de Sarah.

«Disfruta de tu noche romántica y haz que mañana a Rodrigo le importe un bledo tu divorcio.»

Sonreí decidida a seguir su consejo y fui a darme una ducha caliente que eliminara los restos de mi día en Barcelona, mientras Rodrigo ponía la mesa al lado del fuego.

A TRES MIL kilómetros de la costa asturiana, en un gran despacho forrado de madera oscura y grandes cortinas opacas en las ventanas, Costica buscaba a los culpables de la muerte de su primo Levka. Costica tenía muchos enemigos y, aunque más de uno lo habría quitado de en medio con gusto para ocupar su lugar al frente del entramado financiero que daba servicio a mafias internacionales, tenía más protectores que detractores. Nadie en Europa podía blanquear tanto dinero, de forma tan discreta y regular como llevaba haciendo él desde hacía más de diez años. Costica no se explicaba por qué habían ido a por Levka. Y todavía menos la muerte de Santamaría. Todo indicaba que alguien atacaba su organización con la intención de ocupar su puesto y debía encontrarlo y destruirlo cuanto antes. Se preguntaba por qué Levka no le había avisado de la muerte de Santamaría.

Costica no era hombre de incertidumbres. Sabía cómo conseguir la verdad a cualquier precio.

El mensaje que Levka le había enviado a su madre dejaba claro que sospechaba de Del Amo. Costica sabía a ciencia cierta que Del Amo no era el asesino, al menos no el de Levka porque lo tenía a buen recaudo en el momento de su muerte, intacto, reservado hasta que Levka diera instrucciones, pero podía ser un infiltrado de una organización rival. Costica necesitaba dos cosas de Del Amo: sacarle toda la información que tuviera en su poder y que rescatara el dinero de los clientes que había quedado atrapado en InverOriental.

Sacó un teléfono de prepago del tercer cajón de su mesa e hizo una llamada rápida.

—Radu, cambio de planes: entérate de lo que sabe. Que sea rápido, pero ni se os ocurra cargároslo porque, en pocos días, lo necesitaré vivo y presentable. Después, podrás hacer con él lo que quieras. Nadie debe saber que ha desaparecido: enviadle algún mensaje cariñoso a su mujer. Llévale el móvil a Mihaela, comprobad cómo se suelen comunicar y que ella los redacte, que nadie sospeche que no es él.

Costica colgó sin esperar respuesta. Mihaela era una de sus amantes habituales. Medio rumana, medio española, llevaban más de cinco años follando habitualmente a cambio de un precioso ático de doscientos metros en Băneasa, en pleno sector 1 de Bucarest, y de dinero suficiente para llevar una vida independiente y desahogada. Mihaela no quería saber nada de los negocios de Costica, pero cumplía sin preguntar con cualquier encargo que él ordenara.

Si Del Amo sabía algo, Radu se lo sacaría. Era un experto en extraer información, había pertenecido a la Securitate de Ceausescu y, como la mayoría de sus compañeros, se convirtió en un apestado cuando cayó el régimen. Obligado a elegir entre vagabundear haciendo los peores trabajos y mendigando para comer o trabajar para Costica, eligió esto último. Su lealtad era absoluta: él era un soldado y Costica su oficial al mando.

En paralelo al interrogatorio de Del Amo, Costica decidió enviar a dos de sus hombres de confianza a España a investigar la muerte de Santamaría y Levka. Era vital saber cuanto antes quién era su enemigo.

Después de varios días encerrado en los que ni siquiera el recuerdo de sus *escorts* eslavas favoritas fue capaz de evadirlo un instante de su pánico, la peor pesadilla de Del Amo se transformó en realidad.

Había llegado el momento.

Los dos hombres que hasta entonces solo habían entrado en su zulo para dejarle comida y agua irrumpieron en su celda, lo levantaron de su camastro y lo condujeron por un pasillo oscuro a lo que parecía el espacio central de una nave industrial.

Cuando Andrés del Amo vio la pileta llena de agua, intuyó lo que le esperaba y empezó a temblar con unos espasmos incontrolables que provenían del abismo de su pánico. Su intestino se licuó y el estómago, incapaz de soportar las convulsiones, vació su contenido en el pantalón de uno de sus captores.

El regusto ácido del vómito se mezcló en su boca con el olor fétido de sus propios excrementos incluso antes de que el puñetazo de castigo le diera de lleno en las costillas flotantes del lado izquierdo.

Fueron necesarios cuatro hombres para atarlo a la plataforma sumergible y conectarle los electrodos. Los gritos agudos de Del Amo atravesaban los oídos de los hombres de Radu como una sirena estridente. Su miedo se oía en sus chillidos, se olía en sus heces y se palpaba en su sudor.

Después de la primera zambullida, cuando las descargas eléctricas le quemaron la piel e hicieron estallar los centros del dolor, recordó al viejo jesuita que le daba clases de religión en su infancia. El terror de su alma y el tormento de su cuerpo solo le permitieron una súplica a un Dios con el que hacía muchos años que no contaba: «Padre, aparta de mí este cáliz».

15 de febrero de 2019. Día después de San Valentín

Jacobo Hernández Cubillos abrió los ojos la mañana después de San Valentín al sonar su despertador, como cada mañana para ir al trabajo, pero ese día sintió la cabeza embotada, molestias en distintos lugares del cuerpo y la sensación de haber tenido una pesadilla. Cuando vio a su madre y a Marta sentadas al lado de su cama, supo que el mal sueño era real.

—¿Qué ha pasado? ¿Cómo está Arantza?

—Arantza está muerta, Jacobo. La noticia ya está en toda la prensa digital.

—¿Me habéis drogado? —preguntó estupefacto. No podía creer algo así de Marta y de su madre—. Tenemos que ir a la policía inmediatamente a denunciar a ese cabrón amigo de Andrés. Fue él, ¿verdad? Estoy seguro de que fue él. Lo del perro era una patraña.

—No vamos a ir a ninguna parte, cariño, no puede ser —le dijo su madre afectuosamente mientras apoyaba la mano sobre el brazo de su hijo.

—Pero ¿por qué? ¿Os habéis vuelto locas las dos? Ese tipo ha matado a mi novia.

—Y es terrible, Jacobo, pero no le podemos denunciar —insistió Marisa.

—¿Qué está pasando? —increpó Jacobo levantando su más de metro ochenta de altura de la cama.

—Siéntate y escucha —pidió Marta. Y algo en su cara hizo a Jacobo obedecer.

Cuatro horas después, Jacobo se presentó en comisaría a prestar declaración y les contó a los policías la verdad y nada más que la verdad, pero una verdad incompleta. Rebajó a Arantza Brione de novia a una chica que había conocido en un bar y con la que estaba empezando una relación, pero nada serio porque ella era todavía muy joven. Su versión acababa cuando después de llamarla y que esta no le cogiera el teléfono, pensó que se habría dormido sin acordarse de enviarle el prometido mensaje.

Jacobo también declaró que no tenía ni idea de quién podía ser el cabrón que había atropellado a la joven y después se había dado a la fuga sin socorrerla. Jacobo, a pesar de su juventud, era lo bastante maduro e inteligente para saber que, de momento, lo mejor que podía hacer por su futuro era callar. Cuando una de las agentes que lo entrevistaba sacó el colgante de plata que le había regalado a Aranzta por San Valentín y los restos sucios y atropellados de la cajita de corazón, rompió a llorar y en sus lágrimas se mezclaron a partes iguales la rabia y la tristeza.

10

Jueves, 19 de diciembre de 2019

La única expectativa de Camila respecto a Fidel era pasar ratos divertidos con él. Un viudo reciente, artificiero de la Guardia Civil, con la piel cubierta de tatuajes y pinta de chico malo, no debía suponer un peligro para su corazón, pero Camila estaba descubriendo que era un hombre amable con un gran sentido del humor a pesar de la tragedia que había destrozado su matrimonio y un cuerpo trabajado en el gimnasio que sabía utilizar con destreza. Era su tercer día juntos en Fuerteventura y disfrutaban de unas vacaciones que ellos mismo sabían inolvidables, en las que cada descubrimiento mutuo era emocionante; la química permanente entre ellos y el marco de la isla brindaban el entorno perfecto para dar rienda suelta a su lado más apasionado. Nada más llegar al pequeño aeropuerto majorero, alquilaron un todoterreno con el que recorrieron la parte más inaccesible de la isla, en la cara occidental: la playa de Cofete, en pleno parque natural, sin carreteras que la hicieran atractiva a las excursiones en autobús ofertadas a los turistas. A Camila le pareció un paraíso. Se habían bañado en pleno diciembre. El agua a dieciocho grados de temperatura, lejos de disuadirlos, los había animado a jugar y a revolcarse como niños en la orilla. Para su tercer día juntos, se disponían a navegar hasta la isla de Lobos; querían bañarse desde el barco y después bajar a comer en el único bar de comidas de la isla deshabitada, el de los descendientes de Antoñito el Farero, con dos únicos platos en el menú: paella o pescado. Al día siguiente irían a las maravillosas dunas de Corralejo, que provocaban la ilusión de estar en un oasis del desierto.

Cuando llegaron al puerto, se llevaron una agradable sorpresa: en lugar del pequeño barco que habían alquilado, los esperaban con uno mucho mayor por el mismo precio. En diciembre tenían poco personal, así que los iba a llevar el dueño, que prefirió hacerlo más cómodamente en su propio barco.

Fidel fue el primero en lanzarse al agua a pesar de las advertencias del capitán:

—¿Estáis seguros? ¡Que está muy fría!

Camila se lanzó detrás de él y notó el agua gélida. Nadó rápido para quitarse el frío y se sumergió como un delfín. Se fijó en la hélice con el respeto de quién observa una máquina mortal. El barco estaba fondeado y la hélice en reposo. La miró y se percató de que la explicación a los extraños cortes del cadáver de Santamaría podía ser muy distinta a la que había expuesto en el informe de la autopsia. Salió del agua tan rápido que Fidel pensó que había visto un tiburón, pero Camila subió corriendo a la cabina de mando.

—Óscar —preguntó, dirigiéndose al capitán—, ¿qué son esas pequeñas cuchillas que rodean el eje de la hélice del barco?

—¿Cuchillas? ¿La cortadora, te refieres?

—Supongo que sí, unas cuchillas pequeñas y con forma de gancho, como de diez centímetros —respondió la forense.

—Sí, eso es la cortadora. Corta los cabos y las algas para que no se enreden en la hélice.

—¿La pones tú en marcha cuando algo se enreda?

—No, es automática —respondió Óscar—, funciona siempre que la hélice está en movimiento.

—¿Podemos acercarnos a una zona donde haya cobertura? Debo hacer una llamada urgente —le pidió Camila.

Nada más llegar a mi despacho después de pasar la noche en casa de Rodrigo como ya teníamos por costumbre, metí una cápsula en la cafetera, me puse ropa cómoda y encendí el ordenador.

Sentada en la mesa, contemplé el manto verde que me ofrecían las copas de los árboles de hoja perenne del parque enmarcadas por la ventana, como si fuera un cuadro natural de grandes dimensiones.

Mientras escuchaba el sonido de inicio de Windows, me recreé en la petición de Rodrigo un par de noches atrás mientras alzaba su copa en un brindis: «Por que tu exmarido deje firmado el acuerdo de divorcio cuando se vaya y empecemos una vida juntos. Los dos. Y después los tres. Y por mí los cuatro. O incluso...». No terminó el brindis porque empecé a reírme y choqué mi copa con la suya antes de verme con familia numerosa. En aquel momento, entre las burbujas del champán y las mágicas vistas sobre el mar Cantábrico, me pareció una perspectiva idílica. Tres días después, me lo seguía pareciendo.

Nada más abrir la aplicación de correo se descargaron más de veinte *emails*, pero el que llamó mi atención fue el de Rafa, enviado hacía dos horas, con un asunto sugerente: «Mira tú a quién encontramos aquí...» y un listado de los propietarios de los barcos que habían salido del puerto la noche en la que murió Alfredo Santamaría.

Solo reconocí un nombre: Marta Figueroa. ¿La madre del hijo de Santamaría? Estaba segura de que era el nombre que la recepcionista de la clínica le había dado a Sarabia mientras realizaban su ritual de cortejo previo al apareamiento. Llamé a Rafa.

—¿Quién es Marta Figueroa? —pregunté en cuanto descolgó el teléfono.

—No lo sé. Rafa se ha olvidado el móvil en casa —respondió mi amiga Geni—. ¿No tendrá una amante? Ahora que se está poniendo tan guapo a ver si va a liarse con alguna lagarta más joven y más delgada que yo.

Recordaba a Geni llenita desde el día en el que la conocí con solo cuatro años, uniforme y coletas. La diferencia es que entonces no estaba a dieta de forma permanente.

—¿Qué amante ni qué leches? —respondí molesta por no encontrar la respuesta que buscaba—. Es sobre el caso en el que colaboro con la policía.

—Es que le noto mucho secretismo y no es propio de él, sé que hay algo que no me cuenta.

—Está ocupado con un asesino, no con una amante. Por favor, Geni, deja de pensar cosas raras, que estamos hablando de Rafa.

—Rafa también es humano.

Estaba teniendo una conversación que no me apetecía y el nombre de Marta Figueroa resonaba en mi cabeza; algo me decía que era importante.

—Geni, tengo que dejarte.

—¿Cuándo quedamos? ¿Qué sabes de Jorge?

—Te llamo luego —respondí y colgué sin más contemplaciones.

Conseguí localizar a Rafa en el teléfono de la comisaría y le lancé la misma pregunta que le había hecho a su mujer.

—Marta Figueroa es la mujer de Andrés del Amo —respondió Rafa sin ninguno de los reparos que había mostrado Sarabia.

—¿La madre del niño de Alfredo Santamaría es la mujer del asesor fiscal de InverOriental? ¡Leches! Y ahora resulta que su barco estaba en el mar el día que suponemos que murió Santamaría. Cuando nos dieron su nombre en la clínica de Barcelona, Sarabia evitó decirme quién era.

—Hizo bien. Tu colaboración no llega hasta ahí. La verdad es que pensaba que a Figueroa la había mencionado yo, por eso te puse ese asunto en el *email*.

—¿Y hasta dónde llega mi colaboración? —Quise saber. La teoría era sencilla, la práctica no tanto.

—Hasta todo lo que tenga que ver con el fraude en tu papel de colaboradora policial. Y, como ciudadana, en tu deber de comunicar a la policía todo lo que sea relevante para descubrir qué demonios está pasando aquí. Eso no quiere decir que no puedas conocer toda aquella información del caso que yo considere importante para que tú puedas averiguar los detalles del fraude financiero.

—Me sirve. ¿La habéis interrogado?

—La hemos citado en la comisaría de Gijón.

—¿Cómo lo hacéis? ¿Con un espejo falso? ¿Como en las películas? —pregunté.

—No es un interrogatorio como el que imaginas, no está detenida. Ha accedido a declarar voluntariamente. ¿Tienes algo más de Puscasu o de InverOriental?

—Tengo información, pero no conclusiones. En cuanto encuentre lo que busco, te lo comunicaré. Por cierto, ¿cuando interroguéis a Marta Figueroa podéis preguntarle su grupo sanguíneo y el de su hijo?

—Pensaba hacerlo —respondió Rafa—. Ya me contó Sarabia vuestra incursión en la clínica.

—Más que incursión fue una lección de seducción. Hay algunas habilidades de tu inspector que desconoces por completo.

Rafa se despidió con una carcajada y yo me levanté a calentarme el café, que se había quedado frío.

—Arce y Macías estuvieron ayer peinando el entorno de Andrés del Amo y Marta Figueroa —informó Sarabia a Miralles—. El médico de Figueroa se puso nervioso cuando fueron a verlo, interrogaron a su enfermera y parece que Marta Figueroa llevó a que curasen a un chico de unos veinte años con lesiones de puñetazos en la cara. Nada grave, una ceja abierta, una brecha en la barbilla y algunas contusiones.

—¿Su hijo?

—No lo sé. La enfermera supuso que sí, pero no preguntó. El hijo de Del Amo solo tiene dieciséis años, pero ya sabes que esas edades son confusas; yo con veinte parecía que tenía quince y mi hermano con catorce ya era un hombretón.

—¿Es un médico privado?

—Sí, se dedica fundamentalmente a retoques estéticos.

—¿Un cirujano plástico?

—Es internista en realidad, pero ahora se dedica a algo llamado medicina antienvejecimiento: desde dietas para mantenerse joven a inyecciones de bótox en la frente que empieza a arrugarse y otros tratamientos del estilo. Marta Figueroa es asidua.

—¿Qué esperaba Arce encontrar allí?

—Nada en concreto. Estamos dando palos de ciego, pero parece que hemos levantado una liebre. Si es el hijo de Del Amo, el médico debería haber dado parte porque, en caso de lesiones a un menor, tienen que avisar a servicios sociales. Él niega haberlo atendido.

—¿Y la enfermera lo contradice?

—Ahora ya no, dice que se equivocó de paciente, pero no identifica a quién atendieron. En cuanto su jefe negó la historia, ella se retractó. Es nueva, está sustituyendo al enfermero habitual que está de excedencia por paternidad. Arce incluso le ha enseñado una foto de Alberto del Amo y ella dice que no lo ha visto en su vida, aunque su testimonio ya no es fiable. Macías fue a casa de Del Amo, pero Marta Figueroa aseguró que su hijo no se encontraba allí y que ella estaba citada para declarar esta mañana. ¿Pedimos una orden, jefe?

—No. ¿Tienen servicio en la casa?

—Tres personas. Una interna y dos externas.

—Pues sí que es rentable la asesoría.

—Y una de ellas, Marisa Cubillos, la interna, es hermana de la mujer que encontró el cadáver de Santamaría, Hortensia Cubillos, la que vive en la torre del puerto mercante, el edificio que visitó Santamaría dos días antes de morir. Marisa Cubillos es el ama de llaves de la familia Del Amo.

—¿Quién diablos tiene hoy en día ama de llaves? —exclamó el comisario.

En ese momento en el teléfono de Sarabia sonó el pitido de recepción de mensajes que tenía asignado a su equipo.

«La mujer y el chico que estuvieron con Santamaría en el café Dindurra no son Marta Figueroa y Alberto Del Amo. El camarero los ha descartado. También descarta a Fabiola Ferro», leyó Sarabia en el whatsapp que el agente Macías, el agente asignado a su equipo desde la comisaría de Gijón, le acababa de enviar.

ESTABA EN EL despacho comiendo un sándwich envasado cuando entró un whatsapp de Bárbara.

«¿Te ha dicho mamá que ha invitado a Jorge a cenar en Nochebuena?»

«Dime que él no ha aceptado», respondí atónita.

«Ha dicho que sí. Me lo acaba de contar mamá.»

«¿Estás con ella ahora?»

«Ya no, le he dejado a Marcos y voy camino del hospital.»

Después del mensaje de mi hermana volví a ponerme con el caso Santamaría, pero fui incapaz de concentrarme. Cansada de dar vueltas a la misma información sin extraer nada claro, me levanté de la silla, me calcé las botas, cogí el bolso y el abrigo y salí del despacho, bajando las escaleras que me separaban de la calle de dos en dos. No tardé ni cinco minutos en llegar a casa de mi madre a pesar de la cantidad de gente que paseaba por las calles peatonales del centro, disfrutando de la decoración y el buen tiempo, tan impropio de la época y tan distinto de el de la semana anterior. Así era el tiempo allí, voluble, caprichoso y siempre sorprendente.

Tania me abrió la puerta y después de saludarla avancé por el pasillo en busca de mi madre. No estaba en el salón, la encontraría en su cuartito; allí reflexionaba, tejía chaquetas para mi sobrino y cotilleaba el Twitter del Hola, de la Casa Real y de los famosos de esos de toda la vida en su tablet. En esa tarea estaba ocupada cuando llegué.

—Hola, nena. ¡Qué alegría verte por aquí! ¿Has visto cómo han crecido las princesas? Ya son mujercitas —me dijo sin levantarse a modo de saludo.

—¿Por qué has invitado a Jorge a cenar en Nochebuena? —pregunté sin rodeos.

—Como lo trajiste a comer el domingo, pensé que no te importaría.

—Mamá, voy en serio con Rodrigo. Si se entera de que Jorge pasa aquí la Nochebuena, ¿cómo crees que le va a sentar?

—Supongo que igual de mal que si se entera de que trajiste a Jorge a la comida que organicé para conocerlo a él. Gracia, nena, ¿qué líos te traes?

—No manipules la situación. No estamos hablando de mí. Soy yo la que te ha preguntado a ti.

—Pues ahora te pregunto yo a ti: ese novio tuyo, ¿sabe o no sabe que trajiste al que todavía es tu marido a comer con tu familia el domingo en vez de a él?

—Mamá...

—O sea, que no lo sabe. Y yo sacando la vajilla nueva y el mantel de Lagartera, tú también...

—¡Mamá!

—Mamá, no, hija, es que nos estás haciendo un lío y te estás metiendo tú en otro. ¿Qué hace aquí Jorge? ¿Qué está pasando?

—Dímelo tú, que se quedó aquí el domingo para hablar contigo y ni siquiera me has llamado para contarme lo que te dijo.

—Mira, nena, voy a preparar una menta poleo que te veo un poco alterada.

—No quiero una puñetera menta poleo —dije en voz más alta de lo adecuado al verla levantarse de su sillón mecedora para ir hacia la cocina.

—Gracia, por favor, cálmate, que yo no tengo la culpa de tus jaleos sentimentales. Voy a por las infusiones —me dijo desde la puerta y después desapareció pasillo adelante.

Mi madre tenía razón. Ella no era la culpable de mi situación.

Un par de minutos más tarde volvió con una bandeja plateada en la que llevaba dos tazas humeantes.

—Mira, hija, Jorge no me contó nada, solo se disculpó por la manera en la que se marchó y me dijo cosas muy bonitas. Ya sabes que yo lo quiero mucho y él a mí. Yo también estaba disgustada por cómo se fue.

—¿No hablasteis de nada más?

—De nada, nena. Ahora cuéntame tú. ¿Qué hace aquí? Porque me encantaría pensar que vino a disculparse conmigo, pero no soy tan tonta.

—Pues ese es el problema, que se supone que ha venido para que le firme una renuncia a los derechos sobre su empresa porque tiene un contrato importante con un banco chino y quiere tener todo en orden antes de empezar el proyecto. Iba a dármelos al día siguiente de llegar, quedamos para eso, pero apareció con una excusa burda diciendo que se le había olvidado. Además, ya que estaba aquí, yo le pedí que dejáramos firmado el acuerdo de divorcio y quedó en que lo preparaba su hermana Carmen, ya sabes, la que es abogada de familia, pero según Jorge está muy ocupada y todavía no le ha dado tiempo. De eso hace ya varios días y no he vuelto a saber de él más que en la comida del domingo. Lo único que sé es que está quedando con Rafa.

—No es propio de Jorge. Él siempre es tan organizado…

—Eso es lo que me tiene mosqueada. Y mientras tanto, Rodrigo quiere ejercer como mi abogado. No entiende que ya está todo hablado y que no hay nada que negociar. Solo me faltaba meter a Rodrigo en este asunto.

—Bueno, nena, lo que parece es que algo pasó desde que habló contigo hasta el momento en el que quedasteis para firmar.

—¿Qué iba a pasar? Supuestamente lo único que hizo Jorge desde que llegó hasta la hora en la que quedamos a firmar fue dormir. Llevaba más de treinta horas despierto entre aviones y aeropuertos.

—Mira que me extraña todo esto. Igual no es tan mala idea lo que dice ese novio tuyo.

—¿Lo dices en serio, mamá? Jorge y yo hemos pasado diez años juntos, nos casamos y tuvimos un hijo. A Rodrigo lo conocí hace dos años, llevamos saliendo unos pocos meses y ni siquiera vivimos juntos. Tú adoras a Jorge y Rodrigo te cae fatal, ¿ahora quieres que lo espolee contra Jorge como a un perro de presa?

—¡Oye! No digas eso, ¿eh? Que a mí Rodrigo no me cae fatal porque no lo conozco. Y no lo conozco porque a ti no te da la gana. Y ya te digo que a Jorge lo quiero mucho, pero que no se le ocurra hacerme elegir entre él y tú porque va a salir perdiendo —dijo mi madre muy digna.

Callé unos segundos pensando cómo decirle que no iba a pasar con ella la Navidad. Al final me decidí por ser directa, sin adornos.

—No voy a venir a cenar en Nochebuena. Pero no es por que venga Jorge, es que me voy con Sarah y los niños a Tenerife.

—Ya lo sé, nena, me lo dijeron tus ahijados el domingo. Les hace muchísima ilusión. Están convencidos de que van a subir al pico del Teide y van a ver la tierra desde arriba, como si estuvieran en la luna. ¡Qué inocencia la de los niños!

—Entonces, ¿no te parece mal que me vaya?

—Al contrario, me parece una decisión muy sabia, hija. Ya verás como lo pasáis estupendamente. Es más, deberíais quedaros toda la semana. Seguro que en Nochevieja hay fiesta y cotillón en el hotel y los niños se lo van a pasar bomba. Por eso invité a Jorge. No lo habría hecho si tú fueras a estar aquí.

—¿Y me lo dices ahora? Mamá, de verdad, eres de lo que no hay.

—Pues anda que tú… ¿A qué esperabas para decirme que no vienes a cenar el día de Nochebuena?

No supe qué responder. Me quedé un rato con ella, enterándome de los cotilleos de famosos y vecinos. Incluso tomé la menta poleo que me había preparado y cuando me levanté para irme, me sentía mucho más relajada. Hasta que cuando me acompañó a la puerta, mi madre soltó:

—Oye, nena, ese novio abogado y Jorge no se conocen, ¿verdad?

—No, no me parece oportuno. Quizá en un futuro, cuando Jorge y yo estemos divorciados y Rodrigo no tenga motivos para sentirse amenazado.

—Entonces no es posible que hayan hablado.

—No, claro que no es posible —respondí convencida—. Y, además, si fuera así, Jorge me lo habría contado.

—¿Y Rodrigo no? —preguntó mi madre.

Me fui con su pregunta retumbando en mis oídos. La toma de declaración de Marta Figueroa, esposa de Andrés del Amo y presunta madre del hijo de Santamaría, estaba a cargo del subinspector Arce en la comisaría de Gijón. Su formación en interrogatorios, acompañada de su empatía natural, excelente memoria y rápida reacción, lo convertían en un gran interrogador. La sonrisa espontánea en su cara amable también lo ayudaba en su cometido.

En una sala de la jefatura de policía en Oviedo, enfrente de una pantalla plana colgada de la pared, tres sillas acogían al inspector Fernando Sarabia, al comisario Rafael Miralles y al jefe de policía, Mario Menéndez Tapia. Este último llevaba la maleta preparada en el coche para salir hacia el aeropuerto en dos horas. No le había contado a nadie, ni siquiera al comisario Miralles, que iba a pasar la Nochebuena a Rumanía. Oficialmente, se tomaba unos días libres por Navidad. Tenía confianza en conseguir información para el caso yendo allí, pero prefería que todos pensaran que estaba de vacaciones por si acaso no conseguía averiguar nada relevante.

En la pantalla podía verse la sala donde Arce tomaría declaración a Marta Figueroa gracias a una retrasmisión cifrada.

La mujer de Del Amo acudió a declarar de manera voluntaria y los modales del subinspector le demostraron su agradecimiento: pidió café y agua para los dos y después de un intercambio de frases banales empezó a aproximarse al tema sobre el que buscaba respuestas.

Arce dirigía la entrevista con mucho tacto, intentaba tocar la parte emocional para derrumbar sus defensas, pero ella parecía totalmente inmune.

Marta sostenía que su marido, Andrés, estaba de viaje de trabajo en distintos países de Europa.

—En los registros del puerto consta que su barco salió aquella noche —dijo el subinspector.

Marta Figueroa aseguró que ellos no habían sacado el barco del puerto ni el día de la muerte de Santamaría ni ningún otro, aunque no descartaba que hubiera podido usarlo algún cliente al que se lo hubiera prestado su marido. A ella no le constaba, pero Andrés no acostumbraba a avisarla. Durante el verano salían mucho a navegar, casi siempre con clientes; en invierno, con el frío y la humedad, era desagradable. Ellos no eran muy aficionados a los barcos, pero tener uno era beneficioso para el negocio de su marido. Si la policía quería analizar el barco, no ponía ninguna pega. No necesitaban orden judicial, ella les daba permiso para hacerlo. El barco estaba a su nombre porque su marido se lo regaló en su treinta y cinco cumpleaños. A ella le hizo mucha ilusión, pero enseguida se dio cuenta de que mantenerlo requería demasiado esfuerzo monetario y personal, así que terminaron haciendo uso de él con fines comerciales.

Respecto a su hijo, era cierto que le habían pegado y que habían acudido a su médico privado. Le hizo jurar a Arce por todos sus antepasados que, si le contaba lo que había ocurrido, él no haría nada con esa información. Arce se hizo de rogar y al final fingió acceder salvo que el hecho constituyera delito. Según Figueroa, su hijo se había peleado con un amigo en el colegio. Le había propuesto a la novia del otro chico que saliera con él después de malinterpretar unas conversaciones con ella. La chica le dio calabazas y se lo contó a su novio, que se enfadó y la cosa terminó en pelea.

—Cosas de adolescentes —dijo la mujer a modo de explicación—. Ni nosotros denunciamos al chaval ante la dirección, ni él a mi hijo; yo hablé con su madre y lo acordamos así. No queremos comunicarlo en el colegio porque los expulsarían tres días a los dos. Es un centro muy estricto. Le pido, subinspector, que sea fiel a su palabra. Como ve, nada ha pasado, ni hay mala fe ni nadie en peligro, solo es una chiquillada.

Acorde con su declaración, Marta Figueroa no conocía a Levka Puscasu, ni siquiera le sonaba. También negaba tener relación alguna con Alfredo Santamaría; era un conocido con el que colaboraba su marido, de los más antiguos, pero como tantos otros. Cuando le habló a Andrés por teléfono del revuelo que se había organizado alrededor de su muerte, este se había mostrado muy impresionado porque él sí que lo conocía, era cliente suyo, aunque como tenían la sede en Barcelona, apenas se veían una o dos veces al año.

Cuando Arce le enseñó la prueba de paternidad que Sarabia había encontrado en la caja fuerte de Santamaría, Marta Figueroa ni se inmutó.

—En el registro de la clínica figura usted como la madre del niño.

—Pueden hacerle la prueba de paternidad a mi hijo Alberto, si quieren, y les aseguro el resultado: es hijo de Andrés, mi marido. Les garantizo que ninguna prueba va a decir otra cosa. Juzgue usted mismo. —Marta abrió el bolso, sacó la cartera y le mostró una foto de ambos a Arce.

—Sí que se parecen, sí. ¿Cuál es el grupo sanguíneo de su hijo?

—A+

—¿Y su marido?

—0+. Yo soy A+, como mi hijo, si es lo siguiente que va a preguntar.

—¿Seguro que su hijo no es AB+?

—Claro que no, compruébenlo si quieren, les puedo enviar su cartilla de vacunación, ahí aparece.

—Se lo agradezco, señora Figueroa. ¿El nombre de Gregory Ferdinand le dice algo?

—No lo he oído en mi vida.

—Una última cosa, ¿recuerda usted la noche de San Valentín?

Marta tardó en responder, pero el gesto que torció su rostro unos segundos le hizo saber a Arce que había encontrado algo.

—No especialmente —dijo al fin Figueroa—. ¿Por qué me lo pregunta?

—Fue la noche en la que murió la hija de los Brione, muy cerca de su casa.

—¡Es verdad! Tiene usted razón. Pobre chica. La atropelló un desalmado que se dio a la fuga. No entiendo qué tiene que ver eso… —Marta dejó la frase a medias.

—¿Recuerda lo que hicieron usted y su marido aquella noche?

—Desde luego no atropellamos a nadie, eso se lo aseguro.

—Tampoco yo pretendía insinuarlo, señora Figueroa. ¿Lo recuerda?

—Todas las noches de San Valentín vamos a cenar a la sidrería donde me llevó mi marido la primera vez que visité Gijón. Se llama La Galana, en la plaza del ayuntamiento; es una sidrería de las de toda la vida, tradicional, que nos trae muy buenos recuerdos.

—La conozco. ¿Y después?

—¿Usted qué cree? Era San Valentín.

Arce cambió de tema, pero el interrogatorio continuó por los mismos derroteros. Marta Figueroa afirmó que hacía mucho que no iba al Café Dindurra, donde Santamaría había quedado con una mujer y un chico el día antes de morir, y sí que sabía quiénes eran Mateo Brione y su familia porque, aunque no eran amigos, se movían en los mismos círculos. No tenía ni idea de por qué Santamaría habría ido a casa de la asistenta de los Brione, claro que, como no tenía ninguna relación con él, era difícil que lo supiera.

Antes de irse, Arce le pidió que llamara a su marido para que pudieran citarse con él. Así lo hizo y, tal y como el subinspector esperaba, el teléfono estaba apagado.

—Es mala hora, estará de reuniones. No se preocupe, que yo le doy el recado de que se ponga en contacto con la policía. En cualquier caso, estará de vuelta para Nochebuena. Hace unos días que solo nos comunicamos por whatsapp. Supongo que me llamará esta noche porque nunca pasa más de cuatro o cinco días sin hablar conmigo y con los niños. Le enseño los mensajes, mire —dijo Marta mostrándole a Arce el chat con su marido. El último whatsapp lo había recibido a primera hora de la mañana.

Después de insistir en que nunca había oído hablar de Inver-Oriental y asegurar que desconocía los negocios de su marido y si tenía o no relación con alguna organización rumana, Marta Figueroa se puso la cazadora de piel de visón, liberó la melena salpicada de mechas rubias que se había quedado apresada entre la cazadora y la blusa y, dándole las gracias a Arce con una sonrisa digna de una reina entrenada en su rol, salió de la sala, donde la esperaba un agente para acompañarla a la salida.

Arce y el agente Macías, que había presenciado la declaración desde la sala contigua, conectaron por Skype con sus compañeros en Oviedo para valorar entre todos el interrogatorio.

—¿Os habéis tragado algo de lo que ha dicho? —preguntó en Oviedo Mario, levantándose para irse y dejar al equipo el resto del trabajo—. Al principio me hizo dudar con la historia de la pelea de su hijo adolescente con un amigo por gustarles la misma chica, pero ¿visteis la mirada que puso cuando Arce le preguntó por la noche en la que murió Arantza Brione? Tenía miedo. Que alguien vaya al colegio del hijo y veamos si existen el otro chico y la novia. Si ha mentido, no es un motivo para detenerla, pero sí para que el juez la cite a declarar y presionarla para ver qué sabe de aquella noche.

—Una cosa es verdad —dijo Arce—: el chaval es hijo de Del Amo. Es igualito a él.

—A veces, incluso los hijos adoptivos se parecen a los padres... —empezó a decir el comisario Miralles.

—Perdone, comisario, pero no es el caso. Ese chaval es el vivo retrato de su padre. Chaparrete, ojos saltones y frente despejada, pero lo más importante: tiene un hoyuelo en la mejilla izquierda al sonreír. La madre no los tiene. Andrés del Amo sí. Es un rasgo poco común y no es posible tenerlo si uno de los progenitores no lo posee.

—¿Eso es en serio, Arce? ¿Estás seguro? —preguntó el inspector Sarabia.

—Yo también lo he oído —intervino Mario Menéndez—, pero no sé si es cierto o una leyenda de abuelas.

—Antes de ser policía, me licencié en Biología —explicó Arce—. Me especialicé en Genética y estoy seguro de que es así.

—¿Eres biólogo, Arce? ¿Y cómo te dio por unirte al Cuerpo? A la judicial, además —preguntó el jefe de policía que había vuelto a dejar su abrigo en la silla.

—Comer. Terminé la carrera en plena crisis y con una nota media en el expediente de seis pelado. Después de dos años sin encontrar nada, me decidí a opositar y ahora me gusta mucho el trabajo de campo. No me apetece meterme en la científica a analizar pruebas.

—Y yo me alegro de tu decisión —alabó el jefe de policía.

—Entonces —preguntó el comisario—, si realmente el hijo de Marta es el hijo de Del Amo, ¿quién es y dónde está el hijo de Santamaría?

—Eso es lo que vamos a averiguar —dijo el inspector Sarabia volviendo a tomar el control del equipo que le habían asignado y un poco molesto por el halago del jefe de policía al subinspector—. Arce, confirma lo de los hoyuelos y comprueba si Alfredo Santamaría los tenía, no me he fijado en las fotos.

Fernando Sarabia pensó que el jefe de policía estaba muy implicado en su caso y eso obligaba al comisario a hacer lo mismo. Era la oportunidad de oro para lanzar su carrera y cumplir su aspiración de llegar a ser el comisario más joven de Asturias.

Después de hablar con mi madre, recuperé la concentración y me enfrasqué en la revisión de las cuentas anuales de las empresas de Brione y Del Amo, buscando entradas de dinero que no correspondieran a la actividad propia de sus negocios.

La empresa de Andrés del Amo presentaba unas cuentas elaboradas con suma pulcritud. Una gestoría pequeña, rentable, con todos sus asuntos en orden y una lista de buenos clientes, pequeñas empresas locales entre las que no se encontraba InverOriental; cuatro abogadas fiscalistas, dos gestores financieros, dos administrativos y una secretaria constituían la plantilla de la gestoría. Los beneficios, razonables, pero insuficientes para financiar el ritmo de vida de Andrés y de su familia. Había varias opciones: una, que él mismo o su esposa, Marta Figueroa, contaran con capital familiar; dos, que estuvieran muy endeudados a título personal, ya que la empresa se financiaba íntegramente con su actividad mercantil; o tres, que existiera un negocio no declarado donde tendría cabida la relación con InverOriental, mucho más rentable de lo que aparentaban las cuentas oficiales. La información de las finanzas personales de la pareja descartó las dos primeras. Ni Andrés del Amo ni Marta Figueroa tenían ningún préstamo personal. Su capital privado se reducía a su casa y a varios bienes de lujo: cuatro coches de alta gama y dos clásicos de colección, además de numerosas joyas, aseguradas en los últimos años, cuya compra no se encontraba en sus cuentas bancarias. Los gastos que figuraban en el banco eran escasos y no reflejaban ninguno de los caprichos que se permitían. La familia Del Amo-Figueroa utilizaba dinero en efectivo para todas las compras, pero no había ninguna fuente que lo justificara. Eso siempre significaba lo mismo: dinero negro. Y podía apostar, segura de ganar, que ahí estaba la relación entre Del Amo e InverOriental.

Cuando terminé con el análisis de la información de los Del Amo, me preparé un café doble y pasé a la de los Brione.

Las cuentas de la cadena de tiendas de alimentación de los Brione-Ferro eran bastante más enrevesadas que las de Del Amo. Proveedores, almacenes, mermas de productos perecederos, etc. Todo indicaba que era una empresa próspera, en la que el contable incluía la mayoría de sus gastos personales (teléfonos móviles, tablets, salidas a restaurantes…) como parte de la empresa para reducir el beneficio, pagar menos impuestos y deducirse el IVA de esas compras. Era un fraude pequeño, casi consentido, nada distinto de lo que presentaban las cuentas de muchas empresas españolas del tamaño de la de Brione. Le añadí un cinco por ciento al beneficio presentado como aproximación al real y los ingresos de la familia Brione-Ferro eran envidiables. Justificaban su estilo de vida y si hubieran llevado uno mucho más elevado, también lo habrían soportado. Las cuentas de Brione eran mucho más creíbles que las de Del Amo: menos perfectas y más reales. Las indemnizaciones por los despidos que Rafa me había pedido rastrear no aparecían en las cuentas de la empresa: se habían ejecutado durante el verano y no se reflejarían hasta que presentaran las siguientes cuentas el próximo abril. Cuarenta y seis personas en nómina con diferentes salarios y perfiles profesionales: carniceros, charcuteros, dependientes, gerentes de tienda, un director financiero, un administrativo contable y una experta en tendencias gastronómicas, profesión que yo desconocía hasta ese momento. Las nóminas y todas las obligaciones financieras con la administración pública se las llevaba una gestoría que no era la de Del Amo.

Las finanzas privadas de Mateo Brione y Fabiola Ferro eran muy distintas a las de Andrés del Amo y Marta Figueroa. Tenían varios inmuebles de su propiedad en alquiler y los ingresos obtenidos constaban en la declaración de la renta. Varios fondos de inversión, dos planes de pensiones y alguna incursión en valores de bolsa de empresas del IBEX 35. Todo inversiones seguras. Tres coches de la marca Audi. Los coches y el barco constituían todos sus lujos. La familia Brione-Ferro tenía unas finanzas mucho más conservadoras, sólidas y limpias que la familia Del Amo-Figueroa, por mucho que a primera vista pudiera parecer lo contrario.

Redacté el informe, lo firmé y le di a enviar para que Rafa pudiera tenerlo disponible cuanto antes.

Iba a llamar a Rodrigo para proponerle cenar como hacíamos casi cada noche desde hacía semanas, cuando sonó el telefonillo.

—Soy Jorge.

Apreté el botón de apertura de la puerta y lo oí subir los dos tramos de escaleras que separaban la casa del portal. Abrí, me dio dos besos, entró y no se detuvo en preámbulos.

—Adela —dijo nada más cerrar la puerta tras de sí— me ha invitado a pasar la Nochebuena con vosotras.

—Con ellas —corregí—. Yo me voy con Sarah y los niños a la playa.

—¿Eso lo sabe tu madre?

—¿Has venido a preguntarme eso? —respondí para no tener que aclararle que no era asunto suyo.

—¿Te vas para no pasarla conmigo?

—Ya tenía el viaje planificado hace tiempo —dije en un intento de cortar la conversación.

—¿Y por qué no se lo has dicho a tu madre? Adela se va a disgustar.

Me estaba empezando a cabrear, pero mantuve el tipo. No le aclaré que mi madre ya lo sabía y por eso lo había invitado a él.

—¿Quieres que cenemos juntos esta noche? Podemos ir al Vinoteo si te apetece —preguntó.

—No. Ya tengo planes. ¿A qué has venido? ¿Ya tienes el acuerdo listo?

Lo último que me apetecía era cenar con Jorge. Él volvió a callarse. Lo conocía bien. Solo estaba pensando.

—Supongo que es hora de ser claros —dijo al cabo de un rato que me pareció demasiado largo para lo simple de mi pregunta—. ¿Podemos sentarnos y me invitas a tomar algo?

Sin esperar mi respuesta, fue hacia la minicocina de mi despacho y sacó una botella de vino blanco de la nevera, buscó el sacacorchos y dos copas y sirvió el vino. Me quedé atónita observando la audacia de Jorge que parecía sentirse en mi casa como si fuera la suya, pero no dije nada. Decidí sentarme y escuchar lo que tuviera que decir.

—Ya de paso trae algo sólido. En el armario de la izquierda hay picoteo, saca lo que te apetezca —dije a sabiendas de que el alcohol con el estómago vacío no solía sentarme bien.

Cuando por fin se sentó con el vino y unos cuencos de patatas y aceitunas empezó a hablar.

—He entendido lo que querías decirme antes de que te fueras —empezó Jorge.

—¿De que me fuera? ¿Yo? —pregunté sorprendida.

—Tú te fuiste. Estuviste tres meses viviendo aquí, en el despacho, mientras yo te esperaba en casa. Y después me fui yo.

—A Nueva York —apostillé.

«Con la rubia», pensé, pero no dije nada esta vez. Jorge hizo una pausa y se metió una aceituna en la boca.

—Y allí comprendí —siguió con el hilo de su discurso—, que no es posible empezar de cero, que las cosas nunca podrán ser como antes de que naciera Martin, ni contigo ni con nadie.

—Ni siquiera con la rubia. —La pulla salió de mi boca antes de poder reprimirla.

—Ni con nadie —repitió con su aplomo característico, ese que yo admiraba tanto—. También me di cuenta de que, en Nueva York, los recuerdos son más nítidos que en cualquier otro lugar porque la propia ciudad lleva asociados los planes que teníamos cuando estábamos allí. Una vez que no podemos cumplirlos, empezar una nueva vida en el mismo lugar solo complica las cosas. Entendí por qué no soportabas la idea de volver.

—Ya. ¿Adónde quieres ir a parar?

—Quiero contarte una historia —empezó Jorge—. Cuando era pequeño, mi hermana Clara se empeñó en tener un perro y mis padres dijeron que no, que éramos muchos en casa y que ellos no podían ocuparse de un animal. Clara estuvo haciendo campaña hasta que nos convenció a todos para hacer turnos y sacarlo entre los hermanos. Contando con nuestro compromiso, mis padres cedieron ante sus nueve hijos pedigüeños. Vivíamos enfrente del Parque del Oeste en Madrid y solo había que cruzar la calle. Entonces, la gente no recogía las porquerías de los perros, lo hacían en la hierba y ahí se quedaba.

Jorge se calló unos segundos mientras engullía un puñado de patatas.

Estaba pasmada ante el curso que estaba tomando la conversación. ¿De verdad estábamos hablando de mierdas de perro sin recoger mientras tomábamos una copa de vino como viejos conocidos?

—El caso —continuó— es que mis padres nos compraron a *Momo*, un precioso y peludo samoyedo blanco. Mi hermana dormía con él haciendo caso omiso de todas las recomendaciones higiénicas de mi madre y, lejos de desentenderse, lo sacaba a pasear antes de ir al colegio y nada más llegar a casa de vuelta de clase.

Jorge hizo otra pausa para coger más patatas. Mi estupefacción ante la historia era tal que no pude más que comentarla.

—Fascinante. No te voy a negar que me tienes muy intrigada con la historia de *Momo*.

—Ten paciencia, que te estoy contando esto por algo —respondió, obviando mi ironía.

—Un día, cuando *Momo* tenía diez meses, Clara lo bajó a pasear después del cole y se encontró con un vecino, Luis. El vecino era dos años mayor que ella, acababa de empezar la universidad y tenía locas a mi hermana y a sus amigas. No sabemos bien qué pasó, quizá mi hermana se despistó mientras babeaba por el vecino, quizá el perro se escapó sin que ella pudiera evitarlo. El caso es que salió a la carretera, lo atropelló una furgoneta de reparto y lo destripó. Durante varios días, pudieron verse restos de *Momo* pegados al asfalto.

—¡Es una historia horrible! ¿Por qué demonios me cuentas esto?

—Porque mi hermana nunca más quiso tener perro. Mis padres compraron otro perro para que se le pasara el disgusto porque estuvo semanas llorando y sin querer comer; incluso llegó a suspender en el colegio, ella que nunca bajaba de sobresalientes. Aquello fue un auténtico drama familiar. Todos pensamos que con la llegada de *Escarlato* (el nombre se lo puso mi hermana pequeña que acababa de ver *Lo que el viento se llevó* por primera vez con mi madre y se había obsesionado con la película), Clara se animaría, pero no fue así. No le hizo ningún caso. Incluso los niños pensamos que sería cuestión de días porque *Escarlato* era precioso y adorable. Tú llegaste a conocerlo. Nos equivocamos. Mi hermana nunca se ocupó de él. Lo ignoró. El perro vivió quince años y durante cada día de esos quince años, Clara hizo como que no existía. Nunca más ha tenido perro y ahora que le toca el turno de ser la madre y que mis sobrinos se lo pidan, no quiere ni oír hablar del tema.

—Mira, Jorge —advertí—, espero que no vayas a comparar a *Momo* y a *Escarlato* con nada de nuestra vida.

—Lo que quiero decir es que me asusté cuando me dijiste que nunca más querías volver a tener un hijo después de lo que le pasó a Martin y, cuando ya me había hecho a la idea, decidiste que sí querías. No solo uno, sino los que vinieran. ¿Y si luego…?

—No nombres a *Escarlato*, por favor —corté.

—No voy a hablar más de *Escarlato*. Quería decir que tuve miedo de que el recuerdo de Martin pesara sobre nosotros si teníamos un hijo y no pudiéramos hacerlo bien.

—A Martin lo perdimos porque no estábamos con él. Se ahogó en la bañera porque lo dejamos con una cuidadora inexperta, porque a los dos nos pareció más importante el trabajo que nuestro propio hijo, ¿de verdad crees que habríamos podido hacerlo peor?

—Eso no es justo. Fue un accidente.

—Y nosotros no estábamos allí para protegerlo.

—Y si tenemos otro, no podrás estar siempre presente.

—¿Como que si tenemos otro? —repetí—. ¿A qué viene eso ahora?

—Quería decir que eso fue lo que sentí cuando me hablaste de tener otro. No seas pejiguera. Es solo un tiempo verbal, ¿me dejas seguir? Todavía no he terminado —pidió Jorge—. Estoy convencido de que irme a Nueva York fue un error. Mejor dicho, no fue un error en realidad, era lo que necesitaba para darme cuenta de que no quería estar allí. Ahora entiendo cómo te sentías.

Cogí un par de patatas fritas y me las metí en la boca para no poder hablar. ¿De verdad había dicho «Solo un tiempo verbal»? Pero Jorge no continuó. Solo me miró, esperando.

—Esto llevará a alguna otra conclusión, ¿verdad? —dije cuando terminé de masticar.

—Entiendo que estés enfadada conmigo, no hice bien las cosas y quiero disculparme.

—Vale. Pues disculpas aceptadas, se agradecen.

—¿Esto es un acuerdo de paz? ¿Me perdonas por la forma en que me fui?

—No es un acuerdo de paz porque tú y yo nunca hemos estado en guerra y no te perdono porque el perdón, o se siente, o no se siente y yo no siento que te haya perdonado, pero eso es cosa mía, a ti no te afecta.

—Me afecta mucho. Sé que estás con otro tío y yo lo entiendo, estás en tu derecho, pero lo que no comprendo es que ese tipo sea tan importante como para que lo interpongas entre nosotros.

—¿De qué vas? Te fuiste cuando te pedí que tuviéramos otro hijo, que pidiéramos ayuda profesional para poder hablar juntos de lo que sentíamos tras la muerte de Martin; tu respuesta fue decirme que preferías empezar una vida nueva y te largaste a Nueva York con otra persona. ¿En qué sentido se interpuso Rodrigo entre nosotros? Él llegó después. ¿De qué estamos hablando? Rodrigo sería un problema para estar juntos, pero para divorciarnos no sé por qué importa.

Jorge me miró fijamente y guardó silencio durante un largo rato mientras mi desconcierto aumentaba.

—Si no fuera por él, ahora tendríamos las dos opciones y un posible futuro juntos por delante. Piensa en ello.

Y sin decir nada más, se levantó, se fue y yo me quedé sentada en el sofá sin decir nada, aturdida por el absurdo discurso que Jorge me acababa de soltar. ¿De qué diablos iba todo aquello? ¿Qué había querido decir?

Rodrigo y yo habíamos llegado a ese punto en las relaciones en el que lo natural era vernos cada día salvo que quedáramos en lo contrario. Lo llamé y puse el trabajo como excusa para no quedar a cenar. No tenía claro cómo contarle la conversación con Jorge y no podía seguir añadiendo puntos a la lista de cosas que le ocultaba.

Esa noche soñé con una jauría de perros que se destripaban unos a otros. Me desperté a las cinco de la mañana, asqueada, sudando, con el olor de la sangre de los animales ensuciándome la boca y la nariz. Eché de menos que Rodrigo estuviera roncando a mi lado.

17 de febrero de 2019.
Tres días después de San Valentín

De vuelta en su casa en Barcelona, Santamaría se sirvió un whisky con hielo del mueble bar de su salón y dio un buen sorbo. Después dejó el vaso en la mesa de centro del salón y se dirigió a la parte alta de las estanterías donde guardaba las fotos familiares. Con el álbum que buscaba en la mano se sentó en el sofá, bebió el whisky de un trago y buscó fotos de su padre, de cuando era joven.

Desde la fatídica noche de San Valentín en la que acabó con la vida de una chica y casi destrozó la suya propia, había algo más que le rondaba la cabeza. Aquel chaval, el novio de la chica muerta, el hijo de una empleada de su socio y amigo Andrés, era la viva imagen de su propio padre. O al menos eso le había parecido cuando Jacobo Hernández Cubillos se abalanzó sobre él, fuera de sí, con la intención de machacarlo.

Habían pasado ya más de veinte años desde la última vez que Alfredo Santamaría coincidió con su padre con ocasión del reparto de la herencia de su madre. Desde entonces, nada habían sabido el uno del otro. Don José Carlos Santamaría era un padre de otra época, de mano dura y hostia fácil, en posesión de ese amor hacia los hijos que a base de ocultarlo se llega a dejar de sentir. Conservaba varias fotos antiguas de su padre; unas en el ejército, otras el día en el que consiguió el título de ingeniero o en los jardines del cigarral donde se habían criado varias generaciones de Santamaría, que justificaron la impresión que le causó aquel hombre joven tan enfadado que le rompió la nariz al primer puñetazo. Alfredo valoró que solo hubiera sido una mala pasada de su mente, desbocada por lo que acababa de ocurrir aquella noche. Un parecido casual podía ser la base de una alucinación.

Se levantó a ponerse otro whisky, pero este lo bebió a pequeños sorbos, disfrutando del cálido sabor de cada uno de ellos y el pensamiento puesto en el futuro. Para todos era mejor que Jacobo fuera el hijo del ama de llaves de Andrés, que los rumanos solucionaran el asunto del coche y que el negocio de Inver-Oriental continuara boyante hasta que terminaran su cometido, mientras sus propias ganancias se acumulaban en una caja fuerte suiza.

Hasta la mañana siguiente, cuando se despertó con un martilleo en la cabeza producto de la resaca, no decidió seguir su instinto y pedirle a Marta una prueba de paternidad de Jacobo Hernández Cubillos. «Caprichosa genética», maldijo. Jacobo era clavado al que, pocas dudas le quedaban ya, era su abuelo: misma cara y misma complexión, un poco más alto, como correspondía a las nuevas generaciones. Las fechas encajaban. Si Marta hubiera tenido el hijo que ambos concibieron, debería de tener la edad de Jacobo. Ella abortó o así se lo había contado, pero él no tenía ninguna prueba de que lo hubiera hecho. Por lo que sabía, Marta podía haber tenido aquel bebé. Él le entregó dinero para que pudiera deshacerse del niño y no volvió a verla hasta un año después, el día de su boda con Andrés. Se preguntó cómo había conseguido Marta hacerlo pasar por el hijo del ama de llaves.

11

Viernes, 20 de diciembre de 2019

A LAS SEIS de la mañana sin poder dormir ni ganas de seguir en la cama donde era blanco fácil para los pensamientos que me traían la escena con Jorge de la tarde anterior una y otra vez a la cabeza, me senté delante del ordenador con una taza de café sin ni siquiera darme una ducha. Me había propuesto descifrar los entresijos de InverOriental antes de que Sarah, los gemelos y yo saliéramos el domingo rumbo a la playa de los Cristianos, en el sur de Tenerife. Contaba con nueva información: las copias de las escrituras halladas en la habitación donde había muerto Puscasu.

Me llamaba la atención que todos los vendedores de los inmuebles en Rumanía eran extranjeros, es decir, que no eran rumanos, y que la mayoría eran sociedades. En cambio, los compradores sí eran rumanos y, muchos de ellos, particulares. Podía ser casual o un patrón. Para comprobarlo escogí las escrituras de los inmuebles en Angola después de que Google me informara de que el idioma oficial del país era el portugués, aunque no fuera el más hablado por los habitantes. Me alegré de no tener que analizar los búlgaros, que con el alfabeto cirílico se me hacían ininteligibles.

El patrón se repetía: los vendedores de los inmuebles situados en Angola no eran angoleños y, al igual que en el caso de los de Rumanía, eran sociedades. En cambio, los compradores finales eran angoleños.

Los vendedores de los inmuebles que InverOriental compraba a precios desorbitados eran sociedades ajenas al país donde se hallaba ubicado el inmueble, algo muy conveniente para que cuando se ingresara el dinero de la operación en la sociedad a nadie le llamara la atención el desproporcionado precio de venta. Era difícil que los funcionarios de Hacienda rumanos tuvieran un profundo conocimiento sobre el mercado inmobiliario angoleño y viceversa. Realizando operaciones cruzadas resultaba muy difícil levantar sospechas.

Contenta con mis avances, solo me quedaba saber quiénes eran los arrendatarios. Hacía un par de días que había solicitado a Total Trust Investigations la información sobre los titulares de las cuentas bancarias emisoras de las transferencias realizadas a InverOriental en concepto de alquiler. La agencia de detectives rumana me advirtió de que esa información era difícil de conseguir, cara y que no iba a ser inmediata. Con la imagen de Rafa repitiendo la palabra austeridad, les había pedido que solo analizaran las que procedieran de un banco concreto. Si eso suponía identificar al menos a un diez por ciento de los arrendatarios, esperaba que fuera suficiente. Siempre estaba a tiempo de requerir más información y de pagar por ella.

En mi vida profesional anterior disponía de una línea de crédito casi ilimitada para dar forma legal a productos financieros tan opacos como moralmente reprobables y ahora que intentaba ayudar a crear una sociedad mejor, tenía que ajustar los presupuestos hasta el punto de impedirme defender a las personas honradas por falta de fondos. Algo fallaba en el sistema capitalista. Lástima que aún no hubiéramos inventado uno mejor.

En el momento de máxima reflexión sobre la sociedad en la que vivíamos, se descargó en mi correo un *email* de la agencia rumana de detectives con una sorprendente información: los inmuebles de Bucarest por los que InverOriental ingresaba dinero en concepto de arrendamiento estaban vacíos, nadie vivía ni trabajaba en ellos. ¿Deseaba que continuaran investigando los del resto del país?

No lo deseaba. Podía extrapolar la información. Si todos los inmuebles arrendados a precios desorbitados estaban sin ocupar, ¿por qué InverOriental ingresaba cuantiosas sumas cada mes en concepto de pago de los arrendamientos? Solo había una respuesta para eso: para inyectar fondos en InverOriental sin levantar sospechas. ¿Con qué fin? De algún sitio tenía que sacar el dinero la empresa para pagar los inmuebles que adquiría, y si perdía grandes cantidades de dinero con las ventas... Entonces ¡lo entendí! La quiebra era la tapadera y no el objetivo, y los pequeños inversores eran la forma de desviar la atención del verdadero objeto del negocio.

Llamé a Rafa y me metí en la ducha. Había quedado en ir a casa de mi madre para comer con ella y con Bárbara ya que no íbamos a pasar juntas la Nochebuena.

Cerré la tapa del portátil, me puse las botas de tacón y el abrigo y bajé las dos plantas que me separaban de la calle. Nada más salir me recibió un orbayo muy fino, de esos que no combaten los paraguas porque las gotas no pesan los suficiente para caer directas al suelo y planean metiéndose por todos los huecos disponibles y humedeciendo mangas, cuellos y todo lo que encuentran a su paso. No había cogido el paraguas y no volví a buscarlo. Desde que había regresado a Asturias el tiempo medio que me duraba la melena planchada era de cinco minutos, pero yo ya no luchaba contra los elementos. Nueva York no era mucho mejor en invierno.

A pesar de la llovizna, la calle estaba llena de gente que entraba y salía de las tiendas. Un par de minutos después me encontré con Bárbara delante de la basílica de San Juan, con Marcos en su silla berreando, descontento con el plástico para la lluvia del cochecito, y a *Gecko*, empapado, con todo el pelo pegado al cuerpo.

—Vaya cuadro, hermana. ¿Cómo ha podido mojarse este así solo con el orbayo? —dije señalando al perro mientras le quitaba la correa a mi hermana de la muñeca—. Parece que se ha caído en una piscina. ¿Es que vienes andando desde casa?

Mi hermana se había mudado a La Florida después de nacer mi sobrino, una gran zona nueva, a media hora caminando de la casa de mi madre, elegida por matrimonios jóvenes y familias con niños pequeños.

—¡Qué va! He dejado el coche en el parking de Longoria Carbajal y resulta que hay un escape de agua en la fuente que ha dejado una especie de balsa en la plaza. Adivina quién se ha tirado en plancha.

Empecé a reírme con ganas y Marcos pasó del llanto a mirarme con curiosidad, quizá porque no le hacíamos caso, quizá porque el cambio de escena le llamó la atención. Solo entonces, con el berrinche bajo control, me atreví a hacerle fiestas que él recibió con alborozo.

Entramos en el portal y mientras mi hermana retiraba el plástico que protegía a mi sobrino, yo busqué en la bolsa de los pañales un empapador para secar a *Gecko* antes de que pusiera perdido el lustroso parqué de mi madre. Una vez que consideré que estaba lo bastante seco, subí las escaleras con él para que mi hermana y Marcos dispusieran del ascensor.

—Pasad —dijo mi madre al abrir la puerta—. ¿Qué le ha pasado a *Gecko*? ¡Va a poner perdido el parqué! Espera que busco una toalla. Entrad en la cocina.

—¿Dónde está Tania? —pregunté.

—Haciendo las últimas compras para estos días —respondió mi madre frotando al perro, que se dejaba secar sin moverse del centro de la cocina donde mi madre lo había colocado.

—¿Qué hay para comer? —preguntó Bárbara.

—Hoy ligerito que los próximos días son de atracones. Sopa de pescado y merluza rebozada con verduras asadas, que me han salido riquísimas. También tengo tarta de turrón, que me ha dado la receta Laia, la vecina, la catalana, que el hijo...

—Sí, sí, ya sabemos quién es Laia —corté antes de que nos contara la vida entera de la vecina.

—Pues esa. Y la he hecho con turrón de Diego Verdú, como ella me dijo, así que tiene que estar buenísima.

—Ligerita, ligerita —dijo Bárbara.

—No te quejes, que tú quemas todo lo que engulles y no haces nada de deporte, parece mentira que seas cardióloga. Yo me mato a correr y me machaco en el gimnasio y jamás consigo bajar de un metro el perímetro de mis caderas.

—Bueno, nenas, dejad de protestar que tampoco hace falta que os la comáis entera, lo que sobre lo llevo a la timba, pero no os iba a dejar sin postre —respondió mi madre.

La timba era la partida de cartas y parchís a la que cada tarde asistía mi madre con sus amigas para jugarse unas pesetas con la cara de Franco, pesetas que, ganara quien ganara, volvían irremediablemente a una bolsa de tela que viajaba de una casa a otra, según donde se organizara el juego ese día. Allí merendaban, charlaban y arreglaban el país. Cada tarde daban cuenta entre todas bien de una empanada o una tortilla o de algún otro plato casero, a veces de un dulce típico, siempre acompañado de un café, descafeinado eso sí, una Coca-Cola o, para las más arriesgadas, una cerveza, que solía ser sin alcohol. Después de ese festín vespertino diario, cada vez que salía el tema de los kilos mi madre decía no entender por qué engordaba si ella era muy frugal y solo cenaba una pieza de fruta y una manzanilla o, como mucho, un yogur, pero en esa discusión nos cuidábamos mucho de entrar.

Pusimos la mesa en el *office* anexo a la cocina y Bárbara durmió a Marcos en el salón. El comedor, lleno de espejos bruñidos y dorados, orgullo de mi madre y pesadilla de cualquier diseñador minimalista, estaba reservado para los días señalados o las comidas con invitados especiales.

—Creo que Jorge me ha insinuado que quiere volver —dije de sopetón prestando atención a las reacciones.

Mi madre y Bárbara me miraron con evidente sorpresa.

—¿A eso ha venido? ¿Y lo dice ahora? ¿Cómo que lo ha insinuado? —preguntó Bárbara todo seguido.

—Claro. Si vino y se encontró al otro chico, igual no se atrevió... —apuntó mi madre poco convencida.

—Ya te he dicho que Rodrigo no es ningún chico: está más cerca de los cincuenta que de los cuarenta y sería la primera vez que Jorge no se atreve a decir algo.

—A mí me parece muy bonito. En Navidad, además —insistió mi madre.

—Deja de ver comedias románticas en Netflix, mamá, que la vida real no es así, y mucho menos en estos tiempos.

—Lo de Netflix es culpa de Bárbara, que me lo instaló ella. No me deja ni pagarlo. Aunque es verdad que me tiene muy entretenida. Me gustan mucho las de la actriz esa... ¿Cómo se llamaba? La de una serie que veíais vosotras cuando...

—Jennifer Aniston, mamá. Te gustan las de Jennifer Aniston —dijo Bárbara y dirigiéndose a mí, añadió—: cuando termine le seleccionaré las de Julia Roberts.

—A ver, que nos vamos del tema —protesté.

—¿Quiere volver contigo? ¿Volver de volver a estar casados? —preguntó Bárbara—. Porque no creo que Jorge tenga problemas para echar un polvo cuando quiera y se me ocurren mil opciones mejores que hacerlo con la ex de la que se está divorciando.

—Bárbara, hija —riñó mi madre—, ¡qué ordinariez! ¿Qué forma de hablar es esa?

—Estoy segura de que no quiere volver, solo digo que lo insinuó —corté antes de que Bárbara tuviera opción de replicar—. Teníais que ver cómo lo dejó caer: con rodeos, dijo algo de tener la opción de un posible futuro juntos, como quien especula sobre una inversión en bolsa. No es que Jorge sea el tío más romántico del mundo, pero si quisiera algo, habría hecho otro tipo de acercamiento. No sé si Rodrigo me está contagiando su paranoia, pero empiezo yo también a sospechar que hay algo más, aunque no se me ocurre el qué.

—Bueno, nena, pues si es así, habrá que averiguar qué es. Mañana por la noche voy a tener aquí a Jorge. Ya hablaré yo con él. Y ahora, por favor, comeos la merluza que se está enfriando y es una pena —soltó mi madre.

Bárbara, obediente, sirvió una rodaja para cada una.

—¿Queréis mayonesa? —preguntó mi hermana levantando el cuenco donde mi madre había puesto la salsa casera.

—Yo sí —contestamos a la par mi madre y yo.

—Oye, nena —empezó mi madre de nuevo—, estoy yo pensando, ¿qué te dijo Jorge que iba a hacer si volvéis? ¿Va a quedarse aquí y dejar aparcado lo de China?

—Es que no dijo nada, solo que Rodrigo se interponía entre nosotros y que si no estuviera tendríamos la opción de seguir o no seguir, pero ya te digo yo que se va a ir a China sí o sí, que ese contrato no lo suelta Jorge por nada, aunque se hunda el mundo; es lo que lleva soñando desde que se lo montó por su cuenta.

—O sea que primero viene a pedirte que firmes el divorcio —resumió Bárbara—, unos días después te habla de volver como una opción posible, ¿qué clase de propuesta es esa, por cierto? Y, divorciado o casado, da igual, se va a ir a China después de Nochevieja, no se sabe cuántos meses. O años.

—Eso es —confirmé—. ¿A que visto así ya no parece una comedia romántica?

Mi madre calló. Casi podíamos ver a través de las arrugas de su frente cómo hilaba las ideas.

—Tú estás bien con Rodrigo, ¿verdad? —preguntó mi hermana.

—Muy bien, es divertido, es genial en… —dije guiñándole el ojo a Bárbara aprovechando la distracción de mi madre— y es directo. Lo que no le gusta, lo dice y, aunque a veces se pone pesado y discutimos, luego se le pasa y lo olvida. No es nada rencoroso. Me da paz.

—Tranquila, divertida y satisfecha, ¿qué más se puede pedir? ¡Vaya con Rodrigo! —dijo Bárbara riéndose.

—Mira —dijo mi madre cortando nuestra conversación—, Jorge es un hombre estupendo y un yerno maravilloso, pero…

—Mal comienzo —dijo mi hermana.

—Bárbara, nena, no hables con la boca llena, por favor —riñó mi madre dirigiéndole una mirada de reproche.

—Te decía, Gracia, que yo creo que Jorge está ahora como Néstor, el marido de Delfina, ¿te acuerdas? La madre de Bego y

Lucía. Que vivían donde el Calatrava —aclaró mi madre sin que yo supiera a quién se refería.

Miré a mi hermana en busca de auxilio, pero no lo encontré y mi madre se dio cuenta de que no me sonaban de nada.

—Ya estamos, hija, que nunca te acuerdas de nadie. Bego estudió Derecho y ahora trabaja en Londres…

—Da igual, mamá, sigue contando —animé a mi madre a continuar, asegurándome de haber tragado todo antes de hablar.

—¿Tú tampoco, Bárbara?

—Creo que sé quiénes son —afirmó mi hermana con el riesgo de ver crecer su nariz como Pinocho.

—El padre, Néstor, era constructor. De él no os acordaréis porque se largó a Fuengirola cuando ellas eran muy pequeñas, con el *boom* de las urbanizaciones en la playa. Iba por unos meses y, ¿sabes cuándo volvió? El año pasado, viejo y para el arrastre, está todo encorvado y camina como si no pudiera con su alma. Después de treinta años en los que solo vino a casa por Nochebuena y las llevaba a las tres una semana de verano a Fuengirola, ¡una semana! —dijo indignada, sirviéndome otra rodaja de merluza que yo no le había pedido.

—Y la tonta de Delfina —continuó mientras Bárbara y yo comíamos en silencio— decía que cuánto trabajaba el marido, que cuánto dinero ganaba y que todo lo hacía por ellas. Mientras tanto, ¿sabes lo que hacía Delfina? Cuidar de una anciana ricachona para sacar a las niñas adelante porque además de un sinvergüenza, el marido era un tacaño. Pero, claro, ¿qué iba a decir? Lo mismo que les contaba a las nenas. Y ahora que las hijas son mayores, el muy caradura vuelve para que ella lo cuide y ella, como una tonta, cuando podría disfrutar de la vida, va por la calle con ese sinvergüenza de marido, que la tuvo esperando toda la vida, como si le hubiera tocado la lotería. Bárbara, saca la tarta de la nevera. Voy a poner los platos —dijo haciendo ademán de levantarse—. ¿Queréis fruta? ¡Cuánto tarda Tania!

—No te levantes, mamá —dijo Bárbara—, yo pongo los platos y traigo la tarta y la fruta. Tú sigue con la historia que seguro que Gracia está en ascuas.

—No hay más historia que contar, que Jorge está como el perro del hortelano —dijo mi madre—. Nena, hija, me preocupa mucho lo que va a pasar con el chico ese con el que sales. ¿Qué estará pensando con Jorge revoloteando por aquí?

Ni siquiera protesté porque llamara chico a Rodrigo.

—Además, Rodrigo está bueno, seguro que hay más de una esperando a que quede libre —dijo mi hermana intentando aligerar la conversación.

—¿Te pareció guapo? —pregunté extrañada. No era el tipo de tío que le gustaba a mi hermana, que le perdían los hombres con pinta de empollones.

—Pero, entonces —preguntó mi madre—, ¿tú lo conoces? ¿La única que no lo conoce soy yo?

—A ver, mamá —dijo mi hermana—, que lo he visto tres veces.

—Pues son tres más que yo —dijo mi madre visiblemente ofendida y, dirigiéndose a mí, me pidió explicaciones—. ¿Se puede saber, nena, por qué no quieres presentármelo?

—Porque adoras a Jorge, parecéis los eternos enamorados. Y Rodrigo es muy diferente.

—¿Tan malo es? —preguntó dirigiéndose a Bárbara.

—¡Que no! ¡Qué va! A Marcos le encantó. Se le dan genial los bebés. Y a Teo también le cayó bien, es un tío simpático.

—Entonces es que el problema soy yo. De la que no se fía tu hermana es de mí.

—No, mamá, claro que no —protesté, pero mi madre me pidió callar con un gesto de su mano.

—Yo entiendo a Gracia —salió mi hermana en mi auxilio—, porque es muy distinto a Jorge. Es muy majo, pero tiene pinta de chulillo y, desde luego, no es tan empalagoso como Jorge, que parece que ha heredado los modales de un lord inglés del siglo XIX y a ti eso te encanta.

Miré a mi hermana atónita por la descripción que había hecho de ambos, pero no podía contradecirla.

—Ya sabéis —respondió mi madre— que yo a Jorge lo quiero mucho, aunque también te digo que como haya venido con intenciones turbias soy capaz de darle un bofetón. Y, mira, si no quieres presentarme a Rodrigo, me aguantaré, pero hija, ten cuidado con lo que vaya a pensar ese hombre. Si, como tú dices, quiere algo serio contigo, debe estar que trina: sigues casada, no le has presentado a tu madre y ahora Jorge está aquí. ¿Le has contado lo que te ha dicho?

Yo negué con la cabeza y mi madre continuó.

—Da gracias a que no te haya dejado, aunque solo sea por orgullo. No te queda mucho tiempo ya para tener más hijos, así que, si el tal Rodrigo te gusta, más te vale espabilar y dejar de portarte como una adolescente indecisa. ¡Que parece que te avergüenzas de salir con él! —dijo con rabia mientras los ojos se le llenaban de lágrimas.

Obvié la visión anticuada y rancia de mi madre sobre las relaciones de pareja porque era una discusión que no iba a ganar. También evité responder a los improperios que acababa de soltarme porque sabía que solo estaba preocupada por mí y, sobre todo, porque ella tenía razón en lo que a mí me importaba. Rodrigo debía de estar muy disgustado con la situación. Se había mostrado tan insistente con que le nombrara mi abogado que no me había parado a pensar con detenimiento en por qué lo hacía y en cómo se sentía. No se lo estaba poniendo fácil.

—Venga, vamos a probar esta delicia —dijo mi hermana poniendo la tarta encima de la mesa en un intento de animarnos—, que tiene una pinta estupenda. ¿Cuánto quieres, Gracia? ¿Así? —dijo señalando con el cuchillo media tarta.

Que Bárbara hiciera bromas era tan inusual y se le daban tan mal que me di cuenta de lo grave que debía parecerle también a ella la situación.

—Bueno, Bárbara, hija, tú que sí que lo conoces, cuéntame más de Rodrigo —dijo mi madre, al segundo bocado de tarta, totalmente recuperada del sofocón.

Una hora después, con el estómago reconfortado y la recomendación de mi madre al despedirse presente en la cabeza («Gracia, hija, piensa bien cómo vas a solucionar este lío, que estás jugando con fuego»), volví al despacho e, incapaz de concentrarme, empecé a hacer la maleta. Al día siguiente cogería un vuelo a Tenerife y todo quedaría en pausa hasta después de Navidad.

El reencuentro entre Mario y Víctor pudo parecer un poco frío para un espectador desconocido, pero lo cierto es que ambos estaban conmovidos. Se habían conocido muy jóvenes en una operación conjunta en aquellos tiempos en los que ninguno de los dos países, con regímenes políticos tan opuestos, habría reconocido que colaboraba con el otro. El secreto, el peligro y el miedo los unieron de por vida como si de un antiguo matrimonio se tratara.

En el trayecto en coche entre el aeropuerto de Bucarest y la casa de Víctor, en la turística ciudad costera de Constanza se pusieron al día. La casa, rodeada de hoteles y bloques de apartamentos turísticos, solo tenía una planta, más que suficiente para Anca y él. Constaba de un dormitorio principal, un despacho, una habitación de invitados que iba a estrenar Mario, salón, cocina y dos baños, pero el gran activo era un porche de madera comido por la sal que miraba al mar. Mario se instaló en su habitación, tomó el café con dulces que Anca había preparado para recibirlo y, acto seguido, los dos antiguos colegas se pusieron a trabajar. Levka Puscasu. ¿Quién era? ¿De dónde había salido ese empresario tan respetado por sus conciudadanos? ¿Con quién trabajaba? ¿A qué se dedicaba en realidad? Y, sobre todo, ¿por qué diablos había aparecido muerto en la habitación de una *suite* con un pasaporte falso en la jurisdicción de Mario Menéndez

Tapia, a más de tres mil kilómetros de su lugar de residencia habitual?

Víctor había recopilado bastantes datos sobre él. Siempre había estado en el punto de mira de la policía rumana, nunca detenido, nunca citado, solo estaba ahí. Únicamente había rumores sin pruebas que apuntaban a Levka como la cara más pública de Costica, su primo hermano, hijo de la mujer que lo crio.

Costica dirigía un complejo y opaco entramado de empresas de inversiones de todo tipo. Se sospechaba que su red de sociedades era la lavadora del dinero negro generado por las mafias, proveniente del tráfico de armas, drogas y personas en Europa. Costica tenía muchos tentáculos dentro de la Policía y de la clase política y cualquier conato de investigación se había cortado desde arriba: su negocio era muy rentable para las arcas públicas. No había blanqueo real posible sin pago de impuestos: camuflar su origen y pagar impuestos es lo que convierte el dinero negro en dinero legal. Si daban caza a Costica, las mafias encontrarían quien blanqueara su dinero fuera de Rumanía y la recaudación iría a las arcas de otro país. Si lo hacían las sociedades de Costica, los impuestos se pagaban sobre todo en Rumanía y había más de un poderoso interesado en mantener esos ingresos en el país y muy pocos políticos que quisieran darse por enterados: hacerlo supondría reducir los fondos públicos disponibles durante su legislatura. Para todos era más conveniente perseguir al que evadía capitales o defraudaba al fisco para no pagar impuestos que al que los pagaba por legalizar un dinero que, de otra forma, ni siquiera existiría en el país. Y así, Costica, siempre discreto y alejado de la primera línea, podía campar a sus anchas introduciendo riqueza en el mercado nacional mientras nadie se viera obligado a darse por enterado de que era bienestar social manchado con la sangre de inocentes.

El mismo Víctor, según le contó a Menéndez cuando aún estaba en activo y tenía ideales, había intentado pillarlo, pero se dio de bruces con la corrupción policial. Hubo un momento en que tuvo que elegir entre su vida y sus principios y eligió vivir:

muerto no conseguiría ninguna de las dos cosas. Se apartó de la investigación. No se sentía orgulloso, pero sabía que, si mil veces le colocaran en la misma situación, mil veces haría lo mismo que hizo entonces. Ahora su amigo Mario le brindaba la oportunidad de desquitarse y volver a entrar en acción.

Víctor guardaba en un cajón de la mesa de su despacho todas las notas y fotografías de la época en la que investigó a Costica. Su relación con los grandes importadores de droga era evidente. Ninguna le comprometía, pero demostraba su frecuente contacto con ellos. Costica no distribuía drogas ni armas, ni tampoco las importaba, y no se conocía ningún vínculo suyo con las redes de trata y prostitución; ni siquiera utilizaba sus servicios. Costica se limitaba a invertir el dinero de sus clientes sin importarle su origen. Víctor habría apostado su propio brazo a que el dinero limpio de los negocios de Levka venía del dinero sucio de los clientes de su primo Costica.

—¿Sabes dónde encontrar a Costica? —preguntó Mario.

—¿Para qué? No puedes ir a verlo sin más. ¿En calidad de qué?

—No quiero hacer ninguna estupidez, lo que quiero es encontrar al asesino de dos hombres en mi jurisdicción, Víctor. Nadie, por muy traficante que sea, puede pretender entrar en mi territorio, matar y quedar impune.

—Eso es una bravuconada. No podemos ir a ver a Costica, eso sería un suicidio, pero podemos llevar a cabo una visita que será mucho más productiva —respondió Víctor.

Unas horas después, el coche de Víctor Mircea, un utilitario de la marca Dacia que olía a nuevo, comprado como autorregalo de jubilación, llegó a Burgas, una pequeña ciudad búlgara a tan solo cuatro horas de Constanza.

Aparcaron delante de una pequeña ferretería situada en la planta baja de la casa donde Costica y Levka se habían criado.

La dueña, Donka Feraru, se encontraba detrás del mostrador.

—¡Víctor Mircea! —exclamó Donka nada más verlos atravesar la puerta—. Esto sí que es una sorpresa. Te hacía disfrutando de tu jubilación. No me digas que en tu tiempo libre sigues intentando cargarle algún muerto a mi pobre hijo.

—Feliz Nochebuena, Donka —saludó Víctor—, te veo estupenda. No pasan los años por ti. ¡Qué placer verte!

Mario Menéndez estaba estupefacto ante el intercambio de saludos tan cordiales entre su amigo policía y la madre del sospechoso de regentar una organización dedicada al blanqueo del dinero de las mafias.

—Una agradable sorpresa verte de nuevo, Víctor. Pasen —invitó Donka levantando una parte del mostrador de madera—. Algo importante debe traerte hasta aquí en un día tan señalado.

Instalados en el sótano con tres tazas de café recién hecho y una bandeja de pequeños *papanasis* caseros, Mircea inició la conversación.

—Mi más sentido pésame por la muerte de tu sobrino Levka. Sé que para ti era como un hijo.

Mario entendía bien el rumano tras pasar un año en Bucarest en una operación conjunta, pero el dialecto que utilizaba Donka no era familiar para él y le costaba captar todos los detalles de la conversación.

—Gracias, ¿es a eso a lo que debo tu visita?

—Mi amigo Mario es de la policía española. Ha venido a pasar unos días conmigo y con mi mujer.

—¿Cómo está Anca? Oí que os habíais mudado a Constanza después de tu jubilación.

—Estás bien informada. Creo que está un poco harta de verme tanto por casa —afirmó Víctor con una sonrisa que dejó a Mario aún más despistado.

«¿A qué viene tanta confianza?», se preguntaba el jefe de policía.

—Los hombres sois un estorbo cuando no tenéis nada que hacer —entendió Mario que le decía Donka a Mircea—. Búscate un pasatiempo antes de que se harte de ti. A ser posible, que te ocupe la mayor parte del día y luego id a cenar de vez en cuando, al cine o dar un paseo y así seréis felices muchos años más.

Donka y Víctor reían como viejos amigos.

—¿A qué has venido, Víctor? —preguntó Donka tan lento que Mario la entendió a la perfección.

—Mi amigo Mario quiere encontrar al asesino de Levka y de su socio, Alfredo Santamaría.

—Y yo deseo que lo encuentre —afirmó Donka con un gesto de dolor en la cara.

—Nos preguntábamos si tú nos podrías ayudar. A Mario no le interesa nada más que resolver los asesinatos. Nada más —recalcó Víctor.

—¿Y a ti? ¿Qué te interesa?

—Pasar unos días con mi amigo, ayudarle en lo que pueda y, como tú bien has dicho, vivir muchos años tranquilo al lado de mi mujer. Ya no aspiro a nada más.

—¿No persigues a mi hijo?

—Ya sabes que no. De eso, si quieren, que se encarguen otros. Conmigo que no cuenten —tranquilizó el policía a la mujer—. Yo no vengo aquí a causarte ningún mal. Costica estará tan interesado como nosotros en dar con el que mató a Levka. Lo único que pretendo es que ayude a la policía española a hacer su trabajo y que la justicia se encargue de los asesinos. Solo necesitamos información. Luego nos iremos y nunca habremos estado aquí.

Mircea y Menéndez salieron de allí casi una hora después, no sin antes probar y alabar los deliciosos *papanasis* de Donka.

—El secreto —había dicho Donka—, suele estar en lo que no se ve. Yo siempre frío la masa con mantequilla. Por eso tienen un sabor tan delicioso.

Menéndez estaba muy incómodo con la visita. No dejaba de cuestionarse cómo llegaba a surgir la amistad entre un comisario de policía jubilado y la madre del líder de una organización al servicio de la mafia. En cambio, Víctor parecía complacido, incluso relajado.

—Si tenemos suerte —dijo Mircea cuando salieron de nuevo a la luz del día—, contaremos con la ayuda de Costica. Tanto tiempo persiguiéndole y ahora… ¡Cuántas vueltas da la vida!

—No entiendo lo que está ocurriendo —replicó Mario muy serio—. ¿Por qué estás tan seguro de que no ha sido él? Y ¿por qué crees que un tipo que ha corrompido a la policía de su país va a ayudar a un poli extranjero? Esta gente arregla sus propios asuntos y, desde luego, no colabora con la policía.

—Mira, tú querías meterte en la boca del lobo yendo a ver a Costica y yo te he traído a un lugar mucho más seguro y que si tiene que dar resultado, lo dará: Donka es la madre de Costica y se siente madre de Puscasu también. Es más, siempre estuvo muy orgullosa de él. Si nos puede ayudar a pillar al que lo mató sin comprometer a su hijo, lo hará, así que, si recibimos lo que hemos pedido, sabremos que Costica no tiene nada que ver con los asesinatos. ¿Lo entiendes ahora? ¿Qué pretendías hacer si no? Tú aquí no eres nadie y yo no tengo ninguna posibilidad de movilizar a la policía. Ya te dije que Costica tenía muchos amigos en el Cuerpo.

Mario reflexionó sobre lo que le decía su amigo y en una cosa le dio la razón: su capacidad de actuación allí era muy limitada.

—¿De qué conoces tú a la madre de Costica?

—Nuestros caminos se cruzaron hace muchos años, pero eso pertenece a una parte privada de mi vida.

Mario calló.

—Sigo viendo un gran riesgo en todo esto —dijo al fin—. Si no recibimos respuesta a la petición que le has hecho a esa mujer, Costica sabrá que iremos a por él. No me gusta. No me gusta nada. Espero no haberos puesto en peligro a Anka y a ti.

Víctor no estaba preocupado. Conocía a Donka Feraru desde hacía muchos años y, aunque habían estado en bandos contrarios, hacía mucho tiempo que ya no tenían interés en hacerse daño.

Eran casi las once de la noche cuando aparcaron el coche de Mircea en el patio de su casa de Constanza. Anca los esperaba con una suculenta *varza a la cluj*, una especie de lasaña hecha con hojas de col que hizo las delicias de los dos policías, aunque Menéndez no perdía de vista la puerta de entrada, temiendo ver aparecer a los hombres de Costica en cualquier momento. El afán de su viejo colega por ayudar podía haberlos puesto en grave peligro.

A ÚLTIMA HORA de la tarde fui a ver a Rafa al Café Wolf, una cafetería cercana a la comisaría donde más de un día empezábamos las mañanas tomando café. Rafa llegó tarde.

—Perdona —se disculpó, acabo de recibir una llamada importante que tenía que atender.

—Hay mucha gente aquí a estas horas. Pocos lugares hay menos discretos que este ahora mismo. ¿Por qué hemos quedado aquí y no en tu despacho? ¿Qué ocurre?

—Que se me han acabado las cápsulas de café.

—Tienes que hacerte mirar esta adicción a la cafeína.

—Sí, le dijo la sartén al cazo. En cualquier caso, lo haré cuando me muera y me dé cuenta de que en el infierno no sirven expresos. Vamos a buscar una mesa tranquila y discreta para que me cuentes eso tan urgente que no puede esperar a mañana.

—A ver si lo he entendido —dijo Rafa, unos minutos después, cuando terminé con mi explicación—. Tu teoría es que InverOriental compra inmuebles a propietarios que tienen dinero negro que blanquear y les paga por ellos, pongamos, por ejemplo, el doble de su valor, en dinero totalmente legal. Después los propietarios de los inmuebles ingresan mensualmente, en concepto de alquiler, una cantidad, hasta que cubren el valor pagado de más por InverOriental. Como en los arrendamientos no hay control sobre el origen del dinero, lo hacen con fondos cuya procedencia no pueden justificar y tampoco nadie se lo exige. Una vez hecho el cambio del dinero legal de InverOriental por el dinero negro del propietario, InverOriental vende el inmueble a precio de mercado generando pérdidas en sus activos, ¿es correcto?

—Así es. Solo que aquí entran varias sociedades que necesitan los servicios de blanqueo de InverOriental y esta es la clave del éxito de la trama. El afortunado vendedor del inmueble siempre es un inversor extranjero, que no es el mismo que arrienda el inmueble, también extranjero, pero de otra nacionalidad, y la venta final se realiza en el mercado inmobiliario local a un comprador desconocido que nada tiene que ver con el asunto. Vamos, que lo venden como cualquiera de nosotros venderíamos una casa.

Rafa dio un sorbo a su café mientras reflexionaba en silencio.

—Es decir —dijo Rafa por fin—, si yo, Rafa, búlgaro, y tú, Gracia, angoleña, y un tercero, Pepito Pérez, moldavo, queremos blanquear dinero, compramos un inmueble a precio de mercado a través de sociedades de nuestra propiedad, yo en Moldavia, tú en Bulgaria y Pepito Pérez en Angola. Luego vendemos esos inmuebles a InverOriental por un precio desorbitado y después, tú arriendas el inmueble de Moldavia que yo he vendido, yo alquilo el inmueble en Angola que ha vendido Pepito Pérez y este alquila el que les has vendido tú en Bulgaria; los tres pagamos cada mes una cantidad desmesurada en concepto de arrendamiento hasta que terminemos de cubrir la diferencia de precio recibida mientras los inmuebles permanecen vacíos. Lo hacemos con dinero negro cuya procedencia no se investiga. Después, InverOriental lo saca a la venta al mercado inmobiliario y se deshace de él vendiéndoselo a cualquier familia en busca de un hogar o a cualquier empresa en busca de una sede social, ¿correcto?

—Eso es, pero con la diferencia de que, en vez de tres sociedades, que es el mínimo para que el entramado funcione, InverOriental tiene clientes en diferentes países, de manera que, si nadie sigue el rastro, no llaman la atención.

—¿Cuánto blanquea cada uno?

—Calculo que una media de unos mil millones de euros en los tres años que lleva operativo el negocio.

—¿Tienes alguna prueba?

—Eso será en la siguiente fase, pero estoy segura de lo que digo. Ahora que sabemos lo que buscamos, será mucho más fácil probarlo.

—¿Para qué necesitan pequeños inversores que aporten dinero?

—Supongo que son la tapadera del negocio. La empresa necesita tener alguna actividad más allá de la que realizan para los grandes clientes para que no llame la atención. Tal y como está montado, cuando la empresa quiebra, unos salen perdiendo, otros ganando, dependiendo de cuándo realizaran la inversión, y así el objetivo real de la empresa pasa desapercibido. La quiebra y los pequeños inversores son la cortina de humo.

—¿Por qué España?

—Supongo que porque es un país con tradición de inversión inmobiliaria, donde la gente ha dejado de confiar en la bolsa y otras inversiones más volátiles. Inversiones inmobiliarias de bajo riesgo y alta rentabilidad. InverOriental pasa desapercibida en el mercado español porque aquí no realizan operaciones de compraventa, solo de inversión. Además, con la cantidad de empresas que han quebrado en los últimos años, el seguimiento que se realiza a cada una no es muy exhaustivo. Estas empresas ni siquiera tienen que estar certificadas por la Comisión Nacional del Mercado de Valores, no se garantizan resultados y el riesgo es para el inversor, aunque este no sea consciente de ello. Por nuestra cultura, tenemos la idea de que los inmuebles suben o bajan, pero siempre tienen valor. Hasta los más conservadores piensan que, después de un bache, el ladrillo siempre vuelve a subir de precio.

—Todo esto no explica por qué Santamaría ha sido asesinado y hecho trocitos.

—Al contrario. Según las cifras, estaba gestionando el negocio de forma exitosa para sus clientes. Para los reales, quiero decir, los que están blanqueando dinero y, de momento, también para los pequeños inversores, a los que pagaba muy buenas rentabilidades.

—Seguimos entonces con la teoría de que fue una organización rival o que quisieran cerrar el negocio y esta haya sido su forma de hacerlo.

—La segunda hipótesis no encaja porque ahora los clientes

de InverOriental, los de verdad, tienen un problema. Estos sucesos los han dejado expuestos. El dinero está encerrado en la empresa y sin nadie que pueda liberarlo. Me cuesta pensar que la organización para la que trabajaran los haya matado sin antes asegurarse una vía de recuperar la pasta.

—Cuando muere una persona relacionada con cualquier organización delictiva, los primeros sospechosos son sus compinches y sus rivales, porque es lo que ocurre en el noventa por ciento de los casos. Ahora hazme un resumen de las finanzas de las empresas de Brione y Del Amo.

—¿Para qué te envío los informes escritos con todos los datos? —pregunté—. Siempre me pides que te cuente un resumen. Si no los necesitas, me ahorrarías mucho trabajo.

—Los informes son para adjuntar al expediente y justificar tus facturas. No creerías que iba a leerlos, ¿verdad? Son infumables.

Sin ánimo de protestar porque en el fondo lo entendía, le hice un resumen lo más conciso que pude.

—¿Ves? En cinco minutos ya sé todo lo que necesito saber. Eficiencia pura —me dijo Rafa cuando terminé.

No pude evitar reírme.

—A cambio voy a contarte algo que sé que te encantará saber.

Rafa me explicó las conclusiones a las que había llegado Camila Villa sobre la muerte de Santamaría.

—¿Qué te parece? —preguntó Rafa.

—Que se está perdiendo el romanticismo en el mundo. Si en el primer viaje que hace con Fidel ella solo puede pensar en autopsias, no les auguro un buen futuro. Entonces —continué ante la mirada de reproche fingido de Rafa—, ¿no torturaron a Santamaría?

—No. Parece que las torturas con un arma cortopunzante descritas en el primer informe de la autopsia podrían no ser tales. Si las heridas fueron causadas por una cortadora instalada en el eje de la hélice, lo único que podemos asegurar es que Santamaría se ahogó y se desangró al ser mutilado por las aspas mientras la cortadora de cabos le hacía laceraciones por todo el cuerpo. La forense no puede concretar si se ahogó y se topó con la hélice o si fue al revés. En cualquier caso, si no fueron dos procesos simultáneos, el período de tiempo entre ambos fue muy breve.

Me quedé pensando en qué cambiaba eso las cosas.

—¿Qué piensas? —me preguntó Rafa.

—¿Cuántos barcos llevan ese tipo de cortadoras en el puerto de Gijón?

—Casi todos. Parece ser bastante habitual que lleven ese artefacto para que el motor no se estropee, pero hay distintos modelos. La combinación de la hélice y la cortadora nos permitirá reducir el número de barcos a investigar.

—Entiendo que ese descubrimiento cambia un poco el caso y que ahora es viable la teoría de que cayera al agua accidentalmente.

—Yo no lo creo. Si hubiera sido un accidente —cuestionó Rafa—, habrían llamado a la policía.

—Ya. Y siguiendo ese razonamiento, si lo tiraron por la borda para que se ahogara, ¿por qué después sacaron el cadáver del agua? En cambio, si cayó por accidente y lo atrapó la hélice, lo único que pudieron hacer sus acompañantes fue rescatar lo que quedaba del cadáver. Puede que estuvieran haciendo algo ilegal y no querían descubrirse, pero tampoco dejar a su compañero a merced de los peces.

—Ya, según tú, los mafiosos lo vistieron y lo acostaron en la cama de un barco donde sabían que tarde o temprano lo iban a encontrar, menos un brazo, que lo metieron en el agujero del paseo marítimo.

—Es lo que dice mi madre, que se han quitado el muerto de encima dejándolo en casa del vecino.

—Estoy pensando en hacer a tu madre abuela adoptiva del Cuerpo Nacional de Policía —dijo con una carcajada—. Vamos a dejarlo aquí, que esto no es asunto tuyo y mucho menos de tu madre.

—Volviendo al tema de la cortadora. ¿El barco de Brione y el de Del Amo llevan? Entiendo que será lo primero que habéis comprobado.

—El de los Brione no tiene cortadora en la hélice. No les gusta navegar, solo salen a bañarse cuando hace buen tiempo o a comer en el barco. Y el de la mujer de Del Amo, sí. Como la mayoría de los barcos que amarran en el puerto.

—¿Vais a buscar restos de Santamaría en la hélice?

—De momento, no; es difícil encontrar nada después de tantos días en agua salada. En cuanto llegue la orden judicial, buscaremos restos de sangre en la cubierta y en el interior, que es mucho más barato. Si subieron el cadáver amputado, tuvo que dejar manchas de sangre. Pero eso es cosa mía. Tú tienes pendiente investigar si hay alguna relación anterior entre Del Amo y Santamaría.

—La hay. Era una de las cosas que te quería contar hoy. Estudiaron en la misma universidad, en la Autónoma de Madrid, la misma carrera, Ciencias Empresariales, y en la misma promoción, aunque Del Amo hizo el último año en el Berkeley College, en Estados Unidos. Del Amo tuvo que conocer a su mujer en esa época porque se casaron en el noventa y seis, nada más terminar él la carrera. Ella consta también como matriculada un par de años, pero no llegó a graduarse. Después de casarse, se vinieron a vivir a Gijón, donde Del Amo montó su asesoría y Marta se dedicó a ser ama de casa.

—O sea, que Santamaría, Del Amo y Figueroa se conocen desde hace muchos años —concluyó Rafa—. Entonces, ¿por qué ella niega conocer a Santamaría más allá de como cliente de la asesoría? Ya es bastante difícil de creer que desconozca la naturaleza de los negocios de su marido.

En ese momento, a Rafa le sonaron las tripas tan alto que no pude evitar sonreír.

—Estoy hambriento —me explicó a modo de disculpa—. He tenido mucho lío y no he comido nada desde el desayuno.

—Tengo una hora antes de ir a cenar con Rodrigo, vámonos a Casa Anselmo a calmar tus borborigmos; te invito a una Coca-Cola Zero y algo habrá que tú puedas comer.

—¿Mis borboqué? —dijo Rafa mientras pagaba los cafés—. Acepto si cambias la Coca-Cola por una caña y añades una buena ración de ensaladilla de rape. A la porra la dieta hoy.

—Tengo algo que contarte —dijo Gracia una vez que Rodrigo terminó de hacer el pedido de la cena al servicio a domicilio del Vinoteo.

—¿Bueno o malo? —preguntó un poco suspicaz mientras se sentaba en el borde del sofá.

—Nada que deba afectarnos, pero te lo cuento porque creo que debes saberlo.

—Esto no empieza bien. Va de tu ex, seguro. Voy a por una cerveza. ¿Quieres tú algo?

Mientras Rodrigo cogía las bebidas en la nevera, Gracia rogó porque les diera tiempo a zanjar el asunto antes de que llegara la cena. Eso sería señal de que había ido bien. La reacción de Rodrigo al conocer los detalles de la conversación con Jorge la noche anterior fue diferente a la que ella esperaba.

—Tu ex es un hijo de puta. Estoy seguro de que todo esto es por el contrato con el banco chino —dijo Rodrigo—. Lo que quiere este tío es la empresa.

—Jorge no necesita montar todo este lío porque la empresa ya es suya, así que no necesita hacer nada para tenerla —explicó de nuevo Gracia armándose de paciencia.

—No es así. Lo he consultado y eso no es cierto. Os regís por las leyes españolas porque el matrimonio se celebró aquí.

—Solo tiene que especificarlo en el acuerdo de divorcio. Incluso si me lo hubiera pasado por *email* ya se lo habría devuelto firmado y escaneado.

—Ni siquiera sabes de cuánto dinero se trata. Cualquier contrato con un banco así puede valer una millonada.

—¿Quién crees que sabe más de bancos de inversión, tú o yo? Estoy segura de que es un gran contrato y yo me alegro por él. Es un excelente profesional, que se vaya a China y que se forre. Lo digo de corazón. Yo quiero que sea feliz y que le vaya bien.

—Precioso. Ni Mr. Wonderful lo habría explicado mejor, pero no sé si él quiere lo mismo para ti. ¿Por qué después de una semana aquí te dice que pienses sobre lo que pasaría entre vosotros si tú no estuvieras conmigo? Menuda mierda de proposición. Esto es una maniobra de despiste. Está contraatacando.

—¿Contraatacando a quién? Si nadie le ha atacado.

«A mí—pensó Rodrigo—. Me está contraatacando a mí.» Pero eso no podía confesarlo.

En ese momento sonó el telefonillo y Rodrigo se levantó a abrir al repartidor. «¡Cabrón de mierda! El ex de Gracia juega sucio», se dijo para sí. En cualquier caso, él le había dado a Jorge de plazo hasta el día de Reyes, poco más podía hacer excepto esperar a que se largara, que firmara o que hiciera un nuevo acercamiento.

18 de febrero de 2019.
Cuatro días después de San Valentín

El lunes después de San Valentín una furgoneta de reformas aparcó delante de la casa de Del Amo a primera hora de la mañana y cuatro operarios rumanos descargaron el material necesario para el alicatado y solado de dos baños, sanitarios y accesorios de fontanería y decoración. Las obras y el ruido se prolongaron durante tres días en las que además de reformar los aseos de invitados de la planta baja y del garaje de la casa de la familia Del Amo-Figueroa, desmontaron pieza a pieza el BMW de Santamaría y limpiaron parabrisas y carrocería con percarbonato de sodio para impedir que en el improbable caso de que la policía llegara a analizarlos no hubiera luminol, fenolftaleína o test de hemoglobina humana que pudiera detectarlos.

Tres días después, un camión de mudanzas descargaba unos sofás con toques africanos para el recibidor además de varios objetos decorativos tribales y retiraba los muebles coloniales que hasta entonces habían presidido la entrada a la casa. Junto con ellos se llevaron los escombros procedentes del cambio de porcelana de los baños entre los que viajaba el coche de Santamaría reducido a piezas como un puzle gigante que nunca se volvería a montar.

Durante los días siguientes Marta, siguiendo las instrucciones de Mihail, un búlgaro bajito con cara de comadreja y ojos acerados que con sus educados modales la hacía temblar de miedo cada vez que le daba una orden, invitó a merendar a vecinas y amigas para enseñarles los resultados de su pequeña reforma y consolarse mutuamente por la desgracia que había sacudido un barrio tan tranquilo como Somió en forma del atropello con fuga y muerte de la hija de uno de sus convecinos.

12

Martes, 24 de diciembre de 2019. Nochebuena

Sarabia había descrito a la pareja Brione-Ferro como unas personas en evidente estado de tensión y muy preocupados por su familia, pero en ningún caso derrotados. Teniendo en cuenta lo que habían vivido, primero la muerte de Arantza, después los actos vandálicos de los trabajadores descontentos y, para acabar de machacarlos, el hallazgo de un cadáver mutilado en su barco, los Brione se mantenían firmes y en pie.

Según la declaración de Mateo y Fabiola, impecables en su colaboración a pesar del comprensible escepticismo hacia la labor policial, unos meses atrás habían decidido externalizar a una empresa de trabajo temporal local los procesos de estocaje y reposición y, con ellos, las funciones realizadas por varios empleados de baja cualificación. No llegaron a un acuerdo con los representantes sindicales, pero consiguieron el visto bueno del juez para realizar los despidos con una indemnización menor de la que ellos hubieran estado dispuestos a pagar para librarse de ir a juicio. A partir de entonces, otros trabajadores, descontentos con la salida de los compañeros, empezaron a causar problemas, bajas médicas recurrentes, demandas por irregularidades menores e incluso una inspección de sanidad, que no encontró ninguna irregularidad, pero que los colapsó de papeleo. Los Brione no estaban dispuestos a consentir que nadie pusiera en peligro el negocio que tantos años y esfuerzos les había costado levantar y despidieron a los cabecillas de las protestas. Aunque estaban en apelaciones, el sindicato no había conseguido anular los despidos y el matrimonio Brione se negaba a negociar. Después de eso, habían sufrido actos de vandalismo en las tiendas y en su propia casa. El matrimonio estaba convencido de que el cadáver hallado en su barco estaba relacionado con los despidos, aunque reconocían que nunca habían pensado que pudieran llegar tan lejos. No conocían al muerto, no entendían qué relación podía tener con la muerte de Arantza, pero estaban muy preocupados por la seguridad de sus otras dos hijas. Desde que apareció el cadáver, Mateo llevaba cada día a su hija pequeña al colegio en su coche y la recogía. No salía de casa si sus amigos no iban a buscarla o la acompañaban a la vuelta, y estaban solicitando un traslado de expediente para que el siguiente curso lo realizara en Madrid o, si era posible, en el Reino Unido.

Sarabia solicitó a la juez de instrucción de Gijón citaciones para todas las personas despedidas por la empresa Brione-Ferro para el día de Nochebuena y dejó el interrogatorio en manos del subinspector Arce. Estaba seguro de que la sutil amenaza de pasar la Nochebuena en el calabozo si se enfrentaban a la policía los predispondría a colaborar.

Arce y Macías empezaron a mediodía con el interrogatorio al representante sindical dirigente de la protesta sin ningún resultado. Declaró no saber nada del cadáver, juró y perjuró que se había enterado por los periódicos, confesó cada agresión a los bienes materiales de los Brione: las pintadas en las tiendas, la silicona puesta en las cerraduras de sus establecimientos y los huevos podridos lanzados contra las ventanas de su chalet, pero eso no era motivo para cargarles el muerto, en el sentido más literal de la palabra. La presión de los policías no lo movió de lo declarado y a la pregunta de si algún otro de los despedidos hubiera podido hacerlo por su cuenta y riesgo respondió que no lo creía, pero que había un tipo muy especial, uno de los carniceros, Daniel Lafuente, Dani el Filetes, como lo conocían entre ellos, aunque no creía que fuera capaz de hacer algo así. Era un tío raro, pero también un buen compañero y un excelente carnicero. Sentían mucho la pérdida que había sufrido la familia, pero ellos también eran padres y madres de familia, que lo único que hacían era reivindicar su puesto de trabajo. «Somos gente honrada, no asesinos», aseguró el cabecilla.

Las declaraciones de los despedidos resultaron totalmente infructuosas. Entre protestas de algunos, lágrimas o discursos sobre la lucha obrera, según el caso, confesaron con forzado arrepentimiento haber participado o apoyado los actos de vandalismo llevados a cabo en las tiendas, pero nada que los relacionara con la muerte de Alfredo Santamaría. Ni lo conocían, ni sabían nada de cómo había aparecido en el barco. A Dani el Filetes le identificaron todos como el raro del grupo; maniático, introvertido, solitario y obsesionado con el trabajo, pero inofensivo. Incluso buena persona.

La curiosidad de los policías por conocer al Filetes iba en aumento. Estaba citado en último lugar.

La declaración de Dani el Filetes no transcurrió como los policías esperaban. Arce y Macías se encargaron de realizar la entrevista, pero el vídeo circuló después por toda la comisaría. Daniel Lafuente tenía veintiséis años, era soltero, vivía con su madre y había pasado los últimos nueve años trabajando para la empresa de los Brione, desde que entró para hacer las prácticas obligatorias de la formación profesional con diecisiete. Sin novia, en la actualidad ni en el pasado, y sin hijos. Según su propia declaración, frecuentaba un club de alterne, Las Delicias del Edén, donde era muy amigo de varias de las chicas. Arce no conseguía mirarlo a los ojos, su parpadeo constante le mareaba. Tenía la sensación de que sus propios párpados imitaban, de forma involuntaria, el guiño constante del hombre y le resultaba muy molesto concentrarse en evitarlo. De cuando en cuando, el Filetes abría la boca lo suficiente para que su mandíbula emitiera un crujido que a Arce le ponía la piel de gallina.

El carnicero estaba muy resentido con los Brione por privarle de hacer lo que más le gustaba en el mundo: despiezar y filetear. Su preferencia eran los filetes de vacuno, los finos para empanar, los gruesos para la piedra, los intermedios para la sartén. Les dio a Macías y a Arce una charla magistral sobre el arte de preparar la carne para que el resultado final fuera bonito, jugoso y apetecible. Según el Filetes, ignorante de que había sido la hélice de un barco la que le había arrancado la pierna y el brazo a Santamaría, el que lo había desmembrado no sabía lo que hacía, esas no eran formas de despiezar a nadie; cada extremidad debía salir entera, con las partes intactas, sin que ninguna resultara dañada. Tal como mostraban las fotos de la pierna de Santamaría en Instagram, subidas por los senderistas que la encontraron antes de que la juez encargada del caso ordenara su retirada, los que la habían cortado justo por encima de la rodilla habían destrozado la pieza más jugosa, dejando una parte en el cuerpo y otra en la extremidad cortada: ya nada se podía hacer por salvarla.

Arce sintió algo parecido a un escalofrío. Si le hubieran asegurado en ese momento que el Filetes comía carne humana, lo hubiera creído de inmediato.

Daniel Lafuente no había oído hablar de Santamaría hasta que salió en toda la prensa local y no conocía ni a Andrés del Amo ni a Marta Figueroa.

Mientras Arce se concentraba en el historial del Filetes en un intento de no mirarle a la cara, algo le llamó la atención en su ficha. El domicilio.

—Perdone que le interrumpa, ¿conoce usted a Hortensia Cubillos? —preguntó el subinspector.

—Sí, señor, desde niño —respondió con un chasquido de mandíbula.

Macías miró a su jefe sorprendido. ¿Cómo había llegado Arce a aquella deducción?

—¿Son vecinos?

—Ya no, pero siempre hemos sido más que vecinos: Hortensia es como una tía para mí, me cuidó muchas veces para que mi madre pudiera ir a trabajar de noche. Vivíamos puerta con puerta y yo me quedaba a dormir en su casa, me preparaba croquetas caseras de jamón para cenar, que son las que más me gustan, y me compraba Phoskitos y Tigretones para desayunar. Llegó a Gijón cuando yo tenía diez años, y mi madre y ella se hicieron amigas. Fue una de las mejores cosas que nos pasaron en la vida. Yo no tengo padre —hizo una pausa y cerró los párpados varias veces con fuerza, como si buscara el coraje en su interior para hablar de un tema que no le gustaba—, no sé quién es, no quiso ni siquiera darme su apellido. Hortensia se portó muy bien con nosotros.

—¿Conoce a su hermana? ¿Marisa Cubillos?

—La conozco, pero hace mucho tiempo que no la veo. Tiene un hijo, Jacobo, unos años más joven que yo. Sé por Hortensia que viven en Somió, en casa de una familia de dinero, como los Brione.

—¿Qué relación tiene actualmente con Hortensia?

—Viene a vernos casi todos los fines de semana y otras veces mi madre y yo vamos a su casa a merendar. Ahora que no somos vecinos, ya no nos vemos a diario.

—Veo que se han cambiado de domicilio hace poco tiempo.

—Hace dos años mi abuelo materno murió y heredamos su casa. No quisieron saber nada de mi madre desde que me tuvo a mí, soltera y sin saber quién era mi padre, pero la ley es la ley y, al morir él, la casa pasó a mi madre. Estábamos de alquiler en la torre, así que nos mudamos. Ahora somos propietarios de nuestra casa y mi madre ya no necesita seguir trabajando. La limpieza la estaba matando. Tiene fibromialgia, ¿sabe usted?

—Ahora viven de su sueldo de carnicero, entonces. Supongo que se enfadó mucho cuando lo despidieron.

—Mucho. Muchísimo. Nos ha sustituido por unos incompetentes que no conocen el oficio. Si viera usted cómo desgracian la carne…

—¿De qué viven ahora? —cortó Arce la disquisición del Filetes antes de que volviera a empezar con su lección de despiezado.

—Del paro. Y estamos tramitando una pensión para mi madre por incapacidad. Tenemos algunos ahorrillos también. No muchos, porque gastamos una parte en arreglar la casa.

—¿Aún no ha encontrado un nuevo trabajo?

—No lo he buscado —respondió el joven con un brillo travieso en los ojos.

—¿Por qué no? —interrogó Macías.

—Si se lo cuento, ¿me aseguran que no le dirán nada a mi madre? —preguntó con varios pestañeos rápidos y una sonrisa de oreja a oreja.

—Cuente con ello, señor Lafuente —aseguró Macías, cada vez más intrigado.

—Mi madre cree que ya estoy trabajando otra vez, pero no es verdad. Cada día voy a la biblioteca. Voy a ser matarife. En mayo me presento a los exámenes oficiales. No podré hacer filetes, pero trabajaré despiezando animales enteros. Tan importante es hacer un buen despiece como sacar bien los filetes. Además, es un trabajo seguro y me apetece probar algo nuevo.

Semejante afirmación dejó a los policías tan perplejos que dieron por finalizada la entrevista después de varias preguntas burocráticas y se despidieron de él con excesivo agradecimiento, deseándole incluso una feliz Navidad para él y para su madre. Ni siquiera le preguntaron dónde estaba cuando se cometieron los asesinatos de Santamaría y de Levka Puscasu. Estaban convencidos de que el carnicero no era el asesino. Hortensia Cubillos, en cambio, cada vez resultaba más sospechosa.

El 24 de diciembre, pasadas las doce de la noche, un curioso mensajero llegó a la casa de Víctor Mircea. Mos Crăciun, la versión rumana de Papá Noel, se acercó sigilosamente a la puerta, dejó un pequeño paquete sobre el felpudo y llamó al timbre para, de inmediato, volver a subir al coche en el que había llegado y alejarse por la calle desierta. El vehículo no encendió las luces hasta la siguiente manzana.

Víctor y Mario, alegres por hallarse juntos y por efecto del *tuică*, un brandy de ciruela de fabricación artesanal, y el excelente *cozonac* preparado por Anca, el pastel de chocolate, pasas y nueces que coronaba la cena, callaron de golpe y cogieron sus armas. Enviaron a Anca a refugiarse en la habitación lista para salir por la ventana en cuanto las cosas se complicaran y se asomaron para ver quién los visitaba a esas horas tan intempestivas, aunque pocas dudas tenían al respecto. Dispuestos a pelear hasta el final si era necesario, Mircea abrió unos centímetros la puerta empuñando el arma, pero para entonces el automóvil había desaparecido y no había nadie en la puerta. Vieron a sus pies un pequeño sobre rojo decorado con dibujos de bolas navideñas con la dedicatoria «Pentru Víctor. Crăciun fericit. (Para Víctor. Feliz Navidad)». Víctor, sin darle tiempo a Mario a tomar las precauciones debidas, abrió el sobre. Dentro solo había un *pen drive.*

COSTICA OPTÓ POR que la policía española buscara al asesino por él. Cada vez más convencido de que no se trataba de una operación organizada por ningún rival, su estrategia era liquidar InverOriental antes de que la policía española la interviniera. Después ajustaría cuentas. Tras varios días de torturas físicas y psicológicas a manos de Radu, Costica estaba seguro de que el español no sabía nada de lo ocurrido a Levka ni a Santamaría. Los corruptos eran cobardes y si Del Amo no decía nada a pesar de hallarse en manos de uno de los mayores expertos en extracción de información del antiguo ejército de Ceausescu, es que no tenía nada que decir. Ahora que sabía que el asesor fiscal era leal lo necesitaba para los siguientes pasos que debían dar con InverOriental. Había llegado el momento de que volviera a colaborar con ellos. Del Amo era la clave para liquidar el negocio en España. El plan de Costica consistía en liberarlo, instruirlo en lo que debía hacer y entregarle una cantidad por sus servicios que lo ayudara a olvidar la experiencia vivida a manos de los hombres de Radu.

Costica sacó un teléfono móvil del tercer cajón de la mesa de su despacho.

—Radu, necesito que me traigas el paquete el día 26 a las doce a mi despacho. En perfectas condiciones, bien vestido y, a ser posible, sin rastro visible de su estancia con vosotros.

—Esto último no sé si será posible, jefe.

—Te dejé muy claro que nada de torturas militares. Ese tipo es un civil.

—Es un mierda que no soporta el dolor. Chilla como un cerdo en cuanto le metemos un poco de presión. Aunque la mayoría del tiempo lo hemos tenido encerrado, conseguir ahora que no se le note... en fin, que solo quedan dos días. Lo que puedo asegurarte es que podrá caminar y que hemos sido cuidadosos con la cara —explicó Radu a su jefe.

—Con eso será suficiente. Y hasta entonces, no lo toquéis, que coma y se calme —le ordenó a Radu.

—Haré lo posible, jefe, aunque te advierto que este tío se caga en los pantalones cada vez que uno de mis hombres entra en su celda. Y no es una forma de hablar.

—Pues más te vale que llegue a mí oliendo a rosas, Radu.

Esa misma noche, en la terraza del restaurante de un gran complejo hotelero de Tenerife, unos cocineros preparaban tortillas y carne en unas grandes parrillas enfrente del mar ante la mirada fascinada de Álex y Hugo. Los pequeños remataron la Nochebuena con una cantidad de dulces solo permitida en Navidad y cayeron rendidos en sus camas, mientras Gracia y Sarah reían juntas al ritmo de las burbujas de la botella de champán que subieron a la habitación y recordaban viejas anécdotas de la adolescencia.

En el otro extremo del país, Adela le cantaba las cuarenta a Jorge, que aceptaba con apariencia sumisa los consejos de su suegra, y el comisario Miralles se acurrucaba en la cama en brazos de su mujer después de mordisquear unas galletas, llenar dos calcetines navideños con chuches de colores y colocar un montón de paquetes brillantes bajo el árbol de Navidad, supervisados muy de cerca por *Dragón*.

Marta Figueroa pasó la madrugada enredada en el edredón de su cama de dos por dos metros, demasiado grande para una sola persona. Andrés no había regresado a pasar la Nochebuena con ellos y, aunque había intentado mostrarse despreocupada e incluso animada delante de sus hijos, sabía que algo iba mal. No echaba de menos a Andrés por amor, ni siquiera por costumbre, al contrario, con los años había desarrollado un rechazo hacia él que cada día le costaba más disimular, pero Andrés era el sustento de la vida que ella deseaba. Sin el dinero que él proporcionaba, todos sus sueños infantiles se desintegrarían.

Mientras tanto, en un pueblo de Castilla-La Mancha, Rodrigo Villarreal y su padre se sentaban a charlar en el viejo sofá de piel del salón de su infancia con un whisky en una mano y un Montecristo en la otra. Rodrigo acababa de comprometerse a ayudar a su padre con la montería que tenían organizada en la finca el día 28. A Rodrigo no le entusiasmaba la caza y le incomodaba el ambiente de fiesta posterior a la batida: la comilona, las copas, las partidas de mus, las fanfarronerías, los hombres por un lado, las mujeres por otro, pero era su padre y le había pedido el favor. Había cincuenta personas invitadas y el mayoral se había roto una pierna la misma mañana de Nochebuena. Al pensar en el olor agrio de la sangre de los jabalíes sintió lástima por aquellos animales recios y poderosos en su hábitat, abatidos por una escopeta de la que no se podían defender. Entendía desde niño que la caza era necesaria para mantener la población animal controlada ante la falta de depredadores naturales, pero eso no hacía que le interesara participar en la masacre. Se preguntó cómo serían las cosas si se casaba con Gracia. No la imaginaba allí, en un entorno que él reconocía como propio, pero con el que cada vez se sentía menos identificado.

Esa noche fue la segunda vez que Darío Villarreal escuchó a su hijo hablarle de una mujer. La primera solo tenía doce años y estaba locamente enamorado de la profesora de prácticas de Lengua. Le sorprendió que la primera vez que Rodrigo tenía una relación seria con alguien fuera con una mujer casada, pero si se disgustó por ello, no lo demostró. Darío se mantuvo atento a cada detalle que le contó su único hijo sobre el exmarido, su empresa y la inusual ocupación de la tal Gracia.

—Entonces, ¿esa chica con la que sales investiga crímenes violentos? —interrumpió en un momento de la conversación.

—En teoría no, solo fraudes financieros, pero en este ha aparecido un cadáver. No sé si ha sido una fatalidad o va a ser lo habitual. De todas formas, ahora tengo problemas mayores.

—Ya veo que el ex que revolotea a su alrededor te preocupa más que los cadáveres descuartizados. Hijo, cuando yo me muera todo esto será tuyo y yo ya sé que tú no quieres saber nada de este mundo de viñas, cacerías y sembrados, pero estas tierras valen mucho dinero.

—¿Por qué sales con eso ahora? Estas tierras son tu vida, lo único que espero de ellas es que las disfrutes muchos años más.

—Salgo con esto porque no entiendo por qué te preocupa tanto el dinero. El de ella, además.

—Me importa un pimiento el dinero, papá. Lo que no soporto es que ese tipo no la deje en paz de una vez. Y que, encima, ella lo tenga en un pedestal. Habla de él como si fuera San Jorge cuando en realidad es el dragón. No entiendo que no esté deseando machacarlo. Por mí, que se lleve lo que quiera, pero que se largue de una puñetera vez y que no vuelva. Lleva dos semanas revoloteando por allí sembrando confusión.

—Ya. O sea, que lo que te preocupa en realidad es que se la lleve a ella. ¿Estás seguro de esa mujer? Solo lleváis juntos unos meses.

—No necesito más para saber lo que quiero y estoy todo lo seguro que uno puede estar en estos temas. Es una tía fiable, no es una veleta ni tiene pájaros en la cabeza, pero ¿yo qué sé? El otro tipo era su marido y el padre de su hijo. Eso son palabras mayores.

—Pues tienes dos opciones: o hacer lo que crees que tienes que hacer, o mantenerte como un espectador.

—El problema es que si sigo peleando con ese tío sin decirle nada a Gracia y ella se entera, tengo las de perder. Y si se lo digo, también porque se niega a dejarme intervenir.

Darío se acercó el vaso de whisky a la boca, aunque apenas mojó los labios en el licor.

—¿Por qué no la has traído?

—Porque no le he hablado de la muerte de mamá. Y si viene aquí, seguro que alguna cotilla estará deseando informarla. Y porque me jode que siga casada con otro.

—Ya veo. ¿Y a ella le parece bien no conocer a tu familia?

—Le he dicho que prefiero esperar a que formalice el divorcio. Ella tampoco me ha presentado a su madre, solo a su hermana. Y a sus amigos.

—Hijo, si no conoces a la persona de la que te enamoras, es que te estás enamorando de alguien que no existe. Y esa chica no puede conocerte si no la dejas. Debes contarle lo que ocurrió.

—¿Para qué? ¿Para que me compadezca? Cuando le dije que mi madre había muerto cuando yo tenía nueve años, que me había criado solo contigo y sin hermanos, le pareció una tragedia. Si le digo que se suicidó y que estoy vivo de milagro… Paso, papá, su ex es el tío perfecto: niño bien, padre registrador, familia numerosa, barrio pijo de Madrid… ¿Y yo? Niño gordo de pueblo al que cascaban en el cole porque era hijo de una suicida loca. No. Esa información hay que dosificarla.

Darío Villarreal calló y dio una calada a su puro, pero el gesto de preocupación fue evidente para su hijo. Se conocían bien.

—¿Te parece bien que te haga una visita después de Navidades? —preguntó después de soltar el humo lentamente—. Así me la puedes presentar. Aunque te adelanto que yo no voy a mentir.

—Me encantará que vengas a verme, aunque sea porque no estás de acuerdo con mi forma de hacer las cosas.

—No es eso, tú tienes que hacer las cosas como creas que debes hacerlas. Lo que me preocupa es que tu forma de actuar proceda de la inseguridad y no de la reflexión.

—No me siento inseguro. Simplemente, tengo competencia, soy consciente de mis debilidades y prefiero no mostrarlas de golpe.

—Qué complicado lo tenéis los hombres de ahora. Cualquiera diría que le tienes miedo.

—¿Al tipo ese? No fastidies, papá, ¡Qué voy a tenerle miedo a ese tío!

—A él no, hijo, a ella. Tú sabrás qué relación quieres tener, ¿ver, oír y callar? ¿Eso es lo que quieres? Porque en esta vida uno tiene que decidir si es cazador o jabalí.

—¿Cuántas veces me has dicho eso?

—Todas las que me ha parecido que se te olvidaba. Mira, no sé cuántos puros me quedarán por fumar contigo, pero cuando me fume el último, me gustaría verte feliz y con una familia. No quiero que pases la vida solo.

—¿Por qué dices eso, papá? —preguntó su hijo alarmado—. ¿Estás enfermo?

—Estoy viejo, Rodrigo, estoy viejo.

Cuando Rodrigo y su padre se acostaron, ya podían verse los primeros destellos del amanecer.

22 de febrero de 2019.
Ocho días después de San Valentín

El sábado 22 de febrero, una semana después de la muerte de Arantza Brione, con la prensa cebándose en la incapacidad policial por la falta de pistas que los llevaran hasta el desalmado que la atropelló, se celebró el funeral por su alma en la iglesia de San Julián de Somió, a puerta cerrada, solo para la familia y los amigos más cercanos. Jacobo Hernández Cubillos no fue invitado a participar en la dolorosa despedida, pero se apostó en la puerta de la iglesia mientras se celebraba la misa.

Los padres de Arantza y sus dos hijas salieron de la iglesia directos a los coches. Lo hicieron juntos y sin aspavientos, sin llantos, sin abrazos, no querían darle carnaza a los curiosos. Cuando llegó a la altura de Jacobo, Fabiola Ferro le dirigió una mirada cargada de dolor y reproche que se le clavó en el pecho. La madre de Arantza solo había avanzado dos pasos más cuando, sin importarle la discreción que había acordado con su marido, se dio la vuelta, y Jacobo sintió que su corazón se desbocaba.

—Si en vez de esconderte como un cobarde la hubieras acompañado a casa —lo increpó—, Arantza estaría viva. Ella era casi una niña. ¿Qué clase de hombre eres tú?

Jacobo no supo qué responder. Que Arantza no quisiera que la acompañara le parecía en ese momento una razón tan banal que no se atrevía siquiera a decirla en voz alta. Tampoco tuvo la oportunidad porque Mateo Brione rodeó al instante a su mujer con los brazos y, con una mirada de desprecio hacia Jacobo, la familia reanudó la marcha hacia el coche, no sin que antes Marta Brione, la hermana mayor de Arantza, le dijera en voz tan baja que no se oyó, pero no quedó duda en el movimiento de sus labios: «hijo de puta».

Jacobo se quedó allí, en la puerta de la iglesia, paralizado por la culpa de no entregar al asesino a la justicia, hasta que el coche que llevaba a Mateo y a Fabiola arrancó. Una mujer de unos cincuenta años con signos evidentes de haber llorado, lo cogió del brazo y lo acarició con evidente ternura.

—Has hecho lo correcto, cielo —le susurró al oído—. Nada puede devolverle la vida a Arantza. Ahora tienes que proteger a tu familia.

La mujer era Hortensia Cubillos, la persona que había cuidado a Arantza desde niña y tía de Jacobo Hernández Cubillos.

Mientras tanto, la policía de Gijón peinaba cada desguace de Asturias en busca de indicios en cada coche recibido en la última semana. Desde todas las comisarías de España contactaban con los desguaces de la península, uno a uno, y también se solicitó la colaboración de la Guardia Republicana de Portugal para que hiciera lo propio en los de su país. La familia Brione ofreció una recompensa de cien mil euros a la persona que proporcionara una pista que los pudiera llevar al asesino de su hija, sin obtener otro resultado más allá de la llamada de alguna persona cercada por la soledad que solo quería que la escucharan, aprovechados que intentaban hacerse con el dinero y otros que vivían entre la alucinación y la realidad, pero nada que sirviera para hacer justicia a la víctima. También se cribó cada nueva denuncia de coche robado, abandonado o incendiado, se solicitó la colaboración ciudadana a través de las redes sociales desde las cuentas de la policía y desde muchas iniciativas particulares, pero los resultados no llegaron. Solo suponían que el coche podía tener el parabrisas roto y el capó abollado, pero sin testigos del accidente ni restos que indicaran siquiera el modelo del vehículo, tanto el coche como el conductor parecían haberse volatilizado.

13

Jueves, 26 de diciembre de 2019

Mario Menéndez Tapia aterrizó en el aeropuerto de Ranón el día de Navidad a las ocho de la tarde, con un *pen drive* lleno de información para analizar obtenido gracias a las cuestionables gestiones de su amigo Víctor Mircea, que parecía tenerle más ganas al tal Costica que él mismo. Menéndez sabía por experiencia que cuando un policía lleva mucho tiempo persiguiendo a un delincuente que se le escapa una y otra vez gracias a un sistema diseñado para proteger a los malos en vez de a los buenos y fácil de corromper, cualquiera termina rozando el límite entre lo legal y lo ilegal. Si Víctor Mircea lo había cruzado alguna vez, él prefería no saberlo nunca.

El jefe de policía tomó un taxi en el aeropuerto y le dio al conductor la dirección del comisario Miralles, donde este le esperaba después de haber recibido su llamada.

El taxi atravesó la verja negra de forja que daba entrada a la casa del comisario, y estacionó delante del monovolumen y el utilitario de la familia. La decoración navideña que adornaba el exterior le resultó hortera. Las luces intermitentes eran un esperpento: excesivas, colocadas sin ton ni son, ni un solo árbol o arbusto se había librado de los leds de colores, había muñecos con forma de reno de distintos materiales y hasta un Papá Noel hinchable con un trineo. Mario le pidió al taxista que esperase, subió los escalones de la puerta de entrada y antes de llamar al timbre escuchó villancicos dentro de la casa y los gritos de las hijas de Miralles. Cuando el comisario abrió la puerta, el jefe de policía rechazó su invitación de pasar y se quedaron hablando fuera a pesar del molesto orbayo que lo había acompañado desde el aeropuerto.

—¿Qué es tan importante para que vengas a dármelo en mano en plenas Navidades? —preguntó el comisario Miralles, refiriéndose al *pen drive* que su jefe acababa de entregarle.

—Documentos de lo más variopinto. Cuídalo bien. Es la única copia que tengo.

—¿De dónde procede?

—No puedo darte una respuesta. Y te evito la siguiente pregunta: solo supongo que tiene relación con la muerte de Santamaría o de su socio. Tienes que poner a tus hombres a trabajar hoy mismo. Lo que sí te puedo decir es que el primo de Levka Puscasu, un tal Costica, controla el blanqueo de dinero de la mafia en Rumanía y, aunque aparentemente hace décadas que no mantenían ningún contacto entre ellos, hay sospechas de que Puscasu era la cara socialmente reputada de sus negocios.

El jefe de policía no quería comprometer a su amigo Víctor. A todos los efectos, el *pen drive* era para él y no quería dar información de con quién había estado allí.

—¿Quién lo sospecha? Mario, dame algo más.

—No puedo revelar mis fuentes porque no son oficiales. Tienes que contentarte con esto.

—¿Hay posibilidad de trabajar con la policía rumana?

—Parece que Costica tiene grandes amigos en la policía, pero no tenemos pruebas de ello. Si llega el momento en que esto exceda nuestra jurisdicción, tendremos que solicitar la colaboración internacional vía OCN española, como dicta el protocolo. Ya es público que Puscasu ha muerto; si está en el punto de mira de la Interpol y quisieran compartirlo con nosotros, ya habríamos tenido noticias de ellos. Para nosotros esto sigue siendo un caso local, con dos muertos y un posible fraude fiscal. El resto son elucubraciones.

—Entendido —respondió el comisario haciéndose una idea de la situación.

—Tengo indicios razonables para creer que Costica está buscando al asesino de su primo. Eso me hace pensar que no fue cosa de ellos.

—¿De una organización rival?

—Es posible. O quizá tengamos que buscar en otro sitio. Si fuera una organización rival, Costica estaría presentando batalla en otro sitio. ¿Noticias del paradero de Del Amo?

—Ninguna, se ha volatilizado. ¿En qué estás pensando?

—En nada concreto, solo pienso en voz alta. Que analicen lo que significa la documentación del *pen drive* y cuando tengas los resultados, hablamos. Me voy, que el taxi me espera.

A MEDIODÍA DEL jueves, el inspector Sarabia había repasado los ficheros que les había entregado Miralles con procedencia oficial de un confidente protegido. Miralles no quiso desvelar a sus hombres que el propio jefe de policía del Principado le había entregado la documentación. Al menos, no pensaba hacerlo hasta estar seguro de su contenido.

—He clasificado todos los documentos por tipo, pero deberíamos saber qué buscamos —advirtió Sarabia al comisario Miralles—. Esto que nos has entregado es una amalgama confusa, parte en rumano, parte en español. Hay fotografías antiguas que no reconocemos, incluso tickets de restaurantes. Parece un amasijo de documentos preparado para confundirnos o hacernos perder el tiempo. Ni rastro de InverOriental. ¿Seguro que la fuente es fiable y que no están intentando distraernos? Porque para averiguar qué significa todo esto necesito a Arce y a Macías, y entonces nos despedimos de la investigación de campo.

—Tienes razón, para eso pagamos a una experta —respondió el comisario al cabo de unos segundos.

—¿Te refieres a San Sebastián? ¿Quieres pasarle esto?

—Vamos a intentarlo, no deja de ser documentación y vosotros tenéis que seguir investigando ahí fuera. Que ella lo procese y lo clasifique, y ya buscaremos entonces si hay en ellos alguna pista a seguir.

Sarabia sintió alivio al verse libre de toda aquella documentación inconexa, pero a la vez le irritaba que aquella investigadora se colara por cada rendija de la investigación. Quería lucirse en el caso más importante desde que ingresó en la policía y no compartir el mérito con nadie.

—¿Ocurre algo, Sarabia? —preguntó Miralles.

—Santamaría es un hombre de costumbres —dijo Sarabia, cambiando de tema—. La noche del 14 de febrero se alojó en el mismo hotel que en esta ocasión y que todas las que pasa en Gijón. Llegó el 12 y se fue de aquí el 16. La noche de San Valentín hay un cargo del bar en su habitación: tomó cuatro *gin-tonics*, el último media hora antes de la muerte de Arantza Brione.

—Buen trabajo, Sarabia.

—Hay algo más. He localizado a la persona que estaba esa semana en el turno de noche, pero no recuerda haberlo visto.

—¿Por qué iba a hacerlo después de tantos meses?

—Si atropelló a Arantza y se dio a la fuga, es posible que hubiera vuelto al hotel alterado, pensé que podía recordarlo.

—Quizá no volvió hasta la mañana siguiente.

—Lo intentaré con el recepcionista de la mañana. Estoy esperando los registros de los accesos al parking del hotel.

—¿Vas a ir tú a Gijón a interrogarlo? ¿Mantienes al subinspector Arce al margen? —preguntó el comisario.

—En este tema solo estoy trabajando con Macías. Pensé que no nos interesaría darle bombo si el jefe de policía no respalda esta línea de investigación.

—¿Consideras que incluir a Arce es darle bombo?

—Pertenece a la comisaría de Gijón.

—Macías también.

Sarabia calló, sabiéndose pillado en falta, mientras Miralles le sostenía la mirada. Arce se estaba luciendo en los interrogatorios y el inspector no quería a nadie que pudiera hacerle sombra y menos uno de otra comisaría, pero si el comisario se daba cuenta podía perjudicarle y mucho.

—Lo incluiré encantado, jefe. Arce es un valor seguro —dijo al fin Sarabia.

—Me alegra oírlo. El policía más eficiente no siempre es el más listo, sino el que se rodea del mejor equipo. Tú tienes las dos cosas a tu alcance. Aprovéchalas —respondió el comisario, y el inspector lo entendió como la advertencia que era.

De vuelta a su oficina tras pasar el día de Navidad visitando a su madre, Costica se extrañó al recibir un mensaje de Radu. «Feliz Navidad y próspero Año Nuevo». Era Costica el que se ponía en comunicación con sus hombres más leales, los encargados de protegerle a él y a toda su organización. Radu solo debía contactar con él en caso de emergencia y habían quedado en llevarle a Del Amo en menos de dos horas. Sacó un teléfono del tercer cajón de su mesa, el que solo utilizaba para hablar con algunos de sus hombres.

—Jefe —dijo Radu en cuanto vio el móvil de Costica en su pantalla—, el pájaro ha dejado de cantar.

—¡Me cago en tus cojones, Radu! Eso no fue lo que te ordené.

—No hemos sido nosotros, te lo juro. Hemos seguido al pie de la letra las instrucciones. Ya te dije que ese hombre no sabía nada. Cesamos los interrogatorios y empezamos a tratarlo de puta madre para que estuviera presentable, tal como me ordenaste. Incluso le llevamos *sarmale* y *friptură* para celebrar la Navidad. Con una botella de *tuică*.

—Entonces, ¿qué diablos ha ocurrido?

—Cuando hemos ido a sacarle de su celda para asearlo y vestirlo antes de ir a verte, como me ordenaste, estaba muerto. El muy hijo de puta se cortó la yugular con la botella de *tuică*. Después de bebérsela entera.

—Avisa al *spălător* —ordenó Costica.

EL *SPĂLĂTOR* ENTRÓ con su furgoneta en un almacén de construcción en el sector 4 de Bucarest. Se bajó del vehículo cubierto con un pasamontañas, un mono de trabajo azul manchado de pintura y las botas cubiertas con dos bolsas de una conocida cadena de supermercados francesa. Allí lo esperaban dos hombres que lo condujeron hasta su encargo: un hombre blanco, calvo, de corta estatura, pantalón de traje, desnudo de cintura para arriba, zapatos caros. Tenía una fea herida en el cuello y quemaduras en el torso. Reconoció las marcas de la tortura eléctrica en las ampollas de la piel. Llegó a la conclusión de que alguien había intentado que hablara antes de rebanarle la carótida y la yugular. Le hizo una fotografía con la cámara instantánea y la guardó cuidadosamente en la mochila. Se puso los guantes, extendió un plástico al lado del cadáver y, sobre él, abrió la cremallera de la funda en la que lo iba a transportar. Lo metió dentro con la pericia que da la experiencia, lo subió a una camilla hidráulica, la elevó en cuanto el cadáver estuvo situado en la posición correcta y la introdujo en la furgoneta sin decir una sola palabra durante todo el proceso.

Diez minutos después, frenó en el lugar acordado. Cuando su enlace se acercó a la furgoneta, abrió una rendija de la ventanilla y le entregó la fotografía en un sobre cerrado, sin destinatario ni remitente.

Dos horas después, el *spălător* llegó a su destino final. Rodeó una bonita casa de campo con las ventanas llenas de flores y acercó la furgoneta a la zona de los animales. Los cerdos esperaban hambrientos. Se lo arrojó a las famélicas bestias sin molestarse en sacarlo de la funda. En menos de quince minutos habrían acabado con él. Sus cerdos eran famosos en toda la comarca por la calidad y el exquisito sabor de su carne. El *spălător* se desnudó y se metió en la ducha. Mientras tanto, la macabra misiva que había entregado viajaba camino de Burgas, a una ferretería, con el objetivo de alegrar a una anciana sedienta de venganza por la muerte de un sobrino al que había criado como a un hijo. Era el regalo de Costica. Aunque él sabía que Del Amo no era el asesino de su primo hermano, prefería darle paz a su madre a contarle la verdad. Costica confiaba en que Víctor Mircea hiciera buen uso de la información que le había enviado.

—Pasa, Sarabia —invitó el comisario Miralles cuando vio al joven inspector asomarse de nuevo a la puerta de su despacho a última hora de la tarde.

—Vengo a contarte que Santamaría compró su BMW siete meses antes de venderlo. Pudo ser él quien la atropelló y se dio a la fuga. Eso explicaría por qué vendió un coche tan caro pocos meses después de la compra, justo después de la muerte de Arantza Brione.

—Es mucho concluir. Los coches de alta gama también son una forma común de blanquear dinero a baja escala. Son el tipo de negocios que manejaba Santamaría antes de meterse en Inver-Oriental. Puede no ser más que una coincidencia.

—Si no hubiera aparecido muerto en el barco de los padres de la chica seguramente solo sería una coincidencia —replicó Sarabia un poco mosqueado por lo trivial que le había parecido la noticia a su jefe. No estaba teniendo un buen día con él.

—Vamos a ser muy discretos con esto, Fernando. Bastante ha sufrido ya la familia. Si no tiene nada que ver, no quiero remover el asunto y hacerles pasar de nuevo por un infierno, dejémoslos en paz. Averigua cada cuánto solía cambiar de coche Santamaría.

Dos horas después de que el *spălător* recogiera el cadáver de Andrés del Amo, una furgoneta aparcaba en Burgas y el conductor llamaba al piso que ocupaba la planta superior de la ferretería regentada por Donka Feraru. Entregó un sobre de parte de Costica que contenía la foto de un hombre torturado y degollado. Donka no lo conocía. Supo enseguida que se trataba del asesino de Levka. Costica le regalaba la venganza, ya que la paz era una sensación que había renunciado a conocer.

Antes de dar por terminada la jornada Miralles llamó a Gracia San Sebastián, pero saltó el buzón de voz. Supuso que todavía estaría en el avión que debía llevarla de vuelta de Tenerife. Se quedó en el despacho con intención de llamarla más tarde, pero media hora después, impaciente, decidió acercarse a su oficina y actual hogar, a solo cinco minutos andando de la comisaría. No quería perder más tiempo y Gracia acostumbraba a trabajar muchas noches hasta tarde. Quizá al día siguiente pudiera enviarle un primer informe. Llamó al telefonillo sin éxito. Decidido a tomar un café en La Mallorquina y a esperar a que Gracia cogiera el teléfono, casi no se percató del taxi que se detuvo delante del portal.

—¿Qué haces aquí? —preguntó Gracia mientras se despedía de Sarah y los niños, que continuaban hacia su casa en la parte alta del Campo San Francisco.

—Tengo trabajo para ti.

—¿En serio? —protestó—. Acabo de llegar. Al menos, ayúdame a subir mis cosas.

—¿Dónde dejo esto? —preguntó Rafa en cuanto entraron en el despacho refiriéndose a la maleta—. Creí que odiabas estas fiestas. ¿Y ese microarbolito de Navidad? ¡Y un Belén en miniatura!

—Cosas de mi madre, ¿qué necesitas? —contestó Gracia.

—¿Puedo enchufar esto a tu portátil? —preguntó Miralles refiriéndose a un *pen drive* copia exacta del que su jefe, Mario Menéndez, le había entregado.

—Si me aseguras que no tiene ningún virus…

Cuando llegué del aeropuerto después de una reconfortante escapada navideña con Sarah y los niños, me encontré a Rafa en el portal de mi despacho con un *pen drive* lleno de documentos para analizar.

Aunque la tarea no me apasionaba, le agradecí que me cargara de trabajo antes de que el entusiasmo y el cansancio del viaje dieran paso a la melancolía propia de la vuelta en soledad. Rodrigo se quedaba un par de días más en Ciudad Real. Al parecer su padre había organizado una montería y el mayoral se había roto la pierna. Al llegar a casa sola lo eché de menos, me estaba acostumbrando a pasar las noches con él.

Me dio la una de la madrugada cribando los datos contenidos en la memoria USB. Solo interrumpí mi trabajo para realizar algunas incursiones a la nevera en busca de un solitario sándwich envasado que no caducaba hasta el día siguiente y varias Coca-Cola Zero.

Rafa no me había dado información alguna sobre la procedencia de los datos ni tampoco lo que debía averiguar, así que lo más complicado de la tarea era el punto de partida: ¿qué estaba buscando exactamente? Allí no había nada relativo a InverOriental. Ni rastro de Puscasu tampoco. La documentación era muy heterogénea y nada tenía que ver con blanqueo de capitales ni empresas quebradas. Había certificados de nacimiento, expedientes universitarios, copias de libretas bancarias antiguas... También fotos de Santamaría y de Del Amo juntos cuando eran jóvenes, de Santamaría con Marta Figueroa, de Marta Figueroa con Del Amo y de los tres juntos. Aunque ya lo suponíamos, ahora teníamos constancia de que Marta mintió en su declaración al decir que no conocía a Santamaría.

También encontré fotos de una pareja con un bebé delante de una casa grande y ostentosa cuyo diseño mezclaba la construcción tradicional manchega con detalles chabacanos como unas columnas que imitaban las de un templo griego. La mujer de la pareja aparecía en otra foto, frente a lo que reconocí como la catedral de Toledo, con sus inconfundibles torres, una alta que apuntaba al cielo, otra baja, con una cúpula redonda que parecía haberse quedado vigilando en tierra. La mujer daba la mano a un niño de unos dos años que vestía un pantalón vaquero corto y una camiseta de la película Mulán. ¿De cuándo era esa película? ¿De hacía diez años? ¿Doce, tal vez? Google me devolvió a la realidad. Mulán se había estrenado hacía más de veinte años. ¿Tan rápido había pasado mi vida? Me fijé en el helado que el niño llevaba en la mano, un Colajet. A Martin le encantaban. La diferencia era que Martin tomaba el Colajet de Nestlé y el del niño de la foto era de Camy; recordaba su clásico y estilizado palito, después de haber chupeteado tantos durante mi propia infancia. Con ese dato, Google volvió a confirmarme que la foto era de finales de los noventa o primeros del siglo XXI. El niño tendría en la actualidad veintidós o veintitrés años. ¿Sería el hijo de Santamaría? Desde luego, la mujer no era Marta Figueroa.

Ningún documento parecía tener conexión con el fraude que investigaba. Los clasifiqué y le envié un informe con las primeras conclusiones a Rafa por correo, junto con la foto que me había llamado la atención y una petición: que me permitiera hablar con Marta Figueroa. Como sabía que se iba a negar, decidí explicarle por escrito, una a una, las razones para que la primera reacción, que intuía no iba a ser buena, la tuviera delante del ordenador, sin que yo pagara las consecuencias.

No tenía intención de madrugar al día siguiente, mi plan era levantarme a las nueve y, si no llovía, salir a correr, pero mientras tanto no quería retener nada que pudiera estar relacionado con los asesinatos de Santamaría y Puscasu a la espera de que significara algo para mí.

«¿Es posible comprobar si esta gente está relacionada con el caso? —escribí en el *email* que le envié a Rafa—. La foto tiene unos veinte años.»

Una vez que terminé, abrí Facebook e Instagram y busqué a Marta Figueroa. Mil ochenta y dos amigos en Facebook, trescientos seguidores en Instagram y los perfiles poco protegidos. Fotos de ella posando en restaurantes, en casa, en la playa y en fiestas, y etiquetada en cientos de fotos de sus contactos. Siempre perfecta y siempre atenta a la cámara.

Buscaba alguna cara en la que identificar a la mujer de la foto con el niño. Marta no publicaba muchas fotos de sus hijos y las pocas que había eran de toda la familia en el barco y en lo que supuse que serían vacaciones familiares. Marta no usaba Twitter, solo Facebook e Instagram, y las fotografías que publicaba eran las mismas en ambas redes sociales.

Busqué los perfiles de Alfredo Santamaría, Andrés del Amo y Levka Puscasu en LinkedIn. Ya los había revisado al principio del caso, pero volví a hacerlo. Como era de esperar, no había nada nuevo, el único que posteaba de vez en cuando era Puscasu hablando de la economía en la Unión Europea y hacía dos semanas que había dejado de hacerlo.

Septiembre de 1993.
Veintiséis años antes del día de San Valentín

Cuando Marta Figueroa salió de San Martín de Montalbán, un pueblo agrícola de la provincia de Toledo, con dieciocho años y la ilusión de buscar fortuna en Madrid, Marisa y Hortensia Cubillos, sus amigas de la infancia, sintieron que se iba con ella una parte de sus cortas vidas. En San Martín los pocos chavales que había iban a estudiar a Toledo o a Madrid. Los padres de Marta, él agricultor, ella limpiadora en el ayuntamiento, podían pagarle la universidad, pero no costear el alojamiento y el resto de los gastos que tendría durante la época de estudios. Marta tenía grandes sueños: quería salir de aquel pueblo de cuatro calles que le provocaba claustrofobia, tener una casa como las de las películas y vestirse con ropa como la que llevaban las actrices de las telenovelas estadounidenses que tan de moda estaban en su infancia. Había visto todas las que se emitieron en la televisión española: *Dallas, Dinastía, Falcon Crest, Santa Mónica* y *Flamingo Road*. Su amiga Marisa, en cambio, solo deseaba casarse y tener hijos. Y Hortensia, la mayor de las tres, deseaba a Marta, pero no estaba dispuesta a confesarlo. Hija de sacristán y con educación católica, estaba convencida de que lo que sentía era pecado y, aunque no podía dejar de sentirlo, sí estaba en sus manos guardarlo en el lugar más oscuro de su alma. Además, Marta quería un marido rico y ella era una mujer pobre y sin nada que ofrecer, así que cuando la marcha de Marta le rompió el corazón, se fue a Toledo a trabajar en la casa de un matrimonio mayor y adinerado que pagaba muy bien y daba poco trabajo.

Marta llegó a Madrid en el mes de septiembre de 1993 con cien mil pesetas en el bolsillo, cincuenta para pagar la matrícula en Derecho y otras cincuenta que le dio su padre para ir tirando hasta que encontrara un trabajo compatible con los estudios. Buscó una habitación en un piso compartido en la zona universitaria y no tardó ni dos semanas en empezar a poner copas en el Alborak, un bar de estilo árabe, forrado de madera y con música tranquila, frecuentado por empresarios trajeados de más de cuarenta que bebían whisky de malta, fumaban Winston y Marlboro y conducían todoterrenos. Unos estaban calvos, otros barrigones, muy pocos eran atractivos, pero casi todos dejaban unas propinas excelentes a una camarera joven y guapa, de sonrisa fácil y escote generoso. Que uno de ellos se fijara en ella para algo más que para hacerle una propuesta de una noche bien pagada era el plan B de Marta. El plan A no eran los estudios, sino conocer a un niño rico que le ofreciera su particular *Dinastía,* así que se guardó las cincuenta mil pesetas de la matrícula y empezó a asistir de oyente a las clases de las mañanas. El primer año fue a muchas clases de diferentes facultades, pero cuando empezó el segundo curso ya se había decidido por Ciencias Empresariales. El motivo de su decisión fue Andrés, un asturiano bajito y feo, con un acento que a ella le sonaba igual que el gallego que solo había escuchado en las películas y le resultaba muy poco seductor. Andrés era un estudiante brillante e hijo de un médico de Gijón, pero su mayor atractivo para Marta era la amistad que tenía con Alfredo Santamaría, también estudiante de empresariales, hijo pequeño de una de las familias más ricas de Toledo y, además, guapo. Era uno de los grandes ligones de la facultad en aquellos años. A Andrés le gustaba ella desde que la vio por primera vez en la cafetería de la universidad y así se lo hizo saber. En cambio, Alfredo, no pareció fijarse siquiera el día que consiguió que se lo presentaran. A él le gustaban de otro tipo, elegantes y sofisticadas, y ninguna le duraba más de un mes.

Al mismo tiempo que Marta salía con Andrés con la esperanza de estar cerca de Alfredo cuando este se cansara de ir libando de flor en flor sin comprometerse con ninguna, el consuelo por la marcha de Marta le llegó a Marisa en forma de marido: Pedro Hernández, un albañil regordete y jovial, diez años mayor que ella, con habilidad para los números, que empezaba a entender el boyante negocio de la construcción y tardó poco en empezar a ganar dinero. Pedro, enamorado hasta el tuétano, le construyó a Marisa una casa en el pueblo, ostentosa, con unas enrevesadas columnas que enmarcaban un porche desproporcionado y grotesco que pretendía imitar al Partenón. Mientras Marisa intentaba por todos los medios quedarse embarazada utilizando todos los trucos que recomendaba el *Cosmopolitan*, su madre, sus tías e incluso las vecinas con ganas de meterse en la vida de los recién casados, Marta le explicaba a Andrés que quería mantenerse virgen hasta el matrimonio para evitar acostarse con él porque no la atraía lo más mínimo. Andrés aguantó las condiciones de Marta y en el último curso de carrera consiguió una beca en el Berkeley College, en Nueva Jersey. Antes de irse, Andrés le prometió a su novia fidelidad y casarse a la vuelta, aunque solo tenía planeado cumplir la segunda promesa. Marta, por su parte, se prometió a sí misma aprovechar el curso para conquistar a Alfredo. La tristeza fingida por la marcha de Andrés, una fiesta de estudiantes y muchas copas hicieron el resto. Al día siguiente, Alfredo se arrepintió, ella simuló sentirse mancillada y lo acusó de abusar de ella cuando se encontraba deprimida y borracha. Para librarse de aquel lío, Alfredo juró no contárselo jamás a Andrés y se alejó de ella como si fuera la peste. El plan de Marta para atraerlo no solo no funcionó, sino que lo ahuyentó. Pasaron dos meses hasta que ella se dio cuenta de que estaba embarazada. Marta vio el embarazo como una nueva oportunidad, pero Alfredo se horrorizó ante la idea de tener un hijo. Le dio dinero para abortar, volvió a jurarle que Andrés jamás sabría nada por él y ella decidió tener al niño a escondidas y utilizarlo para conseguir que Alfredo le diera lo que ella quería. Cuando Andrés volvió para las vacaciones de invierno, la llevó por fin a conocer a su familia a Gijón. A una casa que podría haber salido de una de las series de televisión que tanto le gustaban, en lo alto de una preciosa colina, mirando al mar. A Marta le pareció más bonita que la de *Falcon Crest*.

—¿Tu familia es rica? —preguntó.

—No somos ricos, no te hagas ilusiones, pero viviremos bien. Mi bisabuelo hizo dinero en Cuba y construyó esta casa cuando volvió a su tierra. Después mi abuelo hizo algunos negocios, unos buenos y otros malos y mi padre, cansado de la tradición familiar, se hizo médico, pero mantiene lo que quedaba del patrimonio. Yo he salido a mi abuelo, prefiero el mundo de los negocios. Si te gusta la casa, cuando nos casemos podremos vivir en ella.

—¿Y tus padres? —preguntó Marta temiendo lo peor.

—Se van a mudar a un piso en el centro este verano. Ellos ya no quieren vivir aquí. Les resulta incómodo. Esta casa es antigua, cada mes hay alguna avería. No es ningún chollo.

En ese momento, embarazada de cuatro meses pero sin signos visibles de su estado, decidió aceptar la oferta de Andrés y casarse con él apenas volviera de Estados Unidos.

Durante los meses siguientes, Marisa y Pedro, desesperados por no concebir y valorando las opciones de adopción que no les convencían, la acogieron en su casa, la ayudaron a buscar excusas para evitar ver a sus padres y a Andrés durante las vacaciones de Semana Santa y la cuidaron como si fuera una figura de porcelana que, en cualquier momento, pudiera romperse. El día en el que se puso de parto ingresó en el hospital clínico de Madrid con la tarjeta sanitaria de Marisa Cubillos, parió a Jacobo en menos de tres horas y, dos días después, Marisa salió con el niño en brazos y Marta quedó libre para casarse con Del Amo. Para la noche de bodas, había recuperado la figura.

Marta Figueroa consiguió al lado de Andrés del Amo la vida que deseaba y echó de menos al pequeño Jacobo cada día que no pasó a su lado hasta que un ictus inesperado se llevó a Pedro, el marido de Marisa, después de unos años en los que él, Marisa y Jacobo fueron felices, gastando el dinero según lo ganaban y con una vida carente de preocupaciones. En el mismo funeral de Pedro, Marta vio la oportunidad de tener cerca a su hijo y Marisa, sin dinero ni ocupación, aceptó de inmediato la oferta de Marta de instalarse con Jacobo en Gijón. Por su parte, Hortensia, soltera y harta de los cotilleos sobre sus inclinaciones sexuales, se fue tras ellos con la excusa de que echaba de menos a su hermana y a su sobrino. Marta le proporcionó a Hortensia unas magníficas referencias falsas con las que entró a trabajar en la casa de Fabiola Ferro, que buscaba una persona de confianza para cuidar de sus hijas, la pequeña todavía un bebé, después de tres internas extranjeras que habían regresado a sus países de origen nada más conseguir un poco de dinero para vivir en su tierra con su familia.

Solo unos meses después, como si los fantasmas del pasado volvieran juntos al presente, Alfredo y Andrés no solo retomaron el contacto, sino que empezaron a hacer negocios juntos. Cuando eso ocurrió, Marta hizo lo posible para que Alfredo no se cruzara con Jacobo. Durante muchos años no le resultó difícil. Hasta la fatídica noche de San Valentín.

14

Viernes, 27 de diciembre de 2019

A LAS SIETE de la mañana sonó mi teléfono e inmediatamente me arrepentí de no haberlo apagado antes de acostarme. Era Rafa y quería verme.

—Tío, espero que sea cuestión de vida o muerte —dije cuando escuché su voz—. Me has tenido toda la noche trabajando y ¿me llamas a estas horas?

—Luego te echas la siesta, ¿no es eso lo bueno de no tener jefe? —respondió burlón—. Ponte en marcha y nos vemos en media hora.

—Solo si me dices que sí a lo que te pedí ayer por correo.

—No sé de qué me hablas —mintió antes de colgar y yo lo tomé como un sí.

A las siete y media ya le estaba esperando en el Café Wolf, muerta de frío, con el pelo aún mojado y sin desayunar.

La calefacción todavía no había caldeado el local recién abierto, que olía a productos de limpieza mientras la máquina de café se calentaba para empezar a invadir el espacio con su aroma hogareño. Lejos de quitarme el plumas, deseé haberme puesto debajo algo más que una fina camisa. Bostecé apoyada en la barra de madera y mármol y contagié al camarero, que se tapó la boca con la mano y me dirigió una sonrisa cómplice. Al oír el chirrido de la puerta al abrirse me di la vuelta para saludar a Rafa, que entraba en ese momento frotándose las manos.

—Si seguimos quedando a esta hora —dije cuando se acercó a mi lado en la barra—, voy a renunciar a empezar el día corriendo. Y es una puñeta porque con lo temprano que oscurece a estas alturas del año, tampoco puedo salir a correr a última hora de la tarde.

—No te hagas la mártir, que nunca has salido a correr a estas horas. Aún es de noche. Yo me he comprado una cinta y la he puesto en el sótano.

—Si pongo una cinta en el despacho, la vecina, que consiguió que echaran a los antiguos inquilinos porque le molestaban los teléfonos y el ruido habitual de una oficina, llama a los GEOS para desalojarme. Tiene un hijo concejal. No te preocupes, ya iré al gimnasio para que puedas disponer de mí a estas horas intempestivas, y recuérdame que no vuelva a quedarme trabajando de noche para ti, explotador.

—¿Te has levantado quejica hoy?

—En quejica me has convertido tú, que no me dejas dormir. Necesito unas vacaciones.

—Estuviste en París hace tres semanas y acabas de volver de Tenerife —me reprochó Rafa.

—Lo que yo necesito son unas vacaciones de la vida —dije, y ante su cara de incomprensión, continué—: ¡Bah! No puedes entenderme. A ti te encanta decorar la casa, montar el árbol y disfrazarte de Baltasar, pero yo no soporto las Navidades.

—Es natural que estas fechas sean duras para ti —dijo y, aunque enseguida cambió de tema, me entristeció percibir compasión en sus palabras—. ¿Qué vas a hacer en Nochevieja? Todavía no le has confirmado a Geni que vendrás a la cena que ha organizado en casa. Ella cuenta contigo.

—Hoy mismo la llamaré, Rodrigo vuelve esta noche de Ciudad Real y lo quiero consultar con él. Bueno, ¿te cuento lo que he encontrado?

—Sentémonos en una mesa tranquila —dijo haciendo una seña al camarero para que nos llevara los cafés que empezaban a molerse en la máquina con su reconfortante y familiar alboroto—. Va a empezar a entrar gente y no quiero correr el riesgo de que nos escuche nadie.

—Te envié en un mismo archivo una foto y un certificado de nacimiento —dije una vez sentados—. El certificado es de un tal Jacobo Hernández Cubillos, hijo de Pedro Hernández y María Luisa Cubillos, de veintitrés años. La foto es de hace tiempo, más de veinte años, así que es posible que se trate del mismo niño, las fechas cuadran.

—¿María Luisa Cubillos? —preguntó Rafa alzando las cejas—. Es la persona que trabaja en casa de Del Amo y hermana de Hortensia Cubillos, la mujer que encontró el cadáver en el barco de los Brione, que además es amiga de la madre de Dani el Filetes.

—¿De quién?

El camarero llegó con los cafés, el suyo solo, expreso, el mío, con leche.

—De uno de los trabajadores despedidos por Brione.

—Y la foto está hecha en Toledo —asocié—. Santamaría era de allí.

—Vamos a investigar a Jacobo Hernández Cubillos. Quizá trabaje para la organización a la que pertenecían Santamaría y Puscasu. ¿Qué sabemos de InverOriental? —me preguntó Rafa.

—No hay nada relativo a InverOriental en la documentación que me has entregado.

—¿Y en el Registro Mercantil?

—No hay movimientos en ningún sitio. InverOriental sigue sin actividad. He contactado de nuevo a través de su web y siguen sin aceptar nuevos inversores. Para nombrar otros administradores tienen la obligación de hacerlos públicos, es parte del procedimiento requerido. Tengo todos sus posibles movimientos rastreados. Si intentan hacer algún cambio en las escrituras de InverOriental, me enteraré.

—Luego seguimos hablando de esto, ahora quiero que me expliques por qué demonios quieres ir a ver a Marta Figueroa.

—Es lo que haría si el caso me lo hubiera encargado otro cliente que no fueras tú. ¿Cuál es el problema? —intenté explicarle a Rafa.

—Que esta vez tu cliente soy yo.

Saqué mi mejor artillería dialéctica para convencerlo y Rafa se negó tres veces, como se niegan las cosas que importan. Ya se me agotaban los argumentos y la esperanza cuando, por fin, cedió.

—Atiende bien, porque necesito estar muy seguro de que entiendes mis instrucciones antes de permitirte verla.

—Bien —dije en un gesto de triunfo.

—No te alegres tanto que todavía me puedo arrepentir.

—No lo harás, eres un hombre de palabra. Además, míralo por el lado bueno. Si esa señora me mata, te libras de mí —bromeé.

Rafa sopló su café y se lo bebió de un trago.

—¿Quieres otro? —ofreció—. Me parece que lo vamos a necesitar.

—¿Otro? Si todavía no he probado el mío. Está ardiendo.

—Los años en Nueva York te han estropeado el paladar. Tomas el café como los americanos: frío y aguado. Pues que sepas que el café…

Y durante los siguientes cinco minutos, Rafa estuvo instruyéndome sobre las maravillas del café italiano antes de darme una larguísima lista de órdenes sobre lo que podía y lo que no podía hacer cuando visitara a Marta Figueroa mientras yo desconectaba pensando en cómo convencerla de que aceptara hablar conmigo.

Concertar una cita con Marta Figueroa resultó mucho más sencillo de lo que había imaginado. Solo tuve que llamarla, identificarme y me emplazó para vernos en su casa esa misma mañana, en la colina más valorada de Gijón, donde la contemplación de la grandeza del mar Cantábrico se convertía en el privilegio de los más afortunados.

La parte complicada era que Rafa me permitiera asistir, pero en aquella ocasión no lo fue tanto. Seguí minuciosamente todas las normas que me impuso y me recordó hasta la saciedad: lo avisé antes de llamar a la puerta de la casa y le envié un mensaje cuando me senté en el salón de Marta. Llevaba mi móvil más otro de prepago con la localización activada escondido en el bolsillo interior de mi americana, además de una minigrabadora de audio gracias a la cual él podría escuchar después cada palabra de mi conversación con ella. Me sentía como una adolescente después de una visita a La Tienda del Espía. Era consciente también de que una patrulla vigilaba la casa las veinticuatro horas.

Saber que otros iban a oír lo que dijera coartaba mi capacidad de improvisación, la mejor de mis armas en esas situaciones. Me sentía incómoda, habría preferido acudir a la cita con Marta Figueroa sin apoyo, pero yo no dictaba las reglas.

La casa de Marta era una mansión de indianos rehabilitada con gusto, empezando por el jardín, con las habituales palmeras que indicaban que los propietarios originales habían emigrado a América y regresado después de hacer fortuna. En el interior la combinación de muebles y detalles, unos antiguos, otros modernos y bien elegidos, daba sensación de hogar a la vez que mantenía el aspecto clásico propio de las casas de su estilo.

—Me encanta tu casa, Marta —dije nada más tomar asiento en uno de los sillones del salón—. Tienes un gusto excepcional. Los sofás africanos del recibidor son una maravilla, nunca había visto nada parecido. Bueno —vacilé un momento—, perdona que te atribuya a ti el mérito. Quizá ha sonado un poco trasnochado.

—No te preocupes —respondió con una sonrisa—, la casa está a mi cargo, somos muy tradicionales. No vayas a creer que no soy feminista, pero en la vida una cosa son las ideas y otra el hogar. Mi marido no distingue una pieza de diseño de una del *Do it Yourself*.

—¡Qué me vas a contar! —concedí.

Pensé en Rodrigo, al que el hecho de que hubiera más de quince tonalidades oficiales de blanco le generaba incredulidad. Jorge, en cambio, tenía un sentido estético muy desarrollado, y a los dos nos apasionó diseñar el interior de nuestra casa. Él tenía ideas muy claras de lo que le gustaba y juntos habíamos elegido cada detalle, ilusionados, primero en el apartamento de alquiler en Manhattan y luego en nuestra casa de Brooklyn, con el fin de crear un espacio acogedor para recibir a Martin. Sin embargo, cuando volvimos a España después de su muerte, lo único que hicimos en la nueva casa y en el despacho fue colocar los muebles que cruzaron el Atlántico tras nosotros en un contenedor y llenar el resto de espacios con los básicos del Ikea. En mi despacho y actual hogar, ni siquiera tenía cama y dormía en un futón.

—¿Te gusta la decoración? —me preguntó Marta.

Asentí.

—Muchas piezas son originales, ¿sabes? —me explicó Marta—. La casa la construyó el bisabuelo de Andrés, mi marido. La historia es la de tantos otros: emigró a Cuba, hizo dinero allí y volvió cuando Fidel derrocó a Batista. En cambio, su hijo, el abuelo de mi marido, tuvo mala visión para los negocios. Cuando murió, quedó esta casa, un Cadillac y un Mercury, con más de setenta años cada uno, que han dado más disgustos que alegrías y un apellido que llevar con orgullo. Y la casa es preciosa, pero da trabajo y problemas. No hay año en el que no tengamos una avería importante.

Marta me invitó a un café con pastas, con juego de café de La Cartuja incluido.

—Entonces, trabajas para la policía —afirmó Marta abriendo la conversación sobre el tema que me había llevado a su casa.

—Soy investigadora independiente y colaboro con la policía en la investigación sobre la empresa de la que Alfredo Santamaría era director financiero.

—Yo no conocía bien a Alfredo Santamaría —me indicó Marta.

—¿Alfredo y tu marido fueron compañeros en la universidad?

—Coincidieron en la misma época. Yo empecé a estudiar, pero no terminé. Luego me casé con Andrés y nunca más pensé en retomarlo. Alfredo era cliente de mi marido, pero su empresa estaba en Barcelona. Por eso no venía mucho por aquí.

—Se trasladaron a Gijón hace tres años según el Registro Mercantil. ¿Tu marido suele trabajar con clientes de fuera del Principado?

—No estoy muy metida en los temas de la asesoría, es todo cosa de Andrés —respondió Marta después de unos segundos de reflexión—, pero sí que conozco a muchos de sus clientes. Esta ciudad no es tan grande y los empresarios coincidimos en los mismos círculos. A las fiestas que hemos organizado solo han asistido clientes locales, pero es posible que mi marido tenga otros clientes fuera. No sabría decirte.

—¿No te involucras nada en los negocios de la familia?

—Solo cenas, fiestas y relaciones públicas cuando Andrés lo requiere. Mi fuerte es la parte social y a mi marido le gusta tener el protagonismo. Cuando llega el verano organizamos fiestas casi cada fin de semana y a veces salimos a navegar con algunos clientes.

—En Navidades podréis descansar de la vida social. Me imagino que el mes de diciembre habréis tenido muchas cenas y eventos.

—La verdad es que no. Andrés se fue de viaje hace tres semanas y aún no ha vuelto.

—¿Tu marido no estuvo con vosotros en Navidad?

—No. Y lo estoy pasando fatal.

Entonces Marta se echó a llorar. Era lo último que esperaba. Busqué unos pañuelos en el bolso que, como un milagro, aparecieron a la primera.

—Lo siento.

—Llevo tres días sin hablar con él. Nos felicitó la Nochebuena con un whatsapp, ¡con un whatsapp! No habló ni con sus hijos. Decía que había un asunto que requería toda su atención y que no podría pasarla con nosotros. Yo soy muy comprensiva con su trabajo, pero en Navidad…

Guardé silencio dándole tiempo para rehacerse. Marta suspiró, se sentó recta y se recompuso de su momento de debilidad. Por completo. Como haría una actriz cuando el director corta el rodaje de una escena lacrimógena.

—La policía solo podrá encontrar a tu marido si entendemos en qué consistía el negocio que gestionaba para Santamaría —dije al fin, desconcertada ante la reacción de Marta.

—Es que no lo sé, no tengo ni la más remota idea. Andrés es asesor fiscal.

—¿Y si me cuentas qué ha ocurrido desde la última vez que lo viste?

Mi compromiso con Rafa era solo hacer preguntas relativas a los clientes de Andrés del Amo que pudieran ayudarme a descubrir la naturaleza de su papel en InverOriental y me dieran una pista sobre la identidad de las empresas que estaban involucradas en el blanqueo de dinero. No esperábamos semejante giro en la conversación y, aunque sabía que estaba yendo más allá de lo acordado, no quise desaprovechar la oportunidad. Esperaba que surgiera algo sustancioso para que Rafa no se cabrease mucho por mi intromisión en el caso policial.

—Andrés salió en viaje de negocios el día 6 de diciembre —dijo Marta y a mí me pareció que recitaba—. No siempre que sale de viaje está localizable. A veces no hablamos durante un par de días, aunque siempre me envía mensajes. Cuando saltó a la prensa la noticia del cadáver de Santamaría, lo comentamos por teléfono. Se enfadó conmigo por no llamarle de inmediato para contárselo. Es verdad que todo el mundo hablaba de ello, pero a mí no me pareció oportuno molestarle en su trabajo para avisarle de algo así.

—¿Dónde estaba tu marido la última vez que hablasteis?

—En Moldavia. Tenía planeado regresar al día siguiente, pero le surgió un asunto de última hora y tuvo que ir a Rumanía antes de volver a casa. Algo relacionado con inversiones inmobiliarias, me dijo.

—¿Viajó a Rumanía? ¿Recuerdas el nombre de la empresa?

—Inver algo…

—¿InverOriental?

—Creo que sí.

—Es la empresa de Santamaría. Es decir, tu marido se enfadó porque no le avisaste de la muerte de Santamaría, pero en vez de volver cuando se enteró, viajó a Rumanía para hacer gestiones relativas a la empresa de su amigo muerto.

Marta miró su taza vacía y se sirvió más café.

—No sé por qué me pongo café cuando lo que necesito es una tila —dijo levantándose del sillón—. Espera un momento.

Marta encargó a una persona del servicio tila para dos. Yo no la necesitaba, pero tenía suficiente dosis de cafeína en el cuerpo.

—¿Qué te contó Andrés? —la animé a seguir.

—Poco más. Hablamos de lo que decía la prensa sobre la muerte de Santamaría. Luego me llamó desde Rumanía, después de registrarse en el hotel, el Marriott de Bucarest. Me dijo que tenía una reunión muy importante, decisiva para su futuro y que esperaba volver a casa en un par de días. No ha vuelto a llamar desde entonces, solo nos hemos cruzado unos cuantos mensajes, pero ayer, al ver que ni siquiera me escribía, llamé al hotel y allí no saben nada de él desde el día que hablamos. Dejó la habitación esa misma noche.

—¿Qué día recibiste la última llamada?

—El catorce; nos hemos estado enviando mensajes hasta ayer y ahora llevo veinticuatro horas sin saber nada de él.

—¿Cómo es que no has acudido a la policía, Marta? Tienes que estar preocupadísima.

—Porque ellos ya lo están buscando. Creen que tiene algo que ver con la muerte de ese hombre y yo no quiero causar más problemas.

—Tengo que hacerte una pregunta. No podemos descartar ninguna posibilidad.

—¿Vas a preguntarme si es posible que mi marido haya huido?

Asentí con la cabeza.

—¿Sin nuestros hijos? Andrés jamás abandonaría a los niños —afirmó Marta, y esa vez sí que parecía convencida.

Le hice alguna pregunta más sobre la empresa de su marido y sus clientes, pero fueron infructuosas: o Marta no tenía ni idea de los negocios de Del Amo o había decidido guardar silencio a pesar del peligro que pudiera correr su marido. O precisamente por eso.

—¿Cómo ha ido la entrevista con Marta? —preguntó Rafa según entré en su despacho nada más volver de Gijón.

Aún no había comido y el hambre me ponía de mal humor.

—Escúchala tú mismo. Entiendo que para eso me has ordenado que la grabara. Aquí la tienes —dije entregándole la grabadora—. He comprobado que está todo. Yo me largo.

—¿Algún problema?

—Sí, pero no contigo. Es que no he comido nada y el hambre me irrita. Así que salvo que tengas un chuletón guardado en el cajón, será mejor que me vaya.

—Pues estás de suerte. Yo tampoco he comido. Voy a pedir que nos suban algo.

Con dos pinchos calientes y una Coca-Cola Zero en la mano, empecé a ver las cosas con mucho mejor ánimo. Ni siquiera me sentí culpable porque Rafa solo comiera una ensalada de pollo sin aliñar y un yogur desnatado.

—Entonces —resumió Rafa—, Marta Figueroa dice que no sabe dónde está su marido, que no la llama desde que llegó a Rumanía hace casi dos semanas, pero han estado cruzándose whatsapp. No le pareció raro hasta que le envió un mensaje para decirle que no iba a volver a casa para Nochebuena y ahora lleva veinticuatro horas sin tener noticias de él.

—Así es. ¿Sabes? Durante toda la conversación tuve la sensación de que Marta estaba recitando una lección.

—Por eso aceptó recibirte casi sin hacer preguntas. Necesitaba un receptor que trasmitiera a la policía el mensaje que ella quería enviar.

—Habría sido mucho más fácil acudir directamente a vosotros.

—Ya averiguaremos por qué no quiere hacerlo.

—Pero entonces insistí. ¿Qué habría hecho si yo no la hubiera llamado?

—Respecto a eso, debemos hablar —dijo Rafa en un tono que me alarmó—. Cuando trabajas en un caso para uno de tus clientes puedes moverte con libertad, y si interfieres en un caso nuestro, tienes que hacer algo muy gordo para que te pueda acusar de obstrucción a la justicia, pero cuando trabajas para la Policía, o acatas mis órdenes o te suspendo el contrato y te sanciono.

No me gustaba nada el giro que tomaba la conversación.

—Entendido —dije sin saber a qué venía la charla.

—¿Seguro? Porque si te prohíbo ir a ver a alguien y vas, eso es exactamente lo que va a ocurrir. Por eso no trabajamos habitualmente con personal externo.

—Tú accediste a que fuera a ver a Figueroa. Esta misma mañana en el Wolf…

—Por eso estamos teniendo esta conversación y no otra —cortó Rafa—, pero quiero estar seguro de que comprendes muy bien la diferencia entre convencer al comisario y desobedecer una orden del comisario. Has ido a ver a esa mujer porque yo he decidido que vayas. Tú no tienes autoridad para tomar esa decisión. Estamos tratando con asesinos, no con aprovechados que cobran la pensión de un familiar muerto.

—Que sí, que lo he entendido. A la primera —afirmé mosqueada por la bronca inmerecida después de haberme tenido toda la noche trabajando—. Te aseguro que mientras trabaje en un caso policial, no haré ningún movimiento que no esté previamente autorizado por ti.

—Eso es lo que quería oír. Ahora sigue contándome. ¿Te habló de sus hijos?

—Sí, me presentó a su hijo, llegaba de montar a caballo. No tenía ninguna marca en la cara si es lo que quieres saber.

—¿Qué te contó?

—Nada importante. Es un gran estudiante, juega al tenis y le encanta la equitación. Son socios del club hípico y del club de golf. Todo muy esnob, pero según Marta, esas actividades forman parte del negocio. Están donde les conviene estar, al lado de sus clientes.

—Mucha prosperidad para una asesoría fiscal.

—Desde luego, el nivel de vida que lleva la familia apunta a que Del Amo está implicado en la trama de blanqueo de dinero. No es por fortuna familiar. Ella no tiene propiedades y Marta afirma que de la familia de Del Amo solo recibieron la casa.

—Lo que quiere decir que hay muchas posibilidades de que esté muerto, igual que sus socios.

—¿A quién beneficiaría la muerte de los tres? ¿A una organización rival?

—Si es así, desconocemos su existencia.

Le di un bocado a un delicioso pincho de pollo con mayonesa y ensalada mientras reflexionaba sobre la última conclusión de Rafa.

¿Algo había ido mal y la mafia los había liquidado a todos? ¿O era Del Amo el que había matado a Santamaría y a Puscasu y luego había huido dejando a su familia atrás?

En esos pensamientos estaba cuando entró el inspector Sarabia y, por su expresión, no se alegró de verme. Tenía en mente preguntarle a Rafa a qué había venido la charla que me había soltado sobre acatar sus órdenes, pero al ver la reacción de Sarabia y la sequedad con la que me trataba el jefe de policía, adiviné que el comisario estaba haciendo grandes esfuerzos para defender mi presencia en el caso más complejo de los últimos años y que cualquier metedura de pata por mi parte lo dejaría en muy mal lugar. No esperé a que me invitaran a irme.

CUANDO EL INSPECTOR Sarabia entró en el despacho del comisario, lo encontró comiendo con la investigadora financiera.

Al parecer, San Sebastián había ido a ver a Marta Figueroa. Su presencia lo incomodó. Ya había sido irregular el viaje a Barcelona; que además visitara a una persona implicada en el caso estaba en el límite, aunque el motivo fuera averiguar más sobre los negocios de Del Amo. Sarabia, al igual que el jefe de policía, no se sentía cómodo trabajando con Gracia San Sebastián, aunque por distintas razones. Para un inspector con ambición de convertirse en el comisario más joven del país, estar al cargo de una investigación en la que se había implicado el propio jefe de policía era una oportunidad de oro. No quería ver husmeando a nadie que escapara de su control en el caso que debía lanzar su carrera profesional.

—Comisario, tengo información sobre la pelea del hijo de Del Amo —dijo sin ni siquiera saludar a Gracia San Sebastián.

—Bien —se limitó a responder el comisario Miralles.

Sarabia dudó. La información era importante y no quería compartirla con su jefe delante de la que consideraba una intrusa.

—Me voy —dijo ella poniéndose en pie—. Ya te he contado todo lo que he averiguado.

—No era mi intención interrumpir la reunión —dijo el inspector en cuanto la investigadora salió del despacho, simulando una incomodidad que no sentía.

—Ya habíamos terminado —zanjó Rafa mientras San Sebastián cerraba la puerta del despacho con una lata de Coca-Cola en la mano—. ¿Qué pasa con el hijo de Del Amo?

—He conseguido hablar con el director del colegio: Alberto Del Amo no faltó a clase los días posteriores a la muerte de Puscasu y no mostraba ninguna señal de haberse peleado. Ni un rasguño. Sale con una compañera de clase desde hace un año y su mejor amigo no tiene novia y tampoco hay nada que indique que haya participado en una pelea. Hace días que no los ve, desde que empezaron las vacaciones. Para entonces Puscasu ya estaba muerto. Figueroa nos ha mentido con total descaro. Creo que es hora de hacer una citación oficial.

—¿A quién cojones está protegiendo esa tía? ¿A su marido? —maldijo el comisario—. Debe de creer que somos tontos.

Miralles puso al día al inspector del encuentro entre Gracia San Sebastián y Marta Figueroa.

—Figueroa nos ha hecho perder el tiempo —afirmó Sarabia—. Pero si lo que dice San Sebastián es cierto y Figueroa ha representado ante ella un paripé, eso significaría que le interesa que pensemos que a su marido le ocurre algo, que está vivo y que alguien lo retiene en contra de su voluntad. Espero que no estemos poniendo en peligro a la investigadora, jefe.

—No te preocupes por eso —replicó el comisario, que cada vez tenía más dudas sobre las intenciones del inspector—, repasa la grabación completa y después hablamos. Mientras tanto, pide una orden de registro para su barco y su casa, y que emitan una orden de busca y captura para Del Amo. Cuando se lo cuentes, la juez de instrucción la va a firmar de mil amores. Y presiona a la enfermera y al médico que atendieron al chico que llevó Marta Figueroa para que le curaran. Tenemos que averiguar quién es. Hay que encontrar al que tuvo el encontronazo con Puscasu.

—Hay algo más, comisario. Es sobre el coche de Santamaría —dijo Sarabia—. El anterior, otro BMW de gama alta, le duró cuatro años y lo entregó en la casa cuando compró el nuevo. Hizo lo mismo con el anterior a ese. Lleva conduciendo BMW muchos años, modelos cada vez mejores y nunca ha tardado menos de cuatro años en cambiarlos.

—¿Hay alguna posibilidad de localizar el coche?

—La empresa que se lo compró a Santamaría lo revendió al día siguiente. La transferencia se hizo a Rumanía a nombre de una empresa rumana.

—¿Podemos localizar al destinatario final del coche?

—Sin la colaboración de la Administración rumana, no. Y mucho menos podemos localizar el coche en sí. Lo siento, jefe.

—Déjalo estar, aunque consiguiéramos la colaboración, que no está siendo el caso, estoy seguro de que el rastro se pierde.

¿Al menos sabemos si pudo ser el modelo de coche que mató a la chica? ¿La científica ha hecho algún avance?

—Nada concluyente. Pudo ser, pero también pudo ser otro. Sin encontrar el coche es imposible saberlo.

—¿Algún otro indicio que relacione a Santamaría con la muerte de Arantza Brione?

Sarabia negó con la cabeza, exasperado por no poder hacer más méritos ante su jefe.

—Tenemos que situarlo en la zona del atropello aquella noche para justificar la investigación y poder reconstruir sus pasos —dijo Miralles.

—Estoy en ello, comisario.

—No desesperes. Si fue él habrá un cabo suelto y nadie mejor que tú para encontrarlo. Lo del coche no parece casualidad. Cada vez estoy más convencido de que Santamaría tuvo algo que ver con la muerte de Arantza Brione.

—Y eso haría a Mateo Brione y a Fabiola Ferro subir posiciones en la escala de sospechosos —concluyó Sarabia celebrando interiormente el halago de su jefe.

La duda no era el estado natural de Jorge Quirán. Pertenecía a ese tipo de personas que se manejan bien en la incertidumbre, tomando decisiones ágiles que después se convierten en aciertos gracias a una precisa ejecución, pero sentado en el salón medio vacío de la que había sido su casa en Oviedo, a Jorge le costaba decidir cuáles serían sus próximos pasos. Mientras contemplaba el monte Naranco a través de la cristalera del salón como si este pudiera librarle de su indecisión, cogió la cerveza recién abierta y le dio un sorbo. No podía quedarse trabajando desde Oviedo eternamente sin que el asunto que tenía que resolver allí avanzara en ninguna dirección. En poco más de una semana lo esperaban en el China Merchants Bank, en Shenzhen, y la situación de su empresa seguía sin estar resuelta. Dos meses atrás era solo una empresa joven y prometedora en un nicho de mercado especializado, seguida por los analistas por si se producía un despegue espectacular. El contrato con el CMB la había puesto en el punto de mira de todos los inversores. Si el proyecto era un éxito, las previsiones se convertirían en beneficios y podría salir a bolsa en menos de dos años. Antes de volver, Jorge no se planteó que el contrato pudiera ser de alguien más que suyo. No había dado ningún paso porque intuía que eso era lo que el abogado y amante de Gracia estaba esperando: en cuanto él planteara en el acuerdo de divorcio que se quedaba con el cien por cien de la empresa, pasaría a ser el malo, el tipo que no solo deja a su mujer después de perder al hijo de ambos para irse con otra, sino que además pretende quitarle lo que legalmente es suyo. Ningún juez iba a fallar a su favor. De todas formas, Jorge no tenía tiempo para juicios y ya no le quedaba ninguna baza por jugar. Había soltado su último as y Gracia no había vuelto a dar señales de vida. Que Sloane la hubiera cabreado publicando fotos juntos en todo internet iba a costarle el trabajo de muchos años. La vibración del teléfono en el bolsillo de los vaqueros lo sacó de sus reflexiones. Era Gracia. Quizá no estuviera todo perdido.

—¡Qué sorpresa más agradable! ¿Qué tal las Navidades?

—Inmejorables. ¿Y las tuyas?

—Originales, la verdad. Lo pasamos bien, ya sabes cómo es tu madre, es imposible aburrirse con ella y aún me dura la indigestión.

—Me gustaría que nos viéramos —propuso Gracia.

—¿Una cena?

—Una reunión.

—¿Una reunión con un pequeño aperitivo antes de cenar? ¿Aquí en la casa a las ocho? —propuso.

A Jorge le pareció que Gracia dudaba, pero por fin aceptó. Eso le daba un colchón de tiempo para pensar qué decir. Tenía una oportunidad para solucionar su problema y eso requería una buena estrategia y un ambiente relajado. Iba a ser el encuentro definitivo. Quizá Gracia aceptara su propuesta y, aunque no era lo que había previsto para su nueva etapa vital, tal como estaban las cosas no sería la peor de las opciones. No era lo que quería, pero si era lo que tenía que hacer para proteger la empresa, lo haría. A fin de cuentas, prefería pasar diez años más con Gracia que otra semana con una mujer como Sloane. Las palabras de Adela, su suegra, se colaron en ese momento en su cabeza: «Mira, hijo, no sé lo que te traes entre manos, pero sea lo que sea, sé sincero. Si no lo haces, nos vas a hacer daño a todos, incluido a ti mismo. Aunque ya no estéis juntos, ella quiere que seas feliz. Y estoy segura de que tú quieres lo mismo para nosotras». Se sintió mal por Adela, que siempre lo había tratado como a un hijo. Como al hijo favorito.

Jorge recordaba haberle preguntado a Adela, ya con dos copas de champán en el estómago: «¿Y tú crees que el maromo con el que está es sincero con ella?».

«No lo sé, pero sí sé que a ti no debe importarte porque diría muy poco de ti que lo que haga el maromo, como tú le llamas, condicione lo que hagas tú», había respondido su suegra.

MARIO MENÉNDEZ TAPIA estaba a punto de empezar a dar cuenta del sándwich de pavo y ensalada que acababa de preparar para cenar cuando sonó el tono que avisaba de una llamada entrante en Skype. A esas horas y por ese medio solo podía ser Víctor Mircea.

—El asesino de Puscasu ha muerto —informó el viejo policía rumano a su amigo.

—¿Estás seguro?

—Sé que alguien que Costica ha identificado como el asesino de su primo Levka ha muerto. Y es el hombre de una de las fotos que me enseñaste.

—¿Cuál de ellos?

Víctor Mircea compartió con su amigo Mario Menéndez la pantalla de su ordenador. El muerto era Andrés del Amo. Le habían cortado el cuello brutalmente y la piel del torso mostraba varias marcas de quemaduras recientes. El jefe de policía sintió lástima por aquel pobre diablo. ¿En qué lío podía haberse metido un asesor fiscal de Gijón con mujer, dos hijos y una vida acomodada para acabar torturado y muerto en Bucarest?

—¿Costica?

—En tal caso, sus hombres. Tiene varios exmilitares del antiguo ejército de Ceausescu trabajando para él. Son auténticas máquinas de provocar dolor, sin atisbo ninguno de conciencia, aunque a tu compatriota no parecen haberlo tratado tan mal antes de eliminarlo.

—Pues buena pinta tampoco tiene. ¿Dónde está el cadáver? —preguntó el jefe de policía, que no compartía el análisis de la situación que había hecho su amigo. A Del Amo lo habían degollado como a un cerdo.

—No cuentes con que lo encuentren. Hay un rumor que dice que Costica trabaja con un limpiador solo al alcance de las altas esferas: el *spălător* le llaman, que hace desaparecer los desechos humanos. Los desintegra. No sé si es cierto porque nadie sabe quién es. Lo único que puedo decirte es que a Costica nunca le han podido cargar un muerto porque no ha aparecido ningún cadáver que puedan relacionar con él.

—¿De dónde has sacado la foto?

—Eso da igual, es fiable, todavía tengo muchos contactos, pero no puedo enviártela, solo quería que la vieras.

—¿Conoces una agencia de detectives llamada Total Trust Investigations? —preguntó Mario cambiando de tema mientras hacía una captura de pantalla.

—Claro. Son los mejores. Dos de ellos son viejos colegas de la policía, pero también tienen expertos mercantiles y abogados. ¿Por qué me lo preguntas?

—Curiosidad. ¿Qué vas a hacer en Nochevieja? —dijo Mario, al que no le pareció prudente confesar que indirectamente la policía recibía información de una agencia de detectives.

—Anca y yo vamos a cenar en casa de unos amigos. ¿Tú? No irás a pasarla trabajando, que te conozco.

—Actuaré con el Coro Vetusta en la residencia de ancianos y luego cenaré con algunos de los compañeros del coro. Tendremos banquete y cotillón por todo lo alto en el hotel La Reconquista. Vamos a celebrar que todavía nos quedan muchos años para acabar en el asilo.

Mario colgó confuso. Según la información que ellos manejaban, Andrés del Amo no se encontraba en Gijón el día de la muerte de Levka Puscasu. No dudaba de la veracidad de la foto que su amigo le había mostrado, pero sí de la interpretación que este había hecho de su muerte. Del Amo había sido asesinado en Bucarest. ¿Por qué Costica, si es que había sido él, se estaba cargando a todos los relacionados con InverOriental? Eran sus hombres, los que trabajaban para él. ¿Habrían intentado traicionarlo?

A ÚLTIMA HORA de la tarde me arreglé para ir a ver a Jorge en la que aún era mi casa y que, en dos semanas, ya no sería de ninguno de los dos, dispuesta a resolver el misterio de su visita de una vez por todas y a solucionar el tema del divorcio antes de que a Rodrigo se le agotara la paciencia y empezara a plantearse dar marcha atrás en nuestra relación.

Antes de salir lo llamé. Seguía en Ciudad Real con su padre y no volvería hasta el domingo.

—¿Puedes prometerme que no firmarás nada sin consultarlo conmigo antes?

—No voy a prometerte eso. Firmaré lo que considere cuando lo considere.

—Por favor. Sé razonable.

—Soy razonable, pero esto es cosa mía.

—También es cosa mía que la persona con la que tengo una relación seria y exclusiva vaya a cenar con su ex del que no está divorciada a su casa, los dos solos, y no estoy diciendo nada.

—Para no estar diciendo nada… —empecé y al instante rectifiqué—. Tienes razón, o cedemos los dos, o esto no funciona. Como es importante para ti, no firmaré nada sin que tú lo revises antes en calidad de abogado. Pero la decisión final será mía. Y no quiero discutirla contigo ni que sea un problema entre nosotros. ¿Aceptas el trato?

—Acepto. Llámame cuando vayas para casa, por favor.

Jorge me esperaba con una botella de Matarromera abierta, aireándose y con una cena recién servida en la mesa baja del salón por el servicio a domicilio del Vinoteo. A pesar de que le había dicho que no quería cenar con él. No había arriesgado con mis gustos: setas y mi cachopo preferido, de foie y queso azul, y lo había preparado como si fuera un día normal, de tantos otros pasados juntos, en el sofá, sin formalismos.

Ignoré la cena y acepté la copa de vino. Con ella en la mano me senté en el sofá y fui directa al tema.

—¿Tu hermana ya te ha dado una fecha para enviarnos la propuesta de acuerdo? Esto se está dilatando más de lo esperado.

—Antes de que me vaya a China, pero no sé el día exacto. También se encargará de enviarlo al juzgado para que lo ratifiquen si eso es lo que quieres —aseguró.

—¿Cuándo te vas? —pregunté.

—El 7 de enero. Pero tengo que arreglar un par de temas en Madrid antes de volar a Shenzhen.

—Entonces, ¿ya está? ¿No hay ningún problema? ¿Firmamos antes de Reyes y luego te vas para China?

—Eso depende de ti. ¿Picamos unas setas para acompañar el vino? —propuso él y yo cometí el error de aceptar.

Jorge evitó el tema y, a pesar de que me mantuve distante, él estuvo encantador y llevó la conversación hacia nuestros recuerdos felices: habló de la gente que conocíamos y de las anécdotas que habíamos compartido con ellos; de cuando nos fuimos a vivir a Nueva York; de aquella vez que a él se le olvidó una manzana en la mochila del portátil y, cuando llegamos al control del JFK, tres perros minúsculos, entrenados por la policía de aduanas para detectar comida cruda, se tiraron sobre ella hasta que casi la destrozaron. Jorge hacía rato que se había puesto cómodo en el sofá y dejé que se explayara para ver adónde quería llegar.

Cuando terminamos con la degustación de setas nos levantamos para cambiar los platos y probar el cachopo, pero al volver de la cocina, Jorge me cogió de la mano y tiró de mí hacia él con evidentes intenciones.

Lo que me pilló por sorpresa no fue tanto el acercamiento de Jorge como la oleada de excitación involuntaria que me causó con ese pequeño acto. Me enfadé conmigo misma y lo aparté a tiempo. No dijo nada, pero tampoco se echó atrás.

—¿Qué pretendes? ¿A qué viene esto ahora? —pregunté en cuanto conseguí que la razón tomara de nuevo el control y estuve segura de que mi voz iba a sonar tranquila.

Entonces, Jorge evitó mi pregunta y atacó.

—Te conozco demasiado bien, leo tus reacciones como si las llevaras escritas en la cara y tienes las mismas ganas que yo de que esto pase. ¿Qué te frena?

—Mi sensatez, eso me frena. ¿Qué quieres? ¿De verdad vas en serio? Si me acuesto ahora contigo, ¿volvemos a ser felices y tenemos niños y no te vas a China? ¿Renuncias al contrato o quieres que lo deje todo y que me vaya a China contigo a hacer de mujer florero? ¿O yo me quedo aquí sola esperándote y tú te vas quién sabe cuánto tiempo? ¿Cuál es tu plan?

—Sabes que no puedo renunciar a mi proyecto allí, pero puedes venir conmigo si quieres.

Tardé unos segundos en recomponerme y poner las ideas en orden.

—Y tú sabes que no voy a aceptar, por eso me lo propones —dije al fin.

Su cara me lo dijo todo. No fue capaz de responder.

—Mira —dije más calmada—, no sé si quieres una última noche de despedida o a qué juegas, y sería una tontería decirte que no me gustas después de haber estado diez años contigo: me atraes, eso es inevitable, pero tengo una relación que no pienso dinamitar por mucho que tú te empeñes. Lo único que quiero de ti a estas alturas es un divorcio pacífico y rápido.

Jorge me miró desafiante y estalló.

—¿Pacífico dices? ¡Qué desfachatez tienes! —gritó—. Tú lo que quieres es putearme. Te estás comportando como una niña caprichosa y mezquina. ¿Es porque estás resentida por lo de Sloane o es por ese imbécil con el que sales? Me has decepcionado, Gracia, me has decepcionado muchísimo.

¿Que yo le había decepcionado? ¿Yo le puteaba? Era lo que me faltaba por oír. No quise entrar en una discusión que no podía terminar bien: noté que se me aceleraba el corazón y la amenaza de un nuevo ataque de ansiedad me empujó a salir de allí sin dar explicaciones. Cogí el bolso y el abrigo y me fui cerrando la puerta de un portazo. En el ascensor le envié un whatsapp a Rodrigo.

«Lástima de cachopo», pensé cuando llegué al portal.

23 de febrero de 2019.
Nueve días después de San Valentín

—Alfredo quiere una prueba de paternidad —dijo Marta—. Debemos contárselo a Jacobo.

Marta Figueroa y Marisa Cubillos estaban solas en el salón con una infusión que les calentaba el cuerpo mientras el frío atenazaba su alma.

—Marta, por favor, no me hagas eso. Nos va a odiar. Su novia acaba de morir, ha mentido a la policía y ocultado al asesino de esa chica para mantenernos a salvo de los mafiosos para los que trabaja Andrés, al que quiere casi como a un padre. ¿Quieres que le digamos que el hombre que mató a su novia es su padre biológico? Se va a ir, Marta, se va a ir. No va a querer saber nada de nosotras nunca más. Ya sabes cómo es de recto y de justo este hijo nuestro.

—Sí, no sé a quién ha salido, la verdad, porque por genética no es —dijo Marta y al ver la cara de su amiga se arrepintió—. Quiero decir, que has hecho un excelente trabajo con él. Nadie lo habría educado mejor que tú. Por eso no podemos dejar que Alfredo se lo cuente a Andrés. No me lo va a perdonar. Se va a divorciar de mí y nos va a echar a los tres de aquí. Y yo no tengo nada, Marisa, nada. Todo es suyo. Todo está a su nombre. ¿No lo entiendes? Llevo toda la vida luchando por vivir como vivimos ahora, tú, Jacobo, mis hijos y yo. No lo vamos a perder porque el cabrón de Alfredo quiera jugar ahora a las familias.

—Si no quiso saber nada cuando te preñó, ¿qué demonios quiere ahora que Jacobo ya es un hombre? —preguntó Marisa levantándose para caminar por el salón—. Tenemos que pararle los pies. Dile que sí.

—¿Que sí qué?

—Pues que sí, que haces la prueba.

—Marisa, si le entrego una muestra de ADN que no sea de Jacobo, Alfredo no va a tragar. No es idiota. Sabe que es hijo suyo, solo quiere confirmarlo para tener una prueba que enseñarle.

—Dale una de Jacobo. Vamos a ganar tiempo. Y cuando salga positiva, le diremos la verdad: que Jacobo no sabe nada, que lo odia a muerte por lo que pasó con Arantza y que, si realmente quiere tener una oportunidad de explicarse con él, debe hacernos caso a nosotras, que somos las que le conocemos. Y dile también que lo haremos siempre que Andrés no sepa nada. Por nosotras y por él mismo. No creo que a él le interese que su socio y amigo se entere de que tuvo un hijo con su mujer, no te será difícil persuadirlo para que calle.

Si a Marta le sorprendió que Marisa, a la que acostumbraba a ver siempre en un segundo plano, tomara la iniciativa, no lo dijo. Bien sabía ella hasta dónde era capaz de llegar una madre por sus hijos.

—Tienes razón —dijo Marta al fin—. Es nuestra mejor opción. Y, mientras tanto, debemos trazar un plan para neutralizar a Alfredo. Al menos, tendremos algo más de tiempo.

15

Sábado, 28 de diciembre de 2019

A PRIMERA HORA de la mañana, con un café recién hecho, Jorge Quirán se sentó a observar la tormenta desde uno de los sillones que todavía quedaban en el salón de la casa de Oviedo, la que en unas semanas estaría habitada por una nueva familia a la que deseó más suerte que la que habían tenido Gracia y él. Abrió el portátil, entró en la página de Iberia y reservó el primer vuelo que encontró para Madrid. Según su hermana Carmen, abogada de familia, solo tenía dos bazas por jugar ante un juez para evitar repartir la empresa: que la compañía era estadounidense y que cuando se firmó el contrato ya estaban separados, aunque no legalmente. No tenía ninguna prueba que demostrara que ya estaban hablando de divorcio porque no lo habían hecho, pero sí de que él residía en Nueva York. En Madrid tenía cita con el despacho al que le había remitido su propia hermana. «Estarás en manos de las abogadas más agresivas y con más éxito en temas de divorcio que hay en España», le había dicho.

Mientras esperaba que le llegara la confirmación de su vuelo al teléfono móvil, se preguntó cómo habían podido torcerse tanto las cosas con Gracia. Volvió a dudar. ¿Era posible que se hubiera precipitado al juzgarla? Descartó sus dudas por ingenuas. Ella no se había enfrentado a él porque para eso le había enviado a su perro de presa.

EN EL DESPACHO del comisario Miralles, acompañados por el ruido rítmico de la lluvia que chocaba contra los cristales, el inspector

Sarabia y él repasaban los datos obtenidos del registro de la casa de Marta Figueroa.

—Suéltalo ya, ¿qué tienes en mente? —lo apremió el comisario al ver que el inspector llevaba rato dándole vueltas a algo.

—En la clínica donde Santamaría hizo la prueba de paternidad nos dieron como nombre de la madre el de Marta Figueroa, y todos sospechamos que Alfredo Santamaría pudiera ser el padre de Alberto del Amo, el hijo de Marta, pero sabemos que no es así porque Alberto es clavado a su padre, tiene el mismo hoyuelo y, además, su grupo sanguíneo no encaja con el del sujeto de la prueba. En cambio, Jacobo Hernández cuadra con la edad del niño de la foto de los ficheros que procesó San Sebastián. No hay nadie más en el caso que pueda ser el hijo de Santamaría.

—¿Y piensas que el hijo del ama de llaves puede ser el hijo de Alfredo Santamaría? ¿Cómo iba a serlo? En su certificado de nacimiento no consta ninguna adopción, figura como hijo de su madre, María Luisa Cubillos, y de su padre muerto, Pedro Hernández.

—¿Y si no lo es? ¿Por qué si no estaba su certificado de nacimiento en aquel batiburrillo de información contenida en el *pen drive* cuya fuente no me quieres desvelar? Quizá es hijo de Santamaría, pero su padre, Pedro Hernández, no lo sabía.

—Puede ser, no será el primer niño que no es hijo de su padre.

—De hecho, se calcula que un diez por ciento de los niños no son hijos del que creen que es su padre.

El comisario miró a Sarabia con la incredulidad con la que cualquier padre de familia miraría a un soltero sin hijos ante tal afirmación, pero no comentó nada.

—Pero eso no aclararía por qué la persona que figuraba en la prueba de paternidad es Marta Figueroa. De todas formas, comprueba el grupo sanguíneo de Jacobo y el de su madre y mira a ver si hay forma de averiguar el del padre.

—Yo había pensado en una explicación un poco más complicada —Sarabia hizo una pausa y el comisario lo animó a continuar—. El grupo sanguíneo de Marta es A+ según su declaración.

—¿Tu teoría es que Santamaría y la mujer de su amigo Del Amo tuvieron un hijo y lo hicieron pasar por hijo del ama de llaves? Suena a culebrón.

—Si no es así, ¿por qué es Marta Figueroa la que figura como madre del sujeto de la prueba? ¿Y por qué sigue viviendo Jacobo en la casa de los jefes de su madre? Ya no es un niño.

—No cuesta nada comprobarlo. El grupo sanguíneo de Santamaría vendrá en el informe de la autopsia —apuntó el comisario acercándose a su ordenador—. Aquí está: B+.

—¿Ves, comisario? Si Santamaría es B+ y Marta es A+, pudieron tener un hijo AB+, como el de la prueba. Es el grupo sanguíneo menos común. Si Jacobo es AB+...

—Me parece muy rebuscado, pero compruébalo y después hablamos. ¿Qué más hay del registro en casa de Del Amo?

—No hay nada, ni un solo papel. En cambio, la chimenea estaba llena de cenizas. No me extrañó que la estuviera usando porque estamos en pleno invierno y el tiempo está desagradable, pero me parecieron demasiadas cenizas. Me ha dado por pensar que mi abuela tiene una chimenea en el pueblo…

—¿Te dio por pensar en tu abuela durante el registro de la casa de Del Amo? —bromeó el comisario—. Acostumbras a ser tan riguroso que hoy me sorprende tu creatividad.

El sentido del humor del inspector Sarabia no era uno de sus rasgos más marcados y no le hizo ninguna gracia la broma de su superior.

—Cuando las explicaciones más probables no casan con la realidad, hay que buscar nuevas hipótesis —replicó un poco mosqueado—. Deja que te cuente los detalles y juzga por ti mismo: según las personas que trabajan en la casa, la chimenea solo se usa cuando tienen una cena, para dar ambiente, pero Marta Figueroa la encendió ayer por la noche.

—Figueroa ha estado quemando documentación. Eso nos confirma lo que ya sabíamos, que oculta algo. ¿Hemos comprobado si alguno de los implicados sabe navegar? —preguntó Miralles—. ¿Alguno de ellos tiene el PER?

—Lo he hecho. Jacobo Hernández lo tiene desde hace tres años y ha estado llevando el barco de Del Amo durante el verano, tanto cuando el matrimonio salía con clientes como cuando iban solos, tengo todos los registros del puerto. Y ahora viene lo interesante: según el informe de la judicial de Gijón, fue la última persona que vio viva a Arantza Brione. Según la declaración de él, eran poco más que amigos casuales, pero la mejor amiga de Arantza declaró que tenían algo serio y que Arantza hablaba hasta de matrimonio en cuanto cumpliera los dieciocho si su padre no aceptaba la relación. Se lo ocultaban a los padres de ella porque parece que Mateo Brione es muy estricto con sus hijas y no le parecía bueno ningún novio que no fuera descendiente directo de los dioses del Olimpo, mucho menos el hijo del ama de llaves de unos vecinos y sobrino de su asistenta.

—¿Qué dicen los Brione de Jacobo?

—Negaron que hubiera ninguna relación seria entre Jacobo y Arantza. También hemos averiguado que el recepcionista que trabajó la mañana siguiente a la noche en la que murió Arantza Brione sí recuerda a Santamaría porque llegó con la cara magullada. Sobre el mediodía.

—Aunque la atropellara él, ¿por qué iba a tener la cara magullada?

—Por el atropello es improbable. Se me ocurrió que podía haberla atropellado y tener un accidente después. Los nervios, la tensión y los cuatro *gin-tonics* que tomó en el bar del hotel lo hacían factible, pero no hay registro de ningún accidente esa noche que pudiera corresponder con el coche de Santamaría. Lo he comprobado con el subinspector de la comisaría de Gijón que estuvo a cargo del caso y no había restos de impacto de ningún coche en los alrededores del lugar donde murió Arantza.

—¿Qué dicen los registros del parking? —preguntó el comisario.

—No conservan los registros de las entradas y las salidas, pero pagó tantos días de parking como de estancia en el hotel.

—Hay que averiguar dónde estuvo Santamaría entre la muerte de Arantza Brione y su regreso al hotel, y quién le puso la cara como un cromo.

Un trueno anunció la llegada de una tormenta y Sarabia dio la vuelta dispuesto a salir del despacho de su jefe.

—Una cosa más, Fernando —dijo Miralles acercándose a la ventana para ver que el cielo oscurecía por momentos—. Comprueba cuanto antes esa idea tuya sobre la filiación de Jacobo Hernández Cubillos. Quizá no sea tan descabellada.

Sarabia sintió la adrenalina en la sangre. Estaba cerca de solucionar el caso y cada vez más cerca de ser el comisario más joven de la historia. A uno de los comisarios del Principado le quedaba menos de un año para jubilarse y ya estarían buscando sustituto.

Me costaba quitarme de la cabeza la escena vivida con Jorge la noche anterior. La lluvia que veía caer por la ventana y que no parecía querer dar tregua aquella mañana no me ayudaba a dejar de pensar en él, aunque cada vez me importaba menos lo que tuviera mi ex en la cabeza y más dejar de estar atada a él. Entonces, caí en algo que se me había pasado por alto: Jorge era administrador único de su empresa. Yo era la única persona que podía darle continuidad en una situación similar a la que atravesaba InverOriental porque me había nombrado administrador de emergencia cuando la constituyó, con el objetivo de que, si a él le pasaba algo, la sociedad no se quedara bloqueada hasta resolver la herencia. La empresa de Jorge era estadounidense, pero la figura legal del administrador de emergencia no sería muy diferente en España. Si InverOriental estaba constituida de la misma forma que la de Jorge, habría una tercera persona con capacidad legal para rescatar el capital invertido ahora que los dos administradores de la sociedad, Alfredo Santamaría y Levka Puscasu, estaban muertos. Si lo había, estaba segura de que lo utilizarían: era mucho el dinero en juego y si se nombraba un administrador judicial, las posibilidades de que se descubriera el blanqueo de dinero se multiplicaban. Primero confirmé la legislación española y el resultado era el que yo había supuesto: InverOriental estaba bloqueada salvo que existiera un administrador suplente. Revisé las escrituras de constitución de la sociedad y allí estaba: era Andrés del Amo. Si Del Amo no aparecía, los verdaderos dueños de InverOriental, fueran quienes fueran, tenían un problema. Más de mil quinientos millones de euros en activos estaban en un limbo legal que los ponía en peligro de ser descubiertos si trataban de liquidarlos. ¿Sería esa la razón de la desaparición de Andrés del Amo? ¿Se estaría ocultando mientras preparaban la liquidación de la empresa? Quizá alguien no quería correr el riesgo de que sufriera la misma suerte que Puscasu y Santamaría.

«¿Te puedo llamar? Es importante y difícil de contar por *email*», le escribí a Rafa.

Un trueno inesperado sonó a lo lejos. Me gustaban las tormentas. Limpiaban el aire y las calles y cuando se iban, la ciudad renacía más fuerte y reconfortada.

Diez minutos después, sonó mi móvil.

—¿Qué ocurre? —preguntó Rafa.

—Del Amo es el administrador suplente de InverOriental. Es el único que la puede gestionar ahora que Santamaría y Puscasu están muertos, pero para eso tiene que reclamarla oficialmente en el registro mercantil. Si no lo hace, quedan inmovilizados todos los activos.

—¿Y si no aparece Del Amo? Tiene que haber otra vía.

—La hay si tienes un negocio legal. Si te dedicas al blanqueo de dinero, la idea de que un juez nombre un administrador judicial no resulta muy atractiva. Tenemos que averiguar si Del Amo está en algún sitio liquidando los activos de la sociedad, aunque he comprobado que no se ha producido ningún cambio de administrador en el Registro Mercantil.

—No creo que se produzca.

—¿Por qué no?

—Porque tengo información que me hace creer que Del Amo no va a aparecer —respondió Rafa muy críptico.

—¿Ya sabéis algo de él? ¿Ha huido?

—Del mundo de los vivos, posiblemente, pero es una información de una fuente confidencial que no está sustentada por pruebas ni podemos contrastar.

—¡Vaya faena! —dije.

—Vaya faena, ¿para quién? —preguntó Rafa.

—Para InverOriental —respondí—. Tenemos que darnos prisa. Hay que rastrear esos inmuebles con urgencia. Ya sé que me has hablado de austeridad, pero necesito continuar con la agencia de detectives rumana. Si Del Amo no puede actuar en nombre de la sociedad, los propietarios reales de InverOriental necesitan documentación falsa, mover los activos en los países en los que se encuentran para conseguir que el dinero nunca llegue a las cuentas de la empresa.

—Déjame que lo piense. Estamos investigando los asesinatos, el fraude ahora está en segundo plano.

Frustrada, colgué el teléfono. ¿Cómo que el fraude estaba en segundo plano? ¿Morían los tres administradores de una sociedad dedicada al blanqueo de dinero y pretendían conseguir al asesino sin seguir su rastro? Intuí al jefe de policía detrás de la orden de Rafa.

Un trueno sonó tan cerca que los cristales de mi ventana temblaron. Había llegado la tormenta.

Mihail Kumov, el hombre de confianza de Costica, aterrizó junto a su acompañante en el aeropuerto de Bilbao y se dirigieron en coche hacia Gijón.

Mihail buscó el perfil de Facebook de Marta Figueroa y le envió un mensaje privado: «¿Tomamos café mañana a las cuatro y luego me acompañas a la peluquería? En el Náutico». El remitente era alguien llamado Andrea Rumana.

Marta se sorprendió, pero entendió el mensaje. Hacía días que rezaba para recibir un mensaje de su marido. Estaba segura de que si Andrés había huido con el dinero de InverOriental buscaría la forma de que su familia se reuniera con él.

Desafiando la lluvia que llevaba cayendo toda la mañana, pidió un taxi que la llevó hasta El Corte Inglés. Allí se aseguró de que nadie la siguiera y salió por otra de las puertas, cogió un nuevo taxi y se dirigió al café Náutico. Eran las 15:55 cuando llegó. El café era una construcción de hierro y cristal en medio de una plazoleta del paseo marítimo de Gijón, y la gran terraza exterior que se llenaba en el verano y en los mediodías cálidos de invierno estaba desierta, aguantando estoica la lluvia que no le daba tregua. En el café, en pleno centro de Gijón, mirando el mar embravecido detrás de los cristales, esperó. Había muy poca gente a esas horas. Hacía un día de perros que ahuyentaba a la clientela.

Un camarero se acercó.

—¿Es usted la señora Figueroa? Me han entregado esto para usted.

Marta cogió la caja de cartón naranja del tamaño de una cartera esperando lo peor. ¿Y si no era de Andrés? La imaginación se le disparó. ¿Y si le habían secuestrado y ahora le enviaban un dedo suyo? ¿O una oreja? Con las manos temblorosas y conteniendo las ganas de echarse a llorar, la abrió y encontró un teléfono móvil, un Samsung barato que no tenía contraseña. Tocó la pantalla y encontró un mensaje:

«Vaya al parking de la Escalerona.»

Guardó el móvil en su bolso de diseño, abrió el paraguas y enfrentándose al viento del mar que encabritaba la lluvia en el paseo marítimo, se dirigió al lugar indicado, a pocos metros de donde estaba. Cuando llegó a La Escalerona, la escalera más grande y antigua de las más de veinte que daban acceso a la playa de San Lorenzo, Marta buscó la entrada al parking, pero antes de que le diera tiempo a bajar, un Audi con los cristales tintados paró a su lado y se abrió la puerta de atrás sin que pudiera ver a sus ocupantes. Muerta de miedo, consiguió vencer la fuerza del viento para cerrar el paraguas y subió al coche. Allí se encontró con una cara que ya conocía. El mismo hombre que había hecho desaparecer el coche de Santamaría; el que le producía escalofríos cada vez que la miraba con aquellos ojos grises, fríos y acerados.

—Buenas tardes, señora Figueroa, encantado de volver a verla —dijo Mihail retirándole el paraguas empapado y depositándolo en el suelo del asiento libre que quedaba en la parte de atrás mientras el coche reanudaba la marcha—. Disculpe esta forma de encontrarnos, pero toda precaución es poca. Está usted temblando. No tiene motivos para ponerse nerviosa, no tenemos intención de causarle ningún daño ni a usted ni a su familia.

«¿Que no me ponga nerviosa? ¡Qué ironía!», pensó. Marta estaba paralizada por el miedo. Ni siquiera fue capaz de contestar.

—Señora Figueroa —insistió Mihail con su español de gramática perfecta y acento extranjero en cuanto el coche volvió a ponerse en marcha—, necesitamos su ayuda.

—¿Mi ayuda para qué? —reaccionó Marta.

—Para cerrar unos negocios que están en manos de su marido.

—¡Pero si mi marido ha desaparecido!

—Por eso la necesitamos a usted.

—Yo no sé nada de los negocios de mi marido —protestó Marta, a punto de perder los nervios.

—Lo sabemos.

—¿Me van a secuestrar?

—Estoy seguro de que llegaremos a un acuerdo y esta noche usted podrá dormir en su cama, como cada noche.

Marta respiró hondo. Sopesó las posibilidades de huir, pero quería saber qué era lo que ocurría y, sobre todo, quería protegerse a sí misma y a sus hijos.

Vio por la ventanilla que el coche se dirigía a las afueras de Gijón, a la zona de las calas, donde las casas individuales salpicaban el paisaje sin afearlo. El conductor frenó delante de una de ellas, sacó un mando automático de la guantera y abrió una gran puerta marrón que daba paso a un jardín con una zona de estacionamiento cubierta. Durante el trayecto la lluvia había ido dando paso al orbayo y entró en el coche un placentero olor a hierba mojada. Marta miró a su alrededor sorprendida del lugar elegido por aquellos hombres. Estaban en una zona de veraneo llena de casas familiares en los alrededores de la playa de la Ñora con la vista del mar al fondo.

Mihail adivinó su pensamiento.

—Muy bonita su ciudad, en verano tiene que ser espléndida.

Se trataba de una casa prefabricada de madera y con una sola planta, situada en una amplia finca con un gran hórreo rehabilitado en uno de los laterales. Aquella zona estaba desierta en plenas Navidades.

Entraron en una estancia amplia que hacía las veces de salón y cocina. La casa estaba muy fría y Marta se estremeció.

—Disculpe si hace un poco de frío —se disculpó Mihail—. Está puesta la calefacción, pero hemos ocupado hoy la casa y ha debido de estar vacía todo el invierno, así que no ha dado tiempo a que se caliente. ¿Quiere un café? Los anfitriones han dejado lo básico. ¿Un té, quizá?

El miedo inicial de Marta estaba dando paso al asombro por el curso de los acontecimientos. Seguía convencida de que estaba secuestrada, pero nunca habría imaginado que un secuestro ocurriera así.

—¿Los anfitriones? —preguntó al fin.

—Es un alojamiento de Airbnb. Mucho más discreto y tranquilo que un hotel.

—¿Es que los busca la policía?

—En realidad, buscan a su marido. Por eso tomamos estas precauciones. La están vigilando. Tiene usted una patrulla de policía a la puerta de su casa las veinticuatro horas del día.

—¿Qué quieren de mí? —preguntó Marta mientras se tranquilizaba a sí misma pensando que si querían matarla habrían elegido un lugar más apropiado que un alojamiento turístico de Airbnb.

—Señora Figueroa, su marido está muerto. Lamento decírselo en estas circunstancias, pero no nos queda más remedio que ser claros.

—¿Ha muerto? ¿Andrés ha muerto? —chilló Marta poniéndose en pie y mirando en todas direcciones, buscando la puerta por la que habían entrado.

El miedo recuperó el terreno perdido y empezó a gritar fuera de sí. El hombre esperó a que se calmara, pero al ver que el chillido era cada vez más agudo, se levantó y la sacudió con fuerza. Fue un gesto inútil porque Marta siguió gritando a todo pulmón. Cuando Mihail le dio un bofetón con tanta fuerza que le costó mantener el equilibrio, por fin calló y volvió a sentarse con las lágrimas dejando un rastro de rímel negro sobre sus pómulos.

Mihail le tendió un pañuelo y esperó unos instantes antes de continuar.

—Lo siento muchísimo, murió de un infarto —mintió—. En Bucarest. Sé que es un golpe muy duro, pero si me escucha, comprenderá usted que no es bueno para nadie que semejante tragedia se haga pública.

—Andrés no tenía ningún problema de corazón, usted está mintiendo —dijo Marta mientras reconfortaba con su mano la mejilla golpeada y se secaba las lágrimas—. Lo han asesinado.

—Le garantizo, señora Figueroa, que nadie ha matado a su marido. Por favor, cálmese y escuche lo que tengo que decirle. Queremos asegurarnos de que usted y su familia conserven una posición económica desahogada que les permita vivir sin preocupaciones.

En un rapto de lucidez, Marta decidió que escuchar a aquel hombre que tanto temor le provocaba era su mejor opción. Le había dado instrucciones a Marisa: si a las diez de la noche no sabía nada de ella, avisaría a la policía y les contaría la historia que previamente habían preparado. Miró el reloj. Eran las cinco.

—Adelante, hable —pidió Marta a Mihail. La histeria había dado paso a la razón.

—Su marido era el administrador suplente de uno de nuestros negocios, InverOriental, en el que nosotros tenemos un notable interés. Todos los administradores titulares han muerto, pero la defunción de su marido aún no es pública, por eso necesitamos su ayuda para que a efectos legales su marido siga con vida. De esa forma, podremos liquidar la sociedad y recuperar nuestro dinero.

Marta dio un sorbo al café que el otro hombre había servido.

—Por supuesto —continuó Mihail—, su ayuda es muy valiosa para nosotros y, como tal, la compensaremos. Seremos muy generosos con su familia. Su marido tenía una caja fuerte en un banco de Suiza. Le aseguro que si usted nos ayuda, lo que va a encontrar allí será suficiente para que usted y sus hijos vivan sin preocupaciones el resto de su vida.

—Mi marido no tenía tanto dinero.

—Usted no se preocupe por eso, en la caja fuerte que está a nombre de su marido encontrará una cantidad que no la va a dejar insatisfecha. Todo en lingotes de oro y efectivo no rastreable.

Marta guardó silencio mientras evaluaba sus opciones, mucho más serena y con la cabeza fría. Todo el dinero del que ella disponía era de Andrés, no tenía nada propio porque su marido nunca la había incluido en su patrimonio. «Por si los negocios me van mal, no quiero involucrarte», le decía Andrés. Bien sabía Marta que Andrés no había tardado mucho en entender que el único atractivo que él tenía para ella era su cuenta corriente. La mejor baza de Del Amo para mantener el matrimonio con su mujer era que ella dependiera económicamente de él. Andrés era el sustento de Marta, la garantía de una vida llena de comodidades y caprichos al lado de sus hijos. Marta pensó que si todo salía bien, la muerte de Andrés, lejos de ser una tragedia, iba a ser una liberación después de haber pasado sus mejores años confinada a su lado. Si Andrés no le hacía falta para preservar su estilo de vida, ya no era más que un estorbo. Celoso y controlador, seguía los pasos de Marta hasta agobiarla y mantenerla en un estado de estrés permanente. Además, después de veinte años de matrimonio, seguía considerando el sexo con él un enojoso trámite que debía cumplir regularmente, aunque en los últimos meses Andrés se lo había reclamado escasas noches.

—¿Qué tengo que hacer? —preguntó Marta decidida y recuperada de la impresión.

Su colaboración era pequeña pero imprescindible. Ella debía buscar y entregarles la documentación que le solicitaban, además de representar el paripé de que su marido estaba vivo, que la llamaba desde distintos lugares del mundo y le enviaba *emails* desde su cuenta de correo de gmail, algunos picantes, otros románticos. Ellos le proporcionarían el material para enseñárselo a la policía. Mientras tanto, Mihail se haría pasar por Del Amo para conseguir acceso a las cuentas de la empresa en España y poder liquidar InverOriental y, con ella, recuperar el dinero invertido en inmuebles. Cuando la empresa estuviera liquidada, Marta recibiría su parte.

A LAS CUATRO de la tarde del día dedicado a los niños inocentes que murieron asesinados a manos de los esbirros de Herodes, el agua volvía a arreciar contra la ventana del comisario Miralles provocando un ruido atronador y, a pesar de que todavía no debía haberse puesto el sol, el cielo se asemejaba a una esponjosa manta gris oscuro, casi negro, solo iluminado por algún relámpago. El comisario estaba a punto de prepararse el tercer café del día cuando sonó su teléfono móvil.

—A Marisa Cubillos le extirparon la vesícula hace tres años y a Jacobo lo operaron de un menisco roto. Ambos en el hospital de Cabueñes, en Gijón —dijo Sarabia en cuanto Rafa Miralles descolgó.

—Habla más alto que te oigo fatal. Deduzco que ya conoces el grupo sanguíneo de los dos y por tu forma de darme la noticia, el de la madre no cuadra con el del hijo —respondió el comisario en voz más alta de la habitual, intentando hacerse oír por encima del ruido de la tormenta y del sonido de la cafetera.

—Así es —respondió el inspector triunfante—, Marisa Cubillos es 0+ y Jacobo es AB+. Marisa Cubillos no puede ser la madre biológica de Jacobo.

—Si Jacobo no es hijo de Marisa Cubillos, ya no es tan descabellado que sea hijo de Marta Figueroa y Alfredo Santamaría: los grupos sanguíneos de los tres encajan —dijo el comisario Miralles casi a gritos mientras un trueno estallaba como si un rayo cayera encima de la comisaría—. Necesitamos una orden para hacerles pruebas de ADN a Jacobo y a Marta Figueroa. Voy a pedirle a San Sebastián que averigüe el pasado de María Luisa Cubillos y de su jefa.

—No te molestes, comisario, no necesitamos que nadie haga nuestro trabajo. Ambas nacieron en San Martín de Montalbán, un pueblo de Toledo que no llega a mil habitantes y tienen la misma edad, cuarenta y cuatro años. Fueron al colegio juntas. Hortensia Cubillos es dos años mayor que ellas. Pedro Hernández, el marido de Marisa Cubillos, también era de allí.

—Tu culebrón cada vez es más real.

La cafetera había dejado de sonar y, a pesar del estruendo de la tormenta, la voz del comisario retumbó en el despacho.

—Tenemos algo más —respondió Sarabia—. Hemos vuelto a comprobar las huellas de la habitación de Santamaría, las que obtuvimos después de la muerte de Puscasu, y hay una huella parcial de Jacobo Hernández Cubillos. No era suficiente para cotejarla con la base de datos, pero ahora que sabíamos lo que buscábamos, podemos decir con una alta fiabilidad que es suya.

—Por fin tenemos una prueba no circunstancial. ¡Excelente trabajo! Llama a la juez de instrucción. Ese tío tiene muchas cosas que explicarnos.

A LAS OCHO y media de la tarde, después de comprobar que todos los *emails* habían desaparecido de mi bandeja de salida, me armé de valor y paraguas para hacer frente a la lluvia que no había dejado de caer en todo el día y me dirigí a mi cita con Sarah. Habíamos quedado en tomar algo en Casa Anselmo.

La tormenta había amainado, pero la lluvia se negaba a descansar y la noche era muy oscura a pesar de que las farolas llevaban un par de horas encendidas.

Al entrar en el bar, me reconfortó el calor y el olor a tapas caseras. Sarah ya estaba allí. La decoración navideña y los villancicos continuaban en Casa Anselmo, pero esa tarde había menos gente. Era día laborable.

—Bueno, campeona, cuéntame, ¿qué ha pasado con aquel tío con el que salías? El hermano del psiquiatra al que me enviaste —le pregunté más en broma que en serio. Conociéndola, ya habría pasado a la historia.

—Sigo con él —respondió Sarah.

—Esto es tu plusmarca personal. ¿Cuánto lleváis?

—Casi tres meses.

—¡Ala! Hace años que no te recuerdo en una relación tan larga. ¿Vas en serio con él?

—La seriedad se queda fuera. Tengo dos hijos y no quiero complicarles la vida. ¿Quieres conocerlo?

—¡Quiero! Un momento, ¿sabe que estuve en la consulta de su hermano?

—Sí, claro, pero también sabe que tu locura no es peligrosa —rio Sarah—. ¿Te vienes conmigo a su concierto el día de Año Nuevo?

—Claro que sí. ¿Qué tipo de música toca el tal Nacho?

—No toca.

—¿Canta? —pregunté.

—Es músico, pero no toca ni canta.

—¿Compositor? ¿Bongos africanos? —Mi amiga sonrió mientras negaba con la cabeza—. Sarah, deja las adivinanzas y dime a qué se dedica.

—Es director de orquesta.

—Eso sí que no me lo esperaba —respondí con una carcajada.

—El día de Año Nuevo a las siete. En el Campoamor. Está poco aquí, viaja mucho por trabajo, así que es la oportunidad perfecta.

—Eso será si salgo viva de la Nochevieja.

—¿Vas a huir de nuevo? —preguntó Sarah—. Conmigo no cuentes, yo me quedo. Tenemos plan de cena y fiesta aprovechando que Álex y Hugo estarán con mis padres.

—La pasaré con Rodrigo. Geni organiza una fiesta en su casa y nos ha invitado. Estoy deseando que vuelva mañana de Ciudad Real —dije y le conté lo sucedido con Jorge el día anterior.

—Jorge me recuerda a un buitre dando vueltas en círculo —dijo Sarah cuando terminé.

—Y a mi madre al perro del hortelano. Todo es muy raro.

—Lo que me sorprende es tanta comprensión en Rodrigo. Me lo imaginaba mucho más posesivo.

—Porque solo le he contado la mitad y ahora que le he dado carta blanca para buscarme un abogado que ponga la demanda de divorcio, está encantado.

—Tiene sentido.

—Bueno, no sé, yo soy experta en productos de inversión y no le pido explicaciones sobre lo que hace con su dinero.

—Al menos no quiere partirle la cara a Jorge.

—Si quisiera hacerlo no me lo diría y, en cualquier caso, no lo hará. Es más listo que eso. Sus peleas fuera del gimnasio son dialécticas.

—No hace falta que saltes a defenderlo, que yo estoy de vuestra parte. Al final, estás pilladísima con él. Y yo que no apostaba un euro por lo vuestro…

—Ya ves. Se podía haber sentido muy inseguro con el tema de Jorge, pero está siendo más que razonable. A veces se mosquea, pero es que la situación no es fácil, no sé lo que habría hecho yo en su lugar. Lo que me duele es el comportamiento de Jorge.

En ese momento salió África de la cocina cantando «Ojalá que llueva café en el campo», con unos deliciosos pinchos de tomate y mozzarella gratinada que nos apresuramos a aceptar.

—¡Qué bueno! —exclamó Sarah, chupándose el pulgar.

—No hagas guarradas en público que ahora sales con un estirado director de orquesta —bromeé.

Noviembre de 2019.
Nueve meses después de San Valentín

La llamada de Marta Figueroa sorprendió a Santamaría en la ducha. Llevaba días esperando respuesta y le empezaba a irritar la falta de noticias. Abrió la mampara de cristal y cogió el móvil y el albornoz que le esperaba caliente en el toallero radiador.

—Dentro de dos fines de semana —dijo Marta—, en el barco, empieza la lluvia de las gemínidas y hará buen tiempo. Aunque Andrés se entere, no sospechará, no es el primer año que salimos a verlas. Si Andrés se entera, la explicación es creíble: nos encontramos por casualidad, te lo comenté y te sumaste al plan. No creo que puedan verse porque estaremos en cuarto creciente, pero a Andrés lo que pasa en el cielo le importa poco y no lo va a comprobar.

—¿Irá Jacobo?

—Pilotará el barco.

—¿Cómo has conseguido que acceda?

—Quiere dinero —mintió Marta fingiendo desprecio—, le he hablado bien de tu generosidad. El berrinche por la muerte de aquella chica ya se le pasó, pero su gusto por el dinero fácil es cada vez mayor, se nota que es hijo tuyo.

—¿Cuánto le has ofrecido?

—La cifra la pones tú. Y espero que seas generoso. Dos condiciones: tienes que encargarte de que mi marido no esté en esas fechas en Gijón. Jacobo no sabe que somos sus padres biológicos y todavía no es momento de contárselo.

—¿Por qué en el barco? —preguntó Santamaría suspicaz.

—Porque en casa estarán Alberto y Luna, mis hijos, y no querrás que le demos la noticia a Jacobo en un lugar público. Es el lugar más discreto que se me ocurre y, además, del barco no puede irse.

—Me gustaría verlo antes de subir al barco. Por precaución. Quiero comprobar de su boca que lo que me dices es cierto.

—Elige tú el lugar y yo me encargo de que Jacobo esté allí —accedió Marta.

—Café Dindurra. Antes de salir a navegar.

—Allí os veréis. Jacobo, su madre y tú. Si se entera de que eres su padre antes de lo que hemos acordado, todo el trato se irá a la mierda, ¿entendido, Alfredo?

—Ocúpate de que todo salga bien. Tú más que nadie tienes mucho que perder en esto.

16

Lunes, 30 de diciembre de 2019

El día antes de Nochevieja amanecí en casa de Rodrigo. Me incorporé con cuidado de no despertarlo, salí de la habitación y me di una ducha en el segundo baño de la casa. Con el pelo mojado y el estómago rugiendo de hambre, fui a la cocina. Levanté la persiana y, en vez de la bruma que solía acompañar a los amaneceres en la cornisa cantábrica, el sol me recibió saliendo por detrás de las montañas. Ni rastro de la lluvia que había caído sin descanso los días anteriores. Las vistas desde la casa de Rodrigo sobre el Parque de Invierno se extendían mostrando infinitas variedades de verde hasta el monte Aramo, que cortaba la planicie oscuro e imponente.

Después de la tormenta, la perspectiva de un día de invierno soleado me llenó de energía y me dispuse a preparar un desayuno reconfortante. Echaba de menos un festín estilo americano, con huevos revueltos y salchichas, pero Rodrigo cuidaba su dieta con tostadas de pan de centeno que acompañaba con una insípida compota de manzana. Al final me decidí por una combinación de dulce y salado, parte tradicional, parte saludable.

Tenía ganas de celebrar. Rodrigo había vuelto de casa de su padre el día anterior, cenamos juntos, le conté todo lo ocurrido con Jorge mientras él había estado fuera y le di carta blanca para que se encargara del divorcio. Yo me quité un peso de encima y él, lejos de molestarse, me agradeció la confianza y la sinceridad. No podía haber ido mejor.

Quince minutos después, con una mesa preparada para que desayunara un equipo de niños a la hora del recreo, puse la cafetera en el fuego. A Rodrigo le gustaban las cafeteras italianas. «La Nespresso —decía— no huele. El placer del café reside más en seguir su rastro por la casa que en el hecho en sí de tomarlo.» Aseguraba que el aroma a café le hacía más fácil levantarse de la cama y así se cumplió también esa mañana.

No había llegado a meter el pan en la tostadora cuando Rodrigo apareció sonriente, vestido solo con el pantalón del pijama, luciendo la corona de espinas en el brazo y el demonio con cuerpo de serpiente tatuado en su pecho al que, por fin, empezaba a acostumbrarme.

—Buenos días, princesa.

—¿Y eso de princesa, querido sapo? —pregunté recibiéndolo con una sonrisa y un beso.

—No sé, quizá porque en las últimas semanas he tenido varias veces la sensación de que vas a convertirte en calabaza.

—Lo que se convierte en calabaza no es una princesa, es la carroza de Cenicienta. En cualquier caso, no te preocupes que, princesa o calabaza, me comeré las uvas contigo mañana a las doce. Geni está montando un fiestón.

—No me gustan las uvas, pero si hay que hacer un esfuerzo... —dijo bostezando—. ¡Qué bien huele! Necesito café y una ducha. No he dormido bien. Tú en cambio has roncado como un osezno acatarrado toda la noche.

—Yo no ronco —protesté mientras Rodrigo imitaba los rugidos de un animal salvaje camino a la ducha—. ¡Ah! Y tienes que ir a probarte un esmoquin a la tienda de alquiler de trajes que está al lado del Reconquista —le grité mientras avanzaba por el pasillo.

—Ya me avisó Fidel. ¿Esmoquin en una fiesta casera? Tu amiga es un poco peliculera. ¡Menudo coñazo! —respondió antes de cerrar la puerta del baño.

¿Fidel también iba a la fiesta? ¿Con la forense que le habían presentado Geni y Rafa? La vida continuaba, el mundo no se detenía porque algunos se apearan.

A LAS DOS de la tarde del 30 de diciembre, mientras disfrutaba del sol que entraba por mi ventana, recibí la llamada de un número muy largo.

—*Good afternoon. Could i speak to* Gracia San Sebastián? —me preguntó una voz con acento extranjero.

La llamada procedía de un hombre que se identificó como detective de Total Trust Investigations. Su inglés era impecable. Hasta entonces toda la comunicación la habíamos realizado por correo electrónico. Enseguida me explicó por qué esta vez no era así: la información no era oficial, provenía de un chivatazo. InverOriental iba a liquidar todas sus propiedades de Rumanía el mismo día; faltaba menos de una semana. El papeleo estaba en trámites y la persona que aparecía como firmante de todas las ventas era Andrés del Amo. No tenían información de todas las operaciones, pero sí de algunas. Era suficiente. Lo apunté todo al dictado en mi ordenador.

Si el firmante era Del Amo significaba que, o ya habían hecho el cambio de administrador o se disponían a hacerlo en los próximos días. Había consultado la base de datos online de administradores de empresas españolas a las nueve de la mañana, volví a entrar a las cinco de la tarde y todo seguía igual: Alfredo Santamaría y Levka Puscasu continuaban siendo los administradores de InverOriental. La actualización se realizaba una vez al día. Si la modificación se había hecho esa misma mañana, yo no podría verlo hasta el día siguiente.

La información recibida de Total Trust Investigations era muy valiosa.

Se trataba de una operación de gran envergadura que requería una sólida organización. Si las ventas se realizaban a un precio de mercado, InverOriental entraría en quiebra ese mismo día. El balance no aguantaría las pérdidas de la venta simultánea de todos los activos sobrevalorados, los inversores grandes retirarían el capital restante y la compañía habría entrado en bancarrota. El 6 de enero era festivo en España y cuando nos diéramos cuenta ya no habría dinero ni activos que recuperar. El día 5 dejaríamos una InverOriental a pleno rendimiento y el día 7 nos encontraríamos el desfalco realizado. No tenía ni idea de cómo evitarlo, pero confiaba en que Rafa pudiera hacer algo.

Una hora después, me esperaba en comisaría. Fui hasta allí paseando, sin prisa. El cielo seguía despejado, lucía el sol y los enormes árboles de hoja perenne daban la falsa ilusión de la primavera. Los niños jugaban en los columpios y echaban pan a los patos del estanque. Solo el olor de las castañas asadas me devolvió a la víspera de Nochevieja.

—El hecho de que realicen la operación el 6 de enero no puede ser casualidad. ¿Ningún país donde poseen inmuebles tiene fiesta ese día? —preguntó Rafa.

—Acabo de comprobar que en ninguno de ellos se celebran los Reyes Magos ni es festivo por otra razón. El día de Reyes es fiesta en veintitrés países del mundo entero, por razones diversas. InverOriental no posee inmuebles en ninguno de ellos.

—Necesito que le cuentes esto a Mario. Es él el que debe decidir sobre una operación internacional.

Sin darme opción a opinar, descolgó el teléfono y llamó al jefe de policía.

—En diez minutos nos espera en su despacho —dijo mientras me ofrecía una botella de agua que me apresuré a aceptar.

—¿No prefieres contárselo tú? —dije después de darle un buen trago—. Tengo la sensación de que a tu jefe no acabo de gustarle.

—Fue él quien firmó todas las aprobaciones para que colaborases con nosotros y será él quien firme los trámites para que tu colaboración sea permanente.

—¿Lo dices en serio? ¿Quieres que colabore regularmente con vosotros?

—¿Lo dudabas?

—De momento, solo estábamos probando, ¿hay volumen de trabajo para una colaboración permanente? No quiero perder a la Seguridad Social como cliente.

—Tienes muchas más papeletas para perder a tu cliente por el lío que te traes con él y tu marido que por lo que haces con la policía.

—¿Perdona? —dije totalmente perpleja.

—No he dicho nada. No debería haber dicho nada. Olvídalo, por favor, y piensa en la propuesta laboral: permanencia y preferencia, pero no exclusividad. Si te interesa, vamos a impresionar a Mario. La decisión final es suya. Por alguna razón que se me escapa, a mí sí que me gusta trabajar contigo —intentó bromear Rafa.

—Suena muy bien y te lo agradezco mucho, pero no voy a olvidarme de lo que has dicho. Ya te adelanto que no voy a discutir contigo mi vida privada ni te permito que la saques a relucir.

Rafa levantó la mano en señal de aceptación y no dijo nada. Se lo agradecí. Me molestaba pensar que Rafa y Jorge comentaban mi vida. Eran amigos, entendía que lo hicieran, pero eso no evitaba que me hubiera disgustado: yo trabajaba con Rafa y no quería sentirme expuesta ante él.

Sonó el teléfono de su mesa y mi cabreo tuvo que esperar su turno.

—Mario nos espera —dijo al colgar—. Vámonos.

Volví a compartir la información recibida de la agencia y mis conclusiones sobre lo que iba a ocurrir, pero esta vez lo expliqué con muchos más datos y formalismos.

El jefe de policía me interrumpió varias veces solicitando aclaraciones. Cuando terminé la exposición, me miró fijamente y concluyó:

—O sea, que no tenemos pruebas de que todas esas operaciones se vayan a producir, solo una llamada de teléfono y muchas conjeturas sin ningún fundamento contrastable.

—Mario… —empezó Rafa.

—Necesito entender la situación —le cortó el jefe de policía—. ¿Tenemos alguna prueba o no?

—Ninguna —respondí cada vez más convencida de que el jefe de policía del Principado no me tragaba por alguna razón que no alcanzaba a comprender—. Ni siquiera sabemos si la información que origina estas conclusiones es veraz. Si lo es, ocurrirá como acabo de explicarle. Si no lo es, alguien nos está haciendo perder el tiempo por alguna razón que desconozco.

—Me alegra que sea usted la que habla de perder el tiempo porque con este material no podemos montar una operación internacional y, mucho menos, hacerlo en cinco días —replicó el jefe de policía.

Mario Menéndez se giró hacia Rafa, ignorándome. Entonces decidí presentar pelea, era mi guerra y acostumbraba a librar mis propias batallas.

—Si la información recibida es real y Andrés del Amo está muerto, como ustedes afirman, no sé si con pruebas o sin ellas, alguien se ha hecho pasar por él o lo hará en los próximos días para conseguir hacerse con la administración de InverOriental y, cuando eso ocurra, podemos hacer dos cosas: si la policía tiene pruebas de su muerte, podemos presentarlas para que invaliden su cargo de administrador y solicitar una orden para que nos faciliten la documentación presentada por Del Amo o por quien se haya hecho pasar por él; si ustedes no tienen pruebas de su muerte, como imagino que ocurre y su gesto me lo confirma, con la orden judicial conseguiremos, bien la fotografía del impostor, o bien resucitar a un muerto. No sé si llegaremos a tiempo de paralizar la venta de los inmuebles o de evitar que retiren el dinero de InverOriental, pero sí tendremos pruebas para acusar al que va a realizar la operación. Una orden judicial y una visita al Registro Mercantil es todo lo que necesitamos.

Cuando terminé de hablar, ninguno de mis dos interlocutores respondió.

—San Sebastián tiene razón —dijo Rafa al cabo de unos segundos muy largos—. En cuanto se publique el cambio de administrador, la juez emitirá encantada la orden con carácter de urgencia para que el Registro Mercantil nos proporcione la información.

—¿Podría salir de mi despacho, señorita San Sebastián? —pidió el jefe de policía.

De perdidos al río, ya me dio igual. Si algo había aprendido en mi antigua vida profesional era a no achantarme ante los que me faltaban al respeto.

—Por supuesto. Solo una última cosa: si no quiere que yo me dirija a usted como señorito Menéndez, por favor no vuelva llamarme señorita San Sebastián —respondí y me puse en pie mientras recogía mi portátil.

El jefe de policía miró a Rafa con expresión de desconcierto. Rafa permaneció impasible, pero si hubiera podido desintegrarme con la mirada, no dudé que lo habría hecho. Mi contrato de colaboración permanente con la policía estaba volatilizándose en ese mismo momento.

—No era mi intención ofenderla —dijo Mario Menéndez por fin—. Quiero hablar con el comisario en privado. Existen determinados asuntos que por protocolo policial no puedo compartir con un colaborador.

—Y yo saldré del despacho tantas veces como usted lo requiera, pero no me llame señorita.

Mario Menéndez miró a Rafa de nuevo con gesto de absoluta confusión, aunque su mensaje hacia mí fue justo el contrario.

—Entendido —dijo.

Cuando iba a abrir la puerta para salir de su despacho tal como me había pedido, el jefe de policía me detuvo.

—He cambiado de opinión, no salga. Quédese un momento más, señori..., señora... ¿cómo demonios se supone que debo llamarla para que sea políticamente correcto para usted? —preguntó el jefe de policía. Y parecía cabreado.

—Gracia está bien —dije mordiéndome la lengua para no dar una respuesta fuera de lugar—. O San Sebastián si se siente más cómodo con la costumbre policial.

—Muy bien, Gracia entonces, ya que usted no es policía. Quiero que nos ayude a preparar la solicitud de la orden judicial con los datos que nos ha contado aquí y que informe con todo detalle al agente que designemos para que haga una visita al Registro Mercantil.

—Es posible que ese agente tenga que ir también a la notaría donde se haya formalizado el cambio de la junta directiva de InverOriental si es que ya se ha hecho —añadí.

—¿No puedes comprobarlo ahora? ¿No se hace público? —preguntó Rafa.

—Tarda veinticuatro horas y, a veces, incluso más. Hasta mañana no tendré información actualizada —expliqué.

—Prepare todo lo que debamos hacer para obtener las pruebas y todo lo que debe cubrir la orden judicial para evitar cualquier negativa a entregarnos documentación —me ordenó.

—Así lo haré, jefe de policía.

—Llámeme Mario y zanjemos de una vez por todas este asunto de los tratamientos —pidió en un tono que no admitía réplica.

—Así lo haré.

Salí del despacho de Mario Menéndez con el corazón acelerado y la certeza de que era el primer y último caso en el que iba a colaborar con la policía.

En esas reflexiones estaba, sentada en una salita de espera, cuando Rafa terminó su reunión. No habían pasado ni cinco minutos. Su cara no auguraba nada bueno. Me hizo una seña con la mano para que le siguiera.

—Menudos huevos tiene usted, señorita San Sebastián —dijo Rafa con gesto amenazante cuando cerró la puerta de su despacho—. ¿Cómo se te ha ocurrido dirigirte así al jefe de policía? Has cuestionado si Del Amo está muerto cuando sabes que la información viene directamente de él.

—Rafa, ¿estás haciendo un esfuerzo para no reírte?

Rafa se relajó y se permitió sonreír, pero luego se puso serio de nuevo y no fingía.

—No vuelvas a hacer algo así. Soy yo el que discute con mi jefe. Tú trabajas para mí.

—No te equivoques, yo no trabajo para ti, la Policía es mi cliente —aclaré—. ¿Has terminado?

—Sí. ¿Y tú me has escuchado?

—Sí, Rafa, te escucho siempre, valoro mucho tu opinión y me atengo a tus órdenes cuando tengo que hacerlo, pero no me pidas obediencia ciega porque yo no soy uno de tus agentes.

Rafa resopló. Cada vez veía más claro que íbamos a terminar mal.

—Lo que te pido —dijo al fin—, y por supuesto es tu decisión no es una orden, es que la próxima vez intentes ser más comedida. El rol de la mujer ha cambiado mucho en las últimas décadas y algunos hombres, sobre todo los de la vieja escuela, se sienten descolocados. Mi jefe es un poco antiguo y está acostumbrado a que todo el mundo le obedezca sin rechistar, pero es una persona íntegra y un excelente policía.

—Claro, como a él le cuesta adaptarse a los cambios, soy yo la que debe tener paciencia... No me toques las narices. ¿Tú le permitirías que te llamara señorito Miralles por muy jefe tuyo que sea? Bah, dejémoslo estar —renuncié al ver que no iba a conseguir nada con mi protesta—. Ahora mismo, lo importante es evitar la descapitalización de InverOriental. Si es que aceptáis que siga trabajando en el caso.

—No seas dramática, claro que sigues en el caso. Voy a llamar a Sarabia y en cuanto sepa quién será el agente que irá mañana al Registro Mercantil, te aviso. Y ahora largo de aquí y gánese el sueldo, señorita San Sebastián —dijo Rafa a modo de despedida.

Salí de su despacho mientras le enseñaba mi dedo corazón, asegurándome antes de que nadie en la comisaría me viera hacerle semejante gesto al comisario.

—SARABIA, ¡LO TENGO! —dijo el agente Macías cuando el inspector respondió al teléfono—. Abre el *email.*

Fernando Sarabia cambió su pantalla a la aplicación de correo y abrió el *email* que Macías le había enviado unos minutos antes.

En el Excel adjunto solo aparecía un registro en amarillo. El 16 de febrero de 2019 Alfredo Santamaría salió del aeropuerto de Ranón a las nueve de la mañana camino a Barcelona.

—Santamaría no volvió en coche —dijo Macías—. Volvió a su casa en avión. ¿Quién viaja en coche de Barcelona a Gijón, vende el coche aquí y vuelve en avión si no tiene nada que esconder? La venta se tramitó en Barcelona. Fue una tapadera. ¿Quieres que intente localizar todos los desguaces a ver qué entró en esas fechas?

—Eso ya lo hicieron en su momento tus compañeros de Gijón, peinaron cada desguace de Asturias y mantuvieron la vigilancia en toda España. No merece la pena volver a buscar. Si lo desguazaron aquí y no se encontró en su momento, va a ser difícil llegar más lejos ahora.

Pocos minutos después, Sarabia recibió otra llamada. Esta vez del comisario Miralles para comunicarle los últimos avances con InverOriental.

—Debemos informar ya a la Oficina Central Nacional de la Interpol. Son ellos los que tienen que hablar con la OCN de Rumanía, pero no des la información recibida por confirmada. Nosotros vamos a seguir investigando desde aquí si se produce el cambio de administración de InverOriental. Les comunicaremos los avances. Encárgate —dijo Miralles.

El caso estaba a punto de resolverse y, aunque sabía que no había más remedio, a Sarabia le hizo una gracia relativa derivarlo a la Interpol. El inspector se estaba saliendo en el caso, pero visto desde el lado positivo, ser el enlace de una operación internacional exitosa también podía hacerle ganar puntos. Lo difícil era destacar en una tarea así.

Nada más recibir las pruebas policiales que relacionaban a Jacobo Hernández Cubillos con la muerte de Levka Puscasu, la juez de instrucción lo llamó a declarar en calidad de imputado.

Solo unas horas antes, dos agentes de paisano habían estado haciendo preguntas en las oficinas de Arcelor, en Avilés, donde Jacobo trabajaba en las prácticas obligatorias del máster en Ingeniería Industrial.

La cara magullada de Jacobo había sido la comidilla de la oficina durante las últimas semanas, a pesar de que él achacó las lesiones a un accidente con la bici.

Poco después, toda la oficina sabía que la policía había estado haciendo preguntas sobre él.

Estudiante excepcional y trabajador muy valorado, tenía muchas opciones de quedarse en la empresa una vez finalizadas las prácticas. Muchos le envidiaban y todos le auguraban un prometedor futuro. Al menos, hasta ese momento.

Esa misma mañana, la enfermera del médico de Figueroa, aterrorizada ante la potencial acusación de encubrir a un asesino, lo había reconocido como el joven al que el doctor atendió sin dar el parte obligatorio por lesiones. Además, sus huellas estaban en la habitación de Santamaría, después de que apareciera la mancha de sangre de Puscasu en la moqueta. Poco después, el camarero del café Dindurra identificó a Jacobo y a Marisa, su madre, como las personas que estuvieron con Santamaría el día de su muerte. Los tres abandonaron juntos el local.

Jacobo acudió a declarar, pero no habló.

El abogado de Jacobo, pagado por Marta Figueroa, recomendó a su cliente lo mismo que su instinto había anticipado al conocer la noticia de su imputación en el caso: guardar silencio.

Marisa Cubillos, Marta Figueroa y Hortensia Cubillos también fueron citadas a declarar ante la juez de instrucción en calidad de testigos, así como el doctor Félix Argüelles, médico de la familia Del Amo-Figueroa y compañero de colegio de Andrés del Amo desde que los dos empezaron con cuatro años en los Jesuitas.

El doctor Argüelles pidió un abogado y se negó a hacer ninguna declaración. Temía que su licencia médica pendiera de un hilo, toda su vida podía desmoronarse ante una palabra de más o de menos por su parte.

Los abogados que acompañaron a Félix Argüelles, Marta Figueroa, Hortensia Cubillos y Marisa Cubillos en la declaración, pertenecían al mismo despacho que el que asistía a Jacobo y dieron a sus clientes la misma recomendación para casi todas las preguntas de la juez. Les costó que Hortensia mantuviera la boca cerrada. «Mi sobrino es un buen chico, el mejor, es un gran estudiante, trabajador y responsable, pero es que a uno no pueden aparecerle los padres cuando ya es un hombre para desbaratarle la vida», dijo ante la juez de instrucción, que no entendió de qué le hablaba, pero sus palabras quedaron registradas en el acta de la declaración.

La negativa a declarar de Jacobo estuvo a punto de proporcionarle tres días en el calabozo y una posible orden de prisión preventiva si el comisario Miralles no llega a evitarlo.

Con la imputación de Jacobo Hernández Cubillos como posible responsable del homicidio de Puscasu, se acercaban al punto crucial del caso y el jefe de policía del Principado tenía intención de asegurarse personalmente de que el caso se resolviera. Citó a Miralles. Quería hacer recapitulación de todo lo que sabían y trazar con él el plan de acción.

Eran las ocho de la tarde cuando el comisario se quedó libre después de un largo día. Miralles había planeado ir a casa a cenar con su mujer y sus hijas, pero la llamada del jefe de policía le quitó toda esperanza de encontrar a las niñas despiertas.

Avisó a Sarabia y se dirigieron al despacho de Mario Menéndez.

—La juez no puede saltarse a los abogados y, con ellos delante, es imposible conseguir una confesión —dijo Menéndez—. Si les han ordenado a todos no declarar, no hay más opción que conseguir más pruebas. ¿Por qué sospecháis que el hijo del ama de llaves de Del Amo mató a Santamaría? ¿Qué motivos tenía?

—Ni siquiera sabemos si lo mató, pero tenemos indicios de que Santamaría era su padre biológico. La juez no va a emitir una orden para hacer una prueba de ADN, no tenemos pruebas suficientes. También creemos que Santamaría mató a Arantza Brione y que Jacobo tenía algo con ella, aunque en la declaración policial del atropello afirmó que solo se veían de vez en cuando. En cambio, admitió que salieron a cenar en San Valentín y haberle regalado el colgante que encontraron junto a su cuerpo. Eso y que fue él el que la dejó en la carretera donde la mataron. Todo indica que salían juntos. También sabemos que tuvo una pelea con Puscasu y tenemos pruebas de que estuvo en la habitación de Santamaría después de su muerte. Necesitamos que hable. La juez está dispuesta a ordenar su detención.

—Sería un error. No hasta que tengamos algo más contra él —dijo Mario Menéndez.

Sarabia calló, no era bueno para él enfrentarse al jefe de policía, pero Miralles sí mostró sus objeciones.

—Si asesinó a Santamaría y a Puscasu y está relacionado de algún modo con la mafia rumana, puede irse del país.

—No se irá si le vigilamos —insistió el jefe de policía—. ¿Se os ocurre algo mejor?

—Detenerlo las setenta y dos horas que nos permite la ley y seguir investigando. Ahora que sabemos dónde buscar, iremos rápido. Si encontramos algo, podremos acusarlo del homicidio de Levka Puscasu y ordenar su ingreso en prisión. La juez está muy cabreada con su negativa a declarar.

—Solo tenemos media huella dactilar y lo de Puscasu es, como mucho, un homicidio involuntario; murió en su habitación por un coágulo en el cerebro. Jacobo Hernández no tiene antecedentes, tiene veintitrés años, es un estudiante modelo, tiene una vida impecable y nosotros no podemos ofrecer ni una sola prueba concluyente. Si es un delincuente profesional, intentará huir, nada lo ata aquí. Ponedlo bajo vigilancia.

—Tú mandas. Espero que no te equivoques —aceptó el comisario.

Miralles se comprometió a hablar él mismo con la juez de instrucción y después se dirigió al parking. Llovía. Esperaba que Geni hubiera sacado ya a *Dragón* a dar su paseo nocturno.

La noche anterior al último día del año la tensión crecía en casa de la familia Del Amo.

—Hay que sacarte del país —dijo Marta a Jacobo y a Marisa en cuanto llegaron a casa.

Los tres se habían reunido en el salón después de volver de los juzgados. Estaban tan absortos en lo ocurrido durante el día que, a pesar de que las persianas estaban subidas, ni siquiera eran conscientes de la lluvia que empezaba a golpear los cristales, rompiendo así la tregua que durante el día había concedido al sol.

—No voy a huir. Me he esforzado mucho para sacar la carrera y conseguir las prácticas y no voy a consentir que un par de indeseables muertos me lo arrebaten todo. Cuando Andrés vuelva nos ayudará a aclarar todo esto.

Marta y Marisa se miraron.

—Jacobo, Marta tiene razón, hijo —intervino Marisa por primera vez—. Debes irte. Andrés no va a declarar nada porque está muerto.

—¿Cómo que muerto?

Marta le explicó a Jacobo lo que ella sabía por el esbirro de Costica y lo que podía imaginar que había sucedido en realidad.

Jacobo asimiló la información sin cuestionarla, sin sorpresa, sin aspavientos. Hacía meses que había adquirido la habilidad de acumular el dolor dentro, de mantenerlo agazapado en su interior como si lo reservara para un futuro lejano en el que se sentiría capaz de enfrentarse a él.

—Por eso esto ahora es cosa nuestra —continuó Marta—. Tú eres bueno e inteligente y tienes toda la vida por delante. Ahora disponemos de mucho dinero en Suiza.

—No te faltará nada, hijo —dijo Marisa—. Puedes empezar tu vida en otro sitio y ser feliz. Hazlo por mí, Jacobo, hazlo por mí.

—Se acabó, mamá —Jacobo cortó las súplicas de su madre—. Todo esto parece una pesadilla. No puede ser verdad… Me voy a la cama a ver si cuando me despierte mañana descubro que nada es real.

Cuando Jacobo salió de la sala, Marisa rompió a llorar. Marta la abrazó y la ayudó a sentarse en el sofá mientras recorría el salón de su casa con la mirada. Adoraba esa estancia grande, elegante y a la vez discreta. Marta tenía la vida que quería y con Del Amo y Santamaría muertos, podía vivir a su manera gracias a la generosidad de los rumanos sin necesidad de dar explicaciones ni correr el riesgo de que su marido la dejara sin blanca. Ahora que iba a tenerlo todo, no iba a permitir que se lo arrebataran.

Miró a Marisa, que lloraba derrotada y tomó una decisión.

—Tranquila, Marisa. No vamos a pagar el pato por esto. Te voy a explicar lo que vamos a hacer.

Marisa la miró e, igual que cuando eran niñas, se rindió ante la voluntad de Marta. A fin de cuentas, ella siempre lo arreglaba todo.

Cuando Marisa estaba sumida en la terrible depresión que le causó la noticia de que no podría tener hijos, Marta le regaló a Jacobo, y cuando Pedro murió de aquella manera tan inesperada, Marta apareció en su casa de Toledo, los recogió a ella y a Jacobo y se los llevó a vivir a Gijón, le buscó un trabajo a Hortensia para que pudieran estar cerca y le dio a Jacobo las mismas oportunidades y el mismo cariño que a sus otros dos hijos. Ahora volvían a tener problemas y, como siempre, Marisa confió en que Marta lo solucionaría.

—Marisa, ¿me estás escuchando? —preguntó Marta.

—Me he distraído, lo siento. No permitas que le destrocen la vida a Jacobo. Tú eres su madre también, no lo permitas.

—No lo haré, pero ahora no es momento para que tengas una crisis. Ya habrá tiempo de eso cuando estemos a salvo. Ahora escúchame con atención.

Marta y Marisa continuaron en el salón hasta bien entrada la madrugada, prepararon la historia que iban a contar al juez y planearon la marcha de Jacobo para cuando consiguieran convencerlo. Cuando, por fin, subieron a sus habitaciones, Luna del Amo, la hija de Marta y Andrés, continuó allí, tras la puerta que comunicaba el salón con la cocina, llorando por su padre, al que habían asesinado por culpa de su madre, por su familia, que no era más que una gran mentira y por ella misma, por todas las veces que se había acostado con el que ahora sabía que era su hermano biológico.

A Mario Menéndez le dieron las tantas mientras reflexionaba en el salón de su casa, sentado en el sillón de terciopelo verde, acompañado de uno de sus puros favoritos y del maestro Rodrigo, al que siempre acudía en busca de inspiración. Esa noche, el Concierto de Aranjuez no le estaba proporcionando la lucidez de pensamiento que buscaba. Aquella tarde, un pequeño rifirrafe con la investigadora externa contratada por Miralles lo perturbó como no habría ocurrido si la susodicha fuera un hombre. En ese caso, habría reaccionado de forma muy diferente, poniendo en su sitio sin paños calientes al fulano que se hubiera atrevido a reclamarle y no habría vuelto a pensar en ello.

Sin embargo, ante la investigadora se contuvo cuando lo que le pedía el cuerpo era echarle una bronca de pelotas por su insolencia y amenazarla con revocarle la autorización para trabajar en el caso, pero no se atrevió porque era una mujer y, dado el auge de denuncias por discriminación que estaban sufriendo en el último año, temía que actuar como él consideraba que debía actuar tuviera consecuencias, y la sensación de impotencia le crispaba. Eran reflexiones que no se atrevía a compartir con nadie en esos momentos de auge del feminismo. Corrían tiempos malos para hombres que él consideraba excepcionales, desde Plácido Domingo a Roman Polanski. Cuando Mario Menéndez entró en el Cuerpo Nacional de Policía, se incorporaron también las primeras mujeres, pero él no trabajó con ninguna hasta unos años después. No tenía nada en su contra, solo que se sentía más seguro entre hombres. Mario había sido educado por sus padres para abrir la puerta a las mujeres y ser amable con ellas, no para detener sospechosos en su compañía y mucho menos para confiarles su vida en situaciones de peligro. Esa era la razón por la que frenaba el ascenso de las inspectoras que estaban en la lista de sucesión para el puesto de comisario y evitaba así que, durante su mandato, una mujer llegase a comisaria del Principado. Él no consideraba que estuviera haciendo nada incorrecto: no se sentía cómodo trabajando con ellas y debido a su posición tenía la opción de elegir.

Jamás lo habría confesado ante Miralles, pero lo cierto era que, por más vueltas que le daba, no acababa de entender por qué la investigadora se había ofendido tanto aquella tarde. En cambio, el comisario parecía tener muy claro cuál había sido el detonante de la reacción de San Sebastián. Lo ocurrido con la investigadora externa era un aviso de lo que podía suceder y lo había pillado desprevenido. El jefe de policía confirmó su decisión de no correr más riesgos: no quería ninguna otra mujer trabajando en su equipo.

Noviembre de 2019.
Nueve meses después de San Valentín

—¿Os habéis vuelto locas las dos? —increpó Jacobo a Marta y a su madre después de escuchar la petición más descabellada que había oído en su vida—. ¿Queréis que lleve al cabrón que mató a Arantza en el barco a ver la lluvia de estrellas? ¿Y después qué? ¿Le damos un masaje en los pies? ¿No creéis que ya he hecho suficiente? Ese tipo no está en la cárcel porque yo lo encubrí y tengo que dormir cada día con esa decisión. No quiero oír hablar más de este tema.

Jacobo se levantó del sofá del gran salón colonial donde estaba sentado con su madre y Marta Figueroa. Marta se levantó también.

—Muy bien, Jacobo. ¿Quieres solucionar eso que tanto te reconcome? Pues escúchanos. Si hubieras declarado entonces, es posible que tú o alguna de nosotras o Alberto o Luna, estuviéramos muertos. Los rumanos no se andan con tonterías, aplican el ojo por ojo sin titubear. Por eso necesitamos una confesión de ese hombre. Para que sea nuestro seguro de vida.

Jacobo no respondió, pero volvió a sentarse y Marta le contó el plan. No el plan real que había tramado con Marisa, sino el que, entre las dos, habían preparado para convencer a Jacobo de salir en el barco con Santamaría. Tampoco le contó por qué estaba tan segura de que Santamaría iba a aceptar su invitación. Ni que iba a darles dos millones de euros en dinero negro como pago por conocerlo, porque tampoco tenía intención de darle la oportunidad a Alfredo de confesarle a Jacobo que era su padre biológico. Antes debía desaparecer. Ya habían pasado suficientes meses desde la muerte de Arantza para que la mafia no relacionara el suceso con el fallecimiento de Alfredo en un accidente marítimo.

Jacobo reflexionó sobre la propuesta de Marta y las dudas se multiplicaron. Había una parte de la historia que Jacobo desconocía y que ni Marta ni Marisa tenían intención de que descubriera nunca.

—¿Y qué vamos a hacer en el barco? ¿Charlar con ese tipo como si nada hubiera sucedido? ¡Es una idea de locos! No tiene ni pies ni cabeza. ¿Por qué ese tipo se va a querer subir a un barco conmigo? Le partí la nariz. Y no le rompí la cabeza porque vosotras lo impedisteis. Lo que me pedís es demencial. Queréis que le dé la mano a ese tipejo y me tome unas copas con él en cubierta como si no supiera que es un asesino y un cobarde.

—Cariño —dijo Marisa—, piensa en nosotras, en Alberto y Luna. Ellos te quieren como a un hermano y no tienen culpa de nada. En un par de años, nos habremos librado de esta gente. Has llegado muy lejos para evitar que nos maten, este ya es el último paso. Si conseguimos grabar su confesión, estaremos a salvo.

—No lo sé —dijo Jacobo, al fin—, dejadme que ponga las ideas en orden, no soy capaz de pensar con claridad.

Jacobo le dio un beso a su madre y se fue a dar una vuelta con la moto.

—Si Jacobo no está en el barco, el plan no va a funcionar. ¿Qué crees que hará? —le preguntó Marta a Marisa una vez que Jacobo cerró la puerta del salón.

—Lo correcto, Marta. Mi hijo siempre hace lo correcto.

17

Martes, 31 de diciembre de 2019. Nochevieja

La casa de Geni y Rafa estaba llena de gente vestida de gala que brindaba con champán y daba cuenta de deliciosos canapés servidos por un camarero sonriente. La música navideña contribuía al ambiente y los gorros de cotillón que llevábamos todos, incluidas las niñas y *Dragón*, le daban al conjunto la estética de una de esas películas que solo se emiten durante las semanas de Navidad.

A pesar de que la noche era fría, la puerta de la casa estaba semiabierta para facilitar que los fumadores, empedernidos unos y ocasionales otros, entraran y salieran a su antojo.

Yo estaba satisfecha porque Rafa había conseguido la orden judicial para solicitar la información oficial de InverOriental y en el Registro Mercantil habían facilitado al agente con el que el propio jefe de policía me había encargado colaborar todos los datos que necesitábamos. Entre ellos, una copia del pasaporte de Andrés del Amo con una foto de un hombre que no era Del Amo. A pesar de haber entregado los datos a la policía rumana, todavía no habían obtenido respuesta oficial, pero a través del jefe de policía habían averiguado que se trataba de Mihail Kumov, uno de los hombres de confianza de Costica.

Me había puesto un vestido largo para la cena, tal como había pedido Geni. «Como si fuera una cena en el *Titanic*. Mujeres de largo y hombres de esmoquin», había solicitado Geni en el evento que había organizado en Facebook.

—¿No se te ha ocurrido otra comparativa? —pregunté cuando hablamos por teléfono—. No es el final de noche que me gustaría tener.

—A ver si ahora la chica escéptica va a ser supersticiosa. Que se hundiera no le quita elegancia. Al contrario, le añade romanticismo —replicó Geni.

—Llámame cardo si quieres, pero procuremos que esta noche no se hunda nada.

—¿Por qué lo dices? ¿Estás mal con Rodrigo?

—Al contrario, estamos muy bien. Reconozco que la presencia de Jorge en Oviedo nos causó algún problemilla, pero ya está solucionado.

—Me alegro —dijo—. Te noto muy a gusto con Rodrigo. Se te ve contenta. Como no te había visto desde que volviste a Oviedo.

—¿Cómo lo haces? ¿Cómo sabes lo que le pasa a la gente con solo cruzar dos frases?

—Porque tengo un don. Tú vales para los números y yo para los sentimientos de las personas. Estoy deseando ir de boda.

—Para el carro —dije riendo antes de colgar—, no te precipites, de momento vamos a disfrutar de tu fiesta, seguro que será perfecta.

Y así fue. Geni había organizado una cena de película. Dos camareros, champán de bienvenida y decoración encargada al efecto. Cuando le pregunté a qué se debía semejante despliegue, me confesó lo que pretendía.

—Si dices algo, te mato.

—Yo no soy… —frené a tiempo—. Soy una tumba, ya lo sabes.

—¿Ibas a decir que no eres como yo?

—Iba a decir que yo no soy ninguna chismosa, pero no he querido ofenderte.

—¿Por lo del apodo de la Chismes? ¡Ya hace muchos años que no me ofende! Entonces, ¿me prometes no decir nada a nadie de lo que te voy a contar, y menos aún a Rafa o a Rodrigo?

—Te lo juro. ¿A qué se debe esta pasada de fiesta? Aquí hay un montón de gente y tres personas del catering.

—Treinta y dos invitados. Todos nuestros amigos. Hoy hace diez años que Rafa me pidió matrimonio. El año que volvió de

Estados Unidos. Yo lo esperé durante toda la carrera y, a su vuelta, en la fiesta de Nochevieja del club de tenis, me pidió que me casara con él mientras unos mariachis nos cantaban rancheras, ya sabes que me encantan. Nunca lo hemos celebrado porque al año siguiente, ese mismo día, hace hoy nueve años, murió mi padre, me avisaron cuando estábamos en plena cena romántica y nunca más me apeteció celebrarlo, así que hoy quiero darle una sorpresa.

—¿Qué vas a hacer?

—Tendrás que esperar a verlo por ti misma, sorpresa para todo el mundo. Ni una palabra, ¿eh?

Sentí admiración por Geni, porque sabía que tenía exactamente lo que quería. En ese momento, Rodrigo apareció con una copa de champán.

—¿Dónde te habías metido? —preguntó.

—Estaba hablando con Geni.

—¡Menuda fiesta ha organizado! Esperaba algo más... —dudó Rodrigo.

—¿Informal? ¿Casero? ¿Sencillo? Geni lo hace todo a lo grande.

La cena fue deliciosa y mis peores temores de aguantar toda la noche de pie con los tacones no se cumplieron: cenamos sentados en el salón del sótano, que habían vaciado y decorado para la ocasión. La estancia estaba plagada de banderas de barras y estrellas y símbolos estadounidenses, incluidas unas pequeñas réplicas de la estatua de *El Beso*, que mostraba al marinero y a la enfermera fundidos en un beso apasionado tras el armisticio que puso fin a la Segunda Guerra Mundial. Cinco mesas cubiertas con manteles de papel impresos con el escudo turístico de San Diego, que en estilo naif mostraba la noche, tres palmeras, la luna llena y el nombre de la ciudad en letras de neón. Geni había cuidado hasta el último detalle. La elección de la comida era sorprendente para una Nochevieja: un bufet de hamburguesas, alitas Búfalo, ensalada de col, costillas de cerdo a la barbacoa y hasta Hoppin' John, una ensalada de frijoles que suelen comer en Nochevieja en los estados sureños porque, según la tradición del Año Nuevo, trae suerte. Así nos enteramos de que Rafa había estudiado en la Universidad de California, en San Diego. Lo que a los invitados les pareció una idea divertida, a mí me pareció un detalle precioso.

Disfruté la cena como una niña pequeña. Ningún invitado se privó de comer las minihamburguesas con las manos ni de chuperretear las alitas. Apetecía pasarlo bien.

Media hora antes de las campanadas, con el estómago repleto, volvimos arriba, donde nos esperaban las bandejas de los postres: unas con copas de champán recién servido, otras de cazuelitas con doce uvas ya peladas y otras con minicookies, minibrownies y pequeños cuadraditos de sándwich de mantequilla de cacahuete con sirope de chocolate. El montaje era completo.

Veinte minutos después, Geni encendió la televisión donde veríamos las campanadas. Mientras el reloj de la Puerta del Sol aparecía en la pantalla, listo para su actuación estelar del año, vi a Sarabia entrar por la puerta principal con gesto serio. Crucé una mirada de sorpresa con Camila, que acababa de entrar en la casa con Fidel después de fumar algo que olía más a rebeldía adolescente que a fiesta de adultos. Un segundo después, Rafa se reunía con el inspector en la puerta y los vi irse a paso apresurado hacia el coche patrulla en el que había llegado Sarabia.

Busqué a Geni.

—Rafa se ha ido, Geni.

—¿Cómo que se ha ido? ¿Adónde?

En ese momento entró un whatsapp en su móvil. Era Rafa.

«Voy para la comisaría. Es muy urgente. No me esperes. Disfruta la noche. Te quiero.»

Conseguí llevar a Geni hasta el despacho antes de que empezara a llorar delante de todo el mundo.

¿Qué era tan grave como para que Rafa desapareciera de su propia fiesta de Nochevieja sin despedirse siquiera de su mujer? ¿Qué había ido a contarle Sarabia?

Con gusto hubiera ido tras ellos, pero si hubieran querido que los acompañara, me habrían invitado a ir. Lo único que podía hacer era consolar a Geni.

—¿Luna del Amo? ¿La hija de Del Amo? —preguntó Rafa al inspector, ya en el coche patrulla, cuando este le explicó lo que ocurría—. ¿No estará borracha intentando llamar la atención? Esta es una noche muy propicia para tonterías. Geni ha encargado una cena americana y un despliegue que resulta exagerado hasta para ella si solo pretende quedar bien con nuestros amigos. Había un montón de réplicas de la estatua de *El Beso* de San Diego en mi sótano. Eso no es casualidad. Me huelo que había algo más. Le pedí matrimonio el año que volví de Estados Unidos, justo el día de Nochevieja, después de las campanadas, así que Sarabia, espero que no me hayas sacado de mi casa para encontrarme a una adolescente borracha…

—No termines la frase, comisario. Entiendo que estés de mal humor, pero yo también tenía mejores planes para esta noche. La hija de Del Amo no es ninguna adolescente, tiene veintidós años y no está borracha. Está serena y, según Arce, aunque un poco alterada, parece muy decidida. Si he ido a buscarte es porque es importante.

—Más vale, Fernando —dijo el comisario apoyando la mano en el hombro de su compañero, disgustado por la decepción que iba a sufrir Geni cuando se diera cuenta de que su marido y homenajeado de la fiesta se había ido sin despedirse.

—Lo que cuenta Luna del Amo tiene sentido. Según ella, Marta, su madre, quiere sacar a Jacobo del país. Es su hijo. Si ya estábamos casi seguros, ahora tenemos la confirmación. La hija, Luna, se ha enterado porque ha escuchado una conversación detrás de la puerta.

—¿No será una patraña para despistarnos? Esta chica está denunciando a su propia madre.

—Las relaciones madre e hija son complicadas. Mi hermana y mi madre estuvieron unos años que no paraban de discutir y ahora están siempre juntas. En este caso hay algo más: Luna del Amo parece estar enamorada de Jacobo, llevan tiempo tonteando, y este verano, antes de que ella se fuera a Madrid, se acostaron juntos varias veces.

—Eso significaría que él no sabe que es hijo de Santamaría. O no lo sabía entonces, al menos.

—Y que el disgusto por la muerte de Arantza Brione le duró poco. Al menos, según lo que cuenta Luna del Amo. Y, a partir de ahí, te lo puedes imaginar: cuando oyó que Jacobo era hijo biológico de su madre se sintió asqueada, traicionada, violada. Es una noticia impactante para cualquiera y si tienes veintidós años, te parece el fin del mundo. Enterarse en el mismo momento de que su padre ha sido asesinado por la misma mafia con la que colabora su madre la ha horrorizado.

—¿Dónde va a ir cuando termine la declaración? No puede volver a casa ni acercarse a ellos. Es la única testigo que tenemos.

—Va a ir a casa de una amiga, le ha dado la dirección a Arce para que la podamos localizar. Echa pestes de su madre. Ya verás el vídeo de la declaración.

—Esto va a ir para largo. Adelántate, ve conectando la videoconferencia con Arce y Macías, que ahora te sigo —dijo el comisario cuando llegaron a la puerta de la comisaría—. Necesito contactar con San Sebastián.

—¿Otra vez vas a pedirle que venga? —preguntó Sarabia harto de que su jefe incluyera a la investigadora financiera en cada paso que daban.

—¿Algún problema, inspector? —respondió Miralles ante la impertinencia de su subordinado.

El comisario le envió un whatsapp a Gracia: «Por favor, cuida de Geni».

—*Show must go on* —me dijo Geni cuando dejó de llorar—. Tenemos invitados y no tienen por qué enterarse siquiera de que Rafa se ha ido.

—Estoy segura de que ha pasado algo importante en comisaría. No quiero decirte que quizá Rafa vuelva pronto porque si Sarabia ha venido a buscarlo, no ha sido por una tontería. Vas a tener que posponer la sorpresa.

—Ya está todo pagado, así que, al menos, disfrutemos de ella. ¿Me ayudarás a que la fiesta continúe siendo un éxito, aunque Rafa no esté?

—Claro que sí, vamos a pasarlo en grande, nosotras y todos los invitados —aseguré, a pesar de que no tenía ninguna gana de quedarme allí.

Solo tenía pensamientos para el caso, quería saber qué estaba sucediendo. Fuera como fuese, no iba a dejar sola a Geni. Ya bastante disgustada estaba. Si la fiesta decaía, se iba a sentir mil veces peor y, aunque a mí, en su situación, me habría importado un carajo, para ella era primordial que su Nochevieja fuera magnífica.

—Rodrigo, ¿puedo dejarte solo un rato más? Geni necesita mi ayuda. Rafa se ha tenido que ir —le dije una vez que las dos salimos del despacho, dispuestas a regalar a los invitados una noche estupenda.

—¿Otro muerto en ese caso tuyo que iba a ser tan tranquilo y aburrido?

Busqué la ironía en su cara, pero solo encontré una sonrisa y los ojos un poco vidriosos.

—No me han dicho nada. Es Nochevieja, puede haber pasado cualquier cosa que no tenga nada que ver con mi caso. Geni quiere que todo siga como si no pasara nada, pero está muy desilusionada y no quiero dejarla sola.

—¿Por qué está tan desilusionada?

—Hoy hace diez años que le pidió matrimonio, cuando volvió de Estados Unidos. No han celebrado nunca su aniversario de bodas y toda la fiesta era una sorpresa para él, una compensación por los aniversarios no celebrados. Para ella este tipo de cosas son muy importantes.

—Vaya, ¡qué putada! Vete con ella. Espero que dentro de diez años tú hagas lo mismo por mí —respondió Rodrigo muy meloso—. Voy a tomar algo con Fidel y Camila, que se han fumado un par de porros y están muy divertidos.

—Solo Fidel y Camila, ya… —reí.

No habría imaginado que a Rodrigo le diera por fumar maría en una fiesta y mucho menos en casa de un comisario de policía. Aunque consumir no era ilegal, un comisario era un comisario. Todavía teníamos mucho por averiguar el uno del otro. Era una fase emocionante de la relación en la que todavía podíamos sorprendernos.

Después de las uvas llegó una pareja de mariachis que Geni había encargado para recrear la proposición de matrimonio de Rafa y, aunque el propósito de Geni era declararse ella y no pudo ser, durante un buen rato fueron coreados por los invitados que, con el champán y la emoción del año nuevo, alababan la fiesta como si jamás hubieran estado en otra. Ya no había nada más que hacer. Había una mesa con hielo y bebidas en una esquina del salón y un amigo de Rafa, DJ aficionado, pinchaba música. La fiesta podía continuar hasta el amanecer sin necesidad de intervención. Consulté el móvil. Sin noticias. Solo un whatsapp de Rafa pidiéndome que cuidara de su mujer.

Con una copa en la mano, nos refugiamos en la cocina, que el servicio de catering ya había dejado impoluta.

—Ha salido todo perfecto, Geni. Una fiesta impresionante.

—Y el invitado de honor se la ha perdido.

—Tendréis muchos años para celebrar.

—Pero no así. Como haga esto más veces, me arruino. Llevo ahorrando dos años. El sueldo de un comisario no da para tanto dispendio —respondió Geni con una sonrisa un poco triste pero tranquila.

A Geni ya se le había pasado lo peor del disgusto. Podía irme a casa. Me sentía agotada. Busqué a Rodrigo y lo encontré sentado con Fidel y Camila al lado de una ventana abierta, ya los dos sin chaqueta ni pajarita. A juzgar por las risas, Rodrigo se lo estaba pasando en grande después de apuntarse a terminar con el alijo de maría de Fidel, así que llamé a un taxi sin decirle nada. Tenía los pies molidos y la tripa hinchada.

Para mi sorpresa, el taxi no tardó ni diez minutos a pesar de ser la noche del año en la que estaban más solicitados. Cuando me dejó en el portal de mi despacho, subí descalza en el ascensor, con los tacones en la mano y me metí en la ducha. Cuando salí, tenía tres whatsapp que nada tenían que ver con los otros cuarenta que me felicitaban el año.

El primero era de Rafa.

«No quiero estropearte la fiesta, pero me gustaría que vinieras a la comisaría. Si te has pasado con las copas, tómate un par de cafés. La noche promete ser larga. Te envío un coche patrulla. No conduzcas esta noche.»

El segundo era de Geni.

«Aquí hay un coche patrulla que ha venido a buscarte de parte de Rafa. ¿Qué le digo?»

Y el tercero de Rodrigo.

«¿Te has ido sin mí? ¿Por qué ha venido un coche patrulla a buscarte? ¿Qué has hecho? ¿No habrás sido tú la que le has pasado la maría a Fidel? ¡Está cojonuda!»

Obvié a Rodrigo, llamé a Geni para que me enviara el coche patrulla a casa, respondí a Rafa diciendo que iba para allá, me puse unos vaqueros y unas botas cómodas y en veinte minutos estaba en la comisaría con Rafa y Sarabia, conectados por videoconferencia con Arce y Macías, que estaban en la comisaría de Gijón. Este último, con los ojillos inyectados en sangre, hizo el gesto de brindar con la taza de café que llevaba en la mano. «Yo también estaba de fiesta», me explicó.

La declaración de Luna del Amo, sin abogado, estaba tan cargada de rencor hacia su madre como de nuevos detalles desconocidos hasta entonces por la policía. Resistió la pericia de Arce para los interrogatorios sin variar un ápice su versión. Se sometió voluntariamente a la prueba de tóxicos. Estaba totalmente limpia. Su testimonio era sólido.

Jacobo y ella habían estado flirteando en secreto durante el verano. No había sido nada oficial, pero se habían acostado varias veces y ella había pasado el otoño pensando en él; se habían cruzado mensajes y ella tenía la esperanza de llegar a algo más serio cuando terminara el máster de Derecho Fiscal en Madrid. Antes del verano jamás había pensado en Jacobo como un hombre, de pequeños pasaban el día peleándose, pero después de un año en Madrid, las cosas cambiaron entre ellos. Le gustaba Jacobo, aunque en los días que llevaba en la casa apenas había podido hablar con él. Estaba muy raro y esquivo y parecía que evitaba dirigirle la palabra.

Luna había vuelto para pasar la Navidad con su familia y se había encontrado con que su padre estaba en viaje de negocios, según la explicación de su madre, y mucho revuelo alrededor de un cliente de la asesoría que había aparecido muerto y desmembrado. Las especulaciones sobre el suceso eran el tema de conversación favorito esos días en Gijón. Una semana después de su llegada, habían llamado a declarar en el juzgado a Jacobo, a su madre y al ama de llaves. Su madre no había querido darles ninguna explicación ni a ella ni a su hermano Alberto. Cuando volvieron de ver a la juez, Jacobo, su madre y Marisa se habían encerrado en el salón. Primero, los tres; luego, ellas dos.

Luna pasó el último día del año reflexionando sobre lo que había escuchado detrás de la puerta batiente que comunicaba la cocina con el salón. Le contó a Arce con la calma que camufla la borrasca interior que había sentido la tentación de reclamarle a su madre, de agredirla, de obligarla a vomitar cómo había muerto su padre. También le explicó que había pensado en hablar con Jacobo, en invocar los buenos ratos del verano, pero dudaba mucho que el Jacobo que ella conocía fuera el Jacobo de verdad. Le daba náuseas pensar que se había estado acostando con el hijo de su propia madre. Por último, tomó la decisión de hablar con la policía porque se lo debía a su padre muerto y a su hermano pequeño, que seguía ignorante del horror familiar.

—Entonces, ¿está dispuesta a testificar contra su propia madre? —preguntó Miralles a Arce, que los observaba desde la pantalla que utilizaban para las videoconferencias.

—Más que dispuesta, yo diría que lo está deseando. Debemos conseguir que vea a la juez de instrucción cuanto antes —aseguró el subinspector Arce—. Se encuentra en un momento muy inestable. Debemos aprovecharlo. No me extrañaría nada que, en cualquier momento, se derrumbase y cambiara de opinión. Ahora está muy enfadada con Figueroa, pero es su madre.

—¿Quién está con ella ahora? —preguntó Sarabia.

—La psicóloga forense—respondió Arce—. Aunque la prueba de tóxicos es negativa, necesitamos una valoración psicológica. Vamos a ser muy estrictos cumpliendo el procedimiento para que ningún abogado pueda invalidar su declaración por un tecnicismo. Ya hemos visto cómo se las gastan los letrados que ha contratado Figueroa.

—Siguientes pasos —ordenó el comisario Miralles—. Gracia, necesito que averigües si es cierto que el barco de los Del Amo se pintó hace unas semanas y quién fue la empresa encargada de hacerlo. Es lo que Luna Del Amo declara haber oído, pero es la primera noticia que nosotros recibimos al respecto.

—¿Quieres que lo haga yo? —preguntó Gracia.

—Sí, ¿algún problema?

—Ninguno —respondió la investigadora, que bastante sorprendida estaba de que hubieran contado con ella aquella noche.

El comisario estaba actuando con los recursos que tenía: no había más agentes asignados al caso, era Nochevieja y, después de conocer los planes de Marta Figueroa para sacar a Jacobo del país, sabía que el tiempo jugaba en su contra y no podía esperar. Tenía la intención de utilizar todos los efectivos a su alcance para conseguir detener con pruebas irrefutables a todos los involucrados en el caso. Cualquier tarea que pudiera cumplir San

Sebastián sin comprometer el caso y que liberara a un policía, se la iba a encargar.

—También necesito que recopiles lo antes posible toda la documentación financiera que pudiera requerir un inspector fiscal para empapelar a los propietarios reales de InverOriental y a todos los que van a forzar la quiebra de la empresa.

—¿Vas a ir a por ellos por delito fiscal? ¿Como hicieron con Al Capone? El único inconveniente es que no están en España.

—Por eso tendrán que hacerlo en Rumanía —respondió el comisario sin más explicación—. Por último, quiero que te encargues de que Camila Villa esté en el Anatómico Forense con facultades suficientes para volver a explorar el cadáver de Santamaría y certificar si sus lesiones cuadran o no con la declaración de Luna del Amo. En cuanto Camila llegue al depósito de cadáveres, que me llame.

—Cuenta con ello.

—Eso quería oír. Siguiente: Sarabia, necesitamos un registro completo del barco, que busquen sangre en el interior, en los lavabos y en el fregadero. Fuera ya sabemos que no se encontrará nada. Encárgate también de que requisen la cafetera de la habitación de Santamaría y la analice la Científica. Confirma que los agentes que vigilan a los sospechosos están en su puesto. Los culpables aún están a tiempo de intentar huir. Todos los agentes asignados a la vigilancia tienen que entender que me da igual que sea Nochevieja o el Año Nuevo chino: si fallan, me encargaré personalmente de asegurar que este año que empieza sea un infierno lleno de guardias nocturnas y turnos dobles en días festivos.

—¿Todo eso no es mejor que lo haga Arce, que está en Gijón? —replicó Sarabia molesto porque el comisario tomara el mando de su caso.

—El subinspector tiene otro cometido —continuó el comisario—: Arce, quiero que estés disponible para cualquier declaración adicional que quiera hacer Luna del Amo, no te muevas de allí y no la pierdas de vista en cuanto la psicóloga termine su evaluación. Que la traten como si fuera una personalidad: comida, agua, cojines, un libro, incluso una televisión, si la quiere, cualquier cosa que pueda hacerle la espera llevadera. No queremos que se vaya de aquí hasta que declare ante la juez de instrucción. Y tú, Macías, vete a casa, duerme unas horas, dúchate, toma un litro de café y vuelve a la comisaría. Por ese orden. Casi puedo notar el olor a alcohol que destilas a través de la pantalla. Si te enviamos a hacer algo, vamos a comprometer el caso. Cuando estés en forma, quiero que vayas a ver a Hortensia Cubillos, la hermana de Marisa, y que la vuelvas a interrogar. Nos vemos todos de nuevo a las seis de la tarde. Ahora, a trabajar —ordenó Miralles.

SALÍ DE LA comisaría a las cinco de la mañana, cargada de tanta adrenalina que me permití ignorar el sueño. Empecé por buscar a Camila Villa. Era la tarea más urgente.

Llamé a Geni.

—¿Camila sigue en tu casa? —pregunté a bocajarro sin saludar.

—Siguen todos aquí, ¿qué ocurre? ¿Va todo bien?

—Todo bien. Ha habido un giro inesperado en el caso y es importante que nos demos prisa. Rafa está haciendo un trabajo excepcional. Es un gran comisario.

Quería reconfortar a Geni porque no era su mejor noche y deseaba que se sintiera mejor después del disgusto que se había llevado.

—¿Lo dices de verdad? Muchas gracias. No sabes qué orgullosa me siento.

—Rafa necesita tu ayuda: es crucial para pillar a unos asesinos —dije infundiendo dramatismo al encargo—. Camila Villa tiene que estar despierta, fresca y en plenas facultades en el Anatómico Forense a lo largo del día. Es importante que sea pronto, pero lo es más que esté libre de sustancias tóxicas y que no solo no se equivoque, sino que nadie pueda dudar de su testimonio.

—Será fácil. Íbamos a tomar el chocolate con churros ahora y la fiesta termina aquí. Llevan ya un buen rato que solo beben Coca-Cola. No han fumado mucho porque acabo de hablar con ellos y están de risas, pero coherentes. Yo me encargo de avisarla para que se vaya a descansar ya y le voy a dar un remedio casero infalible. No te preocupes.

—La receta de tu abuela contra la resaca no sé si le hará falta, recuerda que es médico. Se chutará un montón de vitaminas y dentro de poco estará como si hubiera dormido doce horas.

—Es médico de muertos. Seguro que, en resacas, yo tengo mucha más experiencia.

—Eso no ha sonado bien —reí—. Siento pedírtelo a ti después de...

—No lo sientas —me cortó—. La noche tiene mucho más sentido si me siento útil y puedo ayudar a resolver este caso que os está volviendo locos.

Con plena confianza en que no había nadie mejor que Geni para la tarea encargada, lo siguiente en mi lista era comprobar el horario de apertura de las oficinas del puerto deportivo de Gijón. Consulté la web y el día de Año Nuevo estaban cerrados. Pensé en acercarme de todos modos a ver si podía localizar a alguien, pero la perspectiva de conducir los veintiocho kilómetros de autopista que unía las dos ciudades en la noche con más borrachos de todo el año para conseguir entre poco y nada me hizo descartar el viaje. Yo también había bebido, poco, pero suficiente para dar positivo. Esa información tendría que esperar al primer día laborable del año.

Mientras hacía cada tarea que me había encargado Rafa, no dejaba de darle vueltas a lo que había escuchado en comisaría sobre Santamaría y la familia Del Amo.

Era inevitable no pensar en Rodrigo al escuchar hablar de atropellos después de haber consumido alguna sustancia psicoactiva. La diferencia entre Santamaría y Rodrigo era que Rodrigo no se había dado a la fuga. Y que nadie lo había asesinado. Y que no era ningún mafioso. Y que la falta de sueño estaba haciendo mella en mi razonamiento.

Como no podía dormir con el nivel de adrenalina que tenía en la sangre y semejantes pensamientos rondándome la cabeza, empecé a preparar el expediente de InverOriental para Rafa, un encargo que, más que lucidez, requería paciencia para soportar tareas tediosas.

6 de diciembre de 2019.
Diez meses después de San Valentín.

Cada día la Tierra es bombardeada por miles de desechos cósmicos, meteoros a gran velocidad que suelen explotar al entrar en contacto con la atmósfera. Nueve veces al año, si la luna y las nubes lo permiten, el universo nos invita a observar ese inmenso mecanismo de eliminación de residuos. En el mes de diciembre del año 2019, la lluvia de estrellas gemínidas despidió el otoño destruyendo ciento veinte meteoros cada hora durante trece días seguidos. La noche del 6 de diciembre, con la luna visitando hemisferio norte y hemisferio sur, en Gijón las nubes se retiraron, dejando entrever a todos aquellos que miraron al cielo con atención en dirección a la constelación de Géminis un atisbo del inicio del mayor proceso anual de reciclado cósmico. En el Cantábrico, el lugar donde cielo y mar parecían fusionarse en un negro intenso, nadie prestaba atención a lo que ocurría en el cielo en el momento en el que Marisa Cubillos lanzó su propio cuerpo contra Alfredo Santamaría.

No era así como ella y Marta Figueroa habían planeado deshacerse de él.

Lo más difícil del plan había sido convencer a Jacobo de salir con él a navegar. Solo accedió tras la promesa de grabar al asesino de Arantza confesando su crimen con la esperanza de poder usarla en un futuro.

El resto debía ser más sencillo: Jacobo pilotaría, mientras que Marta y Marisa permanecerían en la popa del barco con Santamaría. Marta conocía bien la debilidad de Alfredo por el alcohol. Santamaría estaría inquieto, le ofrecerían unas copas y, en el momento de regresar a puerto, cuando Alfredo ya hubiera bajado la guardia, con el barco cogiendo velocidad y Jacobo al timón, Marisa y ella empujarían a Santamaría y lo harían caer por la borda. La caída no se oiría desde el puente de mando con el motor en marcha y ellas no avisarían a Jacobo hasta pasados unos instantes, cuando se hubieran alejado lo suficiente como para que no hubiera posibilidad de rescate. Alfredo moriría ahogado en un mar frío y oscuro, bien pertrechado con ropa de abrigo, que no lo ayudaría a mantenerse a flote. Un terrible accidente. Como tantos otros.

Lo que ocurrió en realidad no distaba mucho del plan, solo lo suficiente para que se fuera al traste.

Con el piloto automático conduciendo el barco a mínima velocidad, Jacobo observaba la cubierta. Marta entró en el interior a preparar una segunda ronda de *gin-tonics* y dejó a Marisa hablando con Santamaría. Jacobo había accedido a aquel encuentro porque la seguridad de la familia era lo más importante para él, pero cuando se encontró de nuevo con aquel hombre en el Café Dindurra sintió que se le revolvían el alma y el estómago. En el barco se limitó a refugiarse en la cabina. «Y el tío tan tranquilo, sentado en la barandilla de cubierta tomándose un *gin-tonic* y mirando al cielo, como si en realidad le importara algo ver puntos de luz atravesando la noche a toda velocidad», pensó Jacobo.

Mientras Jacobo miraba con repugnancia a aquel asesino que hablaba con su madre, Alfredo apuró los restos de la copa que tenía en la mano y le comunicó a Marisa que no iba a cumplir lo pactado. Jacobo ni siquiera le estaba dando la oportunidad de hablar con él y la única forma de acercarse era contarle la relación que en realidad había entre ellos. No entendía a qué estaban esperando.

Jacobo se extrañó cuando la conversación entre su madre y aquel mafioso pareció subir de tono. Se disponía a apagar el motor para bajar a protegerla cuando sus ojos vieron lo que su corazón no estaba dispuesto a aceptar: su madre se lanzó contra Santamaría que, desprevenido ante el ataque, cayó al agua fría y negra del mar Cantábrico. La cubierta frenó a Marisa que, del impulso, estuvo a punto de acompañarlo en su caída al mar.

—¡Hombre al agua, hombre al agua! —gritó Jacobo parando el motor para bajar a cubierta y tirar los salvavidas por la borda.

Marisa empezó a gritar cuando vio a su hijo saltar por la borda a salvar a aquel indeseable.

Santamaría cayó al mar vivo y maldiciendo su error: temer a Jacobo, pero bajar la guardia con Marisa. Fue todo lo que acertó a pensar antes de que la hélice lo absorbiera y una de las palas le arrancara el brazo. A la hélice aún le dio tiempo a cortarle una pierna antes de que Jacobo apagara el motor y la fuerza centrípeta lo lanzara a la superficie mientras el costado izquierdo rozaba con las cuchillas de la cortadora, ya casi paradas.

Marta, alertada por los gritos, salió a cubierta a tiempo de ver a Jacobo despojarse del anorak y lanzarse al agua. Con el corazón en un puño y desconocedora de lo ocurrido subió rápidamente los tres escalones que separaban la cubierta del puente de mando, encendió el foco de emergencia y dirigió la luz alrededor del barco mientras el corazón se le desbocaba. «Jacobo, no. Por favor, Dios, no te lleves a Jacobo», rezó.

El haz de luz que proyectó sobre la superficie le permitió ver a Jacobo, flotando y mirando en todas direcciones, y a pocos metros de él un bulto en la superficie.

También Jacobo vio a Santamaría y nadó hacia él lo más rápido que fue capaz con la ropa empapada y el cuerpo aterido por las frías aguas cantábricas. Cuando llegó a su altura, lo cogió del cuello para mantenerle la nariz fuera del agua y entonces se dio cuenta de que estaba muerto; la sangre todavía brotaba de su cara y le faltaba un brazo. «¡La hélice, se ha enganchado en la hélice!» gritó. Sin más reflexión que la que le dictaba su corazón, encajó el salvavidas en el cuerpo sin vida y tiró de la cuerda que lo unía al barco.

«¿Qué haces, Jacobo? No lo saques, por el amor de Dios, no lo subas a cubierta» gritó Marta, pero Jacobo solo escuchaba el pensamiento que retumbaba en su cabeza: su madre acababa de matar a un hombre.

18

Miércoles, 1 de enero de 2020. Año Nuevo

El día de Año Nuevo, un poco antes del amanecer, Jacobo Hernández Cubillos recibió una llamada que sacudió sus cimientos personales. Era Luna. Luna del Amo. Lo primero que pensó cuando ella empezó a hablar fue que había tomado alguna sustancia ilegal en una fiesta de Nochevieja y que estaba sufriendo delirios. No estaba acostumbrada a consumir drogas, algo le debía de haber sentado mal.

—¿Dónde estás? —preguntó Jacobo—. ¿Qué has tomado? Voy a buscarte.

—No he tomado nada y no quiero verte, ¿no me escuchas? He pasado la noche en comisaría. Lo he contado todo, incluso que tú y yo somos hermanos. Y que nos hemos acostado juntos. —Jacobo escuchó a Luna sollozar.

—Cálmate, nos queremos como hermanos, pero no lo somos.

—Que sí, Jacobo, que sí que lo somos —dijo ella entre lágrimas—. Somos hermanos de madre. Tú también debes saberlo. Y por tu culpa y la de mi madre y la tuya, y tu otra madre también, han matado a mi padre. Porque habéis matado a tu padre y el mío ha pagado el pato.

—¿Qué dices, Luna? ¿Estás borracha? Mi padre murió cuando yo era niño. Por favor, déjame ir a buscarte. No estás bien.

Aquella conversación duró más de una hora, lo que Luna tardó en tranquilizarse y Jacobo en comprender que no estaba bajo los efectos de ninguna droga. Lo que escuchó le espantó como no le había horrorizado nada de lo sucedido hasta entonces. Su novia había muerto atropellada, su madre había matado al asesino y él mismo le había propinado un golpe a un hombre que parecía haberle causado la muerte. Los últimos meses habían sido como vivir en la casa del terror, pero nada hasta entonces había conseguido que sus propios cimientos se derrumbasen. Todo lo demás pasaría, pero lo que acababa de descubrir sobre sus orígenes se quedaría con él el resto de su vida.

Se tumbó en la cama, con los ojos fijos en el techo, viendo sucederse los minutos y las horas en la proyección luminosa que salía del despertador de su mesilla. Aquel que le había regalado su madre con tanta ilusión cuando solo era un niño y del que jamás había querido desprenderse. Ahora que su madre no era su madre, ni siquiera aquel recuerdo le parecía real. Todos lo habían engañado, pero el primero que se había engañado era él mismo. Sabía el grupo sanguíneo de su madre, sabía el suyo desde cuarto de la ESO cuando todos los alumnos se lo analizaron en el laboratorio del colegio como parte de las prácticas de Biología. Pero le resultó más fácil pensar que se equivocó al hacer la prueba. Y no volver a repetirla. No quiso enfrentarse a la posibilidad de ser adoptado y ahora no le quedaba más remedio que enfrentarse al hecho de que era hijo de la jefa de su madre y de un desconocido del que solo sabía que era un asesino y un estafador.

Una hora después se levantó, se vistió después de ducharse, cogió la cazadora del mono de la moto y el casco y puso rumbo a Oviedo en busca de la investigadora cuyo nombre llevaba apuntado en una nota del móvil: Gracia San Sebastián.

RECIBÍ EL AÑO Nuevo sin dormir y trabajando en la tarea que Rafa me había encargado. Hacía rato que había amanecido, pero todavía se podía ver la luna. Me encantaba ese efecto, esos días en los que el sol y la luna compartían el cielo, uno a cada lado, mirándose desde lejos, como si la luna lo esperase antes de irse al otro hemisferio.

Los efectos de la última noche del año me estaban pasando factura. El sueño ganaba terreno. Para despejarme, me metí en la ducha. Estaba secándome el pelo cuando tras el ruido del secador, escuché lo que me pareció el timbre de la puerta. Lo apagué, esperé y el timbre volvió a sonar. El portal solía estar abierto los días laborables debido a la cantidad de oficinas que ocupaban el inmueble y el trasiego de gente que eso suponía, pero esperaba que el día de Año Nuevo permaneciera cerrado. Había pocos habitantes en el edificio y los días festivos, con las oficinas cerradas, estaba casi desierto. Por suerte, mi vecina de al lado, una anciana que se resistía a abandonar su vivienda, solía estar en casa salvo por los tres paseos diarios de su Yorkshire, la compra que hacía casi todos los días y el café con las amigas.

Miré por la mirilla y vi a un hombre muy joven, de veintipocos años, con cazadora de motero y un casco caro en la mano. No lo había visto en mi vida y no tenía pinta de mensajero de Amazon, que eran los únicos que repartían casi los trescientos sesenta y cinco días del año.

—¿Quién es? —pregunté cauta.

—Mi nombre es Jacobo Hernández. No sé si me he equivocado de piso. ¿Es usted Gracia San Sebastián?

—¿Qué desea? —dije a través de la puerta.

—Quiero hacerle una consulta sobre una persona a la que usted ha investigado: Alfredo Santamaría.

Dudé un momento, la visita me inquietaba, pero no iba a dejar pasar la oportunidad. Envié un whatsapp a Rafa: «Jacobo Hernández está en mi puerta. Le abro.» Sabía que él también estaba despierto.

Cuando vi de reojo «Ni se te ocurra» en la pantalla del móvil, ya era tarde.

Abrí y me paré en la puerta cortándole el paso. Jacobo Hernández me miró con extrañeza.

No era mi mejor momento, vestida con mi albornoz rosa y la melena, medio seca, medio mojada y alborotada por efecto del aire caliente del secador.

—Perdone que me presente así en un día como hoy. Soy Jacobo Hernández Cubillos —dijo mientras me tendía la mano.

A pesar de la formalidad de sus modales, me pareció todavía más joven que a través de la mirilla y su voz no ocultaba la preocupación que parecía agobiarlo.

—¿Quién le ha abierto el portal? —pregunté sin sentirme segura con aquel hombre en casa.

—Una señora mayor con un perro muy pequeño. Llamé varias veces a su telefonillo, pero no me respondió. Ya iba a marcharme cuando salieron ellos y decidí subir a dejarle una nota.

Su historia tenía sentido. No me pareció que tuviera intención de matarme y, aunque sabía que los asesinos no tenían un aspecto diferente al resto de los mortales, en la práctica no apliqué la teoría. ¿Qué iba a ganar aquel chico haciéndome daño a mí? Aun así, seguía alerta.

—¿Puedo preguntarle cómo ha averiguado dónde vivo? —pregunté asumiendo el trato de usted que él no abandonaba.

—¿Vive aquí? Pensé que era su oficina —dijo mirando a su alrededor la sala que efectivamente parecía, y era, una oficina a la que había añadido un sofá y una televisión. Que yo viviera allí era fruto de muchas circunstancias que él no podía conocer—. Sé que usted es la detective que le investigaba y necesito que me cuente lo que sepa de él. Busqué su página web y aparecía esta dirección.

¡Mi web! La de asesora financiera. Llevaba sin actualizarla desde que nos habíamos mudado dos años atrás y empezó mi nueva andadura profesional, cuando todavía pensaba compaginar clientes públicos y privados. Puse la dirección del despacho como dato de contacto cuando aún ni imaginaba que terminaría viviendo en él.

La explicación de Jacobo acabó con mis reservas. Me aparté y le invité a pasar.

—¿Quieres un café?

—No, muchas gracias. Lo que quiero es saber qué clase de hombre era Alfredo Santamaría y cuál era la naturaleza de sus negocios. Le pagaré lo que me pida —me dijo.

Dudé, pero no encontré objeción alguna en contarle aquello que no tuviera relación directa con el caso.

—Alfredo Santamaría… —empecé y le di toda la información personal y profesional que consideré inocua para la investigación.

Cuando le mostré una foto de la madre de Santamaría, pareció impresionarse. Quiso hacerle una foto con su móvil, pero no se lo permití.

—Debo consultar con la policía si es posible que hagas una copia. Si quieres, déjame un correo electrónico y si me autorizan, te la envío.

—¿Santamaría era un estafador? —preguntó Jacobo.

—Le condenaron en la universidad por falsificación de tarjetas de crédito. A lo largo de su vida fue investigado y llamado como testigo en otros casos de estafas menores, pero nunca llegaron a imputarle por ningún otro delito.

—¿Estuvo en la cárcel?

—De aquella no cumplió condena porque la pena era menor de dos años y era su primer delito.

—¿Por qué lo estaba investigando usted?

—Por las actividades de la empresa de la que era socio administrador y director financiero.

—¿A qué se dedica la empresa?

—A inversiones inmobiliarias en el extranjero.

—¿Eso es ilegal? —preguntó Jacobo.

—¿Las inversiones inmobiliarias? Por supuesto que no.

—¿Entonces por qué lo investigaban?

—Por irregularidades contables.

—¿Qué tipo de irregularidades? ¿Estafaban a la gente?

—Se les investiga por un posible delito de fraude fiscal: blanqueo de dinero.

—No parece muy malo, ¿no?

—Eso es subjetivo.

Pensé que ayudar a blanquear el dinero procedente de los negocios de la mafia no era precisamente tener las manos limpias. Los activos de InverOriental se levantaban sobre vidas humanas, sobre niñas obligadas a prostituirse a base de torturas, maltrato y amenazas a sus familias, sobre niños asesinados para vender sus órganos al mejor postor, sobre preadolescentes enganchados a las drogas, pero me callé. No tenía intención de darle lecciones de moral.

—¿Violaciones, abusos a menores, asesinatos...?

—No que yo sepa, pero toda mi investigación es de orden económico y no ha surgido en ella nada que me indique que pudiera haber algo más.

—¿Era un ladrón de guante blanco?

—Podríamos llamarlo así. Al menos, por lo que yo sé de él.

—Muchas gracias, me ha ayudado mucho —respondió.

Si Jacobo trabajaba para la mafia, acababa de representar un paripé en mi despacho como el mejor de los actores. A mí me había convencido. Me distraje con ese pensamiento y, cuando me di cuenta, Jacobo ya había llegado a la puerta, la abrió y al ver a dos agentes de uniforme, retrocedió dos pasos y dio la vuelta hacia mí. Aquel hombre estaba asustado.

—¿Ha avisado a la policía? —preguntó—. ¿Vienen a detenerme? Yo no pretendía...

—Si viniéramos a detenerlo, ya estaría usted esposado —cortó uno de los agentes—, pero si le volvemos a ver por aquí, le aseguro que tendrá problemas. Ahora haga el favor de circular.

Jacobo bajó por la escalera y pudimos oír las pisadas cada vez más rápido.

—¿Está usted bien? ¿Todo en orden? —preguntó el otro agente.

Cuando asentí, dieron la vuelta y se fueron escalera abajo. Cada vez era más consciente del esfuerzo de Rafa para defender mi colaboración con la policía y no hacía más que causarle problemas. Dejar entrar a un sospechoso en mi casa no me ayudaba a continuar mi colaboración con ellos.

A los pocos minutos recibí una llamada suya.

—Me preocupa que haya averiguado tu dirección —dijo Rafa después de contarle la conversación con Jacobo Hernández Cubillos.

—Es culpa mía. Está en mi página web.

—¿Tienes página web con la dirección de tu casa?

—La página está desactualizada. Al principio pensé en enfocar mi negocio de otra manera. No imaginé que terminaría investigando para la poli. Tampoco pensé entonces que terminaría viviendo en el despacho.

—Quita tu dirección de ahí de inmediato —dijo Rafa con un tono que no dejaba dudas de que era una orden.

—No tenía que haberlo dejado entrar, lo siento. Sé que no es fácil que la policía acepte a un externo y también que este tipo de cosas te ponen en una situación complicada.

—Eso forma parte de mi trabajo. Tú sigue haciendo el tuyo que lo demás es cosa mía.

La visita de Jacobo Hernández me dejó un poco inquieta. El chico había estado más que correcto y en ningún momento había mostrado agresividad, pero que el sospechoso de dos homicidios llamara a mi puerta el día de Año Nuevo no era mi definición de sentirme segura. Vivía sola en un edificio de oficinas y la puerta de la casa tenía más de un siglo. Si iba a firmar un contrato permanente con la policía, era el momento de hacer algo al respecto.

MARTA FIGUEROA DABA vueltas en su cama en la primera mañana del año, envuelta en el edredón, abrazada a la almohada y a oscuras. Había empezado un nuevo año y lejos de dejarse arrastrar por la magia de un año a estrenar, lo que la inundaba era el odio que sentía por Santamaría desde que la rechazó y se desentendió de Jacobo, odio que se exacerbó después de muerto. Alfredo le pidió que se deshiciera del niño y, veintitrés años después, la acusó de no haberlo dejado disfrutar del hijo que quiso matar. «¿Cómo se atrevió el muy cabrón a venir a destrozarnos la vida?», se preguntaba.

Con la policía siguiéndolos de cerca, le asaltaban dudas de todo tipo. «¿Habría sido suficiente la pintura y la limpieza para que no quedara ningún rastro de sangre en el barco? ¿Y si habían dejado huellas en la habitación de Santamaría? ¡Qué mala suerte que hubiera entrado aquel horrible rumano cuando registraban la habitación de Alfredo!», se lamentaba inquieta en la cama. Ella ni siquiera habría pensado en ir al hotel de Alfredo si aquel hombre horrible no los hubiera atemorizado en su propia casa. Sus buenos modales desaparecieron en cuanto negaron que Andrés estuviera allí. Ella intentó explicarle que estaba de viaje de trabajo en Moldavia, pero el rumano se volvió loco. «¿Dónde está ese cabrón de Del Amo? ¿Dónde se esconde? —gritaba apuntándolos con una pistola—. ¿Dónde están los títulos de compraventa? No me vengan con que no saben nada», dijo con una sonrisa cínica y una mirada despiadada que a Marta le causó terror. Ellos decían la verdad, no sabían de qué hablaba, pero aquel hombre le pegó a Jacobo un puñetazo en la cara sin mediar aviso. Por suerte, su hijo Alberto estaba en casa de un amigo aquella noche y Luna todavía no había vuelto de Madrid para las vacaciones. Pensó que fuera lo que fuera lo que aquel hombre les reclamaba, Santamaría podría haberlo escondido en su hotel y sería mejor tener algo que entregarle en caso de que volviera. ¿Habría dejado también en la habitación el dinero con el que pensaba comprar a Jacobo?, se preguntaba Marta. Le había ofrecido dos millones de euros. ¡Dos millones! Marta jamás había visto tanto dinero junto; Andrés no le daba acceso a los fondos familiares, tenía que pedirle dinero cada semana. Al día siguiente, Jacobo y ella se dirigieron al hotel con la tarjeta de apertura de la habitación que habían encontrado en la cartera de Santamaría. No estaba desactivada. La juez todavía no había permitido al hotel asignarla a ningún nuevo huésped. El rumano llegó antes de que pudieran registrar a fondo la habitación. Oyeron abrirse la puerta en el momento en el que Marta inspeccionaba el armario de la entrada y Jacobo las mesillas. Puscasu solo vio a Marta, agachada frente al armario, se abalanzó sobre ella y empezó a estrangularla con las manos. Jacobo cogió la cafetera de cortesía de la repisa y le asestó en la cabeza con todas sus fuerzas. El hombre cayó al suelo inconsciente. En menos de tres segundos todo había sucedido como una escena de película pasada a cámara rápida.

—Me ha visto, me ha visto —gritó Marta cuando Levka Puscasu se desplomó en el suelo—. Va a venir a matarnos, Jacobo, este hombre va a matarnos.

Marta, presa del pánico, cogió la Nespresso del suelo con intención de rematarlo, pero Jacobo la paró.

—¿Qué haces? ¡No nos lo podemos cargar! Alguien lo buscará. Vámonos de aquí. Hay que avisar a Andrés de lo que ha sucedido. Él sabrá qué hacer.

Jacobo comprobó que el rumano respiraba, cogió a Marta del brazo y salieron corriendo de allí. Ni siquiera se acordó de ponerse la capucha y las gafas para ocultarse la cara magullada. ¿Y si alguien los había visto y podía reconocerlos?, se preguntaba. Un hombre con marcas de un golpe reciente en la cara llamaba la atención.

Marta se tranquilizó a sí misma mientras se arrebujaba aún más en el edredón: de haber podido encontrar un testigo, ya lo habrían hecho.

Lo que Marta no alcanzaba a comprender era cómo el brazo de Santamaría había llegado al agujero del muro de la playa de San Lorenzo.

Se incorporó en la cama como si se le hubiera activado un resorte. La vela. Tenían que reponer la vela antes de que alguien se percatase de que faltaba. ¿Cómo no se había dado cuenta antes?

Cinco horas después de la visita de Jacobo, un sándwich y una ensalada envasados regados con varios cafés, había terminado de recopilar, ordenar y engranar toda la documentación financiera de la compañía. Rafa tendría datos más que suficientes para convencer a la Hacienda rumana de que fuera a por ellos. Le envié un mensaje para avisarle de que el *pen drive* con toda la información contrastada, clasificada y documentada estaba listo. Respondió con una llamada.

—Envío un agente a buscarlo —dijo cuando descolgué.

—Estupendo, ¿Camila está trabajando ya?

—Sí, Sarabia está con ella en el Anatómico Forense. Muchas gracias.

—Dáselas a tu mujer. Se ha encargado ella. Si no necesitas nada más, en cuanto le entregue la información a tu poli, me iré a dormir un rato antes de ir a verte de nuevo a las seis.

—No es necesario que vengas esta tarde, todo lo que podías hacer hoy está hecho y si necesito algo más, te llamaré.

—Perfecto, porque he quedado con Sarah para ir a un sitio importante. Pero no me dejes fuera, cuenta conmigo para todo lo que pueda hacer sin transgredir la estricta normativa policial.

—Te lo agradezco, porque estas horas no puedo pagártelas.

—Ya lo sé, pero no importa. Aunque te empeñes en recordarme cual es mi sitio en el caso, yo también quiero pillarlos.

El concierto de Año Nuevo empezaba a las siete de la tarde. Media hora antes, me dirigí al teatro Campoamor con un vestido corto, tacones altos y un abrigo de terciopelo que tenía más de decorativo que de protección contra el frío. Por suerte, solo estaba a tres manzanas del despacho. Iba a conocer a Nacho, el primer chico que Sarah me presentaba como algo más que un amigo desde que teníamos diecinueve años. Eso en Sarah significaba mucho. Quedé con ella en la estatua del Culo, la escultura más fotografiada de Oviedo, no por lo bonito, que dependía del gusto de cada uno, sino por la rareza de encontrar unas gigantescas posaderas en una de las calles principales de una ciudad. *El Culo* era obra de Úrculo y estaba situada justo delante de uno de los teatros más televisivos del país, el Campoamor, por ser el lugar de entrega de los premios Princesa de Asturias. El novio de Sarah había reservado para nosotras uno de los palcos del teatro con una vista privilegiada sobre el escenario y yo tenía la intención de disfrutar con la alegría de las obras de Strauss.

Nacho aparecía en el programa como don José Ignacio Ricoy Melgar, director de orquesta. Suponía que, al estilo tradicional del Año Nuevo, el repertorio consistiría en piezas alegres, movidas y capaces de quitarle el sueño a un koala. Me desperté con el estruendo del público acompañando con las palmas la Marcha Radetzky, signo inequívoco de que el concierto había llegado al final.

—Ya te vale —dijo Sarah—. Menos mal que estamos solas en el palco.

—Perdóname, Sarah. Esta noche ni siquiera llegué a acostarme. Tu chico lo hace genial.

—¡Si no te has enterado de nada! —protestó Sarah.

—No me hace falta, mira cómo aplaude la gente. Están entregados.

Salimos del Campoamor y nos dirigimos hacia la zona antigua en busca de un local abierto el día de Año Nuevo donde esperar al aplaudido director. Rodrigo, después de pasar el día recuperándose de la fiesta de Geni, había quedado en unirse a nosotros en cuanto terminara una sesión de preparación física casera que mitigara los excesos del día anterior. En el camino encontramos abierto el Ópera Café y hacia allí nos dirigimos sin pensar. Solo los que no sufrían los efectos de la Nochevieja se animaban a salir a tomar unas cañas con los amigos e incluso a cenar. El Ópera era un local abierto de día y de noche, decorado como un pequeño palacete y con una extensa carta de cócteles perfectos para completar una tarde barroca de concierto y copa. Encontramos sitio en la barra y Sarah ojeó la carta de bebidas.

—¿Vino o cerveza? —propuse buscando al camarero.

—Un Cosmopolitan. Hoy es un día especial. Anímate, no seas sosa.

—No, una copa no, quiero una Coca-Cola que no he dormido nada.

—Sí que has dormido. En concreto, todo el concierto, así que ahora te vas a tomar… ¡este! Un Mai Tai, que nunca he tomado uno y me apetece probarlo —dijo Sarah cerrando la carta y llamando al camarero. Sin darme opción. Se lo perdoné, tenía derecho a estar mosqueada.

El Mai Tai estaba bueno, aunque más de la mitad se lo bebió Sarah. Junto con su Cosmopolitan. Adiviné que estaba algo inquieta por presentarme a Nacho, que apareció treinta minutos más tarde, con un pantalón vaquero, una camisa blanca y el pelo recogido en una coleta. No lo hubiera reconocido. Era solo un poco más alto que Sarah; con los tacones que llevaba ella, que no eran excesivos, estaban a la par.

—Encantado —dijo dándome dos besos—. Me moría de ganas por conocerte. Es emocionante salir con una chica y que su mejor amiga se dedique a perseguir asesinos que descuartizan cadáveres.

No pude menos que reír.

—Ya ves —dije—. Si tú pones la música y yo el guion nos llevamos el Oscar.

—Esto parece el comienzo de una gran amistad —respondió parafraseando *Casablanca* y continuó bromeando como si fuéramos viejos amigos. Era muy fácil charlar con él.

De allí nos fuimos hacia el Oviedo antiguo, subimos por la plaza de la Catedral y nos adentramos en la calle Cimadevilla, la más ancha de toda la zona vieja, estrecha para el siglo XXI, pero vía principal en los tiempos clarinianos de *La Regenta* y entramos en La Genuina, una enorme y concurrida mercería reconvertida décadas atrás en bar de tapas y restaurante, donde habíamos quedado con Rodrigo. A pesar de ser miércoles y Año Nuevo, había bastante gente dentro. Rodrigo había conseguido para nosotros un enorme barril cubierto de cristal que hacía las veces de mesa. Un par de cañas después y un surtido de pescado frito que me reconfortó el estómago, charlábamos los cuatro como si nos conociéramos de siempre y entendí lo que había visto Sarah en él. No se debía a su atractivo físico, que era cuestión de gustos y en esa ocasión el mío y el de Sarah no coincidían. Nacho era un tío apasionado, divertido y carismático que llevó la voz cantante de la conversación sin resultar pesado. Yo no era competencia para él, estaba agotada y mis habilidades sociales no ocupaban los primeros puestos de mis virtudes, pero era la primera vez que estando Sarah presente, no era ella el centro de atención. Incluso Rodrigo, que solía tomar las riendas del anecdotario propio de las cenas, cedió terreno y se limitaba a poner un poco de humor adicional que animara a Nacho a seguir con sus aventuras de concierto en concierto.

En un momento de la conversación, Nacho se dio la vuelta respondiendo a un hombre que enseguida identifiqué: era Sarabia. Justo un instante antes de que me reconociera él a mí. Me saludó con una sonrisa y un sorprendido: «¡San Sebastián, qué pequeño es Oviedo!».

—¿Habéis terminado ya? —pregunté críptica aludiendo a la reunión que Rafa había convocado a las seis.

Sarabia asintió.

—Suficiente para las últimas veinticuatro horas —dijo—, voy a tomar algo y después me voy a mi casa a descansar. Esta noche que se preocupen otros de los malos.

—¿Trabajáis juntos entonces? —preguntó Nacho—. ¡Qué casualidad! Fer es el mejor amigo de mi hermano. Desde la guardería.

—¿Del psiquiatra? —pregunté alarmada.

Nacho me dirigió una mirada cómplice antes de responder.

—Del pequeño. Somos tres.

Sarabia intentó despedirse, pero Nacho insistió en hacer las presentaciones. Me pareció que el inspector se incomodaba y cuando Nacho iba a presentarle a Sarah, él le tendió la mano a Rodrigo.

—Encantado de conocerte —dijo Rodrigo—. Poner cara a las personas con las que trabaja tu mujer parece que hace las cosas más humanas.

Sarabia sonrió y aunque me pareció forzado, siguió el juego.

—Poner cara a la parte más personal de tus compañeros también los hace más humanos.

La conversación entre Sarabia y Rodrigo se alargó más de lo necesario teniendo en cuenta que Nacho todavía no le había presentado a Sarah.

—Fer, deja que te presente también a mi novia, Sarah —dijo Nacho cortando el intercambio de banalidades entre ambos.

Sarabia dio la vuelta y Sarah se adelantó.

—Ya nos conocemos —dijo sin más explicaciones y le propinó dos besos al inspector Sarabia.

—¿Y eso? —preguntó Nacho.

—De coincidir, ya sabes que esta ciudad es muy pequeña —respondió Sarabia.

—¿Amigos comunes? —Nacho estaba con la mosca tras la oreja y yo empezaba a atisbar el motivo de la incomodidad de Sarabia. Deseé equivocarme.

—Alguno. La farmacia de Sarah está muy cerca de la comisaría —dijo Sarabia—. Tengo que dejaros, me esperan y al final van a irse sin mí. Te veo, San Sebastián.

Cuando Sarabia se fue, se hizo un silencio incómodo que Rodrigo y yo nos apresuramos a romper.

—Al final los policías de cerca no parecen tan malos —dijo Rodrigo con una sonrisa conciliadora.

No me dio tiempo a responder. Nacho parecía un perro que hubiera mordido un hueso.

—Fíjate, te conoce a ti del trabajo —dijo dirigiéndose a mí— y a Sarah de coincidir. En Oviedo se coincide mucho.

—Siempre decís que esto es pequeño, pero en comparación con mi pueblo… —comentó Rodrigo en un intento de cambiar de tema.

—¿También coincidís mucho allí? —interrumpió Nacho y la tensión se hizo muy evidente.

—¿Qué es mucho, Nacho? —dijo por fin Sarah mirándolo fijamente.

—No sabría decirte. ¿Cuántas veces has coincidido con Fer? —preguntó Nacho directamente mientras le sostenía la mirada.

Querría haber gritado «fuego» o algo así para romper la tensión de aquel momento, pero no lo hice y la bomba que era el carácter arrollador de Sarah explotó entre nosotros.

—Tres veces. Fernando y yo hemos coincidido tres veces. —Y después de una pausa añadió—: pero he coincidido con muchos más tíos y, siendo de aquí, es inevitable que conozcas a alguno más, aunque sea de vista. Fíjate que hasta con Rodrigo he coincidido un par de veces.

El gesto de Nacho se contrajo y el color le subió a las mejillas. Era de esas personas que se ruborizaban cuando sienten ira. Miró a Rodrigo, me miró a mí y parecía no encontrar las palabras. Rodrigo dio un sorbo a su cerveza y Sarah se acomodó en el taburete desafiante.

—Bueno, ¿picamos algo más? Pásame la carta, Nacho —dije.

Nacho no me hizo caso y soltó un bombazo.

—¿Os liais los tres juntos?

—¡No! —negué.

—¡Claro que no! ¿Se te ha ido la pinza? ¿Qué clase de conversación es esta? —dijo Rodrigo lanzándole a Nacho una mirada de advertencia.

—Una en la que queda claro la cantidad de prejuicios que tenéis, que parece que os han domesticado —dijo Sarah y yo la conocía suficiente para saber que estaba muy cabreada.

—Sarah, ya vale, esta discusión es innecesaria —recriminó Rodrigo.

Quería defender a Sarah, incluso podía entenderla, pero no creía que tuviera razón. Aunque Nacho estaba siendo muy indiscreto.

—¿Con cuántas tías te has acostado tú, Rodrigo? —preguntó Sarah.

—¿Volvemos a los quince? —dije—. Eso no se lo he preguntado ni yo. Vamos a dejarlo aquí.

—Pues ahí quería llegar yo —dijo Sarah haciendo caso omiso de mi petición—. ¿A ti te importa el número?

Miré a Sarah fijamente con intención de que lo dejara, pero ella me sostuvo la mirada

—No —respondí al fin.

—¿Y a ti? —continuó Sarah dirigiendo su pregunta a Rodrigo—. ¿Te importa con cuantos tíos se ha acostado ella?

—A pesar de que eso no sea de tu incumbencia, te voy a responder si con eso consigo cerrar el tema: a mí solo me importa lo que ha hecho Gracia desde que está conmigo.

—Y ni eso porque, aunque todavía no se ha divorciado de su ex, estás con ella y vas en serio —le espetó Sarah.

En ese momento me apeteció asesinarla. Sarah siempre estaba de buen humor salvo en los escasos momentos en que no era así, y entonces era como si su rabia estuviera tan concentrada que golpeaba con fuerza todo lo que la rodeaba. Me contuve para no responder como me apetecía porque sabía que eso solo empeoraría las cosas. Ya hablaría con ella cuando se calmara.

Rodrigo apuró su cerveza y no respondió.

—¿Nos vamos? —me preguntó—. Tú no has dormido nada esta noche y está claro que Sarah y Nacho tienen que hablar a solas.

No me dio tiempo a aceptar cuando Nacho dio la cena por terminada.

—Nos vamos todos. Estamos cansados. Yo tengo el bajón postconcierto.

Nacho vivía a escasos metros del teatro, en uno de los edificios más emblemáticos de Oviedo, conocido por su forma como la Jirafa, a dos minutos caminando de mi despacho y a menos de diez desde la Genuina. No nos quedó más remedio que volver todos juntos. La primera parte del recorrido se me hizo muy larga. Cruzamos la plaza del ayuntamiento en silencio, con la fachada iluminada y la decoración navideña adornando la plaza. Íbamos los cuatro en línea, yo de la mano de Rodrigo para hacer más llevaderos los tacones. En un intento de paliar la incomodidad del silencio y el dolor de pies, fui contando cada muesca de las baldosas anaranjadas que brillaban por el efecto de la humedad de la noche reflejando la luz. Antes de llegar a la antigua universidad, Nacho empezó a hablar como si nada hubiera ocurrido. Otra vez divertido y de buen humor. Empezó a contar que una vez habían dado un concierto en el teatro de Mérida y debía de ser una anécdota graciosa porque poco después Rodrigo soltó una carcajada. Yo no lo escuchaba. Había aprovechado para soltar la mano de Rodrigo y quedarme rezagada con Sarah.

—Lo siento, tía —me dijo pasándome un brazo por encima del hombro y dándome un beso en la mejilla para volver a soltarme rápidamente.

—No te preocupes. Entiendo que te hayas cabreado con Nacho. Se ha pasado de posesivo y de maleducado. Pero, por favor, no le toques más las narices a Rodrigo, que bastante bien está llevando la visita de Jorge.

—Ya te he pedido perdón y, además, Jorge se ha marchado ya, ¿no?

—Se fue a Madrid la semana pasada, pero sin acuerdo de divorcio, ya lo sabes —respondí en un alarde de paciencia. Con Sarah no había término medio y cuando se ponía insoportable, lo hacía en modo superlativo.

Llegamos de nuevo al Campoamor y, tras atravesar el túnel de luz dorado que había instalado el Ayuntamiento en un intento por competir por los primeros puestos de las ciudades más navideñas de España, Rodrigo y yo intentamos despedirnos, pero Sarah y Nacho nos invitaron a subir a ver las impresionantes vistas desde el apartamento en la planta diecisiete. Como si quisieran compensarnos por el mal rato.

—Subid y nos tomamos una copa en casa, desde el salón se ve la catedral iluminada, parece una foto gigante —dijo Nacho.

Rechacé la propuesta. Estábamos cansados y supuse que Sarah y Nacho tendrían que hablar.

—Claro que sí, vamos a comprobar si esas vistas son para tanto —dijo Rodrigo—. Siempre me he preguntado cómo sería ver Oviedo desde lo alto de la Jirafa.

—Rodrigo, otro día, estoy agotada —insistí pellizcándole el brazo.

—Bah, venga, que solo es una copa.

Las vistas eran espectaculares, aunque el mosqueo con Rodrigo por hacerme subir no me permitió disfrutarlas como merecían.

Cuando Sarah y Nacho fueron a la cocina a buscar los ingredientes que faltaban en el salón, increpé a Rodrigo.

—Pero, tío... —empecé.

—No quiero dejar a Sarah sola con él hasta asegurarme de que están bien —explicó.

—¿Por qué no iban a estar...?

No pude seguir porque en ese momento oímos a Sarah y a Nacho discutir en la cocina.

Nos miramos sin saber qué hacer hasta que escuchamos a Sarah gritarle y salimos para ver qué ocurría.

—A mí no me vuelvas a empujar en tu vida, pedazo de gilipollas, enano ciclotímico.

—¿Enano yo? Y tú una puta zorra —le respondía Nacho.

—¿Qué has dicho? —reclamó Rodrigo a Nacho.

—¿Tú de qué vas? Que te has acostado con mi novia y me entero cuando estás cenando conmigo como si nada.

—Porque eso fue hace tiempo... —dijo Rodrigo y se calló.

¿De verdad se estaba disculpando?

—¿Cuánto? —increpó Nacho.

Rodrigo no respondió.

—Vámonos de aquí —dije—. Esta conversación es para tenerla tranquilos, a la luz del día y sin haber bebido alcohol. O mejor aún, para no tenerla. Sarah, coge tu bolso y el mío y nos vamos.

Para mi alivio, Sarah obedeció.

—¿Qué ha pasado? —pregunté cuando entramos en el ascensor.

—Ha vuelto otra vez con el temita y cuando le he mandado a la mierda me ha dado un empujón.

—¡Menudo imbécil!

—¿Cuánto llevas con él? —preguntó Rodrigo.

—Déjalo estar, que no quiero hablar más de Nacho —cortó Sarah.

Nos despedimos en el portal, después de que Sarah rechazara la oferta de Rodrigo de acompañarla.

—No necesito niñera, Rodrigo.

—De nada, Sarah —respondió Rodrigo con retintín.

—Vale ya —zanjé la conversación—. Envíame un whatsapp cuando llegues y no protestes.

Sarah me dio un beso mientras fingía decirme al oído en voz suficientemente alta para que Rodrigo la oyera:

—Dale las gracias a tu chico de mi parte que, aunque sea un poco retrógrado, tiene buena intención.

Y se fue en dirección a la parada de taxis sin darme tiempo a reaccionar.

Nosotros empezamos a subir por la calle peatonal que llevaba hasta mi despacho, desierta, con el Woody Allen de bronce como único paseante permanente.

—¡Joder! —dijo Rodrigo cuando estábamos a una distancia prudencial—. Qué carácter tiene tu amiga, la que ha liado. ¡Menuda cenita nos han dado para empezar el año!

—No me jodas. ¿La culpa ha sido de Sarah? El tío está como un cencerro.

—Vale que el tío es un mierda, pero sin ánimo de justificar su comportamiento, enterarte de esa forma de que estás cenando con tu novia y un tío que se ha acostado con ella no es agradable. Sobre todo cuando acabas de enterarte de que también se ha acostado con el amigo de tu hermano al que conoces desde niño. Y Sarah, en vez de suavizar las cosas, se ha puesto a retarlo. Espero que no estuvieran juntos cuando ella y yo... ¿Sabes si ya se conocían en el verano?

—Lo dudo, ya me enteraré. O no, porque me da igual. El tío se ha saltado los límites y lo ha hecho con nosotros delante.

—Ya no importa. Al enano ciclotímico este no lo vamos a volver a ver —bromeó Rodrigo parafraseando a Sarah y no pude evitar reírme.

—Y a otro ya veremos, porque este es el primero que conozco desde hace años. Ahora entiendo por qué no me los presenta —respondí siguiendo con la broma.

—¿Te das cuenta de que tú y yo solo llevamos unos meses juntos?

—Y ya no puedes vivir sin mí. ¡Es que soy una tía increíble!

Rodrigo soltó una carcajada. Ya habíamos llegado al portal.

—Anda, tía increíble, saca las llaves que estos dos nos han dejado a medio cenar y no veo la hora de comer algo y meterme en la cama contigo.

—Eso suena muy bien…

—A dormir —aclaró riéndose—, no te hagas ilusiones. Tienes que estar agotada.

—He dormido un par de horas, el tiempo que duró el concierto.

Mientras yo me quitaba la ropa y Rodrigo, muerto de hambre, buscaba algo saludable con lo que rellenar dos rebanadas de pan de molde en la mininevera de la irrisoria cocina de mi despacho, debí quedarme dormida. Ni siquiera vi el whatsapp de Sarah en el que me decía: «Hola, mamá Gracia, ya estoy en la camita con un Cola Cao. Ah, no, perdón, que es un vodka con zumo de tomate. Emoticono con la lengua afuera».

6 de diciembre de 2019. 23:00.
Casi diez meses después de San Valentín

Los muñones de Santamaría vertían la sangre que quedaba en su cuerpo tiñendo de rosa el suelo blanco y antes impoluto de la cubierta del yate de Marta Figueroa. El líquido que formaban la sangre y el agua salada al mezclarse se extendía poco a poco hacia los pies de los tres ocupantes que miraban la escena. Marisa parecía haber entrado en shock. Marta consiguió sacar la cabeza por la borda para vomitar mientras Jacobo gritaba desencajado.

—¡Joder, mamá, has matado a un hombre! Ahora somos iguales que él. Incluso peores.

—Lo siento, lo siento mucho —repetía una y otra vez Marisa con un hilo de voz.

—Ha sido un accidente, ¿verdad? Dime que ha sido un accidente. Ha tenido que ser un accidente.

Marta volvió a vomitar cuando el líquido rosado, mezcla de sangre y agua, le mojó las botas de piel. Sintió la humedad en los calcetines y no pudo controlar la arcada de bilis que le subió directa desde la vesícula. Jacobo estaba fuera de sí, temblando de frío e increpando a su madre, que seguía murmurando incoherencias en respuesta a los gritos histéricos de su hijo.

—¡Calmaos los dos! —intervino Marta cuando el estómago le dio una tregua—. Jacobo, deja de gritarle a tu madre de una vez. Lo hecho, hecho está. Tienes que cambiarte de ropa, te vas a congelar. Ve dentro y sécate.

Y dirigiéndose a Marisa, continuó:

—Marisa, reacciona por favor, tenemos que tirar el cadáver de este hombre al mar.

—¿Qué dices? ¡Ni lo sueñes! —dijo Jacobo—. Vamos a llamar a la policía. Ha sido un accidente. Mi madre resbaló, chocaron, él cayó al agua del impacto y ella no perdió el equilibrio tras él de milagro. Un accidente.

Ninguno de los intentos de Marta por convencer a Jacobo dio resultado.

—Esto ha sido un accidente —insistió Jacobo obstinado y cada vez más convencido de su propia mentira—. Tú no lo viste, yo sí. Un accidente, ¿lo entiendes? Fue un accidente. Lo hemos rescatado, hemos hecho lo que hemos podido.

—Vas a pillar una pulmonía. Cámbiate de ropa y ahora decidiremos qué hacer —cedió por fin Marta recomponiéndose de la impresión. Después fue a abrazar a Marisa que, agachada junto al cadáver de Santamaría, hablaba en voz baja, en un susurro que solo la propia Marisa habría podido entender.

Jacobo se quitó la ropa mojada y cuando salió, todavía temblando por el frío y el espanto de ver el cadáver mutilado que seguía impregnando con sus últimas gotas de sangre la cubierta del barco, subió al puesto de mando y puso rumbo al puerto.

19

Jueves, 2 de enero de 2020

El día 2 de enero me desperté a las ocho de la mañana con el olor del café y el ruido de Rodrigo trasteando en la pequeña cocina de mi despacho y me di cuenta de que estaba en pelotas, no llevaba ni bragas. La noche anterior había caído agotada en la cama.

Me levanté y salí de la habitación.

—Hola, lironcete. Ayer te dormiste como un cesto nada más tocar la cama —dijo mientras me ofrecía café de su cafetera. La de poner al fuego. La que había comprado para él porque no le gustaba el café de cápsulas. Acepté.

—Ya. Ni si quiera me puse una camiseta para acostarme.

—¡Qué me vas a contar! No podía dormir y no hacías más que pegarte a mí en bolas. ¡Vaya nochecita!

—No suena tan mal —protesté haciéndome la ofendida.

—Sonaba peor que mal: ¡menudos ronquidos!

—Vaya, lo siento. Sería por el bajón —me excusé.

Rodrigo empezó a reír y supe que se estaba cachondeando de mí.

—No ronqué —deduje—, ¡serás mala gente! Siempre pico.

—Hoy tengo que tomarme el día con humor. No he pegado ojo hasta las tres de la mañana.

A pesar del sueño, nos pusimos en marcha. Rodrigo tenía que trabajar y yo también. A las nueve y media ya estaba en las oficinas del puerto deportivo de Gijón, acompañada por el insistente graznido de las gaviotas y un intenso olor a sal. Mi cometido allí resultó mucho más sencillo de lo esperado: en diez minutos conseguí la dirección, el teléfono y el currículum personal y profesional del dueño de la pequeña empresa que había pintado el barco de Marta Figueroa.

—Fíjese —le expliqué al encargado de la recepción después de haberme presentado como una secretaria en apuros—, yo que no tengo ni idea de barcos y me llega mi jefe con este encargo para un cliente suyo. Uno importantísimo, de los que más nos compra, así que no puedo fallar. Si el de estos señores ha quedado tan bien como me han informado, me interesa recomendárselo a nuestro cliente.

—No se preocupe, mujer, que va a quedar muy bien —dijo el hombre con evidentes ganas de ayudar— porque el barco de los señores Del Amo lo pintó Arturo con sus chavales. En la mesa de la entrada tenemos tarjetas suyas. Hace el mantenimiento de casi todos los barcos que están amarrados aquí y muchas veces de los que solo están unos días de paso. Es un hombre muy cumplidor y su trabajo es muy fino. No son los más baratos, pero son los mejores. Ya verá usted como su jefe y ese cliente tan importante van a quedar muy satisfechos.

—Perdone la ignorancia, ¿cada cuánto se hace el mantenimiento de un barco?

—Depende del barco, del uso y de si lo tienen o no protegido con lonas.

—Espero que encuentren un hueco libre para atendernos. Supongo yo que —insistí— los trabajos se harán en verano, no ahora, ¿verdad? Como hace mejor tiempo, la pintura secará antes.

—Estamos en el mar, los barcos están húmedos en invierno y en verano. Los propietarios suelen acondicionarlos en primavera para tenerlos a punto en el verano porque es cuando más navegan, pero se puede hacer en cualquier estación.

Resistí la tentación de llamar al tal Arturo y preguntarle por el mantenimiento que había hecho para Marta Figueroa. Me había quedado claro que cualquier irregularidad a la hora de recabar pruebas y testigos podía suponer un fallo en el procedimiento y yo no era policía, así que me limité a enviarle a Rafa los datos de la empresa. A fin de cuentas, el tal Arturo era un testigo potencial, podía haber visto algo en el barco que sirviera de prueba contra los sospechosos. Mi imaginación se vio libre y enseguida visualicé mentalmente el barco de los Del Amo con la cubierta llena de la sangre del cadáver de Santamaría, con las extremidades cruelmente mutiladas.

Como no tenía nada más que hacer, bajé a curiosear por los pantalanes buscando el amarre del barco de Marta Figueroa sin una idea concreta de lo que esperaba encontrar allí. Hacía frío, el día amenazaba con lluvia y la humedad del puerto calaba los huesos. Cerca de los barcos el tufillo del petróleo se fundía con el salitre en un aroma que invitaba a surcar los mares con la imaginación. Iba desorientada porque no entendía el criterio de numeración de los amarres. Estuve un buen rato andando sin encontrar lo que buscaba. El puerto empezaba a parecerme un laberinto: cada vez que llegaba al final de un pantalán tenía que recorrer el mismo camino de vuelta y pasar al siguiente. Aunque no era un puerto grande en comparación con otros, como Mallorca o Puerto Banús, no dejaban de ser casi ochocientos amarres separados en tres zonas distintas, con una cierta distancia entre ellas. Abrí la web del puerto en el móvil y apareció un mapa con cada amarre numerado y localizado. Si se me hubiera ocurrido al inicio me habría ahorrado veinte minutos de un paseo desagradable solo amenizado por el chillido incansable de las gaviotas. Tenía la piel de la cara y de las manos húmeda a pesar de que aún no llovía. Me recoloqué la bufanda para que no se colara el aire y metí las manos en los bolsillos del abrigo buscando calor antes de dirigirme al lugar indicado en el mapa. Al menos las botas me mantenían los pies calientes.

El amarre del barco de Marta Figueroa y Andrés del Amo estaba en la dársena exterior del puerto. Allí encontré las dos embarcaciones, una al lado de la otra; la de los Brione y la de ellos.

Observé lo diferentes que eran los barcos, el primero un velero sobrio y recatado; el segundo, el de los sospechosos, un gran yate a motor elegante y distinguido. Una corriente de aire frío me hizo tiritar. La humedad del ambiente hacía que el aire estuviera acuoso y la neblina me traspasaba la ropa.

Fue entonces cuando una figura salió del interior del barco de la familia Brione y me sobresaltó. Di un salto involuntario hacia atrás que me llevó al borde contrario del pantalán, haciéndome temer por mi estabilidad. El agua sucia y gélida del puerto me motivó a encontrar un punto de apoyo para no perder el equilibrio y sumergirme en ella. La persona que salía del interior del barco se asustó todavía más que yo. Era Jacobo Hernández Cubillos.

—¿Qué hace usted aquí? —preguntó en cuanto recuperó la compostura.

—En este momento evitar caerme al agua. ¿Qué demonios haces tú aquí? —repliqué, obviando la formalidad del tratamiento.

—¿Me está siguiendo?

Estaba tan focalizada en no infringir el procedimiento que la pregunta me ofendió. Ni siquiera me sentí en peligro.

—Si alguien te siguiera sería un agente de policía. Yo no me dedico a eso.

—Entonces, ¿qué diablos hace usted aquí? No me diga que sale a navegar porque ni va vestida para ello ni la meteorología acompaña.

—He venido al puerto a hacer una consulta y me apeteció dar un paseo.

—¿Por los muelles? ¿Con este tiempo? —preguntó escéptico.

—Cada uno pasea por donde le apetece. Y ya puestos a hacer preguntas, ¿qué haces tú en un barco que no es tuyo?

—Es de unos amigos de la familia.

—Es el barco donde apareció el cadáver de Santamaría —repliqué.

Saqué mi iPhone y empecé a tomar fotografías de Jacobo en el barco de los Brione.

—Deje de hacer fotos —gritó.

—Tienes razón, mucho mejor un vídeo.

Jacobo corrió por la pasarela que comunicaba el barco con el pantalán soltando improperios con un admirable equilibrio. En ese momento sentí miedo, pero la sangre no llegó al cerebro a tiempo para hacerme huir.

—¿Qué vas a hacer? —le increpé cuando venía hacia a mí con gesto furioso—. ¿Matarme?

Jacobo paró en seco a un metro de mí. Bajé el móvil, pero no corté la grabación.

—¿Qué tonterías está diciendo? —dijo por fin—. ¡Está usted loca! Váyase de aquí, váyase ya —gritó señalando el camino hacia el inicio del pantalán.

Me alejé de él a paso rápido, conteniendo a duras penas el impulso de correr con mi triunfo en la mano: la grabación. Encontrar la salida del puerto me resultó tan fácil como complicado había sido localizar el barco que buscaba. El instinto de supervivencia fue mucho más fuerte que la inteligencia racional.

GRACIA SAN SEBASTIÁN llegó casi sin resuello a uno de los cafés más concurridos del centro de Gijón, envió el vídeo de Jacobo Hernández Cubillos en el barco de los Brione al comisario Miralles y pidió un café doble. No tardó ni cinco minutos en sonar su móvil. Era el comisario. Si esperaba felicitaciones por el material enviado, no llegaron.

—¿Dónde estás? —le preguntó nada más descolgar.

—En una cafetería, rodeada de gente tomando el café de media mañana.

—¿Tú estás loca? ¿Cómo se te ocurre acosar así a un sospechoso? ¿Qué hacías tú sola en el puerto siguiendo a un posible implicado en un caso de asesinato?

—Yo no he acosado a nadie. Me lo encontré por casualidad. Estaba paseando.

—¿Por los pantalanes del puerto deportivo? No me jodas, Gracia. No sé qué es más estúpido, que compliques su detención acosándolo o que te pongas en peligro sin ningún motivo —dijo el comisario obviando si la información obtenida era o no valiosa para la investigación.

—Frena, frena. Si no te gusta el vídeo, no lo uses y listo, pero no te metas conmigo. A ver si ahora también voy a tener que darte explicaciones de por dónde paseo. Además, ¿cómo querías que imaginara siquiera que me lo iba a encontrar allí? ¿No se supone que los teníais vigilados?

—Claro que los tenemos vigilados, sabremos si intenta coger un avión y tenemos la casa controlada, pero no tengo un dispositivo de seguimiento para cada uno de ellos. Aunque veo que no me hace falta, ya te encargas tú.

—Vale, Rafa, olvidémoslo. Voy a colgar.

—No cuelgues, espera. Es que al final va a tener razón Mario, no es buena idea tener externos en las investigaciones policiales.

—Así que no eran imaginaciones mías: al jefe de policía no le caigo bien.

—No he dicho eso. Tú te encargabas del fraude y eso está resuelto. ¿Podrás mantenerte apartada hasta que termine la investigación? ¿Sin ir a las casas ni a los barcos de los sospechosos?

—Cuenta con ello.

—¿Por qué fuiste allí? —preguntó Miralles—. ¿Qué buscabas?

—Quería ver los barcos en persona a ver si se me ocurría algo.

—Si se te ocurría algo ¿como qué? ¿Puedes hablar desde algún sitio sin que te escuchen? —insistió.

Gracia se dirigió al baño de la cafetería antes de continuar. Eran baños individuales con puertas completas. Eligió el más limpio y se encerró en él.

—No sé —dijo por fin—, no me parece tan fácil sacar un cadáver de un barco y meterlo en otro. Quería descubrir cómo lo habían hecho.

—Ya no sé cómo explicarte que ese no es tu trabajo.

—¿Me preguntas a qué fui allí para volver a echarme la bronca? Porque para eso no me meto en un baño público que podía oler mejor.

—Perdona. Continúa.

—No lograba visualizar la forma en la que pudieron mover un cuerpo mutilado sin dejar un reguero de sangre en la madera del pantalán. Pensé que podían haberlo pasado de una cubierta a otra y ahora que he visto las embarcaciones me parece viable, pero habrían puesto perdido el barco de los Brione. En cualquier caso, da lo mismo, ya has dejado claro que no te interesa.

—Yo no he dicho eso. ¿Por qué te parece viable? ¿Cómo lo habrías hecho tú? —preguntó el comisario.

—No sé. No me dedico al transporte de cadáveres mutilados.

—Ni a ser policía y no haces más que meter la nariz en todo, así que explícame lo que has pensado —respondió Miralles con un tono de voz poco amigable.

—Si se cercenó la pierna y el brazo en el agua, no podría quedarle mucha sangre. Lo cierto es que no sé lo que tarda en desangrarse un cadáver, pero supongo que cuando llegaron a puerto no le quedaría mucha dentro. Lo más fácil habría sido lavarlo bien, envolverlo y trasladarlo.

—Lavarlo en un barco es fácil. Envolverlo no tanto.

—Se necesitaría un plástico muy grande. No sé nada de navegación, ¿qué se lleva en un barco? Hoy me han dicho algo de unas lonas para cubrirlo y protegerlo de la lluvia y el sol.

—Espera que miro el inventario del registro —respondió el comisario consultando en su ordenador.

—La lona de protección se encontró en el barco de Figueroa. Sin restos de sangre. ¿Alguna otra idea?

—No sé… ¿en una vela? El de Marta no es un velero, pero el de los Brione sí. ¿Le faltaba una vela al barco?

—Un momento. Lo compruebo.

Gracia oyó el golpeteo de los dedos en el teclado.

—Tampoco falta ninguna vela —dijo Miralles después de consultar el informe del registro.

—¿Y no llevan una de repuesto? Como las ruedas en el coche.

—No lo sé, no está en el inventario.

—Pues no se me ocurre nada más —confesó la investigadora.

—Le pediré a Sarabia que investiguen esa opción, un experto en barcos de recreo podrá ayudarle.

—¿Mi encuentro con Jacobo será un problema?

—Haremos lo posible para que no lo sea y si es posible, sacar ventaja. Vamos a ver qué nos dicen los Brione de por qué este tipo estaba en su barco. ¿Qué vas a hacer ahora? Te sugiero que vayas a tu casa y te olvides del caso.

—Todavía tenemos un punto pendiente. Seguimos sin saber por qué los pequeños inversores de las empresas que Santamaría hizo quebrar no denunciaron.

—A ver, Gracia, lo de «sugiero» es un eufemismo. El caso para ti termina aquí. Tómate esos días libres que llevas deseando desde antes de Navidad y cuando terminen las fiestas hablamos.

—Y yo que pensaba ir a ver a Marta Figueroa… —dijo Gracia con retintín.

El comisario guardó silencio un instante.

—No estoy para bromas.

Después de enviar mentalmente a su investigadora a un lugar todavía menos grato que los baños de la cafetería, Miralles fue a buscar a Sarabia. Necesitaban un dispositivo de seguimiento para Jacobo Hernández Cubillos y un especialista en barcos de recreo al que consultar, y tenían que hacer una visita a los Brione. Las tres cosas con máxima urgencia.

—Pase, inspector. Es un placer volver a verlo —saludó Mateo Brione a Sarabia nada más abrirle la puerta de su casa.

—¿Y eso? —preguntó el inspector con cierto recelo a pesar de haber avisado de su visita. Los Brione no solían recibir a la policía con mucho entusiasmo. Colaboraban con la frialdad que da el escepticismo.

—Nos ha hecho usted un favor. Entre en casa, mi mujer nos espera en el salón.

Sarabia avanzó por el recibidor y se adentró en una sala grande y funcional donde Fabiola Ferro los esperaba con una sonrisa que no parecía forzada. El inspector no acababa de entender la repentina calidez con la que lo recibía el matrimonio. Su confusión llegó a la cota más alta cuando Fabiola afirmó:

—Queremos agradecerle lo que ha hecho por nosotros, inspector.

—No sé a qué se refieren.

—Claro que sí. Desde que ustedes interrogaron a los empleados que despedimos, han cesado las pintadas, los insultos, la silicona en las cerraduras y los huevos podridos en el jardín.

—No me lo agradezcan, no lo hemos hecho por ustedes, estamos investigando un asesinato.

—Permítanos sentirnos agradecidos por el resultado sin importar cuáles hayan sido sus motivos. Nos ha comunicado la policía de Gijón que hay nuevos avances en la investigación del atropello de Arantza, surgidos a raíz del cadáver encontrado en nuestro barco.

Aunque estaba bajo secreto de sumario, Sarabia asintió. Los Brione eran testigos, no sospechosos y, aunque no podía facilitarles los detalles ni identificar a Santamaría como presunto responsable del atropello de su hija, sí podía confirmarles que efectivamente había avances.

—He venido porque Jacobo Hernández Cubillos estaba en su barco esta mañana y necesito saber por qué.

—¿Cómo que estaba en nuestro barco? —se sorprendió Mateo Brione—. ¿Y qué hacía allí?

—¿Quiere decir que no le dieron permiso para entrar?

—¡Claro que no! Ese chico no es bienvenido en nuestra familia. Si él hubiera traído a Arantza hasta casa en vez de dejarla en medio de la carretera… —El gesto de Brione se torció de rabia.

Sarabia sacó el móvil y le mostró las fotos que le había enviado el comisario. Miralles le había enseñado el vídeo que grabó la investigadora, pero ni siquiera se lo envió: ese material no podía mostrarse, no con San Sebastián azuzando al sospechoso. Las fotos, en cambio, eran simples pruebas de la presencia de Jacobo allí.

—¿Me confirman que es su embarcación?

—Por supuesto que se lo confirmo, usted lo conoce perfectamente, lo registraron de arriba abajo.

—¿Es costumbre que los vecinos de amarre entren en otro barco si necesitan algo? ¿Algún material, por ejemplo?

—Por supuesto que no. Es como una casa, los vecinos no entran sin permiso. Ni siquiera somos amigos de la familia Del Amo. Los conocemos, claro está, coincidimos en el puerto, cruzamos unas palabras cordiales, alguna conversación banal y a veces nos invitan a los mismos eventos. Este chico es el sobrino de una empleada nuestra, pero ya le he dicho que no es bienvenido entre nosotros. A su tía Hortensia la queremos mucho. Ella ha criado a nuestras hijas. La contratamos, de hecho, porque ellos nos dieron sus referencias. La hermana de Hortensia, la madre del chaval, trabaja para los Del Amo. Ese chico no debería estar en mi propiedad. Si los Del Amo necesitan algo, solo tienen que pedírnoslo.

—¿Alguna idea de lo que podía estar haciendo allí?

—Ninguna.

Sarabia salió de la casa de los Brione, pero antes de llegar a la verja del jardín tuvo una idea y dio la vuelta.

—Perdonen que los moleste de nuevo, ¿han notado que faltara algo en el interior?

—La verdad —dijo Fabiola— es que no hemos vuelto a ir desde que encontramos el cadáver. Yo quiero venderlo, pero Mateo se resiste.

—No creo que debamos deshacernos de él por un asunto que, aunque muy desagradable, nada tiene que ver con nosotros —aclaró Brione.

—Entonces —insistió Sarabia—, ¿no han echado nada de menos?

—No había nada de valor —respondió Brione.

—¿Tenían vela de repuesto?

—No. No se suele llevar vela de repuesto salvo que uno pretenda cruzar el Atlántico.

—Lo que sí tenemos es un *spinnaker*. Nunca lo hemos usado —intervino Fabiola.

—¿Y eso qué es? —preguntó el inspector.

—Es una vela triangular con mucho bolso —explicó—. Sirve para navegar a más velocidad cuando hay viento a favor. Las típicas que se ven en las regatas, que se hinchan con el viento —continuó ante la cara de incomprensión del policía—. Está sin estrenar, ¿por qué lo pregunta?

—¿Están ustedes cien por cien seguros de que tenían un *spi*... una vela de esas en su barco?

—Un *spinnaker*. Por supuesto que estamos seguros. Le puedo dar la marca, el tipo, la tienda y la fecha aproximada en la que lo compramos.

—Por el momento no es necesario. Muchas gracias por su ayuda.

Nada más salir de la casa de los Brione, el inspector llamó al agente Macías.

—Rubén, ¿puedes comprobar si en el inventario del registro del barco de los Brione se encontró una vela doblada en una funda? Es un tipo de vela llamada *spinnaker*, muy grande.

—Dame un segundo.

Si los hechos habían sucedido según la hipótesis que le había expuesto el comisario por la mañana y la vela había desaparecido, sabrían qué buscar.

—No la hay —aseguró el agente Macías—. No hay nada en el inventario del registro que pueda ser una vela sin usar.

Acto seguido, Sarabia colgó el teléfono y llamó al comisario Miralles.

De vuelta en el despacho, sopesé la opción de salir a correr, pero no tenía ganas. Después de tantas horas dedicadas al caso de InverOriental, haber terminado mi participación me producía un vacío que no sabía cómo llenar. Me solía suceder cada vez que terminaba un caso o un proyecto. Tardaba unos días en olvidar y limpiar la mente para emprender el siguiente. Aburrida, miré por el ventanal de la sala a tiempo para contemplar el arcoíris que cruzaba el cielo de la zona sur de Oviedo, la más alta. Era un fenómeno muy habitual del clima cantábrico, donde el tiempo acostumbraba a ser indeciso. Salía el sol a ratos. Otros llovía y otros orbayaba con esas minúsculas gotas que caen en diagonal y que impiden protegerse de la humedad. En aquel momento hacía viento y las copas de los árboles del parque se inclinaban hacia el lado izquierdo, dando la sensación de estar mirando un cuadro un poco torcido. El efecto era bonito para ver tras la ventana, pero no invitaba a salir de casa. Navegué un rato por las redes sociales y, cuando levanté la cabeza del móvil, los árboles habían recuperado su posición original y el arcoíris había desaparecido, solo persistía la llovizna.

Cogí el abrigo, la bufanda y el paraguas y me encaminé a casa de mi madre. Hacía días que no la veía; solo la había llamado para felicitarle el Año Nuevo. Di un rodeo para pasar antes por Rialto a comprarle unas moscovitas. Compré solo una caja para ella, de las de siempre, resistiendo la tentación de llevarme otra de chocolate negro para mí, mis favoritas. Camino hacia su casa di un nuevo rodeo y le compré una maceta de vidrio con un pequeño rosal de rosas naranjas. Las flores, en general, no le gustaban, decía que no quería disfrutar con la agonía de ningún ser vivo. Por más que intentamos convencerla de que las flores se morían igual, ella decía que no era lo mismo porque cortadas, morían sin dar fruto. Quizá tuviera razón.

—Mal día para rosas —advirtió Tania en cuanto crucé el umbral de la puerta de entrada.

—¿Y eso? Siempre es buen día para las rosas.

—Adela —explicó refiriéndose a mi madre por su nombre de pila— ha decidido empezar el año deshaciéndose de todas las plantas de la casa.

—¿Y qué va a hacer con ellas? ¿Fundar un jardín botánico en Oviedo? ¿Por qué le ha dado por ahí?

—Porque dice que les dedica tanto tiempo a las plantas que ha pasado las Navidades con ellas y que, si en vez de a las plantas lo dedicara a sus hijas, habría pasado estas fiestas con vosotras.

—¿Va en serio? ¿Es por haber pasado la Nochebuena con Jorge?

—Y la Nochevieja nosotras solas. Al final, Bárbara no vino a cenar porque Marcos se puso malito. Adela está muy disgustada.

Avancé por el largo pasillo del piso de mi madre, de esos antiguos diseñados para cobijar familias numerosas de las de mediados del siglo xx. En esa época, los arquitectos no pensaban todavía en la posibilidad de construir casas en las que hubiera tantos baños como habitaciones. Así era su hogar. Donde cualquier diseñador moderno habría colocado el baño anexo al dormitorio principal, mi madre tenía su cuartito, con una ventana a la calle desproporcionada para lo reducido de la estancia, ocupada por dos sillones mecedora, una hamaca para Marcos, ya repuesto, y por *Gecko*, que descansaba tendido en el suelo sobre los pies de mi madre.

—He oído que estás contribuyendo a la reforestación del país —dije a modo de saludo.

—Nena, ¡qué alegría verte! Ríete de mí, pero ya ves que funciona. Apenas he regalado tres y has venido tú.

—Bueno, pues si has regalado tres y yo te traigo esta, el balance es de menos dos.

—Es muy bonita, hija, pero no la quiero. Prefiero dedicarte a ti el tiempo que me llevaría cuidarla.

—No creo que sea incompatible, mamá... —empecé a protestar.

—¿Qué tal con el abogado que no nos quieres presentar? —cortó mi madre.

—Cada vez mejor. ¿Cuándo quieres conocerlo? Pon tú la fecha.

—Si me aseguras que no vas a volver a traer a otro en su lugar...

A modo de explicación, le hablé a mi madre de mi último encuentro con Jorge y las dudas de Rodrigo sobre él.

—¿Seguro que quieres estar con ese chico en serio? ¿Tan pronto? —dijo mi madre cuando terminé de contarle la historia.

—Tus preguntas no me ayudan, mamá, me vuelves loca. El otro día estabas preocupadísima por si Rodrigo era mi último tren y lo perdía por culpa de las intrigas de Jorge.

—No me malinterpretes. Es que no sé si es el hombre adecuado, demuestra mucha inseguridad.

—Rodrigo no es inseguro, es el tío más cabezota y persistente que he conocido. Y yo he conocido mucha gente tozuda y obstinada.

—Precisamente a eso me refiero.

—No entiendo, mamá. Ser tenaz no es malo.

—No lo es, pero no hace tanto que os conocéis, sabe desde el principio que todavía estás legalmente casada y ya te quiere dejar embarazada, casarse contigo y ser el único que te proporciona trabajo. Es agobiante, no te deja respirar.

—Mira ahora con lo que sales, mamá. Un día estás deseando volver a ser abuela y otro día Rodrigo no te vale como padre —dije omitiendo que habíamos empezado a buscar un embarazo.

—No *transgiverses*, nena, ¿eh? Que para mí que te quedaras embarazada sería una buena noticia, sea de Rodrigo o sea del Papa de Roma. ¡Ay, Señor, qué barbaridad acabo de decir! ¡Dios me perdone! Ya chocheo. Lo que quiero decir es que, aunque quisiera que rehicieras tu vida con un buen hombre…

—Tergiverses.

—¿Qué?

—Que se dice no tergiverses.

—¿Y yo que he dicho? No cambies de tema cuando no te interesa lo que te digo, que ya te conozco.

—No cambio de tema, es que no quiero que vayas por ahí diciendo *transgi*… —Al ver su cara de reproche dejé a un lado la lingüística y volví a la conversación—. Respecto a Rodrigo, ya he tomado mi decisión: es un buen tío, me gusta y me voy a vivir con él.

—Yo solo digo que veo un poco precipitado que te cases con él tan rápido.

—No he dicho que vaya a casarme con él.

—Bueno, pues lo que sea, ¿no decís ahora que es lo mismo y que lo del matrimonio es solo un papel? Pero, casados o no, si quieres tener un hijo con él, es lo mismo. Me preocupa que te pida que no trabajes más para la policía, por ejemplo.

—Pues deja de preocuparte porque ya lo ha hecho, en repetidas ocasiones. Y ya ves que no le he hecho caso. Rodrigo es un gato sin uñas: bufa mucho, pero no araña.

—Si yo creo que en lo de la policía tiene razón, a mí tampoco me gusta nada ese trabajo tuyo y desde lo del cadáver ese de la playa me gusta menos. Que me tienes en vela muchas noches, que lo sepas.

—Mira, mamá, a ver si te aclaras. Tú no quieres que trabaje para la policía, pero si es Rodrigo el que no quiere, entonces te disgusta.

—Pues claro, nena, estás un poco cerril hoy.

—¡Lo que me faltaba por oír! Si eres tú la que te lías —protesté empezando a cabrearme.

—Que no me lío, no, que sé muy bien lo que digo. Es que si trabajas o no para la policía tienes que decidirlo tú, ni ese hombre, ni yo. Pero por lo que me has contado, Rodrigo quiere disponer de todo lo que tú haces. Claro que también te digo que yo no lo conozco y tú eres un poco dada a exagerar cualquier intento de reducir un poquito tu independencia.

—Bien, concluimos entonces que Rodrigo es muy posesivo y yo una exagerada. ¿En qué quedamos, mamá?

—¿Dónde vas a vivir con él?

—En su casa porque la venta de la mía se escritura en un par de semanas y en el despacho solo me queda un año de contrato, además de que la cocina no es una cocina de verdad y de que tengo dos aseos en mi supuesto salón con los símbolos masculino y femenino en la puerta. Además, no sé si me lo renovarán a ese precio de chollo que tengo…

—¿Ves? En su casa. En su terreno, donde nada sea tuyo. Si es que tu padre era como Rodrigo, tradicional, protector y dominante. ¡Anda que la que organizó cuando me saqué el carnet de conducir! Tú no habías nacido todavía y se negó en redondo. Después de una semana sin hablarle se ablandó, pero pasó años diciendo que las mujeres conducían fatal y un montón de barbaridades. Al final, me lo saqué, pero no conduje nunca por no aguantarle. Por eso y porque me escondía las llaves del coche y no quise discutir más. Eso sí, cuando Bárbara y tú os sacasteis el carnet, nadie conducía mejor que sus hijas. Así era con todo, lo que hacíais vosotras era maravilloso, pero con los hombres es muy distinto cuando eres su mujer.

—¿Y eso qué tiene que ver con Rodrigo y conmigo? Porque cuando vamos en coche conducimos los dos, depende del día.

—Tiene mucho que ver, hija, porque no se puede tener todo en esta vida; que si quieres que te traten como a una princesita a la que hay que proteger para que no se rompa, encontrarás a alguien que lo haga, pero ten cuidado y no vayas a terminar guardada en una vitrina. Si quieres una relación de igual a igual no puedes ser la cenicienta del cuento. Y me da la sensación de que, tal como lo cuentas, Rodrigo puede ser ese tipo de hombre con el que te cueste lidiar si es que os llegáis a casar.

—Vamos a hacer una cosa, te lo presento y ¿quién sabe? Igual cambias de opinión.

—Si yo estoy deseando conocerlo y no hay ninguna opinión que cambiar: si lo eliges tú, seguro que es una gran persona.

—De verdad, mamá, que me vuelves loca. Por cierto —avisé—, Rodrigo lleva tatuado en el pecho una especie de demonio gigante con cuerpo de serpiente, pero no te preocupes que vestido no se le ve.

—¡Qué mal gusto!

—Y una corona de espinas en un brazo. Esa sí que se le ve cuando lleva manga corta. Parece ser que tuvo una época en su juventud en la que le costó encontrarse a sí mismo.

—¡Vaya por Dios! Pues vaya pintas. En mis tiempos solo llevaban tatuajes los legionarios y los quinquis. Ahora los llevan los abogados del Estado. ¡Cómo cambia el mundo, hija!

—Estos también son tus tiempos, mamá.

Mi madre me sonrió y allí nos quedamos, sentadas cada una en un sillón, enfrente de la ventana observando calladas el trasiego de gente en una de las zonas más comerciales de la ciudad. En Oviedo nadie se quedaba en casa por unas gotas de lluvia y todavía quedaban muchas compras que hacer antes de Reyes. Por encima del ruido de la calle solo se oían los rítmicos ronquidos de *Gecko*, al que nuestra charla parecía haber aburrido.

—Gracia… —dijo mi madre rompiendo el silencio.

—¿Qué, mamá?

—¿Qué preparo para comer el día que venga Rodrigo? No voy a poner el mismo menú que el día que trajiste a Jorge. Oye, ¿no será vegetariano o algo así? Con esos tatuajes…

—No es vegetariano, no te preocupes. Haz casadielles, que está deseando probarlas. Y cocina lo que te apetezca, que Rodrigo se cuida mucho, pero le encanta la buena comida.

—Entonces hacéis buena pareja —concluyó mi madre y adiviné que estaba decidiendo en qué iba a consistir el festín de bienvenida para Rodrigo.

—Mamá, mamá —llamó a gritos Jacobo en cuanto abrió la puerta de la casa.

Marisa corrió al salón atendiendo a la llamada de su hijo y Marta hizo lo mismo temiendo que algo grave hubiera sucedido. Jacobo, en un estado de evidente tensión, le pidió a Marta que los dejara solos y guio a su madre al despacho de Andrés. Marta los siguió y se apostó en la puerta después de que Jacobo la cerrara.

—¿Qué sucede, Jacobo? —preguntó Marisa, acobardada, rezando por que Jacobo no se hubiera enterado de quién era en realidad Santamaría.

—Me han pillado en el barco de los Brione, la investigadora esa que iba detrás de Andrés; incluso ha grabado un vídeo.

—¿Qué hacía allí esa mujer? ¿Te ha visto dejar el *spinnaker* nuevo? —preguntó Marisa, aliviada. Era una mala noticia, pero no tan mala como la que ella temía.

—No, pero me ha grabado en el barco.

—¿Cómo sabes que era ella?

—Porque fui a verla ayer, después de que Luna me dijera que Santamaría era mi padre. Llevo desde entonces tratando de entender mi vida, de entenderte a ti y esta puta historia que parece una broma pesada del destino.

—¿Qué dices, Jacobo? ¿Qué tontería es esa? —acertó a preguntar Marisa. Después de toda una vida mintiendo no iba a cejar en su empeño tan fácilmente.

—¿Marta es mi madre?

—No sé qué busca Luna diciéndote esas tonterías…

—Mamá, sé que tú no eres mi madre, nuestro grupo sanguíneo no es compatible con ser madre e hijo.

—¿Cómo dices?

—Que tú eres 0. Yo AB. Lo sé desde la ESO. Nos hicimos la prueba en unas prácticas de Biología.

Marisa no sabía nada de genética, pero sí sabía que no era posible seguir mintiendo y rompió a llorar en un llanto histérico que le convulsionó el cuerpo. Marta entró en el despacho con la cara desencajada.

—Jacobo, hijo, esto es solo culpa mía, no es culpa de tu madre. Lo único que ha hecho ella es adorarte y darte todo lo mejor, incluso el mejor padre, que tuviste la mala suerte de perder tan joven. La que te falló en todo fui yo. Era muy joven y no sabía qué hacer…

Marta no pudo continuar porque Jacobo se acercó a ella y empezó a zarandearla.

—Luna y yo follamos como conejos todo el puto verano. Tus hijos. En tu propia casa —la increpó Jacobo.

—¿Luna y tú? —murmuró Marta y sintió que el estómago se le retorcía. ¿Cómo es que ella ni siquiera se había dado cuenta?

Los sucesos de las últimas semanas pudieron con Jacobo, que después de liberar a Marta, lanzó contra la pared el flexo de la mesa para después taparse la cara con las manos y llorar lágrimas de miedo, rabia y frustración.

Horas más tarde acordaron que Jacobo saldría una temporada del país. Su primera parada sería Suiza, donde recogería el pago por la «inestimable colaboración» de Marta que Mihail Kumov había depositado en la caja fuerte de un banco. El búlgaro le había proporcionado a Marta la documentación necesaria para acceder a la caja, incluido el pasaporte falso a nombre del titular de la cuenta. Jacobo no huía de la justicia, sino de su propia historia. Lo último que hizo antes de emprender su marcha fue llamar a Luna del Amo, quien tras muchas reticencias accedió a citarse con él. La conversación entre ellos, mucho más tranquila que la anterior, duró dos cafés. Suficiente para que Jacobo convenciera a Luna de retractarse de su declaración. Marta y Marisa habrían construido la vida de Jacobo sobre una farsa, pero él era lo bastante maduro para entender que lo habían hecho con el único objetivo de protegerlo. Y casi lo habían conseguido. Fue Santamaría el que lo estropeó todo. Y Jacobo se alegró de que estuviera muerto.

Con la documentación recabada por Marta Figueroa, Mihail Kumov consiguió todo lo que necesitaba para suplantar a Andrés del Amo y constituirse como administrador titular de InverOriental. Una semana entre notarías y Registro Mercantil fue suficiente para tener todos los papeles en regla. Tuvo que esperar varios días en España debido a las fiestas, pero InverOriental volvía a estar operativa justo a tiempo. Si el búlgaro conseguía llevar a buen puerto la operación antes de que las autoridades la intervinieran, se convertiría en el nuevo hombre de Costica. Con Puscasu muerto, alguien tenía que ocupar su lugar. Todo estaba preparado para liquidar los activos de la empresa en los seis países al mismo tiempo. Las ventas de los mil quinientos millones de euros en inmuebles se ejecutarían todas el día 6 de enero, tal como él mismo le había aconsejado a Costica. Los pequeños inversores recibirían el dinero invertido de vuelta en sus cuentas al día siguiente. Sin previo aviso. InverOriental desaparecería para siempre y en su lugar surgiría EasternRealEstate, con domicilio en Zagreb. Ya tenían seleccionado al testaferro que dirigiría las finanzas en Croacia, el nuevo Alfredo Santamaría, y él, Mihail Kumov, estaría a cargo de todo el negocio, sustituyendo a Levka Puscasu. Para que eso ocurriera, debían ser muy cuidadosos liquidando InverOriental.

Pocas horas antes de que Jacobo Hernández Cubillos aterrizara en Barajas, Mihail y su compañero salieron para Bucarest. Deseaba pisar suelo rumano. Una vez allí, estarían seguros.

CUANDO RAFA MIRALLES vio en el teléfono una llamada entrante de Jorge Quirán se encontraba en una videollamada con el comisario de Gijón y el suboficial de la Guardia Civil al mando del Grupo Especial de Actividades Subacuáticas. Los submarinistas se preparaban para peinar el fondo del puerto deportivo en busca de pruebas que explicaran cómo había acabado el cadáver de Alfredo Santamaría en el barco de los Brione. Rechazó la llamada. Cuarenta minutos después, cuando el plan de coordinación con la guardia civil estuvo acordado, marcó su teléfono.

—¿Qué sucede, Jorge? Hoy tengo un día ajetreado —dijo sin más preámbulo.

—Llamaba para decirte que me voy a finales de semana a China. Voy a pasar por Oviedo antes. Me quedaré solo una noche.

—¿Ya has solucionado lo que viniste a hacer?

—Estoy bastante más lejos de solucionarlo que cuando llegué. Veremos si todavía me queda alguna opción.

—Gracia le contó a Geni todo lo que has hecho desde que llegaste, incluida la patética farsa de querer reconciliarte con ella. Te pedí que no me obligaras a escoger bando —dijo Miralles.

—No tienes que hacerlo porque, aunque no me creas, al que han traicionado aquí es a mí, me han tendido una trampa. Yo no he pretendido engañar a nadie.

—Tienes razón, no te creo. Lo que pienso es que te ha salido mal la jugada.

—Te equivocas y me gustaría saber que sigo teniendo un amigo en Oviedo y que precisamente tú no vas a juzgarme sin conocer mi versión.

—¿Qué día vas a estar aquí?

—El día de Reyes.

—Pues consígueme en Madrid dos bebés llorones Fantasy Dreamy, que aquí están agotados, diles a las niñas que los Reyes se los han dejado en Madrid y ven a cenar a casa.

—¿Geni no me echará a patadas?

—No lo sé, tendrás que correr el riesgo. Y ya te adelanto que no voy a ayudarte.

—Allí estaré.

—Y, por favor, demuéstrame que no estoy invitando a un miserable a cenar con mis hijas.

7 de diciembre de 2019. 00:30.
Casi diez meses después de San Valentín

Durante el trayecto de vuelta al puerto, haciendo un esfuerzo supremo por ignorar el cadáver mutilado que continuaba manchando de rosa la cubierta de su barco, Marta intentó razonar con Jacobo, además de vigilar a una Marisa a la que, en ese momento, ya creía capaz de cualquier cosa. Incluso de tirarse al mar. Si hubiera contado con la ayuda de Marisa habrían arrojado por la borda el cadáver del hombre con el que una noche compartió piel y fluidos, pero Marisa estaba ida y ella sola no podía con el cuerpo.

Desesperada por la obstinación de Jacobo y la inacción de Marisa, Marta llamó a Hortensia en cuanto tuvo cobertura y su amiga, al comprender lo sucedido, salió de casa, buscó un taxi y llegó al puerto cuando estaban atracando. Jacobo se negó una y mil veces a tirar el cadáver de Santamaría al mar. A base de repetirse a sí mismo que había sido un accidente parecía convencido de que lo que había visto no era verdad, que Santamaría había caído al agua por accidente y que su madre solo había intentado evitarlo. Según Jacobo aquel hombre debía recibir sepultura. Ellos no eran Dios para juzgarlo después de muerto y su deber era permitir que su familia se despidiera de él.

Hortensia manejó muy bien la situación con su sobrino, consiguió calmarlo, le explicó por qué no podían avisar a la policía y exponerse de ese modo ante los sujetos para los que trabajaban Santamaría y Andrés, pero lo que realmente convenció a Jacobo fue la certeza de que, en cuanto la policía presionara un poco a Marisa, y debido al estado de nervios en el que se hallaba, no sería capaz de aguantar la presión, confesaría la verdad e iría a la cárcel. Lo que no logró Hortensia fue convencer a su sobrino de que tiraran el cadáver al agua. Tampoco había opción de volver a salir al mar a esas horas y la idea de dejar el cuerpo de Santamaría en el barco veinticuatro horas les ponía los pelos de punta a todos ellos. La solución menos mala de las que aceptó Jacobo fue depositar el cadáver, con dignidad, en el barco que amarraba a su lado, el barco de los Brione. Por alguna razón que Marta no llegó a comprender, a Jacobo le pareció una especie de homenaje a Arantza: el karma habría hecho justicia. En cambio, Marta no pudo evitar pensar en el golpe que se llevarían los Brione al descubrir un cadáver en su barco que, por mucho que fuera el asesino de su hija, ellos no podían saberlo. Marta descartó el pensamiento, era de su familia de la que debía ocuparse, no de la de los Brione y, aunque aquella no era la mejor solución, en el punto en el que se encontraban era mucho mejor que dejar el cadáver en su propio barco o llamar a la policía para denunciar el accidente. De todas formas, el cuerpo aparecería en algún momento en una playa si lo dejaban en el mar; en el barco de los Brione serían ellos los que decidirían cuándo. Tendrían más tiempo para prepararse porque si los asociaban con la muerte de Santamaría, quién sabe qué cosas podrían salir a la luz. Desde la filiación de Jacobo hasta los negocios turbios que Alfredo y Andrés se traían entre manos. Sería Hortensia la que descubriría el cuerpo de Santamaría, no harían pasar a aquella familia golpeada por la tragedia por semejante situación.

En cuanto a los Brione, Hortensia se debatía entre la compasión por la muerte de Arantza y el rencor por cómo habían tratado a sus trabajadores, sobre todo a su pequeño Dani. Los Brione estaban de viaje esos días, así que tendrían una coartada sólida. Después de los actos de vandalismo que Mateo Brione y Fabiola Ferro estaban sufriendo contra sus locales y en su propia casa tras los despidos masivos realizados en la empresa, era posible que la muerte de Santamaría se asociara con los sindicalistas.

Eran muchos, pagarían el pato como grupo y no podrían acusar a nadie en concreto.

Entre los cuatro, con Marisa aún medio ausente, pero dispuesta a acatar las órdenes de los demás, trasladaron el cadáver al barco vecino y limpiaron la sangre de Santamaría del suyo.

Al amanecer habían terminado su labor y veinticuatro horas después, una empresa especializada realizaba labores de mantenimiento en el barco de Marta Figueroa y Andrés del Amo, que incluían una nueva mano de pintura en la cubierta.

Al día siguiente Marta compró ropa en El Corte Inglés y entre ella y Hortensia vistieron el cadáver de Alfredo y lo dejaron listo para el día en el que habían acordado que la propia Hortensia lo descubriera.

Para su sorpresa, vestir a Alfredo fue una tarea mucho menos desagradable de lo que Marta había imaginado. Engalanar aquel cuerpo sin sangre, con los ojos cerrados y tumbado en la cama le resultó un acto de humanidad. Ni siquiera el olor había sido un problema, el aroma dulzón de la incipiente putrefacción se mezclaba con el del salitre y el resultado era más extraño que molesto.

No contaron con que el brazo de Santamaría apareciera en la playa de San Lorenzo al día siguiente. Y mucho menos en un agujero del muro que, a modo de rompeolas, protegía el paseo marítimo. De todas formas, los trabajos en el barco ya se habían iniciado y el día en el que la policía lo registró, no había rastro de las labores realizadas. Marta pagó en efectivo.

20

Sábado, 4 de enero de 2020

El sábado antes de Reyes, los avances en el caso de los asesinatos de Santamaría y Puscasu mantenían a todos los policías implicados en el proceso en sus puestos de trabajo.

Veinticuatro horas después de que los submarinistas rescataran del fondo de la dársena donde se amarraban los barcos de Figueroa y los Brione un *spinnaker* doblado y guardado en su funda, ya casi cubierto por el lodo, con varias toallas manchadas de sangre en el interior y unos lastres de plomo que lo habían mantenido hundido, llegaron los primeros datos de la Científica: en la parte interior había huellas dactilares no identificadas. Aunque llevaba días bajo el agua, la funda de plástico había mantenido intactas las huellas del interior. Quedaba pendiente confirmar que la sangre era de Santamaría.

Rafael Miralles entró en el despacho de su jefe mientras este hablaba mediante videoconferencia con Mircea. Su antiguo colega no era el asunto prioritario del jefe de policía, pero tampoco quería hacerle un feo, así que lo mantuvo en espera varias veces al otro lado de la pantalla para atender otros temas más urgentes.

—Perdona, Víctor, es el comisario a cargo del caso. Estamos muy cerca de detener a los que mataron a Santamaría y posiblemente a Puscasu.

—Atiende, que yo espero aquí.

—Sarabia ha solicitado la comparación de las huellas encontradas con las de Marta Figueroa y Marisa Cubillos que figuran en ADDNIFIL —dijo el comisario—. La juez respalda la solicitud, pero tardarán, es fin de semana y, además, ya sabes cómo son de estrictos con la protección de datos. Yo no sé para qué existe una base con las huellas dactilares de todos los españoles si la policía no tiene acceso.

—Eso no lo podemos arreglar ahora. Mientras no tengamos pruebas, es importante que no perdamos de vista a Jacobo.

—De eso quería hablarte. Mi intención inicial era no hacer detenciones hasta que no identificasen la sangre del *spinnaker*, pero tenemos un dispositivo de seguimiento activado vigilándolo desde su encuentro con San Sebastián en el puerto deportivo. Jacobo salió de su casa hace media hora y parece que se dirige al aeropuerto de Ranón. Si intenta salir de España, lo detendremos. No hay más remedio. Y si lo detenemos a él, debemos detenerlas a ellas también. Si intenta huir, ellas deben pensar que ha sido así antes de empezar a declarar.

—Si las detienes sin pruebas, vas a cargarte el caso.

—Si las detengo, no tengo que esperar a la autorización para comprobar si las huellas del *spinnaker* son suyas y si lo son, nadie nos va a pedir explicaciones por haberlas detenido. Tenemos la grabación de la cámara del hall del hotel. Estamos seguros de que son Jacobo y Marta Figueroa, pero a ella no se le ve la cara y a él solo parcialmente; tiene un derrame debajo del ojo izquierdo, seguramente donde Puscasu lo golpeó. A la juez le parece suficiente para autorizar las detenciones.

—Es tu decisión.

Mario se puso los cascos de nuevo y se disculpó con su amigo, que lo esperaba al otro lado de la pantalla.

—Ya casi los tenéis —dijo Mircea—. Lo que no entiendo es qué motivo tenía ese hombre para matar a Santamaría y a Puscasu.

—A Santamaría porque atropelló a su novia y se dio a la fuga, a Puscasu no lo sabemos, seguramente porque los sorprendió en la habitación de Santamaría, a él y a su madre biológica.

—Trabajaban para uno de los grandes capos del blanqueo de dinero en Europa y mueren a manos de una familia corriente. No siempre son culpables los sospechosos más probables —reflexionó Víctor.

Mario Menéndez no rebatió la afirmación de su colega. En su opinión las familias corrientes, como su amigo los había clasificado, no se dedican a lavar las ganancias de las mafias, pero entendía lo que quería decir.

Un coche de policía siguió el taxi de Jacobo Hernández Cubillos por la autopista que unía Gijón, Oviedo y Avilés, una carretera en forma de «Y», en cuya punta occidental se situaba el aeropuerto de Ranón.

Jacobo se dirigió a los mostradores de facturación; llevaba una maleta grande y una mochila de mano. Su primer destino era Madrid. El segundo, la caja fuerte de un banco en Ginebra. Después, ya decidiría qué hacer con su vida. Solo tenía claro que, de momento, quería estar lejos de Marta, de Marisa, de Luna, de la muerte de Santamaría y del rumano y, en general, de todo lo que había sido su vida hasta ese momento.

El tiempo de espera hasta la salida del avión y los cincuenta minutos de vuelo fueron suficientes para que Sarabia coordinara con la comisaría de Madrid más cercana al aeropuerto un dispositivo que lo esperaba en Barajas. Lo detuvieron en cuanto entregó la tarjeta de embarque a la azafata que controlaba el acceso al avión de Iberia que lo llevaría a Suiza.

Entre sus pertenencias encontraron un pasaporte falso con su foto y su huella dactilar, pasaporte que no había usado para reservar ninguno de los dos vuelos. Los policías dieron por hecho que desde Ginebra volaría con él a algún país con el que España no tuviera un tratado de extradición, aunque la realidad era que Jacobo llevaba consigo esa documentación para acceder a la caja fuerte del banco.

Sarabia salió en el siguiente vuelo disponible a Madrid para interrogarlo allí. No tenían intención de trasladar al detenido mientras la juez de instrucción no les ordenara hacerlo. Los policías habían decidido ponérselo difícil a los abogados.

En el mismo instante en el que Jacobo Hernández Cubillos era interceptado en el aeropuerto de Barajas, dos coches de policía se detenían ante la casa de Andrés del Amo y los agentes arrestaban a Marta Figueroa y a Marisa Cubillos. Otra pareja de policía detenía a Hortensia Cubillos solo un kilómetro más allá, en la casa de los Brione, ante la atónita mirada del matrimonio. Cuando Jacobo pidiera que avisaran a la familia de su detención, ya no se podría contactar con ellas.

Todo estaba preparado para cotejar sus huellas dactilares en cuanto terminaran los trámites.

Arce se encargó del interrogatorio de las dos mujeres. Tenía intención de presionar al límite antes de que llegaran los abogados.

Marisa confesó su intervención en la ocultación del cadáver de Santamaría después de su caída accidental al mar y su posterior rescate por Jacobo cuando ya nada se podía hacer. Si no llamaron a la policía fue porque temían por sus propias vidas. Santamaría era un mafioso y no sabían qué clase de venganza podía caer sobre ellos, una familia normal y corriente que siempre habían sido ciudadanos ejemplares. De hecho, recibieron la visita de un enviado de la mafia pocos días después del accidente. Negó saber nada de la muerte de Levka Puscasu. Según su versión, ese hombre fue a su casa, los amenazó con una pistola y les pidió con insistencia una documentación de Santamaría. Ellos no sabían de qué les hablaba y cuando intentaron explicárselo se enredó a golpes con Jacobo. Después, el rumano se fue y no habían vuelto a saber nada más de él.

Marisa no iba a permitir que la policía relacionara a Jacobo con ninguna muerte. Que otro pagara el pato por el rumano. Insistió e insistió en que Jacobo quiso llamar a la policía tras la muerte de Santamaría, pero temían por su vida. Desconocía que Santamaría hubiera tenido ninguna relación con la muerte de la hija de los Brione.

La declaración de Marta, entera y decidida, fue exacta a la de Marisa, detalle que no le pasó por alto al subinspector Arce.

Marta, por su parte, negó tener cualquier tipo de relación con la organización para la que trabajaba Puscasu, Santamaría y su propio marido. También sostuvo que Andrés continuaba en Bucarest e instó a la policía a localizarlo: él podría dar luz sobre todo aquel embrollo que a ellas les venía tan grande. Marta incluso les enseñó los últimos mensajes de Andrés, los que había recibido el día anterior gracias a Mihail Kumov.

A la pregunta de cómo había llegado el brazo de Santamaría al agujero del muro de la playa de San Lorenzo, ambas respondieron que no tenían ni idea.

Arce guardó la baza de la paternidad de Jacobo Hernández Cubillos, tal como había acordado con Sarabia. Ese as era para el fiscal al que se le asignara el caso.

El subinspector estaba convencido de que las mujeres se habían preparado con antelación para tapar lo que fuera que les hubiera ocurrido en realidad a Santamaría y a Puscasu, y que la actitud de las dos y de sus abogados pretendiendo hacerlas callar solo era una puesta en escena para hacerla más creíble. Y mientras él procesaba la información recibida, Sarabia interrogaba a Jacobo en una comisaría de Madrid próxima al aeropuerto, donde se hallaba detenido.

Jacobo Hernández Cubillos guardó silencio y se limitó a pedir un abogado. No seguía ninguna estrategia, lo que le sucedía es que no era capaz de verbalizar todo lo ocurrido. Todavía le parecía estar viviendo una alucinación: aquel inspector lo acusaba de dos asesinatos, uno de ellos el de su padre biológico, de trabajar para la mafia rumana y de intentar huir con un pasaporte falso. Además, no podía quitarse de la cabeza que se había acostado con su propia hermana. Jacobo cerró los ojos, convencido de que todo era una pesadilla de la que debía conseguir despertar.

—Da igual que tu pájaro se niegue a hablar —le dijo el comisario cuando el inspector llamó para informarle—. Lo vamos a trincar igual. Hemos tenido mucha suerte de que el *spinnaker* fuera nuevo.

Las huellas son claras y son las únicas que hay. Como suponíamos, los cuatro pares de huellas no identificadas pertenecen a Jacobo, Marta, Marisa y Hortensia. No hemos tardado ni media hora en compararlas desde que las hemos fichado. Habrá que esperar unos días para confirmar que la sangre es de Santamaría, pero pocas dudas tengo al respecto.

—¿Y el motivo? Los jueces son reacios a aceptar acusaciones en las que fallan los motivos. —Las dudas asaltaron al inspector, temeroso de que algo fallara en el caso que debía acercarlo a su objetivo de convertirse en comisario.

—Jacobo tenía buenas razones para asesinar a Santamaría: mató a su novia y ni siquiera intentó socorrerla.

—No podemos demostrar que Santamaría fuera el asesino de Arantza. — Sarabia no quería dejar ningún cabo suelto.

—Estás poniendo tú más pegas que la juez. No tendríamos suficiente para acusarlo si estuviera vivo, pero estando muerto, hay suficientes indicios para que acepten la teoría de que fue así. Tenemos las extrañas obras en casa de Del Amo los días posteriores al atropello, las vecinas dicen que los baños que Marta reformó eran casi nuevos. Allí debieron deshacerse del coche. Y Arce intentará conseguir una confesión. Son nuestros. Además, el intento de fuga de Jacobo y el pasaporte falso que llevaba consigo harán que la juez de instrucción dictamine prisión preventiva y traslade el sumario a la Audiencia Provincial. Has hecho un trabajo excelente.

Sarabia cerró el puño y agitó el brazo en señal de celebración. Eran suyos.

DESPUÉS DE QUE su confidente le diera los nombres de los asesinos de Levka y Santamaría, Costica meditó sus próximos pasos.

No vengar la muerte de Levka era lo mismo que gritarle a los que querían ocupar su lugar: «Soy débil. Venid a por mí». Si no enviaba un mensaje rápido y contundente, los lobos se le echarían encima. Costica era tan consciente del poder que tenía como de la falta de él: no tenía hombres para montar una *vendetta*. Su negocio no lo requería. Sus clientes eran los grandes; no los que se mataban a tiros en ajustes de cuentas, sino los que comían en restaurantes de lujo y hacían negocios en los campos de golf de todo el mundo. El dinero que movía a través de la red de blanqueo provenía de organizaciones capaces de perpetrar asesinatos limpios, rápidos y sin dejar pistas que los pudieran incriminar.

Costica siempre estaba a salvo porque a sus clientes les interesaba que el negocio funcionara y que siguiera convirtiendo su dinero negro en dinero legal. No solo no representaba una amenaza, sino que el hecho de que a él le fuera bien, era rentable para todos. Pero si se exponía, también ellos irían a por él.

Salió de su oficina y volvió unas horas después con la seguridad de que el día 7 de enero, Levka sería vengado y el mensaje llegaría alto y claro a todos los que estuvieran al acecho.

Solo le quedaba asegurarse de que fuera imposible llegar a los dueños del dinero que manejaba. Si eso ocurría, estaría muerto. Con InverOriental expuesta, antes o después la justicia llamaría a su puerta. No tenía que preocuparse porque alguien testificara en su contra. Costica solo trabajaba en directo con su primo Levka, muerto; con Radu, al que ningún policía sería capaz de extraer la menor información, y con Mihail Kumov, que sabía que delatarlo supondría una muerte segura. Había conseguido que el entramado de operaciones tras InverOriental fuera tan complejo que resultara difícil sacar adelante el caso contra él, pero no imposible. Se avecinaban tiempos convulsos.

TRAS VARIAS HORAS de declaración ante la juez de instrucción, Marta, Marisa y Hortensia fueron puestas en libertad bajo fianza. Sus abogados estuvieron presentes durante toda la declaración, en la que se limitaron a repetir una y otra vez lo mismo que le contaron al subinspector Arce. Cuando la juez les mostró la foto de la cámara de seguridad del NH Gijón donde se veía parcialmente a dos personas, una de ellas con un gorro de lluvia de mujer y otra, la que parecía un hombre con la cara casi oculta por la capucha de un anorak y un morado en la parte visible de la cara, Marta reaccionó con frialdad. No los reconocía.

6 de enero de 1982.
Villanueva de los Infantes, Ciudad Real

Teresa Santos pasó en vela la noche de Reyes. Como tantas otras. El médico de cabecera le recetaba pastillas y más pastillas. Cada vez más fuertes. «Las mujeres, a partir de los treinta, tenéis tendencia al insomnio. Eso es lo que te pasa, que los niños se van haciendo mayores y os aburrís en casa», le había dicho el doctor del centro de salud. Las pastillas para dormir le provocaban dolor de cabeza. Acumulaba cajas casi enteras en uno de los armarios altos de la cocina, una por cada vez que iba al médico con la vana esperanza de obtener una respuesta distinta. Se sentía cansada, triste y sin ganas de nada. Ni siquiera de vivir. Al día siguiente era su cumpleaños. Treinta y cinco. Y le esperaba una tediosa y larga vida por delante si seguía la tendencia de sus abuelos y bisabuelos, todos longevos. El abuelo Antonio tenía noventa y cinco años y estaba como un toro. La vida se le antojó muy larga. Y no es que Teresa no quisiera a su marido y a su hijo. Los quería mucho, pero ya no le hacían caso. Darío siempre estaba fuera. No era hombre de bares, pero no sabía estar en casa. Siempre en la finca. Si no eran las viñas, era el trigo. Si no, los olivos. Y los fines de semana, de cacería en cuanto se levantaba la veda. O salía de nuevo a recorrer sus tierras. Siempre había algo que hacer. Los domingos salían los tres a comer, pero Rodrigo se aburría con las historias del campo. No le llamaba la atención. Así que leía Mortadelos mientras Darío le contaba a Teresa sus proyectos para las viñas o para la cooperativa o incluso para hacer algo nuevo que empezaba a pegar fuerte en otros países: el vino de autor. Había conocido a un enólogo... Y Teresa languidecía. Cada vez le costaba más levantarse por las mañanas. Muchos días dejaba a Rodrigo en el colegio, compraba lo necesario para la cena y volvía a acostarse hasta que llegaba la hora de ir a buscarlo. De vuelta en casa, se metía en la cocina para que cuando volviera Darío la cena estuviera lista. Después intentaba sonreír. Y una o dos veces por semana, cumplir en la cama. Una señora del pueblo hacía las tareas de la casa tres días a la semana. Teresa tenía una vida estupenda o eso le decía todo el mundo. Se había casado con el soltero de oro: guapo, con tierras y sin vicios. Y eso hacía que se sintiera aún más culpable por no poder disfrutar de esa vida que el resto de mujeres envidiaban. Jamás pensó en hablar de ello con su marido. Solo con el médico, que nunca dio importancia a aquella melancolía femenina. Incluso lo intentó con el cura, pero la hizo sentirse tan desagradecida con Dios y con el resto de la humanidad que no se lo volvió a contar a nadie. Ni siquiera a su madre. Ella también se lo habría reprochado.

Aquella mañana de Reyes, después de desayunar con su marido y su hijo el roscón que había preparado el día anterior, volvió a quedarse sola. Rodrigo estaba deseando presumir ante sus amigos de la bici nueva que le habían traído los Reyes. Darío se subió al todoterreno y salió a recorrer las viñas nuevas. El día anterior habían terminado de plantar el nuevo viñedo en espaldera. Era el primero de la zona y Darío estaba emocionado. Le iba a permitir mecanizar la vendimia. Al menos en parte. Ni siquiera volvería a mediodía para comer con ellos.

Teresa pasó la mañana machacando pastillas de Valium con el rodillo de amasar. Probó el sabor con diferentes alimentos. Con zumo frío el sabor era amargo. Apartó un poco de pisto y lo sazonó con el polvo de Valium, pero se notaba el sabor. Incluso en la caldereta de cordero. Además, a Rodrigo la caldereta no le gustaba demasiado. Al final encontró el alimento perfecto para disimular el sabor del tranquilizante. Dulce y caliente.

Por primera vez en muchos días Teresa se sintió emocionada. Al menos, tenía un plan.

21

Lunes, 6 de enero de 2020

El día de Reyes a las tres de la mañana, mientras los niños soñaban con la llegada de los tres magos, la alarma que había programado con la esperanza de que fuera suficiente para despertarme sin sacar a Rodrigo de su sueño sonó debajo de mi almohada. Me levanté a colocar los regalos de Reyes bajo el árbol de Navidad. Los de Rodrigo todavía no estaban allí. Con solo dos adultos en la casa, me parecía una tontería aquel gesto infantil, pero Rodrigo había insistido tanto que no quise quitarle la ilusión. Después, desvelada y con el pensamiento en InverOriental, que me provocaba más actividad mental de la permitida para volver a conciliar un sueño reparador, busqué en el armario del cuarto de invitados algo con lo que abrigarme y encontré un jersey de lana gorda y cuello alto que me llegaba hasta los muslos. Reconfortada con el improvisado abrigo de lana, entré en la habitación que Rodrigo usaba como despacho, trastero y vestidor. Hasta la silla estaba fría para mis piernas desnudas. Era el problema de las calefacciones centrales, que no estaban hechas para gente que no siguiera los horarios de trabajo habituales. Encendí el ordenador y entré en la base de datos online de administradores de empresas españolas. Después de varios segundos de espera, me devolvió la información que estaba buscando. Del Amo ya era el administrador de InverOriental. Le envié un *email* a Rafa y volví de nuevo a la cama donde la respiración de Rodrigo me acunó hasta caer en un profundo sueño. Ni siquiera lo oí levantarse.

DARÍO VILLARREAL SE levantó el día de Reyes y se sintió viejo. No por los achaques físicos que, a pesar de las averías cada vez más frecuentes en su cuerpo, lo respetaban más que a otros de su quinta. Darío se sintió viejo de verdad, con la vejez que da el agotamiento de vivir, cuando ya no te sorprenden ni las tristezas ni las alegrías. Pero todavía tenía algo que hacer antes de morir. Llevaba casi cuatro décadas cuidando de su único hijo. Desde el día en el que Teresa diluyó doce pastillas de Valium en el Cola Cao de su merienda. Cuando el pequeño se durmió, la misma mujer que lo llevó nueve meses dentro de su útero, que lo amamantó durante seis y lo mimó cada día de sus nueve años de vida, lo acostó en la cama matrimonial, sacó la botella de orujo de hierbas del mueble bar del salón y le añadió el resto del polvo que tan cuidadosamente había preparado. Después, subió de nuevo a la habitación y se recostó a su lado. Preparada para ver morir a su propio hijo. Decidida a morir los dos.

Darío llegó a la casa poco antes de la cena y no se extrañó al no encontrarlos. Era el día de Reyes, Rodrigo estaría con la bicicleta nueva en la calle y Teresa habría ido a merendar con alguna amiga o con su madre. Incluso se alegró pensando que le venía bien salir de casa. Cada vez estaba más alicaída. Desde la comunión de Rodrigo no tenía nada que hacer y se aburría. Lo último que habría podido imaginar Darío Villarreal era que su mujer y su hijo se encontraran en la planta de arriba, dormidos en su propia cama, ella ya sin vida y Rodrigo peleando, desde la inconsciencia, por continuar su existencia en el mundo de los vivos. En el año ochenta y dos no existían los teléfonos móviles ni la necesidad de una conexión permanente e instantánea. No se inquietó hasta la hora de la cena. Subió a la habitación por si su mujer le hubiera dejado una nota allí y el corazón empezó a galopar dentro de su pecho al ver la escena. Nunca pudo dejar de culparse porque el primer gesto fuera hacia Teresa. Sin dudarlo, eligió auxiliarla a ella. Al niño después, cuando interiorizó que nada podía hacer por su mujer. A la que adoraba. Los minutos siguientes en cambio estaban borrosos en la memoria de Darío

Villarreal. Bajó corriendo al salón, donde se encontraba el único teléfono que había en la casa y giró la rueda con los dedos temblorosos para marcar el 091. Luego corrió a la habitación, cogió en brazos a su hijo y bajó con él a la puerta de la calle hasta que llegaron la ambulancia y la guardia civil. A Rodrigo le hicieron un lavado de estómago en el ambulatorio de Villanueva de los Infantes y de allí lo trasladaron en ambulancia al hospital universitario de Ciudad Real, en el que estuvo varios días ingresado. En observación. Para evitarle el trago de ver a su madre muerta. Para evitar contarle que había intentado llevárselo con ella. Darío nunca pudo entender lo que había pasado por la cabeza de Teresa antes de hacer aquello. Eran felices. O, al menos, él lo era. Ella, en cambio, debió vivir un infierno. Uno del que él no sabía nada. Uno que nunca se perdonó a sí mismo no conocer.

Darío no fue capaz de contarle a su hijo lo ocurrido, pero en los pueblos no existen los secretos y el niño se enteró en el colegio. Por los compañeros. De la peor manera posible. Sin capacidad para entender, Rodrigo se enrabietó, lloró e intentó pegar a los compañeros que insultaban a su madre. Después se perdió en un mundo nuevo y hostil. Blanco fácil para los abusones.

Darío Villarreal consultó la lista que había hecho el día anterior. Quería viajar a Asturias para pasar unos días con él, conocer a la mujer que su hijo había elegido y a su familia. Esa tarde hablaría con Rodrigo para planificar la fecha. No se le podía olvidar encargar alfonsinos, dulcineas y naranjos al Abuelón, su pastelería favorita. Por diferentes que fueran los asturianos, a todo el mundo le gustaban los dulces.

El día de Reyes era, desde mi vuelta a Oviedo, el día de los desayunos. Cuando me desperté, Rodrigo ya se había levantado y me esperaba con café recién hecho al lado del árbol de Navidad. Allí estaban nuestros regalos, los que yo había colocado para él y ahora ya sí, los suyos para mí.

—¿Los abrimos? —pregunté—. ¿O desayunamos primero?

—¿Tú qué clase de infancia has tenido? Los abrimos ahora mismo, en pijama y antes de desayunar —dijo riendo.

—Es que ya no somos niños —repliqué sonriente—. Algunos por aquí ya son señores de mediana edad.

—¿A que te quito un regalo? —amenazó—. Empieza tú.

Había dos paquetes con mi nombre.

—¿Cuál abro primero? —pregunté.

—El grande.

Me lancé a por él con ilusión casi infantil. El juego de Rodrigo funcionaba. Cuando lo abrí, se me llenaron los ojos de lágrimas. De las buenas. De las de emoción. Mezcladas con algunas de las malas. Las de la tristeza.

Eran dos fotos enmarcadas. La misma imagen en ambas: mi hijo Martin y yo abrazados, en un primer plano, sonriéndole a la cámara.

—¿Cómo la has conseguido? —pregunté.

—Se la pedí a Bárbara. Como dijiste que no tenías fotos de tu hijo porque tu ex no quería, pensé qué…

—Me encanta. ¿Por qué dos?

—Por si querías poner una en el despacho y otra aquí. Vas a vivir aquí, es hora de que empieces a hacer tuya la casa.

Cogí el marco y lo coloqué sobre una estantería llena de libros. Me reconfortó ver a mi hijo allí.

Abrimos el resto de los paquetes, tomamos el café y fuimos a casa de Sarah. Cuando llegamos, los niños se lanzaron sobre los regalos. Sarah estaba sonriente, alegre y tan simpática como siempre. Había encargado un delicioso roscón en Camilo de Blas. De hojaldre y crema de almendra, el que a mí me gustaba. Un roscón diferente que solo preparaban en Asturias y que a Rodrigo le fascinó. Nunca se excedía con los dulces, pero aquel día no solo repitió, sino que la segunda porción fue más grande que la primera.

Antes de despedirnos para salir hacia nuestro siguiente destino, con el estómago lleno y la paz de haber pasado un buen rato, Rodrigo le dio algo a Sarah. Era como un bote pequeño. Ella lo miró y parecía indecisa hasta que le rodeó el cuello, le dio un beso en la mejilla y le dijo: «Al final te voy a coger cariño y todo». Los dos se rieron y yo le quité el bote de la mano a Sarah. Era un espray de defensa personal. Rodrigo había arriesgado. Darle algo así a Sarah podía sentarle bien o fatal. Era difícil de prever. Por suerte, había sido lo primero.

Lo que jamás habría pensado escuchar de la boca de Sarah fue lo que dijo a continuación.

—Voy a echarlo en el bolso ya mismo, que hoy he quedado con Nacho.

—Sí, ya, claro, qué graciosa —dije cáustica, sin que lo que esperaba que fuera una broma me hubiera hecho ni pizca de gracia.

No lo era.

—¿Tú estás loca? —dijo Rodrigo.

—¿Algún problema? —respondió Sarah desafiante. Como siempre que alguien cuestionaba lo que hacía.

—Todos —dije yo—. No hay nada en el hecho de que quedes con Nacho que no sea un problema.

—Salvo que te vaya la marcha, claro —saltó Rodrigo.

—¿Tú quién eres para opinar sobre lo que hago o dejo de hacer?

En eso Sarah tenía razón y Rodrigo debió pensar lo mismo.

—Efectivamente es tu problema —respondió—. Gracia, ¿nos vamos?

—¿Te importa si hablo un momento a solas con Sarah? Ahora mismo bajo.

A Rodrigo mi petición no le sentó bien, pero accedió de mala gana.

—No tardes.

—¿Tu novio tiene el síndrome del rescatador o qué? —me espetó Sarah en cuanto entré con ella en el cuarto de la entrada donde los niños solían hacer los deberes para que sus padres no nos escucharan—. ¿Quién diablos se cree que es para decirme a mí lo que tengo que hacer?

—¿Por qué quieres volver a quedar con Nacho? —pregunté sin entrar al trapo.

—Porque me apetece.

—Te llamó puta zorra delante de nosotros y dices que te empujó: de ahí a que te dé un guantazo no te creas que hay tanto.

—Sé cuidarme sola.

—Vale que el Nacho este no tiene ni media hostia, pero si te vas a su casa y se pone agresivo, ¿qué?

—He ido un montón de veces a su casa y él a la farmacia. Fue una discusión. Los dos somos pasionales.

—Eso no es pasión.

—Ya, Gracia, ya —me cortó—. Se acabó el tema.

—No me toques las narices, Sarah, que yo no soy Rodrigo y cuando creo que te equivocas y lo haces a lo grande, tengo el derecho y la obligación de decírtelo.

—Y por eso sigo hablando contigo, pero me estoy hartando de tu doble rasero. Al menos, Nacho no ha matado a nadie —soltó.

El comentario de Sarah me dolió. No porque no fuera cierto, sino porque era la primera vez que utilizaba una debilidad mía o de mi entorno con el único propósito de hacerme daño. Y eso, para mí, era un ataque directo a nuestra confianza.

—Eso sucedió hace más de veinte años —dije antes de intentar salir del cuarto con una dignidad que empañó la mesita de la impresora tras clavarse en mi cadera al darme la vuelta y hacerme emitir un aullido sordo.

Sarah no dijo nada, pero yo le envié un whatsapp desde el ascensor.

«Si me necesitas, avísame», tecleé.

«Lo siento. Me he pasado. ¿Podemos vernos esta noche?»

«Llámame cuando termines con Nacho», respondí y guardé el móvil en el bolso. Sarah se había pasado. Mucho. Muchísimo. Pero era Sarah.

No le conté nada a Rodrigo, que intentó sacar el tema varias veces y al final desistió.

De allí nos fuimos a casa de Bárbara a iniciar una nueva tradición: llevarle el regalo a Marcos, aunque ese año él todavía no se enterase de nada. Mi hermana nos esperaba con Teo, su «amigo y nada más» y otro roscón, pero el suyo relleno de crema pastelera.

Me despedí de Rodrigo sin planes para la tarde. Mi madre había ido a pasar el día con unas amigas y Rodrigo quería estar solo. Nunca había hablado de ello conmigo, pero era el aniversario de la muerte de su madre y, cada día de Reyes, Rodrigo y su padre tenían por costumbre fumar un puro juntos y compartir un whisky de malta a través de la pantalla del ordenador.

SIN NADA QUE hacer la tarde de Reyes, me aburría en el despacho. El caso había terminado para mí, pero yo seguía sin entender por qué los pequeños inversores de las empresas anteriores no habían denunciado.

Nada tenía que perder por hacer unas cuantas búsquedas en internet.

A la gente le encantaba opinar y hacer reseñas de todo, desde las más típicas, como de hoteles o restaurantes, a productos de Amazon o los últimos calzoncillos que se habían comprado en una página china. ¿Por qué no de empresas de inversiones inmobiliarias? Busqué las empresas que había administrado y quebrado Santamaría antes de InverOriental y no me costó dar con varias reseñas en Google. Doce opiniones con doce alias que en teoría protegían el anonimato de sus autores. Al menos en teoría. Puse uno por uno cada alias en el navegador y para ocho de ellos encontré alguna red social en la que se utilizaba el mismo pseudónimo. Instagram fundamentalmente. A partir de ahí consulté los *posts* de los que no tenían los perfiles protegidos. Algunos colgaban fotos de eventos en el trabajo y etiquetaban en los personales a otros usuarios. Elegí a los seis que más datos publicaban sobre sus actividades. Me llevó unas tres horas rastrear sus contactos y las empresas en las que trabajaban, pero encontré a dos en LinkedIn con todos sus datos: un ingeniero industrial que trabajaba para una gran constructora y un director financiero de una pequeña empresa. Les envié un mensaje a cada uno, presentándome como una potencial inversora y pidiendo *feedback*. A juzgar por las respuestas deduje tres cosas: que la gente se siente importante cuando otro le pide opinión, que a ninguno de los dos les extrañó que una desconocida supiera dónde invertían su dinero y que no era la única que se aburría en la tarde de Reyes porque uno de ellos respondió casi de inmediato. El ingeniero industrial me dio la información que buscaba. Cuando declararon la quiebra de la empresa anterior a InverOriental, no había perdido ningún dinero: le habían reintegrado el capital inicial sin previo aviso. No solo no tenía queja de su inversión, al contrario, le dio pena que terminara una opción tan rentable para sus pequeños ahorros.

Aunque ya no fuera una prioridad, le preparé un pequeño informe a Rafa para que lo pudiera adjuntar al expediente. Al menos, en la parte que me tocaba del caso, ya no quedaban flecos sueltos.

A LAS OCHO de la tarde, Jorge Quirán bajó del taxi que le llevó hasta la casa del comisario Miralles cargado con dos paquetes envueltos en papel de regalo infantil que contenían los bebés llorones que ese año causaban furor, una botella de vino comprada en el aeropuerto y una caja de caramelos de violeta para Geni, que le gustaban desde niña, cuando su abuela se los llevaba de Madrid.

Las niñas y *Dragón* le recibieron con alboroto y alegría, sincera en el caso de *Dragón* y multiplicada por la ilusión que provocó la visión de los regalos en el caso de las pequeñas.

A Rafa se le olvidaron todos los reproches hacia el comportamiento de Jorge en cuanto se saludaron con un abrazo en el recibidor de la casa. Tenía debilidad por su amigo por mucho que quisiera mantenerse siempre imparcial con la pareja. Cena japonesa, hecha en casa, exquisita y ligera, adecuada para la dieta del comisario que había engordado durante las fiestas tres kilos de los treinta perdidos desde que se había implantado el balón gástrico y empezado su proyecto de vida saludable.

Hasta el postre, consistente en una bandeja de fruta y bombones de chocolate negro sin azúcar, Geni no sacó el tema que había llevado a Jorge hasta su casa.

—Y tú, ¿cómo estás? Cuéntanos. ¿Qué ha pasado con Gracia? —preguntó Geni.

—Estoy dolido, cabreado, decepcionado… ¿Sigo? Pero mañana me voy a Shenzhen y ya veremos qué pasa después.

—Es que yo no acabo de entender qué ha ocurrido entre vosotros. Y Gracia tampoco.

—¡Venga ya, Geni! ¡No me jodas! A la cara me dice a todo que sí mientras no deja de soltarme puñaladas traperas con lo de Sloane. Y, por detrás, me envía al abogado ese de tres al cuarto con el que sale.

—Gracia no te ha enviado a Rodrigo —afirmó Geni.

—Claro que sí —insistió Jorge.

—¿Volviste a saber de él? —preguntó Rafa.

—Me llamó al día siguiente de llegar, la llamada que te conté —dijo Jorge dirigiéndose a Rafa—, y un día después de verte. Hace un par de semanas. No volví a saber nada de él. Me dio hasta mañana para presentar un acuerdo por escrito, cosa que mi abogada ha desaconsejado por completo. Así que me demandarán ellos.

—¿No quieres presentarlo porque quieres volver con Gracia? —dijo Geni, atando cabos, aunque los ató de forma incorrecta.

Jorge calló unos segundos. Esperaba y temía la pregunta. No había una explicación fácil, pero decidió ser sincero.

—En realidad, no.

—Entonces, ¿qué pasó? —preguntó Rafa.

—Tú ya lo sabes.

—Pero Geni no y yo quiero escucharlo de ti.

—Ellos me acorralaron con la empresa y yo decidí jugar tan sucio como ellos. Pensé que si Gracia estaba tan molesta por lo de Sloane era porque seguía queriendo estar conmigo y que, si me acostaba con ella, romperían. Pero ella me rechazó.

Jorge soltó la verdad, que cayó en el salón de Rafa y Geni como si hubiera lanzado una granada. Geni miró a su marido, pero ninguno de los dos dijo nada.

Su amigo negó con la cabeza y Geni no pudo más.

—¡Madre mía! ¿Cómo has podido hacer algo así? —le reprendió—. Yo pensaba que, aunque no estuvierais juntos, había cariño y confianza entre vosotros. Y ella también lo piensa. Cuando se entere de esto se va a sentir tan mal… ¡Ay, Jorge, qué chasco me he llevado contigo!

—Pero es ella la que ha incumplido lo acordado y la que ha utilizado al tipo ese… —empezó a protestar Jorge.

—Que no ha utilizado a nadie ni ha incumplido nada —cortó Geni—. Gracia está muy disgustada por cómo te has portado con ella, por las cosas que le dijiste cuando te rechazó y te aseguro que no lo entiende ni es posible que llegue a entenderlo porque, en contra de lo que tú piensas, no sabe nada de tus conversaciones con Rodrigo ni quiere nada tuyo. Rodrigo no actuaba en nombre de ella. Gracia no quiere tu empresa. Solo quiere divorciarse de ti para casarse con él. ¿Ves, Rafa? ¿Ves que tanta discreción también hace daño? Si hubiéramos intervenido desde el principio, estos dos no estarían así.

—No puede ser… —dijo Jorge.

—Es así porque, aunque tú creas que Gracia es capaz de mentirte a ti, yo te garantizo que a la que no miente es a mí.

Jorge comprendió que Geni tenía razón.

—Arregla este desaguisado, por favor. Y no le jodas la vida —le pidió Rafa.

La decepción en la mirada de su amigo le dolió. Jorge se levantó para irse, pero Rafa lo detuvo.

—No te vayas así. Vamos a tomar una copa al sofá. Te vas a China y no quiero que nos despidamos de esta manera. Venga, vamos a relajarnos que todo esto tiene arreglo y confío en que lo solucionarás de la mejor manera posible.

A LAS DIEZ de la noche subí las estrechas escaleras que llevaban al comedor del Vinoteo, pequeño, acogedor, sencillo y cálido a la vez. Sarah ya estaba allí y el camarero le servía una copa de vino tinto. Solo había otra mesa ocupada. Un miércoles de Reyes la gente no salía a cenar. El 7 de enero era para muchos el día de la vuelta al trabajo.

Sarah se levantó y me envolvió en un abrazo. Entre su altura, la larguísima melena rizada y los taconazos que se había puesto fue como si me engullera de un bocado.

—Perdóname —me dijo al oído.

—Perdonada —dije mientras intentaba no tragarme su pelo—, pero suéltame que me ahogas.

—Entonces, ¿qué? —preguntó Sarah con una sonrisa de oreja a oreja—. ¿Te vas a vivir con el paternalista condescendiente de Rodrigo?

—Jo, guapa, lo que eres capaz de soltar en una frase. Sí, me voy a vivir con él. Mañana iniciamos el proceso de divorcio en el juzgado, ya está todo listo. Y, en vez de meterte con él, deberías valorar que lo que intenta es ayudar.

—¡Que ya lo sé, tonta! Estaba bromeando. Me saca de quicio, pero me cae bien y me alegro mucho por vosotros. Se os ve genial.

—Pues gracias y no te escaquees del tema: ¿cómo ha ido con Nacho? —pregunté mientras hacía señas a la camarera para que me trajera una copa de vino como la de Sarah.

—Se disculpó, le dejé claro lo que podía esperar de mí y dónde estaban los límites.

—¿Y?

—Y nada más. Ya está. Subí con él a su casa y todo fue bien. Muy bien, de hecho —dijo guiñándome el ojo.

—¡Joder, Sarah! —empecé, pero en ese momento volvió la camarera con el vino y dos cartas que no necesitábamos. Sabíamos el menú de memoria.

—Mira, antes de que empieces el sermón…

—No hay sermón. Pienso apoyarte en lo que decidas. ¿Vas a seguir con él?

—¿Qué significa eso? No intentes ajustarme a mí a tus moldes. Yo no quiero lo que quieres tú. Nunca juntaría a Nacho con los niños, ni a él ni a nadie; no quiero vivir con otra persona. Cuando os veo a Rodrigo y a ti, sé que eso no es para mí: no quiero ceder, ni callarme para no hacer daño, ni cambiar mis costumbres y mucho menos estar pendiente de las necesidades de otro. Esas cosas solo las quiero hacer por mis hijos.

—Brindo por eso, porque cada una vivamos como queremos vivir —respondí levantando la copa de vino.

Sarah brindó conmigo y se relajó, llevando la conversación por otros derroteros, y cuando por fin me empezaba a olvidar del tema, me soltó:

—Por cierto, he decidido aprender defensa personal. ¿Crees que Rodrigo me podría ayudar?

Asentí con la cabeza, pero preferí no pensar en ese momento cómo se lo iba a plantear a Rodrigo.

—¿Te apetece probar algún plato vegano? —pregunté.

—Desde luego que no —respondió Sarah, casi escandalizada—. ¡Que hoy no he comido! Quiero un cachopo.

—Pues cachopo —accedí—, y tú me cuentas cómo es eso de que conoces al inspector Sarabia. Y quiero todos los detalles.

Mario Menéndez Tapia no consiguió conciliar el sueño hasta las tres de la mañana y lo hizo en el sillón de su salón con el teléfono en la mano. Había llamado varias veces a Mircea, pero su amigo no respondió ni dio señales de vida. El 6 de enero había sido el día de la liquidación de InverOriental. Una vez realizadas las operaciones, la Interpol tendría pruebas más que suficientes para ir a por la organización de Costica, que se defendería con una legión de abogados y un sistema corrupto comprado con el dinero de sus clientes. Pero lo que le preocupaba a Mario era la seguridad de su amigo, un inspector de policía jubilado con ganas de convertirse en héroe.

Se acostó, pero no consiguió dormirse. No dejaba de pensar en la relación entre Víctor y la madre de Costica. Poco antes de la madrugada, lo asaltaron de nuevo los miedos que lo habían atenazado durante todo el día. Bien sabía lo que hacían las mafias con sus enemigos. Se levantó y comenzó a dar vueltas por el salón intentando apartar la idea de la cabeza.

Se tranquilizó a sí mismo con la fuerza de la lógica: Anca le habría avisado de haber sucedido algo terrible.

Salvo que le hubiera ocurrido algo a ella también.

Conectó el equipo de sonido y El Concierto de Aranjuez sonó en la sala.

MIENTRAS EL JEFE de policía del Principado, acunado por la música del maestro Rodrigo, empezaba a notar el sopor del sueño, Marta Figueroa y Marisa Cubillos dormían en sus habitaciones bajo el efecto de sendas pastillas de Orfidal, acompañados de una tila en el caso de Marisa y de un *gin-tonic* con pimienta rosa en el caso de Marta.

Una mujer y un hombre asiáticos, de mediana edad, entraron en la casa armados con dos pequeñas mochilas, suficientes para transportar todo lo que necesitaban: dos Glock 17 de quinta generación con silenciador, un imán eléctrico que les serviría para desactivar los detectores electromagnéticos de la alarma y un inhibidor de frecuencia, que no tuvieron que usar.

Encontraron la corredera de cristal que daba acceso al jardín desde el salón con la persiana levantada, pero pasaron de largo: si había cámaras conectadas en el interior, ese sería el primer lugar en el que las pondrían. Bordearon la casa buscando la cocina. El modo noche de las alarmas del hogar suele estar diseñado para permitir el acceso de cualquier miembro de la familia a la nevera en caso de hambre nocturna sin necesidad de desactivar la protección y sin peligro de despertar al vecindario por el mero hecho de necesitar un tentempié.

El imán desactivó el dispositivo que protegía la ventana de la cocina. Una vez dentro, sacaron las Glock, conectaron el silenciador y se dirigieron a la escalera por el camino más corto. La mujer se quedó en la primera planta. El hombre subió una más.

Solo dos puertas cerradas en el primer piso. La señal de No Pasar con una calavera en una de ellas le indicó a la mujer que no era la que buscaba. Entró en la otra. Levantó la pistola y apuntó a la melena salpicada de mechas rubias que descansaba sobre la almohada. Marta dormía en posición fetal, en el lado izquierdo de la cama, mirando hacia la ventana. Tres segundos más tarde, Marta Figueroa respiró por última vez y solo unos instantes después, en la planta de arriba, fue el corazón de su amiga Marisa el que dejó de latir.

7 de enero de 2020. Casi once meses después de San Valentín

Hortensia Cubillos se levantó a las siete de la mañana como cada día laborable. A las ocho empezaba su jornada en casa de Mateo Brione y Fabiola Ferro. No la habían despedido todavía, pero le habían sugerido tomarse unas vacaciones que ella no deseaba a la espera de que se aclarase su implicación en la aparición de aquel hombre en su barco. Hortensia preparó café con la Melitta de dos tazas. Cargadito y con una gota de leche. Las tostadas vendrían después, aunque aquel día notaba el estómago cerrado. Los despiadados Reyes Magos solo habían dejado desgracias en su familia. Ellas tres en libertad bajo fianza, Jacobo llevaba más de cuarenta y ocho horas en el calabozo y los abogados no les habían dado buenas noticias. Las posibilidades de que la juez le concediera la libertad bajo fianza tras un intento de salir del país y un pasaporte falso en su haber eran escasas. Si, como era previsible, decretaba prisión preventiva, ese mismo día lo trasladarían a la cárcel de Villabona. Tenían muchas pruebas en su contra: el *spinnaker* con la ropa de Santamaría manchada de sangre y las huellas de los cuatro, la huella parcial en la habitación de Santamaría, la grabación de las cámaras de seguridad del hotel en las que se reconocía la cara magullada de Jacobo saliendo del vestíbulo el mismo día de la muerte de aquel rumano, la declaración de la enfermera del médico que le curó la cara y lo que la policía consideraba un intento de huida con un pasaporte falso, que ellas sabían que no era cierta, pero no podían confesar que Jacobo solo pretendía recoger el dinero que la mafia rumana había dejado para ellos en una caja fuerte suiza, sería todavía peor. Todo ello era más que suficiente para mantenerlos varios años en la cárcel. Al menos a Jacobo. Los abogados confiaban en que Marta, Marisa y ella pudieran librarse. La complicidad en las muertes quedaría atenuada por el parentesco con Jacobo. Nunca se encarcela a una madre por proteger a un hijo, aunque en este caso las madres fueran dos. De todas formas, Hortensia sabía que las cosas no iban a suceder así, conocía bien a su hermana. Marisa confesaría haber matado a Santamaría en el mismo momento que acusaran a su hijo de haberlo hecho él.

Hortensia recordó el momento en el que Jacobo llegó a sus vidas. Fue ella la que se encargó de llevar al pueblo la falsa noticia de que Marisa estaba esperando un hijo y de que los médicos le habían prescrito reposo absoluto por riesgo para el bebé para que así nadie se extrañara de no haberla visto embarazada. Ayudó a su hermana desde que Jacobo tenía apenas unos días. «No le ha subido la leche. Tenemos que darle biberón; es una pena, pero se está criando hermoso», decía Hortensia de su sobrino a todo el que preguntaba por él.

Hortensia no se casó, no le gustaban los hombres, quizá si hubiera nacido unos cuantos años después o en otro lugar, su vida habría sido diferente. De aquella, en un pueblo de Castilla-La Mancha, sin dinero, sin atractivo y sin más formación que la que le dieron en el instituto del pueblo de al lado, admitir que la única persona por la que se había sentido atraída en su vida era Marta Figueroa, la amiga de su hermana pequeña, habría resultado inadmisible. Por ella y por Cindy Crawford, la *top model* de los ochenta, con la que podía forrar todas sus carpetas sin que a nadie le extrañara. Hortensia tampoco servía para estudiar, pero le habría gustado ser madre. Le llenó la vida ser la tía de Jacobo, sacarlo de paseo, prepararle los purés y cambiarle los pañales. Cuando llegaron a Gijón después de morir su cuñado, conoció a su vecina, que ocupó el lugar de Marta en el corazón de Hortensia. Con un niño de apenas diez años, sola en la vida, trabajaba de lunes a domingo para poder vivir. A los pocos meses,

Hortensia ya cuidaba del pequeño Dani, que desde la más tierna infancia quería ser médico de animales. La edad no apagó la ilusión infantil de ser veterinario, pero no tenían medios para permitírselo. En vez de eso, ajustó el futuro a sus opciones y se hizo carnicero, y ella misma le buscó trabajo en la empresa de sus jefes.

El día que Mateo Brione en persona despidió a Dani, el Filetes, como le llamaban en la empresa, Hortensia Cubillos juró vengarse de él. Primero había sido Arantza, después Dani. Si él no hubiera sido tan estricto e inflexible con las niñas, Jacobo habría acompañado a Arantza hasta la puerta de la casa y la niña seguiría viva. Y, para rematar, culpaba a Jacobo de su muerte. Hortensia empezó su venganza con pequeñas revanchas caseras, desde mojar su cepillo de dientes en el agua del inodoro a ponerle una gota de laxante los viernes en el café cortado que le gustaba tomar por la mañana, o darles a los trabajadores despedidos los horarios del matrimonio para que pudieran acercarse a la casa a tirar huevos podridos sin riesgo de que los pillaran. Cuando Marta la llamó después de que Marisa matara a Santamaría para que convenciera a Jacobo de tirar el cadáver al mar, vio la oportunidad de vengarse de verdad. Por Arantza, por Jacobo, por Dani y por su madre. Fue Hortensia la que tuvo la idea de dejarlo en el barco de sus jefes. Mateo y Fabiola se merecían una lección mayor que unos huevos malolientes estrellados contra sus ventanas.

A Hortensia, la muerte de Santamaría le brindó la oportunidad de matar dos pájaros de un tiro. Santamaría tuvo incluso la desfachatez de presentarse en su piso buscando respuestas. ¿Qué esperaba? Dejó embarazada a Marta, no se hizo cargo del hijo, le dio dinero para abortar y después de veintitrés años ¿quería jugar a ser padre?, pensaba Hortensia. Uno puede arrepentirse de las cosas que ha hecho, pero eso no le da derecho a irrumpir en la vida de los demás y ponerlo todo patas arriba. Hortensia estaba segura de que si Santamaría hubiera llegado a decírselo a Andrés, Marta, Marisa y Jacobo habrían terminado en la calle.

Hortensia sintió que el odio le revolvía las tripas. Ahora, por culpa de ese cabrón de Santamaría, Jacobo estaba en la cárcel. Pensó que la vida era injusta con todos los que ella quería: Arantza muerta, Jacobo en la cárcel y su propia hermana convertida en homicida. Derrotada, apoyó las manos en la encimera y lloró, suplicó al cielo y, a sabiendas de lo inútil del gesto, cogió la taza vacía de café y la arrojó contra la pared con más rabia de la que había sentido jamás.

Miró el reloj que colgaba de los azulejos de la cocina y sacó del armario un cepillo y un recogedor. Debía darse prisa, eran las siete y media y no quería llegar tarde a trabajar. Solo entonces recordó que no tenía trabajo al que acudir y la mañana se le antojó muy larga.

22

Martes, 7 de enero de 2020

El vuelo de Jorge Quirán saldría del aeropuerto de Ranón hacia Londres a las 17:50 del día 7 de enero. Allí cambiaría de avión para continuar rumbo a Shanghái, donde debía tomar un último vuelo hacia Shenzhen. Si Jorge tenía una virtud que le hacía sobresalir entre el resto de las personas era pelear hasta la extenuación por las cosas que deseaba. Le gustaban los retos, el estudio del enemigo, la estrategia y la anticipación.

Se miró en el espejo del baño mientras esperaba con la cara cubierta de espuma de afeitar a que el agua del lavabo alcanzara la temperatura correcta. La imagen que vio de sí mismo le complació, pero no le reconfortó. Había metido la pata. Si Rafa y Geni tenían razón, y no dudaba de que así fuera, la había metido hasta el fondo. Y ahora no sabía cómo solucionar la situación en la que se encontraba. Al menos, todavía no había en marcha ningún proceso judicial y debía evitar que lo hubiera. Y arreglar lo que había destrozado.

Puso el dedo índice de la mano izquierda debajo del grifo: el agua solo salía templada. Jorge analizaba el punto en el que se había equivocado. Él conocía bien a su mujer y no había dudado de ella hasta que aquel abogaducho lo llamó. Nada sabía de la existencia de aquel hombre cuando llegó a Oviedo y lo pilló por sorpresa. Al parecer Gracia era más discreta que Sloane en el uso de las redes sociales.

Por fin, el agua empezó a salir caliente, la dejó correr sobre su maquinilla de cuatro hojas y comenzó a afeitarse el bigote. Siempre empezaba igual: lo más desagradable lo primero.

Para colmo, desde que había vuelto no dejaba de pensar en las últimas navidades que habían pasado juntos los tres: Martin, Gracia y él. Las últimas navidades felices. Antes de que la tragedia hiciera saltar sus vidas por los aires. Después de tres años intentando alejarse de los recuerdos, volvían con más fuerza.

Limpió la maquinilla bajo el agua y vio la espuma salpicada de los minúsculos pelillos negros. Siempre le resultaba una imagen algo repulsiva. Echó agua con la mano para que bajara por el desagüe, dio dos golpecitos con la maquinilla en el lavabo para retirar las gotas sobrantes y se la pasó por el cuello con cuidado de no cortarse aquel grano que aparecía de forma recurrente en el lado derecho de su nuez. No lo consiguió. Le echó agua fría y continuó afeitándose mientras se maldecía a sí mismo, a Rodrigo Villarreal y al grano que sangraba como si se hubiera cortado en una ceja.

Tenía solo una mañana para intentar solucionar el desaguisado. Y darse el placer de una pequeña venganza. A Jorge siempre le gustaba ver la cara de su oponente. Había personas a las que era un privilegio tener como rivales, las mismas que quería tener en su bando. Otras eran cucarachas que merecían ser aplastadas, a las que no habría aceptado a su lado jamás. No era capaz de decidir en cuál de las dos categorías le gustaría que encajara Rodrigo Villarreal.

Se duchó, preparó la maleta y encargó el taxi que esa misma tarde lo llevaría al aeropuerto de Ranón.

Cuando se presentó dos horas más tarde en el despacho de Rodrigo sin avisar y dio su nombre a la secretaria, él no tardó ni cinco minutos en recibirle.

—Pasa —le invitó Rodrigo poniéndose en pie y señalándole la silla frente a su mesa.

Jorge no aceptó la invitación. Era un par de centímetros más alto que Rodrigo y estar de pie dejaba constancia de ello.

Rodrigo también se quedó de pie y evitó el impulso natural de rellenar el silencio, tenía mucha práctica de tantas veces en el juzgado. Después de unos segundos calibrándose el uno al otro, Jorge habló.

—He venido a presentarte mis respetos y desearte suerte.

—Artes marciales —dijo Rodrigo ante la frase de saludo al contrincante.

—Sé que te gustan —dijo Jorge—. Desde que recibí tu primera llamada me he interesado en saber quién eras.

—¿Y qué has averiguado? —preguntó Rodrigo.

—Que eres un profesional de éxito, que practicas krav magá, que no tienes muchos amigos y que te quieres casar con mi mujer.

—Todo es cierto.

—¿Has presentado hoy la demanda en el juzgado?

—No.

—Porque Gracia no ha querido, imagino. Has ido de farol desde el inicio y no entiendo qué interés tienes en bloquear nuestro divorcio.

—Te equivocas, tengo su permiso para presentar la demanda y yo no bloqueo tu divorcio. Al contrario, te di de plazo hasta hoy para que presentaras el acuerdo. ¿Has venido a eso?

—No. He venido a entender por qué te importa tanto lo que ponga en él. ¿No ganas suficiente aquí que quieres el dinero de la mujer con la que sales? Sabía que los funcionarios estabais mal pagados, pero no pensé que fuera tanto.

Rodrigo no entró al trapo.

—Te lías con otra tía, te largas, Gracia se entera de que estás con otra mujer por Instagram, porque cuelga fotos contigo en la casa que es tuya y de Gracia y que supuestamente tienes a la venta, pero no encuentras comprador cuando es uno de los barrios más solicitados de Nueva York; le das largas con el divorcio y no das señales de vida en meses más que para enviarle un poder notarial para vender la casa de aquí y que te transfiera el dinero, y ni siquiera vienes a firmar porque estás ocupadísimo. Y de repente te presentas por sorpresa en plenas Navidades con intenciones que no aclaras. Ahora sabemos que para llevarte también la empresa y, como yo entro en escena y te complico la jugada, tienes la desfachatez de querer meterte en su cama para dinamitar nuestra relación, que, por si no te has dado cuenta, es sólida y no tienes ninguna posibilidad de romper. ¿Crees que lo que tú pienses de mí puede importarme lo más mínimo?

—Entendido, piensas que soy un tipo repugnante. Si eso te hace sentir mejor, es cosa tuya —dijo Jorge—. Pero ahora sé que Gracia no está detrás de esto y como me has dejado con poco que perder, tengo intención de contarle tus andanzas de Quijote de tres al cuarto y te aseguro que cuando se entere de que has actuado por tu cuenta metiéndote en sus asuntos, vas a ser tú el que le parezca repugnante. Y hasta quizá, venga conmigo a China.

—Tú no quieres que vuelva contigo —espetó Rodrigo, harto ya de la conversación.

—¿Tú qué sabes lo que yo quiero? Y no creo que tu existencia sea un problema porque si quisiera estar contigo, no te tendría como un vulgar amante.

—¿Amante? —dijo Rodrigo con sorna—. Mira, lo único que te he pedido desde que llegaste es que presentaras una oferta de divorcio en firme y aquí sigues, incordiando, insultando y sin decir nada más que bravatas.

—Es que te interesas demasiado por una mujer casada. Yo no solo soy su marido en los papeles —cortó Jorge y con una sonrisa arrogante añadió—: en la cama tú serás el amante, pero yo sigo siendo el marido.

—¿Qué quieres decir? —preguntó Rodrigo.

Jorge calló mirándole con un gesto de suficiencia. Estaba disfrutando de su venganza.

—¿Quieres darme a entender que te has acostado con Gracia? —respondió Rodrigo un poco más alterado, rodeando la mesa y dando un paso hacia su oponente—. Porque eso sí que no te lo consiento.

—¿Adónde vas? Que se acueste conmigo es lo suyo, es mi mujer —instigó Jorge en un intento de que el otro perdiera los nervios—. Es contigo con quien no debe acostarse. ¿No has valorado que fuera esa y no otra la razón por la que me he quedado aquí?

Rodrigo calló y fijó la mirada en Jorge, que la aguantó en silencio, desafiante. Después de unos momentos, no cambió el gesto, pero tampoco reaccionó de la forma que Jorge pretendía.

—Tienes que estar muy desesperado para recurrir a una estratagema tan burda. La conversación ha terminado.

Jorge dio la vuelta y, sin decir palabra, salió del despacho de Rodrigo. Había conseguido que aquel tipo tuviera un mal día. Se lo merecía después de las tres semanas que le había hecho pasar a él. Ahora quedaba la parte difícil: hablar con su ex. Mientras Jorge llamaba el taxi desde la entrada del edificio, Rodrigo se sirvió un vaso de agua y lo bebió a pequeños sorbos. «Pedazo de cabrón», pensó deseando que llegara la hora de ir al gimnasio. Necesitaba tener un tú a tú con el saco de entrenamiento. Pero lo primero que debía hacer era llamar a Gracia. Ella no respondió al teléfono.

Jacobo Hernández Cubillos viajaba en el furgón que lo trasladaba a declarar a los juzgados de Gijón con la natural inquietud que la situación en la que se hallaba provocaría a cualquier inocente, dispuesto a contar la verdad ante la juez de instrucción. Si no toda la verdad, al menos sí la que había vivido en primera persona y tal y como su mente la recordaba. Para él la muerte de Santamaría había sido un accidente y cuando le preguntaran por los asuntos que solo conocía de oídas, como la colaboración de Marta con aquellos mafiosos, se limitaría a responder «Lo desconozco», tal como le habían aconsejado sus abogados. Cuando el furgón se detuvo y los agentes que lo trasladaban abrieron la puerta, respiró hondo y se cargó de optimismo. No habían actuado de forma correcta, pero de lo único que podían acusarles era de ocultar un fallecimiento y de defenderse de un desconocido armado que los atacó. Un único golpe con una cafetera, lo único que tenía a mano para salvar a Marta de aquel desaprensivo dispuesto a matarla.

Esos fueron sus últimos pensamientos antes de que, al bajar del furgón, un proyectil calibre 7.62 x 51 mm le reventara el hueso parietal y arrastrara parte de su cerebro al salir por donde hasta ese momento había estado su nariz. Una pequeña porción de masa encefálica se coló en la boca de uno de los agentes que lo custodiaban justo antes de que este se diera cuenta de que a su detenido le habían arrancado la cabeza. Una arcada de vómito arrastró la masa viscosa de su estómago hasta la acera mientras su compañero trataba de localizar el origen del ataque y el inspector Sarabia, que los esperaba en la puerta de los juzgados, salía corriendo hacia el hotel desde donde se habían producido los disparos.

En ese mismo momento, una pareja de mediana edad y raza asiática desmontaba un rifle FN TSR y guardaban las piezas en sus mochilas de paseo, antes de bajar al hall del hotel calzados con unas cómodas zapatillas deportivas, el móvil en la mano listos para hacer fotos de cada rincón que les llamara la atención y la inofensiva sonrisa del turista que no entiende el idioma local. Cuando atravesaban la puerta principal se cruzaron con el inspector Fernando Sarabia, el primer policía en llegar al hotel. Continuaron calle arriba haciendo caso omiso al revuelo que se producía unos metros más abajo, en la puerta del juzgado. Solo iban pendientes de su destino, unas manzanas más allá, donde un coche de alquiler los esperaba para llevarlos hasta Madrid. En el aeropuerto de Torrejón un avión privado estaba listo para trasladarlos al aeropuerto de Frankfurt, donde tomarían un vuelo regular hasta Hong Kong.

Sarabia atravesó la puerta que daba acceso al hotel a toda la velocidad que le permitieron sus piernas ágiles y su sangre cargada de adrenalina. Poco faltó para que se llevara por delante a una pareja asiática de unos cincuenta años, calzados con deportivas y provistos de mascarillas, como tantos otros turistas orientales. Dio la vuelta unas milésimas de segundo antes de continuar su carrera, las suficientes para verlos girar calle arriba en la puerta del hotel. Continuó unos metros hacia la recepción con intención de precintarla cuando su cerebro procesó la información inconsciente y la convirtió en un pensamiento estructurado: «¿Por qué cojones esos chinos no han sentido curiosidad por el alboroto formado alrededor del cuerpo de Jacobo?».

Volvió a correr en dirección contraria, tras ellos y no tardó en darles alcance. Sin pensarlo dos veces, sacó la pistola y les dio el alto.

Los francotiradores no llevaban más armas que el rifle desmontado en las mochilas, pero tenían algo mejor: una tapadera. La mujer soltó un gritito y buscó refugio en los brazos de su marido. Tenían el papel perfectamente ensayado y consiguieron su objetivo. Al ver el gesto protector del marido, la expresión de miedo y desconcierto en los ojos de ambos, Sarabia rezó para no equivocarse. Podía ser el próximo comisario o el hazmerreír del cuerpo por detener a unos turistas chinos creyéndolos francotiradores.

No tuvo tiempo de seguir dudando, uno de los coches patrulla que se dirigían al Palacio de Justicia frenó bruscamente al ver la escena y bajaron con las pistolas desenfundadas, salvándolo de cometer el error de su vida.

—Inspector Sarabia —gritó—, soy el inspector Sarabia. Son ellos.

Los agentes miraron a los chinos con incredulidad, pero no bajaron las armas. Solo cuando registraron la primera mochila y el cañón del FN cubierto con papel de burbujas apuntó a uno de ellos directamente a la cara, se disiparon las dudas.

Mario Menéndez Tapia no había conseguido conciliar el sueño hasta bien entrada la madrugada y lo había hecho en el sillón de su salón con el teléfono en la mano, preocupado por la seguridad de su amigo Víctor.

A primera hora de la mañana se dirigió caminando desde su casa en el casco antiguo hacia la comisaría. Iba tan concentrado que ese día fue infiel a su costumbre de dedicar un momento de observación a los lugares favoritos de su paseo matutino. Ni siquiera tuvo un momento para dedicar a su preferida: *La Maternidad*, de Botero, que adornaba la plaza de la Escandalera. Aquella oronda mujer con su diminuto bebé en los brazos despertaba en él un instinto protector que daba sentido a su vida: proteger a los indefensos y a los inocentes para que el mundo siguiera funcionando a pesar de todos los que se empeñaban en cargarse el orden social.

A las diez de la mañana sonó en su móvil la Marcha Radetzky. Era Granda, el comisario de Gijón que colaboraba en el caso de InverOriental.

—Esta noche han entrado en la casa de Marta Figueroa —dijo el comisario Granda sin molestarse en saludar—. Ella y el ama de llaves están muertas. El hijo bajó a desayunar y al ver que no estaban levantadas, se extrañó y fue a buscar a su madre a la habitación. La encontró en la cama con un tiro en la cabeza. Salió a la calle gritando y los vecinos llamaron a la policía. Los agentes que acudieron a la llamada descubrieron al ama de llaves en su cama también muerta, mismo procedimiento. Los de la Científica, la juez y la forense están de camino.

—¿Miralles lo sabe?

—Lo iba a llamar ahora mismo. He preferido avisarte a ti primero.

En ese momento Rafael Miralles entró sin llamar en su despacho.

—Miralles acaba de entrar, no cuelgues, que te pongo en manos libres.

—Es Granda —le dijo al comisario de Oviedo.

—Mejor, así os doy la noticia a los dos juntos —dijo Miralles antes de que Mario pudiera continuar—: han asesinado a Jacobo Hernández Cubillos.

La cara de Mario Menéndez se ensombreció. Ni los treinta años de experiencia en el cuerpo ni los horrores vistos hasta entonces pudieron evitar que el corazón se le acelerase; lo que evitaban era que se le notara.

—En el juzgado —explicó Miralles—. Un tiro en la cabeza. Sarabia está allí. Ha detenido a dos sospechosos.

—Tenemos tres cadáveres, entonces: Figueroa y Marisa Cubillos han aparecido muertas en su casa con un tiro en la cabeza —resumió el jefe de policía.

—¿Cuándo ha sido eso? —preguntó el comisario Miralles bastante más alterado en apariencia que su jefe.

—Me están informando ahora mismo a mí también del asesinato del juzgado y de la detención de los sospechosos —se oyó decir a Granda al otro lado del manos libres—. Unos asiáticos de unos cincuenta años. Una mujer y un hombre. Los ha detenido tu inspector. Llevaban el arma. Mis hombres ya están de camino —anunció Granda.

—Mariano —dijo el jefe de policía refiriéndose al comisario Granda por su nombre de pila—, envía ya mismo a alguien a casa de Hortensia Cubillos y a casa de los Brione. Hay que localizarla.

A LAS 10:40 de la mañana un coche patrulla de la policía de Gijón llegaba a las cercanías del puerto del Musel.

Sin perder tiempo en buscar aparcamiento, dejaron el coche patrulla en la calle, subieron a la tercera planta de la torre y llamaron al timbre, dispuestos a tirar la puerta abajo si era necesario. Ya habían comprobado que Hortensia Cubillos no estaba en casa de los Brione.

Hortensia abrió y se quedó paralizada al ver a los policías en su puerta.

—¿Está usted bien? —preguntaron los policías.

—Perfectamente. ¿Qué ocurre?

Sin darle más explicación, uno de los agentes contactó con la comisaría.

—Traedla —le respondió el subinspector Arce—. Tiene que declarar e identificar los cadáveres.

—Acompáñenos, por favor —solicitó uno de los agentes.

—¿Le ha pasado algo a mi sobrino? ¿Qué ocurre?

Los agentes informaron a Hortensia sin que ninguno de ellos compartiera con la mujer las sospechas de que ella pudiera haber corrido la misma suerte.

Hortensia no respondió. Se quedó parada bajo el marco de la puerta, sin hablar.

—Necesitamos que nos acompañe para identificar los cadáveres —repitió el agente. Hortensia cogió la llave y el anorak y cerró la puerta, tal cual estaba, sin sujetador, en pantalón de chándal y zapatillas de estar en casa.

—Si quiere cambiarse de ropa… —dijo uno de los policías, pero Hortensia negó con la cabeza y llamó al ascensor ante la mirada compasiva de los agentes.

Hortensia no lloró, no gritó, ni siquiera habló. Se dejó guiar hasta el coche patrulla en silencio. Entró en el vehículo y miró por la ventana. Ni siquiera un excelente observador se habría percatado de que Hortensia estaba en ese momento muchos años atrás en su vida, en aquellos en los que Marta, Marisa y ella tenían la vida llena de sueños.

A LAS DOS de la tarde, tras hablar con el presidente del Principado, con el alcalde de Gijón y con el subdirector general de la Policía Nacional, Mario Menéndez deseó encender un puro, pero ya hacía muchos años que no estaba permitido fumar en la comisaría. En cambio, llamó para que le llevaran un Bitter Kas y dos pinchos: uno de tortilla y otro de pollo con pimientos, que apenas probó. Después de una mañana evitando dar las explicaciones que no tenía, viendo que Instagram se llenaba de vídeos y fotos del cadáver de Jacobo Hernández Cubillos cubierto con una manta metálica a las puertas del juzgado y las cuentas antisistema de Twitter cargaban contra la Policía Nacional por no poder garantizar la seguridad de los detenidos, una pregunta muy distinta a la que se hacían en ese momento los policías de todo rango asignados al caso le rondaba la cabeza: ¿por qué Hortensia Cubillos seguía viva?

Desde que había recibido la noticia, la pregunta le martilleaba la cabeza y no le encontraba una respuesta lógica.

Llamó de nuevo a Mircea, pero su amigo no respondió. No sabía nada de él desde hacía más de veinticuatro horas.

Volvió a coger el móvil, pero esta vez llamó a Miralles.

—Rafa —dijo sin saludar cuando este contestó—, necesito que hagas memoria.

—¿Qué pasa, Mario?

—El otro día cuando entraste en mi despacho para decirme que había huellas y sangre en el *spinnaker* que los submarinistas encontraron en el puerto, dijiste que ibas a detener a Jacobo, a Marta y a Marisa. ¿Mencionaste también a Hortensia Cubillos?

—No entiendo tu pregunta.

—No te he pedido que la entiendas, solo que la respondas —dijo Mario Menéndez sin disimular que estaba alterado.

—No lo sé, no lo recuerdo. ¿A qué viene esto ahora?

Mario Menéndez colgó sin responder a su comisario. Él sí que lo recordaba, y si Miralles no había nombrado a Hortensia mientras Víctor y él estaban en su videoconferencia, él tampoco lo había hecho en ningún momento del caso, más allá de comentar que ella era la persona que había encontrado el cadáver. Volvió a llamar a Víctor Mircea. El teléfono seguía apagado. Mario Menéndez recibió el mensaje electrónico del operador de voz rumano con la misma violencia que si hubiera encajado una patada en la boca.

Vislumbró entonces lo que no quiso saber cuando lo vio con sus propios ojos: la visita a Donka, la madre de Costica, la documentación recibida sobre Santamaría, que nada mencionaba de InverOriental, la invitación para que fuera a pasar con ellos la

Navidad... él mismo le había contado a Víctor todos los detalles del caso.

Mario saltó de su sillón de trabajo y sintió que la bilis se le revolvía. Empezó a dar vueltas por el despacho. Repasó cada paso que había dado en Constanza con Mircea. La confianza era uno de los pilares de la vida, pero cuando es ciega, vuelve a las personas estúpidas y era posible que él, Mario Menéndez, se hubiera portado como un necio. Mircea y él llevaban años sin verse y la vida cambiaba a las personas. Confió en él como si no hubiera pasado el tiempo. Sin atisbo de duda, con la intimidad que proporciona haber visto la cara de la muerte juntos, fue a su casa, bebieron y recordaron viejos tiempos.

Poco a poco, las piezas se ordenaban en el mapa mental del jefe de policía: Mircea lo había llevado a la cueva de los lobos para que pudieran verle la cara al que amenazaba con ser su nuevo enemigo, lo había puesto sobre la pista del hijo de Santamaría y, después, le había sacado, sin ningún esfuerzo, la identidad de los implicados en la muerte de Levka Puscasu para que Costica se cobrara su venganza. ¿Habría sido su relación con Mircea la razón para el traslado de InverOriental a Gijón? ¿Por si algún día las cosas se torcían y necesitaban un contacto en la Policía española? Un jefe de policía nada menos. Por primera vez en su carrera, Mario Menéndez deseó equivocarse, aunque sabía que no era así. Imaginó a Víctor en el porche de su casa de Constanza, fumando, esperando que pasaran las horas para que Costica asesinara a sangre fría a los que habían matado a sus hombres. La vergüenza y la decepción le quemaron por dentro.

Me había propuesto continuar de vacaciones un día más, hasta el día 8 de enero, cuando empezaría con uno de los casos aburridos que me había encargado Rodrigo. Después de participar en un caso con cadáveres descuartizados y blanqueadores del dinero de las mafias, ponerme a investigar si el beneficiario de una pensión seguía vivo o estaba muerto y algún familiar continuaba cobrando en su nombre me resultaba aburrido y, a la vez, reconfortante. El día amaneció soleado, frío y sin una nube en el cielo. Para Rodrigo era día laborable, no nos veríamos hasta la cena. Decidí aprovechar el regalo que me hacía la naturaleza, desconecté el teléfono, apagué el ordenador y me vestí con ropa deportiva. Hacía el tiempo perfecto para salir a caminar, pasar el día en el campo leyendo un libro y visitar sin prisa a mi madre. Llevé el coche hasta una de las entradas de la senda del Fuso para disfrutar de la caminata que me había propuesto, entre árboles y vegetación, sin más sonido que el de los pájaros y las conversaciones de los paseantes. Un bocata y un rato de lectura a mitad de camino y vuelta al coche. Eso fue a media tarde, cuando las nubes cubrieron el sol, empezó a refrescar y fui directa a casa de mi madre: Bárbara le había regalado un iPad nuevo para Reyes, pero me había dejado a mí la tarea de configurárselo.

—No me pierdas a los que sigo en Twitter ni a los contactos de Facebook, ¿eh? —advirtió mi madre.

—No, mamá, eso no está en el iPad, está en tus cuentas.

Mi madre me miró suspicaz.

—Pero yo los veo en el iPad —insistió poco conforme.

—Ya, pero no están ahí almacenados.

—Bueno, por si acaso, tú no me los pierdas, que está el tema de la Casa Real interesantísimo y no quiero perderme ni un solo tuit.

Me reí. Cuando murió mi padre, mi madre no entendía ni lo que era una cuenta de *email,* pero gracias a una amiga suya, ya fallecida, se había convertido en una adicta a las redes sociales.

Cuando pudo comprobar que sus amigos y contactos seguían en el mismo lugar de siempre, se relajó y me invitó a merendar. En la cocina había una bandeja cubierta con un paño blanco.

—¿Son casadielles?

—No, empiezo con la masa esta noche, para que el domingo cuando venga tu novio nue…, o sea, Rodrigo, estén recién hechas. Eso es una tarta de manzana. Son manzanas de sidra, de las de aquí. Me las trajo Enedina, que tiene una pumarada en la finca y...

En ese momento sonó el pitido de un teléfono que hacía tiempo que no escuchaba. Mi madre todavía tenía una línea fija y se negaba a cancelarla. Yo se lo agradecía y alguna vez había tenido que usarla para contactar con ella porque su móvil podía estar sin batería dos días seguidos hasta que se diera cuenta o aparecer silenciado entre los cojines del sofá después de una tarde buscándolo.

Era una de sus amigas. Adivinando que la espera sería larga, encendí la radio que mi madre tenía en la cocina con la que amenizaba las horas que pasaba cocinando. Nunca había querido que se la cambiáramos por un televisor.

Estaba sintonizada la emisora del principado y hablaban de un asesinato en los juzgados de Gijón. Un detenido. La noticia me llamó la atención. Cuando dijeron el nombre del asesinado me dio un vuelco el corazón.

—¿Jacobo? —dije en voz alta sin darme cuenta.

—Espera, Regina, que te oigo fatal, Gracia ha puesto la radio y ahora no sé qué farfulla. Nena, ¿qué dices? Apaga eso.

—Quiero escucharlo. Jacobo Hernández ha muerto.

—¿Quién dices que ha muerto? —preguntó mi madre y dirigiéndose al aparato de nuevo terminó con su conversación—. Luego te llamo, que parece que ha fallecido un conocido de Gracia.

En el programa hablaban de los diferentes grupos antisistema que estaban organizando protestas contra la policía por no garantizar la seguridad de los detenidos, pero no daban los detalles que yo necesitaba.

—¿Es del caso ese en el que estabas metida? —insistió mi madre—. No me gusta nada ese trabajo tuyo. Tiene razón tu novio nuevo. Yo tampoco quiero que trabajes entre cadáveres descuartizados y asesinos.

—Déjame tu iPad otra vez —pedí para conectarme a las redes sociales en busca de más información.

Había renunciado al móvil el peor día posible para dedicarme a la desconexión tecnológica.

Busqué los *hashtags* tendencia del día y encontré varios #muertojuzgadosdegijón, #porunajusticiasegura y simplemente #juzgadosGijón. Había imágenes de los alrededores, de la policía, incluso me pareció reconocer a Sarabia en una de ellas. También había protestas contra la policía y, sobre todo, encontré todos los detalles públicos e imaginarios sobre los sucesos de la mañana. Lo que no esperaba encontrarme era la noticia de la muerte de Marta Figueroa. Y de su ama de llaves.

Me moría de ganas de hablar con Rafa, pero eso no era posible. No podía llamarlo sin más para hacerle preguntas morbosas. Y menos en un día como aquel.

Aun así, dejé a mi madre para ir al despacho en busca de mi móvil.

En cinco minutos estaba abriendo la puerta. Me recibió un sobre en el suelo en el que reconocí la letra de Jorge: «Gracia. Importante».

Dentro una escueta nota: «Salgo esta tarde para China. Es urgente que hablemos antes. Llámame». Supuse que había ido a verme aquella mañana.

Me acerqué a la mesa donde había dejado el teléfono y encontré varias llamadas perdidas de Rodrigo, otras de Jorge y otros tantos mensajes que no quise ni leer. Por supuesto, ni rastro de Rafa. Jorge parecía no entender que no tenía más que hablar con él. Llamé a Rodrigo, pero no respondió. Miré el reloj: ya estaría en el gimnasio.

El jefe de policía llegó a su casa a las nueve de la noche, después de dar dos ruedas de prensa, hacer un informe completo, que era el más incompleto que había entregado nunca, al subdirector general de la Policía Nacional, y reunirse con Granda y Miralles. Las redes sociales ardían con la muerte de Jacobo Hernández Cubillos, su madre y la jefa de su madre. Habían salido en los telediarios de las grandes cadenas nacionales. En España, ni los detenidos eran tiroteados a las puertas del juzgado, ni las mujeres respetables eran asesinadas mientras dormían en su casa de un barrio tan selecto como Somió. Eso solo pasaba en los Estados Unidos. Por segunda vez en un mes y por tercera en los últimos once, la policía asturiana era tendencia en las redes sociales. Habían surgido más de doce *hashtags* referidos al tema, todos con mucho más éxito del que la dirección policial habría deseado.

Mientras tanto, los francotiradores de los Juzgados de Gijón, detenidos con el arma aún caliente en su posesión, declaraban ante el juez, vía un intérprete, que desconocían cómo aquello había llegado a sus mochilas. El *community manager* de la Policía Nacional, de los mejores en su campo, no daba abasto y no conseguía frenar la escalada de protesta virtual.

La Científica había analizado la casa de Marta Figueroa, aunque tenían poca esperanza en los resultados. Los profesionales no dejaban pistas. Todo parecía defender la inocencia de aquella inofensiva pareja asiática con identidad de profesores de un instituto de Hong Kong. Todo menos el rifle de sus mochilas.

La muerte de los sospechosos había empañado la excelente labor de la policía española y la buena noticia de la apertura de una investigación sobre blanqueo de capitales internacional con Costica como principal sospechoso. Costica era un pez gordo, pero no el más grande, y podía ser el anzuelo para llegar a los que sí lo eran: sus clientes, los verdaderos monstruos, los que traficaban con las armas que portaban los niños soldado, con las drogas que impedían a los adolescentes llegar a la vida adulta y con las personas que desaparecían tragadas por las redes de la prostitución y el tráfico de órganos. En cualquier caso, eso ya no era labor de Mario Menéndez. En cambio, los asesinatos de Gijón sí.

Cuando los mafiosos se mataban entre ellos, sus muertes eran menos traumáticas que cuando las víctimas eran miembros de una familia acomodada y bien considerada en los círculos sociales de su ciudad. Ni siquiera Mario tenía claro que todos los muertos de Gijón fueran culpables de algo y, sobre todo, los habían asesinado delante de sus propias narices. A uno de ellos bajo custodia policial.

Además, el jefe de policía llevaba todo el día dando vueltas a la inevitable decisión que estaba retrasando tomar: debía informar de lo ocurrido con Mircea y vivir sabiendo que pasaría sus últimos días en la cárcel o que algún sicario le metería un tiro en la cabeza como había ocurrido con sus sospechosos. Incluso a Anca, que no tenía culpa de nada. También podía ocultarlo y dejar a su amigo libre. Nadie sabía de su existencia, se había cuidado mucho de no incluirlo como fuente en ningún informe oficial. Entonces sería él el que tendría que vivir sabiendo que había dejado libre a un poli corrupto al servicio de la mafia.

Empezó a caminar por el salón lleno de muebles y objetos inútiles, casi idéntico a como lo tenía su madre cuando aún vivía. Preparó café mientras intentaba hallar la solución a su inquietud. La corrupción policial y política era la que permitía a los gusanos sembrar el terror en la sociedad desde sus nidos. Y su amigo era parte del problema.

En ese momento recibió un mensaje que ya no esperaba. Número de teléfono desconocido, aunque a Mario Menéndez no le hizo falta identificación para saber de quién se trataba.

«Lo siento, amigo.»

Mario respondió al mensaje de Víctor.

«¿Por qué?», tecleó.

No confiaba en recibir respuesta, pero le llegó enseguida.

«Elegí una buena vida en vez de una mala muerte.»

Ninguna duda podía quedar de que Víctor, el compañero al que confió su vida treinta años atrás, se había convertido en el inspector Mircea, el corrupto, que no había dudado en traicionarlo a él para servir a sus señores de la mafia.

«Y la dignidad?», quiso saber Mario.

«De nada te sirve cuando estás muerto.»

Mario sintió compasión por el que una vez creyó su amigo. El mal ganaba muchas más batallas de las que perdía, pero a pesar de ello, después de todos los años que llevaban los seres humanos en el mundo, todavía no había conseguido ganar la guerra. Mircea había perdido su combate, pero Mario Menéndez seguiría peleando por los dos. Contra Costica y contra otros muchos flancos por los que atacar la depravación humana.

El sistema tenía fallos. Muchos. Demasiados. Pero era el mejor que tenían y era labor de todos hacerlo funcionar. Si no denunciaba a Mircea, sería él el traidor al sistema, el que ya no tendría una guía para distinguir el bien del mal. Y eso no podía consentirlo.

Aliviado por la decisión tomada, buscó los papeles que Miralles le había dado hacía unos días y los firmó. Estaba buscando una razón que pareciera plausible para no hacerlo, pero acababa de cambiar de parecer. En algún momento de los últimos años había olvidado que aquello de lo que huyes es lo que al final te domina y, para Menéndez, lo ocurrido con Mircea era una señal de que había llegado la hora de adaptarse a los nuevos tiempos y a los nuevos modelos de trabajo. También eran parte del sistema. Los criminales aprovechaban las innovaciones con rapidez y él no iba a quedarse atrás. Si eso suponía contratar externos y que estos fueran mujeres, se adaptaría. A Mario Menéndez todavía le quedaban varios años en el Cuerpo Nacional de Policía y el revés que acababa de sufrir, lejos de empujarlo a rendirse, le había dado la rabia necesaria para seguir peleando hasta que se acabara su tiempo en activo.

A LAS SIETE de la tarde, después de un rato buceando en internet a la caza de nuevos detalles sobre las muertes de la mañana, me di una ducha rápida, me planché el pelo y me puse un vestido negro y muy ajustado con unas botas cómodas que no pegaban en absoluto con mi atuendo, guardé en una mochila unos altísimos *stilettos* que usaría para la cena y para caminar un máximo de diez metros y me encaminé hacia casa de Rodrigo, donde habíamos quedado para tomar algo antes de salir a cenar. Teníamos una reserva en La Leyenda del Gallo, uno de los locales más bonitos y sofisticados de Oviedo, que para nosotros tenía un significado especial.

Cuando salí de casa ya había oscurecido, hacía frío y no había nadie en el paseo del Bombé, que delimitaba el Campo San Francisco por el lado opuesto a mi despacho en la calle principal, y que albergaba columpios y juegos para niños y pistas de skate para adolescentes. Incluso las fuentes iluminadas con su espectáculo de chorros me resultaron un poco tétricas en aquel paseo desierto. Cuando caminaba bajo el cobijo de los árboles, atenta a cualquier peligro que pudiera surgir entre los huecos de oscuridad que escapaban a la luz de las farolas, entró una llamada de Geni. No me apetecía hablar mientras caminaba, así que la rechacé con un mensaje preconfigurado: «Te llamo luego».

Acto seguido recibí uno suyo. «Gracia, por favor, llama a Jorge. Va camino del aeropuerto. Tenéis que hablar.»

No respondí. Geni sabía todo lo ocurrido entre nosotros y tenía la buena voluntad de que todo acabara bien porque para ella las historias debían tener buenos finales, pero yo estaba decidida a dejar el divorcio en manos de la abogada que había buscado Rodrigo y olvidarme de Jorge para siempre. Habían pasado tres semanas desde que apareció sin avisar y ahora, después de intentar cargarse mi relación con Rodrigo y de soltarme un montón de improperios, se iba sin lo único que le había pedido: un acuerdo de divorcio firmado. Jorge ya no era Jorge, el Jorge del que me había enamorado hacía más de diez años, y quería mantener a salvo mis recuerdos felices con él. Para lograrlo, cuanto menos tratara con el nuevo Jorge, mejor. Él era parte de Martin, mi hijo, y no podía desterrarlo de mi memoria.

Salí del parque y me crucé con un par de pandillas de adolescentes que, a pesar de que al día siguiente retomaban las clases, se dirigían, charlando en voz más alta de lo aconsejable y soltando carcajadas forzadas, a la empinada calle del Rosal, centro de la movida de los más jóvenes, donde los chavales ocupaban las aceras con minis de cerveza y otras bebidas irreconocibles cargadas de alcohol. Las chicas con minifaldas cortísimas a pesar del frío me trajeron recuerdos de mi propia época de inmadurez. A su edad, Sarah y yo también habíamos estado allí. Incluso Bárbara había pasado por aquella etapa. Lo único que había cambiado era que la mayoría tecleaba en el móvil o mostraba su pantalla a los amigos, que reaccionaban con gestos exagerados ante lo que fuera que vieran en ellas.

Diez minutos más tarde llamaba al telefonillo de Rodrigo sin obtener respuesta. Aquella zona marcaba el final de la ciudad y había caminado los últimos cinco minutos sin cruzarme con nadie más que un gato negro de ojos amarillos. Me estaba helando. Podía ver condensarse mi propio aliento caliente al exhalar. El Parque de Invierno dejaba las casas de la zona a merced del viento, que se colaba por debajo del abrigo y de la falda de mi vestido, así que busqué las llaves en mi bolso, entré en el portal y llamé a Rodrigo. Al no recibir respuesta, llamé a Fidel, su amigo y compañero de gimnasio.

—Hemos estado entrenando, pero terminamos hace veinte minutos. No creo que tarde en llegar. Se ha pasado tres pueblos con el saco —me dijo Fidel y después de una pausa añadió—. ¿Habéis discutido?

—No, qué va, ni siquiera nos hemos visto desde ayer que comimos roscón y nos dimos los regalos.

—Pues el tuyo ha debido ser muy cutre para que se haya puesto así —bromeó Fidel.

Saqué las llaves de Rodrigo del bolso y subí a la casa. ¿Me habría llamado tantas veces para cancelar la cena? ¿Estaría deprimido por el aniversario de la muerte de su madre? Hacía tanto de eso…

Diez minutos después, cuando pasaba el tiempo de espera en su sofá con una copa de vino y un capítulo de Juego de Tronos, apareció Rodrigo, vestido con ropa deportiva y una bolsa de la tienda de los chinos con cervezas, una bolsa de patatas fritas y un bote de medio litro de helado.

—¡Menos mal, Homer Simpson! Empezaba a preocuparme —dije mientras me levantaba a darle un beso.

—¡Estás aquí! —exclamó visiblemente sorprendido—. No has respondido a mis llamadas.

—Lo siento, dejé el móvil en el despacho y luego no conseguí localizarte, pero tenemos reserva para cenar. En la Leyenda del Gallo, ¿se te ha olvidado? Cámbiate rápido que tenemos que estar allí en media hora. Voy llamando a un taxi, que hoy me voy a poner taconazos.

—Espera. Como no has respondido a mis llamadas en toda la mañana, pensé que no seguía en pie la cena. ¿No has hablado con tu ex? —dijo y su gesto se endureció.

—¿Por qué iba a cancelar la cena sin decirte nada? Mi ex me ha llamado, pero no he hablado con él. ¿Qué tiene que ver Jorge con nuestra cena? —pregunté. Entonces me fijé en los nudillos machacados—. ¿Y eso?

—El saco, que ha pagado mis frustraciones —respondió.

—¿Frustraciones por qué?

—Tenemos que hablar.

Aquella frase tan manida me inquietó. Guardé silencio, expectante, sintiendo que mi corazón empezaba a latir un poco más rápido.

Rodrigo fue a la cocina, metió las cervezas en la nevera y después me cogió de la mano, me condujo de nuevo al sofá, se sentó a mi lado y se sirvió una copa de vino de la botella que yo había dejado encima de la mesa de centro.

—¿Ha pasado algo entre Jorge y tú? —dijo mirándome a los ojos con expresión solemne.

—¿Algo como qué? —pregunté.

Rodrigo enarcó las cejas y no me quedó duda de a qué se refería.

—¿Piensas que me he acostado con él?

—No, en realidad creo que no lo has hecho.

—Entonces, ¿por qué me lo preguntas?

—Porque él dice otra cosa. Al menos lo insinúa.

—No es posible —negué—. ¿Quién te ha dicho eso? Jorge no es un tío que vaya contando mentiras por ahí y menos de ese calibre.

—Veo que, a pesar de todo, todavía tienes un gran concepto de tu ex y lamento ser yo quien te saque de tu error, pero resulta que me lo ha dicho a mí. Y según él, yo solo soy el amante de su mujer, aunque en eso, en parte, tiene razón.

—No me he acostado con Jorge ni con nadie que no seas tú. ¿Cuándo has hablado con él?

—Esta mañana. En mi despacho.

—¿En tu despacho? —repetí asombrada.

—Tengo que contarte algo y te adelanto que no te va a gustar.

Rodrigo empezó a hablar. Tenía razón: no me gustó lo que escuché.

—A ver si me entero. ¿Has llamado a Jorge sin decirme nada? ¿Has negociado con él las condiciones del divorcio que yo ya había cerrado?

—En realidad, no. Lo llamé para averiguar por qué había vuelto y no se me ocurrió nada mejor que usar el divorcio como pretexto. Le pedí que me explicara las condiciones, él se puso en guardia y a partir de ahí todo se complicó.

—¿Tú que te fumas, tío? ¿Y él? ¿Por qué diablos no me ha dicho nada? ¿Por eso quiso acostarse conmigo? Yo lo flipo. ¡Será cabrón! ¿Y tú? ¿En qué estabas pensando?

—Solo quería que firmara rápido y se largara. Que dejara de ser una amenaza sobre nuestro futuro y pensé que si temía por su empresa haría todo lo posible por solucionarlo cuanto antes.

—¿Tenías miedo de que volviera con él?

Rodrigo torció la cabeza en un gesto que interpreté como asentimiento.

—Quería que desapareciera —confesó—, pero en vez de eso, se ha portado contigo como un capullo.

—Parece que de capullos voy bien servida.

Yo no era una persona de reacciones rápidas, me parecía más a un toro que a una gacela y necesitaba asentar la información antes de interpretarla. Cogí la copa de vino y me acerqué al ventanal por el que tanto me gustaba contemplar las vistas a primera hora de la mañana y a última de la noche. Rodrigo me observaba con una mirada casi hipnótica. Lo noté muy cansado.

—¿No vas a decir nada? —preguntó.

—Ahora no. Me voy a ir. Por favor, cancela tú la reserva en el restaurante.

—Preferiría que estuvieras gritando y llamándome de todo.

Dejé la copa en la mesa y cogí el bolso y el abrigo del sillón donde los había depositado al llegar.

—Quédate. No te vayas así —insistió.

—Esta noche no. Estamos alterados. Al menos yo lo estoy y no quiero decir nada de lo que después me arrepienta.

Abrí la puerta para irme, pero cuando me volví para despedirme, vi que Rodrigo tenía los ojos acuosos. Estaba haciendo un esfuerzo por contener las lágrimas. Era la primera vez que lo veía así.

—Gracia, escúchame —dijo—, no podemos terminar así, sé que me he equivocado y que debería haberme mantenido al margen…

—No quiero romper contigo —corté—. Sigo queriendo el pack completo, pero tengo algo que hacer y prefiero estar sola.

No parecía muy convencido, así que me acerqué a él y le besé. Cuando nos separamos, sonrió aliviado.

—Entonces, ¿sigue en pie la comida con tu madre este domingo? —preguntó.

Seguramente el domingo no se me habría pasado el cabreo, pero no podía aparecer en casa de mi madre sin Rodrigo. Otra vez. Ya habría empezado a preparar las casadielles. Y en ese momento me di cuenta de que yo tampoco había sido sincera con él.

Cuando le confesé que había llevado a Jorge a la comida familiar que mi madre organizó para conocerlo a él, la expresión de Rodrigo se transformó. Y no para bien. Pero no pronunció ni una palabra. Ni siquiera se movió.

—Ahora espero que no seas tú el que quiere romper conmigo —dije bastante inquieta por el reproche de su mirada.

Rodrigo continuó callado con los ojos fijos en mí.

—No puedo cambiar lo que hice, pero sí asegurarte que me arrepiento muchísimo.

—Ven —dijo por fin atrayéndome hacia él para abrazarme.

—¿Estás enfadado? —pregunté sin mirarle a la cara.

—¿Enfadado? —Le escuché reírse y su risa no me gustó—. Estoy furioso. Aunque te confieso que es un alivio que tú también la hayas cagado.

—¿No irás a comparar? —pregunté apartándome un poco de su pecho y mirándolo a la cara.

—¿Quieres entrar en esa guerra? —advirtió.

No, no quería.

A pesar de lo tenso de la situación, Rodrigo volvió a insistir en que pasara la noche con él.

—Si vamos a vivir juntos, no puedes salir corriendo cada vez que tengamos problemas —dijo.

Preferí irme. Habíamos conseguido salvar una situación complicada y temí estropearlo si me quedaba. Además, quería llamar a Jorge y escuchar su versión de lo sucedido.

Cuando llegué a la calle, se había levantado un viento fuerte y la noche resultaba todavía más desapacible. A los pocos segundos de salir del portal, ya estaba tiritando. Llamé a un taxi y mientras esperaba, cogí el móvil y como los adolescentes que había visto en el Rosal, tecleé un whatsapp.

«¿Has ido a ver a Rodrigo?»

«Sí.» Recibí la respuesta de Jorge casi de inmediato.

«¿Le has dicho que te habías acostado conmigo?»

Jorge dejó de escribir y me llamó. Esta vez respondí.

—Le he dicho que soy tu marido y que lo lógico es que te acuestes conmigo y no con él. Y se lo repetiré a quien lo pregunte. Es abogado, ¿verdad? Pues más le vale aprender a escuchar.

—Pero ¿de qué vas? Eres un cabrón. ¿A qué has venido? ¿A fastidiarme la vida mientras hacías escala entre Nueva York y China?

Jorge tardó unos segundos en responder.

—¿Está ahí contigo? —preguntó.

—Estoy sola. Yo no hago ese tipo de cosas. Sigo siendo la misma de siempre. ¿En quién te has convertido tú?

—Lo siento mucho.

—¿Me cuentas lo que ha ocurrido? Y esta vez sin mentiras.

—Volví para que renunciaras a los derechos sobre mi empresa. El contrato con el banco... —Su voz se mezcló con el sonido de los altavoces de un aeropuerto. Hablaban en inglés y reconocí el acento británico.

—¿Dónde estás?

—En Londres, haciendo escala a punto de embarcar para Shanghái. ¿Has oído lo que he dicho?

—No tenías que venir para eso. Te lo dije: no quiero nada de tu empresa.

—También pretendía disculparme contigo y despedirme bien de ti, de tu madre, de Bárbara... pero el tío ese...

—Ahora resulta que va a ser culpa de Rodrigo que tú hayas intentado hacerme creer que querías retomar nuestra relación para que firmara unos papeles que yo iba a firmar de todas formas. ¡Es que no se puede ser más rastrero!

—Me llames lo que me llames, tendrás razón. Me da igual que no me creas, pero, aunque no era mi intención inicial, después de estos días lo único en lo que pienso es que siempre nos ha ido mejor juntos que a muchos matrimonios que duran toda la vida.

—No sigas —corté—. Tú y yo nos merecemos algo mejor que eso. Yo te firmo lo que necesites para los chinos. Sin condiciones. Pero quiero el acuerdo de divorcio de inmediato para acabar con esto cuanto antes. Ahora sí tengo abogado y tiene preparada la demanda, así que, si no lo haces tú, lo haré yo.

—¿Vas a firmar lo que habíamos hablado? ¿A pesar de todo?

—¿Alguna vez te he dicho algo distinto? No voy a cambiar de opinión porque tú seas imbécil.

—Mañana mi abogada te los hará llegar. Y además este imbécil sí que ha cambiado de opinión y ahora quiere que te quedes con un porcentaje de los beneficios del proyecto con el banco —dijo.

—Métete los beneficios de tu contrato por el sitio que más te apetezca.

—Es lo que te voy a enviar, si no lo aceptas vas a tener que demandarme.

—Mira, Jorge, te lo explico por última vez: yo no quiero tu dinero. ¿Vas a hacerte rico? Genial, te lo has ganado, es fruto de tu esfuerzo. Aunque tú no lo creas, yo quiero que te vaya bien, que seas feliz. Y tampoco puedes compensar con dinero lo que has hecho.

—No lo pretendo, pero estas semanas he tenido mucho tiempo para pensar y creo que es lo justo: esto, en parte, también es fruto de todos los años que estuvimos juntos y, al principio, tú trabajabas en el banco y mi empresa lo único que daba eran problemas. Ahora no dejo de pensar en aquellos tiempos. Y en cuando nació Martin. Y en las últimas Navidades que pasamos juntos. Y en que daría cualquier cosa por volver a aquella época.

Callé y respiré hondo. Jorge no había querido hablar de Martin desde su muerte y ahora, por teléfono, a punto de irse a China, ¿salía con eso?

—Di algo, por favor —le oí decir.

—Es que no sé por qué, después de tanto tiempo evitándolo, ahora estamos hablando de Martin.

—Ya ves que sí ha cambiado mi forma de ver las cosas. Solo quería que lo supieras.

Nos quedamos callados. No había más que decir. Me di cuenta de que tenía las mejillas húmedas. Estaba llorando. Iba a colgar cuando Jorge volvió a hablar.

—Espero que Rodrigo sea capaz de estar a la altura. No te enfades mucho con él, es un poco gilipollas, pero no parece mal tío.

—Voy a colgar —dije justo antes de que la voz de la megafonía volviera a llenar el teléfono.

Si había algún momento que mereciera un ataque de ansiedad era aquel. En cambio, me sentía más tranquila que nunca. Triste, pero en paz.

Un taxi me recogió un par de minutos después. Contemplé por la ventanilla la noche ovetense con el cielo color carbón y las luces de las farolas de hierro forjado con el escudo de la ciudad iluminando las aceras, que brillaban húmedas por la helada que empezaba a caer.

Iba a silenciar el móvil cuando sonó el teléfono. Era Rafa.

—Ya me he enterado de los… —dije y me di cuenta de que el taxista podía oírme—, ya sabes, lo de esta mañana. Estoy en un taxi.

—Mejor, así no puedes hacer preguntas. No te llamo por eso, sino porque tienes un contrato permanente de investigadora financiera con la Policía Nacional —le oí decir y a pesar del tono optimista que impregnaba su voz, parecía cansado—. A partir de ahora, soy tu jefe.

Eran buenas noticias.

—Querrás decir que eres mi cliente —pinché intentando estar a la altura de las buenas nuevas.

—Me gusta más mi visión.

—Aún no he visto la oferta económica.

—No te va a gustar… —empezó Rafa.

Lo cierto era que me alegraba. El caso de Santamaría me había devuelto la ilusión. A pesar de que hubiera habido un baño de sangre, la investigación había despertado en mí una emoción que no sentía desde la muerte de Martin.

—También te quería contar —dijo Rafa— que Jorge cenó con nosotros la noche de Reyes.

—Eso es cosa vuestra, yo prefiero no saber nada.

—Entendido.

Rafa se quedó callado al otro lado del teléfono.

—¿Qué pasa, Rafa?

—Quería darte las gracias.

—¿Las gracias? Pero si han mat... —dije frenando a tiempo—, ya sabes a qué me refiero.

—Eso no tiene nada que ver con tu trabajo. Solo puedo contarte que han detenido al cabecilla y a su segundo, acusados de un delito de blanqueo de dinero, pero no cantes victoria porque saldrán bajo fianza en un par de días. Será un proceso largo.

—¿Y los clientes? ¿Los dueños del dinero? ¿Y lo ocurrido esta mañana?

—Olvídalo, no voy a hablar contigo de eso. El caso para ti ya terminó. Quédate con que tu parte ha salido bien: hemos desenmascarado la organización que blanquea el dinero de las mafias, les hemos obligado a cerrar el chiringuito, conocemos su *modus operandi* y la Interpol tiene un caso contra ellos.

No pude seguir insistiendo. A pesar de mis esfuerzos por ser discreta, el taxista me miraba con curiosidad por el espejo retrovisor.

Le agradecí a Rafa sus palabras, pero me entristeció pensar en Marta, Marisa y Jacobo. El hecho de haberlos conocido en persona hacía más difícil considerar el caso como un éxito.

Cuando el taxi giró hacia la calle principal, dos operarios subidos en el cesto de una grúa retiraban la iluminación navideña. Su imagen representó para mí el fin de una etapa y el inicio de otra nueva. Tenía un contrato con la policía, me iba a vivir con Rodrigo, estábamos buscando un hijo juntos, en unos días conocería a su padre y el domingo iba a ser su primera comida familiar en casa de mi madre.

—No pare el taxímetro. Damos la vuelta —le pedí al taxista cuando detuvo el coche delante del portal de mi despacho.

Había cambiado de opinión. Quería pasar la noche con Rodrigo.

Epílogo

Sábado, 7 de diciembre de 2019. 9:00.
Playa de San Lorenzo, Gijón

—LUCAS, ¿VIENES A jugar ya? —llamó su hermano mayor—. Te estamos esperando.

Los sábados, domingos y festivos que no llovía, Lucas y sus tres hermanos mayores bajaban a la arena con sus padres a jugar al vóley playa. Equipados con ropa deportiva para el frío, no los frenaban las bajas temperaturas del invierno. Al contrario, la playa estaba casi desierta y a sus padres les encantaba. «¡Somos los dueños de la arena!», les decían a sus cuatro hijos. Sus padres habían sido campeones de vóley playa durante varios años, sus hermanos llevaban unas cuantas temporadas compitiendo y el próximo verano él sería el último debutante de la familia, y lo haría en la categoría minibenjamín con seis años recién cumplidos.

Miró a la zona de juego y vio que su familia estaba calentando. A él le aburría el calentamiento. ¿Por qué ese empeño en calentar? A él le parecía una chorrada, pero sus padres y Roberto, su hermano mayor, se lo tomaban muy en serio. Los mellizos estaban peleándose como siempre. A veces, envidiaba a su amigo Ismael, hijo único, padres divorciados, siempre haciéndole regalos, siempre pendientes de Isma. A él, en cambio, no le hacían ni caso. Todo eran prisas. «Vamos, Lucas», «Lucas, o te terminas la leche, o nos vamos sin ti», «¿Todavía estás así?». Pues que esperaran. O que empezaran sin él. Había encontrado un tesoro. A Ismael le iba a encantar cuando lo viera. Lástima que Isma solo pudiera bajar a la arena los fines de semana que estaba con su padre. A su madre no le gustaba la playa. Ni el fútbol.

—Lucas, por favor, ven ya. ¿Qué estás haciendo? —Oyó gritar a su padre.

Se apresuró a correr hacia el escondite secreto del muro para ocultar el brazo que acababa de encontrar. Su hallazgo estaba muy frío, tenía los dedos rígidos y las uñas sucias como la garra de aquella peli de miedo que había visto con los mellizos el día de Halloween sin que sus padres se enteraran. Era superasqueroso. A Isma le iba a encantar. Le costó trabajo encajarlo en el agujero, tuvo que sacar algunas de las conchas que él y su amigo conservaban allí. Pero no le importaba, el brazo era mucho más chulo que las conchas. Seguro que si lo veían sus padres se lo quitaban. No le dejaban quedarse ninguna de las cosas increíbles que encontraba en la playa. Aún recordaba cuando le habían quitado la gaviota muerta. No iba a pasarle lo mismo con el brazo. En ese momento, Lucas recordó que era el cumpleaños de la abuela; el día anterior había ido con su madre a comprarle un regalo y le habían explicado que irían todos a celebrarlo a su casa de Arriondas y comerían tarta. Tendría que esperar un par de semanas para mostrarle a Isma su tesoro o quizá lo descubriera él solo cuando fuera a coger las conchas. Isma lo iba a flipar.

Agradecimientos

A Mathilde, mi editora, y a Alicia, mi agente, que con su confianza me han traído hasta aquí.

A Maite, la directora de Maeva, que apuesta por mí en cada nueva novela.

A David, mi marido, que está seguro cuando yo dudo.

A Álex, que me insufla ilusión y energía para disfrutar cada momento del día.

A Alberto y a David, que un día entraron en mi vida y ya no quiero imaginarla sin ellos.

A mis ahijados, que me dan la inmensa alegría de ser parte de sus vidas.

A mis amigos, que se alegran con mis alegrías.

A mis lectores beta: Asier, Ainhoa, Begoña, Cristian, Christian S., Cristina, David, Eva, Miguel A., Miguel A.G., María José, María, María Jesús, Soraya y Vero.

A Ana, que ha corregido esta obra con pasión y cuidado.

A Juan Antonio, por los maravillosos diseños que siempre consiguen sorprenderme.

A Laura, Antonio, Joaquín, Sara y a todo el equipo editorial por vuestro esfuerzo y paciencia, por trabajar para acercar mis libros a los lectores.

A Jose María Guelbenzu, al que empecé admirando como escritor y terminé admirando mucho más como persona, por dedicar su tiempo a enseñarme a escribir.

Y a ti, lector, al que te incorporas en esta entrega y al que llevas conmigo desde el inicio de la serie. Tú eres el gran artífice de esta historia. Si quieres saber más acerca de mí o de Gracia San Sebastián, si tienes algo que contarme o quieres aportar algo a futuras historias, aquí me tienes:

Info@analenarivera.com
www.analenarivera.com
www.facebook.es/analenarivera
@AnaRiveraMuniz
https://www.instagram.com/analenarivera/
https://www.linkedin.com/in/anariveramuniz/

ANA LENA
RIVERA

LO QUE CALLAN LOS MUERTOS

Una novela de misterio ambientada en Oviedo y protagonizada por la original investigadora de fraudes, Gracia San Sebastián, y un variopinto grupo de mujeres.

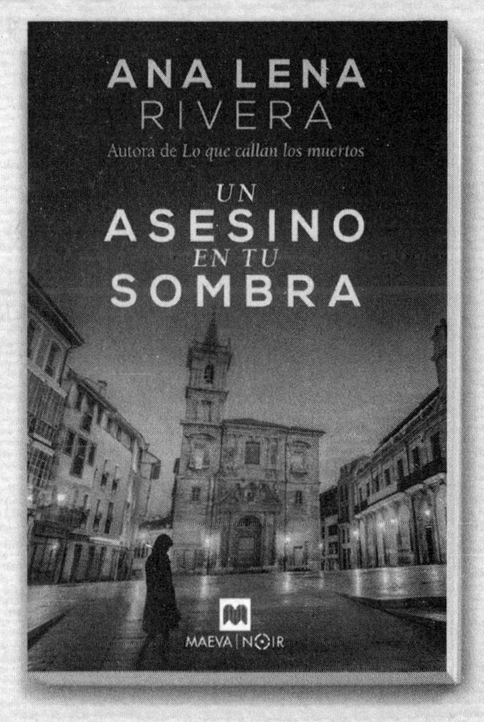

UN ASESINO EN TU SOMBRA

La desaparición de una mujer involucrará a Gracia San Sebastián en un crimen particularmente perverso, mientras su vida personal se desmorona.

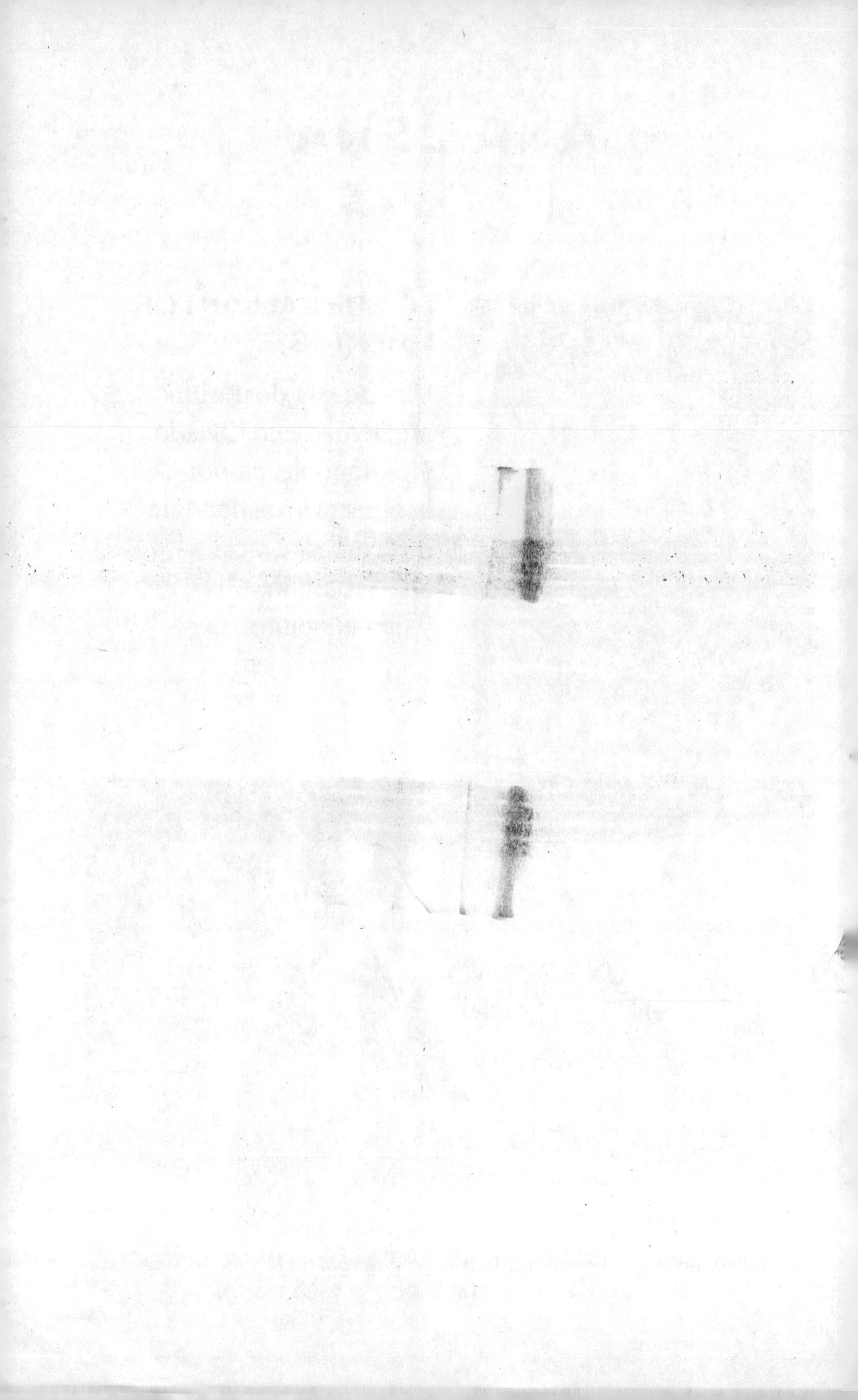